RACHEL HORE
Das Geheimnis von Westbury Hall

Weitere Titel der Autorin:

Das Haus der Träume
Der Garten der Erinnerung
Der Zauber des Engels
Die Karte des Himmels
Das Bienenmädchen
Jene Jahre in Paris
Wo das Glück zuhause ist

Über die Autorin:

Rachel Hore, geboren in Epsom, Surrey, hat lange Zeit in der Londoner Verlagsbranche gearbeitet, zuletzt als Lektorin. Heute lebt sie mit ihrem Mann und ihren drei Söhnen in Norwich. Sie arbeitet als freiberufliche Lektorin und schreibt Rezensionen für den renommierten Guardian. Dies ist ihr achter Roman.

RACHEL HORE

Das Geheimnis *von* Westbury Hall

Roman

Aus dem Englischen von
Barbara Röhl

lübbe

Dieser Titel ist auch als E-Book erschienen.

Vollständige Taschenbuchausgabe

Deutsche Erstausgabe

Für die Originalausgabe:
Copyright © 2018 by Rachel Hore
Titel der englischen Originalausgabe: »Last Letter Home«
Originalverlag: Simon & Schuster

Für die deutschsprachige Ausgabe:
Copyright © 2019 by Bastei Lübbe AG, Köln
Textredaktion: Anne Schünemann, Schönberg
Umschlaggestaltung: Manuela Städele-Monverde
Umschlagmotive: © yykkaa/shutterstock und © Drunaa/Trevillion Images
Satz: hanseatenSatz-bremen, Bremen
Gesetzt aus der Adobe Garamond Pro
Druck und Verarbeitung: CPI books GmbH, Leck – Germany
ISBN 978-3-404-17904-6

2 4 5 3 1

Sie finden uns im Internet unter
www.luebbe.de
Bitte beachten Sie auch: www.lesejury.de

*Für Sheila,
und zum Gedenken an Ann*

1

So etwas nannte man einen Shitstorm, und nachdem sie ihm tagelang ausgesetzt gewesen war, sich an die Trümmer ihres Lebens geklammert und jeder neue Angriff sie mit solcher Wucht getroffen hatte, dass sie zerschlagen und keuchend zurückblieb, fühlte sie sich buchstäblich wie von einem Sturm gepeitscht. Sie hätte ihn über sich ergehen lassen, wenn es nur Worte gewesen wären, obwohl es schmerzhafte, niederschmetternde Worte waren, die ihre Selbstachtung, ihr berufliches Renommee, ihr Vertrauen auf ihre Urteilsfähigkeit und ihre Identität als Frau brutal zerstörten. Aber es war mehr. Sie fühlte sich nicht mehr sicher.

Passiert war es während ihres ersten Auftritts in einem Fernsehstudio, bei Jolyon Gunns spätabendlicher Talkshow, zu der man sie in letzter Minute eingeladen hatte, weil einer seiner Gäste unpässlich geworden war. Wahrscheinlich vor Angst. Der narzisstische Jolyon war nicht gerade für seinen Charme bekannt, was seine Einschaltquoten jedoch nur hochzutreiben schien.

»Und wir begrüßen die Historikerin Briony Wood, die ein Buch über den Zweiten Weltkrieg schreibt, stimmt das, Schätzchen?«

»Ja, es wird *Frauen in Uniform* heißen und behandelt den ATS, die Frauenabteilung der Infanterie während –«

»Klingt toll«, unterbrach er sie. Jolyons Aufmerksamkeitsspanne war nicht lang. »Briony ist hier, um mit uns über die

Nachricht zu reden, dass Soldatinnen in Zukunft auch an der Front kämpfen sollen. Briony, mir ist klar, dass das jetzt kontrovers klingt, aber eigentlich ist Krieg doch eher etwas für die Jungs, oder?«

»Ganz und gar nicht. Seit den Amazonen existieren zahlreiche Beispiele für Frauen, die an Kämpfen teilgenommen haben. Denken Sie nur an Boudicca oder Johanna von Orléans.« Briony versuchte, nicht schrill zu klingen, aber der Umstand, dass viele Männer im Publikum saßen, von denen einige bei Jolyons Worten zustimmend genickt hatten, bedeutete, dass sie selbstbewusst sprechen musste. Geblendet von den Scheinwerfern im Studio blinzelte sie den Moderator an, der sich, die kurzen Beine gespreizt, in seinem schicken Designer-Anzug und mit seiner glitzernden dicken Rolex überlegen auf seinem lederbezogenen Regiestuhl lümmelte. Er erwiderte ihren Blick mit einem Grinsen und rieb sich den akkurat geschnittenen schwarzen Bart.

»Das sind ja wohl Ausnahmeerscheinungen, Briony, und wir wissen alle, was die Amazonen tun mussten, um mit ihren Bögen zu schießen, oder?« Mit einer Handbewegung deutete er einen Schnitt über die Brust an und zwinkerte. Die Männer brachen in wieherndes Gelächter aus. »Sehen Sie, es ist doch nicht natürlich, dass Frauen kämpfen. Sie sind schon aufgrund ihrer Figur nur in der Lage, einander die Haare auszureißen.«

Noch mehr amüsiertes Gelächter.

Briony setzte sich gerade auf und starrte ihn aufgebracht an. »Das spricht nur für ihre Entschlossenheit. Außerdem ist etwas noch lange nicht richtig, nur weil es ›natürlich‹ ist. Schließlich ist der Krieg selbst auch naturgegeben. Aber, Jolyon, wir sollten sicherlich die Psychologie und die soziale Konditionierung auf Genderrollen in diese Diskussion …«

Bei dem Wort »Gender« schoss Jolyon hoch, und ein irres Glitzern trat in seine Augen. Briony erkannte, dass sie ihm geradewegs in die Falle getappt war. Diese Show war populistisch, und

Jolyon, der kein Blatt vor den Mund nahm, hatte in einer gewissen Gruppe von Männern eine große Anhängerschaft. Aber es war zu spät, um ihre Worte zurückzunehmen, das hätte sie schwach und dumm aussehen lassen. Mit einem Mal war sie sich überaus bewusst, wie lehrerinnenhaft sie daherkommen musste. Das hellbraune Haar hatte sie im Nacken zu einem Knoten zusammengebunden, und ihr anthrazitfarbenes Etuikleid wirkte trotz des weichen blauen Schals, den sie sich um die Schultern gelegt hatte, eher elegant und zurückhaltend als modisch.

»Die Mädchen sind nicht tough genug, Briony. Sie werden heulen und Theater wegen ihres Lippenstifts machen.« Darüber grölte das Publikum vor Lachen, obwohl eine oder zwei Personen auch missbilligend zischten.

»*Sie* würde ich gern einmal auf einem Schlachtfeld sehen!«, fauchte sie. »Im Gegensatz zu einigen der mutigen Frauen, die ich für mein Buch interviewt habe, würden Sie es keine Sekunde aushalten.«

Im Saal wurde Geschrei laut, und mehrere Männer standen auf. Einer drohte Briony mit geballter Faust. Jolyon selbst starrte sie mit einem aufgeklebt wirkenden Grinsen an und fand einen Moment lang keine Worte. Allerdings hielt dieser Moment nur kurz an.

»Danke, Briony Wood«, erklärte er mit gespielter Verblüffung. »Ich glaube, sie hat mich gerade einen Feigling genannt, Jungs! Ist das nicht umwerfend?«

Nach der Sendung flüchtete Briony in die regnerische Nacht und schaltete ihr Handy ein. Ihr schlug eine ganze Welle von Signaltönen entgegen, als die Nachrichten in schneller Folge eintrafen. Mit einem bangen Gefühl öffnete sie ihren Twitter-Account. Als sie die ersten Kommentare las, riss sie entsetzt die Augen auf.

Wenn es Krieg gibt, stellen wir dich als Erste an die Wand, du hässliche Kuh.
Unser Jolyon ist tougher als alle Weiber.

Der dritte bestand nur aus einer Abfolge von Obszönitäten, bei denen sie sich die Hand vor den Mund schlug.

Dann klingelte das Telefon. Ein Name, den sie kannte. Sie wischte über den Bildschirm.

»Aruna?« Sie sah sich auf der einsamen Londoner Gasse um und schlug schnellen Schritts den Weg zur Hauptstraße ein.

»Lies auf keinen Fall deine Nachrichten. Besonders nicht auf Twitter.« Briony nahm den panischen Unterton ihrer Freundin wahr.

Zu spät. »Ach, Aruna. Warum habe ich das bloß gesagt? Wie konnte ich nur so blöd sein?«

»Ist nicht deine Schuld, er war grauenvoll, unterirdisch. Es tut mir leid, dass ich diesen Leuten überhaupt deinen Namen gegeben habe. Hör mal, wo bist du?«

»In Clapham. Ich komme gerade aus dem Studio.« Briony bog auf die Hauptstraße ein und fuhr zusammen, als drei Jugendliche in Lederjacken lachend und voreinander herumprahlend aus einem hell erleuchteten Pub traten. Sie gingen an ihr vorbei und nahmen sie nicht einmal wahr. »Was hast du gesagt?«

»Müh dich nicht mit den Öffentlichen ab. Nimm dir ein Taxi«, sagte Aruna flehend. »Fahr direkt nach Hause, und ruf mich dann an, damit ich weiß, dass du in Sicherheit bist.«

Die ersten Männer aus Jolyons Publikum strömten aus dem Vordereingang des Studios. Noch hatten sie sie nicht entdeckt, aber ihre vulgären Gesten und ihr grobes Gelächter machten ihr Angst. Briony zog sich ihren Schal über den Kopf und ging schneller.

Diese Nacht verbrachte Aruna bei ihr in der Wohnung in Kennington, und Briony war froh darüber, denn auch am nächsten Morgen riss der Strom der beleidigenden Nachrichten nicht ab. Obwohl Aruna protestierte, las Briony sie, beantwortete diejenigen, die vernünftiger klangen oder sie unterstützten, löschte andere, schluchzte vor Wut, aber es kamen weitere herein. Schließlich überredete Aruna sie, ihre Twitter- und Facebook-Accounts zu sperren, und befahl ihr, sich vollkommen vom Internet fernzuhalten. Allerdings las sie einen Blogeintrag, den Aruna gefunden hatte. Er stammte von einer Politikerin, die unter ähnlichen Angriffen gelitten hatte. »Irgendwann werden die Cyber-Trolle müde und ziehen sich in ihre Höhle zurück«, schloss die Frau. »Stark bleiben«, lautete ihr Rat.

»Das ist alles leicht gesagt«, meinte Briony und seufzte. Sie wünschte, ihr Vater und ihre Stiefmutter wären nicht im Urlaub. Sie hätte einen Platz zum Verkriechen gut gebrauchen können.

Die Strategie des »Starkbleibens« hätte funktionieren können, hätte Jolyon Gunn selbst den Aufruhr nicht noch geschürt. Als Briony an diesem Abend beklommen wieder online ging, fand sie einige verletzende Bemerkungen über ihr »verkniffenes« Äußeres vor, das schuld daran sei, dass sie mit Ende dreißig noch Single sei. Seine Fans, die das rasend komisch fanden, hatten allesamt in die gleiche Kerbe geschlagen.

»Verkniffen? Wo bin ich denn verkniffen?«, keuchte Briony. Das war unfair, trotz allem, was Aruna vorbrachte, um sie zu beruhigen.

Ostern war ruhig und ohne große Neuigkeiten vergangen, doch als sie am zweiten Morgen nach der unglückseligen Talkshow mit einer Tasche voller Essays ihrer Studenten auf die Straße trat, hörte sie einen Mann brüllen: »Briony! Hier!« Sie drehte sich um und wurde von einem Blitzlicht geblendet. »Einen Satz über Jolyon, Schätzchen!«, rief er fröhlich grinsend. Panisch stolperte sie wieder ins Haus und beobachtete, wie er davonfuhr. Sie würde erst morgen wieder ins College gehen.

Später am selben Tag rief Aruna sie an, um sie zu warnen – jemand hatte auf Twitter ihre Adresse gepostet. Jetzt wussten die Trolle, wo sie wohnte. Am dritten Morgen erhielt sie eine anonyme Postkarte mit dem Bild einer geballten Faust. Von da an hatte sie zu viel Angst, um rauszugehen, und schickte Aruna, die ihr ein paar Einkäufe vorbeigebracht hatte, vors Haus, um eine Gruppe Teenager zu vertreiben, die auf dem Gehweg herumlungerte. Arunas dunkler Bob flatterte im Wind, während die Jugendlichen unschuldig und verwirrt in ihr ernstes, spitzes Gesicht sahen. Peinlich berührt wurde Briony klar, dass sie unter Verfolgungswahn litt. Nachdem Aruna gegangen war, tauchte ein gutmütiger dicker Polizist auf und ließ sich auf Brionys Sofa nieder, wo er Tee trank und beruhigende Floskeln über die Online-Drohungen von sich gab.

Sie rief Gordon Platt an, den Leiter ihres Fachbereichs, und bat ihn um Rat, doch er klang nervös, murmelte etwas über den Ruf des Colleges und bat sie, »aus Sicherheitsgründen« ein paar Tage nicht zur Arbeit zu kommen. Als sie das Gespräch beendete, fühlte sie sich im Stich gelassen und enttäuscht.

»Das wird sich alles bald geben«, erklärte Aruna ihr noch einmal. »Wenn du den Kopf einziehst, langweilen sie sich bald.«

Aruna hatte recht. Die Aufmerksamkeit zerstreute sich so schnell, wie sie aufgekommen war. Andere Meldungen machten Schlagzeilen. Die Trolle fanden neue Opfer. Sie konnte gefahrlos aus dem Haus gehen.

Das Problem war, dass sie sich noch lange Zeit später alles andere als sicher fühlte. Sie schleppte sich trotzdem zur Arbeit, fühlte sich aber überfordert. Das lag nicht nur an dem hohen Arbeitspensum und den Verwaltungstätigkeiten, die sie zusätzlich zum Unterrichten und ihrer eigenen Forschung erledigen musste, sondern an dem Gedanken, wie sie das alles schaffen sollte. Die

Kopfschmerzen, die sie seit einiger Zeit belasteten, traten häufiger auf. Sie begannen an der Schädelbasis und stiegen zu ihren Schläfen und bis hinter ihre Augen, sodass Studenten oder Kollegen sie gelegentlich zusammengekrümmt auf dem winzigen Sofa in ihrem Büro antrafen, wo sie darauf wartete, dass die Wirkung der Schmerzmittel einsetzte.

Schließlich überwies ihr Arzt sie an eine Therapeutin. Einige Wochen später fand sie sich in einem friedlichen Raum im Obergeschoss eines Hauses wieder, in dem es nach Lavendel duftete, und saß einer eleganten Frau mit einem schmalen, klugen Gesicht gegenüber, die passenderweise Grace hieß.

»Ich habe das Gefühl, mein ganzes Leben lang so schwer gekämpft zu haben«, sagte Briony zu Grace, nachdem sie ihr erklärt hatte, warum sie hier war. »Jetzt weiß ich nicht mehr, wofür. Ich habe mein Selbstvertrauen verloren.«

Grace nickte und machte sich eine Notiz. Dann sah sie Briony mit hochgezogenen Augenbrauen abwartend an.

»Alles ist so mühsam.« Ihre Stimme stockte, sodass das »mühsam« nur noch als Flüstern herauskam.

»Erzählen Sie mir von den anderen Dingen in Ihrem Leben, Briony, Ihrer Familie zum Beispiel, oder was Sie gern tun, wenn Sie nicht arbeiten.«

Kurz schlug Briony die Hände vors Gesicht und holte dann so tief Luft, dass es schmerzte. »Meine Mum ist an Krebs gestorben, als ich vierzehn war. Sie war nicht lange krank, aber es war eine furchtbare Zeit, und dann war sie einfach nicht mehr da. Es fühlte sich an wie ein riesiges Loch.«

»Das war sicher schrecklich.« Grace' Mitgefühl ermunterte sie weiterzusprechen.

»Das Schlimmste war, dass ich mit niemandem reden konnte. Dad fand, wir sollten einfach weitermachen, praktisch denken, und ich versuchte, meinem Bruder eine Mutter zu sein, was er hasste. Will ist jünger als ich. Er ist verheiratet, hat zwei Kinder und lebt wegen seines Jobs im Norden. Wir mögen einander, aber wir stehen uns nicht nahe.«

»Und Sie haben keinen Partner? Kinder?«

Briony schüttelte den Kopf. »Dazu ... dazu ist es nie gekommen, keine Ahnung, warum. Es passte nie richtig. Eigentlich stört mich das nicht, ich habe viele Freunde, nur manchmal denke ich, es wäre nett.«

Grace rührte sich und lächelte. »Wenn Sie offen dafür sind, passiert es vielleicht«, erklärte sie mit leuchtenden Augen.

»Was meinen Sie?« Grace hatte geheimnisvoll und, um die Wahrheit zu sagen, ein wenig überheblich geklungen. Zähneknirschend erklärte Briony, wie ihre Beziehungen immer im Sande verlaufen waren, obwohl sie einer Fortsetzung durchaus »offen« gegenübergestanden hatte.

Grace lächelte einfach auf ihre leicht provokante Art. »Wir können weiter darüber reden. Ich finde, Sie sollten es ein wenig langsamer angehen lassen, Briony. Sagen Sie öfter Nein, und versuchen Sie, Dinge zu tun, die Ihnen Freude bereiten. Und bei unserem nächsten Treffen sollten wir vielleicht über Ihre Mutter sprechen.«

Briony nickte und fragte sich, wie ihr das alles helfen sollte, doch der Arzt hatte gemeint, Grace sei gut, und ihr gefiel das Gefühl von Frieden, das der Raum ausstrahlte, daher willigte sie ein wiederzukommen.

Im Lauf der nächsten Monate erzählte sie Grace davon, wie verlassen sie sich nach dem Tod ihrer Mutter gefühlt hatte, wie dadurch ihre Kindheit abrupt zu Ende gewesen war. Grace wies sie auf die Bedeutung anderer Verluste hin – den Tod ihrer Großeltern nur wenige Jahre zuvor; den Umstand, dass ihr Bruder Will gelernt hatte, auf eigenen Beinen zu stehen, und die neue Ehe, die ihr Vater irgendwann geschlossen hatte. Möglich, regte Grace behutsam an, dass Briony einen Schutzpanzer entwickelt hatte, der verhinderte, dass sie jemanden an sich heranließ. Und dass ihr Erlebnis mit den Internet-Trollen sie so stark traumatisiert hatte, weil sie ohnehin schon unter Stress stand.

Nachdem sie Grace acht Wochen lang aufgesucht hatte, spürte sie, dass sich in ihrem Inneren etwas zu lösen begann, das zuvor einer fest zusammengedrückten Stahlfeder geglichen hatte. Es gab immer noch Tage, an denen sie ihre Tortur noch einmal erlebte und sich wieder verängstigt und ohnmächtig fühlte, doch sie wurden weniger. Sie begann, es zu verarbeiten.

2

Mehrere Monate später

»Hör auf, Zara. Du machst alle wahnsinnig.«
»Dann entschuldige dich, Mike. Sag, dass es dir leidtut.«
»Ich entschuldige mich nicht für etwas, das ich nicht getan habe ...«

Die aufgebrachten Stimmen wurden leiser, als Briony mit einem kaum hörbaren Klicken die Tür der italienischen Villa hinter sich zuzog. Sie seufzte erleichtert auf, und ein Gecko huschte auf der Veranda in Richtung der Regenrinne davon. Da flüchtet noch einer, dachte sie, und sah ihm nach. Doch im Gegensatz zu ihr hatte er wahrscheinlich kein schlechtes Gewissen. Wie lange würde es dauern, bis die anderen aufhörten zu streiten und bemerkten, dass sie verschwunden war? Vielleicht würden sie denken, sie sei früh zu Bett gegangen, und abschließen. Ach, es war ihr gleichgültig. Ihr Urlaub dauerte erst drei Tage, und schon war sie der Gesellschaft der anderen überdrüssig. Der von Mike und Zara jedenfalls. Aruna und Luke traf keine Schuld. Zumindest vermittelten die beiden ihr nicht absichtlich das Gefühl, das fünfte Rad am Wagen zu sein.

Es war Ende Juli, und die Hitze lag schwer über der abendlichen Idylle. Briony sog die Essensdüfte ein, die noch in der Luft lagen, da sie gegrillt hatten, und ging über den unebenen Boden zwischen den Olivenbäumen zum Tor. Als sie in die Kühle des dicht bewachsenen Weges trat, wich der Geruch von beißendem Rauch dem Duft nach Harz, den sie dankbar einatmete.

Wohin jetzt? Bergab führte die Straße durch das kleine Dorf mit seiner Bar und seinem Laden und dann weiter über eine Brücke, die einen plätschernden Fluss überspannte. Dort glitzerte das Licht auf dem Wasser, eine wunderschöne Stelle, an der Kinder plantschten. Das bedeutete allerdings auch, dass sie anderen Menschen begegnen würde, und sie wollte allein sein. Also wandte sie sich nach links, bergauf und der untergehenden Sonne entgegen. In diese Richtung war sie noch nie gegangen.

Trotz der Wärme war der Weg leicht zu bewältigen, und es dauerte nicht lange, bis die entspannte Atmosphäre der italienischen Landschaft und ein angenehmes Ziehen in ihren Waden ihre aufgewühlte Seele beruhigten. Seit den Troll-Angriffen hasste sie Konflikte jeder Art, selbst wenn sie nicht direkt darin verwickelt war. Sie hatte immer das Gefühl, davonlaufen und sich verstecken zu müssen.

Bald ging die Schotterpiste, auf der ihre Sportschuhe knirschten, in einen weichen, grasbewachsenen Pfad über, der sie zwischen Terrassen mit Obstbäumen, wo die Luft frisch nach Zitrusfrüchten duftete, aufwärts führte. Minuten später erreichte sie eine Wegbiegung, unterhalb derer der Boden scharf abfiel. Sie blieb stehen und trat dann auf eine Felsspitze, um die plötzlich aufgetauchte atemberaubende Aussicht über das Tal zu betrachten. Hinter den Hügeln, die es umgaben, setzten sich weitere Hügel und Täler fort – ein Anblick, dessen Schönheit ihre Stimmung aufhellte.

Unter dem in Goldtönen leuchtenden Himmel war alles friedlich. Die Luft war so still und das Tal so tief, dass das Echo die leisesten Geräusche heraustrug. Briony kniff die Augen zusammen und lauschte. In weiter Ferne kläffte ein Hund warnend, was wie Morsezeichen klang. Das Jaulen eines Automotors wetteiferte mit dem Knattern eines kleinen Flugzeugs über ihr. In ihrer Nähe versuchte sich eine einsame Zikade zögernd an einem Ton wie ein Geigenspieler, der probeweise eine Saite anschlägt. Dann hörte man eine weitere Zikade, und plötzlich erklang um sie herum ein ganzes Orchester, als hätte ihnen jemand mit dem Taktstock ein Zeichen gegeben.

Brionys Blick blieb an den Terrakottadächern einer kleinen Stadt hängen, die sich an den Rand des Tals klammerte. Tuana. Sie erinnerte sich an ein Fragment aus einem Gespräch, das sie letzte Woche mit ihrem Vater geführt hatte. Da hatte sie ihn angerufen, um ihm mitzuteilen, wo sie ihren Urlaub verbringen würde.

»Tuana?«, hatte Martin Wood gesagt. »Da klingelt etwas bei mir. Wusstest du, dass der Dad deiner Mum, Grandpa Andrews, während des Kriegs dort stationiert war?« Dieser Anstoß reichte, damit sie online nach Bildern der Stadt suchte und schließlich in der Collegebibliothek ein paar Bücher über den Zweiten Weltkrieg auslieh, die sie mit hierhergebracht hatte. Ihr Großvater war gestorben, als sie zehn war, und hatte bis zu seinem Ende über seine Kriegserlebnisse geschwiegen.

Sie hatten am Tag ihrer Ankunft in Tuana angehalten, um Proviant einzukaufen, und einen ruhigen Ort mit engen, gewundenen Straßen und einem zentralen Platz vorgefunden, der verträumt in der Sonne lag. Doch nachdem sie den kleinen Supermarkt besucht hatten, war Mike ungeduldig geworden und hatte zur Villa weiterfahren wollen, um den hiesigen *vino* zu öffnen, den er gekauft hatte, daher war ihr keine Zeit zum Herumstöbern geblieben.

Das Tal war idyllisch – jedenfalls sah es so aus. Doch Briony wusste, dass der graue Dunst, der über den entferntesten Hügeln hing, der Smog über Neapels Industriegürtel sein musste und dass die zwei fernen, in Rauch gehüllten Gipfel den Vesuv darstellten, und das verdarb ihr die Freude, genau wie der Gedanke an Mike. Sie zog an einem Stück Zaunwinde an einem Busch in der Nähe. Es riss ab, peitschte durch die Luft und lag dann schlaff in ihrer Hand. Sie ließ es fallen.

Mit ihr konnte etwas nicht in Ordnung sein, wenn sie so empfand. Jeder andere hätte sich glücklich geschätzt. Zwei Wochen Sommerurlaub in einer Villa in den italienischen Bergen! Aruna hatte sie eingeladen, sie zu begleiten. Die liebe Aruna, die ihre beste Freundin war, seit sie sich vor Jahren als Studentinnen eine Wohnung geteilt hatten.

Abgesehen von Aruna waren ihr ihre Mitreisenden ziemlich fremd. Arunas Kollegin Zara und der Krankenhausarzt Mike waren das Paar, das sich gerade einen ausgewachsenen Streit lieferte. Dann war da noch der hochgewachsene, sanfte und entspannte Luke, der Ende dreißig und seit sechs Monaten Arunas Freund war. Briony fand ihn rücksichtsvoll, und es fiel ihr leicht, sich mit ihm zu unterhalten.

Sie trat von dem Felsen hinunter und ging weiter den schmalen Pfad entlang, der um den Rücken des Hügels führte. Sie setzte ihre Schritte sorgfältig; ein Fehltritt, und sie könnte abstürzen. Als sie das nächste Mal aufblickte, sah sie eine Böschung vor sich. Zwischen Bäumen, die auf dem Hang über ihr dicht zusammenstanden, konnte sie mit ihrem scharfen Blick einen Teil des Dachs und des oberen Stockwerks eines großen Hauses erkennen. Wie gelangte man bloß dorthin, vor allem mit dem Auto? Es musste eine Straße aus einer anderen Richtung dort hinführen.

Der Fußweg wurde steiler und verlief im Zickzack zwischen Bäumen. Aber Briony war neugierig auf das Haus und begann zu klettern. Erhitzt und atemlos erreichte sie den Kamm und stellte fest, dass sich in der Tat eine tief ausgefahrene, unbefestigte Straße nach rechts in die Richtung schlängelte, in der sie das Haus gesehen hatte.

Jemand musste hier hinaufgefahren sein, denn Reifenspuren hatten sich in den Staub eingedrückt. Vermutlich der Besitzer des Hauses. Aber wer würde hier oben leben, an einer so einsamen Stelle?

Sie folgte den Autospuren einige Minuten lang, dann verbreiterte sich die Straße plötzlich und endete abrupt vor einem schmiedeeisernen Tor mit durchhängenden Flügeln, das mit einer rostigen Kette verschlossen war. Eine Schlingpflanze mit winzigen roten Blüten rankte hindurch. Offensichtlich war es schon lange nicht mehr geöffnet worden. Von einem Auto war nichts zu sehen; als einzige Spur entdeckte sie aufgeworfene Erde auf der Straße, wo der Fahrer ungeduldig seinen Wagen gewendet haben musste.

Briony erreichte das Tor, umfasste die Gitterstäbe und sah in das üppige Grün hinein wie jemand, der ausgesperrt worden war.

Durch eine dieser seltsamen Perspektivverschiebungen konnte sie das Haus nicht mehr erkennen. Über diesem Ort lag eine solche Stimmung von Verfall und Einsamkeit, dass sie augenblicklich Melancholie überkam. Sehnsüchtig wünschte sie sich, zwischen den Gitterstäben des Tors hindurchzuschlüpfen oder über die mannshohe verfallene Mauer zu klettern, die rechts und links davon verlief, doch das wagte sie nicht. Was wäre, wenn der Eigentümer sie erwischte und ihr vorwarf, auf Privatgelände einzudringen? Italienisch konnte sie zwar halbwegs lesen, aber sie sprach es nur gebrochen, sodass es ihr schwergefallen wäre, sich zu erklären. Sie lächelte bei der Vorstellung, wie sie versuchte, einen wütenden Mafioso zu besänftigen. Dieser Ort wirkte verlassen, aber die Reifenspuren verrieten ihr, dass dies nicht unbedingt so sein musste.

Die Sonne versank hinter den Hügeln, und der Himmel glühte blutrot auf. Bald würde es dämmern. Zögernd wandte sich Briony vom Tor ab. Während sie den Hügel hinunterkletterte, huschten winzige Fledermäuse, die im Sturzflug Jagd auf Insekten machten, am Rand ihres Blickfelds entlang.

Auf der Felsspitze, auf der sie vor einer halben Stunde angehalten hatte, erblickte sie zu ihrem Erstaunen jemanden, der über das Tal hinausschaute. Die untergehende Sonne schien ihr in die Augen, doch dann erkannte sie die schlanke Gestalt, die die Hände in die Jeanstaschen gesteckt hatte, und die nussbraune Mähne. Luke.

»Hallo!«, rief sie, als sie näher kam.

Er drehte sich um, und seine dunklen Brillengläser reflektierten das Licht. »Hey.« Er setzte sein schiefes Lächeln auf. »Ist das nicht großartig? Ich hatte versucht, mich zu orientieren.« Er zeigte über das Tal hinaus. »Was meinst du, ist das die Straße, auf der wir am Samstag hergefahren sind?«

Briony kniff die Augen zusammen und musterte das silbrige Band, das sich über den Hügelhang nach Tuana hinunterschlängelte. »Das muss sie sein.«

»Was hast du dort oben entdeckt?« Mit einer Kopfbewegung wies Luke in die Richtung, aus der sie gekommen war, und sie beschrieb den überwucherten Garten und versuchte vergeblich, ihm das Dach der alten Villa zu zeigen. Jetzt, in der Dämmerung, wirkten die Bäume wie eine einzige dunkle Masse.

»Macht nichts. Vielleicht ein andermal.«

»Ja.« Eine Weile standen sie schweigend da und sahen zu, wie ein winziger Zug über einen fernen Hügel fuhr. »Gehst du spazieren«, fragte sie dann, »oder hast du nach mir gesucht?«

»Ich habe gesehen, wie du vorhin hinausgehuscht bist ... nun ja, und du warst lange fort. Aruna hat sich gefragt, ob es dir gut geht.« Luke runzelte die Stirn. »Geht's dir gut?«

»Mir geht's prima. Ich brauchte nur etwas Ruhe und Frieden.«

»Aha. Tut mir leid, ich wollte nicht neugierig sein.« Er schob seine Sonnenbrille hoch und schaute betreten drein.

»Warst du auch nicht, ehrlich.«

»Gut. Die Turteltäubchen vertragen sich übrigens wieder. Es ist wieder sicher.« Letzteres sagte er in einem gespielten Flüsterton, während er ironisch die Augenbrauen hochzog, und sie lachte los. Als er ihr voran den schmalen Pfad einschlug, der zurück zur Villa führte, fühlte sie sich froh, weil jemand sie verstand.

»Eigentlich ist Mike in Ordnung«, bemerkte Luke. »Er genießt es nur, Leute mit diesen schaurigen Geschichten aus dem Krankenhaus zu erschrecken. Am besten geht man gar nicht darauf ein, dann hält er die Klappe.«

»Ich finde es furchtbar, so über seine Patienten zu reden.« *Ich klinge wirklich verkniffen*, sagte sich Briony, doch zu ihrer Erleichterung nickte Luke.

»Er ist ein Idiot. Ich glaube, Aruna war nicht ganz klar, worauf sie sich einlässt, als sie die beiden eingeladen hat. In London war er ganz okay. Ist es nicht merkwürdig, wenn man Leute außerhalb ihrer normalen Umgebung kennenlernt? Man entdeckt ganz neue Eigenschaften an ihnen.«

»Man sieht sie so, wie sie wirklich sind?«

»Vielleicht eine andere Seite an ihnen. Trotzdem muss man sie als Ganzes betrachten.«

Sie beneidete Luke um seine entspannte Art. »Wahrscheinlich.« Mike war ganz nett, das musste sie zugeben, und er konnte amüsant sein, aber nach einem oder zwei Drinks wurde er laut und flegelhaft. Und – kurz spürte sie Zorn in sich aufsteigen – er verdarb ihnen allen den kostbaren Urlaub.

»Und was ist mit mir?«, fragte sie leichthin. Der Weg war breiter geworden, und sie gingen jetzt nebeneinander. »Bin ich außerhalb meines normalen Umfelds anders?«

Einen Moment lang gab Luke keine Antwort. »Ja und nein«, sagte er schließlich, als müsse er die richtigen Worte wählen. »Ich glaube, in London verhalten wir uns instinktiv auf eine bestimmte Art. Wir tragen so etwas wie einen Schutzpanzer, aber hier ist es einfacher, ihn zu durchschauen und die Person dahinter zu erkennen. In deinem Fall natürlich einen netten Menschen.« Er warf ihr einen Blick zu und grinste.

»Schon gut. Manchmal habe ich das Gefühl, dass die Person in meinem Inneren ein armes, verkümmertes Ding ist.«

»Wir alle fühlen uns manchmal so. Ich weiß, dass das bei mir der Fall ist. Da du schon fragst, du wirkst ein wenig ... abgespannt. Tut mir leid, wenn ich etwas Falsches sage ...«

»Vermutlich hast du recht«, räumte sie ein. »Ich habe wohl immer noch nicht richtig abgeschaltet.«

Schweigend stapften sie weiter, und Brionys Nervosität kehrte zurück, je näher sie der Villa kamen. Die besorgten Blicke, die Luke ihr jetzt zuwarf, beunruhigten sie. Vielleicht hatte sie sich ja lächerlich gemacht, als sie davongestürmt war, und er hielt sie für verrückt. Doch als sie die Tür erreichten und er zurücktrat, um sie vorzulassen, trafen sich ihre Blicke kurz. Er lächelte nicht, aber unter seiner lockigen Haarmähne leuchtete in seinen graublauen Augen ein gut gelaunter Verschwörerblick.

»Danke, dass du nach mir gesucht hast.«

»*No problemo*«, sagte er. »Aruna hat sich Sorgen gemacht.«

»Das ist die Villa Teresa«, erklärte der stämmige Barkeeper des winzigen Cafés im Ort am nächsten Tag herablassend auf Brionys Frage. Flink wischte er mit einem Lappen über den runden Tisch aus Zink und stellte einen Cappuccino und ein Glas Eiswasser vor sie hin. Dann sah er sich auf der sonnigen Terrasse um und senkte die Stimme. »Heute lebt dort niemand mehr, *bella*. Es gibt – wie sagt man? – ein Problem.« Er spreizte die Finger, um ein Intrigennetz anzudeuten.

»Aber wem gehört sie?« *Schöne* hatte er sie genannt. Die Art, auf die er es gesagt hatte, ließ sie sich beinahe tatsächlich so fühlen. Sie schob die Sonnenbrille hoch, sah blinzelnd zu ihm auf und fuhr sich mit der Hand über das lange Haar, das sie aus dem üblichen ordentlichen Knoten befreit hatte, um es zu glätten. Wie sie heute Morgen im Spiegel zufrieden entdeckt hatte, bleichte die Sonne ihr hellbraunes Haar, sodass es beinahe blond wirkte.

Neue Gäste trafen ein und lenkten ihn ab. »Ich weiß es nicht, *signorina*, tut mir leid.« Er neigte den Kopf und trat zu einem grauhaarigen amerikanischen Ehepaar, das sich gerade an einem Tisch in der Nähe niederließ. Die Frau fächelte sich mit einer Touristenbroschüre Luft zu, während der Mann ungeduldig *acqua minerale* verlangte.

Briony trank ihren Kaffee und blätterte das Buch durch, das

sie mitgebracht hatte. Es war ein illustrierter Bericht über die Befreiung Italiens durch die Alliierten. Als sie die Fotos musterte, wurde ihr klar, dass diese Gegend ein ziemliches Schlachtfeld gewesen war, um das die Deutschen und die einmarschierenden alliierten Truppen heftig gekämpft hatten. Hier, vor diesem hübschen Café mit seinem ockerfarbenen Dach und der Aussicht über die Bogenbrücke und den plätschernden Fluss, fiel es schwer, sich das vorzustellen, obwohl diese Terrasse der perfekte Ausguck gewesen wäre. Briony las die ersten Zeilen: Die Deutschen zogen sich zurück, wobei sie alle Verkehrsverbindungen sprengten ... Plötzlich wurde sie unterbrochen.

»*Scusi, signorina.*« Von dem Tisch hinter ihr, wo vorher niemand gesessen hatte, drang eine weiche Frauenstimme zu ihr.

Briony drehte sich um und sah in die mandelförmigen Augen einer zierlichen Italienerin mittleren Alters, die ein langärmliges königsblaues Top trug und mit einem Kaffee im Schatten saß. Briony brauchte eine Sekunde, um Mariella zu erkennen, die Haushälterin ihrer Villa. Erst gestern war sie mit ihrer schüchternen erwachsenen Tochter zu ihnen heraufgefahren und hatte bergeweise frisches Bettzeug und schneeweiße Handtücher gebracht, und die beiden hatten alles in einem Schrank verstaut. Anschließend hatten sie taktvoll, aber tatkräftig die Küche wieder in Ordnung gebracht.

»*Buongiorno*, Mariella«, sagte sie jetzt. »Tut mir leid, ich hatte Sie nicht gesehen. Ich heiße Briony. *Sono Briony.*«

Mariella quittierte das mit einem Nicken, ihr Blick richtete sich auf das Buch. »*Per favore, Briony,* das Buch?«

Briony zeigte ihr das Cover, und dann, als Mariella bittend die Hand ausstreckte, reichte sie ihr den Band. Sie sah zu, wie die Frau mit ihren langen Fingern die Bilder aufblätterte, und ihr fiel ihr zorniger Blick auf.

»Sie wissen hierüber Bescheid?«, fragte Mariella und tippte auf das Buch, und Briony verstand, was sie meinte.

»Ich bin Historikerin«, erklärte sie. »Was hier passiert ist, fasziniert mich. Ich schreibe über den Zweiten Weltkrieg.« Und sie erzählte von Frauen in Uniform, während Mariella lauschte und Briony ruhig und forschend ins Gesicht sah. »Außerdem«, setzte Briony hinzu, »ist da noch mein Großvater, *mio nonno*. Er war als Soldat hier, als britischer Soldat.«

Bei diesen Worten erstarrte Mariella und sah sie noch durchdringender an, sodass sich Briony fragte, ob sie ihr Gegenüber beleidigt hatte, ohne es zu wollen. Für einige Menschen mochte der Krieg Geschichte sein, aber sie wusste, dass er bei anderen Wunden aufgerissen hatte, die niemals heilen würden und noch immer Nachwirkungen auf ihre Kinder hatten. Möglich, dass Mariella zu ihnen gehörte.

Briony war immer noch besorgt, als Mariella ihr das Buch mit einem schlichten *grazie* zurückgab.

Die Haushälterin wechselte das Thema. »*La casa?* Das Haus? Sind Sie zufrieden?«

»Oh, sehr zufrieden«, gab Briony hastig zurück. »Alles ist wunderbar, danke.«

»*Prego*«, antwortete Mariella unbestimmt. Gern geschehen. Wieder warf sie einen Blick auf das Buch. »Signor Marco!«, rief sie dann über die Schulter. Der Wirt tauchte in der Küchentür auf und trocknete seine großen kräftigen Hände an einem Handtuch ab. Sein kahler Schädel glänzte im elektrischen Licht. Sie sprach ihn mit einigen Sätzen auf Italienisch an, und zwar so schnell, dass Briony ihr nicht folgen konnte. Immer wieder erwähnte sie die Worte »Villa Teresa«. Signor Marco antwortete im selben Tempo, und Briony sah zwischen den beiden hin und her und versuchte, sich den Sinn aus alldem zusammenzureimen. Schließlich trat der Wirt den Rückzug in seine Küche an, und die Frau rückte die Jacke zurecht, die über ihren Schultern hing, nahm eine schwarze Einkaufstasche, die auf dem Boden stand, und erhob sich, um zu gehen. »*Ciao, signorina.*«

»*Ciao*. Hat mich gefreut«, murmelte Briony, während sie sich immer noch fragte, worum es in dem Gespräch mit Signor Marco gegangen war. Sie beobachtete, wie Mariella ihm einen Abschiedsgruß zurief und hinaus in den Sonnenschein trat.

Hier geht etwas Merkwürdiges vor, dachte sie. Langsam, die schmale Gestalt gebeugt, ging Mariella tief in Gedanken versunken davon. Mit einem Mal blieb sie stehen, drehte sich um und sah mit wachsamer Miene zurück, hinauf zum Café. Dann schien sie eine Entscheidung zu treffen, denn sie überquerte mit großen, entschlossenen Schritten die Straße und schlug einen schmalen Fußweg ein, der gegenüber dem Dorfladen bergaufwärts verschwand.

Briony sah ihr nach und fühlte sich durch die ganze Begegnung ziemlich verunsichert. Hatte sie, ohne es zu wollen, ein Reizthema angesprochen?

3

Am nächsten Morgen kündigte Mike einen Ausflug zu einem nahe gelegenen Weingut an. Briony beschloss sofort, in der Villa zu bleiben. »Ich fühle mich ein wenig müde«, log sie. »Fahrt ihr nur. Ich gehe einkaufen und reserviere uns einen Tisch für heute Abend.« Sie wollten ein Restaurant im Nachbardorf ausprobieren, für das Aruna im Gästebuch eine Empfehlung gefunden hatte.

»Bist du dir sicher, dass es dir gut geht?«, fragte Aruna mit besorgter Miene. Seit Briony von ihrer abendlichen Flucht zurückgekehrt war, herrschte im Haus eine gedämpfte Stimmung, und alle außer Luke hatten ihr argwöhnische Blicke zugeworfen, was sie hasste.

»Mir geht es ausgezeichnet«, erklärte sie und gab sich die größte Mühe, fröhlich zu wirken. »Wirklich. Ich schlafe nur nicht so gut. Liegt an der Hitze.« Das stimmte, aber die Besorgnis der anderen brachte sie auch in Verlegenheit, und sie sehnte sich einfach danach, allein zu sein.

Aruna nickte, wirkte aber nicht überzeugt.

Nachdem Briony den anderen nachgewinkt hatte, reservierte sie im Restaurant, ging dann den Hügel hinunter und kaufte im Dorfladen ein paar Vorräte, die sie zurückschleppte und in der Küche einräumte. Dann kochte sie sich eine Tasse umwerfend duftenden Kaffee. Sie ließ sich auf einer Sonnenliege am Pool nieder und griff nach einem Roman, den sie am Flughafen gekauft hatte. Sie genoss den Gedanken, allein zu sein, und die Vorstellung, dass in der Küche Olivenbrot, Weichkäse und Obst auf sie warteten. Dann hörte sie, wie auf dem Weg vor dem Haus ein Auto anhielt. Die anderen konnten doch nicht schon zurück sein?

Jemand hämmerte an die Vordertür. Verblüfft öffnete Briony. Ein hoch aufgeschossener Jugendlicher, der ungefähr achtzehn Jahre alt sein musste, wartete auf der Veranda. Zu seinen Füßen stand ein großer Karton. Er hatte den Motor laufen lassen, und das unangenehme Tuckern ärgerte sie.

»*Buongiorno*. Für Sie«, erklärte er in schwer akzentuiertem Englisch und wies auf den Karton.

Briony musterte die Pappbox misstrauisch. Sie war schmutzig, und auf der Außenseite war ein Mixer abgebildet.

»Für Sie«, wiederholte der Junge und sah sie aus großen, von dunklen Wimpern umrahmten Augen flehend an. »Geschenk von meiner Mama.«

»Wie bitte? *Non capisco*.« Ich verstehe nicht.

Frustriert wedelte der Junge mit den Armen, drehte sich auf dem Absatz um und fuhr sich mit der Hand durch das dichte schwarze Haar, als suche er nach Worten. Dann wandte er sich wieder zu ihr um und versuchte sich an einem schiefen, charmanten Lächeln.

»Für Sie zum Anschauen«, sagte er. »Wie Fernsehen. Danke.«

Sie musterte ihn einen Moment lang. Dann ging sie in die Hocke und zog die Klappen auseinander. Im Inneren des Kartons befand sich eine Art Apparat, aber kein Mixer. Ein alter Filmprojektor, wurde ihr klar, und eine Reihe runder, flacher Blechdosen – altmodische Filmdosen. »Ich glaub nicht, dass das für mich ist«, erklärte sie und hielt die flachen Hände in die Höhe, um ihm Nein zu bedeuten.

»*Si, si*«, beharrte er. »Mama, sie ... sie ...« Er fuhr schwungvoll mit den Händen durch die Luft, als reibe er mit einem Tuch über ein Fenster.

»Putzen? Ach, dann ist Mariella deine Mutter?«

»*Si*, putzen. Sehr gut. Das ist für Sie. Ich gehe jetzt. *Arrivederci, signorina.*« Und er marschierte durch den Garten davon und blieb nur stehen, um noch ein letztes Mal zu winken.

»Wozu ist das gut?«, rief ihm Briony nach, doch es war zu spät. Sie sah, wie er in sein Auto sprang, hastig in drei Zügen wendete, mit einem metallischen Kreischen beschleunigte und eine Staubwolke wie aus einem Comic hinterließ.

Briony wackelte mit den nackten Zehen und sah mit verschränkten Armen auf den Karton hinunter. Warum in aller Welt hatte Mariella ihnen einen alten Filmprojektor geschickt? Sie runzelte die Stirn. Wie auch immer die Antwort lautete, sie konnte ihn jedenfalls nicht auf der Türschwelle stehen lassen. Sie zerrte den Karton in die Küche, wo es hell genug war, um den Inhalt in Augenschein zu nehmen. Dann nahm sie eine der Filmdosen heraus. Die flache runde Schachtel war so fest zusammengedrückt, dass sie ein paar Versuche mit einer Münze aus ihrem Portemonnaie brauchte, um sie zu öffnen.

Briony war keine Expertin, aber der Film im Inneren schien in brauchbarem Zustand zu sein. Sie fand das Ende der Rolle, wickelte einen langen Streifen ab und untersuchte die Stelle, an der die Filmbilder begannen. Doch sie konnte nichts erkennen. Einen Moment lang dachte sie nach, dann wickelte sie ihn wieder auf und legte ihn zurück in die Dose.

Der Karton auf dem Boden störte sie, als sie sich auf einen Hocker setzte, um ihr Brot und ihren Käse zu essen. Den Geschmack, auf den sie sich gefreut hatte, bemerkte sie kaum. Schließlich kam sie auf die Idee, dass das Geschenk eine Nachricht mit einer Erklärung enthalten könnte. Sie hievte das Gerät auf den Tisch. Die zweite Dose enthielt nur eine leere Spule. Sonst befand sich in dem Karton nichts, und es war auch nichts auf die Außenseite geschrieben. Wenn sie nur eine Ahnung gehabt hätte, wie man diesen elenden Apparat bediente! Wenn sie im Rahmen ihrer Recherchen einen Film ansehen wollte, legte ihn ein Techniker für sie ein.

Sie grübelte immer noch darüber nach, als die anderen am frühen Nachmittag von ihrer Expedition zurückkehrten. Sie waren überhitzt und fühlten sich sichtlich unwohl, und Zara wirkte nach der Weinprobe ziemlich mitgenommen. »Sie hat ihn getrunken, statt ihn auszuspucken«, flüsterte Aruna, während sie Zara nachsahen, die sich nach oben schleppte, um sich hinzulegen.

Mike, der eine Kiste mit klirrenden Flaschen in die Küche trug, bemerkte den Projektor sofort. »Nanu, wo kommt der denn her?« Er stellte die Weinkiste daneben ab und griff nach den Filmdosen. Er atmete schwer, und unter seinem kurzen schütteren Haar lief ihm der Schweiß in Strömen über das runde Gesicht, doch als er das Gerät untersuchte, leuchteten seine Augen auf.

»Der Sohn der Putzfrau hat das alles gebracht. Ich habe keine Ahnung, warum.«

»Vielleicht kann ich dieses Baby ja in Gang bringen«, murmelte Mike, während er die leere Spule auf eine Transportrolle steckte. »Mein Dad hatte so einen. Hat uns zu Weihnachten immer Charlie-Chaplin-Filme gezeigt. Großartig, wenn er sie rückwärtslaufen ließ.«

»Verehrte Damen und Kerle«, dröhnte an diesem Abend, nachdem sie aus dem Restaurant zurück waren, Mikes tiefe Stimme aus der Dunkelheit des Wohnzimmers. »Wenn wir Glück haben, beginnt die Show jetzt.«

Auf dem weißen Bettlaken, das Luke als provisorische Leinwand aufgehängt hatte, tauchte plötzlich ein zuckendes gelbes Lichtquadrat auf, das der Projektor warf.

»Auf dem Bettlaken sitzt eine Spinne!«

»Sei nicht so empfindlich, Zara«, seufzte Mike.

»Komm schon, Kleiner. Das Rampenlicht ist nicht für dich.« Luke schob das Tier beiseite, in Sicherheit.

Das Surren des Apparats wurde lauter, als sich die Rollen zu drehen begannen. Eine Reihe körniger schwarzer Bilder flackerte über das Laken, und dann folgte ein zittriges Schwarz-Weiß-Bild. Briony brauchte einen Moment, um es zu erkennen. »Ein Flugzeug.« Die winzige Maschine flog ruhig an einem wolkenlosen Himmel dahin, und dann spuckte sie mit einem Mal Flammen und schwarzen Rauch, sackte ab und torkelte, sodass die Kamera, die hin- und hergeschwenkt wurde, um die Maschine einzufangen, sie immer wieder verlor. Alle im Raum keuchten auf.

»Haben wir Ton, Mike?«, fragte Aruna aufgeregt.

»Kann keinen kriegen.«

Das Flugzeug stürzte lautlos hinter einem Hügel ab, und alle stöhnten.

»Aha«, meinte Mike, als das Bild sich veränderte und eine Panoramaaufnahme eines großen, unordentlichen Gartens und einige parkende Laster zeigte.

»Armee oder so?«, fragte Luke.

»Ich sehe keine Kennzeichnungen, aber könnten das Briten sein?« Briony suchte sich einen anderen Platz und versuchte, die Einzelheiten besser zu erkennen. Zwei Männer in Uniform luden Kisten von einem der Lastwagen, und dann folgte eine Nahaufnahme mit den Gesichtern der Soldaten, die in die Kamera grinsten. Einer bildete das Siegeszeichen »V« und bewegte die Lippen. »Eindeutig Briten«, murmelte Briony, als sie an einem Ärmel ein Dienstgradabzeichen entdeckte.

Im Hintergrund stand irgendein weißliches Gebäude. Briony hoffte, dass die Kamera schwenken würde, damit sie erkennen konnte, worum es sich handelte, doch stattdessen verweilte der Fokus auf den Kisten und richtete sich dann auf eine kleine Gruppe von Männern, die auf Holzkisten saßen, Karten spielten und rauchten. Einer zog eine Grimasse, ein anderer winkte, aber ein dritter verdeckte sein Gesicht mit dem Arm. Die Kamera zoomte auf die Karten in seiner Hand. Danach musste es zu einem Handgemenge gekommen sein, denn das Bild drehte sich chaotisch gen Himmel. Schließlich wurde sie wieder ausgerichtet, und man erhaschte plötzlich einen Blick auf das weiße Gebäude. Fensterläden, ein mit Ziegelpfannen gedecktes Dach.

»Eine Villa«, sagte Luke leise. »Britische Soldaten in einer hiesigen Villa während des Krieges.«

»So sieht es aus«, pflichtete Briony ihm bei. Die Leinwand verdunkelte sich und wurde dann wieder hell. Dieses Mal schien das Bild eine friedliche Aufnahme eines Tals mit all seinen Terrassen und Baumgruppen zu zeigen. »Das ist unser Tal!« Sie sog scharf den Atem ein. »Oh nein.«

»Die Brücke!« Alle redeten gleichzeitig, wiesen auf Orte in der Landschaft, die sie wiedererkannten, und betrachteten bestürzt die Kriegszerstörungen. Ein Bombenkrater, Terrassen, deren Böden von Reifenspuren aufgewühlt waren, die leeren Mauern eines ausgebrannten Hauses, in dem verkohlte Dachsparren im Wind schwangen, und schließlich die Aufnahme eines umgekippten Panzers. Ein schmaler Junge stand glückselig strahlend auf dem schwarzen Kreuz, das auf der Seite des Kriegsfahrzeugs prangte, und reckte einen Arm in die Luft.

»Dieses Tor!«, rief Briony aus, als das Bild sich wieder veränderte. »Luke, das ist das Gelände, auf das ich kürzlich abends gestoßen bin.« Mit einem Mal ergab alles einen Sinn. »Ich hatte Mariella nach der Villa gefragt, die ich oben auf dem Hügel gesehen habe«, erklärte sie. »Ich bin dort spazieren gegangen, bis Luke mich gefunden hat. Deswegen muss sie uns den Film geschickt haben. Aber«, überlegte sie, »wo hat sie ihn her?«

»Pssst, es geht noch weiter«, sagte Luke.

Sie schauten auf zwei Männer in kakifarbenen Uniformen, die ein mit zarten kleinen Pflanzen bewachsenes Stück Land jäteten.

»Kartoffeln!«, erklärte Luke fachmännisch.

»Erdäpfel, was? Oh, ah!«, erklang Mikes spöttische Stimme.

Die Kamera zoomte auf eine der Hacken, die zügig zwischen den Pflanzen geschwungen wurde, und nahm eine Hand in den Fokus, die sich senkte, um ein Unkraut auszureißen, und sich dann wieder nach oben bewegte. Die offene Jacke des Mannes ließ sein Unterhemd erkennen, das sich über einen gebräunten, muskulösen Brustkorb spannte. Er konzentrierte sich mit gesenktem Kopf auf seine Arbeit, und auf seinen Armen glänzte Schweiß. Dann blickte er auf, als bemerke er die Kamera zum ersten Mal, sah direkt in die Linse, schob seine Kappe zurück und wischte sich das Gesicht mit dem Arm ab. Über der hohen Stirn wuchs kurzes, lockiges dunkles Haar, und in seinem schmalen braunen Gesicht strahlten die Augen.

Die Verblüffung durchlief Brionys ganzen Körper.

Sie kannte dieses Gesicht, diese Augen.

Ein lautes Reißen, dann flog das Bild mit dem lose flatternden Filmband davon, und der Bildschirm zeigte wieder ein grelles Gelb.

»Das war's, Leute«, sagte Mike und knipste das Licht an. »Also, ich persönlich kapiere die ganze Aufregung nicht.«

Allgemeines verwirrtes Gemurmel kam auf. Warum hatte Mariella Briony diesen Film geschickt? »Er ist hier in der Nähe aufgenommen worden«, meinte Aruna, »deswegen dachte sie vielleicht, dass er uns interessiert. Hey, Briony, geht's dir gut?«

Briony blinzelte und bemerkte, dass alle sie anstarrten. »Tut mir leid«, sagte sie nach kurzem Schweigen. »Ich frage mich, ob Mariella wollte, dass wir alle den Film anschauen, oder ... ach, ich weiß nicht. Hört mal, Leute ... Mike, tut mir leid, wenn ich dir auf die Nerven gehe, aber ich muss ihn noch einmal sehen.«

Ein Aufstöhnen ging durch die Gruppe, aber das war Briony egal. Sie musste ihn sehen. Jetzt wusste sie ohne den Schatten eines Zweifels, dass der Film für sie bestimmt war, für sie allein.

Das Gesicht des Soldaten war ihr so vertraut wie ihr eigenes.

»Er sah genau wie mein Bruder aus. Natürlich meine ich nicht, dass das Will war«, erklärte Briony Luke und Aruna. »Das muss mein Großvater gewesen sein. Mum hat immer gesagt, dass Will nach ihm kommt.«

Es war später am Abend, und sie war zu den anderen nach draußen auf den halbdunklen, von Weinranken überdachten Patio getreten. Sie hatte gezögert, sich zu ihnen zu gesellen, bis die anderen sie schließlich begrüßt hatten. Rauch, der von einer Kerze auf dem niedrigen Tisch aufstieg, erfüllte die warme Luft, und das Flackern der Flamme warf unruhige Schatten über die belaubten Wände und spiegelte sich in den Bechern mit dem rubinroten Wein, den sie auf dem Weingut gekauft hatten. Mit Mikes Hilfe hatte sie den Film noch einmal angesehen. Sie hatte ihn gebeten, das Band langsamer laufen zu lassen, als sie zu den Aufnahmen des Mannes kamen, der aussah wie ihr Bruder.

»Ich kann schon nachvollziehen, was du damit gemeint hast, er sähe Will entfernt ähnlich, obwohl das Bild so körnig war. Weißt du denn ganz sicher, dass dein Großvater während des Krieges hier war?«, fragte Aruna.

»Laut Dad war er in diesem Teil Italiens stationiert.«

Aruna wirkte skeptisch. »Wenn er der Mann in dem Film gewesen wäre, dann wäre das ein erstaunlicher Zufall, Briony. Ich meine, diese Männer sahen doch alle gleich aus, vor allem in den Kaki-Uniformen und mit diesem furchtbaren Haarschnitt.«

»Hmm.« Sie würde sich von Aruna nicht umstimmen lassen. Der Mann aus der alten Filmaufnahme hatte ihr trotz all der Jahre, die ihre Leben trennten, so eindringlich in die Augen gesehen, dass es ihrem Herzen einen Stich versetzt hatte. Als Grandpa Andrews starb, war sie erst zehn gewesen. Sie konnte sich nicht klar an ihn erinnern, aber sie hatte Fotos von ihm gesehen. Briony spürte ein überwältigendes Verlangen danach herauszufinden, ob er dieser Mann war.

Am naheliegendsten wäre es gewesen, Mariella zu fragen,

doch sie würde erst morgen oder übermorgen wiederkommen, und Briony konnte es nicht abwarten. Morgen früh würde sie herausfinden, wo sie wohnte, und sie aufsuchen.

Nachdem Aruna und Luke zu Bett gegangen waren, saß Briony noch eine Weile allein bei Kerzenschein, beobachtete die schimmernden Spiegelbilder der Sterne auf der ruhigen Oberfläche des Pools und dachte nach. Grace, ihre Therapeutin, hatte sie ermuntert, über ihre Mutter zu reden, und im Lauf dieser Gespräche war Briony nach und nach das wahre Ausmaß ihres Verlustes klargeworden. Mit dem Tod ihrer Mutter hatte sie diese ganze Seite ihrer Familie verloren. Vielleicht, ganz vielleicht wurde ihr jetzt die Chance gegeben, etwas davon zurückzuholen.

4

Am nächsten Morgen beschrieb Signor Marco aus dem Café Briony den Weg zu einem kleinen Bauernhof, der auf dem Berghang direkt oberhalb des Dorfs lag. In der Hitze war es ein Gewaltmarsch, dort hinaufzusteigen. Hinter dem Hoftor brach ein schwerer, muskulöser Mischlingshund in lautes Bellen aus, als sie näher kam. Doch auf einen scharfen Befehl von Mariella hin verzog er sich in seine Hütte.

Mariella bat sie hinein und führte sie in eine kühle Küche mit Kachelboden, wo Briony sich auf ein Zeichen von ihr erleichtert an einen Holztisch setzte und ein Glas Wasser trank. Von dem Jugendlichen, der ihr den Projektor und die geheimnisvolle Filmspule gebracht hatte, war keine Spur zu sehen.

Mariella fuhr bereits mit ihrer Hausarbeit fort und räumte mit flinken Händen frisch gebügelte Wäsche in einen Korb. Die Hintertür stand auf und bot einen Ausblick auf die Terrassen des Hügelhangs, und vom Hof drang das zufriedene Glucksen von Hühnern herein, die nach Futter scharrten. Der Ort war idyllisch, und doch herrschte im Raum eine angespannte Atmosphäre. Briony spürte sie in dem Blick, mit dem die Frau sie musterte, während sie Handtücher faltete. Es war, als würde sie versuchen, Briony einzuschätzen.

»Ich wollte Ihnen danken«, begann Briony und hielt ihrem Blick stand. »Für den Projektor.« Sie unterstützte ihre Worte durch eine Geste.

»*Prego.*« Die Frau nickte. »Haben Sie ihn ... gesehen?« Sie ließ sich Briony gegenüber auf einen Stuhl sinken und drückte sich eine Kissenhülle an die Brust.

»Ja. Das ist die Villa Teresa, nicht wahr?«

»*Si, si.* Im Krieg.«

Briony beugte sich vor. »Warum wollten Sie, dass ich ihn sehe, Mariella?«

Verblüfft zuckte Mariella mit den Schultern. »Warum? Sie sind Historikerin. Vielleicht finden Sie es heraus? Wer die Menschen sind?«

»Das sind eindeutig britische Soldaten.«

»*Si*, aber ihre Namen, wer sie sind. Sie können das herausfinden.« Mariella wirkte angespannt, aber warum nur, warum?

»Es ist Ihnen offensichtlich wichtig, Mariella. Woher stammt der Film?«

Wieder dieses Misstrauen. »Jemand hat ihn mir gegeben«, murmelte sie. Sie mied Brionys Blick.

Verwirrt versuchte Briony es noch einmal. »Wer?«, fragte sie behutsam. »Und warum?« Doch die Fragen ließen Mariella endgültig verstummen. Sie drückte die Kissenhülle fest an sich, und ihr Gesicht wirkte so ausdruckslos wie eine glatte braune Nuss.

»Darf ich?«, murmelte Briony und stand auf, um ihr Glas am Wasserhahn aufzufüllen. Die kalten Wassertropfen, die auf ihre Haut spritzten, beruhigten sie. Sie versuchte es noch einmal. »Wo kommt dieser Film her, Mariella?«

»Aus der Villa Teresa«, erklärte Mariella schließlich. Sie legte den Kissenbezug auf den Tisch und strich die Knitterfalten glatt. »Mein Vater hat ihn vor langer Zeit dort gefunden. Als Kind.« Nachdem sie sich entschlossen hatte zu sprechen, sprudelten die Worte nur so aus ihr heraus. »Er ist letztes Jahr gestorben und hat mir diese Sachen hinterlassen. Ich wusste nicht, was ich damit anfangen soll.«

»Was für Sachen?« Briony spürte, wie ihr Interesse erwachte. Sie konnte das Gesicht dieses Soldaten aus dem Film nicht vergessen: erschöpft, aber fröhlich trotz allem, was er durchmachen musste. Sie erinnerte sich daran, dass ihr Großvater so gewesen war – ein gelassener Mann, der damit zufrieden war, für die Gegenwart zu leben, und selten über die Vergangenheit oder die Zukunft gesprochen hatte.

»Ich zeige es Ihnen.« Mariella verließ die Küche, und Briony hörte ihre leichten Schritte auf der Treppe. Einige Minuten später kehrte sie mit einer rechteckigen Blechbüchse zurück, die einer altmodischen Brotdose ähnelte. Sie klappte den Deckel auf und zog einen zusammengefalteten dicken braunen Umschlag hervor, der so alt war, dass er weich und pelzig wirkte. Sie reichte ihn Briony, die das Päckchen hoffnungsvoll umdrehte, doch auf der Vorderseite stand nichts geschrieben. Fragend sah sie Mariella an.

»Öffnen Sie«, forderte Mariella sie auf.

Briony zog die abgegriffene Lasche auf, spähte hinein und holte vorsichtig einen Stapel alter Briefe heraus, die mit einem ausgefransten blauen Band zusammengebunden waren. Mariella setzte sich wieder, verschränkte die Arme und musterte sie erwartungsvoll.

Der Knoten wollte sich nicht lösen, und Briony brauchte eine Weile, um das Band von dem Bündel zu ziehen. Der oberste Umschlag war zerknittert, als hätte ihn einmal jemand herausgezerrt, angesehen und dann wenig sorgfältig wieder unter das Band gestopft. Mit einem Mal riss das Band, und die Briefe ergossen sich über den Tisch, zwanzig oder dreißig, vielleicht mehr. Briony schob sie zusammen, in der richtigen Reihenfolge, wie sie hoffte, nahm einen von oben und untersuchte zuerst ihn und dann einen weiteren.

Die Briefe waren alle in derselben kultivierten englischen Handschrift an einen Gefreiten Paul Hartmann adressiert. Es war eine elegante, schräg geneigte Schrift, die wahrscheinlich einer Frau gehörte.

Briony musterte die Adressen, aber die Briefe waren größtenteils über die britische Feldpost verschickt worden, sodass sie ihnen nicht ansehen konnte, wo sich Paul Hartmann aufgehalten hatte, als sie ihn erreicht hatten. Einige Umschläge waren mit blauem Stift überschrieben und offensichtlich von einem Ort zum anderen nachgeschickt worden. Mehrere Briefe besaßen keinen Umschlag, darunter einer, der so oft auseinander- und wieder zusammengefaltet worden war, dass er sich auflöste. Diesen legte sie weg, stattdessen suchte sie einen anderen aus.

Hauchdünnes Papier knisterte in ihrer Hand. Die Schrift darauf war ziemlich einfach zu entziffern. *Flint Cottage*, hatte die Verfasserin oben auf die erste Seite geschrieben. *1. September 1940*.

»Lesen Sie«, bat Mariella sie, also las sie ihn stockend vor, denn sie musste manchmal zurückgehen, um die Aussage richtig herüberzubringen.

Lieber Paul, begann der Brief.

Ich hatte Ihnen versprochen, bald wieder zu schreiben, und entschuldige mich. Doch dies ist die erste Gelegenheit, die ich finde, so viel hatte ich im Garten zu tun. Wir pflücken Beeren. Sie erinnern sich doch an die vielen Himbeeren, die wir rund um Flint Cottage gepflanzt haben? Nun, glücklicherweise haben wir eine gute Ernte, und Mrs. Allman und ich hatten wochenlang damit zu tun, Kuchen zu backen und Obst einzumachen, zuerst Pflaumen, jetzt Birnen und Brombeeren und bald die Bramley-Äpfel. Ärgerlich, dass Zucker so schwer zu bekommen ist.
Jetzt komme ich vom Hundertsten ins Tausendste und habe noch gar nicht gefragt, wie es Ihnen geht. Hat Sie das letzte Paket Ihrer Mutter erreicht, das mit der Seife und dem blauen Pullover? Angesichts der neuesten Nachrichten bin ich froh, dass Sie nicht in der Umgebung von London stationiert sind. Sie geben uns Bescheid, wenn Sie versetzt werden, ja? Wir denken oft an Sie und

versuchen uns vorzustellen, wie es Ihnen ergeht. Ich hoffe, Sie lassen sich nicht unterkriegen.
Diane ist noch in Dundee, und wir hören gelegentlich von ihr. Mummy besucht zusammen mit Mrs. Richards einen Erste-Hilfe-Kurs! In Anbetracht der Umstände halten wir uns gut. Ihrer Mutter geht es gut, und sie scheint die Bücher zu mögen, die ich in der Bibliothek für sie ausgesucht habe. Auf Westbury Hall werden Sie sehr vermisst. Dort steht alles gut, obwohl wir die Kellings kaum zu Gesicht bekommen haben. Ma und Pa, meine ich. Diane hat in Dundee Robyn getroffen. Ich versuche, bald wieder zu schreiben.
Ihre Sarah

Der Brief ist mit Bedacht verfasst, herzlich und bewusst fröhlich, doch ein wenig distanziert, dachte Briony, als sie zu Ende gelesen hatte. Ein Brief an einen Freund. September 1940. Die Alliierten waren natürlich erst 1943 in Italien gelandet, also musste Hartmann ihn anderswo erhalten haben. Ihr ging auf, dass er ihn mehrere Jahre bei sich getragen haben musste. Er musste ihm viel bedeutet haben.

Briony blickte auf und stellte fest, dass Mariella sie ansah. Ihre tiefen dunklen Augen wirkten ruhig, doch es lag ein Hauch von Sorge darin. »Bitten nehmen Sie sie«, sagte Mariella. »Vielleicht finden Sie ja die Familie und geben sie ihr.«

»Vielleicht.« Briony runzelte die Stirn. »Ich frage mich, wer Paul Hartmann war.« Der Brief, den sie gelesen hatte, strahlte mit seiner Lebensfreude und seiner flüssigen Handschrift etwas aus, das ihr Interesse weckte. Sie konnte sich beinahe vorstellen, wie die Verfasserin an einem Fenster mit Aussicht auf einen herbstlichen Garten saß und die Luft nach Holzrauch roch, während ihre Hand über die Seite flog.

»Bitte«, sagte Mariella in flehendem Tonfall. »Der Film, diese Briefe gehören nicht uns. Nehmen Sie sie.«

»Aber Mariella, wenn Ihr Vater sie ohne Erlaubnis aus der Villa genommen hat, dann sollte ich sie vielleicht nicht nehmen. Sie gehören weder Ihnen noch mir.«

Zu Brionys Verblüffung richtete Mariella sich stolz auf, und ihre dunklen Augen sprühten. Ihre fest zusammengepressten Lippen und ihre Hände, die die Tischkante umklammerten, zeigten keine Spur mehr von Nervosität. »Manche Leute sagen, er hat sie gestohlen, aber ich sage Ihnen, dass die Villa Teresa meiner Familie gehört«, erklärte sie.

»Oh«, gab Briony verblüfft zurück.

»Was im Krieg geschehen ist, war meinem Vater wichtig. Die jungen Leute sagen, das ist lange her. Warum soll sich jemand dafür interessieren?«

»Mich interessiert es«, sagte Briony leise.

»Ja, deswegen erzähle ich Ihnen ein wenig. Die Villa Teresa hat dem Vater meines Großvaters gehört, verstehen Sie?«

»Ihrem Urgroßvater.«

»Ja. Aber er ist im Krieg gestorben, und dann haben mein Großvater und sein Cousin beide behauptet, die Villa gehöre ihnen. Sie haben viele Jahre darum gekämpft, bis kein Geld mehr da war, um den *avvocato* zu bezahlen.«

»Den Anwalt?«

»*Sì*. Und dann ist mein Großvater gestorben, manche sagen vor Traurigkeit. Seit vielen Jahren wissen wir nicht, was aus der Villa werden soll.«

»Jetzt wohnt dort niemand?«

»Nein. Die Villa verfällt. Nicht gut.« Seufzend strich sich Mariella übers Haar. Dann richtete sie mit den gleichen schnellen Griffen, mit denen sie die Wäsche gefaltet hatte, den Briefstapel gerade aus, schob ihn zurück in den Umschlag und legte ihn in die Blechbüchse. »Nehmen Sie, nehmen Sie«, sagte sie und schob Briony die Dose zu.

»Ich denke, ich kann versuchen, die Familie zu finden. Wenn

ich keinen Erfolg habe, soll ich sie dann an ein Archiv übergeben? Museum«, erklärte sie hastig, als sie sah, wie Mariella die Stirn runzelte.

»Museum, ja.«

Sie nahm die Dose. Als sie Mariella dankte, umarmte die Frau sie zu ihrem Erstaunen herzlich. Erst, als sie den Hügel hinunterging, fiel ihr auf, dass Mariella ihre Fragen nicht richtig beantwortet, sondern stattdessen neue aufgeworfen hatte.

»Also war die Villa Teresa während der Invasion Italiens von alliierten Truppen besetzt, aber als es Zeit wurde, sie ihren Eigentümern zurückzugeben, war Mariellas Urgroßvater verstorben, und die Familie stritt darüber, wer sie erben sollte«, erklärte Briony Luke und Aruna später am Nachmittag. Sie saß am Rand des Pools, hatte sich das gestreifte Sommerkleid bis über die Knie hochgezogen und ließ die Beine im Wasser baumeln. »Der Fall ist seit vielen Jahren ungelöst, die alten Leute sind alle tot, und niemand hat eine Ahnung, was Sache ist.« Das Delfine darstellende Mosaik auf dem Boden des Pools schien sich zu winden und Wellen zu schlagen.

»Diese Bürokratie. Unglaublich!« Ein sarkastisches Grinsen ließ Lukes Zähne aufblitzen. »So etwas gibt es aber auch nur hier.« Er saß auf einer Sonnenliege, auf seinem Bauch lag umgekehrt ein aufgeschlagenes Taschenbuch. In der Sonne hatte sein Körper bereits einen hellen Goldton angenommen.

»Das erklärt immer noch nicht, warum Mariella uns den Film gegeben hat.« In ihrem weißen Bikini schimmerte Arunas Haut dunkler denn je. Sie saß schräg auf der Liege neben Luke und untersuchte eine übel aussehende Blase an der Seite ihres Fußes. »Verdammte Schuhe«, murrte sie und wackelte mit den Zehen. »Wirf mir die Sonnencreme rüber, ja, Bri?«

»Das ist nicht fair«, brummte Briony und tat ihr den Gefallen. »Ich werde immer bloß rot wie ein Hummer.«

»Du bist auch eine zarte englische Rose«, pflichtete Aruna ihr grinsend bei. Ihr glitzerndes Nasenpiercing betonte ihre leuchtenden braunen Augen, und ein Tattoo in Gestalt einer zusammengerollten Schlange an ihrem Fußknöchel hob ihre zarte Knochenstruktur hervor.

Briony erwiderte ihr Lächeln voller Zuneigung. Aruna war so schlank und perfekt, da war es kein Wunder, dass sich jeder in sie verliebte. Luke war ein Paradebeispiel dafür. Briony war dabei gewesen, als die beiden sich zum ersten Mal begegnet waren, und sie erinnerte sich noch daran, wie bei seinem ersten Blick auf Aruna ein hingerissener Ausdruck auf sein Gesicht getreten war.

»Ihr seid beide wunderschön«, meinte Luke seufzend. »Und jetzt erzähl die Geschichte weiter, Briony.«

»Mariellas Familie betrachtet die Villa als ihr Eigentum, und ihr Vater hatte den Film und die Briefe mitgenommen, ohne jemanden um Erlaubnis zu bitten. Sie wusste nicht, was sie sonst damit anfangen soll.«

»Klingt für mich alles ein bisschen seltsam«, meinte Aruna und breitete ihr Handtuch auf der Liege aus. »Also hast du einen Film von deinem Großvater, und sie ist die Sachen los.« Sie griff nach ihrer Ray-Ban-Sonnenbrille und legte sich hin, um sich den Bauch einzucremen.

Luke setzte sich auf und sah Briony über den Rand seiner Sonnenbrille hinweg an. »Wissen wir etwas über die Frau, die diese Briefe geschrieben hat? Du hast gesagt, ihr Name sei Sarah.«

»Ich habe nur ein paar gelesen, also nein. Ich glaube, sie hat in Norfolk gelebt, an einem Ort namens Westbury.«

»Du kennst dich doch in Norfolk aus, Luke«, murmelte Aruna verschlafen.

»Nein. Meine Eltern sind dort hingezogen, nicht ich. Sicher, wir können Westbury im Internet suchen, wenn wir das nächste Mal wieder Empfang haben. Aber ich habe noch eine Idee.« Luke nahm die Sonnenbrille ab und musterte Briony aus zusammengekniffenen Augen. »Die Villa. Wie wäre es, wenn wir uns dort umsehen, sobald es kühler ist?«

»Klingt großartig.«

»Aruna?«

»Wenn es nicht zu anstrengend wird«, stöhnte Aruna.

»Du solltest versuchen, ausnahmsweise richtige Schuhe anzuziehen«, meinte Luke mit sanfter Stimme.

»Ach, halt den Mund«, murmelte sie.

»Sollen wir die anderen fragen, ob sie mitkommen wollen?«, fragte Briony vorsichtig.

»Sie laufen nicht gern, ist dir das nicht aufgefallen?«, entgegnete Aruna lachend. Sie wälzte sich auf den Bauch. »Cremst du mir den Rücken ein, Luke? Bitte, bitte?«

5

Mike und Zara wollten nicht spazieren gehen, daher brachen sie gegen Abend nur zu dritt auf. Die leichte Brise erweckte die Bäume an der Straße zum Leben, und in ihrem Schatten war die Luft herrlich kühl. Als sie den Hügel hinaufgestiegen waren und den ausgefahrenen Weg zur Villa erreicht hatten, war ihnen heiß, und sie waren erschöpft. Und schlimmer noch, trotz ihrer geeigneteren Schuhe hinkte Aruna, der ihre Blase Beschwerden bereitete. Sie ließ sich auf das Gras am Straßenrand sinken, um sie zu untersuchen, und Briony sah, wie zärtlich Luke sich hinhockte, um ihr den Staub von der Ferse zu wischen und ein Pflaster aufzukleben, das er aus der Tasche zog.

»Du trägst sie mit dir herum!« Briony war beeindruckt.

Er streckte die Hände aus, um ihr seine alten Kratzer und Narben zu zeigen. »Berufsrisiko«, erklärte er, »sogar mit Handschuhen.«

Luke hatte seine eigene Firma im Süden von London und arbeitete als Landschaftsarchitekt und Gärtner. Briony neckte Aruna immer noch damit, wie sie sich kennengelernt hatten. »Dein Ritter in verwaschenen Jeans«, sagte sie dann für gewöhnlich mit einem Schmunzeln. »Der die Mieze der schönen Jungfer gerettet hat.«

Purrkins, Arunas blauer Burma-Kater, war angeblich eine reine Wohnungskatze, startete jedoch ab und zu einen Fluchtversuch. Bei dieser Gelegenheit war er zwei Tage lang verschwunden gewesen, und Briony hatte bei der Suche nach ihm geholfen. Lukes Transporter hatte drei Häuser weiter geparkt, und Briony war vorbeigegangen, um ihn zu fragen, ob ihm ein großer, fluffiger blauäugiger Kater aufgefallen sei. Gesehen hatte er nichts, doch er hatte ein Maunzen aus dem Haus nebenan gehört, von dem jemand erzählt hatte, die Besitzer seien verreist. Wie sich herausstellte, steckte Purrkins hinter einer Katzenklappe fest, die sich nur in eine Richtung öffnete. Luke kletterte einfach über den Gartenzaun und ließ ihn hinaus. Aruna war so dankbar, dass sie ihn sofort zum Abendessen einlud. Als Briony sah, wie sich die Dinge entwickelten, hatte sie sich diskret verabschiedet.

Sie mochte Luke lieber als die meisten von Arunas bisherigen Freunden, die entweder stylische Medientypen gewesen waren, die eine Meile gerannt waren, sobald sie Arunas sehr traditionelle Eltern kennenlernten, oder – in Phasen, in denen Aruna versuchte, ihre Mutter und ihren Vater zu erfreuen – konventionelle Akademiker, die sie rasch langweilten.

Zuerst hatte Briony vermutet, dass Luke und sie angesichts des Umstands, dass sie in ihrer eigenen Welt aus Büchern und Ideen lebte, abgesehen von Aruna wenig Gemeinsamkeiten haben würden, doch es war ganz anders gekommen. Luke war sehr belesen. Er betrachtete einfach alles aus einem anderen Blickwinkel, was sie erfrischend fand. Und es fiel leicht, sich mit ihm zu unterhalten, sodass die drei sich großartig verstanden. Trotzdem fühlte sie sich manchmal wie das fünfte Rad am Wagen.

Aruna schlüpfte wieder in ihren Schuh und stand auf. »Kommt, suchen wir dieses Haus«, zischte sie. Offensichtlich hatte sie immer noch Schmerzen. Luke schlang einen Arm um ihre schmale Taille, um sie zu stützen.

Als sie das alte Tor erreichten, war Luke angesichts des verwilderten Gartens entzückt wie ein kleiner Junge. »Hast du einen Weg nach drinnen gefunden?«, fragte er Briony und spähte zwischen den rostigen Gitterstäben hindurch.

»Nein, ich wollte es nicht versuchen«, sagte sie, aber Luke erkundete bereits das Gelände. In einer Richtung verlief die Mauer an einem tiefen, steilen Abhang entlang, also folgte sie Luke nach links, wo die Mauer in einem Gewirr von Bäumen verschwand, die sie zunächst am Weiterkommen hinderten. Dann entdeckte Briony eine Stelle, an der sie geduckt hineingelangen und sich einen Pfad entlangquetschen konnte, der sich zwischen den Baumstämmen hindurchschlängelte, bis er eine verfallene Mauerstelle erreichte. Sie sah, dass dort die Überreste einer alten Leiter lehnten.

»Hey, hier drüben!«, rief sie, dann krachte es laut im Gebüsch, und Luke tauchte aus dem Unterholz auf.

»Aruna hat sich hingesetzt und wartet«, erklärte er und strich sich Zweige aus den Haaren. »Meine Güte, wer wohl hier gewesen ist?«

»Keine Ahnung. Geht's ihr gut?«

»Glaube schon, sie will nur eine Pause machen. Du bist leichter, willst du zuerst gehen? Ich halte die Leiter.«

Briony prüfte jede Sprosse, bevor sie sie belastete, dann kletterte sie auf die Mauer und sah auf der anderen Seite hinunter.

»Noch mehr Dschungel!«, rief sie zurück. »Oh, und eine Leiter, die nach unten führt.« Bei dieser war die oberste Sprosse stabil, aber die nächste brach durch, und den Rest des Wegs nach unten legte sie halb fallend, halb rutschend zurück, um dann in einem Busch zu landen.

»Briony?« Lukes Stimme klang gedämpft.

»Noch am Leben, aber gerade so!« Sie musterte ihre Handflächen und zog bereits die ersten Splitter heraus, als Luke sich neben ihr herunterließ und sicher landete.

»Lass mal sehen«, befahl er.

»Nein, mir geht's gut, ehrlich.«

»Wenn du dir sicher bist«, meinte er und sah sich um. Er half ihr hoch und ging dann voran durch das grünliche Licht, das unter den Bäumen herrschte. Sie folgte ihm und dachte, wie außergewöhnlich es war: als schwämme man durch einen unterseeischen Wald. Sie hörte sogar Wasser fließen.

»Hey«, rief Luke von weiter vorn. »Komm, und sieh dir das an.«

Sie erreichte ihn, als er gerade einen schmalen Kanal untersuchte, in dem silbriges Wasser über Kieselsteine sprudelte. Briony sank nieder, hielt ihre brennenden Hände in die eiskalte Flut und seufzte vor Freude.

»Es kommt irgendwo aus dem Fels«, murmelte er und reckte den Hals, um etwas zu erkennen, doch der Pflanzenwuchs war zu dicht.

Sie stand auf und schüttelte ihre Hände trocken. »Komm weiter. Das Haus muss in dieser Richtung liegen.« Sie trat über den Bach hinweg und schob sich weiter durch das Astwerk, bis sie plötzlich vor der Wand eines Toilettenhäuschens stand. Hinter der weit offen stehenden Tür war es finster wie in einem Grab, und sie fuhr vor dem ekelhaften Fäulnisgeruch zurück. Sie entdeckte einen alten Weg, der an einem baufälligen Schuppen vorbeiführte. Er wurde nur noch von Efeu zusammengehalten, und sein verrottetes Dach war von knallgrünem Moos überwuchert. Mit dem Turnschuh stieß sie an etwas Hartes, das schepperte, und sie hielt inne und stellte fest, dass es sich um einen verrosteten Motor handelte. Wahrscheinlich von den britischen Soldaten zurückgelassen, dachte sie, und ihr Puls beschleunigte sich. »Igitt«, sagte sie dann.

»Was ist?« Luke war dicht hinter ihr.

»Habe Öl auf den Schuh bekommen. Oh, was ist das?«

Ein zur Seite gesackter Baumstumpf entpuppte sich als alter Springbrunnen. Briony riss an dem Pflanzenwuchs und enthüllte ein Engelsgesicht mit einem Loch anstelle des Mundes. Luke zog noch mehr Efeu zur Seite und brachte einen steinernen Flügel zum Vorschein.

»Bestimmt einer der vier Winde, meinst du nicht?« Er sah sich um. »Hey, vielleicht ist dieses ganze Gelände ... Ja, sieh dir die Wand an. Das hier war einmal ein Pool, und der Springbrunnen stand in der Mitte. Mit einer gefliesten Kante, die herumführte, und dort Säulen wie dieser hier.«

»Mit einer Kugel auf der Spitze. Typisch italienisch.«

»Wie traurig, dass alles so heruntergekommen ist.«

»Glaubst du, das ist im Krieg passiert?«, fragte Briony.

»Keine Ahnung. Könnte auch die jahrelange Vernachlässigung sein.«

Schweigend musterten sie die einst prächtigen Ruinen, die sie umgaben, und stolperten schließlich weiter.

Dann plötzlich ragte das Haus vor ihnen auf. Sie befanden sich auf einem zerfallenen Vorplatz vor der eleganten Villa, die ihnen aus dem Film vertraut war, doch die Zeit hatte furchtbare Verwüstungen angerichtet. Fensterläden hingen herunter, zerbrochene Fenster ließen das Wetter ein, und die weiße Farbe der Fassade warf Blasen und bröckelte. Doch die eleganten Linien des Dachs und die schmiedeeisernen Balkone im ersten Stock zeugten von der einstigen Schönheit des Anwesens.

»Ich habe ein ganz schlechtes Gewissen, weil Aruna das hier verpasst«, meinte Briony.

»Ich auch, aber da wir schon einmal hier sind, lass uns hineinschauen.«

Sie suchten sich einen Weg durch das Chaos aus zerbrochenen Dachpfannen und abgeplatztem Putz und spähten durch ein Fenster, das wie ein aufgerissener Rachen wirkte. Der weitläufige Raum dahinter war voll mit Schutt, zerbrochenen Stühlen, verbogenen Maschinenteilen und verrotteten Balken, und alles war mit einer dicken Schicht Dreck überzogen. Die Wände hatten Feuchtigkeits- und Schimmelflecken, doch an der Rückwand befand sich eine Notiztafel, an der noch ein paar Papierfetzen hingen.

Was immer darauf gestanden hat, muss verblichen sein, vermutete Briony, obwohl das aus dieser Entfernung schwer zu erkennen ist. Beim Anblick dieses Anzeichens dafür, dass das Haus von der Armee besetzt worden war, spürte sie ein leises, aufgeregtes Summen in ihrem Inneren. *Grandpa war hier.* Eine außerordentliche Vorstellung.

Ihr kam ein Gedanke. »So kann es aber hier nicht ausgesehen haben, als Mariellas Dad die Filmspulen gefunden hat. Sie wären verdorben.«

»Ich vermute, er hat sie ziemlich kurz nach dem Abzug der Armee mitgenommen. Komm, lass uns einen Weg ins Innere suchen.«

Zuerst hatten sie kein Glück. Die größeren Türen waren in ihren Rahmen verfault und ließen sich nicht bewegen, obwohl Luke es versuchte. Doch als sie auf der rechten Seite ums Haus gingen, entdeckten sie einen schmalen Eingang. Das, was einmal eine Tür gewesen war, lag verzogen zwischen den Trümmern.

Sie spähten in das Halbdunkel. »Was meinst du, die Spülküche?«, fragte Luke. Unter dem Fenster an der Rückseite des Hauses stand ein riesiges Waschbecken aus Steingut. Durch eine gegenüberliegende Tür, die weiter ins Hausinnere führen musste, fiel ein schwacher Schimmer Tageslicht.

»Ist es sicher hineinzugehen?« Brionys Stimme hallte.

»Wahrscheinlich nicht.« Ihre Blicke trafen sich. Er zuckte mit den Schultern.

Sie trat ein, schob sich an Spinnweben vorbei und schlenderte dann durch den kühlen, dunklen Raum und durch die Tür an der gegenüberliegenden Wand in eine helle Küche mit einem verrosteten Herd und einem alten Brotbackofen. Durch vergitterte Fensterscheiben schienen Sonnenstrahlen herein und malten ein Muster auf die steinernen Bodenplatten.

Hier drinnen war es früher sicherlich heiß, dachte sie, aber die Düfte von Gebäck und köstlichen Saucen müssen wunderbar gewesen sein, und von den Fenstern aus hätte man einen Ausblick auf Obstbäume und Terrakottakübel mit Kräutern gehabt … So versunken war sie in diese Vorstellung, dass sie nicht darauf achtete, wohin sie trat. Sie stieß mit dem Knie gegen einen alten Küchenschrank, dessen Tür aufflog. Eine Familie Nager schoss heraus, und sie schrie auf.

»Briony?«

»Ist schon in Ordnung«, keuchte sie, als Luke mit alarmierter Miene auftauchte. »Mäuse!«

Er verdrehte die Augen.

»Das war nur der Schreck«, erklärte sie verärgert. »Oh, die ist hübsch.« Er hielt eine gemusterte Teetasse in der Hand.

»Es ist eine solche Schande, nicht wahr?«, meinte er, setzte die Tasse auf den Herd und sah sich betrübt um. »Hier muss es einmal idyllisch gewesen sein. Eine Gartenvilla hoch oben in den Hügeln. Was glaubst du – vielleicht das Sommerhaus von Mariellas Familie?«

»Und kein Bauernhaus? Davon hat sie nichts erzählt.«

Vor langer Zeit hatten Menschen hier ein glückliches Leben geführt. Das lag in der Luft. Vor ein paar Minuten hatte Briony es förmlich spüren können, doch als sie jetzt zum Fenster blickte, sah sie, dass das Glas von Rissen durchzogen und schmutzig war. Und draußen, wo in ihrer Vorstellung Kräuter und Obstbäume wuchsen, erstreckte sich in Wirklichkeit ein wild wuchernder Dschungel, der fast bis an das Haus reichte. Unter einer dichten Schicht Schlingpflanzen konnte man gerade noch die Überreste eines alten Lastwagens erahnen. Briony erschauerte und stellte sich vor, wie die Soldaten diesen Ort womöglich behandelt hatten und welch grausame Ereignisse sich hier abgespielt haben mochten.

»Briony?« Sie zuckte zusammen. Lukes Stimme drang gedämpft aus dem Inneren des Hauses. Sie folgte ihr und fand sich in der Eingangshalle wieder, in der von einer verfallenen Treppe die Reste eines hölzernen Geländers herabhingen. »Hey.« Luke stand im Türrahmen eines Zimmers, das auf der Vorderseite des Hauses lag. »Das musst du dir ansehen.«

Es war der Raum mit dem Anschlagbrett, in den sie von draußen einen Blick erhascht hatten. Das Geräusch hektisch flatternder Flügel verriet ihnen, dass eine Taube Reißaus nahm. Mit schräg gelegtem Kopf sah der Vogel nun von einem hohen Deckenbalken auf sie hinab. Unter ihren Füßen knirschten zerbrochene Fliesen, und die Stellen, an denen der nackte Boden hervorkam, waren glitschig vor Feuchtigkeit und Vogelkot.

Die Papierfetzen an dem verrotteten Anschlagbrett wurden nur noch von Rost und reiner Gewohnheit festgehalten. »Ich glaube, das war einmal eine Karte«, murmelte Briony, als sie die Andeutung eines Musters erkannte, und einen Moment lang war sie sich Lukes Nähe und seines warmen, herben Geruchs bewusst.

»Was wollten sie wohl hier?«, fragte Luke leise und blickte sich im Raum um. »Diese Soldaten, mitten im Nirgendwo?«

»Die Alliierten sind im September 1943 auf das italienische Festland einmarschiert«, erklärte sie ihm. »Das Haus dürfte ungefähr an der Route liegen, die von Neapel aus nach Norden führt.«

»Aber warum sollten sie sich hier oben in der Villa einquartiert haben?«

»Ich weiß es nicht. Vielleicht war sie ein guter Aussichtspunkt, bevor all diese Bäume gewachsen sind. Man hätte von hier aus bis nach Tuana hinuntersehen können.« In diesem Moment hörten sie ein Brummen in der Ferne. »Warte, ist das nicht ein Auto?«

Sie spitzten die Ohren. »Es ist noch ein Stück weg«, sagte Luke. »Trotzdem sollten wir zurückgehen und die arme Aruna erlösen.«

Briony nickte.

Luke ließ seinen Blick noch einmal durch den Raum schweifen, und dann, als er sich abwandte, rutschte er mit dem Fuß auf einer Kachel aus, die gegen etwas stieß, das metallisch klimperte. Mit dem Zeh schob er ein Stück Mörtel zur Seite, bückte sich und hob eine kleine rechteckige Büchse hoch, die sich darunter versteckt hatte. Sie war leicht und verrostet, doch als Briony sie behutsam schüttelte, hörte sie es darin rascheln.

»Nehmen wir sie mit«, sagte Luke.

»Meinst du, das sollten wir?«

»Ja. Komm schon. Ich mache mir Sorgen wegen dieses Autos.«

Doch als sie das Haus verlassen hatten, entfernte sich das Motorengeräusch wieder.

Sie erreichten die Straße auf der anderen Seite des Tors und sahen Aruna genau an der Stelle, an der sie sie zurückgelassen hatten, auf dem Felsblock sitzen. Ihr spitzes Gesicht wirkte wütend.

»Ihr wart fast eine Stunde weg. Was zum Teufel habt ihr getrieben?«

»So lange war das gar nicht, Ru. Was macht deine Blase?«, murmelte Luke und bückte sich, um nachzusehen, doch sie zog mit einer scharfen, groben Bewegung den Fuß weg. Luke schaute bedrückt drein.

»Tut uns leid«, warf Briony ein, um ihn zu unterstützen. »Es ist meine Schuld, ich wollte immer noch mehr sehen. Das ist ein faszinierender Ort. Ich wünschte, du wärst mitgekommen. Die Gärten müssen einmal wunderschön gewesen sein. Und das Haus ...«

Ihre Freundin zuckte mit den Schultern, sagte aber nichts. Luke stand langsam auf, verschränkte die Arme, sah Aruna an und zog eine Augenbraue hoch.

»Und was ist das?«, fragte Aruna schließlich und wies mit einer Kopfbewegung auf die Büchse in Brionys Hand.

»Nur etwas, das wir gefunden haben.«

»Was ist darin?«

»Hast du einen Schlüssel?«, fragte Luke. Aruna hatte, und die Frauen sahen zu, wie er damit den Deckel der Dose bearbeitete. Schließlich bog er eine Ecke hoch, drückte sie zurück und spähte hinein. »Hier«, sagte er und reichte sie Briony, die sie entgegennahm. Sie kippte einen kleinen Haufen trockener, bräunlicher

Späne in ihre Handfläche, rieb darüber und sog dann den schwachen Dufthauch ein, den sie noch abgaben.

»Tabak, nichts weiter?«, fragte Aruna entrüstet.

Briony gab keine Antwort. Sie kannte diesen staubigen Geruch. Sofort erschien das Bild ihres Großvaters vor ihren Augen, seine Stimme, die weich und rauchig gewesen war wie ihre, und das Gefühl ihrer Kinderhand in seiner großen Pranke. Die Erinnerung war so stark, dass sie kurz von Trauer und Sehnsucht überwältigt wurde.

Sie sah auf den Staub in ihrer Hand hinunter. Der Film, die Briefe, der Geruch der Pfeife ihres Großvaters. Alles zog sie zurück in die Vergangenheit. Was hatte ihr Großvater im Krieg hier in Italien gemacht? Wer waren Paul und Sarah? Was hatte sich einst hier in diesem entlegenen Tal abgespielt?

6

*B*riony hoffte, dass die Fahrt nach Tuana einige ihrer Fragen beantworten würde. Wieder waren sie nur zu dritt – Luke, Aruna und sie –, und sie hatten sich auf den Weg gemacht, weil Luke sich an einem Olivenkern einen Zahn angebrochen hatte. Doch es war ihm gelungen, einen Notfalltermin bei einem Zahnarzt in der Stadt zu bekommen. Als sie Luke abgesetzt hatten, stand die Sonne schon hoch am Himmel, daher waren Briony und Aruna, nachdem sie ein paar Vorräte eingekauft und in einem Souvenirladen herumgestöbert hatten, dankbar auf die Stühle eines Straßencafés mit Aussicht auf die zentrale *piazza* gesunken. Die eiskalte Limonade erweckte ihre Lebensgeister wieder, allerdings nicht so weit, dass es für etwas Anstrengendes gereicht hätte.

»Ist die Kirche geöffnet? Im Reiseführer stand, sie hätte Wandmalereien.« Briony zählte Münzen auf den Tisch und wies mit einer Kopfbewegung auf den sandfarbenen romanischen Klotz, der den kleinen gepflasterten Platz beherrschte.

»Mir ist sogar zu heiß, um aufzustehen.« Mit ihrer Sonnenbrille, den karminroten Lippen und einem hauchdünnen Tuch, das sie sich um den Kopf gebunden hatte, wirkte Aruna wie ein Filmstar, der inkognito reist, und zog neugierige Blicke auf sich.

»Drinnen ist es bestimmt kühl«, redete Briony ihr gut zu. »Und wir müssen uns ein wenig von der Stadt ansehen, sonst wäre es sinnlos, dass wir alle hergefahren sind.«

»Ach ja. Das unterscheidet uns beide. Ich wäre hier ganz glücklich zusammengesackt, bis Luke fertig ist. Willst du das hier nicht mehr?« Ohne auf eine Antwort zu warten, trank sie den Rest von Brionys Limonade aus und grinste ihr träge zu. Sie waren schon so viele Jahre befreundet, dass sie einander in- und auswendig kannten. Sie hatten sich in London als Studentinnen ein Apartment und später ein Haus geteilt, bevor sie sich eigene Wohnungen gesucht hatten. Aruna hatte Briony großmütig in ihren weitläufigen Freundeskreis aufgenommen. Gelegentlich drückte ihre Freundin sich vor der Hausarbeit, und sie war schon immer gut darin gewesen, sich alles von Shampoo bis zu Büchern auszuleihen, wenn auch weniger gut darin, Dinge wieder zurückzugeben. Trotzdem hatte das Briony nie wirklich etwas ausgemacht.

»Die Kirche. Komm schon, Aruna.«

»Okay, du Tyrannin.« Sie sammelten ihre Taschen ein, erwiderten das neckische *ciao* des Kellners und schlenderten über den Platz davon. Aruna jammerte immer noch über die Hitze.

Die Tür der Kirche war offen, und Briony behielt recht: Das halbdunkle Innere des Gebäudes wirkte nach der glühenden Sonne wunderbar erfrischend, und es verblüffte sie, dass sie die Einzigen waren, die das ausnutzten. Aruna zog ihr Tuch vom Kopf, schob sich die Sonnenbrille ins Haar und ließ sich auf einen Stuhl im Kirchenschiff fallen, um von dort aus ihre Umgebung in Augenschein zu nehmen. Briony ging methodischer vor und schlenderte an den Wänden entlang, um die Statuen und Gedenkplatten an den weiß getünchten Mauern zu untersuchen. Die berühmten Fresken entdeckte sie in einer Seitenkapelle. Sie bestanden aus zwei einfachen Szenen, die Heilige zwischen Blumen und Bäumen zeigten, und die Farben leuchteten nach vielen Jahrhunderten immer noch beeindruckend frisch. Briony betrachtete die verzückten Gesichter und versuchte, sich vorzustellen, wie kostbar diese Gemälde zu ihrer Zeit für die einfachen Menschen gewesen sein mussten – nicht wegen ihres finanziellen Werts, sondern als visuelle Unterstützung des Gottesdienstes und Gebets.

Sie wollte sich gerade umdrehen und gehen, als eine wunderschön gestaltete Gedenkplatte an der Wand neben dem Altar ihre Aufmerksamkeit erweckte. In die ovale Marmorplatte waren mit Blattgold verzierte Blumenranken eingraviert. Der Name darauf lautete Antonio Mei, und als sie die Daten nachrechnete, ging es ihr zu Herzen, dass er nur fünfzehn Jahre alt geworden war. 1944 lautete das Jahr seines Todes.

Mit einem melancholischen Gefühl ging sie davon und setzte sich neben Aruna. »Hast du den Reiseführer?«, flüsterte sie, doch ihre Stimme hallte in dem weiten Raum wider.

Aruna kramte in ihrem Rucksack und reichte ihn ihr schließlich. Briony schlug den Eintrag über die Kirche auf und hielt das Buch so, dass sie beide lesen konnten.

»Ich liebe die Übersetzung.«

»Sie ist toll«, stimmte Aruna zu. »Zum Beispiel diese Stelle: ›1943 zerstörte ein Geschoss einen Teil des Südschiffs, doch seitdem ist es auf höchst gelungene Weise wiederhergestellt worden.‹ Ist das nicht eine herrliche Formulierung?«

Sie musterten die rechte Seite der Kirche, aber von dem Bombenschaden war tatsächlich nichts mehr zu erkennen. Briony zog das Buch zu sich. Ihr Blick war an dem Namen Antonio Mei hängen geblieben. Schnell las sie weiter. Der fünfzehnjährige Antonio hatte über sein Alter gelogen und versucht, zur Armee zu gehen. Später war er bei einem Unfall gestorben, und seine trauernde Familie hatte das Geld für die Gedenktafel aufgebracht.

Sie grübelte über diese tragische Geschichte nach, als ein plötzliches Geräusch sie aufblicken ließ. Ein älterer Geistlicher war durch eine Tür in der Nähe des Altars in die Kirche getreten. Er nickte den beiden Frauen zu und begann mit den Vorbereitungen für eine Messe, daher standen sie nach einer Minute auf, dankten ihm und gingen.

Draußen setzten sie sich im Schatten eines Baumes auf die Treppe und tranken abwechselnd aus Brionys Mineralwasserflasche. Briony studierte die Bilder im Reiseführer. Anscheinend gab es ein Rathaus, doch von einem Museum wurde nichts erwähnt.

»Also, Briony«, unterbrach Aruna ihre Recherche. »Hat dich dieser Urlaub nun ›auf höchst gelungene Weise wiederhergestellt‹?«

Eine Welle der Panik durchfuhr sie. Doch Briony wartete einen Moment, und sie verging. »In mancherlei Hinsicht schon.« Sie lachte kurz auf. »Aber es wird länger als ein paar Wochen dauern, bis ich wieder ich selbst bin.«

Aruna musterte sie streng, und Briony, die daran gewöhnt war, dass ihre Freundin versuchte, ihr Leben zu organisieren, fuhr hastig fort. »Tut mir leid, ich wollte nicht unhöflich klingen. Es ist so lieb von dir, dass du mich hierher eingeladen hast, aber –«

»Ich weiß, in letzter Zeit war alles etwas angespannt. Mike ist ein totaler Idiot. Warum bleiben so nette Mädchen wie Zara immer bei solchen Männern hängen?«

»Das ist eine der ewigen Fragen dieser Welt.«

»Ich wette, du fühlst dich überflüssig.« Sie warf Briony einen mitfühlenden Blick zu.

»Nicht wirklich. Du kennst mich doch, Aruna, ich beschäftige mich auch gern selbst. Und so übel ist Mike nun auch nicht.« Zumindest bei dem Film war er hilfsbereit gewesen. »Und ihr seid toll, du und Luke. Wirklich, Luke ist unglaublich nett, wenn man bedenkt, dass er mich kaum kennt.«

»Er mag dich eben, Bri, da fällt ihm das nicht schwer.«

Briony freute sich, das zu hören. »Da hast du dir wirklich einen Guten ausgesucht!«

»Ja, nicht wahr?« Aruna strahlte sie an. »Ich glaube, er könnte, du weißt schon, der Richtige sein«, gestand sie. »Das hoffe ich jedenfalls. Sogar Mum und Dad mögen ihn, und du weißt, wie schwer es ist, sie zufriedenzustellen.«

»Ich hatte mich schon gefragt, ob sich die Sache in diese Richtung entwickelt!« meinte Briony. Sie freute sich für ihre Freundin, aber sie musste sich eingestehen, dass ein winziger Teil von ihr sich verlassen fühlte. Würde das so weitergehen, wenn sie älter wurde? Dass ihre verbliebenen alleinstehenden Freundinnen plötzlich alle in festen Händen waren?

Aruna berührte ihren Arm. »Ach, Briony, ich wünsche mir, dass du jemanden findest, ehrlich.«

»Mach dir keine Sorgen. Ich denke nicht darüber nach. Es ist so, wie mein lieber alter Dad sagt: Wenn etwas vorherbestimmt ist ...«

»Du solltest dafür sorgen, dass es passiert. Hilf dem Schicksal auf die Sprünge. Was ist mit dieser Dating-Seite, auf die Louisa schwört? Sie sagt, sie sei großartig.«

»Für Louisa, in der Tat. Sie ist tougher als ich.« Sie versuchte, nicht sarkastisch zu klingen, doch während ihre extrovertierte Freundin Louisa die Aufregung genoss, Männer zu treffen, mit denen sie sich bisher nur online unterhalten hatte, entsetzten Briony einige ihrer Geschichten. Und bei der bloßen Vorstellung, sich auf diese furchtbar öffentliche Art anzupreisen, lief ihr ein kalter Schauer über den Rücken. Die Möglichkeiten, zurückgewiesen zu werden, waren endlos.

»Gibt es am College wirklich niemanden, den du magst, Bri?«

Sie dachte darüber nach. Mehrere Männer waren im richtigen Alter und – soweit sie wusste – alleinstehend, aber einer war wahrscheinlich schwul, und der einzige andere, der ihr gefiel, war nicht interessiert, das merkte sie ihm an. Sie schüttelte den Kopf. »Nicht wirklich«, murmelte sie. »Und wenn es schiefgeht, müsste ich trotzdem weiter mit ihm zusammenarbeiten.«

»Du siehst immer nur das Negative. Ich finde, du solltest es online probieren.«

Briony hatte keine Zeit zum Antworten, denn Arunas Telefon gab eine fröhliche Pop-Melodie von sich. Luke rief an, um mitzuteilen, sein Zahn sei repariert und er werde sich in ein paar Minuten am Auto mit ihnen treffen.

»Was fängst du mit dem Rest des Sommers an?«, murmelte Aruna, als sie aufbrachen. »Manche von uns müssen natürlich gleich wieder arbeiten, aber ihr Akademiker ...«

»Ist bei mir auch nicht anders.« Briony seufzte. »Zwei Wochen unterrichte ich Ferienkurse – du weißt schon, für Gaststudenten –, und dann muss ich mein Buch umschreiben. Der neue Verlag ist großartig, aber, meine Güte, es ist schwieriger, als ich dachte, ein populärwissenschaftliches Buch zu schreiben. Mein Lektor hat so viele Vorschläge gemacht. Jedenfalls nehme ich mir vielleicht eine oder zwei Wochen frei, sobald ich das hinter mir habe.«

»Klingt gut. Was hast du vor?«

»Keine Ahnung.« Sie unterbrach sich. »Doch, eigentlich schon. Ich würde wirklich gern sehen, was ich über Grandpa und das, was er hier gesucht hat, herausfinden kann. Vielleicht versuche ich auch, die Frau aufzuspüren, die diese Briefe geschrieben hat.«

»Sarah, meinst du?«

»Ja.« Sie hatte eingehend darüber nachgedacht. Es ging nicht nur um Sarah. Dieser neue Blick auf die Vergangenheit faszinierte sie. Der Zauber, den diese verfallene Villa und ihr Garten ausstrahlten, die körnigen Filmaufnahmen des Mannes, von dem sie sich sicher war, dass es sich um ihren Großvater handelte, und Mariellas Geschichte waren alle miteinander verwoben, und sie brannte darauf zu erfahren, wie und warum.

»Tolle Idee. Und, Briony, ich weiß, wir sollten im Urlaub nicht über die Arbeit reden, aber ich kann mir eine gute Chance nicht entgehen lassen. Wenn du bei deiner Recherche auf eine erstaunliche Geschichte stößt, gibst du mir doch Bescheid, oder? Das ist genau die Art Dokumentation, die das Auftragsvergabegremium interessieren könnte.«

»Sicher.« Briony seufzte. Früher einmal, vor ihrem Horrorerlebnis im Fernsehen, hätte sie sich über Arunas Bitte gefreut. Seit sie ihren Doktortitel erhalten hatte, arbeitete sie am selben College und steckte, was Beförderungen anging, in einer Sackgasse. Wahrscheinlich würde ihr neuer Verlag von ihr noch mehr Medienpräsenz der Art erwarten, die für sie so katastrophal ausgegangen war. Nach der Tortur, die sie auf Twitter erlebt hatte, flößte ihr dieser Gedanke regelrecht Entsetzen ein.

Als sie auf der Rückbank des Wagens saß, den Luke über die schmalen, kurvenreichen Straßen zurück zu ihrer Ferienvilla steuerte, erzählte sie ihm von ihren Plänen und war gerührt von seiner Reaktion. »Weißt du noch, dass du gesagt hast, Sarah hätte in Westbury gelebt? Also, ich habe im Wartezimmer danach gegoogelt. Westbury liegt gar nicht weit vom Wohnort meiner Eltern in Norfolk entfernt. Ich bin mir sicher, wenn ich nett frage, kannst du bei ihnen unterkommen. Sie haben schrecklich gern Besuch. Dad vermisst den Londoner Klatsch.«

»Danke, Luke, ich werde darüber nachdenken.« Viel lieber würde sie allein irgendwo absteigen, statt bei Fremden zu wohnen und pünktlich zu den Mahlzeiten erscheinen zu müssen, aber das Angebot war sehr großzügig von ihm. »Eine Weile kann ich allerdings nirgendwo hinfahren. Ich habe in London noch zu viel zu tun.«

Letzteres stimmte, aber sie spürte schon den Sog der Vergangenheit, der sie nach Norfolk zog.

7

»Ich hoffe, er schmeckt euch«, sagte Briony und überreichte die zwei Flaschen Wein, die sie aus Italien mitgebracht hatte. »Das ist der Wein aus unserer Urlaubsgegend.«

»Sieht sehr gut aus«, gab ihr Vater zurück, und seine Augen leuchteten auf, als er die Etiketten untersuchte. »Wir mögen einen guten italienischen Roten. Komm doch mit rein. Lavender ist in ein paar Minuten vom Yoga zurück.«

Martin, Brionys Vater, hatte sein ganzes Leben in der Kleinstadt Birchmere in Surrey verbracht, wo sich seine Eltern nach dem Krieg niedergelassen hatten. In den 1950er- und 1960er-Jahren hatte sein Vater jeden Morgen um 7.30 Uhr den Zug nach London genommen, wo er im Verteidigungsministerium arbeitete, und war jeden Abend um halb sieben zum Abendessen wieder zu Hause gewesen. 1968, als Martin achtzehn war und kurz vor dem Schulabschluss stand, hatte er auf eine Anzeige im *Birchmere Chronicle* geantwortet, in der ein Volontär gesucht wurde. Durch sein eifriges Auftreten und eine ausgezeichnete Referenz seines Schulleiters gelang es ihm, von seinen erwartungsgemäß wenig spektakulären Abschlussnoten abzulenken, sodass er die Stelle erhielt. Bald tippte er gewissenhaft Artikel über gestohlene Fahrräder, entlaufene Hunde und harmlosen Vandalismus. Ein Jahr nachdem er seine Ausbildung abgeschlossen hatte, kam sein Durchbruch. Er hatte zufällig am selben Nachmittag vor dem

Schaufenster des örtlichen Juweliers gestanden und die Preise für Verlobungsringe studiert, an dem das Geschäft von einer maskierten Bande ausgeraubt wurde. Sein dramatischer Bericht über den Überfall und die Flucht der Verbrecher schaffte es auf die Titelseite und wurde mehrfach in anderen Zeitungen abgedruckt. Seitdem hatte er nie wieder zurückgeblickt. Dieser Artikel und die Gehaltserhöhung, die er dafür bekam, schenkten ihm den Mut, seiner Freundin Jean einen Antrag zu machen – der Frau, die Brionys Mutter werden würde. Martin blieb der Zeitung sein ganzes Arbeitsleben lang treu – bis sie schließlich mit ihm brach.

2006, als der tapfere kleine *Chronicle* wie so viele Lokalzeitungen sinkende Auflagen verzeichnete und von einem landesweiten Medienkonglomerat aufgekauft wurde, hatte ihr Vater sich zum leitenden Redakteur hochgearbeitet und war für die Koordination der Terminpläne zuständig. Er liebte seinen Posten, der ihm eine gewisse Verantwortung übertrug, aber nicht zu viel dergleichen. Als die neuen Eigentümer fünfzig Prozent der Stellen des *Chronicle* abbauten, brach ihm der Verlust seines Jobs fast das Herz. Seine zweite Frau Lavender, Brionys Stiefmutter, war Schulsekretärin und würde bis zu ihrer Rente noch ein paar Jahre arbeiten, sodass zusammen mit seiner Pension genug Geld hereinkam, und er fand eine neue Beschäftigung: die Fotografie.

Als Briony das Wohnzimmer ihres Elternhauses betrat, überfiel sie die übliche Mischung aus angenehmen und unangenehmen Erinnerungen. Es war eine behagliche Doppelhaushälfte, die dem Tudorstil nachempfunden war, und lag nur ein paar Minuten Fußweg entfernt von dem malerischen alten Stadtzentrum mit seinem baumbestandenen Weiher und dem Marktkreuz. Zu Lebzeiten ihrer Mutter war es ein fröhlich-chaotisches Familienheim gewesen, in dem die halb fertigen Modellflugzeuge ihres Bruders mit den Zimmerpflanzen ihrer Mutter, den Bergen von Schallplatten ihres Vaters und Brionys Büchern und Flötennoten um Platz konkurrierten.

Heute war es ordentlich und blitzsauber. Die Platten waren CDs gewichen, die alphabetisch geordnet in den Regalen standen, und Lavenders Gobelinkissen mit Katzenmotiven schmückten jede Sitzgelegenheit. Die echte Katze der beiden, eine ältere mit getigertem Fell, lag ausgestreckt auf dem Sofa, und ihre Ohren zuckten, während sie im Traum Vögel jagte. Briony lächelte ihr voller Zuneigung zu, stellte ihre Tasche auf den Schreibtisch ihres Vaters und streifte dabei zufällig seine Computermaus. Flackernd erwachte der Bildschirm zum Leben und zeigte ein Foto von einem Ort, den sie wiedererkannte.

Es war eine wunderschöne Aufnahme, die eher einen von silbernen Birken umgebenen Feenteich abzubilden schien als den schlammigen Tümpel in der Stadt. Briony beugte sich vor, um das Bild genauer zu betrachten. »Ist das der See?«, fragte sie ungläubig.

»Richtig geraten.« Ihr Vater war recht klein, und die Pose, die er üblicherweise einnahm, mit den Händen in den Hosentaschen und gereckter Brust, strahlte etwas Gutmütiges aus. Jetzt, mit fast siebzig, hatte er eindeutig einen Bauch entwickelt, obwohl in seinen fröhlichen blauen Augen hinter den Brillengläsern immer noch eine kindliche Freude blitzte.

»Das ist aber kein Dokumentarfoto, oder, Dad? Der See ist okay, aber so hübsch nun auch wieder nicht. Du hast das Foto bearbeitet, stimmt's?«

»Vielleicht ein bisschen. Du darfst nicht vergessen, dass das Kunst ist, Briony. Heutzutage vertragen die Leute nicht allzu viel Realität.« Er lachte. »Wer hat das noch gesagt?«

»T. S. Eliot, glaube ich. Du hast ihn jedenfalls verwandelt.« Die realistische Version mit all ihren Kindheitsassoziationen wäre ihr lieber gewesen. Wie sie mit ihrer Mutter die Enten gefüttert hatte, wie Jimmy Sanderson ihre Brotdose ins Wasser geworfen hatte, als sie zwölf war. Beide Erinnerungen machten sie aus unterschiedlichen Gründen traurig.

»Inzwischen bekomme ich allerhand Aufträge für diese Art

von Bildern«, fuhr ihr Vater zufrieden fort. »Hinter der Kirche hat eine Kunstgalerie eröffnet, die schon meine Karten verkauft, und ich schätze, wenn ich mich mit dem Leiter gut stelle, nehmen sie auch ein paar gerahmte Vergrößerungen. Sieh mal.« Er tippte ein paarmal auf die Tastatur, und andere Szenen aus der Umgebung glitten über den Bildschirm. Die mittelalterliche Gemeindekirche, die georgianische Haupteinkaufsstraße, der älteste Pub. Und alles war in das gleiche unnatürlich warme Licht getaucht, um alt zu wirken.

»Sie sind toll, Dad«, sagte sie, und sie grinsten einander an. Er war schon immer ein optimistischer Mensch gewesen, der sich auf jedes neue Thema stürzte, das er entdeckte. Ihr Vater war unverwüstlich und hielt sich nicht lange mit Enttäuschungen auf. Es hatte auch Zeiten gegeben, als diese Einstellung nicht hilfreich gewesen war, doch Briony schob den Gedanken daran schnell beiseite.

»Kann ich dir etwas zeigen?«, fragte sie. »Ich habe es in Italien geschenkt bekommen.«

Sie zog einen zweiten Stuhl heran, loggte sich in ihren Dropbox-Account ein und fand die digitale Version von Mariellas Film, die ein Freund aus dem Archiv des Colleges für sie erstellt hatte. Sie brauchte ein paar Versuche, um sie über das widerspenstige System ihres Vaters zu öffnen, doch dann funktionierte es. Gemeinsam schauten sie den Beginn der flackernden Filmsequenz an, und mit ihm an ihrer Seite fühlte sie sich sehr bewegt. Sie hatte nicht die geringste Ahnung, wie ihr Vater reagieren würde. Es war sehr berührend, jemanden aus seiner Vergangenheit in einem Video zu sehen, bewegender, als ihn auf einem Foto anzuschauen, denn man wurde Zeuge, wie die Person zum Leben erwachte, atmete, gestikulierte, und konnte vielleicht sogar ihre Stimme hören.

»Sieh mal«, sagte sie und hielt den Clip an. »Schau dir diesen Mann hier an.« Ihr Vater setzte sich an ihren Platz am Schreibtisch, rückte seine Brille zurecht und musterte den Bildschirm, während sie den Film weiterlaufen ließ.

Sie hörte, wie er scharf den Atem einsog. »Das ist doch nicht zu fassen«, murmelte er. »Kannst du das noch einmal abspielen?« Sie ließ die Szene ein paarmal laufen und hielt sie dann wieder an, als das Gesicht des Mannes am deutlichsten zu erkennen war. Ihr Vater lehnte sich auf seinem Stuhl zurück und starrte auf das Standbild. »Das ist außerordentlich«, meinte er schließlich, nahm seine Brille ab und musterte dieses lächelnde Gesicht aus der fernen Vergangenheit noch einmal.

»Glaubst du, das ist Grandpa Andrews, Dad?«

»Jedenfalls stelle ich ihn mir in diesem Alter ganz genauso vor. Und sieht er nicht wie Will aus? Ich habe dir doch erzählt, dass Grandpa Andrews meinte, er sei in Tuana gewesen. Was hast du noch gesagt, soll dieses Gebäude sein? Und was ist mit den anderen Männern? Wissen wir, wer sie sind?«

»Ich nicht, nein. Das Haus ist die Villa Teresa, ungefähr eine Meile von Tuana entfernt auf dem Hügel gelegen.« Kurz berichtete sie ihm von dem verfallenen Haus und dem verwilderten Garten.

»Dann muss er es wohl sein. Bemerkenswert. Ich vermute, er war 1943 oder 1944 dort. Er hat nie viel darüber geredet. Einmal habe ich ihn gefragt, ob er anlässlich eines Jubiläums der Zeitung ein Interview geben würde, aber er hielt nicht viel davon, genau genommen gar nichts, daher bin ich zurückgerudert.«

»Hast du irgendetwas aus dem Krieg, was ihm gehört hat, Dad? Fotos, Briefe oder sonst etwas?«

»Ich glaube, deine Granny hat nach seinem Tod viel weggeworfen. Ich weiß noch, dass deine Mutter deswegen ziemlich verärgert war. Irgendwo könnten wir noch einen Schuhkarton mit einigen Erinnerungsstücken haben, aber … haben wir ihn auf den Schrank gestellt oder auf den Dachboden gebracht? Du hast ihn doch bestimmt schon gesehen, oder?«

»Ich glaube nicht, dass du ihn je erwähnt hast.«

»Wir sehen nach dem Mittagessen nach. Ah, gut, da ist Lavender.«

Durch das Fenster sahen sie zu, wie ein Wagen in die Einfahrt rollte und eine kleine Frau mit üppigen Kurven und einem silberblonden kurzen Haarschopf ausstieg. Sie trug einen Trainingsanzug und manövrierte eine große Tasche mit vielen Fächern durch die Gegend. Wie Briony wusste, war sie vollgestopft mit Gegenständen, die sich auf alle unterschiedlichen Aspekte des geschäftigen Lebens ihrer Stiefmutter bezogen: von Einkaufslisten für die älteren Damen, die sie besuchte, bis zu einem Paar Yogasocken, dem neusten Taschenbuch für ihren Buchclub und ihrem Handy, das voll mit Fotos ihrer Enkel und Stiefenkel war. Lavender winkte, und Briony sah besorgt, dass ihr Gesicht ein wenig schmaler als sonst wirkte. Vielleicht lag das aber einfach daran, dass ihre Stiefmutter sich zum Yoga nicht geschminkt hatte.

Sie kam direkt herein und umarmte Briony. »Wie schön, dich zu sehen. Ich laufe schnell nach oben und ziehe mich um, und dann können wir zu Mittag essen. Martin, Schatz, könntest du den Ofen auf hundertachtzig Grad vorheizen?« Während sie die Treppe hinaufging, klang ihre Stimme zu ihnen herunter. »Und biete Briony einen Prosecco an. Für mich nur aufgegossenen Holunderblütensirup.«

Martin widmete sich anscheinend rundum zufrieden seinen Pflichten. Briony folgte ihm in die große sonnige Küche und bemerkte alle Kleinigkeiten, die seit ihrem letzten Besuch neu hinzugekommen waren: eine gläserne Abdeckung für die Arbeitsplatte, die mit Häschen umrahmt war, eine Fußmatte mit Gummiborsten an der Hintertür, eine hübsche Porzellanform für den Lammauflauf, den ihr Dad aus dem Kühlschrank nahm.

Sie fühlte eine Woge der Zuneigung zu Lavender in sich aufsteigen. Ihre Stiefmutter liebte es, neue Dinge für das Haus zu kaufen. Briony und Will hatten ihr nicht immer positiv gegenübergestanden. Nach dem Tod ihrer Mutter hatte ihr Vater seine Trauer stoisch beherrscht und es seiner Mutter überlassen, sich nach der Schule und in den Ferien um seine beiden Teenager zu kümmern. Jeans Mutter, Granny Andrews, hatte er auf Distanz gehalten, was sie wahrscheinlich zutiefst verletzt hatte. Nach ihrem Tod gestand er Briony, er sei nicht in der Lage gewesen, zusätzlich zu der eigenen Trauer und der seiner Kinder auch noch die tiefe Schwermut seiner Schwiegermutter zu ertragen. Briony hatte liebevolle Erinnerungen an sie. Granny war ein ruhiger, weiser Mensch mit fröhlichen Augen gewesen, doch etwas schien in ihr zerbrochen zu sein, nachdem sie in rascher Folge ihren Mann und ihre erwachsene Tochter verloren hatte.

Jahrelang wollte Brionys Vater nichts davon wissen, wieder eine Frau kennenzulernen, und als er sich dann darauf einließ, dauerten diese Beziehungen nie lange. Daher war es ein Schock für Briony und Will, als die selbstbewusste Lavender in ihr Leben trat. Damals waren sie Anfang zwanzig.

»Ich möchte dir jemanden vorstellen, Briony.« Bei der folgenden Enthüllung hätte Briony vor lauter Verblüffung fast das Telefon fallen gelassen: Ihr Vater war verliebt.

Schließlich hatte er – wahrscheinlich auf Anregung von Lavender hin – taktvoll für eine Vorstellung auf neutralem Boden gesorgt, in einem Pub am Rand von Birchmere, der ein warmes Büfett zum Festpreis anbot. Will und sie hatten dem frisch verliebten Paar gegenübergesessen, und als ihr klar wurde, wie stark Martins Zuneigung zu Lavender war, hatte sie sich erneut von Trauer überwältigt gefühlt. Ihr Vater konnte den Blick – und auch seine Hände – nicht von dieser Frau losreißen. Damals war Lavender schlank gewesen, eine lebhafte, freundliche Frau mit großen Augen, die fast ununterbrochen redete. Nach dem Essen waren sie zum Kaffeetrinken nach Hause gefahren, und Briony hatte es geschmerzt zu sehen, wie Lavender Tassen, ein Tablett und Teelöffel aus den richtigen Schränken holte, als lebe sie bereits dort.

Sie erklärte ihnen, sie sei von ihrem Mann geschieden, und zeigte ihnen einen Schnappschuss ihrer Tochter, einer hübschen jungen Frau in Brionys Alter, die eine Krankenschwesternuniform trug und das gleiche außerordentlich krause Haar wie ihre Mutter besaß.

»Ich bin mir sicher, ihr Ex ist einfach nie zu Wort gekommen«, sagte Briony später bissig zu Will, als er sie an ihrem Studentenwohnheim im Süden von London absetzte.

»Glaubst du, Dad hat Mum früher so angesehen?«, wollte Will wissen. »Das dauert bestimmt nicht lange. Unmöglich. Sie ist vollkommen anders als Mum.«

»Sie hat schon ein paar Sachen in Mums Kleiderschrank hängen«, erklärte Briony warnend. Sie hatte sich nach oben zurückgezogen, um in aller Stille ein paar Tränen zu vergießen. Und sie hatte es absolut vertretbar gefunden, ein wenig zu spionieren. Schließlich musste sie, um ihren Dad zu beschützen, wissen, womit sie es zu tun hatten. Doch im Lauf der Zeit wurde klar, dass Lavender weder manipulativ und auf Geld aus noch zwanghaft und hysterisch war. Sie war einfach eine durch und durch nette Frau mittleren Alters, die sich in einen Mann verliebt hatte, der genauso einsam war wie sie.

Wenn Briony jetzt, Jahre später, zurückblickte, errötete sie bei dem Gedanken, wie egoistisch Will und sie gewesen waren. Sie hatten ihr Leben vor sich. Will ging bereits mit dem Mädchen aus, das seine Frau werden sollte. Es war gemein von ihnen gewesen, ihrem Dad böse zu sein, weil er ein neues Glück gefunden hatte. Gleichzeitig waren ihre Gefühle auch verständlich gewesen. Inzwischen wusste sie durch den Umgang mit ihren Studenten, wie egozentrisch und verletzlich Zwanzigjährige sein konnten. Es war natürlich, dass erneut Verlustgefühle in ihr aufgestiegen waren, sobald sie erfahren hatte, dass eine neue Frau an der Seite ihres Vaters stand. Will und sie hatten mit dem Eindruck gekämpft, dass er ihre Mutter betrog.

Je mehr Zeit verstrich und je mehr sie sich von zu Hause abnabelten, desto mehr hatten sie Lavender schätzen, wenn nicht lieben gelernt. Briony amüsierte sich still darüber, wofür ihre Stiefmutter sich begeistern konnte und wie sie ihren Vater gezähmt hatte. Untersetzer für Kaffeebecher, Kästchen mit Früchtetee, Magnete mit niedlichen Sprüchen, mit denen die Zeichnungen der Enkelkinder am Kühlschrank befestigt waren – all das sah Martin Woods vorheriger Umgebung so unähnlich, dass Briony darüber staunte, wie bereitwillig er es akzeptierte.

Während sie in dem verglasten Anbau, der die düstere alte Küche vollkommen verändert hatte, ihr Mittagessen zu sich nahmen, erkundigte sich Lavender nach Brionys Urlaub und erzählte eifrig von dem, der vor ihnen selbst lag – auf einer paradiesischen griechischen Insel mit Kursen in kreativem Schreiben und Yoga im Freien für sie und Fotografie für Martin.

»Das wird sicher ein großer Spaß, Dad«, sagte Briony und fing den Blick ihres Vaters auf.

»Heutzutage tue ich einfach, was man mir sagt«, brummte Martin.

»Du fandest aber auch, dass es gut für uns beide sein würde, Martin!«

»Wenn du glücklich bist, bin ich es auch«, sagte Brionys Vater und strahlte, während er die schmutzigen Teller zusammenstellte. Briony sah, dass er es so meinte. Er war mit seinem Leben vollkommen zufrieden, und sie spürte einen Anflug von Neid.

Suchend blickte sie sich in der Küche um. Hier war nicht viel von der Vergangenheit übrig. Keine Fotos ihrer Mutter. Alles war neu, von den Messern und Gabeln auf dem Tisch bis zu dem künstlerisch angelegten Garten auf der anderen Seite der Glastüren. Trauer und Enttäuschung waren aus diesem Haus ausradiert, als hätten sie nie existiert. Wahrscheinlich sollte sie ihren Vater und ihre Stiefmutter dafür bewundern, doch dazu war sie nicht ganz in der Lage. Es fühlte sich an, als wäre damit auch ihre eigene Vergangenheit ausgelöscht worden.

Trotzdem war es die Frage wert. »Dad ... wegen Grandpas Sachen.«

»Ach ja. Wo hast du den Krimskrams von Jeans Vater hingeräumt, Lavender?«

»In die Schublade unter dem Bett im Gästezimmer«, erklärte sie nach kurzem Überlegen.

Das Gästezimmer war eigentlich Brionys altes Zimmer, das seit ihrem Auszug zweimal renoviert worden war, und in Wills Zimmer hatte sich Lavender mittlerweile ein Nähzimmer eingerichtet.

Nachdem sie gegessen hatten und die Küche wieder blitzblank war, folgte Briony ihrem Vater nach oben. Sie blickte sich in ihrem Zimmer um, das inzwischen zu einer wahren Blumenlaube umgestaltet worden war. Verblüfft dachte sie darüber nach, dass sie immer noch gelegentlich dort übernachtete und nie geahnt hatte, dass Grandpas Sachen die ganze Zeit unter ihr gelegen hatten. Sie hatte schon früher einmal in den Bettkasten gespäht, aber nur zusätzliche Steppdecken und Kissen entdeckt. Als sie den Kasten jetzt hervorzog und eine Bettdecke beiseiteschob, sah sie mit einem Anflug von Zärtlichkeit, dass ihr verborgene Schätze entgangen waren: vier gerahmte Fotos ihrer Mutter, die ordentlich aufgestapelt waren, das Hochzeitsalbum ihrer Eltern und ein Karton, auf dem »Jeans Schulbücher« stand.

Nach dem Tod ihrer Mutter war einige Jahre lang nicht viel, was ihr gehört hatte, aus dem Haus entfernt worden. Granny Andrews hatte dann darauf bestanden, mit der Hilfe von Jeans bester Schulfreundin ihre Kleidung auszusortieren. Ihre wenigen schönen Schmuckstücke wurden für Briony beiseitegelegt, obwohl sie die Perlenkette und die gute goldene Uhr wahrscheinlich niemals tragen würde. Stattdessen hatte sie heimlich einiges an sich genommen, was sie an ihre Mum erinnerte – ein Fläschchen Chanel No. 19, einen halb aufgebrauchten Lippenstift, ein paar ihrer Lieblingsromane und ein schwarzes Samthalsband, das sie getragen hatte, wenn sie ausgegangen war.

Als Martin und Lavender ein Paar wurden, hatten sie wegen der schwierigen Lage auf dem Immobilienmarkt beschlossen, nicht umzuziehen, und Lavender hatte während ihrer ersten Ehejahre taktvoll vieles Weitere verschwinden lassen. Ab und zu hatte ihr Vater Briony etwas geschenkt, das Jean gehört hatte – eine hübsche Majolika-Vase, die sie im Urlaub gekauft hatte, oder einen Spiegel für die Handtasche mit einem Rahmen aus aufgeklebten Muscheln, den sie in der Grundschule für ihre Mutter gebastelt hatte. Inzwischen war sie reif genug, um zu erkennen, dass Lavender sich dieses Haus richtig aneignen musste, aber sie hatte das Gefühl, dass dieser Keil zwischen ihr und ihrer Stiefmutter immer da sein würde. Als sie jetzt die tief vergrabenen Fotos ihrer Mutter sah und die Schachtel mit Papieren, die von Rechts wegen Will und ihr gehörten – nicht, dass Will jemals Interesse an so etwas zeigte –, spürte sie den scharfen Schmerz erneut.

»Versuch's dort in der Ecke«, sagte ihr Vater über ihre Schulter hinweg, und sie schob das Hochzeitsalbum beiseite, sodass die Ecke eines vom Alter verblassten grünen Schuhkartons mit Deckel zum Vorschein kam. Sie zog ihn hervor.

»Ich gehe dann mal, damit du alles allein ansehen kannst, ja?« Ihr Vater lächelte. »Du willst sicher nicht, dass ich dir im Weg stehe.«

»Du bist nie im Weg, Dad«, sagte sie, »aber danke.«

Briony nahm den Karton behutsam hoch, setzte sich aufs Bett und zog vorsichtig das Gummiband ab. Dann hob sie den Deckel. Im Inneren befand sich ein Wirrwarr aus Fotos und Zeitungsausschnitten. Auch eine kleine, flache blaue Schachtel war dabei, und als sie diese herausnahm, zeigte sich, dass sie mehrere Medaillen enthielt. Sie legte die Schachtel auf die Bettdecke und griff nach einem der obersten Fotos in dem Stapel. Es handelte sich um ein in einem Atelier aufgenommenes Porträt ihres Großvaters als junger Mann von etwa dreißig Jahren: gut aussehend mit tief liegenden, fröhlichen Augen und kurzem, glatt nach hinten frisiertem dunklen Haar. Eine merkwürdige Vorstellung, dass er mittlerweile hundert wäre, wenn er noch lebte. Heute hatte Briony nur noch äußerst verschwommene Erinnerungen an ihn. Er war vor fast dreißig Jahren gestorben.

Ein Hochzeitsfoto zeigte nur die beiden: Granny in einem einfachen Kostüm, dennoch trug sie einen Blumenstrauß. Man erzählte sich, Grandpa und Granny hätten sich am Ende des Krieges in London kennengelernt. Ihre Großmutter hatte auf einer Parkbank ihr Sandwich mit ihm geteilt, und die beiden waren ins Gespräch gekommen. Eine stürmische Liebesgeschichte, die ein Leben lang gewährt hatte, bis sie ein paar Jahre nach ihrer Tochter an gebrochenem Herzen gestorben war. Es fühlte sich sonderbar an, fand Briony und betrachtete ihre jungen Gesichter – Granny strahlte, und Grandpa wirkte stolz –, dass sie inzwischen schon viel älter war als die beiden damals.

Weiter unten in dem Stapel fiel ihr eine sepiafarbene Ansichtskarte mit Kamelen und Pyramiden in die Hand. Sie drehte sie um, doch sie war unbeschrieben. Noch ein Stückchen darunter entdeckte sie mehrere Briefe und endlich noch ein Foto, dieses Mal von einigen Soldaten, die vor einem Armeelaster standen. Das Gebäude im Hintergrund war kein anderes als die Villa Teresa, und Brionys Herz machte einen Satz. Danach hatte sie gesucht. Sie erkannte einen der Soldaten aus dem Filmmaterial wieder – einen großen, sportlichen, dunkelhaarigen jungen Mann mit ernster Miene. Als sie das Bild umdrehte, wurde sie belohnt. Ivor Richards, Harry Andrews, Paul Hartmann, hatte jemand, wahrscheinlich ihr Großvater, im Dreieck angeordnet gekritzelt, sodass die Namen zu der Position der Männer auf dem Bild passten. Der junge Bursche mit der ernsten Miene musste der Paul Hartmann aus den Briefen sein. Sie hatte ihn gefunden.

Sie blätterte die knisternden Papiere in dem Karton durch und stieß auf einen kleinen weißlichen Umschlag, auf dem nur ein Name stand. *Sarah Bailey*, las sie verblüfft. Was in aller Welt hatte der hier zu suchen? Die Lasche ließ sich leicht anheben, und sie zog ein Blatt Papier hervor und faltete es vorsichtig auseinander.

Sarah, las sie.

Entschuldige die Hast, aber Harry hat versprochen, Dir diese Nachricht zu bringen. Ich bin zurück in England und habe mich gefragt, ob Du den Brief erhalten hast, den ich Dir vor ein paar Tagen geschickt habe. Ich bin im ... abgestiegen.
Mit all meiner Liebe
Paul

Der Name des Orts, an dem er sich befand, war verwischt und unleserlich. Aber das Wort »Liebe« machte sie neugierig.

Warum hatte Harry Andrews einen Brief behalten, der ihm offensichtlich nicht gehörte? Hatte er ihn vielleicht nicht abliefern können?

8

Dezember 1938

*S*arahs Hand lag schützend auf dem Schuhkarton neben ihr, während sie durch das Zugfenster auf die winterliche Landschaft von Norfolk hinaussah. Mit einem weißen Schleier überzogene Bäume säumten die Felder, auf denen verschwommenes Sonnenlicht auf einer dicken Schneedecke glitzerte. Ein Starenschwarm wirbelte in den Himmel hinauf wie Funken und erfüllte sie mit einer Mischung aus Freude und Melancholie. Freude, weil sie in die Landschaft zurückkehrte, die sie seit ihrer Kindheit liebte, und Melancholie, weil das unschuldige Glück jener Zeiten jetzt für immer verloren war. Ihre Lippen zitterten bei dem Gedanken, dass ihr Vater die englische Landschaft nie wiedersehen würde. Sie warf ihrer Mutter, die ihr gegenübersaß, einen Blick zu, doch Mrs. Bailey war so in ihr Buch vertieft, dass sie das vorbeiziehende Umland nicht bemerkte.

Der Zug stieß ein langes, betrübtes Heulen aus und wurde langsamer. Ihre Station kam in Sicht. Sarah stieß Diane an, die seit Ipswich an ihrer Schulter geschlummert hatte.

»Sind wir da? Gott sei Dank.« Ihre Schwester gähnte anmutig, rekelte sich wie eine Katze und reckte dann den Hals, um in dem stockfleckigen Spiegel an der Trennwand des Abteils ihr Aussehen zu überprüfen. Der Schlaf hatte sie nicht erfrischt. Sarah sah zu, wie Diane den Sitz ihres Huts korrigierte und ihren Pelzkragen glatt strich. Unter den Augen ihrer Schwester lagen dunkle Schatten, die auch Gesichtspuder nicht verdecken konnte. Ihre Mutter sah nicht anders aus. Monate der Trauer, die Vorbereitungen für ihre Abreise aus Indien und die stürmische Seereise hatten von allen dreien ihren Tribut gefordert.

»Ich weiß nicht, was wir tun sollen, wenn uns dort niemand erwartet.« Belinda Baileys Haltung strahlte majestätische Missbilligung aus, als sie ein Lesezeichen aus weichem Leder zwischen die Seiten legte und Buch und Brille in ihrer Tasche verstaute.

»Ich bin mir sicher, dass das Dienstmädchen der Richards' die Nachricht weitergegeben hat, Mummy. Sie klang sehr verständig.«

»Vielleicht können wir am Bahnhof jemanden bitten, ein Taxi zu rufen.«

»Ich bin mir sicher, alles wird gutgehen, Mummy.« Es war ungewöhnlich für Mrs. Bailey, sich so aufzuregen, ein seltenes Zeichen dafür, dass sie nervös war.

Die Bremsen des Zugs quietschten, und er kam ruckelnd zum Halt. Ein Herr mit rotem Gesicht und Knickerbockern, der in Stowmarket zugestiegen war, half ihnen mit ihrem Gepäck. Sarah klemmte sich ihren kostbaren Schuhkarton unter den Arm und jonglierte mit der anderen Hand einen Koffer, während ihre Mutter die Hutschachtel trug und für Diane nur eine Handtasche übrig blieb.

»Immer ein Vergnügen, den Ladys behilflich zu sein!« Als sie dem Gentleman dankten, strahlte er sie von der Tür aus an. Der Pfiff erklang, und der Zug setzte sich langsam in Bewegung.

Sie richteten ihr Augenmerk wieder auf den Kofferstapel, neben dem nun wie durch Zauberhand ein junger Mann aufgetaucht war. Er war elegant gekleidet und trug einen gestreiften, ordentlich gebundenen Schal. Sein glattes blondes Haar war militärisch geschnitten, und sein Schnurrbart konnte eine gewisse Anspannung um seine perfekt geformten Lippen nicht verbergen.

»Die Baileys, nehme ich an?« Seine Stimme klang lauter als nötig, und er hob die Hand an seinen Hut wie zum Salut. Aus seinen braunen Augen musterte er sie zögernd.

»Ganz recht«, antwortete Sarahs Mutter in stolzem Ton. »Und wer, wenn ich –«

»Ich bin Ivor, Tante Belinda.«

»Ivor, mein Lieber, natürlich«, sagte sie herzlicher und schüttelte ihm die Hand. »Du musst entschuldigen, ich habe dich so lange nicht gesehen.« Sie stellte ihm die Mädchen vor. Sarah spürte seinen kräftigen Händedruck, und sein Blick hielt ihren auf eine Weise fest, die sie angenehm aufwühlend fand. Diane, die ihn schüchtern ansah, nickte er nur zu.

Ihre Mutter sprach weiter: »Du lieber Himmel, das letzte Mal, als wir dich gesehen haben, muss –«

»Da war ich offenbar zwölf. Ich fürchte, ich erinnere mich nicht daran, obwohl ich wünschte, ich würde es.« Er lächelte galant. Sarah bemerkte, dass er angespannt war. Er dachte nach, bevor er sprach, als beobachte er sich selbst, was sie neugierig machte.

»Oh, aber ich erinnere mich an dich.« Die helle Stimme ihrer Mutter klang ein wenig schrill. »Das war der Herbst, in dem ich die Mädchen nach Hause gebracht habe, weil du aufs Internat gekommen bist, Sarah – du warst elf, nicht wahr? –, und Diane war neun. Ich glaube, du hattest gerade in Downingham angefangen, Ivor. Deine Schuluniform war glatt gebügelt und neu, und du hast mir ganz im Vertrauen erzählt, es sei dein Ehrgeiz, deinem Vater ins Regiment nachzufolgen.«

»Wirklich? Was für ein altkluger kleiner Bengel ich gewesen sein muss.«

Mrs. Bailey gab ihr perlendes Lachen von sich, das sie leicht zu beeindruckenden Männern vorbehielt. Sarah hasste es. »Im Gegenteil«, sprach ihre Mutter weiter. »Ich fand deine Direktheit erfrischend. Und schließlich hast du ja genau das getan. Deine Mutter hat geschrieben, dass du schon Lieutenant bist. Gratulation.«

»Danke.« Bevor er sich abwandte, um Ausschau nach einem Gepäckträger zu halten, sah Sarah, dass Ivor Richards errötete.

In Indien hatte es viele junge Männer dieser Art gegeben, die für Mrs. Baileys Charme empfänglich waren: Jungen, die den strengen Blick ihrer Mütter weit hinter sich gelassen hatten und nach weiblicher Gesellschaft dürsteten. Junge Offiziere, die darauf brannten, sich hervorzutun, aber ganz offensichtlich unglücklich waren und eine Last mit sich herumtrugen, die für gewöhnlich mit den Erwartungen ihrer Eltern zu tun hatte. Sarah fragte sich, ob das hier der Fall war. Diane und sie kannten die Familie Richards nicht gut, obwohl sie immer über sie Bescheid gewusst hatten. Major Richards war ein enger Freund ihres Vaters aus der Zeit ihrer militärischen Ausbildung vor dem Großen Krieg. Die Verletzungen, die er in diesem schrecklichen Konflikt davongetragen hatte, hatten seine Karriere bei der Armee unterbrochen, und nun lebte die Familie in einem Haus auf einem Anwesen an der Grenze zwischen Norfolk und Suffolk, wo der Major als Gutsverwalter tätig war.

»Ich habe den Wagen gleich draußen geparkt.« Ivor ging vor den Frauen her zum Ausgang des Bahnhofs und überließ es dem Träger, sich um das Gepäck zu kümmern. »Soll ich Ihnen diese Schachtel tragen, Miss Bailey?«

»Nein, danke, sie muss in einer bestimmten Position bleiben«, gab Sarah zurück. »In welchem Regiment dienen Sie, Lieutenant?«

»Norfolk, wie mein Vater. Ihrer auch. Es hat mir leidgetan, von seinem Tod zu hören. Aber bitte nennen Sie mich Ivor. Darf ich Sie mit Sarah ansprechen?«

»Ja, natürlich.«

Dieses Mal wirkte sein Lächeln spontan. »Gut. Da sind wir.«

Sein Wagen war ein alter Jagdkombi, der aussah, als würden darin normalerweise schlammverschmierte Spaniel herumgefahren. Mrs. Bailey musterte ihn missfällig.

»Es erschien mir vernünftig, den hier zu nehmen, wegen des

Gepäcks«, erklärte Ivor entschuldigend. Er staubte den Beifahrersitz ab und hielt Mrs. Bailey, die ein wenig zimperlich einstieg, die Tür auf. Dann half er dem Träger, den Kofferraum mit Gepäck vollzustopfen, und bald waren sie unterwegs. Er fuhr vorsichtig über die vereisten Straßen, und die Mädchen klammerten sich auf der Rückbank an die Halteriemen, während eine allzu gut funktionierende Heizung ihnen die Schienbeine verbrannte.

»Wie weit ist es?«, fragte Diane laut, um das Motorengeräusch zu übertönen.

»Eine Viertelstunde«, rief Ivor zurück.

»Es sind nur drei oder vier Meilen«, erklärte ihr Sarah. »Erinnerst du dich nicht?«

»Offensichtlich nicht«, fauchte Diane. »Ich habe die Richards' seit Jahren nicht gesehen, oder?« Ihr Internat hatte sie mit sechzehn entlassen, da sie so wenig Interesse am Lernen gezeigt hatte, und sie war auf demselben Schiff wie Sarah, die gerade die Oberstufe abgeschlossen hatte, nach Indien zurückgekehrt. Es war vorgesehen gewesen, dass die Mädchen in Bombay eine Ausbildung zur Stenotypistin absolvieren konnten, wenn sie sich beschäftigen wollten, doch darüber hinaus sollten sie ihrer Mutter Gesellschaft leisten, bis sie einen Ehemann fanden. Ohnehin hatten sie gewusst, dass es bis zu Colonel Baileys Pensionierung nur noch ein paar Jahre waren und sie dann möglicherweise alle gemeinsam nach England zurückkehren würden.

An einem glühend heißen Sonntag im Juli hatte Diane ihn dann gefunden.

Während die letzten Vorbereitungen für die Party zu ihrem einundzwanzigsten Geburtstag in vollem Gang waren, war Diane aus dem Garten hereingestolpert. Sie war leichenblass vor Schreck und stammelte, Sarah und ihre Mutter sollten sich beeilen. Sie hatte ihren Vater bewusstlos auf dem Weg liegend gefunden, und das Glas Gin, aus dem er getrunken hatte, zerschmettert auf dem Kies. Er hatte einen schweren Herzinfarkt erlitten, und obwohl der Arzt unverzüglich eintraf, konnte ihm nicht mehr geholfen werden.

»Mutter erwartet uns in Flint Cottage«, erklärte Ivor gerade an Mrs. Bailey gewandt. »Ein Mann schneidet gerade den Stechpalmenbusch vor dem Haus. Nicht wirklich das richtige Wetter dafür, aber Ihre Mieter haben ihn wild wuchern lassen. Wir konnten kaum bis zur Tür durchkommen.«

»Es ist nett von deinen Eltern, sich um alles zu kümmern«, sagte Mrs. Bailey und klammerte sich am Türgriff fest, als der Wagen in einer scharfen Kurve ins Rutschen kam. »Von Indien aus war es uns unmöglich, etwas zu arrangieren –«

»Das haben sie gern getan«, gab Ivor herzlich zurück. »Es war das Mindeste, was wir unter diesen traurigen Umständen beitragen konnten. Ich fürchte allerdings, da die Watsons das Haus erst letzte Woche geräumt haben, wurde alles ziemlich abgewirtschaftet zurückgelassen. Es war ein wenig hektisch, es für Sie bewohnbar zu machen.«

»Das hat deine Mutter in ihrem Brief geschrieben. Wahrscheinlich hätten wir den Watsons eine längere Kündigungsfrist gewähren sollen.«

»Angesichts der Lage blieb Ihnen nichts anderes übrig.«

»Nein. Sobald wir einmal in London waren, hatte ich das Gefühl, es sei wichtig, noch vor Weihnachten einzuziehen.«

Sarah lauschte dem Gespräch mit halbem Ohr und fragte sich nicht zum ersten Mal, wo die Watsons mit ihren kleinen Kindern die Feiertage verbringen würden. Wenn ihre Mutter sich etwas in den Kopf setzte, dann war daran nicht zu rütteln. Sarah wäre durchaus bereit gewesen, Weihnachten bei Tante Susan in Wimbledon durchzustehen, musste aber zugeben, dass ihre Mutter und Colonel Baileys altjüngferliche Schwester einander noch nie nahegestanden hatten.

Der Anblick eines alten Mannes in einem Umhang, der ein Schaf aus einer Schneewehe grub, zog ihre Aufmerksamkeit auf sich. Sein Hund, der wie ein schwarzer Fleck in der Landschaft wirkte, rannte hin und her, um den Rest der Herde zusammenzutreiben. Tief hängende, pralle Wolken bargen noch mehr Schnee. Die Landschaft wirkte wie eine Weihnachtskarte. So viele Jahre hatte sie sich nach einem traditionellen englischen Weihnachten mit ihrer Familie gesehnt, statt das Fest in Indien oder mit Diane bei Tante Susan zu verbringen, doch nun, da es so weit war, würde es ein trauriges Fest werden. Zumindest würden sie dank ihres kürzlichen Beutezugs bei Aquascutum angemessen gekleidet sein.

»Westbury Hall zur Linken«, verkündete Ivor Richards und wies mit einer behandschuhten Hand in die genannte Richtung, als sie einen hohen Torbogen passierten, der von der Statue eines großen Hundes gekrönt wurde. Sie erhaschten einen kurzen Blick auf eine verschneite Einfahrt, die zu einem Haus mit Kaminen im Tudorstil emporführte, und dann war es wieder verschwunden.

Eine oder zwei Minuten später kam der Wagen rutschend vor einer langen Mauer aus Feuerstein zum Halten. Ivor kletterte hinaus, stapfte um das Auto herum und hielt Mrs. Bailey die Tür auf. Dann machte er sich daran, die Koffer auszuladen.

Die Frauen stiegen langsamer aus, standen zunächst zusammen an dem niedrigen Tor und betrachteten die wuchtigen Linien des frei stehenden viktorianischen Cottages, das ihr neues Zuhause sein würde.

»Sieht hübsch aus«, meinte Diane vorsichtig. Die beiden Schwestern warfen ihrer Mutter einen Blick zu, um ihre Reaktion auszuloten, doch Mrs. Bailey sagte nichts. Stattdessen schob sie das Tor auf und ging mit Sarah am Arm bedächtig den Weg hinauf, der immer noch vereist war, obwohl jemand den Schnee weggefegt hatte.

Die Stechpalme, die Ivor erwähnt hatte, verunzierte die Fassade, doch das Haus wirkte größer, als Sarah erwartet hatte. Zwei Stockwerke sah sie, und die Dachgauben ließen auf ausgebaute

Mansarden schließen. Es lag in einem weitläufigen Garten, der von großen, schützenden Bäumen gesäumt wurde und in dem hier und da die weiß überzogenen Umrisse einiger Büsche auszumachen waren. Sie würde abwarten müssen, bis es taute, um festzustellen, welche Schätze der Schnee verbarg. Ein scharfer Windstoß ließ sie erschauern, und sie drückte den kostbaren Karton fester an sich.

Als sie sich dem Dickicht aus Stechpalmenzweigen näherten, das ihnen den Weg versperrte, war das lebhafte Klappern einer Heckenschere zu hören, und die Zweige mit den leuchtenden Beeren bebten.

Mrs. Bailey sagte etwas, und das Klappern verstummte.

»Bedaure, Ladys!«, rief eine Männerstimme. »Warten Sie bitte einen Moment. Ich bahne Ihnen einen Weg.« Über den Zweigen tauchte ein glatt rasiertes Gesicht unter einer Stoffkappe auf, und als die dick eingepackte Gestalt sich sehen ließ, gewann Sarah einen Blick auf zwei strahlende Augen und ein kluges Gesicht.

»Was für eine Arbeit«, meinte Sarah höflich, während der Mann sie sicher um das Hindernis herumführte.

Lächelnd kehrte er wieder an sein Werk zurück. »Ich versichere Ihnen, vor einer Stunde hat es noch viel schlimmer ausgesehen. Ich bin bald fertig.«

»Mummy«, fragte Sarah, »sollten wir ihn nicht bitten, ein paar Zweige für Weihnachten beiseitezulegen?«

Mrs. Bailey war einverstanden. »Würden Sie das tun, bitte?«, fragte sie den jungen Mann daraufhin. »Die Beeren sind prachtvoll.«

»Selbstverständlich. Ich hätte das ohnehin vorgeschlagen. Wenn Sie mögen, lege ich Ihnen ein paar in den Wintergarten.« Wenn er lächelte, blitzten seine graublauen Augen. Sie waren mandelförmig und wurden umrahmt von einem blassen Gesicht, das einen starken Kontrast zu seinem dunklen Haar bildete – jedenfalls dem Teil davon, der unter der Mütze hervorschaute. Sein

Englisch war perfekt, doch er sprach die Worte weich und beinahe zärtlich aus.

»Hören Sie, Hartmann!«, donnerte Ivor. »Bringen Sie die da nach drinnen, ja?« Der junge Gärtner zuckte angesichts des groben Tons zusammen, legte aber klaglos seine Schere beiseite und schleppte die Koffer davon.

Eine hübsche vollbusige Frau in einem Tweedkostüm trat auf die Veranda. »Belinda, Liebes, ihr seid da!«, quietschte sie und breitete die Arme aus, um Mrs. Bailey willkommen zu heißen.

»Ach, Margo!« Seit vielen Monaten hatte Sarah ihre Mutter nicht mehr so lebhaft gesehen. Unerwartet gerührt schaute sie zu, wie Mrs. Bailey sich in die Arme der anderen stürzte. Die Freundinnen umschlangen einander, und Belinda Bailey drückte ihre schmale gepuderte Wange an Margo Richards' rundes sonnengebräuntes Gesicht. Belinda kniff die Augen zu, und Trauer verzerrte ihre Züge. Sarah konnte sich kaum an Tante Margo, Ivors Mutter, erinnern, doch sie wusste, dass die Freundschaft der beiden Frauen ebenso eng war wie die zwischen ihren Ehemännern: eine Verbindung, die im Lauf der Jahre durch seltene Treffen und einen Briefwechsel aufrechterhalten worden war. Als Sarah sie jetzt zusammen sah, begriff sie endlich, warum ihre Mutter sich lieber hierher, tief ins ländliche Norfolk, zurückziehen wollte, statt ein Haus in London zu mieten. Nach ihrer strapaziösen Ehe und der plötzlichen Orientierungslosigkeit, die sie überfallen hatte, als sie Witwe geworden war, brauchte Belinda Bailey einen sicheren Hafen.

»Ich habe dir ja gesagt, dass das Haus nicht fertig sein würde, Liebes«, schalt Tante Margo, während sie sich im Inneren umsahen und bestürzt feststellten, in welch desolatem Zustand ihre Mieter das Haus zurückgelassen hatten. »Ich wünschte, du wärest bereit gewesen, bei uns zu wohnen.«

»Das hätten wir vielleicht tun sollen«, meinte Mrs. Bailey seufzend, »aber nun sind wir nun einmal hier und müssen das Beste daraus machen.« Oh, die Starrköpfigkeit ihrer Mutter!

Nachdem die Mädchen die Schule abgeschlossen hatten und nach Indien zurückgekehrt waren, war es Major Richards gewesen, der Colonel Bailey telegrafiert hatte, Flint Cottage stehe zum Verkauf. Und er hatte anschließend auf Colonel Baileys Anweisungen hin den Kauf des Hauses arrangiert. Der Colonel und Mrs. Bailey hatten sich einen Besitz in England gewünscht, auf den sie sich irgendwann zurückziehen konnten, und unterdessen wollten sie das Haus vermieten. Die Möbel, Vorhänge und Teppiche des Vorbesitzers hatten zum Angebot gehört, doch bis zum Auszug der Watsons hatte niemand geahnt, wie schäbig die Ausstattung war.

Sarah sah, dass jeder Raum die Spuren einer lebhaften Familie mit Kindern und Hunden trug. Die Watsons – Mr. Watson verfasste Kriminalromane – hatten vier Söhne sowie mehrere Hunde. Schmutzige Hände und die Räder von Spielzeugautos hatten Flecken auf der Tapete hinterlassen, und an den meisten Türen war zu erkennen, dass Hundekrallen daran gekratzt hatten. Eines der Sofas im Salon war auf einer Seite zusammengesackt, und in der Nähe des Schreibtisches ließen Spritzer auf dem Holzboden vermuten, dass eine Flasche königsblauer Tinte aus großer Höhe darauf herabgefallen war.

Auf all diese Details wies Tante Margo sie hin, während sie das Haus besichtigten. Ivor war losgeschickt worden, um ein paar dringend notwendige Vorräte zu besorgen. Ihre Mutter wirkte eher verärgert als niedergeschlagen, aber Dianes Miene war trostlos. »Ich dachte nicht, dass es so schlimm sein würde«, flüsterte sie, schockiert über den Schimmel an der Badezimmerdecke, doch Sarah hörte nicht hin. Sie erkannte bereits das Potenzial des Hauses.

Ihr gefielen die großen, lichterfüllten Räume. Die Wände waren so dick, dass man sich vorstellen konnte, wie behaglich es hier sein würde, sobald in allen Kaminen Feuer brannte. Sie überließ es den anderen, die Aussicht auf die Kirche aus einem Schlafzimmerfenster zu bewundern, und kehrte nach unten zurück, um den Rest des Hauses auf eigene Faust zu erkunden. Hinter einer Tür, die von der Eingangshalle abging, lag ein düsteres, sehr förmlich eingerichtetes Esszimmer. Sie fand die Küche und die geräumige Spülküche, die sie entdeckt hatte, einladender, doch am besten hatte ihr ein nach hinten hinausgehendes Wohnzimmer gefallen, in das sie jetzt trat. Die Fenster boten einen Ausblick auf eine verschneite Terrasse, hinter der sich eine Rasenfläche erstreckte. Doch noch etwas anderes hatte ihre Neugier geweckt: Durch eine Glastür gelangte man in einen Wintergarten, einen Anbau an einer Seitenwand des Hauses.

Sarah lauschte den Stimmen und Schritten über sich und versuchte dann, die Klinke hinunterzudrücken. Die Tür war abgeschlossen, doch auf einem Regalbrett in der Nähe lag ein schwerer Eisenschlüssel, der passte und sich leicht drehen ließ. Die Tür schwang auf, und sie trat in den von grauem Licht erfüllten, stabil gebauten Gartenraum, der eine schneebedeckte Glasdecke besaß und rundum mit Fenstern ausgestattet war. Eine Weinrebe strebte weitverzweigt an der Hauswand hinauf und klammerte sich mit ihren Ranken an die Deckenbalken. An beiden Enden des Raums führten Türen in den Garten. Trotz seines Schneemantels – oder vielleicht gerade deswegen – wirkte der Raum weniger eisig, als sie erwartet hatte. *Ja*, dachte sie, *das ist vielleicht die richtige Stelle. Einstweilen jedenfalls.*

Sie huschte zurück ins Haus, holte ihre Schuhschachtel aus der Diele und kehrte damit in den Wintergarten zurück, wo sie sie auf einen Pflanztisch stellte und sich mit der Schnur beschäftigte, deren Knoten sie ungeduldig löste. Dann nahm sie behutsam den Deckel ab und hob die Strohschicht darunter hoch. Gott sei Dank. Die winzigen Pflanzen, die in ihren Töpfchen darin standen, waren unbeschädigt, und als sie einen Finger hineinsteckte, fühlte sich die Erde, die sie heute Morgen gründlich gegossen hatte, noch feucht an. Sie beugte sich vor und sog den exotischen Duft ein: Indien in einer Schachtel. Während ihrer langen Seereise hatte sie diese Stecklinge gehütet, Blumen aus ihrem Garten in Kaschmir, die Lieblingssorten ihres Vaters. Sie hatte keine Ahnung, ob sie hier, in englischem Boden, überleben würden, aber sie war entschlossen, es zu versuchen. Sie stellte die Töpfchen in einen schmalen Steintrog unterhalb der Weinrebe und überlegte noch, ob dies der beste Platz dafür war, als Diane ihr herzförmiges Gesicht, auf dem ein ungeduldiger Ausdruck lag, durch die Tür steckte.

»Da bist du ja, Saire. Komm, und such dir ein Zimmer aus. Ich möchte gern das mit dem Waschbecken, aber wenn du es willst, ist es mir auch gleich.«

Dianes Ton besagte, dass es ihr keineswegs gleichgültig war, und Sarah wusste, dass Diane bekommen würde, was sie wollte. Ihr machte das nicht wirklich etwas aus. Sie stand auf, um ihrer Schwester zu folgen, und warf noch einen langen Blick zurück zu den leidgeprüften Pflanzen in ihrem neuen Zuhause.

Als sie sich an diesem Abend in dem Zimmer, von dem aus man durch die Bäume auf die Kirche blickte, bettfertig machte, sah sie, dass es erneut in dicken, tanzenden Flocken schneite. Tagelang fiel immer wieder Schnee, begrub den schlummernden Garten unter sich und überzog den frisch geräumten Pfad. Er bedeckte das Dorf Westbury, seine alte Steinkirche und die mittelalterliche Brücke, die über den eingefrorenen Fluss führte. Er überzog die hübsche Statue der dänischen Dogge auf dem Tor von Westbury Hall und legte sich über die Kamine und Zinnen des Gutshauses. Er fiel in ganz Norfolk, auf Türme und Kirchtürme, auf Felder und Wälder und die geheimnisvolle Sumpflandschaft der Norfolk Broads, auf verlassene Moore und die eisige Nordsee. Unter der Schneeschicht lag alles still da und wartete wahrscheinlich mit angehaltenem Atem auf das, was kommen würde.

9

Als Sarah am Morgen des ersten Weihnachtstags erwachte, war ihr Bett in ein unheimliches Licht getaucht. Zitternd stand sie auf, schob die Vorhänge beiseite und rieb über das Fensterglas, um hinauszusehen. Es schien, als wäre über Nacht eine Wolke über sie herabgesunken, denn Sarah konnte nur dichten Nebel erkennen, aus dem heraus flaumige Schneeflocken gegen die Scheibe segelten. Rasch lief sie ins Bad und wieder zurück, um sich warm anzuziehen. Sie wählte ihren dicksten Wollrock und den wärmsten Pullover aus, warf zusätzlich noch ihren Morgenrock darüber und tappte in Hausschuhen nach unten. Dort traf sie auf das neue Dienstmädchen, Ruby, das sich über den Herd beugte und Haferflocken für den Porridge in einen Topf abmaß. Daneben pfiff leise ein Kessel.

»Frohe Weihnachten, Miss Sarah. Alles weiß draußen, was?« In Rubys spitzem Gesicht, das Sarah an ein unterernährtes Kätzchen erinnerte, blitzten von langen Wimpern umrahmte Augen. Die kleine Ruby war fünfzehn und die älteste Tochter der Familie Martin, die eines der Arbeiterhäuschen am anderen Ende des Dorfs bewohnte. Das Mädchen war froh gewesen, für die Baileys arbeiten zu können, statt ihrer Mutter bei der Betreuung ihrer zahlreichen Geschwister helfen zu müssen, aber sie war es nicht gewohnt, allein zu schlafen.

»Auch dir frohe Weihnachten, Ruby. Ich hoffe, du hattest es letzte Nacht wärmer?«

»Die zusätzlichen Decken und der heiße Ziegelstein haben Wunder gewirkt, Miss Sarah. Ich wäre heute Morgen am liebsten gar nicht aufgestanden, aber ich musste dringend austreten.«

»Ah ja. Mach dir keine Gedanken, ich gieße mir meinen Tee selbst auf. Ich sehe, dass du beschäftigt bist.«

Sarah ging mit ihrer Tasse in den Salon, wo Ruby bereits die Vorhänge zurückgezogen und Feuer gemacht hatte. Dort stand sie, nippte an ihrem Tee, wärmte sich an dem knisternden Holzfeuer und sah verträumt aus dem Fenster. Der Schneesturm schien nachzulassen. Wirklich behaglich war der Raum noch nicht, aber auf dem besten Weg dorthin.

Sie hatte die Zimmer im Erdgeschoss mit den leuchtenden Stechpalmenzweigen geschmückt, die der Gärtner zurückgelassen hatte. Hartmann, wie die Richards' ihn nannten, war seit dem Einzug der Baileys jeden Tag vorbeigekommen, hatte den frischen Schnee vom Weg geschaufelt und ein Fenster repariert, das nicht richtig schloss. Gestern war er unaufgefordert erschienen, hatte ein deutsches Weihnachtslied vor sich hin gesummt und eine kleine Tanne in einem Topf gebracht, die jetzt in einer Zimmerecke stand und mit Kerzen geschmückt war, die Mrs. Allman, die neue Köchin, in einem Schrank entdeckt hatte. Die Bailey-Damen waren sich einig, dass sie für das nächste Jahr richtige Glaskugeln anschaffen würden. Aber einstweilen fühlte sich Sarah zutiefst aufgeregt angesichts dieses einfachen, ländlichen Weihnachtsfestes mit dem Schnee und dem spannenden kleinen Stapel Geschenke, die sie in London gekauft hatten und die nun sorgfältig verpackt unter dem Baum lagen. Sie war voller Vorfreude auf die von Kerzen erhellte Kirche mit ihrer hölzernen Krippe, in die heute ein geschnitztes, in Windeln gewickeltes Jesuskind gelegt werden würde.

In Indien hatte sich Weihnachten für sie nie echt angefühlt. Die Farben und das Klima hatten so gar nicht dazu gepasst. Aber wenigstens – und bei diesem Gedanken durchfuhr sie die Erinnerung wie ein Stich – hatte Daddy das Fest mit ihnen verbracht.

Inzwischen war es fast acht Uhr, daher trug sie ein Tablett mit Tee für ihre Mutter und Diane nach oben. Diane musste sie zweimal rufen, bis sie aufwachte und ihn trank. Später servierte Ruby Porridge und Toast im Esszimmer, wo es eiskalt war, da die gesamte Wärme des Feuers direkt hinauf in den Kamin stieg. Draußen schneite es weiter, und sie sorgten sich, weil der Schnee fast bis ans Fenster hinaufreichte.

»Wenigstens müssen wir dann nicht in die Kirche gehen«, meinte Diane und schnitt ihren Toast in zierliche Stückchen. »Reich mir mal die Orangenmarmelade, Saire.«

»Wir sollten uns aber bemühen«, erklärte ihre Mutter. »Wenn wir es schaffen, den Richards' eine Nachricht zukommen zu lassen, schicken sie uns bestimmt jemanden, der den Pfad freischaufelt.«

»Es ist der erste Weihnachtstag, Mutter.« Manchmal war Sarah entsetzt über ihre engsten Angehörigen. »Wir können die Leute nicht bitten, ihre Familien im Stich zu lassen.«

»Dann weiß ich einfach nicht, wie wir es fertigbringen sollen, zum Mittagessen dort zu sein.« Sie sollten den Tag bei den Richards' verbringen. Mrs. Allman war am Tag zuvor abgereist, um ihre Schwester in Ipswich zu besuchen, und Ruby würde zu ihrer Familie gehen, sobald sie ihre morgendlichen Aufgaben erledigt hatte.

Nach dem Frühstück half Sarah ihr dabei, den Tisch abzuräumen und die Schalen zum Einweichen in den Spülstein zu stellen, damit Ruby sie abwaschen konnte, wenn sie am Abend zurückkam. Dann ging sie zu den anderen in den Salon, wo das Feuer fröhlich tanzte. Diane hatte die Kerzen am Baum angezündet und hob den Geschenkestapel hoch, der darunter lag.

»Ich glaube, es hört auf zu schneien«, erklärte Sarah munter und spähte aus dem Fenster. Tatsächlich wurde der Nebel heller, und die Flocken fielen weniger dicht. »Und seht, da ist jemand gekommen.«

Gespannt sah sie zu, wie eine unförmige Gestalt mit einer

Schaufel in der Hand auf der nebligen Straße auftauchte wie ein Yeti aus einem Sturm. Mit behandschuhten Händen tastete sie über das Gartentor, und als das sich nicht bewegte, hob sie einfach ein Bein und stieg unbeholfen darüber. Dann schwenkte das Wesen die Schaufel zum Gruß und kam den Weg heraufgestapft.

»Das ist Mr. Hartmann. Dem Himmel sei Dank, wir sind gerettet«, sagte Sarah und stemmte das Fenster auf. »Hallo«, rief sie in die kalte Winterluft hinaus, die den Schall verschluckte, und ihr Atem bildete eine weiße Wolke. »Frohe Weihnachten! Großartig, Sie zu sehen.«

»Auch Ihnen allen frohe Weihnachten.« Sein Schal dämpfte seine Stimme, aber seine Augen funkelten. »Ich dachte, Sie müssen vielleicht ausgegraben werden.«

»Allerdings, sonst entgeht uns unser Weihnachtsessen.«

Er lachte und stach den Spaten in den Schnee. »Ich hole mir Appetit für meines.«

»Schließ das Fenster, Sarah, sonst erfrieren wir noch«, zischte ihre Mutter hinter ihr.

»Sofort, Mummy«, gab sie zurück. »Ich mache Ihnen Tee, Mr. Hartmann«, rief sie. »Möchten Sie einen Tropfen Brandy darin?«

»Das klingt wunderbar. Ich schaufle zuerst die Haustür frei, dann können Sie ihn mir nach draußen bringen.«

»Lassen Sie mir einen Moment Zeit«, sagte sie und schloss zitternd das Fenster.

»Wusste ich doch, dass sie jemanden schicken«, sagte ihre Mutter und zog ihren Stuhl näher ans Feuer.

»Das heißt ja wohl, dass wir jetzt in die Kirche gehen müssen«, murrte Diane.

»Ich kümmere mich um den Tee für Mr. Hartmann«, erklärte Sarah seufzend und ging in die Küche hinaus, wo sie Ruby antraf, die sich mit Pralinen aus einer knallbunten Schachtel vollstopfte, die die Köchin ihr ganz allein geschenkt hatte.

Der Morgengottesdienst war schlecht besucht – keine Spur von den Richards' –, und die Holzbänke waren fast so kalt wie die steinernen Säulen, doch Sarah genoss es, die traditionellen Weihnachtslieder zu singen. Die verhalten melodiöse Stimme des Pastors wurde von den alten Mauern wispernd zurückgeworfen. Sarah fühlte sich als Teil einer Glaubenstradition, die in diesem Gebäude seit Hunderten von Jahren gepflegt wurde. So, eingeschneit in diesem kleinen Dorf, konnte man kaum glauben, dass jenseits von Westbury noch eine Welt existierte. Nie war ihr das alte Leben ihrer Familie in Indien ferner erschienen.

Reverend Tomms war ebenso rund, wie sein Name klang: ein kleiner Mann mit einem strahlenden Lächeln auf dem Mondgesicht. Er schüttelte jeder der Bailey-Damen äußerst fest die Hand und hieß sie in der Gemeinde willkommen. Draußen konnten die Mädchen nicht anders, als über seine Gummistiefel zu kichern, die unter dem Talar hervorgeschaut hatten. *Wie selten es geworden ist, dass wir Diane lachen hören,* überlegte Sarah und wischte sich die leichten Schneeflocken ab, die auf ihr Gesicht fielen.

In Flint Cottage war der Weg freigeschaufelt, und die einzige Spur von Hartmann war seine leere Teetasse auf der Veranda. Auch Ruby war fort, aber das Haus fühlte sich einladend warm an. Bei einem Kaffee packten die Frauen die Geschenke aus, die sie füreinander besorgt hatten. Mrs. Bailey wickelte einen Terminkalender von Diane aus und eine taubengraue Abendstola, die Sarah bei Harrods gesehen und für die sie einen großen Teil ihres monatlichen Taschengelds ausgegeben hatte. Sie liebte es, Geschenke zu machen, und dachte stets darüber nach, was den anderen am besten gefallen würde. Bei Harrods hatte sie auch ein Paar weiche Ziegenleder-Handschuhe für ihre Schwester gefunden, die Diane mit einem Aufschrei auspackte, sofort überstreifte und auf ihre Geschmeidigkeit überprüfte. Ihre Mutter schenkte den beiden goldene Halsketten, die einmal Colonel Baileys Mutter gehört hatten, bestickte Abendtäschchen und etwas Geld für einen besonderen Wunsch.

Als Sarah ihr Geschenk von Diane auspackte, staunte sie darüber, wie gut es zu ihr passte. Das dicke grüne Buch, dessen Titel in Gold geprägt war, hieß *Der Anbau von Obst und Gemüse*. Eifrig schlug sie es auf. »Amaryllis«, sagte sie. »Oh, und Spargel, damit muss ich es versuchen, da wir nun ja in Norfolk sind.«

»Gefällt dir das Buch?« Diane war es nicht gewohnt, dass ihre Geschenke so begeistert aufgenommen wurden.

»Ich liebe es, danke dir«, sagte Sarah. »Was für ein toller Einfall!«

»Ich hatte keine Ahnung, was ich für dich besorgen sollte, und dann habe ich es bei Bumpus im Schaufenster entdeckt, während du im Liberty nach Mummy gesucht hast. Es sieht aus, als würde es genau zu diesem Garten passen, stimmt's?«

»Ganz genau. Du bist ein Schatz. Beim Lesen werde ich vom Frühling träumen und davon, was wir anpflanzen werden.«

Diane lächelte ihr matt und verhalten zu – mehr brachte sie nie zustande. »Keine Ahnung, was ich bis dahin hier anfangen soll«, erklärte sie mit verzagter, leiser Stimme. Mit den behandschuhten Händen betastete sie die neue Abendtasche, die in ihrem Schoß lag.

»Ach, Unsinn«, sagte ihre Mutter. »Wir suchen dir andere junge Leute. Ich bin mir sicher, Ivor Richards wird euch einigen vorstellen.«

»Der Winter wird lustig, Di. Vielleicht kann man ja auf dem Fluss eislaufen, jedenfalls sagt Ruby das. Wir leihen uns irgendwo Schlittschuhe. Und bald kommen unsere Kisten. Stell dir vor, wie wir all unsere Dinge im Haus verteilen und es wohnlich machen werden.«

»Würde mich sehr wundern«, meinte Diane in verbittertem Ton. »Sie werden uns an Indien und Daddy erinnern. Ich glaube nicht, dass ich das ertrage.« Einen Moment lang saßen sie schweigend da und hörten nur das Knistern des Feuers und das ferne Gurren der Tauben in den Bäumen.

10

Die Gesellschaft, die an diesem Vormittag in dem hübschen, weiß getünchten georgianischen Cottage der Richards' zusammenkam, war klein. Das Haus lag von Wald umgeben am Rand des Anwesens von Westbury Hall, und die Baileys erreichten es über einen geschützten Fußweg, der von der großen Einfahrt des Herrenhauses abzweigte. Zusammen mit Major Richards' älterer, verwitweter Mutter, einem nüchtern gekleideten Relikt aus der viktorianischen Ära, deren Gesicht permanent zu einem Ausdruck verzogen war, der die modernen Zeiten missbilligte, waren es sieben Menschen, die sich zu einem üppigen Mahl aus gebratener Gans mit allen traditionellen Beilagen an den Tisch setzten.

Für die Baileys war es das erste Zusammentreffen mit Major Richards seit ihrer Ankunft in Westbury, und Sarahs Jugenderinnerungen an ihn als ernsten, angespannten Militär, der entschiedene Ansichten vertrat, aber wenig Worte machte, erwiesen sich als noch immer zutreffend. Während des Essens konnte sie ihn aus nächster Nähe beobachten, denn er nahm seinen Platz am Kopf der Tafel ein, und man hatte ihr den Stuhl neben ihm zugewiesen. Er war kräftig gebaut und aß offensichtlich gern, denn er füllte sich große Portionen von allen Gerichten auf, die das leidgeprüfte Dienstmädchen auftrug. Nein, sie würde es niemals fertigbringen, ihn mit »Onkel Hector« anzusprechen.

»Amen, und langt zu«, sagte er, nachdem er eilig das kurze

Tischgebet gesprochen hatte, und Sarah nahm nur allzu deutlich wahr, wie er sich durch seine Mahlzeit arbeitete, die unterschiedlichen Komponenten sortierte und herumschob, dann seine Gabel belud und jeden Bissen lautstark kaute. Jedes Mal, wenn er sein Glas mit rotem Bordeaux leerte, lief sein Gesicht dunkler an, und fettige graue Haarsträhnen fielen ihm in die Stirn.

Eine Zeit lang verlief das Gespräch stockend, während sich alle ihrem Essen widmeten.

»Wie lange hast du zu Weihnachten Urlaub?«, erkundigte sich Mrs. Bailey, die Sarah gegenübersaß, bei Ivor, der zwischen den Mädchen Platz genommen hatte.

Ivor schluckte und blickte eifrig drein. »Ich muss mich morgen Abend zurückmelden.«

Major Richards räusperte sich, und Sarah fiel auf, dass Ivor ihm einen misstrauischen Blick zuwarf, bevor er fortfuhr. »Ein großes Manöver ist geplant, Vater, aber wenn ich Glück habe, bekomme ich zum neuen Jahr wieder frei.«

»Ist an Silvester etwas Interessantes in Westbury los?«, fragte Sarah, und Diane blickte interessiert auf. Sarah bemerkte, dass sie in den fettigen Fleischscheiben auf ihrem Teller nur herumgestochert hatte.

»Die Kellings sind leider in London«, entgegnete Tante Margo seufzend. »Normalerweise geben sie zur Jagd am zweiten Weihnachtstag eine grandiose Gesellschaft.«

Dieses Mal hatten Sir Henry und Lady Kelling beschlossen, Weihnachten in ihrem Haus in Belgravia zu verbringen. Ihre Tochter Robyn war dieses Jahr in die Gesellschaft eingeführt worden, und Lady Kelling zog, wie es immer hieß, die Londoner Gesellschaft allem vor, was Westbury zu bieten hatte. Das hatte Tante Margo den Baileys schon erzählt. Sie interessierte sich sehr für das Leben der Kellings. Zu sehr, pflegte Belinda Bailey nach der Lektüre jedes Briefs von Tante Margo abfällig zu sagen, aber Sarahs Vater hatte stets milde hinzugesetzt, dieses Interesse sei natürlich.

Die Kellings lebten auf Westbury Hall und waren schließlich Major Richards' Arbeitgeber.

»Wie ich gerade sagen wollte«, schaltete sich Ivor ein, »geben die Bulldocks eine Gesellschaft. Vielleicht kann ich eine Einladung ergattern. Wenn ihr Mädchen gehen wollt, natürlich.«

»Die Bulldocks«, wiederholte Major Richards höhnisch und stach auf eine Röstkartoffel ein, ließ sich jedoch nicht weiter über seine Bemerkung aus.

»Jennifer Bulldock ist ein sehr nettes Mädchen«, warf Mrs. Richard vorsichtig ein.

»Von wem sprechen wir, wenn ich fragen darf?«, ließ sich die Mutter des Majors vernehmen. Ihre kleinen Knopfaugen blitzten, und sie hatte eine Hand hinter ihr Ohr gelegt.

»Von den Bulldock-Kindern, Mutter.«

»Oh, die Bulldocks.«

»Falls du wirklich gehst«, sprach Major Richards seinen Sohn an, »finde heraus, was der Alte jetzt im Schilde führt, ja?«

»Ja, Vater.«

»Was ist denn mit den Bulldocks?«, wollte Sarahs Mutter wissen. »Ist diese Party wirklich das Richtige für die Mädchen?«

»Natürlich ist sie das, meine Liebe«, sagte Tante Margo. »Hör gar nicht hin. Sie werden sich wunderbar amüsieren.« Sie läutete eine kleine Glocke, und das Dienstmädchen kam eilig herein, um die Teller abzuräumen.

Sarah hasste es, wie schroff Major Richards mit seinem Sohn umsprang, als wäre Ivor ein Hund, den man an der kurzen Leine führen musste. Dann erinnerte sie sich daran, welche Last der ältere Herr trug, und versuchte, Nachsicht für ihn aufzubringen. Als kleines Kind hatte sie es abstoßend gefunden, dass Major Richards in den letzten Tagen des Großen Krieges durch eine versteckte Mine seinen rechten Fuß verloren hatte. Nun, da sie älter war, sah sie, dass seine Prothese ihm Beschwerden bereitete, denn er ging am Stock, und die Falten, die ihm der Schmerz ins Gesicht gegraben hatte, ließen ihn zehn Jahre älter wirken als zweiundfünfzig. Seine Verwundung hatte ihn mehr als nur körperlich getroffen. Das Militär war sein Beruf gewesen, hatte ihre Mutter ihr einmal erklärt, doch als er 1919 endlich aus dem Lazarett entlassen wurde, hatte er sich, soweit es die Armee betraf, auf dem Abstellgleis wiedergefunden. Plötzlich hatte er mit einer kleinen Pension im Zivilleben gestanden, eine Frau und einen kleinen Sohn unterhalten müssen und mit Tausenden anderen um die wenigen Arbeitsstellen konkurriert, die seinem gesellschaftlichen Rang entsprachen. Nach zwei bitteren, enttäuschenden Jahren hatte er völlig unerwartet einen Brief vom Colonel seines alten Regiments erhalten. Dieser riet ihm, sich bei Sir Henry Kelling zu bewerben, dessen Gutsverwalter in den Ruhestand ging. Colonel Battersby hatte Richards dort bereits empfohlen. Die Familie war ins Westbury Cottage gezogen und lebte seither dort. Und soweit alle wussten, füllte Major Richards seine Stellung kompetent aus.

Ein erwartungsfrohes Raunen ging durch die anwesenden Gäste, als das Dienstmädchen den mit Brandy übergossenen Plumpudding hereintrug, über den blaue Flammen züngelten. Als jeder eine Portion verzehrt hatte und die alte Mrs. Richards, in deren Scheibe das Sixpencestück versteckt gewesen war, sich von ihrem Erstickungsanfall erholt hatte, merkte jemand an, wie früh es draußen doch dunkel werde.

»Es schneit wieder«, fügte Diane alarmiert hinzu. »Was passiert, wenn wir hier festsitzen?«

»Dann müsst ihr alle auf dem Boden schlafen«, gab Ivor mit blitzenden Augen zurück. »Und wir essen tagelang kalte Gans und verbrennen die Möbel im Kamin.«

»Also wirklich, Ivor«, tadelte Mrs. Richards, als sie sah, wie Diane erschrak.

»Was hat der Junge wieder für einen Unsinn erzählt?«, schaltete sich die alte Dame ein.

»Nichts, Mutter.«

»Es war so nett von Ihnen, Hector, dass Sie heute Morgen Hartmann geschickt haben, um uns auszugraben«, sagte Mrs. Bailey, um das Gespräch wieder in Gang zu bringen.

»Eigentlich haben wir ihn gar nicht geschickt, Belinda. Ivor wäre natürlich gegangen, aber dann kam Hartmann vorbei und sagte, er werde das übernehmen.«

»Wirklich? Das war sehr aufmerksam von allen. Hartmann war sehr tüchtig. Sagten Sie nicht, er sei Ihr Gärtner?«

»Er ist Untergärtner auf dem Gut«, erklärte Major Richards und knackte eine Walnuss. »Er lebt mit seiner Mutter in einem kleinen Cottage oben in der Nähe des Herrenhauses.«

»Er scheint ... nun ja ... etwas besser als das Übliche zu sein. Und dann dieser Akzent. Deutscher?«

»Er ist deutscher Soldat, ja, zumindest ein halber. Von der Seite seines Vaters. Seine Mutter ist Engländerin, obwohl man das nicht meinen würde. Er ist in Deutschland geboren und aufgewachsen, aber vor einem Jahr mit seiner Mutter hierhergekommen. Herrn Hartmann ist etwas ziemlich Unangenehmes zugestoßen.« An dieser Stelle zog Major Richards demonstrativ einen Finger quer über seinen Hals. »Hat es sich mit diesen Burschen von der Gestapo verdorben, vermuten wir. Jedenfalls ist Lady Kelling weitläufig mit Mrs. Hartmann verwandt, und Sir Henry hat die beiden aufgenommen und dem Jungen Arbeit gegeben. Hartmann scheint ganz nett zu sein, aber ich wäre vorsichtig damit, was ich in seiner Nähe sage.«

»Vorsichtig?«, fragte Sarah. »Weswegen?«

»Wenn der Krieg kommt, ist er der Feind, oder?«

»Also, das kann ich mir nicht vorstellen. Glauben Sie denn, es gibt Krieg?«

»Bauern wie Bulldock und seinesgleichen würden behaupten, dem sei nicht so. Sie waren da natürlich noch in Indien, aber als Chamberlain uns kurz vor dem Abgrund zurückgerissen hat, konnte man die Erleichterung hier in der Gegend fast mit Händen greifen. Wohlgemerkt, ich bin der Letzte, der will, dass wir erneut Krieg gegen Deutschland führen, aber ich traue diesem Kerl, diesem Hitler, keinen Zoll weit über den Weg.«

»Mr. Hitler, sagst du? Der Mann hat keine Kinderstube«, blaffte die alte Mrs. Richards. »Wie konnte es nur so weit kommen?«

Alle schwiegen, wie Sarah vermutete, aus Respekt vor Major Richards' Leiden oder vielleicht auch aus Angst vor dem, was kommen könnte. Es war doch gewiss undenkbar, dass Europa noch einmal in den Krieg ziehen würde. Vor so kurzer Zeit erst hatten sie den Krieg geführt, der alle anderen beenden sollte, und niemand konnte ernsthaft eine Wiederholung in Betracht ziehen.

»Dieses Mal wäre das ein anderer Krieg«, sagte Ivor Richards. In der Stille waren seine leisen Worte so deutlich zu vernehmen, dass sogar die alte Mrs. Richards sie verstand. »In Spanien haben wir das schon gesehen. Städte wurden bombardiert und standen in Flammen. Frauen und Kinder wurden getötet. Und die Deutschen haben diese Panzer, bemerkenswerte Maschinen, ganze grauenvolle Divisionen davon –«

»Hör auf, Ivor, mein Lieber. Wir haben Weihnachten. Ich will nichts davon hören. Du machst den Mädchen noch Angst.«

»Tut mir leid, Mutter, du hast natürlich ganz recht. Das hat alles mit dem Gespräch über Hartmann angefangen.«

Er kann ihn nicht leiden, dachte Sarah erstaunt. Sie saß still da und nippte an ihrem Cognac. Hartmann war gefährlich, aber auf andere Art, als Ivor meinte. Das Problem war die Feindseligkeit, die sein Name auslöste. Was auch immer Sir Henry Kelling in Paul Hartmann sah, sie nahm es ebenfalls wahr. Seine Abstammung war bedeutungslos. Sie mochte ihn, weil er freundlich zu ihnen war.

Es schneite nicht lange, und vom Fenster des Salons aus, in den sie sich zum Kaffee zurückgezogen hatten, sah man die Wälder, die in ein rosiges Licht getaucht waren. »Ich würde gern spazieren gehen«, schlug Sarah vor, doch nur Ivor erbot sich, sie zu begleiten. Sie hüllten sich bis zu den Augen in Mäntel, Schals und Handschuhe. Dann brachen sie in eine Traumlandschaft auf und folgten dem Weg, der zum Herrenhaus führte, da Sarah erklärt hatte, sie wolle es sehen.

»Es ist so herrlich hier draußen«, sagte sie und lachte vor Freude, als der Schnee unter ihren Stiefeln knirschte.

»Ich habe Schnee schon immer geliebt. Es ist, als hätte man Urlaub. Man muss nichts tun, sondern ihn nur überleben.« In Ivors Stimme lag ein sehnsüchtiger Ton, der sie dazu brachte, ihm einen Blick zuzuwerfen, aber er konzentrierte sich darauf, auf den Füßen zu bleiben.

»Wer sind die Bulldocks?«

»Ach, die Bulldocks.« Bei seinem jähen Auflachen flogen einige Vögel panisch auf und verstreuten den Schnee von den Bäumen. »Sie sind eine alte Bauernfamilie aus Norfolk. Meine Großmutter hat sich vor Jahren mit der Mutter des alten Bulldock zerstritten, und mein Vater hält Bulldock für einen feigen Nazi-Sympathisanten. Gehört zu der fröhlichen Bande in Norfolk, die Hitler beschwichtigen will, und davon gibt es hier etliche. Auch Mr. Mosleys Schwarzhemden sind hier schon gesehen worden.«

»Das klingt abstoßend. Aber all das wird doch nicht verhindern, dass Diane tanzen gehen kann?«

»Du meine Güte, nein. Wenn wir diese Einstellung hätten, könnten wir mit der Hälfte unserer Nachbarn nicht sprechen. Ich muss schon sagen, deine Schwester ist ein verdammt hübsches Mädchen, aber ich habe sie noch nicht ein Mal lächeln gesehen.«

»Ich wünschte, du würdest nicht fluchen. Mummy würde das nicht gefallen.« Einen Moment lang übernahm Sarah die Führung und fühlte sich unerklärlich aufgewühlt. Eigentlich scherte sie sich keinen Penny darum, ob er fluchte. Sie hatte das nur gesagt, damit er den Mund hielt.

»Sorry, ich wollte nicht –«

Sie drehte sich um. »Hör zu, Diane hat stärker gelitten als wir anderen«, gab sie scharf zurück. »Ich will nicht hinter ihrem Rücken über sie reden, aber vergiss das nicht.«

»Ich habe gesagt, dass es mir leidtut.« Nervös runzelte er die Stirn.

Sie lenkte ein. »Nein, *ich* sollte mich entschuldigen. Ich habe zu schroff reagiert. Verzeih mir.«

»Natürlich.« Er warf ihr ein betrübtes Lächeln zu. »Manchmal sage ich das Verkehrte, aber nicht mit Absicht.« Jetzt, da sie einen Blick auf seine sensible Seele erhascht hatte, spürte sie Mitgefühl für ihn in sich aufsteigen, und sie legte kurz die Hand auf seinen Arm, um ihn zu beschwichtigen.

Eine Weile stapften sie, vor Anstrengung schwer atmend, den steilen Hügel hinauf, und dann hatten sie den Waldrand erreicht, und plötzlich lag Westbury Hall ein paar Hundert Meter vor ihnen. Sie blieben stehen, um auszuruhen, und Sarah betrachtete die eleganten Linien der alten ockerfarbenen Backsteinmauern, die schneebedeckten Zinnen und Türmchen und die Bleiglasfenster, über denen Eiszapfen hingen.

»Hübscher alter Kasten, nicht wahr?«, bemerkte Ivor.

»Elisabethanisch?«, fragte sie, während sie in Richtung Haus aufbrachen.

»So in der Art. Wie Mutter sagte, hält sich die Familie meist in London auf. Das Geld ist knapp. Dad vermutet, dass sie es sich nicht leisten können, alle Dienstbotenstellen zu besetzen. Wenn es noch einmal Krieg gibt, nun, dann kannst du dir vorstellen, warum die Kellings, die Bulldocks und ihresgleichen sich so lautstark widersetzen.«

»Sir Henry Kelling auch?«

»Er ist nicht so übel wie einige andere«, räumte Ivor ein. »Aber ein neuer Krieg wäre das Ende für ihn und seinesgleichen, das ist jedenfalls Vaters Meinung.«

»Glaubst du denn nicht, dass die Gefahr vorüber ist? Dass Deutschland jetzt alles hat, was es will?«

»Keine Ahnung.« Ivor sprach, als müsse er seine Worte abwägen. »Man sollte meinen, so dumm wären sie nicht, aber die Geschichten, die man über die Stärke ihrer Armee hört, sprechen eine andere Sprache. Wir können nur hoffen. Ich würde gern wissen, was sie wirklich wollen. Und was könnten wir gegen sie ausrichten? Manchmal denke ich, dass die Bulldocks dieser Welt recht haben und wir uns heraushalten sollten, aber andererseits –«

»Haben wir Verpflichtungen.«

»Ja, allerdings, und wir können uns nicht von unseren Verbündeten abwenden.«

Sie hatten sich dem Haus jetzt so weit genähert, dass es hoch über ihnen aufragte und ihre Stiefelsohlen unter dem Schnee auf Kies trafen. Sarah stellte sich auf die Zehenspitzen und klammerte sich an einem Fenstersims fest, um hineinzusehen, musste jedoch empört erkennen, dass die Vorhänge zugezogen waren. Ivor führte sie unter einem Torbogen hindurch in einen Hof neben dem Haus und weiter durch einen verschneiten Garten, wo sie die dick eingehüllten Umrisse von Büschen, Statuen und eines einfachen Springbrunnens passierten. Zwei Seiten des Gartens waren von Pappeln gesäumt, doch am anderen Ende verlief eine hohe Backsteinmauer in denselben Ockertönen, die auch das Haus trug, und auf einer Seite war eine eisenbeschlagene Holztür eingelassen. Sie war geschlossen, und vor ihr türmte sich eine Schneeverwehung.

»Dort geht es zum Küchengarten«, erklärte Ivor, »und dahinter liegt das Cottage, in dem die Hartmanns wohnen. Ich finde, wir sollten umkehren, meinst du nicht auch?«

Eine trübe, bedrückende Dämmerung lag über dem Schnee, und Ivor wandte sich zum Gehen, doch Sarah zögerte noch. Die Vorstellung, dass sich hinter dieser Tür ein ummauerter Garten befand, war faszinierend. Sie sehnte sich danach, ihn zu sehen, doch Ivor hatte sich schon in Bewegung gesetzt. Als sie ihm nacheilte, stieg in ihr der Gedanke an ein wärmendes Feuer und Weihnachtskuchen auf. Sie gelobte sich, im Frühling noch einmal herzukommen und sich den Garten richtig anzusehen. Dann hoffentlich als geladener Gast, denn heute fühlte sie sich, als wären sie unbefugt auf das Gelände eingedrungen.

Fröhlich gestimmt kehrten sie nach Westbury Cottage zurück, doch ihnen wurde ein merkwürdiger Empfang zuteil.
»Du meine Güte, ihr Lieben, wie aufgekratzt ihr aussleht«, begrüßte sie Tante Margo, als sie in den stickigen Salon traten. Alle starrten sie amüsiert an, was Sarah verwirrend fand.
Der ganze Tag hatte etwas Unwirkliches, überlegte sie an diesem Abend, das fremdartige Licht auf dem Schnee, das Gefühl von Verlassenheit auf Westbury Hall. Sie hatte sich nach den glücklichen Weihnachtstagen ihrer Kindheit gesehnt, denn heute hatte es zwar Eiszapfen, Kerzen und ein lebhaftes Feuer im Kamin gegeben und köstlichen Fruchtkuchen mit Marzipan, doch Trauer und Kriegsgerüchte hatten den Tag getrübt. Die Unschuld ihrer weit zurückliegenden Kindheit war für immer verloren.

11

Jennifer Bulldock öffnete ihnen an Silvester die Tür des Farmhauses. Sie war ein hochgewachsenes Mädchen, aber eher unbeholfen wie ein Fohlen als elegant und gertenschlank.

»Oh, prima, Ivor, ihr kommt gerade rechtzeitig zum Blindekuh-Spiel.« Ihre kräftige Stimme musste sich gegen das Kläffen des kleinen Terriers durchsetzen, den sie versuchte am Halsband festzuhalten.

»Vielleicht, wenn ich einen Drink intus habe«, gab Ivor lachend zurück. »Jen, das sind Miss Sarah Bailey und ihre Schwester Diane.«

»Wunderbar, euch beide kennenzulernen. Kommt doch herein. Oh, achtet gar nicht auf Chester, er regt sich immer schrecklich auf.« Der Hund versuchte wütend, die Neuankömmlinge anzuspringen, doch Jennifer gelang es schließlich, ihn zu fassen zu bekommen und einem Dienstmädchen in die Arme zu drücken, das ihn wegtrug.

»Sehr freundlich, dass wir kommen durften«, sagte Sarah und konnte dieses Mädchen gleich gut leiden. Jennifer strahlte gute Laune aus, nahm ihnen ohne Umstände Mützen und Mäntel ab und führte sie in einen großen, freundlichen Salon, in dem sie ein chaotischer Anblick erwartete. Die Möbel waren an die Wand geschoben worden, und ein Dutzend junger Leute drängte sich um einen kräftigen Rothaarigen in einem schlecht sitzenden dunklen

Anzug. Seine Augenbinde, ein gepunkteter Damenschal, schob seine Ponyfransen hoch, sodass sie sein Gesicht umstanden wie ein stacheliger Heiligenschein.

»Er gehört dir, Harry!«, schrie jemand.

Harry, ein muskulöser, freundlich wirkender junger Mann mit dunklem Haar und frischen Wangen, fasste den Jungen mit der Augenbinde an den Schultern und drehte ihn, bis ihm schwindlig wurde. Alle wichen zurück, als das befreite Opfer umhertaumelte, und die Mädchen quietschten, während er torkelnd versuchte, eine von ihnen zu fangen.

Sarah genoss das Spiel aus der Zuschauerperspektive, denn sie fühlte sich zu alt für diese Albernheiten, doch sie musste lachen, als Diane gefangen wurde und an die Reihe kam, obwohl ihre Schwester erschrocken wirkte, als Harry ihr den Schal über die Augen band. Doch dann tat sie ihr schrecklich leid, da sie so vollkommen verloren wirkte, als er sie losließ, und sie stolperte herum, bis der junge Bursche sich erbarmte und von ihr einfangen ließ.

»Deine Schwester ist keine Spielverderberin«, bemerkte Ivor, der mit zwei Gläsern dampfendem Glühwein neben ihr auftauchte.

»Sie hat Partys schon immer gemocht.« Das stimmte. Diane war gern unter Menschen. Vielleicht halfen ihr die anderen, sich von sich selbst abzulenken. Mit einem schmerzhaften Stich dachte Sarah daran, dass es an jenem furchtbaren Sommernachmittag zu spät gewesen war, um Dianes Party abzusagen. Die Gäste trafen ein, nur um sich bei der Nachricht von Colonel Baileys Herzinfarkt wieder abzuwenden, doch Diane hatte sie angefleht zu bleiben. Eines hatte Sarah über Trauer gelernt: Sie fühlte sich in den unwahrscheinlichsten Momenten an ihren Vater erinnert.

»Geht es dir auch gut?«, fragte Ivor. Aus seinen aufrichtigen braunen Augen musterte er sie nervös, und seine Aufmerksamkeit rührte sie.

»Ja, ja, natürlich.«

»Wir sollten lieber nicht hier stehen bleiben, sonst erwischt Harry uns noch. Pass auf!«

Sie wichen dem herumstolpernden Harry aus, und Sarah folgte Ivor hinaus in die Eingangshalle und in das von Kerzen erleuchtete Esszimmer, wo eine große grobknochige Frau, die Jennifer ähnlich sah und eine Brille an einer Goldkette trug, letzte Hand an einen Tisch legte, der sich unter dem Gewicht der vielen Gerichte bog, und dem eingeschüchterten Dienstmädchen keine Ruhe wegen der Anzahl der Stühle ließ, die an der Wand standen.

»Ivor, Lieber, es ist noch nicht fertig«, zischte sie statt einer Begrüßung.

»Tut mir leid, Mrs. Bulldock. Ich wollte Ihnen nur Sarah Bailey vorstellen.«

Die Frau richtete einen aufgebrachten Blick auf Sarah, die spürte, wie sie ein leiser Schauer überlief, als würde sie gemustert und für akzeptabel befunden. Die Linien auf Mrs. Bulldocks Stirn verrieten, dass sie sich ständig Sorgen machte. »Sie sind also das ältere der Bailey-Mädchen? Was für ein Pech, die Sache mit Ihrem Vater. Wie ich höre, hat er Ihrer Mutter nicht viel zum Leben hinterlassen? Eine Lektion für uns alle.«

»Ich bin mir nicht sicher, von wem Sie das gehört haben. Daddy hat sehr gut für uns gesorgt.« Sarah gelang es kaum, höflich zu bleiben, so verärgert war sie über diese Fremde, die so viel über ihre Familie zu wissen schien und sich berechtigt fühlte, ihre Situation zu kommentieren.

»Und wie finden Sie das Cottage? Sie hatten da wirklich schlechte Mieter. Die Jungen waren völlig verwildert.«

»So übel waren sie nicht«, warf Ivor ein und musterte hungrig die Würstchen im Schlafrock. »Der Vater war ein Künstler, das ist alles.«

»Mit der dazu passenden Moral, nehme ich an. Die Frau muss schüchtern gewesen sein, denn sie hat sich immer davongemacht, wenn ich versucht habe, mit ihr zu reden. Trotzdem hoffe ich, dass Sie hier glücklich werden, Sarah. Richten Sie Ihrer Mutter aus, dass ich sie bald besuchen werde. Ich nehme an, sie wird sich über Gesellschaft freuen. Und ich brauche jemand Vernünftigen im Komitee für das Sommerfest im Dorf. Lady Kelling ist unsere Vorsitzende, wissen Sie, aber sie verbringt die meiste Zeit in London und überlässt so etwas mir. Ich bin mir sicher, dass Ihre Mutter genau die Richtige dafür ist. Stell die Butter nicht neben die Kerzen, Mary, du dummes Kind.«

Dass ihre Mutter bereit sein könnte, sich an einem Komitee zu beteiligen, war so unwahrscheinlich, dass Sarah ein Lachen unterdrücken musste. Mrs. Bailey hatte sich den Pflichten einer Offiziersfrau immer schon entzogen, soweit sie konnte – abgesehen vom Ausrichten von Gesellschaften, da sie es genoss, sich in männlicher Aufmerksamkeit zu sonnen.

Endlich wurden alle zum Abendessen hereingerufen. Sarah fiel auf, dass Diane rote Wangen hatte und kicherte und ihre Augen unnatürlich strahlten. Sie fragte sich, ob das die Auswirkungen des ausgelassenen Spiels waren oder ob der Grund dafür das leere Weinglas in Dianes Hand war. Ach, was machte das schon, im Moment wirkte ihre Schwester glücklich.

Jennifer, sah sie, wurde in der Gegenwart ihrer Mutter nervös. Mrs. Bulldock kritisierte die Größe der vollkommen normalen Portion Geflügelsalat, die ihre Tochter sich gerade auffüllte, woraufhin Jennifer etwas davon auf das Spitzentischtuch fallen ließ, als sie den Löffel ruckartig wieder in die Schale legte.

Ivor, der offensichtlich beliebt war und sich in dieser Gesellschaft wohlfühlte, stellte Sarah mehreren seiner Freunde vor, größtenteils Söhnen und Töchtern des Landadels, mit denen er aufgewachsen war und während der Schulferien Umgang gepflegt hatte. Einer von ihnen war der fröhliche, gut aussehende Harry. Trotz seines Übermuts von vorhin erwies er sich als vollkommen salonfähig, war ein guter Unterhalter und hatte für jeden ein nettes Wort übrig. Er steckte sich ein Würstchen im Schlafrock in den Mund und sah sie aus freundlichen runden Augen an. »Sag mal, was habt ihr nun vor, nachdem ihr hier seid?«

»Im Moment wissen wir das noch nicht«, antwortete sie und nahm einen Teller Trifle an, den Ivor ihr brachte. Sie war sich bewusst, dass er sich an ihrer Seite herumdrückte. »Wir sind noch dabei, uns einzuleben.«

»Ich hoffe, ihr findet es hier nicht zu abgelegen. Obwohl ihr nach Indien wahrscheinlich an verlassene Orte gewöhnt seid.«

»Ja, dort haben wir wirklich in der tiefsten Provinz gelebt, andererseits waren wir immer unter Menschen.« *Manchmal zu vielen Menschen*, doch das sagte sie Harry nicht. Der Bungalow in Kaschmir war zwar weitläufig gewesen und hatte in einem großen Park gelegen, aber sie hatte selten das Privileg gehabt, sich allein zu fühlen. Einsam schon. Man konnte sich in einer Menschenmenge einsam fühlen. Doch das Vergnügen an der eigenen Gesellschaft und die Zeit, eigenen Interessen nachzugehen, waren einem nur selten gegönnt und wurden sogar misstrauisch beäugt. Um als Mitglied der Kolonialgesellschaft eines Landes zu überleben, musste man vor allem zusammenhalten und den Anschein von Zivilisation aufrechterhalten. Da waren Einzelgänger oder Exzentriker nicht gern gesehen.

Nach dem Essen zog Jennifer das Grammofon auf, und sie tanzten, alberten herum und lachten. Harry führte Diane über die Tanzfläche und hielt ihre zarte Gestalt beim Quickstep so vorsichtig fest, als könnte er sie mit Leichtigkeit zerdrücken. Ivor tanzte mehrmals mit Sarah, was sie ritterlich von ihm fand. Er war nur ein paar Zentimeter größer als sie und ein guter Tänzer, wozu sie ihn beglückwünschte. »Gehört das zu den Dingen, die junge Offiziere in Sandhurst lernen?«

Er lächelte sie an. »Das gesellschaftliche Leben dort ist jedenfalls rege.«

Sie fand, dass er hier, unter Menschen, anders wirkte als während ihres Schneespaziergangs am ersten Weihnachtstag. Er schien fröhlicher und entspannter zu sein, selbstsicherer. Sie konnte sich nicht entscheiden, ob sie den anderen Ivor, den sie gesehen hatte, als sie allein waren, ebenso gern mochte, doch etwas ließ sie Mitgefühl für ihn empfinden. Sein Vater behandelte ihn sehr streng. Vielleicht nicht mit Absicht, doch so war es. Ivor trug die Last der Erwartungen seines Vaters, vielleicht war er deswegen so nervös.

Einige Gäste blieben über Nacht, doch da es nicht wieder geschneit hatte, fuhr Ivor Sarah und Diane langsam durch die winterliche Dunkelheit nach Hause. Unter dem Vordach von Flint Cottage brannte noch die Lampe und tauchte das Haus in einen einladenden goldenen Schein.

Schlaflos lag Sarah in ihrem Zimmer, eingehüllt in das graue Licht, das der Schnee reflektierte, und hörte in Gedanken immer noch das Gelächter und die Musik, als die Türklinke klickte, die Tür sich einen Spaltbreit öffnete und Dianes blasses Gesicht erschien.

»Alles in Ordnung«, sagte sie und trat leise ins Zimmer. »Ich kann bloß nicht schlafen. Mir ist zu kalt.«

Sarah machte ihrer zitternden Schwester Platz. »Oh, deine Füße«, hauchte sie. »Sie sind wie Eisblöcke.«

»Mein heißer Stein war nur lau.«

»Meiner ist noch warm. Hier, nimm.«

Sie umarmten einander, bis Diane zu zittern aufhörte. Obwohl ihr der Duft ihres Haares und ihrer Haut vertraut war, kam sie Sarah vor wie ein fremdartiges kleines Wesen, unbekannt und unnahbar. Ihre schmalen Glieder waren so zart wie Vogelschwingen, und ihr kurzes Haar lag daunenweich an Sarahs Wange.

»Ich fühle mich ein bisschen fies«, murmelte Diane und verwendete dabei das alte Wort aus ihrer Kindheit.

»Dir wird aber nicht schlecht, oder?«

»Ich glaube nicht. Hat es dir heute Abend gefallen?«

Sarah seufzte. »Ja, natürlich. Und dir?«

Sie spürte, wie Diane nickte. »Es hat Spaß gemacht. Aber ich glaube nicht, dass es etwas für dich war.«

»Wieso sagst du das?«

Diane drehte sich um, sodass ihre besorgt dreinschauenden Augen Sarahs Blickfeld ausfüllten.

»Ich habe es dir angesehen.«

»Du irrst dich, ich war vollkommen zufrieden. Ich mochte Jennifer gern.«

»Ja, sie war in Ordnung. ›Das Salz der Erde‹, hätte Daddy sie genannt. Ach, Daddy fehlt mir.« Ein kurzes Schluchzen.

»Ich weiß. Mir auch. Diane, ist alles hier in Ordnung für dich? In Norfolk, meine ich.«

»Natürlich. Warum nicht?«

»Ich weiß nicht. Es ist so anders als alles, woran du gewöhnt bist. Vielleicht fragst du dich, was du hier tun sollst.«

Diane drehte sich weg, und Sarah hörte, wie sie schluckte. »Aber das habe ich noch nie gewusst, Sarah«, flüsterte sie dann. »Ich habe noch nie gewusst, was ich will. Wozu ich da bin. Diesbezüglich bin ich anders als du, denn es macht mir nichts aus. Ich empfinde die Dinge nicht so wie du und Mummy. In mir ist nichts, nur ein taubes Gefühl. Stimmt etwas nicht mit mir, Saire?«

Diane wandte den Kopf, und in dem schwachen Licht sahen die beiden einander in die Augen. Das Geständnisses ihrer Schwester machte Sarah so traurig, dass sie nicht wusste, was sie sagen sollte. Stattdessen streckte sie die Arme aus, zog ihre Schwester an sich und drückte ihr sanft die Lippen auf ihre Stirn. Diane schmiegte sich an sie, und sie lagen einfach nur da. Bald spürte Sarah, wie der Körper ihrer Schwester erschlaffte und ihr Atem sich verlangsamte, als sie einschlummerte.

Sie selbst fand keinen Schlaf. Dianes Worte hatten sie aufgewühlt, und sie dachte noch einmal, wie schwer zu ergründen ihre Schwester war. Es war rührend, dass sie in der Nacht zu ihr gekommen war, ein unerwartetes Geschenk. Sarah spürte einen Krampf in dem Arm, der unter Dianes Brustkorb lag, aber als sie versuchte, ihn zu bewegen, stöhnte ihre Schwester. Sie würde warten und es dann noch einmal versuchen müssen.

Wieder stand ihr dieses eine Bild vor Augen, wie so oft seit Daddys Tod: Dianes Blick an diesem Tag, als sie aus dem Garten hereingestürzt war. Das vom Schock kalkweiße Gesicht, ihr flacher Atem, die gemurmelten Worte, die keinen Sinn ergaben. »Ich habe nicht ... Ich wollte nicht –« Was hatte sie nicht gewollt? Als sie Diane Wochen später danach fragte, schien sie es vergessen zu haben, denn sie schlug die Hände vors Gesicht. »Das war so schrecklich. Ich hätte ihm helfen sollen und ihn nicht dort liegen lassen.«

»Du hättest nichts anderes tun können, Liebes. Dich trifft keine Schuld, verstehst du das nicht?« Diane hatte sie einfach flehend angestarrt. Keine Tränen. Falls Diane um ihren Vater weinte, dann tat sie es allein und ungesehen. Manchmal fragte sich Sarah, ob ihre Schwester von etwas gezeichnet war, vielleicht von der Tragödie, die ihre Familie getroffen hatte. Der Gedanke war so schmerzhaft, dass sie ihn wegschob.

»Es ist gut, Liebes, alles ist gut«, flüsterte sie ihrer schlafenden Schwester zu. »Du bist hier sicher. Ich kümmere mich um dich. Ich werde immer für dich sorgen.«

12

Wohnen in historischer Umgebung
Wohnanlage Westbury Hall
Luxusapartments mit Rundum-Service
Anfrage im Haus

Die riesige Plakatwand neben dem großen, weiß gestrichenen Torbogen verblüffte Briony. Über eine asphaltierte Straße fuhr sie auf ein paar vielversprechend aussehende Schornsteine zu, die in der Sonne des späten Nachmittags glänzten, und bremste staunend ab. Vor ihr lag ein perfektes Herrenhaus aus elisabethanischer Zeit, dessen Backsteinmauern gesäubert und ausgebessert worden waren. Als sie sich dem kiesbestreuten Wendekreis vor dem Gebäude näherte, nahm sie einen diskret durch Hecken abgeschirmten Parkplatz zur Linken wahr, einen – ungenutzten – eleganten Fahrradständer aus Metall sowie Fernsehantennen auf dem Dach.

An der hohen hölzernen Eingangstür hing eine Messingplatte, in die »Rezeption« eingraviert war. Briony hob einen eisernen Riegel an, die Tür öffnete sich knarrend, und sie fand sich in einer düsteren Eingangshalle mit hohen Decken und dunklen Holzpaneelen wieder. In die Rundung der stabilen Holztreppe schmiegte sich ein Lift mit gläsernen Wänden. Zur Linken prangte ein gewaltiger Kamin. Rechts stand ein schicker Mahagoni-Schreibtisch, hinter dem eine modisch gekleidete junge Frau mit lila Fingernägeln auf der Tastatur eines Laptops tippte. Ihr adretter schwarzer Pferdeschwanz wippte, als sie lächelnd aufstand. »Hallo. Kann ich Ihnen helfen?« Sie nahm eine Verkaufsbroschüre von einem Stapel auf dem Schreibtisch, legte sie jedoch wieder weg, als Briony entgegnete: »Ich bin auf der Suche nach Westbury Lodge. Habe ich mit Ihnen telefoniert? Kemi Matthews?«

»Oh, Sie sind … Briony Wood? Schön, Sie kennenzulernen. Ja, ich bin Kemi.«

Sie öffnete einen Schrank, der an der Wand hinter ihr stand, und wählte einen der Schlüsselbünde aus, die darin hingen. »Fahren Sie die schmale Straße, die am Haus vorbeiführt, entlang«, sie wies in die Richtung, »folgen Sie ihr, und Sie sehen das Cottage auf der rechten Seite, hinter der langen Mauer. Alle Informationen liegen in einem Ordner auf dem Küchentisch. Es ist alles vorbereitet, aber wenn ich Ihnen irgendwie behilflich sein kann, rufen Sie mich an. Einen angenehmen Aufenthalt.«

Briony fuhr zwischen der rechten Seite des Hauses und einer langen, hohen Ziegelmauer hindurch und entdeckte schließlich an einer sonnigen Stelle ein viktorianisches Cottage. Entzückt betrachtete sie das Haus. Es war zweistöckig und aus ockerfarbenem Backstein erbaut, der im Laufe der Jahre dunkler geworden war. Unter spitzen Giebeln mit weißen Rändern lagen Sprossenfenster und ein schmaler Vorbau. Das Cottage sah aus wie das Hexenhaus aus *Hänsel und Gretel*. Was für ein zauberhafter Ort, um vierzehn Tage zu verbringen.

Sie hatte die E-Mail zwei Wochen nach ihrer Rückkehr aus Italien erhalten. Lukes Dad, Roger, hatte sie geschrieben:

Eine Dame aus dem Buchclub meiner Frau weiß von einem Cottage auf dem Gelände eines alten Herrenhauses, ein paar Meilen von hier entfernt. Ihre anscheinend sehr charmante Tochter arbeitet dort. Der letzte Mieter hat gekündigt, und der Besitzer möchte es frisch streichen, bevor er es wieder vermietet, aber da das keine Eile hat, können Sie eine Weile dortbleiben, falls Ihnen ein wenig Staub (und bestimmt ein paar Geister!) nichts ausmachen.

Briony lief den kurzen, von Blumen gesäumten Weg entlang, der zu der Eingangstür aus dicker Eiche führte. Im Inneren des Cottages ging eine kompakte Diele links in ein kitschiges Wohnzimmer über und erstreckte sich in den hinteren Teil des Hauses zu einer glücklicherweise modernen Küche. Rechts gelangte man neben einer schmalen Treppe durch eine Tür in ein kleines Esszimmer, das mit einer Vitrine, dem passenden Tisch und den dazugehörigen Stühlen ziemlich vollgestellt wirkte. Es waren düstere Relikte einer Epoche, in der »gute« Gläser und ebensolches Geschirr noch ein Statussymbol gewesen waren. Aber auf dem Tisch würde Sarah wunderbar ihre Papiere ausbreiten können, und in einer Ecke blinkte ein WLAN-Router.

Durch die Putzutensilien, Gewürzgläser und neuen Klatschzeitschriften, die in den Regalen aufgestapelt waren, wirkte das Haus, als wäre es vor Kurzem noch bewohnt gewesen, sodass Briony sich wie ein Eindringling vorkam. Sie stieg die Treppe hinauf und entdeckte zwei kleine Schlafzimmer. Im größeren der beiden war das Doppelbett für sie bezogen. Das Bad musste renoviert werden, denn an einigen Stellen warf die Tapete Blasen, und sie rümpfte die Nase über den durchdringenden muffigen Geruch. Zumindest hing ein Duschvorhang über der abgewetzten Wanne. *Ich habe schon Schlimmeres gesehen*, entschied sie und dachte an das schmierige Gemeinschaftsbad des überfüllten Londoner Hauses, in dem sie als Studentin mit Aruna übernachtet hatte.

Nachdem sie ihren Koffer ins Zimmer hinaufgeschleppt hatte, hielt sie inne, um aus dem Fenster zu schauen. Von hier oben konnte sie über die lange Backsteinmauer in den Garten sehen, der dahinter lag, doch sie war enttäuscht, keine blühenden Blumenbeete zu sehen, sondern nur ein Dutzend mit kurzem Gras bewachsene geometrische Umrisse, die durch kiesbestreute Wege voneinander getrennt wurden. Das Ganze wirkte wie ein kleiner Park mit ein paar Bänken. Auf einer davon hatte sich ein älterer Mann niedergelassen, der trotz des warmen Tages in einen Mantel gehüllt war und einen Hut mit schmaler Krempe trug. Gedankenverloren saß er mit einem Spazierstock in der Hand da. Er war so weit entfernt, dass Briony seinen Gesichtsausdruck nicht erkennen konnte, doch er wirkte sehr friedlich. Es war eine schöne Stelle, um in der Sonne zu sitzen.

Das muss der ehemalige Küchengarten sein, dessen Mauern die Pflanzen vor dem Wetter schützen, überlegte Briony, während sie zum Auto hinunterging, um den Rest ihres Gepäcks zu holen. Hatte in Sarah Baileys Briefen nicht etwas darüber gestanden? Wer immer Sarah gewesen war, Briony würde ihrer Spur folgen. Als sie die Stofftasche mit Sarahs Briefen und dem Karton ihres Großvaters hineintrug, hatte sie das eigenartige Gefühl, hier von der Vergangenheit umgeben zu sein. Wenn es ihr nur gelänge, die Hand auszustrecken und den Vorhang beiseitezuziehen …

13

März 1939

Ein heftiger Nordwind wehte – »direkt aus Sibirien«, wie die Köchin, Mrs. Allman, bemerkte –, aber Sarah trat optimistisch und angelockt von dem Sonnenschein auf dem Gras und den an einem endlos blauen Himmel eilig dahinziehenden Wolken in den Garten von Flint Cottage hinaus. Doch die Kälte fuhr ihr bis in die Knochen und zwang sie, hineinzugehen und sich einen dickeren Mantel zu holen. Selbst jetzt verflog ihre Begeisterung darüber, mit der Arbeit am Gemüsebeet beginnen zu können, rasch, und sie zog sich in den Schutz des Gartenschuppens zurück.

Hier war es düster und zugig, roch aber beruhigend nach Erde und Teeröl. Sie durchstöberte die Regale und entdeckte einige Kostbarkeiten: ein paar Gartenwerkzeuge, Kisten, Blumenerde und ein paar Samentütchen. Nachdem sie mehrmals mit Töpfen und Kompost hin- und hergegangen war, ließ sie sich in dem von der Sonne gewärmten Wintergarten nieder und verbrachte den Rest des Vormittags so glücklich wie der sprichwörtliche junge Hund im Schuhschrank. Sie säte Salat und Sommerblumen und träumte von den tiefblauen, spitz zulaufenden Blüten des Rittersporns und dem zarten Duft von Wicken, an die sie sich erinnerte, weil sie während ihrer Schulzeit im Garten der Direktorin gearbeitet hatte.

Bemerkenswerterweise hatten ihre *Hibiscus-syriacus*-Pflanzen aus Indien den harten Winter überlebt, doch sie bezweifelte, dass es klug wäre, sie schon auszupflanzen. In Indien waren die Blüten zartrosa mit einem dunkelroten Herzen gewesen, und sie hoffte, dass sie sich trotz des anderen Bodens hier genauso entwickeln würden. Sie hatte eine genaue Vorstellung davon, wo sie sie setzen wollte, direkt vor das Haus, aber vielleicht sollte sie sich darüber mit Mr. Hartmann beraten.

Ihr Gedanke musste ihn herbeigerufen haben, denn kurz nach dem Lunch tauchte er auf und klopfte leise an die Milchglastür des Wintergartens. Einen Moment lang meinte Sarah, in dem Mann, der ein Jackett und ein Hemd mit Kragen trug, Ivor zu erkennen, doch er war größer und kräftiger. Außerdem war es unmöglich, denn Ivor war nach Aldershot zurückgekehrt. Sie war sich nicht sicher, ob sie erleichtert oder enttäuscht darüber war. Ihre Gefühle für Ivor waren kompliziert.

»Herein!«, rief sie und war froh, mit Mr. Hartmann über ihre Arbeit reden zu können. Ihre Mutter und Schwester hielten nichts davon, sich beim Gärtnern die Hände schmutzig zu machen, sondern schätzten allein das schön anzusehende Endergebnis.

»Hallo. Meine Güte, Sie waren aber fleißig.« Lächelnd betrachtete er ihre Töpfe und Tabletts, und er war sich mit ihr bezüglich der Hibiskus-Stecklinge einig: Sie sollten einstweilen im Haus bleiben und erst ausgepflanzt werden, sobald es nicht mehr fror. Er verhielt sich wie üblich höflich und aufmunternd, was ihr Zuversicht schenkte.

»Ich plappere hier die ganze Zeit vor mich hin«, sagte sie. »Sind Sie aus einem besonderen Grund vorbeigekommen?«

»Ja. Ich bin auf dem Weg nach Cockley Market, um ein paar Werkzeuge schleifen zu lassen«, erklärte er mit seinem weichen Akzent, »und wollte wissen, ob ich etwas von Ihnen mitnehmen soll.«

»Oh ja«, sagte sie und stand auf. »Das ist wirklich nett von Ihnen. Im Schuppen habe ich ein paar Gartenscheren gefunden, die wahrscheinlich stumpf sind, und eine Baumsäge ... Ich hole sie, ja?« Sie schlüpfte in ihren Mantel und hielt dann inne und überlegte. »Hätten Sie wohl etwas dagegen, mich mitzunehmen, Mr. Hartmann? Ich würde mir gern eine richtig gute Rosenschere kaufen.«

»Natürlich nehme ich Sie mit. Wenn Sie versprechen, mich nicht Mr. Hartmann zu nennen. Ich heiße Paul.«

»Pol.« Sie wiederholte es, so wie er es ausgesprochen hatte. »Und ich bin Sarah.«

Er hatte sich den Jagdkombi ausgeliehen und erwies sich auf den kurvenreichen Feldwegen, an denen Primeln blühten und die Schlehenhecken mit weißen Blüten überzogen waren wie mit Schaum, als vorsichtigerer Fahrer als Ivor.

»Sie ist wunderschön, Ihre Landschaft hier, nicht wahr?«, bemerkte er. »So flach und mit diesem weiten Himmel erinnert sie mich an meine Heimat. Und wenn man Pflanzen anbaut, nun, ich glaube, dann liebt man das Land, das ihnen Leben schenkt.«

»Ja, das mag wahr sein«, meinte sie und dachte an ihren Garten in Indien. »Jemand, ich glaube, Mrs. Richards, sagte, Sie stammten aus Hamburg.«

»Ja. Ich habe Botanik an der Universität studiert, an der mein Vater gelehrt hat, aber nach ... nach dem, was passiert ist ... konnte ich mein Studium nicht fortsetzen.«

»Ich fürchte ... Ich weiß gar nicht, was das war. Aber ich bin auch bestimmt nicht beleidigt, wenn Sie nicht darüber sprechen wollen.«

»Es macht mir nichts aus. Vielmehr trägt es dazu bei, ihn für mich lebendig zu halten. Mein Vater hat ganz einfach einmal zu viel gegen die Diskriminierung an der Universität protestiert. Einer seiner Kollegen hat ihn denunziert. Wer weiß, vielleicht auch mehr als einer. Jedenfalls wurde er verhaftet, und später ... nun ja, sagen wir, er hat es nicht überlebt. Hören Sie, keiner von Ihnen hier begreift wirklich, wie schlimm die Zustände in Deutschland sind. Landbesitzer wie Sir Henry träumen von einer ruhmreichen

Vergangenheit. Natürlich wollen sie keinen Krieg. Niemand sollte sich einen Krieg wünschen, aber anders lässt sich das alles nicht aufhalten. Drehen Sie doch bitte die Heizung herunter, wenn Sie sich daran verbrennen.«

»Nein, nein, alles gut.« Sarah überlegte, wie es sein musste, wie Herr Hartmann von den eigenen Landsleuten, seinen Kollegen, denunziert zu werden. Hier könnte das nie passieren, die bloße Vorstellung war für sie unfassbar. Trotzdem überkam sie ein ungutes Gefühl. Was, wenn Paul recht hatte? Vielleicht konnten sie ihre Lebensweise, ihre Freiheiten nur bewahren, indem sie Krieg gegen Hitler und alles, wofür er stand, führten. Mit einem Mal fühlte sie sich beschämt, weil sie das zuvor nicht verstanden hatte.

Den Rest der Fahrt verbrachten sie mehr oder weniger schweigend. Paul war in Gedanken vertieft, denn als sie ihm einen Blick zuwarf, hatte er die Stirn gerunzelt und sah auf die Straße. Sarah verschränkte die Arme im Schoß und beobachtete einen Vogelschwarm, der einem von Pferden gezogenen Pflug folgte, und Bäume, die sich im Wind wiegten. Das alles war so schön, dass es schwer war, nicht glücklich zu sein. Sie wusste, dass sie ein großes Talent zum Glücklichsein hatte, und das verstärkte ihr schlechtes Gewissen gegenüber Diane nur noch.

In Cockley Market war nicht viel los, und sie konnten direkt vor der Eisenwarenhandlung parken. Im Inneren sog Sarah die behaglichen Gerüche von Leder, Öl und Tierfutter ein. Sie suchte sich eine Rosenschere aus, zahlte und setzte sich dann auf einen Schemel, während Paul Hartmann mit dem Messerschleifer sprach. Der alte Mann, der ihn bediente, atmete schwer, und sie bemerkte die Narben an seinen Händen. Wenn er mit Paul redete, verzog er verbittert den Mund. Sie begriff sofort, dass er sich an Pauls Akzent störte. *Der Mann hat wahrscheinlich aktiv im letzten Krieg gedient*, vermutete sie, aber trotzdem kochte sie vor Wut. Paul konnte ja wohl kaum schuld an diesem lange zurückliegenden

Krieg sein, oder? Warum reagierten manche Menschen so unintelligent wie ein Hund, der einmal getreten worden war und jetzt alle Menschen hasste? Sie hatte das Gefühl, sich für die Einstellung des Messerschleifers entschuldigen zu müssen, obwohl Paul bestimmt wusste, dass nicht alle Engländer wie dieser waren.

Als die Werkzeuge geschliffen waren und Paul gehen wollte, verspürte sie den Wunsch, sich auf irgendeine Weise öffentlich zu ihm zu bekennen. »Paul«, sagte sie daher in Hörweite des Messerschleifers, »hätten Sie etwas dagegen, wenn wir irgendwo noch eine Tasse Tee trinken? Ich habe so ein Gefühl, dass ich Kopfschmerzen bekomme.« Als wären sie gute Freunde, die entspannt miteinander umgingen. Und das würden sie auch werden, beschloss sie. Was machte es schon, dass er nur ein Gärtner war? Er war weitaus gebildeter als sie. Und sie hatten so viele Gesprächsthemen. Einen Moment lang blitzte das Gesicht ihres Vaters vor ihrem inneren Auge auf. Sie trauerten beide, aber Pauls Verlust unterschied sich so sehr von ihrem, dass sie sich ganz klein vorkam. Beides ließ sich unmöglich miteinander vergleichen.

Die gemütliche Teestube, die sie fanden, hatte getäfelte Wände und war vermutlich einmal der Salon eines Privathauses gewesen. Sie setzten sich an einen Tisch am Erkerfenster, wo sie zwischen den karierten Vorhängen hindurch einen Mann beobachteten, der die Straße entlangrannte und seinem Hut nachjagte. Eine schüchterne junge Kellnerin trat zu ihnen, um ihre Bestellung aufzunehmen.

»Es tut mir leid wegen des Mannes bei Askey's«, sagte Sarah, als das Mädchen wieder gegangen war. »Er war schrecklich unhöflich.«

»Ach«, meinte Paul und zuckte mit den Schultern. »Zu Hause war das schlimmer. Hier können die Leute einen wenigstens nicht ins Gefängnis werfen lassen, wenn sie einen nicht mögen.«

»Ich schäme mich.«

Er sah ihr in die Augen und lächelte. »Sie haben keinen Grund dazu. Ihre Familie hat meiner Mutter und mir nichts als Güte erwiesen.«

In Wahrheit, dachte Sarah, während das Mädchen sorgfältig die Teeutensilien deckte, waren Mutter und Diane viel zu beschäftigt mit ihrem eigenen Leben, um den Gärtner besonders zu bemerken. Im Februar, der sonnig gewesen war, hatte Paul Flint Cottage mehrmals besucht, um das schlimmste Dornengestrüpp zu roden und die Büsche vor dem Haus zu schneiden, aber Sarah war diejenige gewesen, die ihn bezahlt hatte. Er hatte Einwände erhoben, doch sie hatte darauf bestanden. »Ihrer Mutter geht es gar nicht gut«, hatte sie ihm ins Gedächtnis gerufen. Paul war herausgerutscht, dass sie häufig unter Bronchitis litt und ihre Nerven zerrüttet waren. »Sie müssen doch sicher den Arzt bezahlen.«

In einem Anflug von Überschwang hatte sie einmal einen Biskuitkuchen gebacken und ihn selbst zum Cottage der Hartmanns hinaufgetragen. *Wie hübsch es hier ist*, hatte sie gedacht, während sie wartete, doch niemand öffnete auf ihr Klopfen, daher hinterließ sie die Blechdose zusammen mit einer Nachricht auf der Türschwelle. Ein paar Tage später hatte sie die leere Dose zurückerhalten, begleitet von einem Dankesbrief in zittriger, schräg geneigter Schrift, der versprach, die Baileys »im Frühling, wenn ich mich sicher viel besser fühle« einzuladen.

»Wie geht es Ihrer Mutter?«, fragte sie jetzt.

»Schon besser, danke«, antwortete Paul. »Sie hatte schon immer eine zarte Konstitution.« Er senkte die Stimme, obwohl sie allein im Raum waren. »Bei meiner Geburt ist sie fast gestorben, verstehen Sie, und man hat meinen Eltern im Krankenhaus geraten, keine Kinder mehr zu bekommen. Daher habe ich auch keine Geschwister. Herr Klein, der Frauenarzt, der sie behandelte, war Jude. Vor zwei Jahren hat er Deutschland verlassen und ist mit seiner Familie nach Amerika gegangen. Dass meine Eltern mit ihm befreundet waren, galt als weiterer inkriminierender Punkt in dem Verfahren gegen meinen Vater.«

Der Tee hatte jetzt lange genug gezogen und konnte eingeschenkt werden. Er war stark, heiß und belebend. Kurz schloss Sarah die Augen, als seine Wärme sie durchlief. Teekuchen wurden gebracht, die nach Zimt dufteten und vor Butter troffen. Wie anheimelnd das alles war! Fast hätte sie jeden Gedanken an die Ereignisse, die Paul geschildert hatte, beiseiteschieben können.

Als sie in der einbrechenden Dämmerung nach Hause fuhren, erzählte er mehr von seinem Vater. Er sah sie nicht an, sondern sprach eher zu sich selbst und verlor sich in Erinnerungen, und an den schlimmsten Stellen seiner Erzählung stockte ihm die Stimme vor Trauer und Zorn.

Klaus Hartmann war zwanzig Jahre lang Dozent für Biologie an der Universität gewesen. Mehr als einmal war er für eine Beförderung vorgeschlagen worden, aber dann hatte er seinen Namen unter einen Brief gesetzt, der gegen den Hinauswurf jüdischer Studenten protestierte, und festgestellt, dass er beruflich nicht weiterkam. Er reagierte mit einem aus tiefem Herzen rührenden Widerstand gegen die Einmischung des Regimes in das Hochschulwesen. Er lehnte Einladungen zu von der Regierung organisierten Konferenzen ab, er unterrichtete weiter jeden Studenten, der etwas lernen wollte, unabhängig von seiner Herkunft. Paul und seine Mutter wussten nicht genau, was den Besuch der Gestapo in ihrem bescheidenen Haus im Stadtteil Rotherbaum eines Morgens im November 1937 ausgelöst hatte und warum Klaus in der Folge verhaftet und ins Gefängnis gebracht wurde. Ein Hochverratsprozess sollte stattfinden, doch dieser wurde immer wieder aufgrund der »Krankheit« des Angeklagten verschoben. Frau Hartmann und Paul wurde erlaubt, ihn im Gefängniskrankenhaus zu besuchen, und sie sahen schockiert den von Prellungen übersäten, abgemagerten Mann, der halb ohnmächtig in seinem Bett lag. Nur seine Augen sprachen zu ihnen, und darin standen Schmerz und Angst. Klaus umklammerte die Hand seiner Frau, als wolle er sie nie wieder loslassen, und sie brach in Tränen aus. »Was haben sie dir angetan?« Nur wenige Tage später suchte sein Anwalt sie zu Hause auf und brachte die Nachricht, die sie gefürchtet hatten: Klaus Hartmann war tot. Offiziell hieß es, er sei bei einem Fluchtversuch erschossen worden.

»Wir wissen, dass das nicht wahr ist«, sagte der Anwalt düster. »Sie haben ihn doch gesehen. Wie sollte ein Mann in seinem Zustand flüchten? Er ist geschlagen worden, davon haben Sie sich selbst überzeugt. Frau Hartmann, ich flehe Sie an, Deutschland zu verlassen und Paul mitzunehmen. Sie haben hier beide keine Zukunft, und wenn es Krieg gibt, wird es für Engländer hier gefährlich. Das Beste ist, Sie fahren nach Hause.«

»Nach Hause! Die Eltern meiner Mutter waren tot, und sie hatte in Deutschland gelebt, seit sie achtzehn war und man sie zu einem deutschen Ehepaar geschickt hatte, um die Sprache zu lernen. Lady Kellings Mutter war die Cousine meiner Mutter«, fuhr Paul fort, »und schließlich hat sie ihnen geschrieben. Die Kellings haben uns freundlicherweise aufgenommen.«

»Das freut mich.« Sarah fand, dass er recht steif geklungen hatte, als er von den Kellings sprach, und fragte sich, ob diese wirklich gut genug zu dem notleidenden kleinen deutschen Zweig des Familienstammbaums gewesen waren. Aber sie hatte Sir Henry und Lady Kelling noch nicht kennengelernt, daher war es vielleicht zu früh, um sich eine solche Meinung zu bilden.

»Haben Sie vor, weiter Gärtner zu bleiben?«, fragte sie stattdessen.

Er bremste den Wagen ab, um ein paar Schulkinder über die Straße zu lassen, und antwortete ihr, als sie weiterfuhren. »Mein Plan ist es, irgendwann zu promovieren. An der Universität Cambridge lehrt ein Botaniker, der mein Fachgebiet teilt, und ich könnte ihm schreiben und fragen, ob er meine Doktorarbeit betreuen möchte. Aber zuerst muss ich Geld sparen. Wir konnten nichts aus Deutschland mitnehmen …«

»Das tut mir sehr leid«, sagte sie. »Ich vermute, Sie würden auch Ihre Mutter nicht gern allein lassen.«

»Genau das ist es. Sie verstehen mich.« Er warf ihr einen Blick zu und lächelte. »Der Verlust meines Vaters hat sie furchtbar getroffen, und sie trauert zutiefst um ihn. Vielleicht fühlt sie sich ein wenig kräftiger, wenn es wärmer wird, und wenn ich nach Cambridge ziehen würde, käme sie vielleicht mit. Im Moment allerdings ist sie mit den Umständen hier zufrieden und wird nirgendwo anders hingehen wollen.«

Er seufzte, und Sarah sah, wie sehr die Situation ihn frustrierte. Mit ihren sechsundzwanzig war sie ein Jahr älter als er und konnte nachempfinden, wie es ihm erging, das Gefühl, dass das Leben, die Jugend und die Aussicht auf eine Zukunft nach und nach zerrannen. Die Generation ihrer Eltern hatte im Krieg so viel verloren. Waren jetzt bald ihre Kinder an der Reihe?

14

Die All Saints' Church in Westbury hätte sich nicht stärker von der Kirche in Tuana unterscheiden können. Während Letztere von der grellen Sonne des Mittelmeers gebleicht war, stand dieser mächtige graue Steinklotz mit dem niedrigen, gedrungenen Turm auf einem hügelförmig angelegten Kirchhof, auf dem Gräser und Blumen wild wucherten, als müsse er sich gegen den kalten Wind ducken.

Im windgeschützten Inneren fühlte es sich viel wärmer an, und die Sonne, die durch die Fenster schien, warf bunte Muster auf die steinernen Bodenplatten. Stille umfing Briony, als sie umherschlenderte, den dumpfen Geruch von altem Holz und Leder einsog und über die mit Schnitzereien geschmückten Enden der alten Bankreihen strich. Auf halbem Weg durch ein Seitenschiff kam sie zu einem Konsolentisch und schlug ein schmales, in Kalbsleder gebundenes Buch auf, das darauf lag. Als sie die in gestochener Handschrift aufgeführten Namen der Toten der Gemeinde aus zwei Weltkriegen las, erzählten ihr die cremeweißen Seiten flüsternd von der Vergangenheit. Stirnrunzelnd versuchte sie, einige wiederzuerkennen. Ein Schock durchfuhr sie, als sie auf den Namen ihres Großvaters, Harry Andrews, stieß, doch dann sah sie, dass sein Todesdatum mit 1916 angegeben war. Vielleicht war er ein junger Onkel gewesen und in der Schlacht an der Somme seinen Verletzungen erlegen. Keiner der Namen aus dem Zweiten Weltkrieg sprang ihr ins Auge. Kein Hartmann, Andrews oder Bailey. Sie hatte fast zu Ende gelesen, als sie plötzlich ein Schnarchen hörte und fast zu Tode erschrak.

Das Geräusch kam aus einem Chorstuhl, in dem ein älterer Mann mit schütterem Haar döste. In seinem Schoß lag eine aufgeschlagene Zeitung. So reglos saß er da, dass man ihn für eine bemalte, holzgeschnitzte Figur hätte halten können, hätte seine Brust sich nicht gehoben und gesenkt. Er kam ihr bekannt vor.

Der Mann musste ihren Blick gespürt haben, denn seine Augen öffneten sich flatternd, und als er sie sah, richtete er sich auf und schenkte ihr ein Lächeln, das all seine Fältchen erfasste. »Gott schütze Sie, meine Liebe. Ich muss mich entschuldigen.« Er tastete nach dem Stock, der neben ihm am Stuhl lehnte, und da wurde es ihr klar: Er war der alte Mann, den sie am Tag, an dem sie angekommen war, im ummauerten Garten hatte sitzen sehen.

»Nicht nötig. Das ist ein schöner Platz für ein Nickerchen«, sagte sie und trat besorgt einen Schritt auf ihn zu, als er unsicher aufstand. Er trug den Kragen eines Geistlichen, obwohl er zu alt sein musste, um der hiesige Pfarrer zu sein.

»Keine Sorge, mir geht es gut. Ich bin nur ein wenig steif. Wie ich sehe, haben Sie unser Gedenkbuch angeschaut.«

»Ja. Ich hoffe, das macht Ihnen nichts aus. Mein Name ist Briony Wood. Ich habe kürzlich herausgefunden, dass die Familie meines Großvaters aus Westbury stammt. Nach dem Krieg ist mein Großvater nach Surrey gezogen, wo ich aufgewachsen bin. Ich versuche, ein wenig über ihn herauszufinden.«

»Dort stehen natürlich nur die Namen der im Krieg Gefallenen. Wie hieß Ihr Großvater?«

»Sein Name war Harry Andrews. Nicht der in dem Buch, der 1916 gestorben ist. Grandpa wurde 1915 geboren. Und 1988 ist er verstorben. Ich habe versucht, im Internet etwas über ihn herauszufinden«, fuhr Briony fort, als sie sah, dass der Mann interessiert war, »und habe festgestellt, dass er im Norfolk-Regiment gedient hat. Ich glaube, er ist 1939 oder jedenfalls nicht viel später zur Armee gegangen, und ich weiß, dass er in Italien stationiert war.«

»Andrews, ja, den Namen erkenne ich wieder.« Der alte Mann unterbrach sich, um sich zu räuspern. »Obwohl ich hier kein lebendes Mitglied der Familie kenne. Verstehen Sie, das hier war nie meine Gemeinde. Die Kirche erlaubt einem nicht, seinen Ruhestand in einem Ort zu verbringen, in dem man Pfarrer war. Wahrscheinlich befürchten sie, man könne sich in das neue Regime einmischen.« Seine blassblauen Augen blitzten amüsiert.

»Das wusste ich nicht. Leben Sie schon lange in Westbury?«

»Es müssen nun fünfzehn Jahre sein. Die letzte Gemeinde vor meinem Ruhestand lag in der Nähe von Ipswich. Wissen Sie, Westbury hat eine interessante Geschichte. Angeblich ist eine der Mätressen Charles II. im Herrenhaus geboren worden. Aber Andrews ... Andrews. Versuchen wir es mit dem Friedhofsverzeichnis.« Briony folgte ihm, als er zu einem Tisch in der Nähe der Tür schlurfte, wo er mit zittrigen Händen eine Plastikmappe aufschlug. »Ich habe es kurz nach meiner Ankunft für den Pfarrer zusammengestellt. Vielleicht finden Sie darin ein paar Namen, die Ihnen bekannt vorkommen.«

Unsicher blätterte er durch die maschinengeschriebenen Seiten und zog aus einer Tasche auf der Rückseite des Ordners ein Blatt hervor, das sich als akkurat von Hand gezeichneter Plan des Friedhofs erwies. Am unteren Rand stand in winzigen Buchstaben *Reverend George Symmonds, 2002.* »Sind Sie das?«, fragte sie, als er ihn ihr zeigte, und er nickte mit einem bescheidenen Lächeln.

»Die Liste ist alphabetisch nach Familiennamen geordnet, und dann können Sie sie mit den Gräbern auf dem Plan vergleichen.«

Briony zog den Ordner zu sich heran und las die Namen in den Spalten. »Viele Kellings' und Foggs hier, nicht wahr? Aber nicht viele Andrews'.« Dann entdeckte sie etwas und war verblüfft. »Oh, Hartmann. Hier. Barbara Hartmann. Ich habe Briefe gesehen, die an einen Paul Hartmann gerichtet waren.« Aber ein Paul war nicht aufgelistet.

»Die arme Frau hatte ich ganz vergessen. Dem Zustand ihres Grabs nach zu urteilen, haben das alle anderen auch. Abgesehen von Gott natürlich, und darauf kommt es ja an. Würden Sie es sich gern ansehen? Ich kann mich allerdings nicht erinnern, dass jemand einen Paul erwähnt hätte.«

Barbara Hartmanns Grab lag in einer abgelegenen Ecke im Schatten eines ausladenden Baums, der winzige muschelförmige Blüten darüber verstreute. Die in den Stein gehauene Inschrift war verwittert, doch Briony konnte das meiste erkennen. Der volle Name der Frau lautete Barbara Ann Hartmann. Dann ein Datum, 1940, und darunter wurde ein Ehemann erwähnt.

»Klaus Hartmann«, sagte George Symmonds und spähte durch seine Brille. »Laut den Dokumenten ist er nirgendwo auf diesem Kirchhof begraben.«

»Vielleicht waren die beiden Pauls Eltern.«

»Erzählen Sie mir von diesem Paul.«

»Ich bin zu einigen Briefen gekommen, die eine Frau namens Sarah ihm während des Krieges geschrieben hat. Ich glaube, ihr Familienname war Bailey. Sie lebte in einem Haus namens Flint Cottage. Kennen Sie ein Flint Cottage?«

»Aber ja. Es liegt weiter links auf der anderen Seite der Straße. Kürzlich ist ein Paar mit kleinen Kindern eingezogen. Nette Leute. Er ist Hausarzt, und sie ist Fachärztin am Krankenhaus.«

»Wenn sie neu hier sind, wissen sie wahrscheinlich nichts über Sarah.«

»Nein, wohl kaum. Wohnen Sie hier in der Nähe?«

Sie erklärte, dass sie Westbury Lodge gemietet hatte.

Er nickte. »Ich fahre manchmal in diese Richtung. Seelsorgerische Besuche, verstehen Sie.«

»Dann muss ich Sie kürzlich gesehen haben. Sie haben vor ein paar Tagen in dem ummauerten Garten gesessen.«

»Ich gestehe! Ich sitze gern dort. Der Garten hat eine besondere Atmosphäre, die ich geistig sehr anregend finde. Obwohl ich heutzutage feststelle, dass zwischen Meditation und Schlaf nur ein schmaler Grat verläuft.« Seine Augen blitzten.

Während Mr. Symmonds das Moos von Barbara Hartmanns Grabstein löste, schlenderte Briony auf dem Friedhof umher und untersuchte die Inschriften. Die Mitte des Geländes wurde von einem großen, schlichten Katafalk beherrscht, der von einem Zaun aus Eisenpfählen umgeben war. »Die Familiengruft der Kellings'«, rief der alte Mann, der ihr Interesse bemerkte. »Was für ein Ungetüm, nicht wahr?«

Die Gräber der Andrews' lagen verstreut. Sie bückte sich, um die Grabsteine zu lesen. Hannah, Elizabeth, Percival – die Namen und Daten bedeuteten ihr nichts, aber sie empfand ein angenehmes Gefühl von Verbundenheit mit diesen schattenhaften Personen, die vielleicht ihre Vorfahren waren. Trotz des frischen Ostwinds war der Friedhof mit seinen tanzenden Bäumen und träumenden Steinen eine schöne Ruhestätte.

Briony dankte George Symmonds und ging langsam hügelaufwärts auf das Herrenhaus zu. Unterwegs passierte sie ein großes Cottage mit Garten, das hinter einer Mauer aus Kieselsteinen lag. Auf einer kleinen rechteckigen, in die Mauer eingelassenen Betontafel, die sie auf dem Hinweg nicht bemerkt hatte, stand *Flint Cottage*. Hier also hatte Sarah Bailey gelebt. Briony blieb stehen und lauschte den Stimmen von Kindern, die irgendwo hinter dem Haus spielten. Dann tauchte ein junger Spaniel am Tor auf und kläffte sie an, daher brach sie wieder auf. Sie würde bei einer anderen Gelegenheit dort klingeln.

Als sie unter dem Torbogen mit der Statue einer dänischen Dogge hindurchging, hörte Briony, wie hinter ihr ein Auto in die Auffahrt einbog, und sie warf einen Blick zurück. Es war eine silberne Limousine, deren Motor teuer klang, und als sie beiseitetrat, um sie vorbeizulassen, hielt der Fahrer an und fuhr sein Fenster hinunter. Der Mann war ein paar Jahre älter als sie, dunkelhaarig und wirkte unrasiert und ein wenig zerzaust, aber sein gut gebügeltes, marineblaues Jackett sah genauso schick aus wie sein Wagen.

»Morgen. Ich hoffe, die Frage macht Ihnen nichts aus«, sagte er in einem höflichen Ton, der trotzdem ausdrückte, dass man ihm für gewöhnlich Folge leistete, »aber sind Sie aus einem bestimmten Grund hier? Diese Anlage ist nämlich Privatgelände.«

»Das ist schon in Ordnung, ich wohne hier in der Nähe.«

»Ah, verstehe. Dann entschuldige ich mich. Wir hatten in letzter Zeit Probleme mit Touristen, die das Gelände als Picknickwiese verwendet und ihren Müll liegen gelassen haben.«

»Ich habe Westbury Lodge gemietet und verspreche Ihnen, hier keinen Müll zu verteilen.«

»Oh. Das ist mir jetzt peinlich.« Er lächelte freundlich, und Briony konnte dabei seine geraden weißen Zähne sehen. »Wenn das so ist, steigen Sie ein, und ich nehme Sie den Hügel hinauf mit.«

»Ist schon gut«, erklärte sie und verschränkte in gespielter Empörung die Arme. »Ich bin dazu erzogen, nicht zu Fremden ins Auto zu steigen. Außerdem genieße ich den Spaziergang.«

Wieder runzelte er die Stirn, kam dann zu dem Schluss, dass sie scherzte, und grinste erneut. »Sicher, obwohl ich Ihnen bestimmt nichts tun würde. Trotzdem nett, Sie kennengelernt zu haben.« Sie sah ihm nach, doch statt zum Herrenhaus zu fahren, wie sie vermutet hatte, bog er nach links ab, hupte und winkte ihr zu, dann wurde sein Wagen von einer dichten Baumgruppe verschluckt.

»Das wird Greg Richards gewesen sein, mein Chef.« Kemi, die Rezeptionistin im Herrenhaus, trug heute ein tiefblaues Kostüm, das zusammen mit ihrem pechschwarzen Haar und ihren funkelnden dunkelbraunen Augen sehr apart wirkte. »Seit die Umbauarbeiten begonnen haben, kommt er meist nur an den Wochenenden her.«

»Wohnt er hier?«

»Im Herrenhaus? Nein. Er hat ein Haus dort unten in den Wäldern.«

Mehr schien Kemi nicht über den Mann zu wissen oder sagen zu wollen, doch der Gedanke an sein attraktives, fröhliches Gesicht, sein dunkles Haar und seinen Bartschatten verfolgte Briony den ganzen Tag. Daher war es beinahe keine Überraschung, als es am Nachmittag des nächsten Tages an der Tür klopfte und sie ihn, als sie öffnete, auf dem Weg stehen sah. Sie stellte fest, dass er nicht so groß war, wie sie angenommen hatte.

»Hi. Wir haben uns gestern kurz kennengelernt. Greg Richards. Ich hoffe, ich störe Sie nicht.« Sein Lächeln war so charmant wie in ihrer Erinnerung.

Sie sah ihn an und dann hinunter auf den in Zellophan gehüllten Blumenstrauß, den er hinter dem Rücken hervorgezogen hatte.

»Wofür sind die denn?«, fragte sie und nahm die Blumen stirnrunzelnd entgegen. Der Strauß war hübsch: bunte Gerbera und Gipskraut. Wie war noch der andere Name dafür – Schleierkraut? Briony war es nicht gewohnt, Blumen geschenkt zu bekommen, und überlegte, ob er wohl Hintergedanken hegte.

»Sie müssen mich gestern für unhöflich gehalten haben«, sagte Greg. »Tut mir leid, das war nicht meine Absicht. Die Blumen sollen eine Wiedergutmachung sein.« Er wirkte aufrichtig zerknirscht.

»Danke. Sie hätten sich keine Gedanken machen müssen«, erklärte sie besänftigt. »Ich war nicht wirklich beleidigt. Es muss scheußlich sein, wenn Fremde Müll auf Ihrem Besitz hinterlassen, und ich kann es Ihnen nicht verübeln, dass Sie mich angesprochen haben.« Sie lächelte. »Kommen Sie doch einen Moment herein. Ich habe im Garten gesessen, nachdem ich keine Energie zum Arbeiten aufbringen konnte. Ich bin übrigens Briony. Briony Wood.«

Sie ging voran und trat in den Garten hinter dem Cottage, einer kleinen birnenförmigen Rasenfläche, die von Blumenbeeten umrahmt wurde. Vor einem Holzzaun wuchsen Stockrosen und Fingerhut.

»Ganz im Stil eines englischen Landgartens«, meinte er und sah sich um. »Nett. Seit unser Mieter ausgezogen ist, war ich nicht mehr hier. Kemi kümmert sich um alles.«

»Hübsch, nicht wahr? Ich habe mich ein wenig am Jäten versucht, aber habe kein Talent dafür, die guten Pflanzen von den schlechten zu unterscheiden.«

»Hmm, also fragen Sie nicht mich, ich habe auch keine Ahnung. Ich wünschte, ich würde mich auskennen. Ich würde gern die Gärten schöner gestalten, diesen Ort hier bekannter machen. Allerdings habe ich mich noch nicht entschieden, was genau gemacht werden soll. Es ist schwierig, weil ich die ganze Woche oben in London bin.«

»Das hat Kemi schon erzählt. Ich bin auch aus London, aber ich arbeite an der Uni.«

»Oh, dann Professor Wood.«

»Bis jetzt nur Doktor.«

»In welchem Fach?«

»Geschichte. Am Duke's College. Mein Fachgebiet ist der Zweite Weltkrieg, aber den größten Teil meiner Zeit unterrichte ich Studenten. Solange ich hier bin, gehe ich den Entwurf eines Buchs durch, das ich schreibe«, erklärte sie und wechselte dann das Thema, weil sie keine Lust hatte, an einem schönen warmen Sonntagnachmittag einen Fremden mit all diesen Einzelheiten zu überschütten. »Und das ist genau der richtige Ort dazu«, fuhr sie rasch fort. »Ich habe mich in das Herrenhaus verliebt. Gehört Ihnen das ganze Anwesen? Kemi sagte, Sie seien ihr Chef, aber ich habe nicht darüber nachgedacht, was das bedeutet.«

»Ich bin der Besitzer, ja.«

»War das einmal Ihr Elternhaus? Es muss eine lange Geschichte haben.«

»Es gehört mir noch nicht lange. Es ist vor einigen Jahren auf den Markt gekommen. Jahrhundertelang war es im Besitz der Kellings, aber dann ging ihnen das Geld aus.«

Also war er nur ein profitgieriger Bauunternehmer. Eine Schande, sie hatte gehofft, er wäre persönlich engagiert.

»Ich mag den alten Kasten aber sehr gern«, sagte er lächelnd, als hätte er ihre Gedanken gelesen. »Ich habe eine Verbindung zur Familie. Mein Urgroßvater, ein gewisser Hector Richards, war hier in der Zeit zwischen den Kriegen Verwalter. Ich lebe in seinem Haus.«

Briony stellte fest, dass sie sich langsam für Greg erwärmte. Er war sehr freundlich. Keine Spur von der herrischen Art, die er gestern an den Tag gelegt hatte.

»Das ist großartig. Anscheinend habe ich ebenfalls Verbindungen zu dieser Gegend. Der Name meines Großvaters war Harry Andrews.«

Er schüttelte den Kopf. »Ich kenne keine Andrews'. Sind Sie deswegen hergekommen? Ein kleiner Ausflug in die Familiengeschichte?«

»Irgendwie schon«, sagte sie. Seine Frage hatte einen scharfen Unterton gehabt, der sie argwöhnisch machte. »Aber vor allem möchte ich mit dem Buch fertig werden, und in London fällt es im Sommer schwer, sich zu konzentrieren.«

»Ja, ziemlich nervig, oder? Und wenn man ausgeht, wimmelt es überall von Touristen. Aber ich sage Ihnen etwas. Ich besuche morgen meinen alten Dad. Er lebt draußen an der Küste, in Blakeney. Mein Vater muss immer Wasser vor Augen haben. Ich frage ihn, ob er jemanden mit dem Namen Andrews kennt.«

»Danke, das wäre toll.«

Nachdem Briony ihn hinausbegleitet hatte, arrangierte sie

seine Blumen in einer Vase und stellte sie auf die Fensterbank in der Küche. Der Gedanke gefiel ihr, dass sie sie jedes Mal, wenn sie den Raum betrat, sehen würde.

Sie kochte sich einen Becher Tee, atmete tief durch und ging ins Esszimmer, wo sie sich am Fenster, das zur Vorderseite des Hauses hinausging, einen Arbeitsplatz eingerichtet hatte. Dort setzte sie sich, öffnete ihr Manuskript auf dem Laptop und scrollte hinunter, bis der erste Kommentar des Lektors auftauchte. *Beleg?*, lautete er.

Eine Bewegung draußen ließ sie aufblicken, und sie sah eine alte, sehr gebeugte Frau, die langsam am Haus vorbeiging und einen ebenso gebrechlichen Mops an einer Leine hinter sich herzog. Einen Moment lang schaute Briony zu den beiden hinüber, die quälend langsam vorankamen, wobei der Hund auf seinen steifen Beinchen schwankte wie ein Fass. Dann konzentrierte sie sich wieder auf den Bildschirm vor ihr.

Der Auxiliary Territorial Service, die Frauenabteilung der britischen Armee, war bei Weitem das größte der Frauenkorps und hatte ihren Ursprung im Ersten Weltkrieg, las sie in ihrer Einleitung. Das war wohl ein wenig vage. Sie bewegte den Cursor zum Anfang des Satzes und fügte ein: *die im Jahr 1945 200.000 Mitglieder zählte.*

Sie arbeitete eineinhalb Stunden am Stück und unterbrach sich häufig, um das eine oder andere Buch oder Dokument zu konsultieren, die sie mitgebracht hatte, oder um online eine Quellenangabe zu finden. Als sie innehielt, um ihre Lesebrille abzunehmen und sich die müden Augen zu reiben, sah sie, dass sie bisher nur die Kommentare im ersten Teil der Einleitung bearbeitet hatte. Vor dem Fenster stand die Sonne schon tief und warf die Schatten der Bäume über die Auffahrt. Briony merkte, dass sie hungrig war.

In der Küche belegte sie ein Brötchen mit Schinken und Salat, arrangierte es zusammen mit einem Stück Karottenkuchen auf einem Teller, goss sich noch einen Becher Tee auf und trug alles nach draußen. Dieses Mal ging sie durch die Vordertür hinaus, trat durch die Tür in den ummauerten Garten und suchte sich die Bank aus, auf der sie den alten Mr. Symmonds gesehen hatte.

Hier war es ruhig, sonnig und windgeschützt. Anhand von ein paar knorrigen Obstbäumen, die an den verfallenen Mauern an Spalieren wuchsen, und den Rasenflächen konnte man sich vorstellen, wie der Grundriss des Gartens zu den Glanzzeiten des Herrenhauses ausgesehen haben mochte. *Wie lange er wohl schon kein richtiger Garten mehr ist?*, fragte sie sich, während sie den Guss vom Kuchen leckte. *Viele, viele Jahre*, vermutete sie. Sie trank ihren Tee und saß dann noch eine Weile mit halb geschlossenen Augen da, genoss den Abend und versuchte, »im Moment zu sein«, wie ihre Therapeutin ihr geraten hatten. Jenseits der Mauern fuhr eine sanfte Brise durch die Kronen der Pappeln, in denen Tauben gurrten. In der Nähe ihrer Bank flog eine dicke Biene im Zickzack tief über den Gänseblümchen. Kurz glaubte Briony, Schritte auf dem Kiesweg zu hören, doch als sie aufblickte, war dort niemand. *Ich verliere den Verstand*, sagte sie sich, stand abrupt auf und wischte sich die Krümel vom Schoß.

Im Haus räumte sie die Küche auf und überprüfte ihr Handy auf Nachrichten. Aruna hatte auf Facebook ein Selfie gepostet, auf dem sie mit Luke strahlend am Strand von Brighton posierte. Es entlockte Briony ein Lächeln, vermittelte ihr aber auch ein Gefühl von Einsamkeit und Unruhe. Vielleicht war es ein Fehler gewesen, allein hierherzukommen. In der Abenddämmerung wirkte das Haus wie aus einem anderen Zeitalter. Die engen Räume strahlten dieses Gefühl aus, der durchdringende Geruch nach altem Holz und altem Stoff, der immer noch wahrnehmbare Rauch von Holzfeuern, die vor langer Zeit gebrannt hatten. Sie knipste eine Tischlampe an, die das Wohnzimmer in einen behaglichen Schein tauchte. Dann ließ sie sich mit einem Pfefferminztee und dem Schuhkarton mit Sarahs Briefen auf dem Sofa nieder, breitete sie vor sich auf dem Couchtisch aus und versuchte, sie chronologisch zu ordnen. Ihre Augen weiteten sich, als sie auf einem weißen Umschlag die Adresse sah, die ihr bisher nicht aufgefallen war. *Paul Hartmann, Westbury Lodge, Westbury.* Einen Moment lang war sie so verblüfft, dass sie die Information nicht verarbeiten konnte. Paul Hartmann hatte exakt in diesem Cottage gelebt, das sie gemietet hatte! Sie blickte sich um. Der steinerne Kamin war bestimmt noch der ursprüngliche, aber wie alt waren das schwere, mit Chintz bezogene Sofa und der dazu passende Sessel? Trotzdem konnte sich der Blick aus dem Fenster kaum verändert haben, und Briony konnte sich vorstellen, wie Paul jeden Tag über die Straße zur Arbeit in den ummauerten Garten gegangen war, was ein weiterer von Sarahs Briefen angedeutet hatte.

In dem Umschlag befanden sich mehrere kurze, nur wenige Zeilen lange Nachrichten. Keine war vollständig datiert. Die erste, die sie auseinanderfaltete, entlockte ihr ein Lächeln.

Dienstag

Lieber Mr. Hartmann,
ich hoffe, es geht Ihnen gut. Meine Mutter würde sich freuen, wenn Sie bei passender Gelegenheit bei uns vorbeischauen und uns bezüglich eines Baums, der ihr Sorgen bereitet, raten könnten. Sie fürchtet, ein abgestorbener Ast könnte uns auf den Kopf fallen. Ich hoffe, es macht Ihnen nichts aus, dass wir Ihre Zeit in Anspruch nehmen. Auf jeden Fall freue ich mich, Sie zu sehen. Grüße an Ihre Mutter.
Hochachtungsvoll
Sarah Bailey

Eine weitere Notiz fragte Paul, ob es ihm etwas ausmachen würde, ihr von seinem Besuch bei Askeys am Samstag ein paar Himbeer-Stecklinge mitzubringen. *Wie überaus rührend*, dachte Briony, *dass Paul eine hingekritzelte Nachricht von Sarah über eine so belanglose Kleinigkeit aufbewahrt hat.*

Der nächste Brief, den sie untersuchte, war akkurat geschrieben und wirkte weit durchdachter.
Lieber Paul, begann er.

Danke für Ihren Brief. Ich war froh über Ihre Erklärung, da ich mir Sorgen gemacht hatte, ich könnte Sie an jenem Nachmittag beleidigt haben, denn das war keineswegs meine Absicht. Die Wahrheit ist, ich mache mir Gedanken darüber, dass ich vielleicht nie herausfinde, was ich mit meinem Leben anfangen will, wenn ich diese Chance nicht ergreife. Ich bin mir ganz sicher, dass auch Ihre Zeit kommen wird ...

Als sie weiterlas, begann sie zu ahnen, was Sarah und Paul zueinander hingezogen hatte. Sie waren beide leidenschaftliche Gärtner, beide vaterlos, doch es steckte mehr dahinter. Beide waren rastlose Seelen, deren Zukunftspläne durch ihr starkes familiäres Pflichtgefühl gebremst wurden.

15

März 1939

Eines Morgens ging Sarah im warmen Sonnenschein und bei leichtem Wind zum ummauerten Garten. Die Kisten aus Indien sollten im Laufe der Woche eintreffen, und Mrs. Bailey hatte Maler bestellt, um die Schäden auszubessern, die die Watsons in Flint Cottage hinterlassen hatten. Wegen des Lärms und des Gestanks nach Farbe ertrug Sarah es nicht, im Haus zu sein. Zu dieser Jahreszeit gab es im Garten viel zu tun, doch Mrs. Bailey war durch den Aufruhr völlig aus dem Häuschen und nutzte jede Gelegenheit, um Sarah zu unterbrechen und ihr irgendeine Besorgung aufzutragen. Diane war mit Tante Margo nach Norwich gefahren, um nach Kleiderstoffen zu suchen, daher kam Sarah auf die Idee, ihre Neugier zu befriedigen und sich den Garten, in dem Paul arbeitete, richtig anzuschauen, denn bisher hatte sie ihn nur in seinem winterlichen Zustand gesehen. Sie nahm eine Dose mit selbst gebackenen Keksen für seine Mutter, legte sie in einen Korb, in dem sich auch ein Steckling einer Pflanze befand, von der sie hoffte, dass er sie identifizieren konnte, ihre neue Rosenschere für den Fall, dass sie sich nützlich machen konnte, während sie dort war, sowie ein Umschlag, der gestern für sie in der Post gewesen war.

Die hölzerne Tür in der Mauer stand einen Spalt breit offen, und sie hielt inne, um über das leuchtend grüne Moos zu streichen, das auf der körnigen Oberfläche des alten Backsteins wuchs.

Dann huschte sie hinein und blieb am oberen Ende einer kleinen Treppe abrupt stehen.

Ein außerordentliches Gefühl überkam sie. Es war, als wäre sie von einer Welt in eine andere getreten. Der Küchengarten, in dem sie sich befand, war groß genug für die Bedürfnisse eines Herrenhauses, aber doch so klein, dass man sich darin behütet und sicher fühlte. Niemand war da, aber sie sah Spuren von Aktivität: einen Spaten, der in der frisch umgegrabenen Erde eines Blumenbeets steckte, mehrere Tabletts mit Setzlingen auf dem Pfad in der Nähe. Ein Klappern, und sie blickte auf und sah, wie die Tür in der gegenüberliegenden Mauer aufflog und Paul hereinkam. Er trug einen zusammengerollten Gartenschlauch über einer Schulter und einen schweren Eimer mit Wasser in der anderen Hand. Einen Moment lang sah er sie gar nicht, so sehr konzentrierte er sich auf seine Arbeit, und sie sah zu, wie er den Schlauch von der Schulter gleiten ließ, ein Ende in den Eimer hängte und die Handpumpe prüfte, die am anderen Ende befestigt war. Dann spürte er ihre Anwesenheit. Seine Freude darüber, sie zu sehen, hellte ihre Stimmung auf, und sie lachte, als er seine Kappe abnahm und ihm das Wasser über die Stiefel lief.

»Lassen Sie sich von mir nicht stören!«, rief sie. »Ich wollte mich nur ein wenig umsehen.« Sie stieg die Treppe hinunter und setzte ihren Korb ab. »Was pflanzen Sie denn gerade? Salat?«

»Zu Dutzenden.« Paul wischte sich das Gesicht mit dem Unterarm ab. »Wenn die Kellings zurückkommen, um den Sommer hier zu verbringen, sind die Köpfe groß genug, um sie zu essen.«

»Wenn Sie mögen, helfe ich Ihnen.«

»Nein, nein. Lassen Sie mich eine kleine Pause machen, und ich führe Sie herum. Diese Obstbäume sind hübsch, nicht wahr? Und sie haben so zarte Blüten.«

Bei ihrem Rundgang durch den Garten sprach er fachkundig und voller Begeisterung, und sie bewunderte die Pfirsichbäume, deren ausgebreitete Äste an der südlichen Mauer befestigt waren, und folgte ihm in ein an der Mauer errichtetes Treibhaus mit Pultdach, in dem genau wie in Flint Cottage eine Weinrebe an einem Gitter über ihren Köpfen rankte. Hier gediehen auf allen Oberflächen Setzlinge in Tabletts und Töpfen, und in einer Ecke warteten die Erdbeerpflanzen aus dem letzten Jahr frostgeschützt, aber mit blassen Blättern darauf, wieder ausgepflanzt zu werden.

Sie traten wieder ins Freie. Er zeigte ihr die Beete, über denen Kräuterduft in der Luft hing, und Blumenbeete, die nach Mist stanken. »Diese Furchen sind für die Astern. Dort drüben pflanze ich gemischte einjährige Blumen für das Haus. Und dort, bei den Zwergpflaumen, sollen Wicken wachsen. Lady Kelling mag Wicken sehr gern.«

Zuvor hatte Paul ihr schon erklärt, dass der Obergärtner, der sein Vorgesetzter war, ständig davon redete, in Pension zu gehen, und dass abgesehen von ihm als Untergärtner nur noch ein Junge aus dem Dorf namens Sam als Lehrling mit ihnen arbeitete. Doch der Garten war nicht groß, und außerhalb der Sommermonate lebte die Familie selten hier. Dennoch wurde jede Woche eine Kiste mit Obst und Gemüse der Saison mit dem Zug zu ihrem Haus in London geschickt. Die anderen Arbeiter, die den Wald bewirtschafteten, standen unter der Aufsicht von Major Richards.

»Dieser Garten ist ein wunderbarer Ort. Er strahlt so eine Ruhe und Sicherheit aus. Und er ist sehr alt. Was ist das für eine Rose?« Sarah untersuchte eine Pflanze, die über die Mauer hinter den Blumenbeeten ragte.

»Sie hat wunderschöne cremefarbige Blütenblätter mit rosafarbenen Rändern, aber wie sie heißt, weiß ich nicht. Ich glaube, Sie haben in Flint Cottage auch welche davon. Vielleicht sind sie eine Sorte aus der Gegend.« Paul lächelte, kehrte zu seinen Salaten zurück und bewässerte die, die er gesetzt hatte, mit der Handpumpe.

»Ach, ich hatte ganz vergessen«, erklärte Sarah und kramte in ihrem Korb. »Ich habe diese Kekse für Ihre Mutter mitgebracht – und für Sie natürlich.«

»Danke! Lassen Sie sie besser dort an der Treppe, dann trete ich nicht versehentlich darauf.«

Sie legte die Dose ab, und dann griff sie zögernder als vorher nach dem Umschlag. »Ich habe einen Brief, den ich Ihnen später zeigen will. Ich möchte Sie um einen Rat bitten.«

»Meinen Rat? Das wäre mir eine Ehre. Ich will nur vorher mit dem Pflanzen fertig werden, sonst fragt sich der Alte noch, was ich heute Morgen getan habe.«

»Ich kann Ihnen helfen, wirklich. Ich liebe diese Art zu pflanzen, den Rhythmus.«

»Wenn Sie darauf bestehen, dann danke.«

Während sie ihre Handschuhe anzog, holte er ein Stück alten Teppich, auf den sie sich knien konnte. Geschickt stach sie mit dem Zeigefinger Löcher, in die sie die zarten Pflänzchen setzte, dann drückte sie behutsam die Erde um sie herum an.

Als sie fertig waren, goss Paul die Pflanzenreihen, klemmte sich dann die Handschuhe unter den Arm und nahm den Brief, den sie ihm reichte. »Was ist Radley?«, fragte er und sah mit verwirrtem Blick von seiner Lektüre auf.

»Ein Gärtnercollege für Frauen in Kent.«

»Aha.«

»Sie teilen mir mit, dass sie mir für den Herbst vielleicht einen Platz anbieten können. Ich habe sie vor einer Woche angeschrieben, aber ich habe nicht damit gerechnet, so schnell von ihnen zu hören.«

»Sie scheinen sich unsicher zu sein.«

»Ja. Ich meine, es klingt, als bestünde die Möglichkeit, dort anzufangen. Das ist ein Schock. Mein Brief war ... eine Art Versuch, schätze ich. Ich müsste die Gebühren aufbringen, aber Mommy hat mir etwas Geld zum Gedenken an Dad geschenkt. Es ist nur ... das würde bedeuten, sie und Diane zu verlassen.«

»Und das wollen Sie nicht.«

»Ich will aber auch studieren. Ich brauche eine Beschäftigung, verstehen Sie, und ich liebe die Vorstellung, Gärten zu gestalten. Natürlich habe ich keine Ahnung von den Techniken, daher wäre das ein guter Anfang.«

Sie unterbrach sich, als sie bemerkte, dass er abgelenkt war, drehte sich um und folgte seinem Blick. In der Gartentür stand ein Mann mit steifer Haltung, der sich auf einen Stock stützte. Es war Major Richards. Er legte die Hand an seinen Hut, um Sarah zu grüßen, und sah sich rasch um. Sein scharfer Blick fiel auf die halb umgegrabenen Beete und die verschiedenen Werkzeuge, die auf einer Plane auf dem Weg lagen. »Wir sind fleißig, oder, Hartmann?«, sagte er. »Ich bin mir sicher, Lady Kelling würde der Gedanke nicht gefallen, dass Sie Zeit vergeuden.«

»Dessen bin ich mir sehr bewusst.« Paul gab Sarah den Brief zurück, umfasste langsam, ganz langsam den Griff des Spatens und zog ihn aus dem Boden.

»Guten Tag, Sarah. Ich hoffe, Ihrer Mutter geht es gut.«

»Sehr gut, danke.«

Er nickte, warf Paul einen letzten tadelnden Blick zu, wandte sich dann unbeholfen ab und ging seiner Wege.

»Ich kann Ihnen keinen Rat geben, Sarah«, murmelte Paul und legte beide Hände auf den Spaten. »Diese Entscheidung müssen Sie allein treffen.«

Er stieß den Spaten in ein Stück harter Erde, und Sarah fühlte sich niedergeschlagen. Seine Miene strahlte eine Distanziertheit aus, die sie verwirrte und überlegen ließ, ob er doch ein ganz anderer Mensch war, als sie sich vorgestellt hatte. War das nur sein Ärger über Major Richards' Tadel?

»Ich weiß, dass es meine Entscheidung ist. Es ist nur so, dass ich niemand anderen fragen kann. Früher habe ich über so etwas immer mit Daddy gesprochen.«

»Dann müssen Sie jetzt selbst urteilen. Es ist Ihr Leben.«

»Ja, natürlich.« Sie klang unglücklich. Mummy oder Diane zu fragen, war sinnlos. Mummy würde sie für verrückt halten, und Diane würde sich aufregen. Sie faltete den Brief zusammen und steckte ihn wieder in den Umschlag.

Sarah hatte in einer Gartenzeitschrift von Gärtnercolleges gelesen und an das Radley geschrieben, dessen Name ihr gefiel, um mehr herauszufinden. Der Brief, der ihr ein Vorstellungsgespräch für einen Platz anbot, hatte sie aus ihrer Träumerei gerissen. Der Gedanke, dass sie tatsächlich einen Beruf ergreifen könnte, war ebenso erfrischend wie erschreckend. Es würde sie ihre ganze Kraft kosten, ihre Mutter und Diane zurückzulassen. Sie konnte sich die Gespräche schon vorstellen: Dianes flehende Blicke, das kalte Schweigen ihrer Mutter und ihre eigenen Schuldgefühle, weil sie ihre Bedürfnisse über die ihrer Familie stellte. Was wohl ihr Vater sagen würde, wenn er von oben auf sie herabsah? Der Gedanke machte ihr Mut, denn sie war aufrichtig überzeugt davon, dass er Verständnis für sie gehabt hätte. »Das ist meine Molly«, hatte er immer gesagt, wenn sie Erfolg hatte – Molly war sein Spitzname für sie gewesen. Angesichts ihres Schulabschlusszeugnisses war er vor Stolz fast geplatzt. Bei der Erinnerung brannten Tränen in ihren Augen, und sie blinzelte heftig.

Paul grub die Erde in dem Beet um. Seine ganze Haltung drückte aus, wie unglücklich er war. Sie schnappte sich den Korb, doch dann fiel ihr Blick auf die Keksdose.

»Ist Ihre Mutter zu Hause?«, fragte sie ihn. »Vielleicht könnte ich ihr die hier bringen.«

Er unterbrach seine Arbeit und lächelte gezwungen. »Ja. Das ist nett von Ihnen. Ich bin mir sicher, sie würde sich freuen.«

Es dauerte lange, bis Mrs. Hartmann an die Haustür kam, und sie öffnete sie zögernd. Aus einem blassen ovalen Gesicht sah sie Sarah aus dunklen Augen verschüchtert an, doch als Sarah sich vorstellte und ihr die Dose zeigte, riss sie die Tür weit auf. »Wie nett von Ihnen. Kommen Sie doch einen Moment herein.« Sie sprach leise und sanft.

»Bedaure, es ist nicht aufgeräumt. Ich hatte niemanden erwartet.« Sie war sichtlich nervös. Ihr Blick huschte von der schäbigen Garderobe zu dem fadenscheinigen Teppich. Sie war klein und zart und in Dunkelblau gekleidet, eine Farbe, die sie, wie Sarah fand, älter erscheinen ließ. Das Sprechen strengte Mrs. Hartmann so an, dass sie husten musste, wobei ihr ganzer Körper sich vor Anstrengung verkrampfte.

Sarah musterte sie mitfühlend und dachte daran, was sie durch den Verlust ihres Mannes und ihres Zuhauses durchgemacht haben musste. Das Erlebte hatte ihre Gesundheit zerstört. »Ich bleibe nicht«, versicherte sie Mrs. Hartmann. »Ihr Sohn hat gesagt, es sei in Ordnung, wenn ich vorbeikomme. Ich habe diese Kekse heute Morgen gebacken, sie sind also ganz frisch. Ich hoffe, Sie mögen Ingwer.«

Zum ersten Mal leuchteten Mrs. Hartmanns Augen auf. »Ich liebe Ingwer. Ich erinnere mich gern daran, wie ich als Kind mit meiner Mutter Lebkuchen gebacken habe«, sagte sie, nahm die Dose und öffnete den Deckel. Ein würziger Geruch stieg empor. Lächelnd sog sie ihn ein, und Sarah sah, dass sie einmal auf eine zerbrechliche, zarte Art schön gewesen war.

»Ich mag ihn auch sehr gern.« *Nächstes Mal bringe ich ihr Blumen mit*, dachte sie und sah zu, wie Mrs. Hartmann die Dose auf die Garderobe stellte. *Narzissen, sie werden dieses Haus aufheitern.* Sie erinnerte sich daran, wie Paul erzählt hatte, dass sie nicht viel aus Deutschland hatten mitnehmen können, und Mitleid erfasste sie.

Jetzt richtete Mrs. Hartmann ihren besorgten Blick auf sie. »Ihre Familie war so freundlich, und wir sind überaus dankbar.«

»Nichts zu danken. Es hat uns leidgetan, von Ihren Problemen zu hören. Wir wussten bis dahin nicht, wie es in Deutschland aussieht.«

Ein Schatten huschte über Mrs. Hartmanns feine Züge, und Sarah wünschte, sie hätte den Mund gehalten. »Das ist das Problem. Niemand hier glaubt es wirklich.« Sie unterbrach sich kurz, um zu husten.

»Ich denke, sehr viele Menschen ahnen etwas«, meinte Sarah vorsichtig, »aber niemand will Krieg.«

Mrs. Hartmann schob die Ausrede beiseite. »Dieses Land schläft. Ich habe hier Menschen kennengelernt, von denen einige unsere nächsten Nachbarn sind, die sagen, England solle sich aus Europa heraushalten. Sie glauben, dass hier alles so weitergehen kann wie immer. Deutschland will nicht in den Krieg ziehen, warum sollten wir? Aber ich sagen Ihnen, Herr Hitler ist jemand, dem man in keinerlei Hinsicht trauen kann. Denken Sie an die Kristallnacht. Dagegen sind Oswald Mosleys Schikanen fast nichts. In Deutschland ist ein großes Übel im Gange. Wenn wir ihm keinen Einhalt gebieten, wird es uns alle verschlingen.«

Das klang so dramatisch, beinahe biblisch, dass Sarah nicht wusste, was sie sagen sollte. Sie hatte von den Ereignissen des letzten Novembers gehört: die brutalen Angriffe gegen Juden in deutschen Städten. Sie wusste auch, dass Mr. Churchill der Ansicht war, man könne Hitler nicht trauen. Aber war es trotz der Gewalt in Deutschland wirklich denkbar, dass eine ganze Nation vom Bösen infiziert war? Das musste doch eine Übertreibung sein.

Als sie kurz darauf ging, fühlte sie sich aufgewühlt. Pauls plötzliche Kälte ihr gegenüber und die düsteren Prophezeiungen seiner Mutter hatten sie tief erschüttert.

Zu Hause hörte Sarah am frühen Abend, wie der Briefkasten klapperte, und kurz darauf brachte Ruby ihr einen Brief in den Salon, wo sie sich nach dem Abendessen alle niedergelassen hatten. *Miss Sarah Bailey* stand in dicker schwarzer Tinte darauf, in einer Handschrift, die sie nicht kannte. Aber bevor sie ihn öffnen konnte, schaltete Diane das Radio ein, und Sarahs Hand erstarrte auf dem Umschlag. Entsetzt lauschte sie zum ersten Mal an diesem Tag den Nachrichten. »Deutsche Truppen sind in die Tschechoslowakei einmarschiert.« Sarah wusste, was das bedeutete: Hitler hatte in München gelogen. Er war nicht einfach an einem Großdeutschland interessiert, sondern verfolgte weiterreichende Pläne für ein großes Reich. Und wenn die Tschechoslowakei nicht sicher war, dann galt das auch für Polen. *Mrs. Hartmann hat recht*, schoss es ihr durch den Kopf. Die Nachrichten waren zu Ende, und Mrs. Bailey schaltete das Radio aus.

»Warum seid ihr denn so ernst?« Diane sah hektisch und besorgt über deren Schweigen von ihrer Mutter zu ihrer Schwester. »Das ist alles so weit weg, was hat es mit uns zu tun?«

»Das wissen wir noch nicht«, erklärte Mrs. Bailey gelassen und zog eine Zigarette aus dem Etui in ihrer Tasche, doch ihre Hand zitterte, als sie das Feuerzeug hochhielt.

Betont uninteressiert öffnete Sarah den Brief und strich das Blatt Papier glatt, das sich darin befand. *Liebe Miss Bailey*, begann der Brief. Das Lesen bereitete ihr Mühe, aber sie seufzte und begann noch einmal.

Liebe Miss Bailey,
meine Mutter hat mich gebeten, Ihnen noch einmal ihren Dank für die Kekse zu übermitteln. Ihre Freundlichkeit ihr gegenüber bedeutet in diesen schwierigen Zeiten sehr viel.
Außerdem möchte ich mich entschuldigen, denn ich muss Ihnen heute Nachmittag unhöflich erschienen sein. Als Sie mich nach meiner Meinung bezüglich Ihrer zukünftigen Berufswahl fragten, dachte ich äußerst egoistisch über meine eigenen Aussichten nach. Sie bitten mich um Rat, und der lautet folgendermaßen: Gehen Sie, bewerben Sie sich für diesen Kurs. Es wird Ihrer Familie nicht helfen, wenn Sie in Ihrem Leben nicht weiterkommen, frustriert sind und Ihre Talente nicht entfalten können. Ich wünschte, ich könnte mir denselben Rat erteilen, aber meine Mutter wäre

vollkommen allein, wenn ich sie jetzt verlassen würde, und ich muss abwarten.
Herzliche Grüße an Sie und Ihre Familie
Paul Hartmann

Wie nett von ihm, Sarah war gerührt. Sie steckte den Brief in die Tasche ihrer Wolljacke und beschloss, ihm noch heute Abend zu antworten. Ihr fiel auf, dass er zu höflich gewesen war, um Colonel Richards' Tadel zu erwähnen, obwohl er sich sichtlich darüber geärgert hatte. Sein Rat war gut. Sie würde sich am College bewerben, wie er vorschlug, wenn vielleicht auch nicht gleich. Zuerst musste sie mit ihrer Mutter sprechen, und die Nachrichten von heute Abend erschwerten es, für die Zukunft zu planen.

16

Briony hatte die kleinen Nachrichten von Sarah zu Ende durchgesehen. Sie stellte sich vor, wie Paul sie hier in diesem Haus gelesen hatte, und lächelte über ihre heiteren Nebenbemerkungen. Seine Mutter musste die Barbara gewesen sein, deren Grab sie entdeckt hatte, und sie hatte anscheinend einen Deutschen geheiratet, daher musste auch Paul Deutscher gewesen sein oder zumindest Halbdeutscher, wenn Barbara aus England stammte. Das konnte während des Krieges nicht leicht gewesen sein, und sie fragte sich, wie es dazu gekommen war, dass er in der britischen Armee gedient hatte.

Sie nahm den nächsten Umschlag vom Stapel und versuchte, den Brief herauszuziehen, doch er musste irgendwann feucht geworden sein, und Briony musste einsehen, dass sie ihn nicht herausnehmen konnte, ohne ihn zu zerreißen. Sie untersuchte den nächsten und stellte fest, dass er sich im gleichen Zustand befand. Vielleicht, wenn sie ihn über dem Wasserkessel in den Dampf hielt ... Jetzt war es allerdings zu dunkel dazu, daher band sie das Bündel zusammen, steckte es wieder in die Schachtel und ging nach oben, um im Bett zu lesen.

Nachdem sie das Licht ausgeschaltet hatte, lag sie in der Dunkelheit und dachte nach. Vielleicht wäre es sinnvoll, wenn sie die Briefe abtippte, während sie sie las. Das würde bedeuten, dass die Lektüre länger dauern würde, aber es wäre anschließend einfacher, sie zuzuordnen. Als sie einschlummerte, war sie sich sicher, in ihrem Kopf eine Frauenstimme flüstern zu hören, und stellte sich vor, sie gehöre Sarah.

Das Museum befand sich in einer Burg, die auf einem Hügel mit Aussicht auf Norwich lag, und Briony stand am folgenden Tag eine Weile draußen auf dem Vorplatz. Ein scharfer Windstoß erfasste ihr Haar, während sie den Blick über das blitzende Glas und die Metallrahmen von Läden und Büros unter ihr schweifen ließ. Hier und da erhoben sich steinerne Kirchtürme. In der dunstigen Ferne wurde die Stadt von dunklen Baumkronen umschlossen, und dahinter erstreckte sich die offene Landschaft.

In der Nähe schlug eine Kirchenglocke zur vollen Stunde, und als sie verklang, antwortete eine andere. Elf Uhr, der Vormittag flog nur so dahin. Flotten Schritts trat Briony durch den Eingang der Burg in eine Halle mit hoher Decke, in der ein schummeriges Licht herrschte. An der Rezeption zog sie ihr Portemonnaie hervor und kaufte eine Eintrittskarte.

Briony schlenderte in dem geschäftigen Labyrinth des Museums zuerst in einen Raum voll ausgestopfter Zootiere, die sie aus glitzernden Glasaugen ansahen, und streifte dann durch einen anderen voller Vögel, bevor sie über eine Holztreppe zur Galerie hinaufstieg. Dort fand sie, wonach sie gesucht hatte: Vitrinen mit Gegenständen aus der militärischen Sammlung des Museums. Sie musterte Tabletts voller Medaillen mit regenbogenfarbenen Schleifen, fröhliche Postkarten, die Soldaten nach Hause geschrieben hatten, und Beispiele für Uniformen. Hier und da hingen verblichene Fahnen als stolze Symbole vergangenen Ruhms. An einer Tafel war eine Collage aus Fotos von strammstehenden Soldaten des Zweiten Weltkriegs mit kurz gehaltenen Schnurrbärten und ernsten Mienen ausgestellt. Sie musterte sie aufmerksam, erkannte aber niemanden.

Sie war sich nicht sicher, was sie zu finden gehofft hatte. Namen wahrscheinlich, einen Hinweis auf ihren Großvater, genauere Einzelheiten dazu, was sein Bataillon in Italien gemacht hatte. Alles andere wäre eine Zugabe gewesen. Doch bis auf den historischen Hintergrund entdeckte sie nicht viel Nützliches. Sie hatte viel über die Aktivitäten des Norfolk-Regiments 1940 in Frankreich gelesen: über den Rückzug von Dünkirchen in kleinen Booten, über die gefangenen Soldaten, die man auf einen Marsch nach Deutschland geschickt hatte. Einhundert Soldaten aus dem zweiten Bataillon waren an einem Ort namens Le Paradis – was für eine grauenhafte Ironie – einem schrecklichen Massaker zum Opfer gefallen, das ein deutscher Befehlshaber angeordnet hatte. Später waren ortsansässige Infanterie-Bataillone nach Singapur entsandt worden, und viele Männer waren in japanische Kriegsgefangenschaft geraten und hatten unter den furchtbaren Zuständen dort gelitten. Manche kehrten nie zurück. Die, die wiederkamen, erholten sich nie ganz davon. All diese Geschichten über Tapferkeit, Verluste und Beständigkeit in fernen Ländern waren zutiefst bewegend, doch Italien wurde nicht erwähnt.

Briony ging nach unten, um sich am Informationsschalter zu erkundigen. »Viele weitere Dokumente befinden sich im Archiv von Norfolk«, erklärte ihr die Frau dort und beschrieb Briony, wo die Verwaltung der Grafschaft lag, nämlich ungefähr eine Meile entfernt. Anscheinend war es das Beste, wenn sie dort einen Termin machte.

Als sie nach Westbury Hall zurückkehrte und gerade auf den Fahrweg, der zum Cottage führte, abbiegen wollte, entdeckte Briony einen Lieferwagen, der auf dem Wendekreis vor dem Haus parkte. In einer Schrift, um die sich Blumen wanden, stand auf der Seite *City Gardenscapes*. Lukes Wagen. Sie parkte ihr Auto daneben, stellte den Motor ab und öffnete die Tür. Sofort hörte sie ihre Stimmen.

»Was macht ihr denn hier?«, rief sie. »Ich dachte, ihr seid in Brighton.«

»Brighton war gestern«, gab Aruna seufzend zurück. »Schaust du denn nie auf dein Telefon? Wir haben dir heute Morgen eine SMS geschickt, dass wir kommen.«

»Der Akku ist leer, tut mir leid.«

»Du bist ein hoffnungsloser Fall.«

»Aruna hat ein paar Tage frei, und ich habe gerade keinen Auftrag, also sind wir gestern Abend zu meinen Eltern gefahren und haben dort übernachtet.« Wie immer klang Luke nüchterner als seine Freundin. »Wir dachten, wir fahren auf gut Glück bei dir vorbei. Wir haben im Dragon zu Mittag gegessen und sind dann durch das Dorf spaziert.«

»Wie schön. Kommt und seht euch mein Ferienhaus an. Steigt ein, euren Transporter könnt ihr hier stehen lassen.«

Luke setzte sich auf den Beifahrersitz.

»Und, wie ist der Pub?«, fragte Briony. Anscheinend waren Aruna und Luke dabei, den Ort besser kennenzulernen als sie. So viel zu Frieden und Privatsphäre.

»Tolles Essen und ein schöner Obstgarten«, erklärte Aruna vom Rücksitz aus. »Wirklich herrlich. Ach, und als wir gerade eben aus dem Transporter ausgestiegen sind, kam dieser Typ auf uns zu.«

»Er wollte wissen, was wir hier zu suchen hätten«, ergänzte Luke, während Briony den Wagen wendete. »Wir haben ihm gesagt, wir wollten dich besuchen, und zack, plötzlich war er wie ausgewechselt und zuckersüß! Er hat gesagt, er wollte bei dir vorbeischauen, weil er Neuigkeiten für dich hätte. Greg Sowieso hieß er. Sagt dir das etwas?«

»Ja. Greg Richards. Er ist in Ordnung.«

»Hast du uns etwas zu sagen, Bri?«, raunte Aruna vielsagend.

»Nein«, gab Briony ärgerlich zurück und fuhr die Straße zum Cottage entlang. »Er wollte sich bei seinem Dad für mich nach etwas erkundigen, nichts weiter.«

»Wie kommst du mit deinen Nachforschungen voran?«, fragte Luke.

»Nicht besonders schnell«, antwortete sie, »aber ihr werdet es nie erraten: Paul Hartmann hat wahrscheinlich in meinem Cottage gelebt.« Sie näherten sich dem Haus, und Briony parkte den Wagen. Als sie ausstieg, lächelte sie, weil es den beiden so gut gefiel.

»Wie ein Lebkuchenhaus, nicht wahr?«, sagte Aruna und kramte ihr Telefon aus der Hosentasche. »Ich liebe die spitzen Fenster. Und den ockerfarbenen Backstein. Dreht euch um, ihr beiden, und nehmt mich in die Mitte. Und jetzt sagt *cheese*!«

»Oder ›Lebkuchen‹!« Lachend posierte Briony und schloss dann die Haustür auf.

Der inzwischen vertraute muffige Geruch im Haus ließ sie die Nase kräuseln, und sie riss eilig die Fenster auf und schaltete den Wasserkocher ein.

Nun, da Luke und Aruna hier sind, herrscht im Haus eine fröhlichere Atmosphäre, dachte sie, als sie Tassen aus dem Schrank holte. Währenddessen schaute Aruna geschäftig in jedes Zimmer und kommentierte alles von der Velourstapete bis zum abgewetzten Mobiliar.

»Nicht, Aruna, das ist unhöflich«, flehte Luke gereizt, doch Briony lachte nur.

»Mach dir keine Gedanken, das Haus ist ja nur gemietet. Wenn ihr das über meine Wohnung sagen würdet, wäre das etwas anderes.«

»Aber du hast einen guten Geschmack, deswegen würde ich das nicht«, sagte Aruna. »Obwohl du darauf bestehst, überall ›altes Zeug‹ zu haben.« Sie zeichnete Anführungszeichen in die Luft.

Nachdem sie ihren Tee getrunken hatten, lächelte Briony ihnen zu. »Ich möchte euch beiden etwas Interessantes zeigen, besonders Luke.«

Sie führte die beiden nach draußen. »Es ist wirklich etwas Besonderes«, erklärte sie und schob die schwere Holztür auf.

»Ein alter ummauerter Garten«, keuchte Luke, als sie eintraten. »Was für ein Jammer, dass er nicht mehr genutzt wird.«

»Vielleicht kannst du dir vorstellen, wie er einmal ausgesehen hat. Sarah schreibt in ihren Briefen darüber.«

Briony sah zu, wie Luke umherschlenderte, und amüsierte sich über sein sichtliches Vergnügen. Ab und zu blieb er stehen, um einen knorrigen alten Baum zu inspizieren, dessen Äste noch immer mit Draht an der Mauer befestigt waren, oder ein paar Metallstreben in den Ziegeln, die die Stelle bezeichneten, an denen ein Schuppen oder ein Treibhaus gestanden haben mussten. Dann stand er mit verschränkten Armen da und ließ den Blick gedankenverloren über die Grasfläche wandern. Es war wundervoll, seine Reaktion zu sehen. Eine Idee keimte in ihr auf.

Aruna hatte kaum Notiz von dem Garten genommen. Sie hatte sich auf die Bank gesetzt, um ihr Telefon hervorzuziehen, und war dann herumgegangen und hatte ab und zu stirnrunzelnd auf den Bildschirm geschaut. »Ich habe keinen Empfang«, rief sie Briony zu.

»Komisch. Im Cottage funktioniert es«, gab Briony zurück. Sie ließ es sich gefallen, dass ihre Freundin ein Selfie von ihnen schoss, auf dem als lustiger Hintergrund die Kamine des Gutshauses aus ihren Köpfen zu wachsen schienen.

Luke, der von ihrem Gelächter angezogen wurde, kam langsam auf sie zu. »Es ist großartig hier«, erklärte er Briony mit einem glücklichen Lächeln im Gesicht.

»Dachte ich mir doch, dass es dir gefällt«, sagte sie. »Ich –«

»Das war einmal der Küchengarten, richtig?«, platzte Aruna dazwischen.

»Ja, in den Glanzzeiten des Hauses«, antwortete Luke. »Inzwischen sind sie für viele Leute wieder interessant, und es gibt einige, die restauriert werden.«

»Aus Denkmalschutzgründen, nehme ich an«, murmelte Briony.

»Ja, aber ich vermute, dahinter steckt auch das aktuelle Interesse daran, woher unser Essen kommt. Es ist ein wunderbarer Gedanke, dass ein Garten wie dieser alles von Artischocken bis zu den samtigsten Pfirsichen geliefert hat, jede Frucht und jedes Gemüse in seiner Saison natürlich. Wir haben uns zu sehr daran gewöhnt, dass alles jederzeit im Supermarkt erhältlich ist.«

»Ja. Ostereier zu Neujahr und Weihnachtsgebäck zu Halloween«, sagte Briony lachend.

»So ist das eben heute im Handel«, meinte Luke und runzelte die Stirn. »Man hat immer den nächsten großen Feiertag im Blick.«

Das ist wahr, dachte Briony. Es bereitete ihr Sorgen, dass die Menschen die Verbindung zur Natur und zum Wechsel der Jahreszeiten verloren. Die Anlässe der alten religiösen Feiertage gerieten in Vergessenheit: wie Lichtmess im Februar die zutiefst dunklen Tage mit Licht erfüllt hatte, warum eine gute Ernte ein Anlass zur Dankbarkeit war, warum die Entsagungen der Fastenzeit der Bevölkerung in der vorindustriellen Zeit geholfen hatte, den letzten Winterabschnitt zu überstehen, wenn die Nahrungsvorräte fast aufgebraucht waren. »Wir führen heute ein so künstliches Leben«, sagte sie seufzend.

»Du solltest eine Sendung darüber machen, Aruna«, meinte Luke.

»Vielleicht, aber dazu bräuchte ich einen Ansatz«, überlegte Aruna. Briony wusste, wie groß die Konkurrenz bei der Auftragsvergabe für neue Radiosendungen war. Arunas Chefs bevorzugten trendige, ausgefallene Themen, die von bekannten Moderatoren präsentiert wurden, Sendungen, die selbstverständlich auch preiswert zu erstellen waren.

»Über so etwas dürfte doch im Archiv des Senders jede Menge zu finden sein, oder?« Lukes Stimme wurde leiser und verstummte. Er untersuchte die kleinen harten Äpfel, die an einem Baum in der Nähe hingen und über deren hellgrüne Schale bereits dunkelrote Linien verliefen. »Ich bin kein Fachmann«, erklärte er, »aber ich glaube, das ist eine ganz ungewöhnliche Sorte.« Er trat zurück und musterte den Baum in seiner üblichen Haltung mit verschränkten Armen. »Hast du schon viel über diesen Garten herausgefunden?«, fragte er, doch Briony schüttelte den Kopf. »Wie wäre es, wenn wir das Mädchen fragen, mit dem Ru und ich vorhin im Herrenhaus gesprochen haben?«

»Ihr habt Kemi kennengelernt? Sie ist sehr nett, aber sie scheint mehr über den Verkauf von Wohnungen als über Geschichte zu wissen. Aber vielleicht tue ich ihr Unrecht. Wir können sie fragen, aber bis jetzt hatte ich nicht viel Glück.«

Wie immer war Kemi da, aber sie führte gerade ein Paar mittleren Alters durch die Musterwohnung, daher mussten sie ein paar Minuten warten, bis die beiden Interessenten all ihre Fragen gestellt hatten und gegangen waren. Kemi lächelte den Neuankömmlingen etwas misstrauisch zu. Sie schien sich ein wenig vor Briony und ihren kniffligen Fragen zu fürchten.

»Das sind Luke und Aruna, Freunde von mir. Kemi, wir haben uns ein paar Fragen über den alten ummauerten Garten gestellt. Haben Sie Informationen darüber?«

»Mal überlegen. Ein wenig steht hier drin«, erklärte Kemi, griff nach einem der Hochglanzprospekte auf ihrem Schreibtisch und blätterte die steifen bunten Seiten durch. Sie kam zu der, die sie suchte, und reichte die aufgeschlagene Broschüre an Briony weiter, die laut aus einem Abschnitt mit der Überschrift *Kulturerbe* vorlas:

»Westbury Hall befand sich über 350 Jahre im Besitz der Familie Kelling, die zu den seit altersher im Oberhaus vertretenen Adelsfamilien gehörte. Mit dem Tod von Sir Henry Kelling 1952 starb der Baronet-Titel aus, doch das Herrenhaus ging auf seinen Cousin zweiten Grades über, Unwin Clare, und wurde bei dessen Tod 2014 an Greenacre Holdings verkauft. Die Firma hat das Haus in Luxuswohnungen aufgeteilt, die sich an die ursprüngliche Gestaltung dieses herrlichen denkmalgeschützten Gebäudes anlehnen. Westbury Hall besitzt außerdem nach wie vor weitläufige, landschaftlich gestaltete Gärten, darunter den alten ummauerten Garten oder Küchengarten, dessen Grundriss aus der Vorkriegszeit sich im Besitz von Mrs. Clare befindet und auf Anfrage eingesehen werden kann.«

»Warum wurde das Haus an Greenacre verkauft?«, wollte Luke wissen.

»Ich glaube, die Clares konnten sich den Unterhalt nicht leisten oder so«, meinte Kemi.

»Konnten wahrscheinlich die Erbschaftssteuer nicht zahlen«, murmelte Luke. »Es ist eine Schande, dass wir nicht lange genug in Norfolk bleiben, um zu versuchen, Mrs. Clare zu treffen. Lebt sie weit von hier entfernt?«

»Nein, nicht weit.« Aus irgendeinem Grund schaute Kemi amüsiert drein.

»Im Dorf vielleicht?«, hakte Briony nach.

»Sie wohnt hier in Westbury Hall«, gab Kemi lachend zurück. »Ihr Apartment liegt in diesem Gang.«

»Hier?« Vor Verblüffung fiel Briony die Kinnlade herunter. Die ehemalige Besitzerin war die ganze Zeit hier gewesen?

»Aber ja! Soll ich sie fragen, ob es ihr recht ist, Sie jetzt zu empfangen?«

17

Nur wenige Minuten später wurden sie in ein großes sonniges Wohnzimmer mit Aussicht auf den Garten hinter dem Herrenhaus geführt, und als Briony Mrs. Clare die Hand schüttelte, erkannte sie in ihr sofort die gebeugte alte Dame mit dem Mops wieder, die sie an ihrem Fenster hatte vorbeigehen sehen. Der Hund war mühsam aus seinem Korb unter dem Fenster aufgestanden, kam herbeigewatschelt und kläffte die Besucher aus dem Schutz der Röcke seiner Herrin jetzt krächzend an.

»Ich vermute, Sie möchten den Grundriss des Gartens sehen? Ist schon in Ordnung, Lulu, das sind Freunde, Freunde, sage ich dir doch. Geh wieder in dein Bettchen.« Sie sprach sanft mit dem Mops, als wäre er ein Kleinkind, und als er wieder in seinem Korb saß, starrte er die fremden Eindringlinge wütend an und japste.

»Sind Sie sich sicher, dass es Ihnen gerade passt?«, erkundigte Briony sich höflich. »Wir hätten nicht damit gerechnet, Sie so schnell treffen zu können.«

»Es bereitet wirklich keine Umstände.« Briony wurde klar, dass Mrs. Clare mindestens neunzig sein musste. Vielleicht war sie einmal groß gewesen, doch nun wirkte sie gebrechlich und zusammengeschrumpft. Das dünne silbergraue Haar war rund um ihr Gesicht in schmeichelhafte Locken gelegt. Sie hatte helle wässrig blaue Augen, die in tiefen Augenhöhlen lagen, und ein ovales Gesicht, das ebenso faltig und verhärmt wirkte wie das ihres Hundes.

Und doch war ihr Blick arglos und verträumt, und sie strahlte etwas von dem Mädchen aus, das sie einst gewesen sein musste. Es lag in ihrem zierlichen Knochenbau und ihren eleganten Bewegungen.

Mrs. Clare führte ihre Besucher zu einer gerahmten Karte, die in einem halbdunklen Teil des Raums hing, und tastete nach der Schnur, mit der eine darüber angebrachte Lampe eingeschaltet wurde. »Sie ist mit Tusche und Wasserfarbe angefertigt, verstehen Sie, und muss vor der Sonne geschützt werden.«

»Und das ist der ummauerte Garten?«, fragte Luke und beugte sich vor, um das Bild genauer zu betrachten.

»So, wie er 1910 aussah, glauben wir. Mit Sicherheit vor dem Großen Krieg.«

»Das ist erstaunlich«, flüsterte Briony, und sie und Aruna rückten näher an Luke heran, um die Karte zu begutachten.

Es handelte sich um einen von Hand gezeichneten Plan des Gartens, dessen durch die Mauer vorgegebenen Gesamtumriss Briony wiedererkannte. Der bestellte Teil war in vier Hauptabschnitte unterteilt, die in winziger, aber gestochen scharfer Schrift mit *Blumen*, *Gemüse* oder *Obstbüsche* gekennzeichnet waren. An der nach Süden ausgerichteten Mauer stand dort, wo Briony, wie sie sich erinnerte, die Metallstreben gesehen hatte, ein Treibhaus. Und ein achteckiger Kräutergarten, der von einer niedrigen Buchsbaumhecke umgeben war, nahm die Mitte des Gartens ein. Eine Legende in der linken unteren Ecke der Seite bezog sich auf einige der unterschiedlichen Nutzpflanzen.

»Stachelbeeren«, sagte Aruna. »Habe ich noch nie gegessen.«

»Wirklich?« Briony war sich nicht sicher, ob sie das erstaunte. »Meine Granny hat sie gezogen. Sie sind sauer und brauchen Berge von Zucker. Sieh mal, Zwetschgen. Granny hatte auch Pflaumenbäume.«

»Früher wuchs im Treibhaus ein prachtvoller Weinstock«, sagte Mrs. Clare neben ihnen, »und die Trauben waren köstlich.

Keine Ahnung, zu welcher Sorte sie gehörten, aber sie glänzten in einem wunderbar schimmernden Violett.«

»Dann müssen Sie lange hier gelebt haben. Aber natürlich haben Sie das, mit Ihrem Mann ...« Briony errötete über ihre Taktlosigkeit.

Mrs. Clare schien nicht beleidigt zu sein. »Sogar länger noch. Ich bin hier geboren. Unwin war ein Cousin zweiten Grades meines Vaters, obwohl wir uns erst als Erwachsene kennengelernt haben.«

»Ach, und Ihr Vater war ...« Wovon redeten sie eigentlich? Briony fühlte sich noch verwirrter.

»Sir Henry Kelling natürlich. Mein Geburtsname lautet Robyn Kelling, und ich war die letzte direkte Nachfahrin, doch weil ich ein Mädchen war, konnte ich Westbury Hall nicht erben, daher fiel es an Unwin. Sir Henrys Vater und Unwins Vater waren Cousins, verstehen Sie.«

Briony war verblüfft. Die Frau war eine Kelling! Sie konnte nur raten, ob sie aus Liebe oder Vernunft geheiratet hatte, doch fragen durfte sie dies natürlich nicht. Sie spürte Robyn Clares scharfsinnigen Blick, als könne die alte Dame ihre Gedanken lesen. Und noch etwas anderes wurde Briony plötzlich klar: Eigentlich hätte Unwin Clare doch ebenfalls Kelling heißen müssen, wenn der Name über die männliche Linie weitergegeben wurde, doch auch diese Frage hätte bei ihrer ersten Begegnung zu neugierig gewirkt. »Es muss eine Erleichterung für Sie gewesen sein, Ihr Zuhause nicht zu verlieren«, sagte sie sich schließlich.

»Allerdings. Ich bin hier zwischen den Kriegen aufgewachsen«, fuhr Mrs. Clare fort. »Hat das Mädchen an der Rezeption Ihnen denn gar nichts erzählt? Ich bin 1921 geboren. Wissen Sie, ich werde dieses Jahr fünfundneunzig.«

Wie lange muss eine Frau leben, um stolz auf ihr Alter zu sein?, fragte sich Briony, während Luke und sie Mrs. Clare dazu beglückwünschten. Aruna dagegen hatte das Interesse an dem Gespräch verloren und ging quer durch den Raum zu einem Konsolentisch, auf dem eine Reihe Fotos aufgestellt war.

»Ist das Ihre Familie, Mrs. Clare?«, fragte sie munter.

»Rechts ist mein Sohn Lewis«, erklärte Mrs. Clare, in deren Stimme eine neue Wärme trat. »Er lebt mit seiner Frau in London. Ich finde es seltsam, ein Kind zu haben, das auch schon Rentner ist!«

Sie traten hinüber, um die Fotos zu betrachten. »Das ist mein lieber Unwin mit Digby. Es ist schon vor ein paar Jahren aufgenommen worden, aber eines meiner Lieblingsbilder.« Ein milde dreinblickender Landadliger in den Siebzigern, der eine Barbour-Jacke trug, hielt einen zottigen Terrier an der Leine, der unter einem Vorhang aus drahtigem Haar hervorspähte.

»Und das hier?« Aruna streckte die Hand nach einem alten Schwarz-Weiß-Druck in einem schäbigen Rahmen aus, der an der Wand lehnte.

»Vorsicht damit. Lassen Sie mich das machen.«

Mrs. Clare hob den Rahmen mit beiden Händen an, und Briony reckte den Hals, um die Gruppe von Menschen zu mustern, die in düsteren Reihen vor einem Gebäude aufgestellt worden waren, das eindeutig Westbury Hall darstellte. Die Frauen saßen auf Stühlen, und die Männer standen dahinter. Jedenfalls alle bis auf einen vornehm wirkenden Gentleman mit einem gepflegten Schnurrbart, der in der Mitte neben einer Dame mit hochmütiger Miene saß, die einen hübschen, eleganten Hut trug, der modisch schräg auf ihrem Kopf thronte.

»Meine Ma und mein Pa, Sir Henry und Lady Kelling«, sagte Mrs. Clare leise.

»Und das sind Sie?« Auf dem Bild saß neben ihrer Mutter eine viel jüngere Ausgabe von Lady Kelling, die dreinblickte wie ein erschrockenes Rehkitz.

»Sie sind scharfsinnig. Ja, das bin ich. Ich habe es immer schon gehasst, fotografiert zu werden.«

»Wer waren all die anderen Leute?«, fragte Briony weiter. »Ich meine, ich weiß schon, dass sie Personal sein müssen.«

»Das ist Mrs. Thurston, die Köchin«, murmelte Mrs. Clare, »und das Jarey, der Butler, der ein ganz Lieber war. An alle Namen erinnere ich mich nicht.« Zu der Gruppe gehörten eine Haushälterin, mehrere Dienstmädchen, ein junges Küchenmädchen, das ängstlich wirkte, sieben oder acht Männer und junge Burschen, davon zwei in gut geschnittenen Jacken und mit kurzem, gescheiteltem Haar, die als Hausdiener zu erkennen waren, und vier muskulösere Männer unterschiedlichen Alters, die offensichtlich im Freien arbeiteten, darunter ein Jugendlicher, von dem Mrs. Clare erklärte, es sei Sam, der Gärtnerlehrling.

Neben der jungen Robyn saß eine schmale Frau mittleren Alters mit verhärmter Miene, die ein einfaches, enges dunkles Kleid trug. Briony erkundigte sich nach ihr, da die alte Dame sie nicht erwähnte.

»Sie war eine Verwandte meiner Mutter, die Ende der Dreißigerjahre nach dem Tod ihres Mannes aus Deutschland hierherkam. Ich kann nicht behaupten, sie häufig gesehen zu haben, da wir so oft in London waren. Cousine Barbara, genau, das ist es. Ihr Familienname war, du meine Güte, irgendetwas, das deutsch klang.«

Verblüfft blickte Briony auf. »Hartmann?«

»Richtig. Woher wissen Sie das?«

»Ich habe ihr Grab auf dem Friedhof gesehen. Hatte sie einen Sohn namens Paul?«

»Ja! Ich weiß noch, dass er ein nettes Lächeln hatte. Sagten Sie nicht, Sie wohnen in Westbury Lodge? Dort haben die beiden nämlich gelebt, und –«

»Darf ich mal sehen? Ist sie das hier?«, unterbrach Aruna und beugte sich vor, um Barbara Hartmanns Gesicht anzusehen.

Auch Briony betrachtete es und erkannte betroffen, wie traurig die Frau wirkte. »Und welcher ist Paul?« Erneut musterte sie die Gesichter der Männer.

»Ich glaube nicht, dass er dabei ist, oder? Nein. Ich frage mich, ob er vielleicht das Bild aufgenommen hat.«

»Ach.« Briony fühlte Enttäuschung in sich aufsteigen.

»Eines Morgens, kurz, bevor der Krieg erklärt wurde, hatte mein Vater die spontane Idee zu diesem Bild. Ich glaube, er hatte eine Vorahnung davon, dass sich alles verändern würde, und er wünschte sich verzweifelt, alles würde bleiben, wie es war. Ich erinnere mich noch daran, wie schrecklich dieser Sommer war. Das Warten, die Gewissheit, dass uns etwas Furchtbares zustoßen würde. Nach dem Krieg haben die Leute scheußliche Dinge über meinen Vater gesagt, dass er Hitleranhänger gewesen wäre, doch das stimmte nicht. Er wünschte sich einfach sehnlich, dass das Leben in England so weitergehen könnte, wie es seiner Meinung nach immer gewesen war. Er hasste die Vorstellung, die alte Lebensweise mit ihren althergebrachten Werten könnte verloren gehen, denn er wusste, das würde vielleicht das Ende von Westbury Hall bedeuten.«

»Aber das Herrenhaus besteht noch«, sagte Luke sanft. »Was er wohl davon gehalten hätte, wenn er wüsste, was es jetzt ist?«

»Er hätte es gehasst«, erklärte Mrs. Claire.

In dem Raum wurde es still.

Die alte Dame wandte sich ab, um aus dem Fenster zu sehen, und umklammerte mit einer ihrer zarten Hände das Fensterbrett. Draußen regnete es, und der Geruch von feuchtem Laub drang zu ihnen.

Briony fragte sich, wie merkwürdig es sein musste, wenn man miterlebte, dass das eigene Elternhaus von Bauunternehmern aufgekauft und so gründlich umgestaltet wurde. Wie konnte Robyn Clare es ertragen, weiter hier zu leben?

Wieder meldete sich die alte Dame zu Wort, als hätte sie Brionys Gedanken gehört. »Ich wollte niemals anderswo leben. Wenn ich jemand anderen als Unwin geheiratet hätte, hätte ich Westbury Hall verlassen müssen, daher war ich immer sehr dankbar dafür, wie es schließlich gekommen ist. Dieses Apartment war früher unser Salon, und als ich sah, wie hübsch es umgebaut worden war, musste ich es haben. Mein Sohn findet, ich bin albern, er wollte, dass ich zu ihm ziehe, aber ich könnte es nicht ertragen, in einer dieser modernen Hochhaussiedlungen zu wohnen. Dieser ganze Beton. Nein, ich gehöre hierher. Ich habe vor, hier mit Lulu in aller Ruhe den Rest meines Lebens zu verbringen. Für den Fall, dass ich zuerst gehe, hat Lewis versprochen, Lulu zu sich zu nehmen, daher mache ich mir in diesem Punkt keine Gedanken.«

»Ich kann verstehen, wie Sie empfinden«, meinte Luke sanft. »Ich war zutiefst unglücklich, als meine Eltern das Haus meiner Kindheit im Süden von London verkauft haben und nach Norfolk gezogen sind. Manchmal muss ich an unserem alten Haus vorbeifahren, und ich hasse es, was die neuen Bewohner daraus gemacht haben. Jalousien statt Vorhängen, hässliche Dachfenster, solche Dinge. Es sieht aus, als wolle es nichts mehr von mir wissen.«

»Ich sage dir doch immer, dass du nie zurücksehen sollst, Luke«, warf Aruna bissig ein. »Ups, Mrs. Clare, das klingt jetzt unhöflich, aber ich bin da ganz anders als Sie oder Luke. Ich konnte es nicht abwarten, das Haus zu verlassen, in dem ich groß geworden bin.«

»Warum denn das, wenn ich fragen darf?«

»Ich habe mich dort wie gefangen gefühlt, und meine Stadt war einer dieser Orte, aus denen jeder fortgeht, der nur ein bisschen Ehrgeiz besitzt. Natürlich fahre ich dorthin, um Mum und Dad zu besuchen, aber alle sind genau wie vorher. Meine Schwester hat sogar ihren Freund geheiratet, der in derselben Straße lebte wie wir. Ich rechne damit, dass ihre beiden Kinder in dieselbe Schule gehen werden wie wir alle damals.«

»Ich kann Ihren Standpunkt verstehen. Was ist mit Ihnen, meine Liebe?«, fragte Mrs. Clare an Briony gerichtet. »Besuchen Sie Ihr Elternhaus noch?«

»Mein Vater lebt dort mit meiner Stiefmutter«, gab Briony zögernd zurück. »Vielleicht würde ich lieber dort hinfahren, wenn ich nicht mit vierzehn meine Mutter verloren hätte.« Sie spürte einen Kloß im Hals, sie würde sich nie daran gewöhnen, wie die Trauer auch nach so vielen Jahren ganz frisch in einem aufsteigen konnte. »Wahrscheinlich sollten wir Sie jetzt in Ruhe lassen, Mrs. Clare«, fügte sie hastig hinzu.

»Ja, danke, dass Sie uns das Bild gezeigt haben.« Luke schenkte Mrs. Clare sein strahlendstes Lächeln.

»Überhaupt keine Ursache. Wir treffen gern junge Leute, stimmt's, Lulu?« Der Hund leckte sich die Lippen, begann zu hecheln und schaute seine Herrin anbetungsvoll an. Das Tier sah nicht besonders liebenswert aus, aber trotzdem hoffte Briony, dass weder Hund noch Herrin lange ohneeinander leben müssten.

»Kommen Sie mich doch noch einmal besuchen, wenn Sie während Ihres Aufenthalts hier eine freie Minute haben«, sagte die alte Dame zu Briony. »Obwohl ich fürchte, dass ich viel über die Vergangenheit reden werde.«

»Das ist genau das, was mich interessiert«, antwortete Briony. »Ich komme sehr gern.«

»Ich wüsste zu gern, was du denkst«, sagte Luke auf dem Rückweg zum Cottage.

»Was?«

»Ich habe doch dein Gesicht gesehen, als Mrs. Clare den Namen Hartmann erwähnte.«

»Erstaunlich, nicht wahr, dass sie Paul gekannt hat, wenn auch nur flüchtig. Ich hätte sie weiter nach ihm ausfragen sollen.«

»Dann gehst du sie noch einmal besuchen?«, fragte Aruna ungläubig.

»Natürlich.« Sie biss sich auf die Lippen. »Und ich habe sie nicht gefragt, ob sie meinen Großvater kannte.«

»Du solltest auf jeden Fall zurückgehen«, meinte Luke.

Während des Rests ihres Besuchs sagte Aruna wenig, und Briony fragte sich, was mit ihr los war. Vielleicht war sie einfach nur müde. Trotzdem war es schön gewesen, die beiden heute hier zu haben. Sie verstanden sich alle so gut, und Luke agierte immer als Vermittler, der Arunas Reizbarkeit ausglich. Ja, die beiden ergänzten einander hervorragend. Sie freute sich darüber, dass Aruna jemand Besonderen gefunden hatte.

Später, als sie aufbrachen, ging sie noch mit ihnen zum Lieferwagen, um ihnen nachzuwinken.

»Wir sind noch ein paar Tage in Norfolk«, erklärte Luke ihr, nachdem er sie umarmt hatte. »Mum meinte, ich soll dich zum Essen einladen. Würde es dir morgen Abend passen?«

»Das ist schrecklich nett von ihr. Sehr gern, danke.«

»Toll! Ich schicke dir gleich per SMS die Adresse. Es ist ziemlich leicht zu finden. Da, erledigt!«

Während Briony dem Lieferwagen nachsah, der durch den großen Rundbogen des Eingangstors verschwand, überkam sie mit einem Mal eine namenlose Melancholie. Normalerweise fühlte sie sich vollkommen wohl in ihrer eigenen Gesellschaft, doch als sie jetzt allein zum Cottage zurückging und tief in ihre Fleecejacke kroch, um die abendliche Kühle abzuwehren, war ihr bewusst, dass sie sich einsam fühlte. Vielleicht rührte es daher, dass sie an ihre Mum gedacht hatte.

Einst war ihre Familie eine innige kleine Einheit gewesen, in der man die anderen geliebt und unterstützt hatte. Beide Großelternpaare lebten in der Nähe, und sie wusste noch, dass sie sie als kleines Kind oft gesehen hatte, obwohl Grandad Wood, ihr Großvater väterlicherseits, gestorben war, als Briony fünf oder sechs war.

An Grandpa Andrews, den Vater ihrer Mutter, erinnerte sie sich, weil er als Rentner so geschäftig und aktiv gewesen war. Entweder reparierte er etwas im Haus oder Garten, oder er war mit dem Rotary Club oder seiner Wandergruppe unterwegs. Er war ein geselliger Mensch gewesen, aber wenn er nach Hause kam, mochte er es gern, wenn Granny dort war, gelassen, beruhigend und das Herz des Hauses, und nähte oder Freundinnen zum Tee eingeladen hatte. Wenn sie außer Haus war, wirkte er wie ein verlassener Hund, der mit gespitzten Ohren darauf lauschte, ob sie heimkehre.

Die Woods waren eine Familie, in der ständig über Kleinigkeiten gestritten, die großen Themen aber selten diskutiert wurden. Soweit Briony sich erinnerte, hatten weder sie noch ihr Bruder rebelliert. Beide waren ihren eigenen Leidenschaften nachgegangen. Birchmere lag nicht weit vom Flughafen Gatwick entfernt, und ihr zwei Jahre jüngerer Bruder war schon immer fasziniert von den Flugzeugen gewesen, deren Lärm alle anderen zur Weißglut brachte. Immer rannte er nach draußen, um die Concorde bei ihrem Abendflug zu beobachten, und er beschwor seinen Vater ständig, mit ihm zu Flugschauen zu fahren. Abgesehen von Familienbanden hatten Briony und er wenig gemeinsam, und so, wie es selbstverständlich erschienen war, dass er Ingenieur bei British Airways wurde, war es normal gewesen, dass sie ihrer Besessenheit mit der Vergangenheit nachgegangen war. Sie liebte es, sich in einer Welt zu verlieren, in der das Fliegen für den Menschen nur eine Fantasievorstellung gewesen war. Und da ihr Vater ständig bis spätabends bei der Zeitung arbeitete, war ihre Mutter diejenige gewesen, die sie alle zusammenhielt und jeden in seinen Interessen bestärkte. Während der Monate ihrer Krankheit hatten sie sich alle hilflos und außer Stande gefühlt, miteinander zu kommunizieren. Als sie starb, hatte sich ein Schweigen über sie alle gesenkt. Briony hatte ihre Therapeutin Grace gefragt, ob sie vielleicht deswegen allein war, weil Alleinsein sich für sie natürlich anfühlte. Oder lag der Ursprung noch weiter in der Vergangenheit? Darauf hatte Grace ihr keine Antwort geben können.

18

Juni 1939

Wütend hackte Sarah auf den Efeu-Stumpf ein, dann setzte sie die Forke noch einmal unterhalb davon an und versuchte, die Wurzeln zu lockern, doch er rührte sich nicht.

»Verdammt sollst du sein!«, schimpfte sie und wischte sich mit dem Handrücken die Stirn ab.

»Probleme?«, rief jemand. Sie blickte auf, beschattete ihre Augen und erkannte einen Mann in Uniform, der über den Rasen auf sie zukam. Ivor.

»Guten Morgen, schön, dich wiederzusehen.« Sie hatte gehört, dass er Heimaturlaub hatte. »Hier spielt sich ein Kampf auf Leben und Tod ab, aber ich bin entschlossen, ihn zu gewinnen.« Sie versetzte dem Stumpf einen Tritt.

»Lass es mich mal versuchen.« Er nahm ihr die Forke aus der Hand, und sie sah zu, wie er sie viel tiefer, als sie es vermocht hatte, im Boden versenkte und sich mit seinem ganzen Gewicht gegen die Wurzeln stemmte. Der Efeu protestierte knarrend, bewegte sich aber nicht.

»Warte mal.« Mit grimmiger Miene warf er seine Jacke über einen Stuhl, krempelte die Ärmel auf und ging wieder ans Werk. Er grub das Netz kleinerer Wurzeln aus, und als er dieses Mal die Forke unterhalb des Stumpfes ansetzte, löste dieser sich plötzlich knackend und ächzend. »Den habe ich erledigt.« Während Ivor sich die Stirn abwischte, strahlten seine Augen triumphierend.

»Danke«, sagte Sarah, fasste nach dem Stumpf und zerrte ihn heraus. »Ach, armer Yorick.« Sie hielt ihn in die Höhe wie einen Schädel und warf ihn dann in die Schubkarre. Ivor lachte. *Mummy täuscht sich in mir*, dachte sie, *ich bin überhaupt nicht arrogant.*

Nach einem kühlen Frühling war die erste Juniwoche jetzt sonnig und warm und das Wetter nicht gut für eine solche Kraftanstrengung geeignet. Doch nach einem schwierigen Gespräch mit ihrer Mutter heute Morgen hatte Sarah das Bedürfnis gehabt, ihren Frust abzureagieren, und der widerspenstige Efeu, ein knorriger Urgroßvater aller Schlingpflanzen, dessen Ranken die ganze Rückwand des Hauses überzogen, war ihr als passender Gegner erschienen.

Sie hatte ihrer Mutter ihre Entscheidung, sich am Gärtner-College zu bewerben, erstmals im April mitgeteilt, und deren Reaktion war genauso ausgefallen, wie sie befürchtet hatte: Ihre Mutter hatte ihr gesagt, dass sie hier in Norfolk gebraucht würde und es extrem egoistisch von ihr sei, an etwas anderes zu denken.

Dianes Reaktion deprimierte Sarah noch stärker. Ihre Schwester wirkte so jämmerlich, dass es Sarah einen Stich ins Herz versetzte. Dennoch war Sarah nicht bereit, es sich anders zu überlegen. Sie beantwortete den Brief des Colleges und drückte ihr Interesse an einem Studienplatz aus. Vierzehn Tage später wurde sie zu einem Vorstellungsgespräch nach Kent eingeladen.

Sie hatte die Direktorin sehr sympathisch gefunden. Miss Agatha Trot war eine schlanke, gut aussehende Frau in den besten Jahren, die in ihrer Jugend weit gereist war und in Süd- und Mittelamerika nach neuen Pflanzenarten gesucht hatte, wodurch sie eine Unmenge von Geschichten zu erzählen wusste. Als ein paar Tage später ein Brief eintraf, in dem man ihr endgültig einen Studienplatz anbot, hätte Sarah instinktiv am liebsten angenommen und den Scheck für die erste Anzahlung sofort abgeschickt. Doch rasch beschlichen sie Zweifel. *Und wenn es Krieg gibt ...* Diese Worte schlichen sich inzwischen in jedes Gespräch über die Zukunft. Es war schwierig, überhaupt Pläne zu schmieden. Schließlich hatte sie den Brief beantwortet und um Bedenkzeit gebeten.

Der Streit heute Morgen hatte sich durch das Eintreffen eines weiteren Briefs der Collegeverwaltung entzündet. Man wollte wissen, ob Miss Bailey noch vorhabe, ihren Platz anzutreten, und falls ja, möge sie bitte wie erbeten die Anzahlung leisten.

»Du verschwendest dein Geld«, zischte Mrs. Bailey, »aber vermutlich musst du tun, was du willst. Das machst du sonst ja auch.« Sarah empfand dies als besonders unfair und fühlte sich verletzt.

Ein kurzes Schweigen war eingetreten, während Mrs. Bailey eine Nachricht von Margo Richards las. »Anscheinend kommt Ivor heute auf Heimaturlaub nach Hause«, erklärte sie und warf Sarah einen Blick über ihre Brillengläser hinweg zu. »Ich vermute, dass er vorbeischauen wird. Weißt du, Sarah, er scheint wirklich sehr interessiert an dir zu sein. Ich kann mir gar nicht vorstellen, warum, du behandelst ihn immer so von oben herab.«

»Das stimmt überhaupt nicht!« Es verblüffte sie, weil es ihr leichtfiel, freundlich zu ihm zu sein. Ivor tat ihr leid, weil die Erwartungen seines Vaters so schwer auf ihm lasteten, und er war ein guter Unterhalter und interessierte sich immer dafür, was sie tat. Zudem fand sie seine politischen Ansichten gut durchdacht, und er war wohlinformiert. Allerdings wies die spitze Bemerkung ihrer Mutter auf etwas hin, was sie insgeheim auch schon überlegt hatte. Er war in letzter Zeit nicht besonders oft zu Hause gewesen, doch wenn, dann war er grundsätzlich beinahe sofort nach Flint Cottage gekommen.

Es war vielsagend, dass er sich heute nicht einmal die Zeit genommen hatte, seine Uniform auszuziehen.

»Du solltest diese schwere Arbeit nicht tun«, meinte er nun, nahm seine Jacke und hängte sie sich über die Schulter. »Wohlgemerkt, der Garten sieht großartig aus. Hast du Hilfe? Ich bin mir sicher, wir könnten euch Hartmann schicken.«

»Jim Holt, der auch den Garten des Pfarrers pflegt, kommt einmal die Woche vorbei. Ich möchte Mr. Hartmann nicht belästigen. Er hat genug zu tun.«

Bildete sie sich das nur ein, oder nickte Ivor zufrieden? Durch die Bemerkung ihrer Mutter stellte sie fest, dass sie ihn jetzt mit anderen Augen betrachtete und ihre eigene Reaktion auf ihn abwog. Sie war sich seines überschwänglichen Verhaltens und seiner leuchtenden Augen durchaus bewusst.

»Wie sieht es in Aldershot aus?«

»Chaotisch. Wir bilden die neuen Rekruten aus, die man uns geschickt hat. Die meisten sind noch ziemlich grün hinter den Ohren.«

»Einer von Mrs. Allmans Neffen aus Ipswich hat sich für die Armee gemeldet. Ihre Schwester macht sich große Sorgen.«

»Sag ihr, das ist nicht nötig. Im Moment sehe ich keine Anzeichen dafür, dass etwas passiert.«

»Nein, aber es fällt schwer, keine Angst davor zu haben, dass es so kommen könnte.«

Ivors Stimme hatte unbesorgt geklungen, doch die Art, wie er ihrem Blick auswich, verriet seine unterschwellige Angst. Sarah bestand darauf, die Tageszeitung zu lesen und die Nachrichten zu hören, und so wusste sie Bescheid über die Erhöhung der Verteidigungsausgaben und die Pläne für eine Frauen-Landarmee, um die Nahrungsmittelproduktion anzukurbeln. Langsam, aber sicher ächzten die Zahnräder, die das Land in einen Kriegszustand versetzen würden. Und doch ging das normale Leben weiter wie üblich. Laut Mrs. Allman hatte ihre Schwester ihr von einer deutschen Hockeymannschaft erzählt, die kürzlich Ipswich besucht und dort gespielt hatte. Sie hatte wissen wollen, was Mrs. Bailey davon halte. Vor einer Woche, zu Pfingsten, hatten Sarah und Diane den Zug nach Norwich genommen und festgestellt, dass das Bahnhofsgleis voll mit aufgeregten Familien war, die ans Meer fuhren. Ein Feiertag war schließlich ein Feiertag, und warum sollten die Kinder nicht auf Eseln reiten und Eis essen?

Es klopfte. Ivor und sie blickten auf und sahen Diane. Sie kämpfte mit der Tür des Wintergartens, die durch die Feuchtigkeit aufgequollen war und immer klemmte. Ivor ging hinüber und stemmte sie auf, und Diane schwebte herein wie ein zartes Reh mit riesigen, ängstlichen blauen Augen. »Wie schön, dich zu sehen, Ivor«, sagte sie ernst und streckte ihm die Hand entgegen. Er schüttelte sie behutsam und erkundigte sich nach ihrem Befinden.

»Sehr gut, danke«, gab sie zurück, doch jetzt huschte ihr Blick vorwurfsvoll zu Sarah.

»Ich nehme an, du hast die Neuigkeiten von meiner Schwester gehört«, sagte sie, und ein scharfer Unterton trat in ihre Stimme.

»Nein, was gibt es denn?« Fragend drehte er sich zu Sarah um.

»Also, wirklich«, murmelte Sarah. Diane hätte es ihr selbst überlassen sollen, ihm zu einem Zeitpunkt davon zu erzählen, der ihr richtig erschien.

»Sie verlässt uns«, erklärte Diane und reckte das Kinn.

»Noch gehe ich nirgendwohin, Ivor. Es ist nur so, dass ich vielleicht studieren will.« Sie erklärte ihm, was es mit Radley auf sich hatte. »Ich will etwas mit meinem Leben anfangen, mich nützlich machen, und wie du weißt, liebe ich es zu gärtnern.«

»Verstehe. Hat Hartmann dich dazu angestiftet?«

»Nein, natürlich nicht. Warum sollte er?«

»Es ist genau, wie mein Vater gesagt hat. Er hat euch nämlich zusammen gesehen.« Ivors Augen blitzten.

»Jedenfalls hat es nichts mit Mr. Hartmann zu tun. Darauf bin ich selbst gekommen.«

»Ich finde nicht, dass sie gehen sollte, was meinst du, Ivor?«, fragte Diane. »Ach, ich wünschte, du würdest uns nicht verlassen, Sarah. Ich wäre so einsam.«

»Diane«, entgegnete Sarah warnend. »Bring den armen Ivor

nicht in Verlegenheit. Du wärest nicht einsam. Du hast jede Menge Freundinnen. Jennifer Bulldock lädt dich ständig ein.«

Sie wurde das Gefühl nicht los, dass alle gegen sie waren: ihre Mutter, Diane, Paul Hartmann und jetzt auch noch Ivor, der sie mit zusammengepressten Lippen ansah. *Wenn es Krieg gibt, gehe ich vielleicht gar nicht.* Ivor gegenüber hätte sie das sagen können, aber nicht, solange Diane anwesend war. Zwischen ihr und ihrer Mutter bestand die unausgesprochene Übereinkunft, vor Diane nicht über Politik zu sprechen, da sie wussten, wie sehr sie das hasste.

Den ganzen Tag dachte Sarah sorgenvoll über Radley nach, doch am Abend schrieb sie den Brief, in dem sie den Studienplatz annahm, und legte einen Scheck bei. Erst, nachdem sie den Umschlag in den Kasten vor dem Postamt eingeworfen hatte, empfand sie ein Gefühl von Frieden. Die Entscheidung war gefallen.

19

Es war Juli, das Oberhaus hatte sich in die Sommerpause verabschiedet, und die Kellings waren nach Westbury heimgekehrt. In der Kirche saßen die Baileys zwei Reihen hinter der Familienbank der Kellings. Alle drei Kellings waren groß und schmal: Sir Henry mit seinem klugen, ernsten Gesicht und dem grau melierten Haar, die elegant gekleidete Lady Kelling mit ihrer auffälligen Adlernase und zwischen ihnen ihre Tochter Robyn, ein Mädchen in Dianes und Jennifers Alter, deren stilles, blasses Gesicht und farbloses Haar im grauen Licht beinahe gespenstisch wirkten. Sie brachen unmittelbar nach dem Gottesdienst auf und blieben lediglich einen Moment stehen, um ein paar Worte an Reverend Tomms zu richten. Den Bulldocks, die sich draußen gespannt versammelt hatten, um mit ihnen zu reden, nickten sie nur zu. Robyn hängte sich gehorsam an ihre Eltern, zweifellos hatte ihre strenge Mama sie dazu abgerichtet.

Mrs. Bulldock sah ihrem Wagen nach und gab sich die größte Mühe, Ausflüchte für sie zu finden, die, wie Sarah ihr von ihrem enttäuschten breiten Gesicht ablas, in Wahrheit ihre verletzten Gefühle verbergen sollten. »Der arme Mann wirkt wirklich erschöpft«, erklärte sie den Baileys. »Nach allem, was ich höre, macht Lady Kelling sich große Sorgen um ihn. Ständig diese Diskussionen über die internationale Lage bis spät in die Nacht hinein. Diese Deutschen! Und Robyn, na ja, Sie haben das Mädchen ja selbst gesehen, finden Sie nicht auch, dass sie sehr unscheinbar ist? Das arme Ding, es ist ihre zweite Ballsaison, und noch keine Spur einer Verlobung. Was für ein Jammer nach all dem Geld und der Mühe. Ich bin so froh, dass wir bei Jennifer davon abgesehen haben.«

Mrs. Bulldock schien sich nicht bewusst zu sein, dass man, da Jennifer ledig war, eine ähnliche Bemerkung über sie hätte machen können oder dass es taktlos war, diese Themen vor Mrs. Bailey anzusprechen, die zwei unverheiratete Töchter hatte, doch die Baileys hatten sich inzwischen an Mrs. Bulldocks häufige Fauxpas gewöhnt.

»Sind Sie sich sicher, Mrs. Bailey, dass wir Sie nicht für unser Whist-Turnier am kommenden Dienstag interessieren können? Dabei soll Geld für die Missionsschule in Nigeria aufgebracht werden, Sie haben ja gerade eben von Mr. Tomms alles darüber gehört. Die Stevensons leisten dort draußen bei den Heiden so großartige Arbeit, da müssen wir unser Bestes tun, um sie zu unterstützen.«

»Ich fürchte, ich bin am Dienstag bereits verabredet«, log Sarahs Mutter wie schon so oft zuvor, ohne mit der Wimper zu zucken, »aber ich schicke Ihnen eine Spende.« Sarah lächelte in sich hinein. Sie wusste, dass sie ihr Versprechen halten würde, aber nichts auf Gottes Erde würde Belinda Bailey dazu bringen, mit einem Haufen Matronen aus Westbury Whist zu spielen.

Angesichts von Lady Kellings distanziertem Verhalten in der Kirche waren die Baileys erstaunt, als sie von ihr für den nächsten Sonntagnachmittag eine Einladung zum Tee im Herrenhaus erhielten. Natürlich nahmen sie an, aus Höflichkeit, aber auch aus Neugierde. Wer wohl sonst noch dort sein würde? Ein ordentlicher Menschenauflauf, wie sich herausstellte, als die drei Damen durch einen dunkel getäfelten Gang und einen sonnigen Salon voller Vasen mit blauen und rosafarbenen Wicken auf den Rasen hinter dem Haus geführt wurden, wo im Schatten einer Markise der Tee auf mehreren Tischen arrangiert war.

Die Bulldocks waren in großer Zahl vertreten – Sarah hörte Jennifers ansteckendes Lachen schon, bevor sie sie sah –, alle drei Richards' waren gekommen, außerdem Mitglieder zweier oder dreier hiesiger Familien, welche die Baileys noch nicht kennengelernt hatten. Ivor Richards war zusammen mit Robyn Kelling, Jennifer und Jennifers älterem Bruder Bob in ein Krocket-Spiel vertieft. Auch Harry Andrews war da, der fröhliche dunkelhaarige Bursche, den Sarah bei der Silvesterparty der Bulldocks kennengelernt hatte. Diane und sie mochten Harry, der bei jeder Gesellschaft der Bulldocks anwesend war. Durch seine offene, naive Miene und seine freundliche Art war es unmöglich, sich nicht für ihn zu erwärmen. Sarah fiel auf, dass heute die Anwesenheit von Harrys Vater, eines mürrischen, aggressiv wirkenden Mannes, seine normalerweise gute Laune zu dämpfen schien.

»Ich freue mich, Sie endlich zu treffen, Mrs. Bailey. Und diese hübschen Mädchen sind Ihre Töchter? Ich bin entzückt. Meine Frau haben Sie schon kennengelernt, nicht wahr?« Sarah mochte Sir Henry mit seinem ernsten, klugen Blick. »Ich höre, Sie waren draußen in Indien. Es tat mir wirklich leid, das von Colonel Bailey zu hören. Ich kannte natürlich nur seinen Ruf, aber überall wird sein Tod als schwerer Verlust beklagt.«

»Danke, Sir Henry«, sagte Mrs. Bailey leise.

»Ich habe eine Weile in Bombay gelebt, als mein Onkel dort stationiert war«, fuhr er fort. »Das ist jetzt viele Jahre her, aber ich habe diese Zeit nie vergessen. Sagen Sie, Mrs. Bailey, haben Sie und Ihr Mann jemals meinen Cousin …?« Er hakte Mrs. Bailey unter, führte sie zum Teetisch und überließ Sarah und Diane seiner Frau Evelyn, Lady Kelling, die sich von dem Moment an, da sie zum ersten Mal den Mund öffnete, als Snob höchsten Grades erwies.

»Ich hoffe doch, Sie sind glücklich in Flint Cottage? Ich muss sagen, dass wir froh waren zu hören, dass Sie einziehen. Die Watsons waren sehr amüsant, aber doch nicht ganz das Richtige für das Dorf.«

»Sie haben das Haus in einem furchtbaren Chaos zurückgelassen«, warf Diane schüchtern ein, denn sie wollte Eindruck machen.

»Warum überrascht mich das ganz und gar nicht?«

»Wir sind aber sehr zufrieden dort«, beharrte Sarah und empfand eine plötzliche Wärme für die armen Watsons, denen sie nie begegnet war, deren Andenken jedoch aus allen möglichen und falschen Gründen besudelt wurde. »Alle in Westbury waren so hilfsbereit. Insbesondere Mr. und Mrs. Richards und Ihr Gärtner, Mr. Hartmann.«

»Ja, vielleicht war es sogar er, der mir erzählt hat, dass Sie selbst ein wenig gärtnern. Sie haben ein paar Salatköpfe für uns gepflanzt, wie zauberhaft von Ihnen.«

»Keine Ursache. Ich arbeite gern im Garten, aber ich kann nicht behaupten, besonders viel Geschick zu besitzen. Im Unterschied zu Mr. Hartmann weiß ich nicht alles über die verschiedenen Pflanzen. Wie ich höre, sind seine Mutter und er mit Ihnen verwandt. Werden sie heute Nachmittag auch hier sein?«

»Nein.« Lady Kellings Stimme klang eisig. »Für gewöhnlich lädt man seinen Gärtner nicht zum Tee ein, das würde merkwürdig aussehen. Unsere Verwandtschaft ist extrem entfernt. Natürlich hatte Sir Henry ganz recht, als er darauf bestand, dass wir die beiden unterstützen, da Westbury Lodge ohnehin leer stand. Der Zeitpunkt war auch äußerst günstig, da unser vorheriger Gärtner in den Ruhestand ging. Ich hoffe sehr, dass es keinen Krieg geben wird. Das ist wirklich eine höchst unpassende Zeit, um deutsche Verwandte zu haben.«

Sarah traute ihren Ohren kaum. Die Frau war besessen von Äußerlichkeiten und zeigte wenig Anzeichen von Freundlichkeit. Ihr fiel wieder ein, was Margo Richards gesagt hatte: dass Lady

Kelling einst einfach Evelyn Brown gewesen war, als sie Henry, der damals noch kein Sir war, während der ersten Londoner Ballsaison nach dem Krieg kennengelernt hatte. Sie musste sehr anziehend gewesen sein, Sarah erkannte das immer noch an ihren schönen dunklen Augen, der Adlernase und den hohen Wangenknochen. Doch es hieß, Sir Henry liebe sie schon lange nicht mehr. Anscheinend hatten die beiden einmal ein Kind verloren, und die Jahre voller Unglück und Groll mussten alles Gute in ihr zerstört haben.

Sarah stieß einen Seufzer der Erleichterung aus, als Lady Kelling davonrauschte, um ein anderes Opfer aufs Korn zu nehmen.

»Komm, holen wir uns einen Tee«, sagte sie zu Diane. Draußen auf dem Rasen näherte sich das Krocket-Spiel lärmend seinem Ende, und schließlich kamen Ivor und Jennifer lachend die Treppe hinaufgerannt, um sie zu begrüßen.

»Spielt doch nach dem Tee mit uns, Mädchen«, flehte Jennifer, während sie alle ihre Teller mit Sandwiches und Kuchen beluden. »Ivor ist gemein und will nicht mitmachen.«

»Ich habe genug davon, mich von dir besiegen zu lassen«, erklärte Ivor und suchte sich ein riesiges Stück gefüllten Biskuitkuchen aus. »Außerdem will ich mich mit Sarah unterhalten.«

»Dann spielst du aber mit, Diane, ja? Bob ist nicht zu gebrauchen, du schlägst ihn mit Leichtigkeit.«

»Na schön«, sagte Diane, und ihre Miene hellte sich auf, »aber ich fürchte, ich bin auch nicht besonders gut.« Innerlich segnete Sarah Jennifer für ihre seltene Gabe, Menschen das Gefühl zu vermitteln, erwünscht zu sein.

Nach dem Tee sahen Sarah und Ivor von der Terrasse aus eine Weile bei dem Spiel zu und amüsierten sich über Bobs Angeberei und Jennifers gespielten Ärger. Diane schlug einen geschickten Ball und riss zufrieden die Augen auf, als sie zusah, wie er durch ein Tor schoss und Jennifers Ball aus dem Weg stieß.

»Gut gemacht, Diane!«, rief Sarah erfreut aus. Abgesehen von

Lady Kellings' Bemerkungen war der Nachmittag in diesem frischen Juli-Garten vollkommen perfekt. Der mit grobem Zucker bestreute Zitronenkuchen schmeckte köstlich, und es war wunderschön mitanzusehen, wie die Sonne durch die Fontäne des Springbrunnens schien und sich das hübsche alte Haus im warmen Licht aalte. Diane wirkte glücklich, und ihre Mutter genoss die angeregte Plauderei mit einer fröhlichen Gruppe von Männern, Sir Henry eingeschlossen. Ivor, der neben ihr am Tisch saß – Sarah warf ihm einen Blick zu –, rauchte und verfolgte lächelnd das Krocket-Spiel, und wieder ging ihr auf, wie gut er aussah. Heute wirkte er selbstbewusst und entspannt. Sie bemerkte die ansprechende Form seines Kiefers und die Kraft und Feinfühligkeit der Hand, mit der er die Zigarette hielt, und ein warmes Gefühl stieg tief in ihr auf. Als würde er darauf reagieren, wandte er den Kopf und sah ihr in die Augen, und dann fand seine Hand die ihre und drückte sie sanft, als wäre es das Natürlichste auf der Welt.

Sarah saß ganz still, denn ihr war klar, dass ohne ihr bewusstes Zutun so etwas wie eine Übereinkunft zwischen ihnen zustande gekommen war. Sie war sich nicht sicher, was sie jetzt anfangen sollte und ob sie das überhaupt wollte. Sie sah auf ihre Hand hinunter, die in seiner lag, und zog sie ganz behutsam zurück.

Als es kühler wurde, wurde der Tee abgeräumt, und eine jähe kalte Brise ließ die Tischtücher hochfliegen. Wie auf ein unsichtbares Zeichen hin brachen die Gäste auf. »Auf Wiedersehen, auf Wiedersehen.« Lady Kelling schien froh zu sein, dass sie gingen, dennoch zeigte sich Sir Henry deutlich herzlicher, schüttelte allen die Hand und wünschte ihnen alles Gute. Die Bailey-Damen und die Richards' brachen gemeinsam auf, doch Ivor ließ sich zurückfallen, um neben Sarah zu gehen. Er machte sie auf einen schmalen Weg aufmerksam, den sie zuvor nicht bemerkt hatte. Er verlief versteckt im Schatten der hohen Mauer des Küchengartens.

»Lass uns dort entlanggehen. Ich möchte dir etwas zeigen.«

»Findest du, dass wir das tun sollten?« Sarah sah zurück zum Herrenhaus, aber die Tür war jetzt verschlossen, und niemand schien sie zu beobachten.

»Ja, natürlich, warum nicht?« Sie bedeutete ihrer Mutter, was sie vorhatte, und folgte Ivor dann den verborgenen Weg entlang, an dem die Mauer grün vor Moos und Farn war. Bald verließen sie die Parklandschaft und drangen in ein verworrenes Dickicht ein, wo Sarah schlammigen Stellen auf dem Pfad ausweichen musste. Rundherum wuchsen Bäume, sodass es immer düsterer wurde. Mit einem Mal blieb Ivor stehen. Der Weg war mit einem Gewirr von Stacheldraht abgesperrt. Dahinter erstreckte sich eine Wasserfläche, über der hohe Bäume hingen und sie vor dem Wind schützten. In der Luft darüber summten Fliegen. Geheimnisvolle Lichtstrahlen tanzten auf der pechschwarzen Oberfläche und ließen aufsteigende Wasserblasen in Regenbogenfarben aufleuchten.

»Wolltest du mir das zeigen?«

»Ja, das ist der alte Fischteich des Herrenhauses. Es ist ein ganz besonderer Ort, zu dem ich oft gegangen bin, als ich jünger war. Ziemlich stimmungsvoll, fand ich immer. Es leben noch Fische darin – gleich siehst du bestimmt einen.« Sie schauten zu, wie eine Bewegung in der Mitte des Teichs kleine Wellen über die ansonsten reglose, spiegelglatte Wasseroberfläche laufen ließ. »Niemand sonst kommt hierher. Soweit ich weiß, nicht einmal die jungen Burschen aus dem Dorf. Wegen des Geistes, sagen sie.«

»Ein Teich, an dem es spukt. Also wirklich, Ivor.« Aber ihr Lachen klang an diesem Ort verkehrt, als hätte sie gegen ein ungeschriebenes Gesetz verstoßen.

»Ich habe noch nie etwas gesehen, aber ich zeige dir das hier, weil es dir helfen wird, die Kellings zu verstehen. Weißt du, hier ist es passiert. Sie hatten einen kleinen Sohn, Henry, ihr Erstgeborener. Er ist hier ertrunken, als er vier oder fünf war. Man erzählt sich, er sei seiner Nanny davongelaufen. Er ist gern hergekommen, um die Fische zu beobachten. Wahrscheinlich hat er sich zu weit vorgebeugt, um einen zu fangen. Jedenfalls waren sie am Boden zerstört, wie du dir vorstellen kannst. Ihr Sohn und Erbe. Also haben sie jetzt keinen Knaben, der den Titel oder den Besitz erben könnte, und die Leute behaupten, sie gäben sich gegenseitig die Schuld. Traurig, nicht wahr?«

»Furchtbar«, hauchte Sarah. »Einfach grauenhaft.« Aus den Tiefen ihrer Erinnerung stieg ungebeten ein Bild auf. Ein Vorhang aus feinem weißen Stoff wogte in einem Luftzug. Das Schluchzen und Klagen einer Frau. Und mit einem Mal drückte Sarah eine so heftige Trauer nieder, dass sie die Tränen kaum zurückhalten konnte. Panik stieg in ihr auf, und sie wandte sich abrupt von dem Teich und von Ivor ab. Warum tat er das? Wie konnte er nur so grausam sein?

»Sarah? Geht es dir gut, Sarah?« Er umfasste ihre Schultern. Sie schüttelte seine Hände ab, stolperte zurück auf den Weg und eilte davon. Sie beschleunigte die Schritte, bis sie schließlich rannte.

»Aber was habe ich denn gesagt?« Er lief ihr hastig nach.

Sie fuhr herum und starrte in sein verwirrtes Gesicht. »Erinnerst du dich denn nicht?«, zischte sie. Einen Moment lang überlegte sie verwundert, ob ihm nie jemand davon erzählt hatte, aber das konnte nicht sein. »Peter. Du musst doch von Peter gehört haben.«

Sie sah, wie Entsetzen auf Ivors Miene trat. »Oh Gott, ja, doch. Tut mir leid, Sarah, ich hatte das vollkommen vergessen. Ich hätte nicht … Ich wollte nicht … Sarah!«

Vor Qual ballte sie die Fäuste, ging schneller und erreichte den Schatten der Gartenmauer. Dort bog sie auf die Straße ab und prallte gegen die nur allzu reale Gestalt Pauls, der mit einer Hacke über der Schulter aus dem Küchengarten kam.

»Oh! Sarah!« Er hielt sie fest. Keuchend und verwirrt stand sie da, als Ivor um die Ecke gepoltert kam. Bei Sarahs und Pauls Anblick blieb er wie angewurzelt stehen, und seine bestürzte Miene verdüsterte sich vor Zorn.

»Lassen Sie sie los, Hartmann. Ich habe die Lage vollkommen unter Kontrolle.«

»Wenn Sie es sagen.« Paul nahm die Hand von Sarahs Arm und warf Ivor einen scharfen Blick zu, der seine sanften Worte Lügen strafte. »Geht es Ihnen gut, Sarah? Bedaure, ich habe Sie nicht kommen sehen.«

»Mir geht es vollkommen gut, danke. Danke Ihnen beiden«, stieß Sarah mit stockender Stimme hervor. »Ich sollte jetzt wirklich nach Hause gehen. Es war ein großartiger Nachmittag, Ivor, aber wir verabschieden uns hier.«

»Ich bringe dich noch bis zum Tor.«

»Nein, ich finde den Weg allein. Wirklich.« Sie wusste nur, dass sie allein sein wollte. Als sie den Hügel hinabging, war sie sich bewusst, dass die beiden Männer ihr nachsahen.

Ihre Füße trugen sie wie von selbst nach Hause, denn ihre Gedanken überschlugen sich so heftig, dass sie nichts von ihrer Umgebung wahrnahm. Der flatternde Vorhang und die weinende Frau waren alles, was sie noch von dem Tag wusste, an dem ihr kleiner Bruder gestorben war, aber die Trauer, die die Erinnerung aufsteigen ließ, reichte tief. Es war ihr gelungen, viele Jahre nicht mehr daran zu denken, aber der stille Teich, der Mückenschwarm, der über der Oberfläche geschwebt hatte, und Ivors tragische Erzählung hatten den Kummer und die Verwirrung erneut aufgewühlt. Sie war im Bett aufgewacht, hatte gesehen, wie der Vorhang sich blähte, und den Aufruhr vor ihrer Zimmertür gehört. An jenem Morgen war das Baby einfach nicht aufgewacht, und das Weinen der Ayah hatte durch den Bungalow gehallt.

So viele Jahre war das jetzt her, und sie konnte sich nicht daran erinnern, Peters Namen noch einmal gehört zu haben. Sie erinnerte sich nicht an seine Beerdigung und vermutete, dass sie nicht dabei gewesen war. Ihr Vater hatte sich mit ihr hingesetzt, Diane aufs Knie genommen und den beiden erklärt, Peter sei im Himmel, wo er mit den Engeln spiele. Lange hatte sie dieses schöne

Bild von ihrem Bruder mit sich getragen, wie er mit träumerischem Blick und umgeben von tollenden geflügelten Engeln lächelnd im Gras lag. Vielleicht hatte ihre Mutter mit ihr geredet, als es passiert war, aber wenn dem so war, dann erinnerte sie sich nicht daran. Einmal hatte sie im Internat in England *Peter Pan* gelesen und zur Verwirrung der anderen Mädchen unkontrollierbar zu schluchzen begonnen, als sie zu der Szene kam, in der Peter nach Hause zurückkehrt, aber feststellt, dass seine Mutter, die ihn vergessen hat, ihn aussperrt.

Sie hatte keine Ahnung, wie ihre Mutter mit dieser Trauer zurechtgekommen war. Im Wesentlichen war Mrs. Baileys Reaktion auf die Probleme des Lebens praktischer Art und bestand darin, sich in alltägliche Aufgaben zu stürzen. Einige Menschen fanden das bewundernswert. Daher hatte sie es auch abgelehnt, die typisch indische Witwe zu verkörpern, in Abgeschiedenheit zu warten und zu hoffen, in Indien einen neuen Mann zu finden – und Sarah hegte nicht den geringsten Zweifel daran, dass sie einen gefunden hätte, ihre Mutter genoss große Bewunderung. Stattdessen hatte Mrs. Bailey die gefährliche internationale Lage erfasst und die vernünftige Entscheidung getroffen, mit den Mädchen sofort nach England zurückzukehren.

Als Sarah Flint Cottage wieder erreichte, wurde sie von angenehmer Beschaulichkeit empfangen. Ihre Mutter und Schwester saßen müßig im Garten, während Ruby im Esszimmer für das Abendessen deckte.

»Wohin warst du denn verschwunden?«, fragte Mrs. Bailey und drückte ihre Zigarette aus.

Sarah ließ ihren Hut auf den Tisch fallen und sank auf einen freien Stuhl. »Ach, nur spazieren mit Ivor«, erklärte sie und sah misstrauisch, wie die Augen ihrer Mutter interessiert aufleuchteten.

»Mein Patensohn hat sich sehr gut gemacht, finde ich, und er hat gute Zukunftsaussichten. Ich könnte mir vorstellen, dass viele junge Frauen ihn als gute Partie betrachten würden.«

Sarah warf ihrer Mutter einen verärgerten Blick zu. »Wahrscheinlich hast du recht«, sagte sie nur. In solchen Dingen hatte sie sich ihrer Mutter noch nie anvertraut, und sie würde jetzt nicht damit anfangen. Neben ihr warf Diane mit einem tief empfundenen Seufzer ihre Zeitschrift beiseite und ging ins Haus.

Ivor Richards. Interessierte sie sich nun für ihn oder nicht?, fragte sich Sarah, während sie nach dem Abendessen das Rosenbeet jätete. Sie sog den süßen Duft der riesigen weißen Blüten ein und dachte über die Angelegenheit nach. Er war attraktiv, und deswegen fühlte sie sich zu ihm hingezogen, doch manche Züge an ihm irritierten sie. Es gefiel ihr nicht, wie er Paul Hartmann behandelte – als sei der Deutsche minderwertig –, und sie fürchtete, dass etwas, vielleicht die Erwartungen seines enttäuschten Vaters, sein Selbstwertgefühl verletzt hatte.

Manchmal wunderte sie sich über ihre kühle Reaktion auf die meisten Männer. In Indien hatte sie mehrere Verehrer gehabt – natürlich, das Land war voller heißblütiger Junggesellen, die sich verzweifelt nach einer englischen Braut sehnten –, doch der einzige Mann, in den sie sich verliebt hatte, war zehn Jahre älter als sie gewesen und ein faszinierender, aber zynischer Mensch, dessen Gefühle für sie nicht so stark gewesen waren wie die ihren für ihn. Sie hatte sich ihm hingegeben und dann tapfer und still für sich mit ihren verletzten Gefühlen gerungen. Vielleicht hatte er sie ja auf alle Ewigkeit für die Männerwelt verdorben.

Im Garten wurde es langsam dunkel. Sie schlug nach einem Schwarm Mücken, und als sie aufblickte, sah sie Diane, die sie aus nächster Nähe beobachtete und ein wollenes Tuch eng um die schmalen Schultern gelegt hatte.

»Komm herein und spiel Bézique mit mir, Saire.« Diane liebte Karten- und Brettspiele.

»Gleich. Bau doch schon einmal den Kartentisch auf.«

»Gut. Also, diese Blüten sind wunderschön, so rein.« Diane

streckte die Hand aus und berührte eine voll erblühte Rose. »Oh«, schrie sie auf, als ihre Blütenblätter zu Boden schwebten. »Habe ich das getan?«

Ihre Stimme klang so gequält, dass es ihrer Schwester das Herz zerriss. »Mach dir keine Gedanken, Diane. Ihre Zeit war gekommen, nichts weiter.«

Wie üblich ängstigte Sarah die Sensibilität ihrer Schwester. Was würde passieren, wenn sie fortging, um das College zu besuchen? Wie würde Diane dann überleben? Der vernünftige Teil von ihr setzte sich durch. Natürlich würde es ihr gut gehen. Diane hatte schließlich Freunde – Jennifer und Bob Bulldock und deren Kreis. Trotzdem hatte Diane etwas sehr Kindliches an sich. In Indien hatte ihre blasse, zarte Schönheit den einen oder anderen Mann von der falschen Sorte angezogen, Rüpel oder Effeminierte. Ihr Vater, der sie stets verteidigt hatte, hatte dafür gesorgt, dass einer davon tausend Meilen weit versetzt wurde, nur um Diane die flegelhaften Aufmerksamkeiten des Mannes zu ersparen. Diane war ein weiterer Grund für Mrs. Baileys Entscheidung gewesen, nach England zurückzukehren. Wenigstens wusste man, was für Familien in Norfolk lebten.

»Wo warst du heute mit Ivor?«, fragte Diane. Sie sah auf das Blütenblatt in ihrer Hand hinunter und fuhr mit dem Daumen leicht über seine weiche Mulde.

»Er hat mir einen alten Fußweg gezeigt, der zu einer ziemlich verlassenen Stelle führt, Westburys altem Fischteich, weißt du, wo die Lords aus dem Herrenhaus ihren Fisch gezogen haben. Heute ist er allerdings nicht mehr in Gebrauch. Geh bloß nie dorthin, Liebes. Ich fand ihn ziemlich unheimlich.« Sie beschloss, ihr die Geschichte von dem ertrunkenen Kelling-Jungen vorzuenthalten. »Di«, sagte sie stattdessen unvermittelt, »weißt du eigentlich noch viel von Peter?«

Als Diane aufsah, wirkte ihr Blick aufgewühlt, dann trat ein gelassener Ausdruck in ihre Augen. »Unserem Bruder? Nein, nicht wirklich. Ich war damals erst drei, oder? Etwas stimmte nicht mit ihm. Deswegen ist er gestorben, nicht wahr?«

»Ich glaube, er war nicht ... wie andere Babys.«

»Er hat sich nicht aufgesetzt oder ist gekrabbelt, oder?«

»Nein. Armer kleiner Kerl.« Sarah erinnerte sich, wie sie sein seidiges braunes Haar berührt hatte und wie er aus seinem Kinderwagen wie in stiller Verwunderung zu ihr aufgesehen hatte, und tief in ihr rührte sich Trauer.

»Dann war es doch eigentlich gut, dass er gestorben ist.«

»Oh, Diane! Du bist ...« Vielleicht hatte Diane recht. Vielleicht hatte es deswegen so ausgesehen, als akzeptierten ihre Eltern seinen Tod. Sie versuchte, sich ihre Mutter mit einem älteren, sogar einem erwachsenen Peter vorzustellen, und brachte es nicht fertig. Natürlich gab es Anstalten, die ihn aufgenommen hätten. In England jedenfalls. Sie hatte keine Ahnung, was in Indien aus ihm geworden wäre, und mochte nicht darüber nachdenken. Die Menschen dort mussten so furchtbare Zustände ertragen.

Diane ließ das Blütenblatt fallen. »Ich gehe die Karten auslegen«, erklärte sie. »Bleib nicht so lange draußen, ja, Saire?« Sarah sah zu, wie sie leichten Schritts durch die Abenddämmerung davonging, und stand einmal mehr ratlos vor den Stimmungsumschwüngen ihrer Schwester.

»Es ist nur eine Frage der Zeit.« Anfang August, und wieder einmal war Ivor zu Besuch. Am Samstagnachmittag saßen Sarah und er bequem auf Stühlen im Schatten und tranken Mrs. Allmans ausgezeichnete Limonade. Diane war bei den Bulldocks, und Mrs. Bailey half Ruby im ersten Stock, eine Mottenplage in einer Kleidertruhe zu bekämpfen. Ivor hatte Sarah beim Pflücken von schwarzen Johannisbeeren angetroffen und ihr geholfen, bis sie ihn schalt, weil er zu viele davon aß. Außerdem war es ohnehin zu heiß geworden, daher entschieden sie, dass sie genug Beeren für das Abendessen hatten, und machten Schluss.

Ivor war fast einen Monat fort gewesen, und da er kein großer Briefeschreiber war, konnten sie sich zum ersten Mal seit einiger Zeit richtig austauschen.

»Wer glaubt, ein Krieg könne vermieden werden, macht sich etwas vor. Sieh dir doch Hitlers Annäherungsversuche gegenüber Russland an. Offensichtlich werden sie zusammen gegen Polen vorgehen, und dann sind wir verpflichtet, unsere Zusagen einzuhalten. Glaub mir, diese Übungen mit den Verdunklungsvorhängen und so weiter sind nur der Anfang. Bald geht es richtig los.«

»Jennifers Vater beharrt immer noch darauf, dass es nicht so weit kommen wird. Er ist überzeugt davon, dass Hitler keinen Krieg gegen uns sucht und uns nicht als Feind betrachtet.«

»Wenn das so ist, dann sendet der Führer die falschen Signale. Was hatte denn sein Graf Zeppelin vor der Küste von Lowestoft zu suchen? Wollte er den Tag am Strand verbringen?«

Sarah lachte und wurde dann wieder ernst. *Wenn es Krieg geben sollte ...* Sie wusste, dass sie nicht selbstsüchtig an ihr eigenes Leben denken sollte, aber dann könnte sie nicht aufs College gehen. Dann würde sie sich der Landarmee anschließen, schoss es ihr durch den Kopf. Das dürfte allerdings nicht weit weg von zu Hause sein.

Als sie aus ihren Gedanken auftauchte, stellte sie fest, dass Ivor sie ansah. Seine großäugige Miene wirkte, als wappne er sich dafür, etwas Wichtiges zu sagen.

»Was ist, Ivor?« Sie fragte sich, ob sie ihn beleidigt hatte. Manchmal fiel es ihr schwer, sich bei ihm natürlich zu benehmen. Sie konnte nicht einfach sagen, was ihr in den Sinn kam, wie bei ihrem Vater. War sie so ein Mädchen? Der Typ, der nie heiraten würde, weil sie verliebt in ihren Vater war? Angesichts dieses unsinnigen Gedankens lächelte sie in sich hinein.

Ivor setzte zum Sprechen an und hielt dann wieder inne. Fasziniert sah sie zu, wie er die Wangen aufblies und ein entschlossener Ausdruck auf sein Gesicht trat. »Ich habe nachgedacht, Sarah. Also, es ist so. Wenn der Krieg ausbricht und ich fortgehen muss, nun ja, dann würde ich gern denken, dass zu Hause ein Mädchen auf mich wartet. Und wenn du dieses Mädchen wärest, dann, keine Ahnung, aber dann wäre ich der glücklichste Mann auf der Welt.« Seine Entschlossenheit war größtenteils verflogen, und stattdessen ging Sarah auf, wie nackt und verletzlich seine Miene wirkte. Seine Augen glänzten vor Rührung, und er runzelte angespannt die Stirn. Sie wollte ihm nicht wehtun, aber ihr wurde auch klar, dass sie nicht wollte, was er ihr anbot.

»Ivor«, sagte sie und versuchte, behutsam zu sein, »noch haben wir keinen Krieg und müssen nichts überstürzen. Wir kennen einander noch nicht lange, und … Es fühlt sich für mich noch nicht richtig an.«

»Nein, du bist noch nicht lange in Westbury, aber wir wissen doch schon unser Leben lang voneinander. Unsere Familien stehen sich so nahe … Und meine Eltern sind einverstanden. Sie würden sich sogar sehr freuen.«

»Das würde meine Mutter auch«, räumte Sarah seufzend ein, »aber wir können nicht immer tun, was unsere Eltern wollen.« Vor Ungeduld schnürte sich ihre Brust zusammen, und ihr wurde die Luft knapp.

»Sarah, bitte, hör mir zu –«

»Nein, Ivor, nicht.« Sie fuhr hoch, sodass ihr Rock flog, begann auf der Terrasse auf und ab zu gehen und versuchte, ihren Frust zu beherrschen. Jetzt hatte sie Pläne geschmiedet, um ihr eigenes Leben zu bestimmen, doch immer wieder kamen Familienpflichten dazwischen und erstickten ihre Versuche, sich unabhängig zu machen.

Sie wurde des Umherlaufens müde und setzte sich wieder auf ihren Stuhl, wo sie die Knie hochzog und die Arme darum schlang. »Ich brauche Zeit«, sagte sie, um ihn hinzuhalten, aber sie konnte es kaum ertragen, ihn anzusehen, denn sie wusste, ihm würde die Enttäuschung ins Gesicht geschrieben stehen.

Trotz allem, was die Leute redeten, kam der Krieg. An jedem Tag im August spürten die Bewohner von Westbury, wie er unaufhaltsam näher rückte. Eines Morgens tauchten vor dem Gemeindesaal Stapel von Sandsäcken auf. In der Diele hingen die Gasmasken für den Haushalt der Baileys wie Unglücksboten. Fremde mit schroffen Stimmen klopften zu jeder Uhrzeit an die Haustür, stellten unverschämte Fragen über ihre Verhältnisse und hakten Listen ab. In den Läden und den Schlangen an den Bushaltestellen summte die Luft vor Gerüchten über Luftangriffe und Spione.

Dann kam ein Sonntag Anfang September, an dem die Landleute mit ernsten Gesichtern in der Kirche saßen. Mr. Tomms betete um Frieden, doch als sie durch den herrlichen Sonnenschein nach Hause zurückgekehrt waren, hörten sie im Radio, dass Großbritannien Deutschland den Krieg erklärt hatte.

20

Im Garten der Sandbrooks verlangten die sanften, welligen Formen der schlafenden Göttin geradezu nach Brionys Berührung. Das gelassene Gesicht der sich zurücklehnenden Statue rührte etwas tief in ihrem Inneren an und löste ihre gewohnte Verspannung.

»Sie vermittelt mir ein Glücksgefühl«, sagte sie und drehte sich zu der Erschafferin der Skulptur um. Tina Sandbrook war vollkommen anders, als Briony sich Lukes Mutter vorgestellt hatte. Sie war davon ausgegangen, dass sie, nun ja, mütterlich und konventionell gekleidet sein würde, und Tina war alles andere als das.

»Schön, das soll sie auch.« Tina Sandbrooks kluge blaue Augen ähnelten denen ihres Sohns, doch abgesehen davon wirkte sie so zart wie ihre Tochter, Lukes jüngere Schwester Cherry, deren lachendes Gesicht auf einer Reihe von Schnappschüssen von ihr, ihrem Partner Tristan und ihren kleinen Zwillingssöhnen strahlte, die den Kühlschrank der Sandbrooks schmückten. Tina war mittelgroß, zierlich und besaß schulterlanges aschblondes Haar, das auf einer Seite von einer pinken Strähne durchzogen wurde. Trotz ihres Alters erinnerten ihr weites, ärmelloses Oberteil, der geblümte Rock und die Riemchensandalen an ihren schmalen gebräunten Füßen Briony an ein Blumenkind aus den Sechzigern. Wenn sie sich bewegte, klirrten ihre Glasperlen und Armreifen angenehm wie Windspiele. Es hingen auch ein paar richtige Windspiele von den Balken des winzigen Cottages, fiel Briony auf, während sie über die verschlungenen Wege des Gartens schlenderte und Tinas kleine Bronzestatuen bewunderte: ein halbes Dutzend Darstellungen gelassener, glücklicher Fraulichkeit. Sie waren hier tief auf dem Land. Mauerschwalben schossen durch die Luft des frühen Abends, in der Gartenhecke reiften Brombeeren, und ein Rotkehlchen zwitscherte aus Leibeskräften.

Tina blieb stehen, um verwelkte Blüten von einer Topfpelargonie abzuzupfen. »Es war so befreiend hierherzuziehen, Briony«, sagte sie. »Ich dachte, ich würde London und meinen Lehrerberuf vermissen, aber das habe ich nicht, nicht wirklich. Ich habe in kurzer Zeit so viel erreicht. Auch Roger tut es gut, obwohl es ihm ein wenig zu ruhig ist. An dieser Schule hat er sich aufgerieben und versucht, jemand zu sein, der er nicht war, und er kam mit der neuen Schulleiterin und ihren neumodischen Ideen nicht zurecht.«

Durch die offenen Glastüren konnte Briony Roger Sandbrook erkennen, der mit Luke und Aruna im Wohnzimmer saß, und sie hörte sein tiefes, unbekümmertes Lachen, das dem seines Sohns so sehr ähnelte. Dann trat Luke mit einer Flasche Sekt nach draußen und verzog konzentriert das Gesicht, während er den Korken vorsichtig hochzog, bis er mit einem leisen Knall herausschoss.

»Wohlgetan, Bursche«, rief sein Vater, als Luke wieder nach drinnen ging. Interessant, wie Menschen durch ihren Beruf geprägt wurden. Niemand, der Roger Sandbrook hörte, konnte daran zweifeln, dass er Englisch und Theater unterrichtet hatte. Einen Moment später trat er feierlich mit einem Tablett voller Kristallflöten heraus, in denen das hellgoldene Nass perlte. Genau wie bei Luke umrahmte lockiges Haar seine hohe Stirn, doch Rogers Haar war von Grau durchzogen, und Lukes Augenbrauen würden zweifellos eines Tages so buschig wie seine werden. Sie unterschieden sich allerdings in ihrer Persönlichkeit. Roger war ein überschwänglicher Mensch und freundlich. Luke war sanfter, aber ebenso liebenswürdig.

Aruna trat mit ihrem Glas zu ihnen heraus. *Sie ist stiller als sonst*, dachte Briony und fragte sich, ob sie Lukes Eltern erdrückend fand. Sie vermittelten in allem den Eindruck, dass sie die Freundin ihres Sohnes gern mochten, daher fand Briony das verwirrend.

»Worauf trinken wir?«, fragte Luke, als alle ein Glas hatten.

»Wie wäre es mit dem Wein und den Frauen und damit, dass wir nie die Freude an beidem verlieren mögen?«

»Darauf werden die Mädchen nicht anstoßen, Dad!«

»Dann eben auf gute Gesundheit und Glück. Es ist schön, Sie bei uns zu haben, Briony.«

Lachend dankte Briony ihm und trank. Durch den Champagner fühlte sie sich so leicht wie eines der Wattewölkchen, die am Himmel dahinzogen. Der Abend war so warm und schön und der Garten mit Tinas exotischen Skulpturen ein so unerwartetes Vergnügen, dass sie spürte, wie eine große Zufriedenheit in ihr aufstieg.

»Haben Sie es in Ihrem Ferienhaus auch gemütlich?«, fragte Roger. »Wie ich höre, liegt es auf dem Gelände des alten Herrenhauses.«

»So ist es. Manche Leute finden es vielleicht heruntergekommen, aber für mich ist es genau richtig. Ich mag ein wenig Atmosphäre.«

»Eine positive, hoffe ich?«, erkundigte sich Tina.

»Richtige Gespenster gibt es, glaube ich, nicht. Ab und zu wache ich auf und meine, etwas gehört zu haben, aber das sind wahrscheinlich nur die Holzwürmer.«

Darüber lachten alle. »Ich finde, es sieht aus wie ein Hexenhaus«, meinte Aruna. »Ihr wisst schon, das Lebkuchenhaus, von dem Hänsel und Gretel sich ein Stück abgebrochen haben, und dann hat die Hexe sie gefangen.«

»Bist du eine Hexe, Briony?«, fragte Luke lächelnd.

Aruna zog einen kleinen Flunsch. »So schlau wie eine ist sie jedenfalls.«

»Danke, Aruna!«, sagte Briony und versuchte, die Bemerkung mit einem Lachen abzutun, obwohl sie sich ein wenig verletzt fühlte. »Vergiss nicht, was es früher bedeutet hat, eine Frau als Hexe zu bezeichnen. Als Nächstes wirst du mich noch für alle Leiden der Gesellschaft verantwortlich machen und verlangen, mich in einen Teich zu werfen und aufzuhängen, wenn ich nicht untergehe.«

»Wurden Hexen nicht normalerweise verbrannt?«, fragte Luke ernst.

»Hängen war verbreiteter.«

»Was würden Sie vorziehen, Briony, gehängt oder verbrannt zu werden?«, fragte Roger belustigt.

»Das ist ein furchtbares Gespräch, und ich kann mir das nicht länger anhören.« Tina stellte ihr leeres Glas auf das Tablett und hielt sich kurz die Ohren zu. »Ich bringe das Essen auf den Tisch.«

»Brauchen Sie Hilfe?«, fragte Briony, die eine Fluchtmöglichkeit sah. Lieber wollte sie Tina etwas besser kennenlernen.

»Wir packen alle mit an, nicht, Aruna?«, sagte Luke und schlang einen Arm um die Taille seiner Freundin. Lächelnd schmiegte sie sich an ihn.

»Danke euch, aber ich komme zurecht«, sagte Tina. »Eigentlich muss ich nur noch alles auf dem Tisch platzieren, und dafür leihe ich mir Briony aus.«

Briony wurde mit Ofenhandschuhen sowie der Verantwortung für eine schön gebräunte Tarte mit Lachs und Brokkoli ausgestattet, von der köstlich duftender Dampf aufstieg. Vor ihr standen Tonschalen mit Salat und warmem Kräuterbrot, das Roger frisch gebacken hatte. Briony liebte das Innere des Cottages, an dessen Wänden entweder vom Boden bis zur Decke Regale standen, die mit Büchern in unterschiedlichen Formaten vollgestopft waren, oder leuchtend bunte abstrakte Gemälde hingen. Die Männer allerdings mussten wegen der niedrigen Türen den Kopf einziehen, als sie zum Abendessen hereinkamen. Der große Tisch füllte das gemütliche Esszimmer fast vollständig aus. Durch das Sprossenfenster sah man auf einen Hohlweg hinaus, wo die Abendsonne durch die vom Wind bewegten Buchen schien und immer neue Muster aus zuckenden Schatten schuf.

»Aus welchem Teil des Landes kommen Sie, Briony?«, fragte Tina, nachdem sie zu essen begonnen hatten. »Ich meine, ich weiß, dass Sie jetzt in London leben, aber sind Sie auch dort geboren?«

»Hmm, dieser Lachs ist köstlich. Nein, ich bin in Surrey zur Welt gekommen. In einem Ort namens Birchmere, von dem niemand je gehört hat und in dem nie etwas passiert. Die Eltern meines Dads sind dort aufgewachsen, und die meiner Mum sind nach dem Krieg dort hingezogen. Anscheinend stammte Grandpa Andrews aus dieser Gegend hier – der eigentliche Grund, aus dem ich hergekommen bin. Wahrscheinlich hat Luke Ihnen davon erzählt.«

»Nur die groben Umrisse, nicht wahr, Luke?«

»Ich dachte, du würdest es gern selbst erzählen, Briony«, sagte Luke.

Sie berichtete ausführlicher von dem Film, den sie in Italien gesehen hatten, und den Briefen, die man ihr überlassen hatte.

»Ich arbeite mich gerade durch und tippe sie ab, aber ich komme nur langsam voran. Sie sind interessant, weil sie einen Einblick in das Leben hier zu Beginn des Krieges geben. Sarah hat mit ihrer Mutter und ihrer Schwester in dem Dorf Westbury gelebt.«

»Und wer war dieser Mann, dem sie geschrieben hat?«

»Paul Hartmann. Er war auf dem Anwesen als Untergärtner beschäftigt, aber die greise Dame, die wir gestern auf Westbury Hall kennengelernt haben, sagte, seine Mutter sei eine entfernte

Verwandte der Familie gewesen. Das wirklich Erstaunliche ist, dass Paul und seine Mutter in dem Cottage lebten, in dem ich mich eingemietet habe. Sie waren Deutsche. Nun ja, Pauls Mutter war Engländerin, aber sie hat den größten Teil ihres Lebens in Deutschland verbracht.«

»Eines verstehe ich nicht, wenn er Deutscher war«, meinte Luke. »Hätte er dann wirklich mit der britischen Armee in Italien gekämpft?«

»So etwas ist schon vorgekommen«, erklärte Briony ihm, »aber es muss für Menschen wie ihn eine unglaublich schwierige Entscheidung gewesen sein. Ich meine, selbst wenn man davon überzeugt war, dass der Nationalsozialismus vernichtet werden musste, hätte man trotzdem auf seine Landsleute schießen müssen.«

Tina nickte, ihre Miene wirkte aufgewühlt. Wie sich herausstellte, war sie ein sehr empathischer Mensch, der sich vieles zu Herzen nahm, und Briony fand sie immer sympathischer.

»Und worüber hat Sarah an Paul geschrieben? Glaubst du, die beiden waren ein Paar?«

»Von Sarahs Seite aus, der einzigen, die wir haben, würde ich Nein sagen, nur Freunde. Aber ich habe noch nicht alle Briefe gelesen.«

»Sie brauchen die Briefe, die Paul ihr zurückgeschrieben hat«, sagte Roger.

Briony nickte mit vollem Mund. »Schön wär's«, meinte sie schließlich, »aber ich bin mir nicht sicher, wo ich danach suchen soll. Das Archiv in Norwich hat nichts. Wahrscheinlich könnte ich die Kataloge im Kriegsmuseum durchkämmen, aber das Beste wäre wohl, lebende Familienmitglieder zu finden.«

»Viel Glück dabei jedenfalls«, sagte Roger. »Und bei der Suche nach Ihrem Großvater.«

»Danke. Er hieß Harry Andrews.«

»Wir kennen einen Andrews, nicht wahr?«, fragte Tina ihren Mann.

»Ach ja?«

»Der Name ist sehr verbreitet«, sagte Briony entschuldigend.

»Dieser Mann, mit dem wir uns bei der Weinprobe unterhalten haben«, fuhr Tina fort. »In der Nähe von Westbury gibt es einen sehr netten Hofladen, Briony. Er hat ein Café und bietet Veranstaltungen an.«

»Jetzt erinnere ich mich. Der Wein war nicht übel, wir haben eine gemischte Kiste davon gekauft. Hieß er Jim oder Tim Andrews?«

»David«, antwortete Tina prompt. Roger und sie sahen Briony triumphierend an.

»Danke«, sagte sie und lächelte angesichts ihres Eifers. »Es besteht natürlich immer die Möglichkeit, dass er mit mir verwandt ist. Ich frage mich, wie ich ihn erreichen kann.«

21

Als Briony spät an diesem Abend Westbury Lodge aufschloss, lag ein dicker Umschlag auf der Fußmatte. Darauf stand ihr Name, Miss Briony Wood, mit einem richtigen Füllfederhalter geschrieben, und er war eigenhändig zugestellt worden. Sie drehte ihn um, schob einen Finger unter die Lasche und zog eine gedruckte Broschüre mit dem Titel *Gasmasken und Reineclauden – Westbury im Krieg* hervor. Eine Ansichtskarte, die das Buntglasfenster der Kirche darstellte, war mit einer Büroklammer daran befestigt. Sie drehte sie um und stellte fest, dass sie von dem alten Herrn stammte, der ihr Barbara Hartmanns Grab gezeigt hatte.

Liebe Miss Wood,
es war ein großes Vergnügen, Sie gestern kennenzulernen. Nachdem wir uns verabschiedet hatten, habe ich ein wenig herumgekramt, um vielleicht etwas zu finden, das Ihnen von Nutzen sein könnte, und der Pfarrer hat mich auf diese Veröffentlichung hingewiesen, die eines unserer Gemeindemitglieder vor etlichen Jahren verfasst hat. Ich hoffe, dass Sie darin zumindest eine interessante Schilderung der Kriegsjahre finden.
Mit freundlichen Grüßen
George R. Symmonds

Schnell blätterte Briony das Büchlein durch. Es stellte einen kurzen Abriss über das Dorf und seine Bewohner im Jahr 1939 dar, von den Kellings im Herrenhaus bis zu der Familie, die das Postamt betrieb. Sie überflog den Index nach Andrews oder Hartmanns, fand jedoch keine bis auf den Verweis auf einen Lawrence Andrews, der, wie sie las, ab dem Sommer 1940, als in Großbritannien die Angst vor einer Invasion am größten war, die hiesige »Dad's Army« geleitet hatte, die Bürgerwehr, deren Aufgabe es war, Ausschau nach möglichen feindlichen Angriffen zu halten, Patrouille zu laufen und verwundbare Objekte in der Gegend wie den Bahnhof und die Brücke zu schützen. Auf der gegenüberliegenden Seite war ein körniges Foto abgedruckt, und sie musterte es genau. Captain Andrews war ein breitschultriger, knollennasiger Mann in den Sechzigern, und seine strenge Miene zeigte, wie ernst er seine Verantwortung nahm. Sie konnte keinerlei Familienähnlichkeit mit ihrem Großvater entdecken, außer vielleicht in der Form seines Mundes. Seufzend blätterte sie die Seite um, und ihr Blick fiel auf eine Erwähnung der Familie Bailey, die ihr zuvor nicht aufgefallen war. Sie befand sich in einem Abschnitt über Evakuierungen. Die Bailey-Frauen hatten im September 1939 einen Jungen namens Derek Jenkins in Flint Cottage aufgenommen. Ein Foto zeigte ein halbes Dutzend Kinder, die damals in der Dorfschule angekommen waren. Sie wirkten unglücklich und verwirrt, und das zu Recht, denn man hatte sie von ihren Eltern und Schulkameraden getrennt und zu Fremden geschickt. Der Name Derek Jenkins erinnerte sie an etwas, doch eine Weile kam sie nicht darauf, was es war.

Als sie an diesem Abend einen von Sarah Baileys Briefen abtippte, kam ihr eine Idee, und sie öffnete die Website des Archivs. Ja, da war es, ein Verweis im Katalog. *Derek Jenkins, evakuiert.* Es war die Tonbandaufnahme eines Interviews. Sie würde einen Termin vereinbaren und es sich dort anhören.

»Sie sind Derek Jenkins, und Sie waren in Westbury, Norfolk, evakuiert?«, fragte eine helle, kultivierte weibliche Stimme. In dem weiträumigen modernen Gebäude, in dem das Archiv untergebracht war, lauschte Briony aufmerksam.

»Ja, das ist richtig.« Dereks Stimme war die eines alten Mannes, hoch und zittrig, und zu Beginn klang er nervös. »Zwei Tage vor Kriegsausbruch wurden wir angewiesen, uns früh am Morgen mit unserem Gepäck in der Schule einzufinden, und als wir dort ankamen, standen Busse bereit, um uns hinunter zu den Docks zu fahren. Na ja, ich war bis dahin kaum aus London herausgekommen, da können Sie sich vorstellen, wie es war, mich von meiner Mum zu verabschieden. Ich hatte sie fast noch nie weinen gesehen, sie war immer die Starke in der Familie. Mit einem Schiff zu fahren, das war zu Anfang aufregend, obwohl einigen von uns schlecht wurde, weil das Meer ziemlich unruhig war, was wir nicht so großartig fanden. Nein, ich habe mich nicht besonders gefühlt, aber mein Magen hat sich sowieso vor Nervosität überschlagen. Bis Great Yarmouth dauerte es vier oder fünf Stunden, und was mich anging, legten wir keine Sekunde zu früh dort an. Dann wurden wir vom Schiff geholt und in eine Schule geschickt, wo wir übernachteten, und dann ging es wieder mit Bussen weiter. Ich erinnere mich, wie wir die Stadt verließen und ich die schöne Landschaft sah und dachte, was für ein großartiges Abenteuer das wäre, wenn nur meine Mum dabei sein könnte ...«

22

September 1939

»Einen Jungen. Wir können keinen Jungen aufnehmen.«

»Sie müssen, Mrs. Bailey. Wären Sie eher gekommen, hätten wir auch Mädchen gehabt, aber die haben andere Familien aufgenommen, und es ist nur noch der hier übrig.«

»Wenn ich das gewusst hätte, hätte ich mich nie einverstanden erklärt. Ich nehme keinen Jungen auf.«

Sarah, die sich gerade erst umgezogen hatte, nachdem sie aus dem Garten gekommen war, stieg die Treppe hinunter und stieß auf ihre Mutter, die voller Entsetzen auf einen mageren kleinen Burschen hinuntersah, der in der offenen Tür stand und ihren Blick mit der Miene eines in die Enge getriebenen Kaninchens erwiderte. Sein mittelbraunes Haar war so geschnitten, dass es ihm schräg in die Stirn fiel, und darunter lagen verunsichert dreinblickende haselnussbraune Augen in einem blassen, sommersprossigen Gesicht. Seine Jackenärmel waren zu kurz und ließen knochige Handgelenke erkennen. Ein Gepäckanhänger war an seinen Kragen gesteckt, und die Stofftasche, die zu seinen Füßen lag, war furchtbar klein. Am liebsten hätte sie ihn sofort auf den Arm genommen und ihm zu essen gegeben, aber wenn es nach ihrer Mutter ging, würde er nie weiter kommen als bis zu der Fußmatte, auf der er stand und wo er zuhörte, wie der gehetzte Mann mit dem schütteren Haar, mit dem er gekommen war, mit der feinen Dame stritt, die ihn wegschicken wollte.

»Bitte, M'am«, sagte der Behördenvertreter gerade. »Sie sind der einzige Haushalt, der noch auf meiner Liste steht.«

Die verängstigte, verzweifelte Miene des Jungen war mehr, als Sarah ertragen konnte. Sie nahm die letzten Stufen hinunter in die Diele, kauerte sich lächelnd vor ihm nieder und fragte ihn nach seinem Namen.

Seine Lippen bewegten sich, doch er brachte keinen Laut heraus.

»Darf ich dein Schild ansehen?« Behutsam streckte sie die Hand aus. *Derek Jenkins* stand darauf, aber der Rest der Aufschrift war verschmiert, vielleicht durch Tränen.

»Und wie alt bist du, Derek?«
Ein Flüstern. »Neuneinhalb.«
Sarah war erstaunt. Er wirkte jünger.

Ihre Mutter und der Behördenvertreter hatten zu diskutieren aufgehört und sahen auf die beiden hinunter. Mrs. Bailey hatte die Arme verschränkt, und Sarah wusste aus Erfahrung, dass diese Haltung keinen Widerstand duldete.

Sarah stand auf. »Mummy«, stieß sie heftig hervor. »Du kannst ihn nicht wegschicken. Was, wenn das Diane oder ich wären?«

»Seid ihr aber nicht, oder? Er ist ein Junge.«

»Er ist bestimmt ein guter Junge, nicht wahr, mein Sohn? Wenn Sie ihn mit der notwendigen Strenge behandeln, macht er Ihnen bestimmt keine Probleme.« Der Behördenvertreter klang verzweifelt.

»Ich kann mich nicht um einen Jungen kümmern«, flüsterte Mrs. Bailey Sarah mit flehender Stimme zu. »Nicht noch einmal.«

Verblüfft erkannte Sarah, dass der Beweggrund ihrer Mutter nicht etwa Angst vor Lärm oder Unarten war. Ihre Mutter war geradezu panisch. Sarah glaubte zu begreifen: Ein Junge im Haus würde sie an den Sohn erinnern, den sie verloren hatte. Peter. Aber die Not dieses Jungen wog schwerer als die unterdrückte Trauer ihrer Mutter.

»Lassen Sie uns bitte einen Moment allein.« Sie schob ihre Mutter in den Salon, schloss die Tür und lehnte sich dagegen. »Wir müssen ihn aufnehmen, Mummy, verstehst du das denn nicht? Wir alle müssen Dinge tun, die wir nicht tun wollen. Ohne seine Eltern ist er verloren. Wir können nicht so grausam sein, ihn wegzuschicken.«

»Ein Mädchen hätte ich genommen.«

»Ich weiß, aber jetzt ist es nun einmal so und nicht anders. Vater hätte ihn aufgenommen.« Ein billiger Trick, doch er zeigte Wirkung. Ihre Mutter lief rot an, obwohl Sarah keine Ahnung hatte, ob vor schlechtem Gewissen oder Zorn.

»Ja, dein Vater hätte es getan. Dein Vater war ein guter Mensch, was immer er sonst noch gewesen sein mag.«

Ein Schweigen trat ein, dann warf Mrs. Bailey stolz den Kopf in den Nacken. »Nun gut«, zischte sie. »Aber wenn es schiefgeht, bin ich nicht dafür verantwortlich.«

Sarah öffnete die Tür und folgte ihrer Mutter hinaus.

»Schön«, sagte Mrs. Bailey seufzend. »Wir nehmen ihn.«

»Er ist ein guter Junge«, wiederholte der Beamte sichtlich erleichtert und putzte sich die Nase. »Auf Wiedersehen, mein Sohn, und benimm dich.«

Derek nickte nicht einmal. Er sah auf seine Füße hinunter, und stumme Schluchzer ließen seine Schultern beben.

»Komm jetzt«, sagte Sarah und nahm seine Hand. »Ich stelle dich unserer Köchin Mrs. Allman vor. Vielleicht hat sie ja ein Plätzchen für dich. Du hast bestimmt Hunger, oder?«

Zuerst war Derek sehr schüchtern und still, und seine traurigen braunen Augen gingen allen im Haus zu Herzen. Der Tigerfellteppich auf dem Boden des Salons mit dem zu einem Knurren aufgerissenen Rachen ängstigte ihn. Doch zum allgemeinen Erstaunen erklärte Mrs. Bailey, sie hasse ihn ebenfalls, rollte ihn zusammen und schenkte ihn Major Richards, der ihn schon immer bewundert hatte.

Alle sahen, wie sehr Derek die Trennung von seiner Mutter schmerzte, obwohl Nora Jenkins jede Woche schrieb: kurze Nachrichten auf liniertem Papier, in denen sie zum Ausdruck brachte, dass sie hoffe, er mache ihnen keine Mühe. Einmal kam sie zur Aufregung des Jungen zu Besuch, eine kleine, stämmige Frau mit einem blassen, hübschen Gesicht und derselben schüchternen Art wie ihr Sohn. Entzückt sah sie sich in Flint Cottage um und erklärte ihm, besser hätte er es gar nicht treffen können. Sie war »eine nette Frau mit vernünftigen Grundsätzen, wenn auch natürlich vollkommen gewöhnlich«, wie Mrs. Bailey später zu Sarah sagte. Derek weinte nach ihrer Abreise so sehr, dass man beschloss, sie solle nicht mehr zu Besuch kommen. Doch er war erst sechs Wochen bei den Baileys gewesen, als sie ihn abholte. Auch einige der anderen evakuierten Kinder fuhren nach Hause. Schließlich hatte es kein Anzeichen dafür gegeben, dass London bombardiert würde, warum also hatte die Regierung so ein Aufhebens gemacht?

Damit war die Geschichte nicht zu Ende. Im Archiv der Grafschaft lauschte Briony dem ganzen Interview und überlegte, wie der Krieg Derek Jenkins' Leben verändert haben musste.

Später am Abend stieg ein Triumphgefühl in ihr auf, als sie zu Hause feststellte, dass Dereks Name in einem von Sarahs Briefen an Paul erwähnt wurde. Er war auf Mai 1940 datiert. Da war der Krieg schon ganze acht oder neun Monate in Gang gewesen, und dieser Brief war an eine Adresse in Liverpool geschickt worden. Was hatte Paul im Norden zu suchen gehabt?

23

Mai 1940

*E*s brach Paul das Herz, die Blumen im ummauerten Garten auszureißen, doch was blieb ihnen anderes übrig? Lady Kelling und Robyn wohnten noch im Herrenhaus, aber Sir Henry weilte meist in London. Das Haus war zwar offiziell als Erholungsheim für das Militär vorgesehen, aber noch nicht benötigt worden. Unterdessen waren die Anweisungen des örtlichen Landwirtschaftskomitees klar: Blumen waren Luxus, den Krieg würden sie mit Kohl und Kartoffeln gewinnen. Sie mussten einen Teil des Parks abgeben, damit dort Kleingärten entstehen konnten, und große Rasenflächen sollten umgepflügt und in Ackerland verwandelt werden.

Sarah registrierte sich bei der Landarmee, um wenigstens bezahlt zu werden, und absolvierte einen einmonatigen Kurs, in dem sie lernte, einen Traktor zu steuern und Nahrungsmittel in gewerblichen Mengen anzubauen. Bevor der Winter einbrach, pflügte sie in einer Mischung aus Trauer und Berufsstolz mit Pauls Hilfe die erste Furche in den üppigen Rasen, der das Herrenhaus umgab, und brachte die Saat aus. Als sich im Frühling blassgrüne Hälmchen durch den fruchtbaren Boden nach oben schoben, empfand sie nichts als Triumph. Mit Argusaugen wachte sie über das Wachstum, immer auf der Suche nach Schädlingen oder Krankheiten, aber alles war gut. »Anfängerglück«, meinte Major Richards in seiner üblichen wegwerfenden Art.

Sobald der Schnee geschmolzen war, gruben Paul und sie im

ummauerten Garten die Iris, die asiatischen Lilien und die Lupinen aus, mulchten die Beete und pflanzten, als der Frost nachließ, Möhren, Kohl, Bohnen und Kartoffeln. Endlose Reihen Erdäpfel, zusammen mit ein paar kostbaren Zwiebeln. Die Obstbäume und -büsche durften bleiben, es wurden sogar noch weitere gepflanzt. Wenn das Wetter es zuließ, arbeiteten die beiden, der ältere Obergärtner – wenn es ihm gut genug ging – und Sam, der Lehrling, von früh bis spät. Die Arbeit war zermürbend. Sam redete ab und zu davon, zur Armee zu gehen, aber er war immer noch erst sechzehn, ein hochgewachsener Bursche, dessen Ehrgeiz seine Kraft zu übersteigen drohte. Paul befahl ihm, Muskeln aufzubauen, indem er mehr umgrub, was ihm ganz und gar nicht passte.

Von Anfang an fiel Sarah der verächtliche Blick des Jungen auf, wenn Paul ihm Anweisungen erteilte. Der normalerweise gleichmütige Jugendliche wurde dann unwirsch.

»Ich habe dir doch gesagt, du sollst dieses Beet heute fertig umgraben. Was ist nur mit dir los?«

»Ich mach ja, so schnell ich kann.« Dann brummte er etwas.

»Was hast du gesagt?«

»Gar nix.«

»Dann mach weiter.« Paul ging wieder an seine Arbeit, und nur Sarah, die vom Hacken aufsah, bemerkte die unanständige Geste des Jungen und starrte ihn an, bis er die Augen niederschlug. Sie sorgte dafür, dass sie an diesem Nachmittag, als es dunkel zu werden begann, zusammen mit ihm zurück ins Dorf ging.

»Du bringst dich in Schwierigkeiten, Sam, wenn jemand anderes dich bei so etwas erwischt. Was ist bloß mit dir los? Und sag nicht ›nichts‹. Du hast doch offensichtlich etwas.«

»Ich mag von dem keine Befehle annehmen. Kommt mir nicht richtig vor. Er ist der Feind, oder? Sagt mein Dad.«

»Er ist kein Feind, Sam. Er ist Deutscher, aber er steht auf unserer Seite. Du weißt doch, was die Gestapo seinem Vater angetan hat, oder?«

Sam zuckte mit den Schultern, aber seine Miene war immer noch finster. »Dad sagt, wenn's hart auf hart kommt, ist er trotzdem einer von denen.«

Sarah seufzte. »Wenn die Behörden mit ihm zufrieden sind, Sam, dann bin ich es auch, also mach besser weiter mit der Arbeit. Es steht dir nicht zu, das infrage zu stellen.«

In der Gegend war wohlbekannt, dass Paul als feindlicher Ausländer vor ein Sondergericht gestellt worden war, aber seine Lebensumstände hatten ihm nur die niedrigste Sicherheitsstufe eingebracht, und er durfte weiterarbeiten. Vielen Menschen hier war das recht, doch einer Minderheit nicht. So musste Paul aufpassen, wo er hinging. Er war nie Stammgast im *Green Dragon* gewesen, aber inzwischen mied er den Pub gänzlich, denn es war gut möglich, dass Sams missmutiger Vater hinter der Theke stand.

Nach diesem Gespräch besserte sich Sams Benehmen ein wenig, doch als den Nazis im Frühling Dänemark in die Hände fiel und sie dann in Norwegen einmarschierten, heizte sich die Stimmung in den Zeitungen und im Radio auf.

An einem warmen Tag im April saßen Sarah und Paul zusammen auf einer alten Steinbank mit Aussicht über das Land, um ihre Brote zu essen. Zwanzig Meter entfernt lag Sam im Gras, hatte einen Arm über das Gesicht gelegt und schlief anscheinend. Als Sarah ihren Pullover auszog, war sie sich bewusst, dass Paul dicht neben ihr saß, doch er tat nur einen tiefen Zug aus seiner Wasserflasche, wischte sich die Stirn mit dem Handrücken ab und starrte ins Leere. Dann nestelte er einen kleinen Gegenstand aus seiner Jackentasche und hielt ihn zwischen seinen langgliedrigen Fingern.

»Jemand hat gestern damit nach mir geworfen«, erklärte er. Es war ein Stein, ungefähr so groß und glatt wie ein Taubenei.

»Paul!«, rief Sarah entsetzt. »Wer war das?«

»Habe ich nicht gesehen. Wer immer das war, muss sich am Fluss versteckt haben. Nachdem ich hier aufgeräumt hatte, bin ich Zigaretten kaufen gegangen. Dann habe ich ein Weilchen auf der Brücke gestanden, geraucht und nachgedacht, und plötzlich spürte ich einen scharfen Schmerz an der Schulter.«

»Sind Sie schlimm verletzt?«

»Nein, ich war mehr erschrocken als alles andere.«

»Wer sollte so etwas tun? Vielleicht ein Kind, das Ihnen einen Streich gespielt hat. Oder ein Vogel. Manchmal hört man davon, dass Vögel im Flug etwas mit sich tragen.«

»Warum sollte ein Vogel einen Stein transportieren? Das ist verrückt.« Mit einem Mal lachte er, und bald stimmte Sarah ein. Sam hob den Kopf, warf ihnen einen Blick zu und legte sich dann wieder hin.

»Ich gehöre nicht hierher«, sagte Paul leise. »Das ist der Grund. Manche wollen mich nicht hierhaben. Ich kann mich hier nicht zu Hause fühlen.« Er wirkte so unglücklich, dass Sarah zornig wurde.

»Machen Sie sich über die keine Gedanken. Die sind nicht wichtig. Das sind engstirnige und kleingeistige Menschen.«

»Und sie haben furchtbare Angst, ich weiß.«

»Sie sind eher von sich selbst eingenommen. Von ihrer eigenen Bedeutung. Aber Ihre Mutter hat man nicht belästigt, oder?«

»Nein. Hören Sie, ich habe ihr nichts davon erzählt. Das würde sie zu sehr aufregen.« Seine Stimme klang heiser vor Wut, und das konnte sie ihm wirklich nicht verübeln. Er klagte selten, aber man benötigte nicht viel Fantasie, um sich vorzustellen, wie er sich fühlen musste – gezwungen, seine Heimat zu verlassen und an einen Ort zu gehen, wo man ihm misstraute, wo er bis jetzt seine Träume nicht hatte verfolgen können, wo man von ihm erwartete, dankbar zu sein, was er ja auch war, aber dennoch. Natürlich brachten jetzt alle Opfer, doch als Feind betrachtet zu werden, obwohl man sich die größte Mühe gab, seinen Beitrag zu leisten, das war schwer.

Sie sah zu, wie er mit dem Stein spielte und ihn von einer

Hand in die andere warf. Dann holte er aus und schleuderte ihn davon, den Hügel hinunter. Sam sprang auf. Alle sahen zu, wie der Stein davonhüpfte, bis er nicht mehr zu sehen war. Der Junge sah Sarah und Paul erstaunt an.

Sam war es nicht, dachte sie erleichtert. Das wäre zu viel für sie gewesen.

Hinter ihr lag Westbury Hall verträumt im Sonnenschein. In mancherlei Hinsicht fühlte sich alles so an, wie es immer gewesen war.

Die Nachrichten besagten allerdings etwas anderes. Eines Freitags im Mai, als Sarah zur Bücherei in Cockley Market ging, um ihre Bücher zu tauschen, nahm sie sich die Zeit, die Zeitungen der letzten Woche durchzublättern. *Achtloses Reden kostet Leben*, lautete eine der Schlagzeilen. Der Artikel versicherte, das Land sei voll von Ausländern, die die deutschen Kriegsanstrengungen unterstützten. Warum hatte Oslo den Kampf denn so schnell aufgegeben? Weil Norwegen voll mit Verrätern war. Das Gleiche galt für Dänemark. Und es passierte auch hier in Großbritannien, schlussfolgerte das Blatt. Deutsche Spione gaben sich als Flüchtlinge aus, so war das.

Sarah war verwirrt. Wahrscheinlich steckte ein Körnchen Wahrheit darin. Sonst hätte die Zeitung es nicht gedruckt, oder? Paul war natürlich kein Spion, aber vielleicht waren manche Deutsche in Großbritannien welche. Warum hatten Dänemark und Norwegen so schnell aufgegeben? Vielleicht waren sie von Geheimagenten unterwandert worden – wie könnte sie sich anmaßen, etwas anderes zu behaupten?

Paul war besorgt und unruhig, das merkte sie ihm an. An diesem Abend gingen sie ins Kino, um einen Film mit Errol Flynn anzuschauen, und er sprach wenig und blickte sich immer wieder argwöhnisch um.

Während der folgenden Woche verschlimmerten sich die

Nachrichten vom Festland. Belgien, Luxemburg und die Niederlande wurden überrannt, und Frankreich selbst war bedroht. Die Leute erzählten sich, Großbritannien käme als Nächstes an die Reihe, sobald die Nazitruppen den Ärmelkanal erreichten. Überall waren Anzeichen dafür zu erkennen, dass das Land in höchste Alarmbereitschaft versetzt wurde.

Am Morgen des 12. Mai, eines Sonntags, wartete Sarah darauf, dass die anderen sich zur Kirche fertig machten, als sie Mrs. Hartmann völlig aufgelöst den Weg heraufeilen sah. Sarah rannte zur Tür, um sie einzulassen. Barbara Hartmanns Mantel war nicht zugeknöpft, und ihr Gesicht war vor Angst verzerrt. »Sie haben Paul abgeholt, sie haben ihn weggebracht«, stieß sie, unterbrochen von keuchenden Atemzügen, hervor.

Mrs. Bailey, die chaotisches Benehmen missbilligte, übernahm das Kommando, führte Mrs. Hartmann in den Salon und setzte sie mit einem Schluck Brandy auf das Sofa. Schließlich gelang es Pauls Mutter, stammelnd ihre Geschichte zu erzählen. Vor einer Stunde waren zwei Polizisten in Westbury Lodge aufgetaucht. Sie hatten Pauls Papiere überprüft, dann gewartet, während er eine Tasche mit Wäsche zum Wechseln packte, und ihn schließlich zu ihrem Wagen eskortiert. »Abgeführt wie einen gemeinen Verbrecher«, klagte Mrs. Hartmann.

Der freundlichere der beiden Beamten hatte ihr erklärt, sie solle sich keine großen Sorgen machen.

»Keine Sorgen?«, schluchzte sie. »Ich weiß weder, wo mein Junge ist, noch, warum er dort ist.«

Sarah, die neben ihr auf dem Sofa saß, ergriff ihre flatternden Hände. Diane goss Tee ein und war so nervös, dass die Tassen auf den Untertellern klapperten. Nachdem Mrs. Hartmann ihren Tee getrunken hatte, wirkte sie gestärkt. »Glauben Sie, sie werden ihm etwas tun?«, wollte sie wissen. »Ich weiß, wir sind hier nicht in Deutschland, aber heutzutage —«

»Ich bin mir sicher, sie werden ihm nichts anhaben«, erklärte Mrs. Bailey und zog die Hutnadel aus dem Hut, denn der Kirchbesuch war das Letzte, was sie jetzt im Sinn hatten. »Vielleicht kann Sir Henry uns aufklären, und wahrscheinlich werden wir in den Nachrichten davon hören.«

»Evelyn und Robyn sind in London, sonst wäre ich zu ihnen gegangen. Sie waren immer meine Freundinnen. Es tut mir leid, dass ich mich Ihnen aufdränge.«

»Kein Grund, so dramatisch zu werden. Natürlich tun wir, was wir können«, erklärte Mrs. Bailey lebhaft, »aber bis wir herausfinden, wohin Ihr Sohn gebracht worden ist, ist das wahrscheinlich sehr wenig. Bestimmt wird Major Richards Sie zum Polizeirevier in Cockley Market fahren, um Erkundigungen einzuholen. Und wenn das nicht fruchtet, können wir ihn bitten, Sir Henry in London anzurufen.«

Die Auskünfte der Polizei, die Nachrichten und die allgemein umgehenden Gerüchte ergaben schließlich ein grobes Bild der Situation. Die Zeitungen waren voll mit Artikeln über den Einsatz des Britischen Expeditionskorps in Belgien. Die Festnahme feindlicher Ausländer im größten Teil von Großbritannien war für Mr. Churchill ein selbstverständlicher Teil der Vorkehrungen für den Fall einer Invasion. Deutsche und österreichische Männer waren interniert worden. Der freundlichere der beiden Bobbys suchte unter der Woche Mrs. Hartmann auf. Paul musste eine Nacht in einer Schule in Bury St. Edmunds verbracht haben, bevor er weitertransportiert worden sei, obwohl er nicht wusste, wohin. Der Anruf bei Sir Henry wurde getätigt, und er versprach, Nachforschungen anzustellen.

Seit der Verhaftung war eine volle Woche vergangen, in der niemand etwas hörte, doch dann erhielten Mrs. Hartmann und Sarah am selben Tag Briefe von Paul. Der an Sarah war geöffnet und mit dem Stempel des Zensors versehen, doch sie stellte erfreut fest, dass keine Stellen geschwärzt worden waren. Der Brief war auf billigem Notizpapier geschrieben und auf den 20. Mai datiert.

Meine liebe Sarah,
seien Sie zuerst versichert, dass ich heil und gesund bin. Ich befinde mich derzeit in einem Internierungslager in der Nähe von Liverpool, Huyton heißt es. Die Behörden haben uns alle verhaftet und wussten dann nicht, wohin mit uns, daher haben sie uns schlussendlich hierher in den Norden geschickt! Es ist eine Anlage mit Sozialwohnungen, die noch nicht fertig sind, also liegen überall Sandberge und Ziegelstapel, und die Häuser haben weder Möbel noch heißes Wasser. Ich teile mir ein sehr kleines Haus mit einem Dutzend anderer Männer, die größtenteils älter sind und ebenso schockiert und verwirrt wie ich. Wir leben also nicht im größten Luxus, aber es könnte viel schlimmer sein. Zwei von uns sollten allerdings nicht hier sein, da es ihnen sehr schlecht geht: ein jüdischer Zahnarzt in den Sechzigern mit Herzproblemen und ein Junge von achtzehn oder neunzehn, der mit sich selbst redet und merkwürdige Laute ausstößt. Er ist offensichtlich nicht klar im Kopf, falls man das sagen darf, und ich finde es grausam, ihn hierher zu stecken. Nachts weint er und ruft nach seiner Mutter, womit er uns alle wachhält.
Machen Sie sich um mich keine Sorgen. Ich bekomme genug zu essen (so gerade eben!) und muss jetzt abwarten. Ich habe an Mutti geschrieben und wäre froh, wenn Sie nach ihr sehen würden. Sagen Sie Sam, dass ich im Küchengarten keinen Stängel Unkraut sehen will, wenn ich zurück bin. Ich hoffe, Sie finden jemand anderen, der beim Pflanzen hilft, das ist so viel Arbeit. Freundliche Grüße an Sie und Ihre Familie. Empfehlungen an Ihre Mutter.
Paul

»Ob sie ihn wohl freilassen werden?«, fragte Diane, nachdem Sarah den Brief laut vorgelesen hatte. »Werden sie die Männer nicht einzeln verhören und nur die schwarzen Schafe behalten?«

»Ich habe keine Ahnung. Die Regierung wird schon wissen, was sie tut. Wir müssen ihr vertrauen, etwas anderes bleibt uns nicht übrig.«

»Trotzdem kommt mir das unfair vor. Ich glaube nicht, dass er ein Spion ist, und du? Er wäre auch kein sehr guter.«

»Natürlich ist er keiner, Dummerchen.« Wie immer tat es Sarah leid, uneinig mit Diane zu sein, denn dann sah ihre Schwester immer aus, als hätte man sie geschlagen. »Jedenfalls«, fuhr sie sanfter fort, »bin ich mir sicher, dass Sir Henry mit den richtigen Leuten sprechen kann.«

Die Neuigkeiten waren nicht ermutigend. Sir Henry hatte Pauls Fall tatsächlich bei der entsprechenden Abteilung im Innenministerium vorgetragen, aber die ziemlich kurz angebundene Antwort erhalten, man könne nichts unternehmen. Churchill habe diese Internierungen persönlich angeordnet, und sosehr das Innenministerium auch diese Angriffe auf die Freiheit unschuldiger Menschen bedaure, habe man doch Krieg, und die Sicherheit des Landes stehe an erster Stelle.

Alle Anzeichen sprechen dafür, dass Ihr Sohn heil und gesund ist, hatte Sir Henry in einem in seiner eiligen, klaren Handschrift verfassten Brief an Mrs. Hartmann geschrieben. *Ich werde die Angelegenheit weiterhin bei passender Gelegenheit zur Sprache bringen.*

Es fiel Sarah schwer, die Tränen in Mrs. Hartmanns Augen zu sehen und zudem zu wissen, dass Paul alles gewesen war, was sie noch hatte, und dass er ihr jetzt auch noch genommen worden war.

Sie erhielten weiter gelegentlich Briefe von Paul. Seine Zeilen hatten einen tapfer-fröhlichen Ton. Der jüdische Zahnarzt war ins Krankenhaus verlegt worden. Paul und seine Mitbewohner schliefen auf Strohsäcken, die bis auf einen Floh dann und wann ganz bequem waren. Ob seine Mutter ihm ein Handtuch und Toilettenpapier schicken könne? Sarah half Mrs. Hartmann, ein Päckchen zusammenzustellen, und brachte es für sie zur Post. In der Woche darauf bedankte er sich dafür. Ein Päckchen Bücher dagegen erreichte ihn nicht, und Sarah wurde klar, dass sie vorsichtig sein mussten, sonst würden sie ihn noch in Schwierigkeiten bringen.

In den Wochen nach Pauls Festnahme fehlte er ihr ungeheuer. Zuerst hatte sie keine Zeit, richtig darüber nachzudenken, da sie auf Westbury Hall so viel zu tun hatten und sie seine Arbeit zusätzlich zu ihrer eigenen übernahm. Major Richards reichte ein Gesuch bei den Behörden ein, und man teilte ihnen einen kleinen, schwächlichen Mann in den Dreißigern namens Ted Walters zu, der Pauls Platz im Garten einnehmen sollte. Walters war Wehrdienstverweigerer, was Sarah nicht viel ausmachte bis auf den Umstand, dass er kein besonders edles Exemplar war und ständig über etwas klagte, das er unfair fand: die Auswirkung der körperlichen Arbeit auf seine Konstitution oder die Boshaftigkeit des Richters, der ihn hergeschickt hatte, obwohl er Büroangestellter gewesen war. Major Richards erkannte sofort, dass es sinnlos war, ihm Verantwortung zu übertragen, und so stellte Sarah fest, dass es an ihr lag, Walters auszubilden und ihn hart arbeiten zu lassen, was ihr durch eine Mischung von Drohungen und Zuspruch gelang.

Erst nach und nach wurde ihr klar, dass der Kummer, der sie niederdrückte, nicht einfach Trauer um ihren Vater war oder die unsichere Gegenwart und die Furcht vor der Zukunft. All das spielte eine Rolle, doch es hatte auch damit zu tun, dass Paul ihr fehlte. Sie hatten gut zusammengearbeitet, und sie fühlte sich in seiner Gesellschaft wohl. Manchmal blickte sie beim Pflanzen auf und rechnete damit, ihn zu sehen, doch da stand nur Ted mit seiner mürrischen Miene. Oder sie bemerkte die Fortschritte, die ihre indischen *Hibiscus syriacus* in ihrem eigenen Garten machten, und fand Freude daran, Paul davon zu schreiben.

Oft war er in ihren Gedanken. Sie war es seit Langem gewohnt, Menschen, die sie liebte, einzeln vor ihrem inneren Auge erscheinen zu lassen, wenn sie im Bett lag und darauf wartete einzuschlafen. Jetzt gesellte sich Paul ganz selbstverständlich zu ihnen. Sie versuchte, sich die leuchtenden Augen in seinem ernsten Gesicht vorzustellen, wenn er über ihr Gespräch nachdachte, sein fast schwarzes, kurzes lockiges Haar, seine kraftvollen, fließenden Bewegungen bei der Arbeit, die bestimmte, elegante Art, wie er seine Jacke nahm und sie über die Schulter warf oder wie er mit seinem Taschenmesser geschickt aus Holzstücken kleine Tiere schnitzte. Das Leben war ohne ihn langweilig und farblos. Obwohl Sarah so schwer arbeitete, schlief sie nicht gut. Nachts wachte sie auf und rang mit den Sorgen, die ihr im Kopf herumgingen.

Die Nachrichten vom Festland wurden täglich schlimmer. Am 15. Mai, drei Tage nach Pauls Festnahme, hatte Holland vor den Deutschen kapituliert. Die Zeitungen waren voll mit Gerüchten, die zu bestätigen schienen, wie recht Churchill gehabt hatte, als er feindliche Ausländer wie Paul verhaften ließ. Die deutschen Truppen mussten die Bewegungen der niederländischen Armee im Voraus gekannt haben, und sie hatten Listen von Offizieren und Sympathisanten der Alliierten, die »bei Sichtkontakt zu erschießen« waren. Auch Holland, so wollten die Gerüchte wissen, war offensichtlich voller Spione gewesen. Großbritannien musste wachsam sein! Brüssel fiel zwei Tage später, und dann gelang es den deutschen Truppen ausgerechnet auf dem alten Schlachtfeld an der Somme, die alliierten Truppen zu spalten, was zur Katastrophe von Dünkirchen führte.

Eines Tages um die Mittagszeit kam Rubys Vater nach Flint Cottage und nahm das weinende Küchenmädchen mit nach Hause. Ihr älterer Bruder war für tot erklärt worden, nachdem das Schiff, das ihn vom Strand von Dünkirchen evakuiert hatte, beschossen worden war. Ivor Richards telegrafierte seinen Eltern, er sei gerettet und jetzt sicher zurück in Aldershot. Andere Familien in Norfolk durchlebten eine furchtbare Zeit der Unsicherheit, da Nachrichten nur tröpfchenweise eintrafen. Der Tod geliebter Söhne und Väter wurde bestätigt. Andere waren, wie sich herausstellte, in deutsche Gefangenschaft geraten, was eine Erleichterung war – wenigstens waren sie am Leben. Einige waren einfach spurlos verschollen. In dieser Flut von Trauer erschien es trivial, sich Gedanken um Paul zu machen, der schließlich lebendig und gesund zu sein schien, daher versuchte Sarah, ihre Sorgen zu beherrschen.

Dann, an einem Tag im Juni, kam es zu zwei furchtbaren Ereignissen: Norwegen kapitulierte vor den Deutschen, und Italien erklärte Großbritannien und Frankreich den Krieg. Nicht lange danach erreichte sie die verhängnisvollste Nachricht von allen: Die Nazis hatten Paris besetzt. Frankreich, Großbritanniens stärkster und engster Verbündeter, war gefallen. Jetzt standen die Briten allein da.

Am Morgen des 4. Juli ging Sarah zur Arbeit, bevor die Zeitungen ausgetragen wurden, doch als sie an Teds Fahrrad vorbeikam, das auf Westbury Hall an der Mauer lehnte, zog eine Schlagzeile auf einer zusammengefalteten Ausgabe des *Daily Herald*, die im Korb lag, ihren Blick auf sich. Sie griff nach der Zeitung. *Wilde Panik: Ausländer bekämpfen sich gegenseitig*, stand da. Mit zunehmendem Entsetzen las sie den Artikel. Ein britisches Kreuzfahrtschiff namens *Arandora Star* war nordwestlich von Irland von einem deutschen U-Boot versenkt worden. Es war voller feindlicher Ausländer gewesen, die, wie man annahm, nach Kanada verschifft werden sollten. Anscheinend waren Hunderte von ihnen ertrunken.

Sie las weiter, und vor Grauen überlief sie eine Gänsehaut. Der Artikel behauptete, die deutschen Passagiere hätten sich in einem chaotischen Kampf um die Plätze in den Rettungsbooten mit Schlägen und Tritten einen Weg vorbei an den schwächeren Italienern gebahnt. Wörter wie »Mob«, »brutal«, »ekelerregend« traten vor ihre Augen. Sie konnte es kaum begreifen. Das konnte doch nicht wahr sein. Jemand wie Paul hätte sich nie so verhalten. Aber Paul war nicht an Bord gewesen. Oder? Die Erkenntnis überlief sie wie das eiskalte Wasser des Nordatlantiks. Man hatte die Internierten anscheinend nicht nur in Lager in Großbritannien gesperrt, sondern sie wurden an andere Orte geschickt, mit Schiffen, auf denen sie der deutschen Marine ausgeliefert waren. Und die Deutschen hatten keine Ahnung, dass sie ihre eigenen Landsleute torpedierten. Bestimmt hätte Pauls Mutter Bescheid erhalten, wenn er abtransportiert worden wäre ... Aber angenommen, man hatte sie nicht benachrichtigt? Sarah hatte Mrs. Hartmann gestern Nachmittag am ummauerten Garten vorbeigehen sehen und sie angesprochen. Pauls Mutter hatte nichts über eine Nachricht von ihm gesagt. Was sollte Sarah tun – sie warnen und ihr die Zeitung zeigen, oder dachte sie vorschnell und sorgte sich unnötig? Sie beschloss zu warten und legte die Zeitung zurück in den Fahrradkorb. Wenn Paul etwas zugestoßen war, konnte niemand von ihnen etwas tun, und sie würden noch bald genug davon hören.

Die Tage vergingen ohne neue Nachrichten. Sie schrieb Paul und erwähnte kurz den Untergang der *Arandora Star*, doch sie erhielt keine Antwort. Solange sie nicht wusste, ob er sich in Sicherheit befand, war ihr Leben unerträglich.

Endlich, zwei Wochen später, erreichte sie ein Brief, und als Sarah ihn las, fiel ihr ein Stein vom Herzen. Wie sich herausstellte, war er krank gewesen und hatte Fieber gehabt, und er entschuldigte sich dafür, sich nicht eher gemeldet zu haben. Ihren Brief an ihn erwähnte er nicht, daher fragte sie sich, ob er durch die Zensur gekommen war. Er bat sie dringend, ihm zurückzuschreiben und auch weitere Vorräte zu schicken. Zusammen mit Mrs. Hartmann packte sie hastig einen Karton mit Lebensmitteln und Toilettenartikeln. Schließlich kam Sarah noch auf die Idee, Rosmarin- und Lavendelzweige von einigen Büschen zu pflücken, die den großen Kahlschlag im Küchengarten überlebt hatten. Sie schlug sie in Pergamentpapier ein, steckte sie zwischen Milchpulver, Socken und Seife und dachte daran, dass es ihm Freude bereiten würde, den Duft seines englischen Zuhauses zu riechen.

Sein Zuhause. Selbst das sollte ihm genommen werden. Während an einem heißen Augusttag am Himmel über Großbritanniens schönen, grünen Feldern und Obstgärten winzige Flugzeuge um das Schicksal des Landes kämpften, kletterte Mrs. Hartmann in ihrer Küche auf einen wackligen Stuhl, um das letzte große Glas Pflaumenmus vom obersten Brett des Küchenschranks zu holen. Sein Gewicht musste sie überrascht haben, denn sie verlor die Balance, stürzte zu Boden und brach sich dabei an der Ecke des Spülsteins den Schädel.

So fand Sarah sie vor, als sie später am Tag vorbeikam, um ihr Bücher aus der Leihbibliothek zu bringen: eine schmale Gestalt, die wie eine alte Flickenpuppe wirkte und in einer Lache aus Glasscherben und violettem Obst lag. Der umgestürzte Stuhl und der offene Küchenschrank erzählten die einfache, tragische Geschichte, die sich dort ereignet hatte.

Der Brief, in dem Sarah Paul den Tod seiner Mutter mitteilte, war der schwierigste, den sie ihm je hatte schreiben müssen, umso mehr, da er keine Erlaubnis erhielt, zu ihrem Begräbnis nach Westbury zurückzukehren. Der Gottesdienst wurde von Lady Kelling gestaltet und von Mr. Tomms abgehalten, und Sarah sah gerührt, wie viele Menschen gekommen waren. Sie war erfreut, Sir Henry zu sehen, obwohl Robyn, die bei den Wrens arbeitete – der Frauenabteilung der Marine –, keinen Urlaub bekommen hatte. Die Richards' und Mrs. Bailey waren natürlich anwesend, doch auch eine erstaunlich große Zahl von Dorfbewohnern wohnte dem Gottesdienst bei. Denjenigen, die Mrs. Hartmanns Geschichte kannten, tat sie leid. Die Postmeisterin drückte aus, was alle dachten, als sie später bemerkte, es sei eine furchtbare Schande, dass Paul fortgeschickt worden war, und sie hoffe, die arme Frau habe ihren Frieden gefunden. Der Gottesdienst war durch und durch englisch gestaltet – angeblich hatte Lady Kelling erklärt, in nationalen Krisenzeiten wie dieser werde es weder deutsche Kirchenlieder noch Orgelmusik geben. Anschließend wurden im Gemeindesaal Erfrischungen gereicht.

»Können Sie nicht etwas tun, um Paul zu helfen?«, fragte Sarah Sir Henry, als sie allein mit ihm sprechen konnte.

»Ich versichere Ihnen, dass ich nicht aufgegeben habe«, knurrte dieser ungeduldig. Vielleicht hatte er es versucht und war abgewiesen worden. Oder es war ihm gleichgültig.

Lady Kelling erklärte ihr, das Cottage werde in Ordnung gebracht und einstweilen abgeschlossen. *Sie hat mir versichert, dass nichts wegkommt*, schrieb Sarah an Paul, *machen Sie sich also in diesem Punkt keine Gedanken.*

Zutiefst niedergeschlagen kehrte Sarah in der Gewissheit an ihre Arbeit zurück, dass sie diese zerbrechliche Frau, die sie lieb gewonnen hatte, nie wieder besuchen können würde und dass Pauls Mutter nie wieder winkend und lächelnd an ihr vorbeigehen würde, wenn sie langsam ins Dorf hinunterwanderte. Pauls Abwesenheit lastete jetzt stärker auf Sarah, denn ihr war klar, dass sie jetzt die Einzige war, der so viel an Paul lag, mehr, glaubte sie, als es bei den Kellings der Fall zu sein schien. Sie nahm nicht an, dass sonst noch jemand ihm regelmäßig schrieb oder ihn auch nur in seinen Gedanken bewahrte, und dadurch erschien es ihr noch wichtiger, das weiterhin zu tun. Sie wusste, dass er sich auf sie verließ, das spürte sie in seinen Briefen, von denen sie inzwischen einen ganzen Stapel besaß. Manchmal zog sie sie hervor und las sie noch einmal, und inzwischen suchte ihr Blick nach zärtlichen Worten.

Der Gedanke an Sie lässt mich durchhalten ... Die Erinnerung daran, wie wir in dem ummauerten Garten zusammengearbeitet haben, ist mir teuer ... Ich stelle mir den Garten so vor, wie er war, und gehe in meiner Vorstellung darin herum und spreche die Namen der Pflanzen aus. Wie kommt es, dass wir Frieden und Schönheit nicht würdigen, wenn wir sie erleben, sondern oft erst zu schätzen wissen, wenn sie uns genommen werden?

In ihren Antworten schrieb sie ihm über gewöhnliche Einzelheiten des Alltagslebens. Ihre Geschichten über Ted Walters' Unfähigkeit waren amüsant, obwohl sie sich jedes Mal, wenn der Mann etwas Dummes anstellte, ernsthaft ärgerte. Seine jüngste Sünde war es, das Gartentor offen gelassen zu haben, sodass das Rotwild über Nacht hineingelangt war, die Beete zertrampelt und Rinde von den Bäumen gerissen hatte. *Dem habe ich ordentlich die Leviten gelesen, das versichere ich Ihnen!*, schrieb sie. *Es würde mich nicht überraschen, wenn er morgen nicht auftaucht. Das Problem ist, ich bezweifle, dass man uns einen Ersatz stellen wird, wenn wir ihn verlieren.*

Sie berichtete Paul auch, dass sie versuchte, das Gemüsebeet in Flint Cottage in Schuss zu halten, und mit dieser Aufgabe und mit der Pflege ihrer Hühner und Ziegen, die Mrs. Allmann mit Küchenabfällen fütterte und mit denen sie sprach wie mit eigenen Kindern, war ihr Leben sehr ausgefüllt.

Die große Neuigkeit, schrieb sie Mitte Oktober, *ist, dass Derek, der kurz bei uns evakuiert war, zurück ist.*

Zwei Wochen zuvor war ein an Sarahs Mutter adressierter Brief von Nora Jenkins eingetroffen. Mrs. Bailey hatte ihn gelesen und an Sarah weitergereicht.

Ich schreibe, um Sie zu bitten, unseren Derek noch einmal zu nehmen. Die Bombardierungen sind schrecklich. Wenn die Flieger kommen, können wir nicht schlafen, und selbst wenn keine Bomben fallen, liege ich wach und warte auf sie. Derek ist so blass und müde, und es wäre mir eine große Erleichterung, wenn er zu Ihnen kommen könnte.

»Ich sehe keinen Grund, warum er nicht herkommen sollte«, erklärte Mrs. Bailey mit sanfter Stimme, was Sarah angesichts des Wirbels, den ihre Mutter beim letzten Mal veranstaltet hatte, völlig überrumpelte. Und so nahm Sarah sich einen Nachmittag frei, um ihn am Bahnhof von seiner Mutter in Empfang zu nehmen und ihm bei seinem Einzug zu helfen.

Derek war jetzt zehn, und im letzten Jahr hatte er sich verändert. Die Lebensmittelrationen mussten dazu beigetragen haben, denn er war zwar immer noch dünn, wirkte aber nicht mehr ganz so hohläugig, und seine Haut schimmerte nicht mehr so kränklich bleich. Sarah fühlte Mitleid für ihn, als er sich auf dem Bahnsteig von seiner Mutter verabschiedete, und sie tat, als bemerke sie nicht, wie er vor unterdrückter Gefühle zitterte, als sie mit ihm zu dem wartenden Bus ging.

Mrs. Bailey verblüffte Sarah ein weiteres Mal, als sie den kleinen Jungen herzlich willkommen hieß, mit ihm hinauf in seine Kammer ging und ihm half, seine wenigen Kleidungsstücke wegzuräumen und seinen Koffer unter dem Bett zu verstauen. Sie hatte es sogar geschafft, sich altes Spielzeug von den Bulldocks zu leihen, und als der Jüngste des Pfarrers, ein pausbäckiger Bursche namens Toby, mit einem Fußball vor der Tür stand, ging Derek schüchtern mit ihm davon, um auf dem Brachland hinter dem Gemeindehaus mit ihm Toreschießen zu üben.

»Armes Kind«, meinte Mrs. Bailey und sah den beiden nach, die zusammen den Pfad hinuntergingen. Toby schwatzte eifrig, während Derek kaum einen Ton herausbrachte. »Wir müssen bessere Schuhe für ihn auftreiben, und, Sarah, er hat keine anständige Unterwäsche!«

Im Lauf der nächsten Tage entwickelte sich ihre Mutter zur Kämpferin. Niemand, weder Ladenbesitzer noch Nachbarn, konnte sich ihren gebieterischen Forderungen entziehen, und bald war Derek für seinen ersten Tag in der Dorfschule ebenso gut gekleidet wie jedes Kind aus dem Landadel von Norfolk. Er besaß seinen eigenen Tornister und ein Federetui voller Buntstifte. Mrs. Bailey schnitt ihm das sandfarbene Haar selbst, und sogar die Sonne spielte mit und rötete seine Wangen.

Zu Beginn waren die Nächte aufreibend, da Derek in seinen Träumen den Fliegeralarm hörte und weinend erwachte. Eines Morgens fanden sie ihn schlafend, sein Kissen fest im Arm, unter dem Küchentisch, doch nach und nach stellte sich ein normaler Schlafrhythmus ein. Trotzdem hielt er jeden Montag Ausschau nach dem Briefträger, und wenn der Brief seiner Mutter eintraf, pflegte er damit hinauf in sein Zimmer zu rennen und blieb dort still für sich, bis jemand nach ihm sah.

Seine Anwesenheit wirkte sich auf den ganzen Haushalt aus, gab der täglichen Routine eine Bedeutung und brachte alle dazu, sich für »meinen kleinen Mann«, wie Mrs. Allman ihn nannte, große Mühe zu geben. Einmal nahm sie ihn an ihrem freien Tag mit zu einem Besuch bei ihrem jüngeren Neffen in Ipswich, und Derek kehrte aufgeregt und voller Geschichten über die Sümpfe zurück und trug ein Vogelei in der Hand, das er gefunden hatte. »Reg hat gesagt, die anderen muss ich liegen lassen, damit die Mum nicht traurig ist«, erklärte er feierlich, als er ihnen das gesprenkelte weiße Ei zeigte und erzählte, wie er gelernt hatte, das Innere mithilfe von zwei Löchern an jedem Ende auszublasen. Die traurige Vorstellung, die Vogelmutter könnte all ihre Jungen verlieren, war offensichtlich bei ihm angekommen. Er hatte eine goldige, empfindsame Art, auf die besonders Mrs. Bailey reagierte. Sarah beobachtete Derek am Teetisch, während er versuchte, daran zu denken, beim Brotessen den Mund geschlossen zu halten, und musste unwillkürlich an den kleinen Jungen denken, den die Baileys in Indien verloren hatten. Ihre Mutter sprach nie von ihm, doch sie schien ihn doch noch im Herzen zu tragen.

24

Eine SMS von einer unbekannten Nummer weckte Briony. Als sie vorsichtig darauf tippte, wurde ihr klar, dass Greg Richards ihre Nummer aus der automatischen Antwort ihres privaten E-Mail-Accounts haben musste. Und dorthin war er durch eine ähnliche automatische Antwort ihres dienstlichen E-Mail-Accounts geleitet worden, dessen Adresse auf der Seite des Colleges öffentlich einsehbar war. Einen Moment lang geriet Briony in Panik und verfluchte sich, weil sie so dumm gewesen war, eine Spur zu hinterlassen, die buchstäblich bis zu ihrem Bett führte. Für jeden Internet-Troll wäre es ein Kinderspiel gewesen, sie zu finden. Allerdings, tröstete sie sich, schienen die sich zum Glück nicht mehr für sie zu interessieren. Sie fand ihre Fassung wieder und las Gregs Nachricht noch einmal, dieses Mal aufmerksamer. *Bin in London*, schrieb er, *aber Donnerstag gegen 7 zurück in Westbury. Drinks oder Essen? Gruß, Greg.*

Sie lehnte sich zurück in die Kissen und überlegte einen Moment. Sein Gesicht stieg vor ihrem inneren Auge auf: Er sah mit seinem dunklen Haar auf eine klassische Art gut aus, wirkte locker und entspannt und strahlte Lebendigkeit aus. Wahrscheinlich wäre es nicht unangenehm, etwas mit ihm zu trinken und, wenn das gut lief, zu Abend zu essen. Vor allem war sie neugierig darauf, was er bei seinem Vater über die Vergangenheit ihrer Familie herausgefunden hatte. Daher antwortete sie. *Okay, wohin?*, schrieb sie. *Ich habe gehört, das* Dragon *soll gut sein.*

Während sie frühstückte, sah sie durch das Küchenfenster zum verhangenen Himmel hinaus und überlegte, was sie heute zu tun hatte. Sie würde nach Cockley Market fahren, um Lebensmittel einzukaufen und herumzuschlendern, entschied sie, und dann zu Hause weiter ihr Manuskript bearbeiten. Wenn der Regen ausblieb, könnte sie vielleicht später einen Spaziergang am Fluss unternehmen. Sie hatte gesehen, dass an der Brücke ein Fußweg ausgeschildert war. Doch zuallererst schrieb sie eine Nachricht an die alte Mrs. Clare im Herrenhaus, steckte sie in einen Umschlag, den sie in einer Schublade fand, und lieferte ihn unterwegs bei Kemi ab. Darin fragte sie, wann ihr ein weiterer Besuch recht sei.

In der Stadt war Markttag. Zwei Reihen bunter Stände verliefen in der Mitte der langen Straße mit ihren eleganten georgianischen Geschäften, und Briony genoss es, Obst und Gemüse auszusuchen und sich beim Bäcker für frisch gebackenes Brot anzustellen, wo sie dem Klatsch lauschte. Inzwischen war ihre Einkaufstasche schwer gefüllt, und sie wartete auf eine Lücke im Verkehr, um zum Metzger hinüberzulaufen, als sie auf der anderen Seite der Straße Aruna entdeckte. Ihre Freundin stand vor einem alten weiß getünchten Gasthaus, das einmal die Herberge einer Poststation gewesen war, und über ihr schwang ein Schild mit einem Bärenwappen im Wind.

Briony konnte Arunas Gesicht nicht erkennen, weil diese den Kopf gesenkt hielt. Ihre Freundin hatte sich die Sonnenbrille ins Haar geschoben und las etwas auf ihrem Handy. Briony hatte gerade den Arm gehoben, um ihr zu winken, als Aruna ihr Telefon in die Handtasche stopfte und die Straße überquerte. Anscheinend hatte sie Briony nicht gesehen, denn sie verschwand in einem Pub, bevor Briony eine Chance hatte, sich weiter bemerkbar zu machen.

Bestimmt trifft Aruna sich mit Luke, vermutete sie und eilte den Bürgersteig entlang, um die beiden zu überraschen, doch als sie an den goldenen Buchstaben vorbei durch die Rauchglasscheibe in das halbdunkle Innere des Pubs spähte, sah sie, dass die verschwommene Gestalt, die von ihrem Platz im hinteren Teil des Lokals aufgestanden war, um Aruna zu begrüßen, nicht Luke war. Sie erkannte einen schweren, kräftigen Mann in einem Anzug. Er blickte auf, und Briony trat zurück, da sie plötzlich Angst hatte, gesehen zu werden. Sie stand mitten auf dem Gehweg und musste erst einmal ihre Gedanken ordnen. Aruna war ihre beste Freundin. Sie kannte sie in- und auswendig. Aber gerade eben hatte etwas Verstohlenes in ihrem Verhalten gelegen, als wolle sie nicht ertappt werden. Schließlich verließ Briony der Mut, und sie ging langsam davon.

Das konnte nicht Aruna gewesen sein, zu diesem Schluss kam sie, als sie in das Schaufenster eines Geschenkwarenladens sah, in dem grellbunte Blumentöpfe und Geschirrhandtücher ausgestellt waren. Viele Frauen hatten glattes schwarzes Haar und trugen diese Art Sonnenbrille und eine lederne Umhängetasche mit Fransen. Was für ein dummer Fehler es gewesen wäre, wenn sie auf sie zugestürzt wäre, um sie zu begrüßen. Bei diesem Gedanken lief ihr Gesicht heiß an. Bei einem Zeitschriftenladen hielt sie an, um eine Zeitung zu kaufen, und konnte am Gefrierschank einem Topf teurer Eiscreme nicht widerstehen, der sich zu ihren Einkäufen gesellte. Auf dem Rückweg zum Auto ging sie langsam am Pub vorbei, doch direkt hinter dem Eingang stand eine größere Gruppe, die ihr den Blick versperrte.

25

Oktober 1940

Eines späten Nachmittags hatte Sarah gerade ein Loch im Reifen ihres auf den Kopf gestellten Fahrrads repariert, als sie Schritte auf dem kiesbestreuten Weg hörte. Sie sah auf und erblickte eine vertraute Gestalt in Uniform.

»Du meine Güte, Ivor«, sagte sie und streckte ihm ihre ölfleckigen Hände entgegen. »Ich hatte ja keine Ahnung, dass du nach Hause kommen würdest.«

Er nahm seine Mütze ab und lief über den Rasen, um sie zu umarmen und auf die Wange zu küssen. »Ich wollte dich überraschen.«

»Das ist dir gelungen.« Wie immer machte sein bewundernder Blick sie nervös. »Wo kommst du denn so plötzlich her?«

»Heute aus London. Davor war ich in Schottland. Ich habe eine Woche Urlaub. Wie geht's dir? Du siehst –«

»Furchtbar aus, ich weiß, aber es war schon schlimmer. Vor ein paar Wochen hatte ich Stroh im Haar und den Mund voller Staub.«

»Aber es war eine gute Ernte, sagt mein Pa. Das ist wundervoll. Und eigentlich wollte ich sagen, dass du so schön wie immer aussiehst.«

»Das ist sehr schmeichelhaft, Ivor, aber ich fürchte, das stimmt einfach nicht.« Sarah begann, sich mit einem Lappen den Dreck von den Händen zu wischen, und schämte sich für ihre Schwielen und abgebrochenen Nägel.

»Was ist denn hier zu tun?« Er beugte sich über das Rad.

»Keine Sorge, das habe ich schon erledigt. Ich bin auf einem Fußweg über ein Stück Stacheldraht gefahren. Ziemlich ungeschickt.«

Er stellte das Fahrrad wieder auf die Räder und prüfte es, indem er sein ganzes Gewicht auf den Lenker legte. »Das hat du gut gemacht.«

»Danke, edler Herr. Kling nicht so erstaunt.« Sie schob es in den Schutz der Veranda und lud Ivor dann auf einen Drink ins Haus ein.

»Mummy ist drüben bei den Bulldocks. Mrs. C. veranstaltet irgendein Wohltätigkeitsevent für Indien, daher konnte sie nicht Nein sagen. Und Diane ist in Dundee. Du weißt wahrscheinlich, dass sie zu den Wrens gegangen ist.«

»Ja, das habe ich von Mutter gehört.«

»Wir waren erstaunt, als sie uns davon erzählt hat. Ich glaube, sie fühlt sich dort nicht besonders wohl. Sie ist Kodiererin, was immer das bedeutet. Sagt, die Arbeit ist ermüdend und sie haben ihre Uniformen noch nicht bekommen. Schenk dir einen Whisky ein, wenn du möchtest. Ich brauche nicht lange.«

Sarah eilte nach oben ins Bad, wo sie sich Hände und Gesicht wusch. Als sie sich in ihrem Zimmer umzog, erhaschte sie in der Spiegeltür des Kleiderschranks einen Blick auf sich und war entsetzt darüber, wie Ivor sie gesehen haben musste: Sommersprossen auf Gesicht und Armen, ein langer Kratzer von einer Brombeerranke an ihrem Schlüsselbein und von der Sonne gebleichtes Haar, das so kraus und trocken war wie ein Ginsterbusch. Immerhin, ihre Augen leuchteten, und es war nett, zur Abwechslung einmal ein Kleid anzuziehen. Sie ging mit der Haarbürste auf den Ginsterbusch los und lief schließlich wieder nach unten.

Ivor saß da und blätterte in der Abendzeitung, warf sie aber beiseite, als sie eintrat. Er reichte ihr einen Whisky-Soda, den sie eigentlich gar nicht wollte, und als sie sich neben ihn setzte und höflich an ihrem Drink nippte, wurde sie sich einmal mehr seines bewundernden Blicks bewusst.

»Viel zu essen kann ich dir leider nicht anbieten«, erklärte sie seufzend. »Jedenfalls nichts Delikates. Mrs. Allman hat uns eine eher einschüchternd wirkende kalte Platte hinterlassen.«

»Macht nichts. Ich werde zu Hause zum Abendessen erwartet. Meine Mutter hat das gemästete Kalb geschlachtet. Oder eher das gemästete Huhn.«

»Ich habe keine Ahnung, was wir ohne die Hühner und Kaninchen tun würden. Derek, der bei uns evakuiert ist, hat den gesunden Appetit eines jungen Burschen, obwohl er keine Ziegenmilch mag. Aber erzähl mir doch, wo du gewesen bist und was du getrieben hast. Nichts allzu Gefährliches, hoffe ich?«

»Eigentlich war es sogar ziemlich langweilig. Aber ich glaube, bald wird einiges in Bewegung kommen.« Ivor erklärte, wie er seit seiner Rückkehr aus Frankreich größtenteils neue Rekruten ausgebildet hatte. Er erzählte lauter lustige Anekdoten über unfähige Offiziere und nervöse Grünschnäbel, aber hinter seinem Lachen spürte Sarah seine Sorge und Frustration. Und seine unheilvollen Vorahnungen. Er sprach nicht darüber, wo seine Kompanie als Nächstes eingesetzt werden würde, falls er das überhaupt wusste. Stattdessen gingen sie rasch zu Themen und Geschehnissen über, die sich näher an ihrem Zuhause ereignet hatten.

»Gibt es etwas Neues von Bob?« Die Kompanie des Bulldock-Jungen war in Frankreich vom Rest des Bataillons getrennt worden, und man hatte die Männer als Kriegsgefangene nach Deutschland gebracht. Die Familie war beruhigt gewesen, im Juli über das Rote Kreuz von Bob zu hören. »Es ist trotzdem eine schreckliche Belastung für seine Angehörigen«, meinte Sarah seufzend. Sie stand auf und holte die Karaffe, um Ivor nachzuschenken.

»Allerdings. Wow, danke dir. Ich habe auch das mit Hartmann gehört«, setzte er lässig hinzu, und ihre Hand erstarrte an der Karaffe, die sie auf das Tablett zurückstellte. »Eine üble Art, alle einfach so hinter Gitter zu stecken, aber man muss es auch aus Churchills Blickwinkel betrachten. Es ist das Risiko nicht wert. Ich weiß, dass du ihm wohlwollend gegenüberstehst, Sarah, aber England ist jetzt ganz allein. Die Gefahr des Verrats ist sehr real.«

»Es ist einfach nur grausam«, beharrte Sarah. »Paul Hartmann hasst Hitler und alles, wofür er steht.«

»Trotzdem ist er immer noch Deutscher. Es ist der natürliche Instinkt eines Mannes, sein Heimatland zu unterstützen, obwohl ich Hartmann zugestehe, dass er sich hin- und hergerissen fühlen muss.«

»Unsinn. Es war nicht nötig, ihn einzusperren. Du hast das mit seiner armen Mutter gehört, oder?«

»Ja, meine Ma hat es mir geschrieben«, sagte er. »Ein Jammer.«

»Sie war erst einundfünfzig. Ich war überrascht, da sie mir viel älter vorkam. Hat deine Mutter dir erzählt, dass ich sie gefunden habe?«

»Ja, das muss ein Schock gewesen sein.«

»Das war es. Und es war grauenhaft, Paul zu schreiben und es ihm mitzuteilen. Er tut mir so entsetzlich leid.«

»Du Arme. Trotzdem darfst du dich nicht so schrecklich aufregen.«

»Ich rege mich nicht auf, Ivor, ich mache mir Sorgen. Wie muss Paul sich fühlen? Jetzt steht er ganz allein da, und anscheinend weiß niemand, was aus ihm werden soll.«

»Hartmann kommt schon zurecht. Wir sind ein zivilisiertes Land, und wir behandeln diese Leute nicht schlecht.«

»Nicht? Und was ist mit dem Schiff, das untergegangen ist, der *Arandora Star*? Es sollte feindliche Ausländer nach Kanada bringen. Kanada! Wie grausam, Familien so auseinanderzureißen. Und sie der Gefahr durch die U-Boote auszusetzen.«

Sarah hatte zu zittern begonnen, und als sie sich wieder setzte, nahm Ivor ihre Hände in seine. »Niemand hat gewollt, dass jemand von ihnen stirbt, Sarah. Ach, du armes Mädchen, es gefällt mir gar nicht, dass du dich darüber so aufregst. Ich sage dir etwas: Warum gehen wir nicht morgen Abend aus? Das würde dich ablenken.«

»Nicht morgen, Ivor. Im Moment bin ich viel zu müde.«

»Dann am Wochenende. Ach, Sarah, du hast mir gefehlt. Ich empfinde immer noch genauso, weißt du. Haben sich deine Gefühle für mich denn wenigstens ein wenig verändert?«

Er war ihr jetzt so nahe, dass sie seinen warmen Atem auf ihrer Wange spürte, und sie fühlte, wie ihr Kummer verflog. Wie war es möglich, dass man sich von einem Mann angezogen fühlte und doch nicht wusste, ob man ihn liebte? Und dann presste er seine heißen Lippen auf ihre, drängte sie, den Mund zu öffnen, erkundete ihn mit der Zunge, und sie schlang die Arme um seinen Hals.

»Sarah!«, murmelte er, glitt mit den Lippen zu ihrem Hals, sodass sie vor Wonne erschauerte, und kehrte dann wieder zu ihren Lippen zurück. Er drückte sie an sich, und sein Körper fühlte sich hart, drängend und unnachgiebig an. Dann strich er mit der Hand über ihre Brüste und ließ sie weiter nach unten gleiten, zerrte an ihrem Kleid und drang zwischen ihre Schenkel vor.

»Nein«, sagte sie. »Nein.« Sie wehrte sich gegen ihn, bis er sie losließ, und sie wichen schwer atmend und keuchend auseinander.

»Es tut mir leid«, sagte er, und die Scham stand ihm ins Gesicht geschrieben. »Ich bin ein Wüstling. Aber du tust mir das an, Sarah. Ich bekomme dich nicht aus dem Kopf.«

»Ich hätte dir nicht erlauben sollen ... Ach, was soll's. Du solltest jetzt gehen, Ivor. Die anderen kommen bald nach Hause.«

»Es tut mir leid, Liebling.« Er beugte sich vor, und sie erlaubte ihm, noch einen keuschen Kuss auf ihre Wange zu hauchen. Dann schnappte er sich sein Jackett, ging rückwärts aus dem Zimmer und schenkte ihr noch einen letzten, langen Blick. Sie hörte, wie die Haustür zugeknallt wurde, und dann seine energischen Schritte auf dem Weg.

Sie wischte sich seinen Kuss von der Wange und sank auf das Sofa. Sie zitterte am ganzen Körper und kämpfte gegen ein aufsteigendes Schluchzen. Was hatte sie getan? Sie liebte ihn nicht, eigentlich wusste sie das. Sie konnte ihn nicht einmal leiden und hasste, dass er so beiläufig über Paul gesprochen hatte. Schnell kippte sie den Rest ihres Whiskys hinunter. Dann saß sie da und betrachtete die Schatten, die sich an der Wand bewegten, bis sie sich beruhigt hatte. Als das Gartentor knarrte, stand sie auf, überprüfte ihr Gesicht im Spiegel und ging zur Haustür, um ihrer Mutter zu öffnen.

Den ganzen nächsten Tag über hörte und sah Sarah nichts von Ivor und vermutete, dass er wütend auf sie war. Sie sagte sich, dass sie das gleichgültig ließ, doch sie verabscheute es, Streit mit jemandem zu haben, der ihr nahestand, und sie ging ihrer Arbeit auf dem Anwesen mit schwerem Herzen nach.

Am Morgen des zweiten Tags tauchte wie auf ein Stichwort ein schweigsamer, stiernackiger Mann auf, um die zwei Schweine abzutransportieren, die sie in einem hölzernen Stall hinter dem Küchengarten gemästet hatten. Obwohl Sarah sich mahnte, nicht sentimental zu werden, konnte sie nicht anders, als ein paar Tränen zu vergießen, nachdem die Tiere auf den Wagen geladen worden und quiekend davongefahren waren, obwohl sie wahrscheinlich eher bestürzt darüber waren, von ihrem Trog getrennt zu werden – zumindest redete sie sich das ein –, als über die Aussicht auf ihr gewaltsames Ende. Dennoch, Schinken und Speck wurden gebraucht, und mehr gab es dazu nicht zu sagen. Entschlossen marschierte sie an dem verlassenen Schweinestall vorbei, denn sie konnte sich nicht überwinden, ihn auszumisten, solange das Stroh noch warm war. Stattdessen pflanzte sie mit Sam enorme Mengen an Kohl, um sich von ihren Problemen abzulenken, die, so schalt sie sich selbst, verglichen mit den Sorgen anderer Menschen nicht wirklich welche waren.

Als es um vier Uhr dämmerte, legten sie beide das Werkzeug weg. Sam verdrückte sich rasch unter einem Vorwand nach Hause, und Sarah vermutete, dass es dabei um ein Mädchen ging. Sie allerdings arbeitete noch ein Weilchen im Garten hinter dem Haus der Kellings. Es sah aus, als würden sich bald Bauarbeiter ans Werk machen und das Innere so umgestalten, dass aus dem Herrenhaus ein Erholungsheim für verwundete Soldaten wurde. Sie stellte sich vor, dass die Invaliden gern in einem schönen Garten sitzen würden, daher hatte sie versucht, das Unkraut in den Blumenbeeten in Schach zu halten, und Sam mähte regelmäßig mit einer Sense den Rasen.

Fast eine Stunde später, als sie ihr Werkzeug sauber kratzte, schaute sie den Hügel hinunter, beschattete die Augen, um sie vor der tief stehenden Sonne zu schützen, und sah eine einsame Gestalt, die eine sperrige Tasche die Auffahrt hinaufschleppte. Die Bewegungen des Mannes wirkten verstohlen – immer wieder schaute er sich um, und ein- oder zweimal setzte er zu einem müden Laufschritt an, um dann wieder in seinen stetigen Trott zu verfallen. Langsam breitete sich eine vage Ahnung in ihr aus. Das konnte doch nicht sein! Dann trafen sich ihre Blicke, und als er den Hut zog und ihr damit zuwinkte, war Sarah sich sicher. Sie warf die Schaufel zur Seite, ließ den tropfenden Wasserhahn im Stich und trat einen Schritt auf den Mann zu, dann noch einen, und bald rannte sie.

»Paul!«, schrie sie. »Ach, Paul.« Und dann, irgendwie, lagen sie sich in den Armen, drückten einander und lachten vor Freude. Wie dünn er geworden war, bemerkte sie besorgt. Unter seinem fadenscheinigen Jackett konnte sie seine Rippen spüren. Als sie sich voneinander lösten, sah sie schockiert die tiefen Schatten unter seinen Augen. Er wirkte, als wäre er zehn Jahre gealtert. Was hatten sie ihm angetan?

»Ich war gerade in Flint Cottage«, sagte er und strahlte sie an, »aber ich habe nur Mrs. Allman und einen Jungen angetroffen.«

»Ja, das ist Derek, er ist bei uns einquartiert. Oh, Paul, Sie sind zu Hause. Ich kann es kaum glauben.«

»Das dürfen Sie auch nicht. Ich bin nicht nach Hause gekommen, Sarah. Nur zu Besuch. Eigentlich dürfte ich überhaupt nicht hier sein.«

»Warum?« Sie begriff nicht, doch dann erstarrte sie. »Sie sind aber nicht weggelaufen, oder?«

»Nein, nein. Ich bin offiziell aus dem Lager entlassen. Noch bin ich mir nicht sicher, aber ich glaube, dafür habe ich Sir Henry zu danken.«

»Der gute alte Sir Henry.« Nun erlaubte sie sich wieder, gut von ihm zu denken. »Ich frage mich, wie er das zustande gebracht hat.«

»Nachdem die Gefahr einer Invasion nicht mehr so akut war, sind einige von uns entlassen worden. Aber, Sarah, es ist mir verboten, nach Norfolk zurückzukehren. In jede Grafschaft an der Küste. Wahrscheinlich befürchten sie immer noch, wir könnten auf das Festland flüchten oder Nachrichten an deutsche Schiffe übermitteln. Wenn man mich hier sieht ... nun ja.«

»Aber Sie sind trotzdem gekommen.«

»Ich wollte Mutti besuchen. Ich war gerade auf dem Kirchhof und habe die Holzplakette gesehen. Ich bin froh darüber, dass sie an dieser schönen Stelle unter den Bäumen liegt.«

»Es tut mir so leid, Paul.«

»Ich weiß. Und ich wollte meine Freunde sehen, besonders Sie. Sarah, Sie haben ja keine Ahnung, wie sehr ich mich immer auf Ihre Briefe gefreut habe. Sie waren mir eine solche Hilfe.«

»Besonders aufregend waren sie nicht, fürchte ich.«

»Die Normalität darin hat mich durchhalten lassen. Das Gefühl, dass Sie alle dort sind und alles wie immer ist. Muttis Briefe ... ach, ich sollte mich nicht beschweren. Ich war froh, von ihr zu hören, aber man merkte ihnen deutlich an, wie unglücklich sie war.«

»Sie hat sich so große Sorgen um Sie gemacht, Paul. Aber nun ist sie von allem Kummer befreit.«

»Ja. Ich muss lernen, es so zu betrachten. Und jetzt will ich zum Haus. Ich brauche einiges, und –«

»Wahrscheinlich möchten Sie gern eine Weile allein sein.«

»Ja, ich wusste, dass Sie das verstehen würden.«

»Wie lange bleiben Sie, Paul?« Würde sie ihn vor seiner Abreise noch einmal sehen? »Was haben Sie vor?«

»Ein Österreicher, den ich kennengelernt habe, wurde zur gleichen Zeit entlassen wie ich. Er hat Familie in London und sagt, ich sei dort willkommen. Es ist in Hampstead, in der Nähe des Parks. Keine Ahnung, welche Arbeit ich dort finden kann, aber es ist ein Anfang ... Mein Gott«, hauchte er dann auf Deutsch.

Er starrte etwas an, das sich hinter ihr befand. Als sie sich umdrehte, stockte ihr der Atem. Es war Ivor, der über das Stoppelfeld auf sie zustampfte, und als er näher kam, sah sie seine Gewittermiene.

»Hartmann!«, brüllte er. »Was haben Sie hier zu suchen?«

Paul sagte nichts, sondern wartete, bis Ivor sie erreicht hatte.

»Ich wusste nicht, dass man Sie herausgelassen hat.«

»Ja, vor zwei Tagen. Sagen Sie Ihrem Vater, dass ich leider nicht wieder arbeiten kann.«

»Sie dürften gar nicht hier sein. Sie kennen die Regeln ebenso gut wie ich.«

Woher weiß er das?, fragte sich Sarah.

Paul holte tief Luft. »Keine Sorge, ich bin nur gekommen, um mir ein paar Kleidungsstücke zu holen, und dann verschwinde ich wieder. Seien Sie versichert, dass es keinen Grund gibt, mich als Verräter zu verdächtigen.«

»Ich wollte nicht –«

»Ich glaube, ich weiß schon, was Sie meinen«, gab Paul glatt zurück, doch die zwei roten Flecken auf seinen bleichen Wangen verrieten, dass er zornig war. Seine Augen blitzten. »Sie wollen mich nicht hier sehen, was immer Ihre Gründe sein mögen, daher freue ich mich, Ihnen zu versichern, dass ich Sie nicht lange behelligen werde. Ich bin mir sicher, Sie werden mir die kurze Atempause nicht missgönnen, doch machen Sie sich keine Sorgen, morgen werde ich mich, wie Sie schon so oft zu mir gesagt haben, vom Acker machen.«

»Was mich angeht, kann das nicht früh genug sein«, knurrte Ivor. Angesichts von Pauls Direktheit hatte er erbittert das Gesicht verzogen.

»Ach, hört doch auf, und zwar alle beide!«, rief Sarah bestürzt.

»Wir müssen uns verabschieden, Sarah«, erklärte Paul, nahm ihre Hand und küsste sie demonstrativ. »Möglich, dass ich morgen früh keine Gelegenheit mehr habe, Sie zu sehen. Ich glaube, Captain Richards wird sich vergewissern wollen, dass ich fort bin.«

»Dann lebe wohl, Hartmann«, sagte Ivor leise. Sie sahen zu, wie Paul die Tasche wieder auf die Schulter schwang, um die Ecke des ummauerten Gartens bog und in Richtung Westbury Lodge davonging.

Sarah musterte Ivor kühl, bis er rot anlief. »Du hast mich enttäuscht, Ivor. Ich hätte mehr von dir erwartet. Warum bist du so hart zu ihm? Bist du eifersüchtig, weil wir befreundet sind?«

»Ich mag es nicht, wenn er um dich herumschleicht, nichts weiter. Er ist nicht gut genug für dich. Ich kann mir nicht vorstellen, dass deine Mutter damit einverstanden wäre. Er ist Deutscher, und er ist Untergärtner. Jedenfalls war er das.«

»Was denkst du dann erst von mir? Ich bin bei der Landarmee. Paul ist gebildeter als ich. Sein Vater war Universitätsdozent, und seine Mutter war verwandt mit Lady Kelling. Aber warum gebe ich mir die Mühe, all das zu erzählen? Du siehst in ihm nur einen einfachen Gärtner.«

»Einen einfachen *deutschen* Gärtner. Der nicht einmal den Anstand besitzt, zurückzugehen und für sein Land zu kämpfen.«

»Dann beschuldigst du ihn jetzt, feige zu sein?«

»Sarah, bitte. Ich will mich nicht wegen Hartmann mit dir streiten. Er ist es nicht wert.«

»Na ja, morgen ist er ja fort, dann brauchen wir seinetwegen nicht mehr zu streiten. Ich gehe nach Hause, Ivor. Ich bin müde, todmüde.« Matt hob Sarah Pflanzschaufel und Forke vom Boden auf, wischte sie mit einem Stofffetzen trocken und schloss sie zusammen mit dem anderen Werkzeug im Schuppen ein.

Ivor wartete auf sie. »Wann sehe ich dich wieder?«

»Im Moment weiß ich das ehrlich gesagt nicht, Ivor.« Sie zog ihren Mantel an, band sich das Kopftuch um und stieg auf ihr Rad. Erst als sie das untere Ende der Auffahrt erreichte, sah sie sich zu ihm um. Ivor stand breitbeinig da, die Hände in die Hüften gestemmt, und musterte sie stolz. Wie irgendein Stammesfürst aus den Bergen, dachte sie. Als wäre sie sein Besitz. Verärgert wandte sie sich von ihm ab und brach nach Hause auf.

Ihre Mutter freute sich darüber, dass Paul freigelassen worden war, doch abgesehen davon zeigte sie nur höfliches Interesse. Sarah hörte an diesem Abend nichts von ihm, obwohl sie auf ein Klopfen an der Tür oder das Klappern des Briefkastens lauschte. Im Bett lag sie noch lange wach und stellte sich seine einsame Nachtwache vor. Am Morgen kam nur die übliche Post, die Derek von der Fußmatte aufsammelte und stolz zum Tisch trug, bevor er sich an seinen Platz setzte. Sarah fiel auf, dass er darauf achtete, seinen Porridge nicht zu schlürfen und damit Mrs. Baileys Missfallen auf sich zu ziehen, doch er entspannte sich, als ihr kritischer Blick stattdessen auf Sarah fiel.

»Was ist denn heute mit dir los? Du bist zappelig, und das geht mir auf die Nerven.«

»Gar nichts, Mummy, ich habe nur Kopfschmerzen. Ich habe

nicht gut geschlafen. Ist das wirklich ein Brief von Diane? Was schreibt sie?«

»Das Essen ist gut, aber ihre Strümpfe geben alle den Geist auf, und sie braucht ihren hellen Nagellack. Hier, lies selbst.« Diane war genauso eine schlechte Briefeschreiberin wie Ivor, und wenn sie sich meldete, dann meist, um sich etwas nachschicken zu lassen.

Sarahs Gedanken waren in Aufruhr. Das Wiedersehen mit Paul und der gestrige Streit mit Ivor hatten sie zutiefst berührt. Ihr wurde klar, dass jeder der Männer ihr wichtig war, aber beide beunruhigten sie auf unterschiedliche Weise. Auf den blonden, gut aussehenden Ivor mit seiner festen Stellung in der Welt reagierte ihr Körper voller Leidenschaft, doch sein männliches Selbstwertgefühl war anfällig, als verlaufe ein Riss durch seine Seele. Sie war sich bewusst, wie sensibel er reagierte, wenn er mit seinem Vater zusammen war. Bei Paul war das noch schlimmer, da dieser zwar größer und körperlich stärker war als Ivor, doch in einer schwächeren Position als dieser. Und doch konnte Ivor sich ihm gegenüber, einem Exilanten, einem Mann ohne Land und Herrn, nicht großmütig verhalten. Sah Ivor auch wegen seines niedrigen Status auf ihn herab, und nicht nur, weil Paul Deutscher war? Oder trieb ihn die Eifersucht auf einen potenziellen Rivalen in Liebesdingen an? Sie wusste es nicht und fragte sich, ob Ivor selbst sich darüber im Klaren war.

Was ihre Gefühle für Paul anging, wusste sie, dass sie ihn sehr gern hatte, doch etwas gebot ihr Einhalt. Seine Verletzlichkeit verunsicherte sie, sein mangelndes Selbstvertrauen. Sie hatte den Eindruck, dass seine Loyalität seiner Mutter gehört hatte und sich ohne Mrs. Hartmann seine Bindung an sein Leben in England lockern könnte. Vielleicht brauchte er Sarah deswegen. Nun ja, sie würde ihm eine treue Freundin sein. Ein Teil von ihr hätte am liebsten die Arme um ihn gelegt und ihn an sich gezogen, aber wäre das richtig? Brauchte sie ihn?

Nicht zum ersten Mal wünschte sie sich, die Ehe ihrer Eltern wäre glücklich gewesen, damit sie von ihnen hätte lernen können, was sie tun sollte. Ihr Vater hatte ihre Mutter nie zufriedenstellen können. Er hatte sie angebetet, doch sie war unnahbar geblieben. Manchmal fragte sie sich, ob ihre Mutter in der Lage war, aufrichtig zu lieben. Und leider schien Diane ihr darin nachzuschlagen. Aber ich kann das, sagte sie sich. Wenn ich nicht aufrichtig lieben kann, dann werde ich nie heiraten. Ich bin allein vollkommen zufrieden.

Tief in der Nacht waren diese Gedanken in ihrem Kopf wie ein Karussell gekreist. Und heute Morgen war ihr nichts davon klarer.

»Vielleicht pustet die frische Luft ja die Kopfschmerzen fort. Auf Wiedersehen, Mummy. Komm nicht zu spät zur Schule, Derek.«

Der Garten sieht traurig aus, so vieles ist gewuchert oder abgestorben, fiel Sarah auf, als sie ihr Fahrrad zum Tor schob. Immerhin passte das zu ihrer Stimmung.

Auf dem Weg nach Westbury Hall rechnete sie hinter jeder Ecke damit, auf jemanden zu treffen, Paul oder Ivor, Ivor oder Paul, doch als sie den ummauerten Garten erreichte, hatte sie nicht einmal Sam gesehen, der zum zweiten Mal in dieser Woche zu spät zur Arbeit kam. Sie lehnte ihr Fahrrad an den Geräteschuppen, schlug den Weg zum Cottage der Hartmanns ein und klopfte an die Tür.

Niemand machte auf. Sie versuchte, die Tür zu öffnen, doch sie war verschlossen. Dann ist er also fort, dachte sie traurig, während sie zurück in den Garten ging und überlegte, was heute zu tun war. Die Apfelbäume bogen sich unter den Früchten. Zeit, die Kisten für die Ernte vorzubereiten.

Als sie an diesem Abend nach Hause kam, hatte Ivor immer noch nichts von sich hören lassen, und da Sarah ein schlechtes Gewissen hatte, schickte sie ihm einen Brief und schrieb, es tue ihr leid, dass sie sich gestritten hatten, und schlug vor, sich am Wochenende zum Tee zu treffen.

Zuerst erhielt sie keine Antwort. Am Tag darauf kam eine Notiz, deren Ton kühl und beinahe förmlich war. Er bedauere es sehr, doch er müsse am Samstag abreisen, um wieder zu seinem Bataillon zu stoßen. Er nahm ihre Entschuldigung an und betrachte die Sache als erledigt.

Wie verletzend und verwirrend, dachte sie ärgerlich, als sie den Brief noch einmal las. Trotz seiner Kälte erahnte sie zwischen den Zeilen Ivors Schmerz. Das einzige Zugeständnis an sie war sein Versprechen, ihr zu schreiben. Fromm bat er sie, für seine Sicherheit zu beten. Sarah saß lange auf ihrem Bett und versuchte, sich nicht gekränkt zu fühlen. Zog er sich endgültig von ihr zurück, oder war er einfach grausam und spielte mit ihr?

26

Ihre besten Jeans und das elfenbeinfarbene Shirt mit den Perlmuttknöpfen oder ein hellgrünes Baumwollkleid mit ausgestelltem Rock? Briony musterte den Haufen verschmähter Kleidungsstücke auf dem Bett und wünschte sich, sie hätte etwas Schickes mitgebracht. Es war nur ein Treffen mit Greg im *Dragon*, aber wenn er direkt aus London herfuhr, würde er noch seinen Anzug aus der Stadt tragen, da konnte sie nicht allzu zwanglos daherkommen. Das Kleid war allerdings stark zerknittert, und als sie stattdessen das Shirt anzog und sich im Spiegel inspizierte, spannte es über der Brust. Also Jeans und ein weites Top. Sie zog beides über, legte tropfenförmige silberne Ohrringe an und schlüpfte in Riemchensandalen, nur mit einem kleinen Absatz, weil sie sonst größer wirken würde als er. Obwohl, kam es darauf an? Schließlich war das kein Date, oder? Während sie ihr Haar zu dem gewohnten Knoten eindrehte und Lippenstift auftrug, fragte sie sich, warum sie so nervös war.

Der Pub an der alten Steinbrücke war hübsch. Das Lokal war geschmückt mit Blumenampeln, und man hatte von dort einen Blick auf die üppig grüne Rasenfläche, die sich bis zum Fluss erstreckte. Das Innere wurde von alten Holzbalken und poliertem Messing beherrscht. Briony folgte den Hinweisschildern zur Bar durch eine Reihe winziger Durchgangsräume in den großen Hauptraum. Dort erblickte sie Greg, der glücklicherweise mit marineblauen Cordhosen und einem weichen blauen Hemd mit offenem Kragen nicht allzu förmlich gekleidet war. Er unterhielt sich mit einem elfenhaft wirkenden Jugendlichen mit feuerrotem Haarschopf, der hinter der Bar stand. Sie durchquerte den Raum, der mit Holzboden ausgelegt war, und berührte seinen Arm.

»Greg.«

»Hi, Briony«, sagte er, und sein liebenswürdiges, attraktives Gesicht leuchtete vor Freude auf. Er küsste sie sanft auf beide Wangen. »Was möchten Sie trinken?«

»Eins davon, bitte«, erklärte sie und wies auf das Bierglas mit dem schäumenden bernsteinfarbenen Nass, das vor ihm stand, und der rothaarige Elf kam ihrer Bestellung nach. Briony trank einen Schluck des cremigen Biers und spürte, wie ihre Nervosität verflog.

»Ich hoffe, es macht Ihnen nichts aus«, fuhr Greg fort, »aber ich habe uns für acht Uhr einen Tisch reserviert. Mein Mittagessen hat aus einem Cocktail-Sandwich und einer sehr kleinen Samosa bestanden.«

»Nicht genug für einen Jugendlichen im Wachstum«, witzelte sie. Es machte ihr nichts aus, dass ihre Pläne für einen frühen Abgang sich zerschlagen hatten. Das Bier schmeckte wirklich köstlich. Die Abendsonne schien durch die Sprossenfenster und brachte sie zum Glitzern, und draußen lockte die Schönheit eines englischen Gartens. Sie trugen ihre Getränke hinaus zu einem kleinen runden Tisch unter den Trauerweiden, deren Äste bis in den plätschernden Bach hingen.

»Sie haben Glück, hier ein Haus zu besitzen«, seufzte sie. »Es ist so idyllisch.«

»Die Fahrt kann ziemlich anstrengend sein, aber das ist es vollkommen wert«, pflichtete er ihr bei. »Ich bin in der Nähe aufgewachsen.« Er nannte den Namen eines Dorfs, und als sie erklärte, sie habe noch nie davon gehört, lachte er. »Niemand hat das. Es liegt ungefähr fünf Meilen abseits der Hauptstraße nach Norwich, daher habe ich die Gegend hier immer als Heimat betrachtet.«

»Sagten Sie nicht, das Haus, in dem Sie jetzt leben, sei schon lange in Familienbesitz?«

»Das stimmt. Mein Urgroßvater war Gutsverwalter am Herrenhaus, und das Haus war seine Dienstwohnung, daher ist sein Sohn, mein Großvater, dort aufgewachsen.«

»Und Sie, der reiche Nachfahre, sind hergekommen und haben das gesamte Anwesen übernommen. Ein sehr modernes Beispiel dafür, wie sich das Schicksal wenden kann!«

Er lächelte. »Das könnte man wahrscheinlich so sehen. Der Gedanke, dass eine Kelling von Westbury Hall jetzt meine Mieterin ist, fühlt sich jedenfalls eigenartig an. Kemi hat mir erzählt, Sie hätten die alte Mrs. Clare kennengelernt.«

»Ja, und ich habe nicht den Eindruck, dass sie sich Ihnen irgendwie verpflichtet fühlt.« Briony warf Greg einen amüsierten Blick zu und hob ihr Glas an die Lippen.

»Nein«, sagte er. »Wahrscheinlich nicht.« Nachdenklich rieb er sich das Stoppelkinn, und die Sonne ließ einen Goldring, den er trug, aufleuchten.

Er musste sich im Leben wirklich gut geschlagen haben, um das Herrenhaus und dessen Park kaufen zu können, obwohl Briony nur verschwommene Vorstellungen von der Hochfinanz hatte. Sie fragte sich, wie reich man dazu sein musste. Wie alt er wohl sein mochte? Anfang vierzig, vermutete sie. Alles an ihm war gepflegt und poliert, doch dunkle Schatten unter seinen klugen blauen Augen und seine angespannten Stirnfalten verrieten Stress.

Sein Blick verweilte auf ihr, und sie steckte sich unsicher eine verirrte Haarsträhne hinters Ohr und setzte sich aufrechter hin. »Wie sind Sie die Umgestaltung von Westbury Hall angegangen?«, erkundigte sie sich. »Ich meine, das ganze Bauprojekt muss doch kompliziert gewesen sein.«

»Das war es«, stimmte er ihr zu. Eine Weile sprach er über

Baugenehmigungen und Kapitalbeschaffung, die Beteiligung eines spezialisierten Architekten und eines Bauunternehmers und ihren Schwierigkeiten damit, die richtigen Materialien zu besorgen und Arbeiter zu finden, die die erforderlichen Kenntnisse besaßen. Probleme mit Feuchtigkeit und Nassfäule. Zu ihrem Erstaunen fand sie das faszinierend. Das Herrenhaus war baufällig gewesen, und es war kein Käufer zu finden gewesen, der es restauriert hätte, daher war sein Angebot schließlich angenommen worden. Das Ganze hatte sich über mehrere Jahre hingezogen. Während er erzählte und ihr auf seinem Handy Vorher-nachher-Fotos zeigte, wurde Briony klar, wie viel ihm das Haus bedeutete.

»Was ist mit Ihrem eigenen Haus?«, fragte sie. »Werden Sie es als Wochenendhaus behalten?«

»Um ehrlich zu sein, habe ich das noch nicht entschieden. Ich hatte vorgehabt, mit meiner Frau – Ex-Frau, sollte ich sagen – herzuziehen. Vielleicht eine Familie zu gründen, all das. Hat nicht funktioniert.«

»Verstehe. Das ist traurig.« Das musste der Grund für seine unterdrückte Anspannung sein.

Sie wartete, ob er sich ihr anvertrauen wollte, doch er leerte nur sein Glas und schaute wehmütig drein, als sei er in Gedanken meilenweit fort. Ihr Tisch war bereit. Sie sammelten ihre Sachen ein und gingen nach drinnen.

In dem halbdunklen Restaurant flackerte Kerzenlicht, das Kristall und Silber funkeln ließ und eine intime Atmosphäre schuf. Die Kellnerin brachte von Hand geformte Brötchen und winzige, geprägte und mit Wassertröpfchen benetzte Butterrondelle und schenkte ihnen klaren, kalten Weißwein ein.

Während sie auf ihre Vorspeise warteten, erkundigte Greg sich nach Brionys Arbeit, dem Buch, das sie geschrieben hatte, und ihrer Meinung darüber, welchen Einfluss die veränderte politische Lage auf ihr College haben könnte. Sie lieferte eine passable Parodie des hochtrabenden Fachbereichsleiters ab, der besessen von

Statistiken und Profit war, was Greg zum Lachen brachte. Sie fragte sich, ob er häufig lachte, denn es lag etwas Zurückhaltendes in der Art, wie er es abbrach und die Lippen zusammenpresste.

Verlegen schilderte sie, was ihr Anfang des Jahres zugestoßen war, wie man sie in den sozialen Medien gehetzt hatte. Greg wirkte entsetzt. »Für so etwas habe ich nichts übrig«, sagte er. »Ich selbst bin auf keiner dieser Plattformen, Twitter, Facebook oder so.«

»Ich inzwischen auch nicht mehr, außer bei Facebook, aber ich poste nie etwas.«

Sie wurden unterbrochen, als der erste Gang gebracht wurde, und eine Weile aßen sie schweigend. Briony genoss den zarten Geschmack von frischem Basilikum und cremigem Mozzarella. Sie war froh darüber, dass sie nicht damit herausgeplatzt war, wie tief die Verurteilung durch die Medien sie berührt hatte, denn sie war sich nicht sicher, wie sehr Greg mit ihr fühlen würde. Er besaß eine Seite, die sehr starr wirkte. Vielleicht gehörte er der Augen-zu-und-durch-Fraktion an, einer Art der Problembewältigung, an der sie sich selbst oft versuchte, die ihr jedoch dieses Mal einfach nicht weitergeholfen hatte. Stattdessen stellte sie ihm, als ihr Backfisch mit Pommes frites gebracht wurde, die Frage, die ihr schon den ganzen Abend auf der Zunge brannte: »Was hat Ihr Vater eigentlich gesagt?«

Greg sah sie mit hochgezogenen Augenbrauen an. »Entschuldigung«, stotterte Briony, »Sie hatten freundlicherweise angeboten, ihn zu fragen, ob er etwas über meinen Großvater weiß.«

»Ach ja, natürlich.« Sie spürte sein Widerstreben und fragte sich, ob er dem Thema ausweichen wollte. »Und der andere Kerl, wie hieß er noch?«

»Hartmann, Paul Hartmann. Was hat Ihr Dad gesagt?«

»Da liegt das Problem. Er hat nach Ihnen gefragt, wer Sie sind, woher Sie kommen, und natürlich konnte ich ihm nicht viel sagen, nur, dass Sie Historikerin sind und sich für Ihre Familiengeschichte interessieren.«

»Und wie hat er reagiert?«

»Er wirkte ein wenig still. Ich glaube, er hat sich nicht besonders gut mit meinem Großvater verstanden, gleichzeitig ist ihm sehr daran gelegen, sein Andenken zu hüten. Sogar heute noch, obwohl er seit zehn Jahren tot ist. Ich habe ihn natürlich gekannt, aber nicht gut. Er hat nicht viel von sich preisgegeben. Um Ihnen die Wahrheit zu sagen, war er ein verbittertes altes Ekel. Fand aus irgendeinem Grund, das Leben hätte ihn schlecht behandelt. Weiter bin ich bei Dad nicht gekommen.«

Allerdings, er hat gar nichts erreicht, dachte Briony niedergeschlagen.

»Tut mir leid. Ich sehe Ihnen an, dass Sie enttäuscht sind.«

»Ein wenig schon. Ich weiß nicht mehr, wie viel ich Ihnen erzählt habe, aber ich bin zu einer Sammlung von Briefen gekommen, die an einen Paul Hartmann gerichtet waren, der während des Zweiten Weltkriegs Gärtner im Herrenhaus war. Die Verfasserin war eine Frau namens Sarah, die anscheinend in Westbury gelebt hat. Dann habe ich eine Nachricht von Paul an sie in einem Schuhkarton mit Hinterlassenschaften meines Großvaters gefunden, und mir ist klar geworden, dass sie einander gekannt haben müssen. Daher ist es mir wichtig, mehr über sie herauszufinden. Sie gehören sozusagen zu meiner Familie. Ich war noch sehr jung, als ich meine Mutter verloren habe, und jetzt fasziniert es mich, woher wir stammen. Sie empfinden auch so, oder? Warum hätten Sie sonst das alte Haus kaufen sollen, in dem Ihr Großvater einmal gelebt hat?«

»Mir gefällt die Vorstellung, an einem Ort zu leben, wo ich Wurzeln schlagen kann. So habe ich es jedenfalls gesehen, als ich mit Laura zusammen war: Wir wollten uns hier niederlassen und Kinder bekommen, die in die Dorfschule gehen sollten.«

»Der Traum vom Landleben?«

»Ja, aber dann hat Laura mich abserviert«, erklärte er bitter. Er spießte sein letztes Stück Fisch auf, aß es, legte Messer und

Gabel nieder und trank einen großen Schluck Wein aus seinem Glas.

Briony aß zu Ende und wartete darauf, dass er mehr über seine Ex-Frau erzählte, vielleicht eine der üblichen Geschichten über eine törichte Affäre oder den Tod der romantischen Liebe. Doch er ließ sich nicht weiter aus, und sie war verwirrt, aber auch erleichtert, weil sie nie wusste, was sie zu diesen Dingen sagen sollte. Man hörte immer nur eine Seite, und auch die erzählte vielleicht nicht die ganze Wahrheit. Oft nahm sie an, dass Menschen ihre eigenen Versionen von Ereignissen erfanden, um selbst besser dazustehen. Das Studium der großen Persönlichkeiten der Geschichte hatte sie jedenfalls darin bestätigt. Waren die schlimmsten Lügen nicht die, die wir uns selbst erzählten?

»Am Anfang dachte ich darüber nach, im Herrenhaus zu leben«, meldete sich Greg wieder zu Wort. »Aber die Unterhaltskosten wären astronomisch gewesen. Das Cottage ist das Richtige für mich, und, ja, die Familienverbindung spricht mich an.«

»Und wie Sie sagten, gehört Ihnen dieses Mal die gesamte Anlage«, ergänzte Briony lakonisch.

»Auch das bereitet mir Freude«, fügte er mit einem ironischen Lächeln hinzu.

Obwohl seine Erklärungen logisch klangen, hatte sie den Eindruck, dass da noch etwas war, was er nicht aussprach. Sie und er, Nachkommen von zwei Familien aus Westbury, waren einander noch nie begegnet, und doch redeten sie um ein großes, unbekanntes Thema herum.

»Alles in Ordnung bei Ihnen?« Die Kellnerin räumte ihre Teller ab und wies auf eine Tafel mit der Tageskarte.

»Die Desserts sind hier nicht übel«, murmelte Greg, an Briony gerichtet. »Ich nehme den Apfel-Brombeer-Crumble mit Sahne. Was ist mit Ihnen?«

»Vielleicht eine Kugel Eis, um Ihnen Gesellschaft zu leisten. Mehr bringe ich unmöglich noch hinunter.«

»Hören Sie«, sagte sie, während sie warteten. »Ich weiß nicht, ob es Ihr Ernst war, als Sie sagten, Sie wollten den Garten neu gestalten. Ich habe einen Freund, der Landschaftsgärtner ist. Sie haben ihn und seine Freundin kürzlich kennengelernt, das heißt, Sie haben mit ihnen geredet, als Sie auf der Auffahrt an ihnen vorbeigefahren sind.«

»Ja, ich meine mich zu erinnern.«

»Er heißt Luke, Luke Sandbrook. Ich weiß nicht, ob er überhaupt Zeit hat, aber er ist für ein paar Tage hier in der Gegend und besucht seine Eltern. Ich habe ihm den ummauerten Garten gezeigt, und er war begeistert. Er ist sehr gut, das sagen alle.«

»Geben Sie mir doch seine Nummer«, sagte Greg. »In diesem Stadium könnte ich einen klugen Rat gebrauchen.«

»Okay! Ich sage es ihm, ja? Dass Sie sich vielleicht melden.« Sie freute sich, Luke möglicherweise einen Gefallen getan zu haben.

»Klar. Damit habe ich kein Problem.«

Nach dem Dessert tranken sie Kaffee und kabbelten über die Rechnung, die schließlich der hartnäckige Greg beglich. Als sie den Pub verließen, war es dunkel geworden, und sie standen einen Moment auf der Brücke und erfreuten sich daran, wie die Strahler unter dem Dachvorsprung die in weichem Cremeweiß gehaltenen Mauern des Gebäudes betonten und auf dem bewegten Wasser glitzerten. Briony fühlte sich satt und müde, doch als Greg meinte, sie hätten so viel getrunken, dass es vernünftig wäre, den Wagen über Nacht auf dem Parkplatz stehen zu lassen, war sie gern bereit, mit ihm durch das Dorf und in die sanfte Dunkelheit des Wegs zu laufen, der an Westbury Hall vorbei hügelaufwärts führte.

In London fand sie für gewöhnlich die Dunkelheit, in der sich womöglich Straßenräuber versteckten, nervenaufreibend, doch hier wirkte sie weich, beruhigend und sogar magisch. Der Wind ließ die Bäume ohne Unterlass rascheln, und gelegentlich leuchteten kurz Augen im Unterholz auf, die wieder verschwanden. Hoch oben begannen in den Lücken des Laubdachs helle, winzige Sterne zu glitzern.

Sie sprachen kaum miteinander. Vielleicht waren sie eingeschüchtert von der Dunkelheit, die sie umschloss, doch Briony hörte Greg leise atmen, als sie sich einen Anstieg hinaufquälten. Und dann öffnete sich der Tunnel aus Bäumen, und sie spürte den schwarzen Umriss des Tors mehr, als dass sie es sah, während sie hindurch in den Park traten. Vor ihnen war das Herrenhaus nur als schwacher Lichtschein zu erkennen.

»Ist das nicht wunderschön?«, hauchte sie und fühlte, wie sich in der Dunkelheit Gregs Hand fest und stark um ihre schloss, und es erschien ihr ganz natürlich, dass sie Hand in Hand gingen. Nach einiger Zeit schlang er einen Arm um ihre Taille, und so schlenderten sie langsam die Auffahrt bis zu der Stelle entlang, an der sie sich gabelte und in eine Richtung zu seinem Haus und in der anderen zum Herrenhaus und ihrem kleinen Cottage führte. Dort blieben sie stehen, und er zog sie an sich und küsste in der Dunkelheit ihr Gesicht und ihre Lippen, sanft zuerst und dann heftiger. Er strich mit den Fingern über ihr Haar und ihren Hals und ließ dabei Schauer der Begierde in ihr aufsteigen. Wieder und wieder küsste er sie, bis ihr schwindlig wurde. Er seufzte, begann ihren Hals zu liebkosen, und drückte sie an sich, bis sie das Gefühl hatte zu träumen. Dann flüsterte er einen Namen, doch es war nicht ihrer, und sie kam zu sich und wich zurück.

»Ich bin nicht Lara«, erklärte sie und legte einen Finger auf seine Lippen, um ihm zu signalisieren, dass sie nicht ärgerlich, aber ein wenig verletzt war.

»Das habe ich auch nicht gesagt.« Sie sah in sein blasses, verwirrtes Gesicht und hörte die Verunsicherung in seiner Stimme. Er küsste sie noch einmal. »Was machen wir?«, murmelte er. »Zu dir oder zu mir?«

Etwas stimmte hier nicht, obwohl sie es nicht hätte definieren können. »Nein, Greg«, erklärte sie. »Der Abend war wunderbar, danke. Das hier fühlt sich gut an, aber wir kennen uns kaum.«

»Natürlich«, sagte er und zog sich zurück. »Es tut mir leid.«

»Das muss es nicht. Es ist nur ...«

»Es ist zu früh. Ich entschuldige mich. Es ist einfach über mich gekommen.«

»Das muss mir auch so gegangen sein.« Sie streckte die Hand aus und streichelte sein Gesicht. Er nahm ihre Hand, drückte sie an die Lippen und biss ganz leicht hinein, ohne dass es schmerzte. Sie lachte.

»Vielleicht können wir das irgendwann fortsetzen?«

»Vielleicht.« Sie ließ das Wort in der Luft schweben.

Dann verabschiedeten sie sich, und Briony ging weiter in Richtung Herrenhaus. Ihr Herz raste immer noch, und ihre Lippen waren geschwollen von seinen Küssen. Die ganze Episode hatte sie verunsichert. Die durch die Dunkelheit entstandene Intimität musste ihre natürliche Zurückhaltung geschwächt haben. Es musste, genau wie Greg es von sich behauptete, über sie gekommen sein, und sie hatte die Kontrolle verloren. Das war die Wahrheit und sah ihr ganz und gar nicht ähnlich.

Ein großer runder Mond von der Farbe gebleichter Knochen ging über dem Herrenhaus auf, warf seinen Schein über die lange Backsteinmauer des Küchengartens, die sich zu ihrer Rechten erstreckte, und den blassen Umriss der Tür darin, die Briony magisch anzog. Und als sie unter der Rundung des Türbogens stand und über die Grasflächen des schlummernden Gartens hinaussah, über die Obstbäume, deren Äste, an denen in der Stille die Früchte anschwollen, wie ausgebreitete Arme wirkten, da wusste sie mit einem Mal ohne den Schatten eines Zweifels, dass der Name, den Greg geflüstert hatte, nicht der seiner Ex-Frau Lara gewesen war, sondern »Sarah«, was überhaupt keinen Sinn ergab.

Robyn Clare. Was für ein schöner Name, und auch ihre Handschrift war wunderschön, wenn auch im Alter zittrig geworden. Am nächsten Morgen war Briony spät aufgestanden und hatte den Umschlag im Briefkasten gefunden. Die Einladung zum Tee war auf eine dicke cremefarbene Karte geschrieben, auf der oben *Westbury Hall, Norfolk* eingeprägt war. Keine Spur von etwas so Vulgärem wie einer Postleitzahl. Briony fragte sich, ob sie aus einer Zeit stammte, als Unwin Clare noch am Leben und Mrs. Clare Gutsherrin gewesen war. Vielleicht glaubte sie, das immer noch zu sein.

Es war entzückend, eine handgeschriebene Karte zu erhalten, und heutzutage so selten geworden. Briony stellte sie auf den Kaminsims und überlegte, wie sehr sich alles verändert hatte. Paul und Sarah mussten sich große Mühe beim Verfassen ihrer Briefe gegeben haben, darüber nachgedacht, welche Worte genau die richtigen sein würden, und die Briefe, die sie selbst erhielten, immer wieder gelesen haben und über die angemessene Antwort nachgedacht haben. Heute kommunizierten die Menschen sekundenschnell, doch wie sie nur zu gut wusste, brachte das seine eigenen Probleme mit sich. Vielleicht schrieben sie gedankenlos und überlegten nicht, dass Worte auch verletzen konnten. Und es war traurig, dass die Vertreter der mit elektronischen Geräten aufgewachsenen Generation in Zukunft wohl keine Sammlungen von Briefen haben würden, die sie verwahren und wertschätzen und erneut lesen konnten, wenn sie alt waren.

Als Briony dieses Mal in Mrs. Clares Wohnung im Erdgeschoss eingelassen wurde, schnüffelte der fette Mops nur an ihren Sandalen und zog sich dann in seinen Korb zurück, wo er sich mit einem verächtlichen Schnauben niedersinken ließ und den Kopf auf die Pfoten legte. Seine Herrin war in Sicherheit, dennoch hatte er offensichtlich nicht vor, die Platte mit köstlich aussehenden Kuchen und Scones, die auf dem Couchtisch wartete, aus den Augen zu lassen.

In der Küche ging es hörbar geschäftig zu, und bald schob eine stämmige Landfrau mittleren Alters, die Robyn mittels eines »Ah, die liebe Avril!« vorstellte, klappernd einen Teewagen herein. Darauf standen, wie Briony erfreut bemerkte, richtige Porzellantassen und Unterteller, begleitet von silbernen Teelöffeln mit verschnörkelten Griffen. Briony suchte sich aus der angebotenen Auswahl einen Scone aus und nahm sich einen der zarten Teeteller. Ihr gegenüber thronte die alte Mrs. Clare in einem Lehnsessel. Sie schluckte zwei rosa Pillen aus einem Folientütchen und ließ sich ein dickes Stück gefüllten Biskuitkuchen reichen.

»In unserer Kinderstube mussten wir immer vier von den dreieckigen Sandwiches mit Butter essen, bevor wir Kuchen bekommen haben«, erklärte sie mit funkelnden Augen. »Das Schöne am Altwerden ist, dass man gegen alle Regeln verstoßen darf.«

»Solange Sie tun, was der Arzt sagt, Mrs. Clare«, meinte Avril, während sie den Tee einschenkte. Dann lächelte sie ihnen zu und zog sich zurück.

»Als Sie die Kinderstube erwähnten, haben Sie ›wir‹ gesagt.« Briony biss in den Scone, dessen köstliche, buttrige Krumen ihr auf der Zunge zergingen.

»Ich hatte einen älteren Bruder, aber er ist bei einem schrecklichen Unfall gestorben, als ich klein war. Wenn Sie den Weg, der an Ihrem Cottage vorbeiführt, weiter entlanggehen, kommen Sie zu einem Teich. Dort ist er ertrunken.«

»Wie furchtbar.«

»Es hatte sehr schlimme Auswirkungen auf meine Eltern und wahrscheinlich auch auf mich. Ich hatte das Gefühl, nutzlos zu sein, weil ich kein Junge war. Aber das ist jetzt alles sehr lang her. In Ihrem Brief haben Sie geschrieben, dass Sie mir noch weitere Fragen über Ihren Großvater stellen möchten.«

»Und über Paul Hartmann«, fügte Briony hinzu.

»Ja, und über Paul. Ich fürchte allerdings, viel mehr habe ich nicht beizutragen. Den größten Teil des Krieges war ich nicht hier. Dieses Haus wurde zu einem Erholungsheim umgebaut, und meine Eltern lebten meist in London. Daddy hat im Innenministerium gearbeitet, wissen Sie. Und ich bin zum Frauenkorps der Marine gegangen. Mummy mochte die Wrens am liebsten, weil sie die schönsten Uniformen hatten. Ich habe eine sehr interessante Zeit dort verbracht und mich mit einem ganz reizenden Marineoffizier verlobt. Dann ist er '43 gefallen, als sein Schiff im Golf von Biskaya torpediert wurde. Das brach mir wortwörtlich das Herz. Nach Georges Tod war ich monatelang zu nichts fähig.«

Briony nickte mitfühlend und wartete darauf, dass sie weitersprach. Mrs. Clare wischte sich Kuchenkrümel von den Lippen und fuhr fort: »Pauls Mutter Barbara ist – wann war das noch? – ziemlich zu Anfang des Krieges gestorben, glaube ich. Mummy wohnte zu der Zeit in unserem Haus in Chelsea, und ich war bei ihr zu Besuch. Ich bin nicht zur Beerdigung gefahren, weil ich zurück nach Dundee musste. Mummy hat erzählt, Paul sei auch nicht dabei gewesen, aber ich weiß nicht mehr, warum.«

»Nach einem Brief, den ich gelesen habe, vermute ich, dass er in einem Lager interniert war, als es passiert ist.«

»Ach ja, natürlich, das muss es wohl gewesen sein. Ein Brief, sagen Sie? Was für ein Brief, wenn ich fragen darf?«

Briony erklärte, wie sie zu den Briefen gekommen war, was Mrs. Clare sehr interessierte, doch als der Name Bailey fiel, verdüsterte sich ihr von Falten durchzogenes Gesicht.

»Sie müssen die Baileys gekannt haben, wenn sie im Dorf gewohnt haben, oder?«, fragte Briony behutsam, denn sie sah, dass dies keine willkommene Erinnerung war.

»Allerdings. Sarah war sehr nett. Ich mochte sie. Sie war in der Landarmee und hat für uns gearbeitet, und sie war gut. Ihre Schwester Diane habe ich ein wenig kennengelernt, weil sie bei den Wrens war, so wie ich, aber wir waren nicht eng befreundet. Wir waren ein paar Monate zusammen in Dundee, bis ich nach Portsmouth versetzt wurde. Sie war ein seltsames Mädchen. Ich würde sagen, sie ist irgendwann tief verletzt worden. Ach, das ist alles so lang her. Heute weiß ich nicht mehr, was damals passiert ist. Die Mutter der beiden, Belinda, steht auf einem ganz anderen Blatt. Eine kalte Frau, habe ich immer gedacht, spröde, aber sie war davon überzeugt, sehr anziehend auf Männer zu wirken.« Kurz hielt Mrs. Clare inne, um dann schnell weiterzusprechen: »Sie war mehrere Jahre die Geliebte meines Vaters. Schreibt Sarah in ihren Briefen davon?«

»Nein.« Briony war perplex. »Davon habe ich nirgends etwas gelesen.« Robyn Clares bitterer Ton verblüffte sie.

»Na, das war sie jedenfalls, und ich konnte ihr das nie verzeihen. Meine Mutter ist fast daran zerbrochen. Sie können sich vorstellen, was es damals für eine Schande bedeutet hätte, wenn es herausgekommen wäre. Ich habe von der Affäre zufällig erfahren, als ich die beiden eines Tages in unserem Haus in Belgravia ertappt habe.«

»Ihre Mutter wusste Bescheid?«

»Oh ja, da bin ich mir sicher. Ich war den größten Teil des Krieges fort, aber ab und zu kam ich auf Heimaturlaub nach London, obwohl ich heute wünschte, ich hätte es nicht getan. ›Würdest du deinen Vater fragen, ob er die Zeitung ausgelesen hat?‹, pflegte meine Mutter beim Frühstück zu fragen. Oder er sagte zu mir: ›Bitte teile deiner Mutter mit, dass ich heute Abend auswärts esse.‹ Sie waren sich nur in einem Punkt einig, nämlich dass die Dienstboten nicht mitbekommen sollten, dass sie sich stritten, was albern war, denn die Köchin war alt und taub, und das Dienstmädchen quälte sich viel zu sehr mit Sorgen um das Überleben seiner Familie, um sich Gedanken darüber zu machen, was ihre Arbeitgeber trieben. Wenn man heute darüber nachdenkt, war das alles traurig ...«

Robyn Clare verstummte, als hätte sie Brionys Anwesenheit vergessen. Sie sah mit abwesender Miene zum Garten hinaus und nestelte an einem losen Faden an der Polsterung ihres Stuhls.

Briony überschlug, dass Robyn bei Kriegsausbruch siebzehn oder achtzehn gewesen sein musste. Wie stark die Wirren dieser Zeit sie bis heute zeichneten, in der das Leben ihr Aufregung, aber auch Tragik und Unfrieden gebracht hatte.

»Sie haben sich schließlich versöhnt«, fuhr Robyn fort und klang immer noch melancholisch, »aber erst, als mein Vater krank wurde und Mummy brauchte. Westbury Hall erhielten wir erst 1946 zurück, aber Mummy und Daddy lebten die meiste Zeit in London. Dann ist Daddy gestorben, und Unwin und ich haben das Haus übernommen. Den Rest der Geschichte kennen Sie.«

Briony nickte. Unwin und Robyn hatten jahrelang gekämpft, um das Herrenhaus zu halten, bis die Familie nach Unwins Tod gezwungen war, sich geschlagen zu geben. Und jetzt war Greg, der Enkel eines ihrer eigenen Angestellten, wenn auch nicht dem Namen nach, der Herr von Westbury Hall.

27

November 1940

Lieber Paul,
es war eine große Erleichterung, von Ihnen zu hören, und ich bin froh, eine Adresse zu haben, an die ich schreiben kann. Aber was für eine entsetzliche Tragödie für Ihre österreichischen Freunde! Gott sei dafür gedankt, dass Sie an diesem Abend außer Haus waren. So eine Kleinigkeit wie ein Bus, der nicht gekommen ist und den Sie wahrscheinlich zu dem Zeitpunkt verflucht haben – doch durch Gottes Gnade hat er Ihr Leben gerettet. Ich spreche von Gottes Gnade, aber die Bomben fallen so wahllos, dass es einfach nach Glück klingt. Nun ja, Paul, Sie haben so viel Pech gehabt, dass ich aufrichtig wünsche, dass dies der Beginn einer Glückssträhne ist. Es tut mir leid, dass Ihr Hostel so überfüllt ist, und ich hoffe, dass Sie bald eine bessere Unterkunft finden. Die Arbeit mit Flüchtlingen klingt nach einer guten Aufgabe für Sie, aber ich finde es interessant zu hören, dass Sie überlegen, zum Pionierkorps zu gehen. Passen Sie nur auf sich auf, Paul, mehr verlangen wir nicht.
Hier ist angesichts der ersten Fröste am Herrenhaus nicht viel zu tun. Ich bin mir sicher, dass ich ständig nach »Eau de Dung« rieche, vor allem, weil er so schwierig in den harten Boden einzugraben ist. Ansonsten räume ich den Garten vor allem auf. Und da ist natürlich noch der Papierkram. Die dunklen Abende ziehen sich endlos hin, verlaufen aber fröhlicher, da wir den kleinen De-

rek unterhalten müssen. Er liebt Puzzles, und ich habe mir angewöhnt, ihm zur Schlafenszeit vorzulesen. Wir versuchen es mit dem Dschungelbuch, weil er wissen wollte, warum wir Daddys alten Tigerfell-Teppich immer Shir Khan genannt haben.

Soweit wir wissen, geht es Diane gut – wir haben letzte Woche einen kurzen Brief von ihr erhalten; sie ist jedoch letzte Woche getadelt worden, weil sie Whiskey getrunken hat, den jemand in eine Tanzveranstaltung geschmuggelt hatte. Sie hat Robyn Keiling ein paarmal getroffen und sagt, ohne ihre Eltern sei sie ein ganz anderes Mädchen, fröhlicher und zum Plaudern aufgelegt. Es ist gut für Diane und Robyn, auf eigenen Füßen zu stehen – wenigstens ein positives Ergebnis dieses Krieges.

Schreiben Sie bald, Paul. Solange ich hier bin, stehen Sie nicht allein auf der Welt, und vergessen Sie nicht, dass Sie so viel beizutragen haben.

Herzliche Grüße
Sarah

Briony hatte Sarahs Brief abgetippt, als ihr die Adresse auffiel, ein Hostel der Heilsarmee in Pimlico, wo Paul, nachdem er ausgebombt worden war, mit allen möglichen Menschen zusammengekommen sein musste. Die Erwähnung des Pionierkorps machte sie neugierig, und sie googelte den Begriff, um ihre Erinnerung aufzufrischen, was seine Aufgabe war. Das Korps hatte eine lange Geschichte. Es bestand aus Nicht-Kombattanten, die dort eingesetzt wurden, wo ihre Arbeitskraft vonnöten war, um eine militärische Operation aufrechtzuerhalten. Während des Krieges hatte das Korps sich um Nachschub und Munition gekümmert, Lager, Flugfelder und Befestigungen gebaut, Trümmer geräumt und Straßen, Eisenbahnschienen und Brücken ausgebessert … Die Liste war endlos. Briony lehnte sich auf ihrem Stuhl zurück, reckte ihre schmerzenden Schultern und dachte über das Gelesene nach.

Als feindlichem Ausländer wäre es Paul in diesem frühen Stadium des Krieges nicht erlaubt worden, zur kämpfenden Truppe zu gehen, selbst wenn er das gewollt hätte. Sein Beitritt zu diesem Korps musste trotzdem bedeutet haben, dass er bereit war, an der Vernichtung seiner Landsleute mitzuwirken. Das musste eine schwere Entscheidung für ihn gewesen sein, und nicht zum ersten Mal wünschte Briony sich sehnlichst, sie könnte erfahren, was er gedacht hatte. Die Arbeit musste große Körperkraft erfordert haben, aber die hätte er als Gärtner besessen, obwohl die Monate der Internierung ihm zugesetzt hatten. Und natürlich hätte er eine Ausbildung durchlaufen.

Seufzend wählte sie den nächsten Brief aus dem Stapel aus. Alles in allem war es ein interessanter Nachmittag gewesen. Robyn hatte sich an Brionys Großvater Harry erinnert, ein Durchbruch. Briony hörte beinahe Robyns spröde, helle Stimme:

»Harry war ein fröhlicher, unbekümmerter Bursche. Er gehörte zu den Menschen, die man einfach gernhaben musste. Ich habe mich manchmal gefragt, was aus ihm geworden ist, aber wir kannten einander nicht gut, und ich hatte niemanden, den ich hätte fragen können. Nach Kriegsende war alles so schwierig. So viele junge Leute, die man kannte, waren in alle Winde zerstreut. Mehrere Freunde von mir sind umgekommen. Dann ist Harry also nach Surrey gezogen, wie es aussieht. Hatte er einen Bruder? Ich weiß es nicht mehr. Wenn ja, dann hat vielleicht der Bruder irgendwann den Hof übernommen.«

Briony tippte sich mit dem Ende ihres Bleistifts gegen die Zähne, während sie Robyns Worte notierte. Vieles war verwirrend. Nicht nur, was aus Paul Hartmann geworden war, sondern auch andere betreffend. Zum Beispiel die Baileys: Wohin waren sie nach Kriegsende gezogen? Sie hätte Mrs. Clare danach fragen sollen. Sie beugte sich vor und griff nach dem nächsten Brief.

28

Anfang 1941

*L*ondon wirkte heruntergekommen wie ein angeschlagener alter Mann in einem mottenzerfressenen Mantel. Im angenehm warmen Lyons Corner Shop an der Oxford Street bestellte Sarah bei der Kellnerin eine Kanne Tee. Am beschlagenen Fenster saß eine mütterlich wirkende Frau allein in einem winterlich blassen Sonnenfleck, las einen Brief und tupfte sich gelegentlich die Nase mit einem Taschentuch ab. Den getoasteten Teekuchen, der vor ihr stand, hatte sie nicht angerührt. Am Tisch neben Sarah ließen sich zwei Verkäuferinnen mit scharfen Gesichtszügen Backfisch und Pommes frites schmecken und zogen über eine Kollegin her, die sich wichtigmachte.

Paul war spät dran, doch als sie den ersten Schluck kochend heißen Tee trank und sich ermahnte, sich keine Sorgen zu machen, bemerkte Sarah, wie ein junger Mann in einer schicken Uniform die Tür aufstieß. Er war es, und Freude durchströmte sie. Sofort fiel sein Blick auf sie, und sein Gesicht leuchtete auf. Er nahm seine Mütze ab, kurz spürte sie seine kühle Wange an ihrer warmen, und dann hängte er seinen Mantel auf und nahm ihr gegenüber Platz.

»Tut mir leid, dass ich zu spät komme. Nichts funktioniert mehr pünktlich«, sagte er und sah ihr aufmerksam ins Gesicht, als wolle er sich alles an ihr einprägen. »Dieses Mal war es ein Krater in der Straße am Marble Arch. Dadurch musste der Bus eine Seitenstraße nehmen, wo wir in einer scharfen Kurve stecken geblieben sind.« Seine lebhaften Züge wirkten jetzt schlank und nicht mehr so ausgehöhlt, und er hielt sich gerade und strahlte einen Stolz aus, den sie bei ihm noch nicht gesehen hatte.

»Sie sind da, und das ist das Wichtige.«

Er winkte der Kellnerin, die sofort eine zweite Tasse und einen Unterteller brachte, und bestellte Mittagessen für sie beide: Shepherd's Pie. Sarah bemerkte ein neu erwachtes Selbstvertrauen an ihm, und ihr fiel auf, wie höflich die Kellnerin ihn als Mann in der Uniform der britischen Armee ansprach.

Als der Auflauf gebracht wurde, stellte sich heraus, dass er größtenteils aus Gemüse bestand, aber er war heiß und gut gesalzen und die Portionen reichlich. Sie aßen hungrig, und zwischen seinen Bissen erzählte Paul. Er erklärte ihr, dass bald seine kurze Grundausbildung beginnen würde. Sein Lager lag an der Küste – ja, es war ihm wieder erlaubt, die Küste zu besuchen! –, doch er durfte ihr nicht sagen, wo es sich befand. Man hatte ihm bereits Arbeit zugewiesen, aber sie war schwer, besonders im Freien bei diesem kalten Wetter. Er sprach leise, um keine Zuhörer anzuziehen, und Sarah musste sich zu ihm hinüberbeugen, um ihn zu verstehen.

»Endlich gehöre ich dazu, Sarah. Ein gutes Gefühl. Und im Korps dienen noch andere wie ich, gute Deutsche, viele davon Juden. Wir sind alle aus unserer Heimat vertrieben worden und werden zusammenarbeiten, um unser Land von dem Übel zu befreien, das es befallen hat.«

»Oh Paul, ich bin so froh, dass Sie einen Weg gefunden haben, Ihren Beitrag zu leisten!«

»Ja, jetzt kann ich hocherhobenen Hauptes dastehen. Ich bin nicht mehr das fünfte Rad am Wagen, kein Störenfried, den man bespitzelt oder einsperrt. Das ist ein gutes Gefühl.«

»Sie sehen sehr … Die Uniform steht Ihnen gut«, sagte Sarah.

»Finden Sie? Ich bin sehr stolz darauf. Sehen Sie, was die Plakette an meiner Mütze darstellt?«

Sarah zog sie so zu sich heran, dass sie das metallene Abzeichen erkennen konnte. »Einen Spaten!« Sie lachte. »Sehr passend für einen Gärtner.«

»Bei der Armee nennt man das eine Schaufel, Sarah. Wir werden viel ausheben müssen, aber wahrscheinlich Gräben für Soldaten und Geschütze, keine Furchen für Kartoffeln.«

»Allerdings, eine seltsame Ackerfrucht«, meinte sie und betastete die scharfen Kanten der Plakette. »Wenigstens müssen Sie nicht kämpfen wie so viele Männer aus Westbury.«

»Was gibt es denn Neues von dort?«, fragte Paul, während er den letzten Bissen des überbackenen Kartoffelbreis auf seine Gabel schob. Anschließend räumte die Kellnerin, die schon gewartet hatte, ihre Teller ab.

»Eigentlich nichts. Das ist ja gerade das Problem. Der junge Sam ist zur Armee gegangen, ich glaube, das hatte ich Ihnen geschrieben. Jennifer Bulldock sagt, sie hätte Gerüchte darüber gehört, dass Ivors und Harrys Bataillon sich auf den Einsatz vorbereitet, aber wer weiß, wo das sein wird. Diane ist immer noch in Dundee. Hat immer noch keinen Fuß auf ein Schiff gesetzt, aber sie genießt die Aufmerksamkeit einiger frisch eingetroffener holländischer Marineoffiziere. Das bereitet Mummy höllische Angst.«

»Entschuldigen Sie, aber möchten Sie noch etwas anderes bestellen?«, unterbrach die Kellnerin sie. »Wir hätten ein schönes Stück warmen Biskuit mit Vanillesauce.«

Als der Kuchen kam, war er klebrig und nicht besonders süß, aber sie aßen ihn, ohne zu klagen.

»Ich denke oft an Ihre Mutter, Paul. Wie traurig, dass das kleine Cottage leer steht. Ich habe ihr Grab besucht, wie Sie mich gebeten haben. In den Hecken kommen die Narzissen zum Vorschein, also habe ich welche ausgegraben und dort eingepflanzt.«

»Danke, das ist sehr freundlich. Ist es noch gekennzeichnet?«

»Mit dem Holzkreuz. Irgendwann helfe ich Ihnen, einen richtigen Stein auszusuchen.«

»Ich kann einfach nicht glauben, dass sie nicht mehr lebt. Es fällt mir schwer, richtig um sie zu trauern. Macht mich das zu einem schlechten Sohn?«

»Nein, natürlich nicht. Sie waren so lange von ihr getrennt. Und es war grausam, dass Sie nicht zu ihrer Beerdigung kommen konnten.«

»Ich denke lieber an die glücklichen Zeiten zurück. Als Kind, in Hamburg, pflegte sie mich in meinen besten Anzug zu stecken und mit mir in die englischen Teestuben zu gehen. Sie hat mir erklärt, ihre Mutter habe das in London genauso gehalten – Tee in einem Hotel getrunken, um sich etwas Besonderes zu gönnen –, daher gab es mir das Gefühl, dass ein Teil von mir richtig englisch ist. Und hier sitze ich in einem englischen Restaurant, aber es ist nicht so, wie ich es mir vorgestellt habe.«

»Dann muss ich einmal mit Ihnen ins *Brown's* gehen. Oder wie wäre es mit dem *Ritz*?«

»Sehr gern.« Wieder ließ dieses strahlende Lächeln Pauls Gesicht aufleuchten, und Sarahs Herz flog ihm zu. Er mochte an Selbstbewusstsein gewonnen haben, aber er strahlte immer noch etwas Verletzliches aus. Sie durfte nicht vergessen, dass er alles verloren hatte und von vorn anfangen, sich neu erfinden musste. Vielleicht war es verkehrt, ihn zu bemitleiden. Er war ein guter Mann, ehrlich, geradlinig und aufrichtig. An seinem Charakter war nichts Wechselhaftes wie die undurchsichtigen Tiefen, die sie bei Ivor so anzogen. Paul war jemand, auf den man sich verlassen konnte. Er würde immer ihr Freund sein.

Für die Rechnung legten sie ihr Kleingeld zusammen, wobei sie darauf bestand, sich zu beteiligen, und er protestierte. Schließlich nickten sie der Kellnerin dankend zu. Im Hinausgehen bemerkte Sarah, dass eine der Verkäuferinnen sie anstarrte, und eine herrliche Wärme breitete sich in ihr aus, als ihr klar wurde, dass Neid in ihrem Blick lag. Daher widersetzte sie sich nicht, als Paul ihren Arm nahm und sie unterhakte. Es fühlte sich an, als gehöre ihr Arm dorthin, wo er sicher und geschützt war.

»Ich muss den Zug um vier erwischen«, erklärte er. »Ich habe nur einen Urlaubsschein für zwölf Stunden.«

»Wenn Sie mögen, bringe ich Sie zum Zug«, sagte sie, und er dankte ihr mit einem Lächeln.

»Aber vorher möchte ich Ihnen ein Geschenk kaufen«, sagte er. »Was wünschen Sie sich?«

»Ach, Paul, ich brauche nichts. Sie müssen Ihr Geld zusammenhalten.«

»Nein, ich bestehe darauf. Etwas Hübsches, vielleicht einen Schal.«

Sie befanden sich jetzt in der Nähe der Charing Cross Road, die für ihre Buchläden bekannt war. »Vielleicht ein Buch«, sagte Sarah. Mit dieser Idee konnte sie sich anfreunden. »Ein Buch, von dem Sie glauben, dass es mir gefallen könnte.«

Mit eingezogenen Köpfen betraten sie einen winzigen Gebrauchtbuchladen in St. Martin's Court, wo ein ernster alter Herr mit riesiger Brille zwischen wackligen Bücherstapeln saß, die Nase in einen dicken Wälzer steckte und kaum bemerkte, dass er Kundschaft hatte. Schweigend, jeder in seine eigenen Gedanken vertieft, stöberten sie herum, dann stürzte sich Paul auf einen großen, schmalen Band. »Die sind wunderschön«, sagte er und durchblätterte ihn, um es ihr zu zeigen. Es war eine Sammlung botanischer Illustrationen. Das stumpfe Gefühl des Papiers unter ihren Fingern und die zarten Farben der Blumen und Früchte entzückten Sarah, daher riss Paul den Ladenbesitzer aus seiner Lektüre, bezahlte das Buch, und der Alte wickelte es in braunes Papier, das ebenso faltig und ausgeblichen war wie er selbst.

Im Bus zum Bahnhof Paddington schrieb Paul eine Widmung hinein und zeigte sie ihr. Sie las, was er geschrieben hatte: *Für meine liebe Sarah, in aufrichtiger Zuneigung, Paul.* Er war zum Du übergegangen! Flüsternd dankte sie ihm, und dann brütete sie für den Rest der Fahrt darüber und inspizierte die Bildunterschriften, bis er sie behutsam anstieß. »Hey«, sagte er, und sie blickte auf und sah, dass er ihr zärtlich zulächelte. »Ich bin auch noch da, weißt du!« Sie hatte sein Gesicht noch nie aus solcher Nähe gesehen – die dunklen Bartstoppeln, die unter seiner glatten Haut zu erahnen waren, seine schön geschwungenen Brauen und seine dunklen Wimpern –, und etwas zerschmolz in ihr.

»Natürlich bist du das!« Sie nahm seine Hand, und sie saßen in freundschaftlichem Schweigen zusammen. Das Herz schlug in ihrer Brust, als hätte es einen neuen Rhythmus gefunden. Sie wollte nicht, dass diese Fahrt zu Ende ging, und sie spürte, dass er genauso empfand.

Die Bahnhofshalle dröhnte vor schrillen Pfiffen, dem Schnaufen von Dampfloks und dem Knallen von Türen, und jedes Geräusch traf Sarah und Paul wie ein Schlag. Auf dem Bahnsteig wandte er sich ihr zu, schloss sie in die Arme und zog sie an sich. »Du schreibst mir?«, sagte er ihr ins Ohr.

»Natürlich. Und du musst auch schreiben.«

»Sooft ich kann. Vergiss mich nicht, Sarah.«

Sie drückte ihn von sich weg. »Wie könnte ich, Dummkopf?« Eine Sekunde lang standen sie wie erstarrt da und sahen einander tief in die Augen. Sie staunte über seine Verwandlung und war fast zu Tränen gerührt.

»Darf ich?«, flüsterte er und beugte sich zu ihr herunter. Ihre Lippen trafen sich zu einem Kuss, der zuerst zart war und dann drängender wurde, als er sie fest an sich zog. »Oh, meine Liebe«, murmelte er, »meine Liebste.« An seine Brust geschmiegt fühlte sie, wie sein Herz dicht an ihrem pochte. Er musste gespürt haben, dass sie versuchte, nicht zu weinen. »Was hast du?«, fragte er.

»Das kommt alles zu spät«, schluchzte sie. »Weil du wieder fortgehst.«

»Ich werde auch wieder Urlaub bekommen. Wir werden einander sehen.«

»Versprochen?«

»Versprochen.«

Neben ihnen schlugen die Zugtüren zu. »Ich muss gehen«, sagte er, schob sie zurück und schulterte seinen Tornister. »Hier, vergiss dein Buch nicht.« Er rettete das in braunes Papier gewickelte Päckchen vom Boden und drückte es ihr in die Hand.

»Auf Wiedersehen.« Er küsste sie noch einmal und streckte dann die Hand nach einer Tür aus, bevor sie geschlossen wurde. »Pass auf dich auf, meine Sarah!«, rief er und lehnte sich aus dem offenen Fenster. Sie trat heran und umfasste seine Hand, bis der Zug sich in Bewegung setzte und sie auseinanderriss.

»Auf Wiedersehen, auf Wiedersehen.«

Sie wartete, bis der Zug nur noch als schwarze Rauchwolke in der Ferne zu erkennen war, dann drehte sie sich um und ging wie benommen davon. Sie konnte gar nicht richtig begreifen, was eben geschehen war. Ihre Gefühle hatten eine komplette Kehrtwende genommen, und ihr wurde klar, dass sie die ganze Zeit Paul begehrt hatte. Paul und nicht Ivor. Dann kam der Zorn, Wut auf sich selbst, weil sie das nicht eher erkannt hatte. Jetzt war Paul fort, und sie wusste nicht, wann sie ihn wiedersehen würde.

Zwei Tage später teilte der kleine Derek die Morgenpost aus, die gerade gekommen war, als er zur Schule gehen wollte. Als Sarah auf dem Brief, den er ihr reichte, Pauls ordentliche Handschrift erkannte, huschte sie nach oben, um ihn zu lesen. Ihre Finger zitterten vor Spannung, als sie den Umschlag aufschlitzte. Sie trat ans Fenster, wo der kalte, gelbliche Sonnenschein das Muster der Sprossenfenster auf das Papier warf. Beim Lesen hörte sie im Kopf Pauls Stimme, und seine weichen Konsonanten klangen wie eine Liebkosung.

Meine liebste Sarah, hatte er geschrieben, und ihr Herz flatterte vor Freude.

Ich hoffe, Du erlaubst mir, Dich so zu nennen. So denke ich ja schon lange an Dich, doch das, was gestern geschehen ist, gibt mir den Mut, es auszusprechen. Liebste Sarah. Da, ich habe es wieder gesagt. Es klingt wundervoll.
Ich hoffe, dieser Brief ist Dir nicht unwillkommen. Ach, wie meine Hoffnungen in den wenigen Stunden, seit wir auseinandergegangen sind, hochgeflogen und wieder abgestürzt sind! Bedauerst Du, was in dem Moment, in dem wir Abschied genommen haben, geschehen ist? Wenn, dann musst Du mir das sofort mitteilen. Ich werde wohl eine Weile unglücklich sein, doch ich werde mich erholen, und dann können wir wieder Freunde sein. Ich fürchte so sehr, ich könnte unsere Freundschaft beschädigt haben, die das Wichtigste in meinem Leben ist.
Liebste Sarah (siehst Du, ich kann nicht aufhören, es zu sagen), ich flehe Dich an, mir so bald zu schreiben, wie du kannst. Ich weiß, du wirst freundlich sein, aber Du musst mir die Wahrheit sagen. Ich bin stark genug, um sie zu ertragen. Schlimmer wäre es, sie nicht zu wissen oder an eine Lüge zu glauben.
Gute Nacht, meine liebste Sarah (ach, welche Freude, diese Worte niederzuschreiben).
Dein Paul

Sarah legte sich aufs Bett, las den Brief noch einmal, langsamer, und lächelte lange zur Decke hinauf, ohne etwas zu sehen, während sie über seinen Inhalt nachgrübelte. Paul liebte sie. Aber er war weit fort. Er liebte sie. Vielleicht würde sie ihn wochenlang nicht sehen. Oder monatelang. Er liebte sie. Dort, wo er war, könnte es gefährlich werden, vielleicht würde er sterben. Er liebte sie …

Sie setzte sich auf. Er wusste nicht, dass sie seine Gefühle erwiderte. Sie musste ihm sofort schreiben. Und ihm vielleicht eine Fotografie schicken. Sie hatte eine, die neueren Datums war. Harry hatte sie bei jener Teeparty auf Westbury Hall 1939 aufgenommen, an einem Tag, der jetzt so weit zurückzuliegen schien, obwohl seitdem eigentlich kaum Zeit vergangen war. Sie lag in einer Schublade im Schreibtisch. Sarah flog beinah die Treppe hinunter, um danach zu suchen, doch als sie durch die Diele rannte, fiel ihr Blick auf die Zeiger der nüchternen alten Standuhr. Sie würde zu spät zur Arbeit kommen, aber zum Henker mit der Arbeit, heute hatte sie Wichtigeres zu tun! Sie fand das Foto unter einer alten, noch von ihrem Vater stammenden Zigarrenkiste, in der sie Pauls Briefe aufbewahrte. Auf dem Bild schaute sie so ernst drein, dass sie lächeln musste.

»Bis du das, Sarah?« Ihre Mutter tauchte in der Tür zum Esszimmer auf und hielt einen Umschlag in der Hand. Es war später Nachmittag an einem Freitag Mitte Februar.

Sarah, die Knöpfe sortierte, erstarrte angesichts von Mrs. Baileys Gesichtsausdruck.

»Er ist von Diane. Sie schreibt, dass sie nach Hause kommt. Da stimmt etwas nicht. Hier, was hältst du davon?«

Mit einer unguten Vorahnung nahm Sarah den Brief entgegen. Es war eine kurze, tapfer klingende Nachricht, ganz anders als Dianes üblicher, unzusammenhängender und hölzerner Stil. Mit den Fingern strich sie über Schmierflecken auf dem Papier. Waren das Tränen? Konnte Diane überhaupt weinen?

Liebste Mummy,
ich fürchte, ich habe eine große Dummheit begangen, und bin entlassen worden. Warum, das erzähle ich euch beiden, wenn ich zu Hause bin, aber es macht mir nicht besonders viel aus, also macht euch deswegen keine Gedanken. Wenn überhaupt, bin ich wütend auf mich selbst. Und erzählt auch niemandem davon. Ich ertrage es nicht, wenn Tante Margo oder die Bulldock mich beglucken. Ich habe mir meine Suppe eingebrockt und werde sie schön auslöffeln. Ich kann es nur kaum abwar-

ten, Dich und Sarah zu sehen. Sag Mrs. Altman, ein netter holländischer Offizier hat mir ein halbes Pfund Zucker geschenkt. Vielleicht kann sie einen Kuchen damit backen. Ich sehne mich nach einem ordentlichen Biskuitkuchen, richtig süß, buttrig und saftig. Bis morgen.
Alles, alles Liebe von Deiner unartigen Tochter Diane

Als es am Nachmittag des nächsten Tages langsam schummrig wurde, stieg eine kleine Gestalt mit traurigen Augen von dem Bierkarren, mit dem sie vom Bahnhof gekommen war. Doch Diane reckte tapfer das Kinn und gab dem Burschen, der sie gefahren hatte, mit der Miene einer großen, aber dem Untergang geweihten Lady ein paar Münzen, sodass er angemessen ehrerbietig die Kappe vor ihr zog und ihr ritterlich den Koffer den Weg hinauftrug, ohne darum gebeten worden zu sein.

Nachdem er gegangen war, umarmten Sarah und ihre Mutter sie, worauf ihre knallroten Lippen zuckten und sie so heftig zu weinen begann, wie sie es noch nie bei ihr erlebt hatten, nicht einmal, nachdem sie ihren sterbenden Vater gefunden hatte. Sie waren zutiefst erschrocken. Sarah zog sie in den Salon und versuchte, sie zu trösten, während ihre Mutter Mrs. Allman zurief, sie solle ihnen jetzt gleich Tee bringen und Derek das Essen in der Küche servieren, wenn er nach Hause kam.

Der Tee belebte Diane so weit, dass sie ausrufen konnte, sie sei froh, zu Hause zu sein, und wolle nie wieder zurück, selbst wenn man sie zurücknehmen würde. Nachdem sie ihnen erzählt hatte, was passiert war, erschien Letzteres Sarah unwahrscheinlich.

In einer Hinsicht hatte Mrs. Bailey recht gehabt: Diane hatte genug Partys vorgefunden. Bei einer spontanen Feier auf der Werft kurz vor Weihnachten hatte sie mehr Gin getrunken, als ihr guttat, und war nach draußen gestolpert, um frische Luft zu schnappen, wo sie beinahe mit einem distinguiert wirkenden Offizier zusammengestoßen wäre, der am Kai entlangging. Er hatte verärgert reagiert, worauf sie sich prompt übergeben hatte. Das hatte ihn so weit erweicht, dass er der Wren in Nöten zu Hilfe geeilt war, indem er ihr sein Taschentuch anbot und sie sicher zurück in ihr Quartier geleitete.

Das nächste Mal begegnete sie ihm auf der Hauptstraße, und als sie ihn ansprach, um ihm zu danken, erfuhr sie verblüfft, dass er ein ranghoher Offizier auf einem Zerstörer war, der kürzlich angelegt hatte. Eines führte zum anderen, und bald wurde sie seine Geliebte – *ja, natürlich war er verheiratet, Mummy, sonst wäre es ja nicht so schlimm, oder?* Dann kam seine Frau irgendwie dahinter, und sie tauchte auf und beschwerte sich bei Dianes kommandierender Offizierin. Der Skandal, der das schuldige Paar zu treffen drohte, konnte nur zu einem Ergebnis führen: Der Offizier behielt seinen Posten, Diane wurde unehrenhaft entlassen.

Einen wichtigen Teil dieser traurigen, aber nur allzu üblichen Geschichte erzählte Diane ihrer Mutter und Schwester nicht, doch am nächsten Tag vertraute sie sich Sarah an.

Es war ein Sonntag. Diane kam spät zum Frühstück herunter und weigerte sich, zum Gottesdienst zu gehen. Daher schlug Sarah vor, sie könnten stattdessen einen Spaziergang machen.

Sie schlugen den Fußweg am Fluss ein und waren angesichts des Schlamms, den der Regen kürzlich hinterlassen hatte, froh über ihre Gummistiefel. Nach dem langen Winter war es wunderbar zu sehen, wie die Welt wieder zum Leben erwachte. Die Vögel zwitscherten nach Leibeskräften, Haselkätzchen, die wie Lämmerschwänze aussahen, verstreuten Pollen, überall bildeten Huflattich und Schöllkraut gelbe Farbflecke. All das sah Sarah, als wäre es das erste Mal. Sie konnte nicht verhindern, dass sie bei dem Gedanken an Paul innerlich kleine Glückssprünge machte, und sie gelobte sich, ihm zu schreiben und ihm vom Frühling in Westbury zu erzählen.

Doch jetzt gerade musste sie sich auf Diane konzentrieren, die traurig neben ihr herging und anscheinend so starr an etwas dachte, das weit entfernt war, dass sie die Schönheit, die sie umgab, nicht wahrnahm. Als sie an der Biegung des Flusses entlangschlenderten, bot sich ihnen der Anblick eines Schwanenpaars, das unter den Weiden gegen die Strömung anschwamm, und sie blieben stehen, um es zu betrachten. Diane stieß einen tiefen, zittrigen Seufzer aus.

»Ach Diane«, sagte Sarah angesichts der fahlen Miene ihrer Schwester, »nimm es dir nicht so zu Herzen, Liebes. Ich weiß, das muss schrecklich sein, aber hier bei uns bist du in Sicherheit. Liebst du ihn denn noch sehr?«

Diane schüttelte den Kopf. »Das Ganze würde wahrscheinlich besser klingen, wenn ich ihn geliebt hätte, aber dem war nicht so.« Das verschlug Sarah die Sprache, doch ihre Schwester fuhr fort, bevor sie reagieren konnte. »Er war nett und so dankbar. Seine Frau ist der egoistischste alte Drachen, den du dir vorstellen kannst, und eine Weile habe ich ihn glücklich gemacht. Da, jetzt habe ich dich schockiert, oder? Aber du kennst mich ja. Ich kann nie etwas richtig machen. Die anderen Wrens haben deswegen schrecklich über mich hergezogen. Ich bin so froh, dass ich sie los bin.«

»Dann ist es doch gut, dass du zu Hause bist. Du wirst bestimmt eine andere Beschäftigung finden.«

Diane wandte sich ihr zu, und tiefe Verzweiflung stand in ihren blauen Augen. »Ich muss es dir sagen, Sarah. Es tut mir leid, ich wollte dir und Mummy nie wehtun, aber so einfach ist die Sache nicht. Ich ... ich glaube, ich bekomme ein Kind von ihm. Eine der Zicken hat gesagt, ich müsse schwanger sein, und ich bin zum Arzt gegangen. Keine Ahnung, wie meine Vorgesetzte das herausgefunden hat, aber sie hat davon erfahren. Deswegen haben sie mich einfach nicht wieder eingesetzt.«

»Diane, meine Güte, das ... das tut mir so leid.« Einen Moment lang fühlte sich Sarah wie betäubt, doch dann flößte ihr der Anblick ihrer bekümmerten Schwester Mitgefühl ein, und ihr Verstand funktionierte wieder. »Kein Wunder, dass du so mitgenommen bist.« Noch ein Gedanke kam ihr, ein hässlicher und gefährlicher. »Du hast doch nichts versucht, oder? Um ... es loszuwerden, meine ich.«

»Nein. Ich habe von einem Mädchen in Dundee gehört, das dabei fast gestorben ist. Ich muss das Kind wohl kriegen und dann weggeben. Aber Mummy kann ich das nicht sagen, Sarah, es würde sie umbringen. Das musst du für mich übernehmen.«

»Auf gar keinen Fall«, gab Sarah zurück. »Natürlich bringt es sie nicht um. Sie wird dir eine Weile ziemlich böse sein, aber sie beruhigt sich schon wieder.« Sie erinnerte Diane daran, wie sie in Indien einmal in ein Gespräch zwischen ihren Eltern geplatzt war. Dabei war es um einen jungen Offizier gegangen, der ein einheimisches Mädchen in Schwierigkeiten gebracht hatte. Der betreffende junge Mann hatte sie heiraten wollen, doch das war undenkbar. Mrs. Bailey übernahm die Regie, suchte die Eltern der jungen Inderin auf und sorgte dafür, dass sie eine gewisse Geldsumme erhielten. Später hatte Sarah ihre Mutter danach gefragt. »Ach, sie werden schon einen jungen Mann für sie gefunden haben, dessen Familie froh über das Geld war«, hatte Mrs. Bailey herablassend gemeint. Manchmal dachte Sarah an dieses Mädchen und fragte sich, was aus ihr geworden war. Wenigstens würde Diane nicht von ihrer Familie verstoßen, rituell getötet werden oder eine der anderen schrecklichen Strafen erleiden, von denen sie in Indien gerüchteweise gehört hatte. Sarahs Verstand arbeitete schnell. Das hatte sie von ihrer Mutter geerbt: die Fähigkeit, in einer Krise klar zu denken und das Vernünftige zu tun. Vielleicht konnten sie Diane irgendwohin schicken – zu Tante Susan nach London zum Beispiel –, und sie konnte zurückkommen, wenn das Baby geboren war ... Eine kleine Nichte oder ein Neffe, nein, so durfte sie nicht darüber denken, denn sie würde das Kind nie kennenlernen ... Ach, warum war Diane nur so dumm gewesen?

Nimm dich zusammen, sagte sie sich. In diesem Moment brauchte ihre traurige, kratzbürstige kleine Schwester Liebe und Bestärkung, und Sarah war bereit, sie ihr zu geben. »Komm«, sagte sie, nahm Dianes Hand und zog sie vom Ufer weg. »Warte, bis Mrs. Allman nach dem Mittagessen gegangen ist. Ich ziehe mit Derek los, um zu sehen, ob wir schon Froschlaich finden können, und dann kannst du es Mummy sagen.«

Später kam Sarah mit Derek, der keinen Froschlaich gefunden, aber in seinem Netz einen winzigen Fisch gefangen hatte, der konfus in seinem Eimerchen schwamm, wieder nach Hause. Sie hatte halb damit gerechnet, dass die Hauswände wackeln würden, doch alles wirkte so ruhig wie üblich. Vorsichtig trat sie ein und fand alles still vor. Auf dem Konsolentisch in der Diele lag eine hingekritzelte Nachricht, die ihr mitteilte, ihre Mutter sei mit Diane zu Tante Margo gegangen. Arme Diane. Sie seufzte. Zweifellos würden die beiden Frauen die Köpfe zusammenstecken und über ihr Schicksal entscheiden. Doch in diesem Punkt irrte sie sich.

»Mummy hat sie doch tatsächlich angelogen«, erklärte Diane später mit fröhlich funkelnden Augen. »Sie hat Tante Margo erzählt, ich hätte Heimaturlaub und würde anderswohin versetzt. Mummy schreibt heute Abend an Tante Susan, und alles wird gut. Ich bin so erleichtert, Sarah.«

»Und was ist mit dem Baby?« Sarah konnte nicht umhin, ihr die Frage zu stellen. »Wirst du nicht schrecklich traurig sein, wenn du es weggeben musst?«

»Schon möglich, aber was soll ich sonst tun? Es ist so, wie Mummy sagt: Im Nachhinein ist man immer klüger. Was geschehen ist, ist geschehen.«

Manchmal gelang es Diane, ihrer Schwester die Sprache zu

verschlagen. Dieser verschlossene Ausdruck war wieder auf ihr Gesicht getreten. Zeugte ihre herzlose Bemerkung von Oberflächlichkeit oder einer stoischen Einstellung? Letztendlich war dieses Mädchen unergründlich.

29

Besuch heute okay?

Briony beantwortete Lukes SMS sofort: *Ja, gern. Ich arbeite, mache aber gegen elf Pause für ein zweites Frühstück.*

Voller Vorfreude auf Lukes und Arunas Ankunft redigierte sie zwei Stunden lang mit Hochdruck. Um Punkt elf blickte sie auf, als sie Schritte auf dem Kies knirschen hörte, und sah den hochgewachsenen, schlanken Luke den Gartenweg hinaufkommen. Von Aruna keine Spur.

Neugierig ging sie zur Tür. Als sie Luke einließ, brachte er die sommerliche Brise mit. In ihrer staubigen Diele wirkte er mit gebügeltem T-Shirt und Jeans und seiner karamelbraunen, zerzausten Haarmähne wie ein frischer Wind.

»Hi«, sagte er und umarmte sie kurz. Als er lächelte, bildeten sich Fältchen um seine Augen, aber trotzdem kam er ihr heute abgelenkt vor.

»Geht's dir gut?«, erkundigte sie sich. »Wo steckt Aruna?«

»Ist nach London zurückgefahren. Verpflichtungen. Ja, mir geht's großartig, danke. Und dir?«

»Prima«, versicherte sie ihm hastig und fragte sich, warum er gekommen war und ob sie seine verhaltene Miene fehlgedeutet hatte. »Komm herein, ich setze Wasser auf.«

In der Küche lehnte er sich gegen die Arbeitsfläche und sah zu, wie sie Kaffeepulver in Trinkbecher löffelte.

»Schade, dass ich Aruna nicht mehr sehe.«

»Irgendeine Krise in ihrem Büro. Ich habe angeboten, sie zu fahren, aber sie meinte, Mum und Dad wären enttäuscht, wenn ich auch so früh abreise, also hat sie den Zug genommen.«

Briony nickte. Es lag ihr auf der Zunge zu erwähnen, dass sie Aruna wahrscheinlich kürzlich in Cockley Market gesehen hatte, doch sie entschied, dass Diskretion das Beste war. Sicherlich wusste Luke darüber Bescheid, dass Aruna sich dort mit jemandem getroffen hatte, wenn sie es denn gewesen war – aber wenn nicht? Aruna war ihre Freundin, sie hatte sie noch nie in Schwierigkeiten gebracht.

»Also ... habe ich die Gelegenheit genutzt, um bei dir vorbeizuschauen. Vielleicht sehe ich mich später in dem ummauerten Garten um, für den Fall, dass dieser Greg Richards sich meldet.«

»Gute Idee.« Luke hatte sich also darüber gefreut, dass Briony ihn bei Greg empfohlen hatte.

»Hey, noch etwas. Weißt du noch, dass Mum erwähnt hat, bei einer Weinprobe einen David Andrews getroffen zu haben?«

»Ja, warum?«, fragte sie, reichte ihm seinen Kaffee und schnappte sich ein Päckchen Schokoladenkekse. »Setzen wir uns nach draußen.«

Briony stemmte die Hintertür auf, und sie ließen sich an dem Terrassentisch nieder. Der Morgen war herrlich, Wolken zogen rasch am Himmel dahin, und der Wind raschelte in den Buchen.

»Typisch Mum. Sie hat den Mann im Bauernladen angesprochen, und der hat seine Adressenlisten durchgesehen und ihr verraten, wo Andrews wohnt.« Luke sah auf sein Telefon. »Thicket Farm in der Nähe von Westbury. Ich habe auch eine Postleitzahl und eine Festnetznummer.«

»Thicket Farm?« Briony runzelte die Stirn. »Einen Moment.« Sie leckte sich Schokolade von den Fingern und ging hinein. Unter einem Stapel Papiere fand sie die Broschüre zur Lokalgeschichte, die der alte Pfarrer ihr geschickt hatte, nahm sie mit hinaus und blätterte darin, bis sie zu dem Foto kam, das sie suchte.

Es war das körnige Bild der Bürgerwehr. Einen Absatz weiter fiel der Name Thicket Farm, das Zuhause der Familie Andrews.

»Das muss die Familienfarm sein«, sagte sie und legte die Broschüre zwischen sie beide auf den Tisch. »Ich hätte das überprüfen sollen.«

Der Mann, der ans Telefon ging, sprach in ruppigem Ton und mit einer Andeutung des örtlichen Dialekts. »Harry Andrews, sagen Sie? Sie sind seine Enkelin?«

»Ja.«

»Warten Sie einen Moment.« Er legte den Hörer beiseite, und sie hörte leiser werdende Schritte und dann in einiger Entfernung ein Gespräch, das sie nicht verstand. Schließlich kam er wieder an den Apparat. »Bedaure, dass ich Sie habe warten lassen, junge Dame, aber meine Frau und ich sind verwirrt. Sind Sie sicher, dass Sie den Harry Andrews von der Thicket Farm meinen?«

»Ich weiß nicht genau, wo er gelebt hat, aber mein Großvater hieß definitiv Harry Andrews, und er stammte von hier.«

»Sind Sie gerade in Westbury?«

»Ja, wie ich schon sagte, habe ich eines der Cottages auf dem Gelände des Herrenhauses gemietet.«

»Also, da soll mich doch … Wahrscheinlich kommen Sie besser vorbei. Wir sind heute Nachmittag zu Hause, wenn es Ihnen passt.«

»Da kommt mir etwas komisch vor!«, rief sie Luke zu, als sie das Gespräch beendet hatte. Er schlenderte im Garten des Cottages umher und inspizierte die überwucherten Beete, die diesen umrahmten. Briony schilderte ihm, wie zögerlich der Mann geklungen hatte. »Findest du, ich sollte hinfahren?«

»Warum nicht?«, fragte er erstaunt. »Wenn du willst, komme

ich mit. Mum wird unbedingt wissen wollen, ob sie dir weitergeholfen hat.«

»Natürlich hat sie das. Okay. Das ist nett von dir.«

»Also, hier sagen sich wirklich Fuchs und Hase gute Nacht.« Brionys Navi hatte sie durch ein Labyrinth aus schmalen Fahrwegen zwischen Feldern mit fast reifem Getreide geführt und dann aufgegeben, sodass Luke zur Karte greifen musste. »Es sollte die nächste Abzweigung rechts sein.« Beinahe fuhren sie an dem Schild Thicket Farm vorbei, das von Efeu überwuchert war. Briony setzte den Wagen zurück und lenkte ihn langsam den tief ausgefahrenen Weg hinauf. Er führte zu einer Ansammlung alter Farmgebäude, die halb versteckt hinter einer kleinen Anhöhe lagen.

Auf der Veranda des alten, aus Stein erbauten Farmhauses tauchte ein Mann im Alter ihres Vaters auf. Er hatte die Hände in den Taschen seiner Jeans vergraben und sah zu, wie sie auf dem schlammigen Hof parkten. Das Gebäude war heruntergekommen, das Dach wies einen Flickenteppich von Reparaturen auf, und auf dem Hof verliefen kreuz und quer die Spuren von landwirtschaftlichen Fahrzeugen. Zwei alte, aus Wellblech errichtete Scheunen lagen zu beiden Seiten. Als sie aus dem Auto stiegen, schob sich ein junger schwarzer Labrador an seinem Herrn vorbei, um sie zu begrüßen. Er leckte ihnen die Hände und wedelte so freudig, dass sein Schwanz zu rotieren schien. Der Mann stieß einen Pfiff aus. »Hierher, Flossie!« Gehorsam zog sich das Tier an seine Seite zurück, trottete hinter ihm her, als er ihnen entgegenging, und sah zu seinem Herrn auf, um weitere Anweisungen abzuwarten.

Sie schüttelten einander die Hände. »Hoffentlich macht es Ihnen nichts aus, dass ich meinen Freund Luke mitgebracht habe«, sagte Briony. Sie spürte eine Zurückhaltung bei diesem Mann, der sie neugierig aus seinen ruhigen braunen Augen inspizierte. Seine Haare waren grau und seine Haut wettergegerbt. Er war freundlich, und sein Dialekt wirkte weniger ausgeprägt, als er sie jetzt begrüßte. Er schien Luke sympathisch zu finden, der ihm respektvoll und höflich Fragen über die Farm stellte.

»Was bauen Sie an?«

»Dieses Jahr größtenteils Weizen«, antwortete Mr. Andrews. »Ich schätze, wir brauchen noch ein paar Tage Sonnenschein, aber dann heißt es Volldampf voraus mit den Mähdreschern. Sie haben mich, na ja, ich will nicht sagen, in einem ruhigen Moment erwischt, aber ruhiger, als die nächsten paar Wochen sein werden.«

»Dann bin ich sehr dankbar, dass Sie sich Zeit für uns nehmen«, sagte Briony.

»Nein, ist schon in Ordnung. Wir waren nur ein wenig überrascht, nichts weiter. Kommen Sie herein, und ich stelle Ihnen Alison vor.«

Als Briony das Farmhaus betrat, wurde ihr sofort klar, dass es Alisons Reich war. Auf jedem Fensterbrett standen Reihen von Zimmerpflanzen, und es gab eine altmodische Holzküche mit einer vollgestellten Anrichte. Alison, eine üppige Dame von Ende fünfzig, die mit Armreifen behängt war und verwischten Mascara trug, begrüßte sie ebenso reserviert wie ihr Mann und führte sie in ein bequemes Wohnzimmer mit großem Kamin. Die Gartentür stand offen, und dahinter erstreckten sich Blumenbeete, in denen Spätsommerblumen blühten.

»Wie hübsch«, murmelte Briony höflich.

»Der Garten war dieses Jahr wunderschön, aber jetzt geht er langsam ins unordentliche Stadium über. Setzen Sie sich doch. Ich habe angefangen, Kaffee zu machen, falls Sie welchen trinken.« Geschäftig eilte Alison davon, um ihn zuzubereiten, und kehrte ein paar Minuten später mit einem schwer beladenen Tablett zurück.

»Die Farm ist seit fünf Generationen in unserer Familie«, erklärte Mr. Andrews gerade.

»Sechs, wenn du uns mitzählst«, warf seine Frau ein und reichte Kaffeebecher herum.

»Na schön, sechs, wenn es sein muss«, gab er mürrisch zurück, doch Briony spürte durch Alisons nachsichtiges Lächeln, dass solche kleinen Streitereien ein angenehmer Teil ihrer Beziehung waren und kein Anzeichen dafür, dass etwas nicht stimmte. Den Hund, der sich auf einem sonnenbeschienenen Stück Teppich auf dem Rücken wälzte, störten sie offenbar nicht.

»Fünf oder sechs«, meinte Luke, »auf jeden Fall beeindruckend.«

»Jawohl.« Mr. Andrews nickte ernst. »Und unsere Tochter ist daran interessiert, sie zu übernehmen«, fügte er stolz hinzu. »Dabei wäre sie beinahe nicht an uns gefallen. Deswegen war ich erstaunt, von Ihnen zu hören.«

»Wir wussten nicht, dass es Sie gibt«, sagte Alison. »Da können Sie uns nicht verübeln, dass wir uns ein wenig Sorgen machen.«

»Sorgen?«, wiederholte Briony überrascht.

»Mein Dad war der jüngere Bruder«, erklärte Mr. Andrews, und da ging es ihr auf. Offensichtlich dachten die beiden, ihr Besuch sei ein Zeichen dafür, dass sie Anspruch auf ihren Besitz erheben wollte.

»Deswegen müssen wir auch wissen, ob Sie die Person sind, die Sie zu sein behaupten. Harrys Enkelin.«

»Ich bin nicht hier, um Ihnen etwas wegzunehmen«, sagte Briony.

»Ich vermute, hier liegt ein Fehler vor«, erklärte Mr. Andrews bedächtig. »Ihr Grandpa muss ein anderer Harry Andrews gewesen sein. Ich wurde erst 1946 geboren, daher habe ich meinen Onkel nie kennengelernt. Er ist nicht aus dem Krieg zurückgekehrt. Schließlich wurde er für tot erklärt.«

»Tot?« Briony war perplex. »Aber das war er nicht. Warum ist er nicht nach Hause gekommen und hat Ihnen alles erklärt?«

Die Andrews' wechselten skeptische Blicke.

»Sein Name stand auch nicht in dem Buch in der Kirche«, fiel

Briony wieder ein, und sie erklärte, worum es sich dabei handelte. Die Andrews hatten keine Ahnung, warum Harrys Name darin nicht aufgeführt war. Sie gingen selten in die Kirche, daher hatten sie ihn nie nachgeschlagen.

»So sieht es also aus«, sagte Mr. Andrews und stellte seine halb geleerte Kaffeetasse ab. »Wir dachten, Onkel Harry sei im Krieg umgekommen, und jetzt behaupten Sie, seine Enkelin zu sein. Wir wissen nicht, was wir Ihnen sagen sollen. Jedenfalls gehört die Farm inzwischen rechtmäßig uns.«

»Ich will die Farm nicht«, sagte Briony. »Ehrlich. Was sollte ich damit anfangen? Luke kann bezeugen, dass man mir keine Topfpflanze schenken kann, ohne dass ich sie umbringe.«

»Das stimmt«, sagte Luke lachend.

»Sie ist auch nichts wert«, erklärte Mr. Andrews düster. »Nichts als Schulden, und wenn die Subventionen ausbleiben, wird es noch schlimmer.«

»Nein, sie gehört Ihnen«, sagte Briony nachdrücklich. »Ich will einfach nur wissen, was passiert ist. Ich ... ich hatte keine Ahnung, dass mein Großvater als vermisst galt, ich wusste nur, dass er im Krieg in Italien gekämpft hat. Er ist angeblich heimgekehrt, hat in London meine Großmutter kennengelernt und beschlossen, sich in der Nähe ihrer Familie niederzulassen. Ich habe einige Briefen aus dieser Zeit, und das hat mich hergeführt. Von Ihnen habe ich nur gehört, weil Lukes Eltern Ihnen begegnet sind.«

»Das sagten Sie schon am Telefon«, erinnerte David Andrews sie. »Die Künstlerin, nicht wahr? Weißt du noch, Alison, dieser Abend im Hofladen?«

»Ja, die beiden waren nett«, sagte Alison und nickte. Sie legte die Hand auf die ihres Mannes, und sie sahen einander in die Augen. In diesem Moment wurde Briony klar, welche Sorgen sie den beiden bereitet hatte. Sie mussten geglaubt haben, dass Harrys Enkelin gekommen sei, um ihr Erbe einzufordern, und dass sie vielleicht alles verlieren würden. Briony hatte keine Ahnung, welche juristischen Konsequenzen es heraufbeschwor, wenn sich herausstellte, dass jemand, den man für tot gehalten hatte, doch weitergelebt hatte, und sie war sich nicht sicher, ob sie sich die Mühe machen wollte, es herauszufinden. Sie hatte keinerlei Absicht, das Leben der beiden noch weiter zu stören.

Als sie und Luke mit dem Versprechen, in Kontakt zu bleiben, die Farm hinter sich ließen, atmete Briony erleichtert auf. In ihr kreisten lauter Fragen, und am Fuß des Hügels fuhr sie auf einen Rastplatz, hielt an und sah auf das goldene Getreide hinaus, das in der Brise schwankte wie der Rücken eines Löwen.

»Was ist los?«, fragte Luke leise.

»Tut mir leid, mir geht's gerade nicht gut.« Sie schlug die Hände vors Gesicht und fühlte sich mit einem Mal unglaublich müde.

Freundlich und mitfühlend drückte er ihre Schulter. Sie ließ die Hände sinken und lächelte ihm matt zu. »Langsam glaube ich, verrückt zu werden. Grandpa hat seine Familie in dem Glauben gelassen, er sei tot – warum hätte er das tun sollen?«

Luke schüttelte den Kopf. »Vielleicht hatte er sich mit ihnen zerstritten.«

»Selbst wenn, wie grausam! Jetzt frage ich mich, was ich als Nächstes aufdecken werde. Ich wünschte fast, ich hätte die Briefe an Paul nie erhalten. Sie stellen mein Leben auf den Kopf.«

»Allerdings, nicht wahr?«

Eine Weile schwiegen sie, dann legte Briony seufzend einen Gang ein, und sie fuhren, langsam zuerst, weiter.

»Merkwürdig«, meinte Luke.

»Was?«

»Dass dein Großvater, Paul und Sarah anscheinend gemeinsam in etwas verwickelt waren. Ich meine, du hast in der Schachtel deines Großvaters diese Nachricht gefunden, die er Sarah übergeben sollte. Warum konnte er sie ihr nie überbringen? Wenn du herausfindest, was aus einem der drei geworden ist, kannst du vielleicht das ganze Rätsel lösen.«

Briony dachte darüber nach. »Ja.« Wahrscheinlich hatte er recht. »Aber wie soll ich das anfangen?«

»Das weiß ich nicht genau. Ist es die Mühe wert, noch einmal mit Mrs. Clare zu reden? Sie ist die Einzige, die sie alle kannte.«

»Robyn? Wahrscheinlich. Aber ich glaube, sie mag es nicht, wenn ich ihr Fragen stelle.« Briony zögerte und dachte daran, dass sie das Gefühl gehabt hatte, Robyn halte mit etwas hinter dem Berg. War das einfach etwas, von dem sie wollte, dass es privat blieb, oder schützte sie jemanden? Unmöglich, das zu beurteilen.

»Geh behutsam vor, Briony. Erkläre ihr, dass du es wissen willst, um deinen Frieden zu finden. Erzähl ihr von Italien, wenn du magst. Von Mariella und davon, wie sie dir Sarahs Briefe an Paul gegeben hat.«

»Ich habe Mariella versprochen, dass ich versuche herauszufinden, was aus den Soldaten in der Villa geworden ist – und aus Sarah.«

»Es hängt alles zusammen, oder?«, meinte Luke bedächtig. »Wie Aruna sagte. Was war das noch …?«

Briony wartete und sah ihn forschend an, während seine Miene zeigte, dass ihm etwas aufging.

»Was hat sie denn nun gesagt?«, fragte sie nervös, doch er schüttelte den Kopf.

»Etwas über eine Sache, die nicht zu Ende gebracht worden ist. Sie hielt überhaupt nichts von der Villa Teresa. Später hat sie mir erzählt, als wir beide im Haus waren und sie draußen wartete, sei ein Mann in einem protzigen Auto vorgefahren und habe sie auf Italienisch angesprochen. Er war ziemlich wütend. Sie meinte verstanden zu haben, dass er wissen wollte, was sie dort zu suchen hatte, deswegen hat sie absichtlich nicht gesagt, dass sie auf uns wartete. Sie hatte sich Sorgen gemacht, er könnte hinter uns herstürmen und gewalttätig werden.«

»Davon hat sie mir überhaupt nichts gesagt!« Briony war verblüfft und enttäuscht. Warum hatte Aruna nichts davon erwähnt?

»Hat sie nicht? Keine Ahnung, warum. Vielleicht hat sie es vergessen, oder sie wollte dir keine Angst einjagen.« Luke klang distanziert, als habe er einen Moment lang vergessen, dass sie neben ihm im Auto saß. Sie erreichten die Stelle, an der die Straße abbog, und fuhren dann durch den vertrauten grünen Tunnel, doch als Briony die Geschwindigkeit drosselte und Ausschau nach dem großen Tor hielt, das gleich links von ihnen auftauchen musste, wurde die dunkle Straße plötzlich von blauem Licht erhellt.

»Was zum –?«, sagte Luke, als sie abbremste, um den Krankenwagen passieren zu lassen, der durch den Torbogen fuhr. Sie sahen zu, wie er lautlos, aber mit Blaulicht und in hohem Tempo die Auffahrt zum Herrenhaus zurücklegte und vor dem Eingang anhielt. Als Briony geparkt hatte, waren die Sanitäter schon ins Haus gerannt.

Sie war beunruhigt. »Vielleicht können wir helfen.«

Sie eilten hinüber, und Briony stieg auf Zehenspitzen die Vordertreppe hinauf und spähte ins Halbdunkel hinein. Niemand stand hinter der Rezeption, doch weiter hinten, den Gang entlang, ging hörbar etwas. Sie trat den Rückzug nach draußen an, wo Luke wartete.

»Ich glaube, es ist etwas mit Robyn«, erklärte sie ernst. Am liebsten wäre sie geblieben, um herauszufinden, was passiert war.

»Wir sollten lieber gehen«, sagte Luke eindringlich. »Ich bin mir sicher, sie wird gut versorgt. Wir wollen doch nicht im Weg stehen.«

Doch da zog eine Bewegung in der Dunkelheit ihre Aufmerksamkeit auf sich, und sie hörte leise Schritte auf dem Teppich. »Kemi«, rief Briony, als sie sie näher kommen sah. Die junge Frau ließ den Kopf hängen, und ihre Schultern waren nach vorn gesackt. »Was ist passiert? Geht es Mrs. Clare gut?«

Als Kemi aufblickte, glitzerten Tränen in ihren Augen. »Ich habe sie auf dem Boden gefunden«, flüsterte sie. »Kommt mir vor, als hätte sie einen Schlaganfall gehabt oder so etwas. Der Hund hat ganz eigenartig gekläfft, daher habe ich mir den Ersatzschlüssel geholt und ... Sie bringen sie ins Krankenhaus. Ich muss ihren Sohn anrufen.«

»Können wir etwas tun?«, fragte Briony, doch Kemi schüttelte den Kopf.

»Avril ist gerade gekommen. Sie packt ihr einen Koffer.«

»Briony«, flüsterte Luke und berührte sie am Arm. »Ich finde, wir sollten gehen.«

Bevor sie eine Antwort geben konnte, hörten sie Geräusche im Korridor und traten zurück, als zwei Sanitäter eine Trage in die Eingangshalle und dann über die Schwelle rollten. Darauf lag, in Decken gehüllt, klein und schmal Robyn Clare. Ihre Augen standen offen, doch sie wirkte verwirrt. Briony folgte der Trage und schaute vom oberen Ende der Treppe zu ihr hinunter.

Ein paar kurze Sekunden lang wurde die Trage gekippt, um in den Krankenwagen geladen zu werden, und Briony und Mrs. Clare sahen einander in die Augen. Ein erschrockener Ausdruck trat in den Blick der alten Dame, und sie öffnete die Lippen zu einem tonlosen Ruf. Dann glitt die Trage nach vorn, und der Sichtkontakt zwischen ihnen brach ab. Avril und der Koffer wurden ebenfalls eingeladen, und die Türen schlossen sich.

Briony, Luke und Kemi standen verloren nebeneinander, während der Krankenwagen sich über die Auffahrt entfernte. Schließlich bestand Briony darauf, noch zu bleiben, während Kemi Robyns Sohn anrief. Als sie den Anruf beendete, zitterte sie, aber sie erklärte Briony, Lewis Clare werde sich sofort auf den Weg machen.

Aus den Tiefen des Hauses hörten sie gedämpft einen Hund heulen, ein unheimlicher, betrübter Klang. »Die arme alte Lulu«, sagte Briony. »Ich kann sie nehmen, wenn Sie wollen.«

»Es wäre toll, wenn Sie vorübergehend auf sie aufpassen könnten. Ich sollte wahrscheinlich hierbleiben.«

»Kommen Sie zurecht?«, fragte Luke Kemi, und Briony setzte leise hinzu, wenn sie wolle, könne sie mit ihnen nach Westbury Lodge kommen. Kemi war noch so jung, aber sie hatte den Notfall bravourös gemeistert.

Das Mädchen wirkte unsicher. »Ich rufe meine Mum an. Und Greg, um ihm mitzuteilen, was passiert ist. Ich komme schon zurecht. Gehen wir Lulu suchen.«

Luke zerrte das keuchende, schnaubende Tier hinter sich her, hakte Briony unter und führte sie den Pfad zum Cottage entlang. Sichtlich erschüttert kramte sie nach dem Schlüssel. Er nahm ihn ihr ab, schloss auf und bat sie, sich zu setzen, während er schnell und routiniert Tee kochte. Dann nahm er ihr gegenüber am Küchentisch Platz, verschränkte die Unterarme und warf ihr nervöse Blicke zu. Lulu sah vom Boden aus zu ihnen auf. Sie ließ die Zunge heraushängen und schnaufte.

»Die arme Frau«, seufzte Briony und fuhr mit dem Finger am Rand der Tasse entlang. »Ich hoffe, sie wird wieder gesund.«

»Ich bin mir sicher, jemand wird uns Bescheid geben, und wenigstens ist ihr Sohn bei ihr. Ich finde, du hast getan, was du konntest. Was meinst du, wann bekommt dieser Hund etwas zu fressen?« Auf dem Boden stand eine Plastiktüte mit Lulus rosa Napf und ein paar exotisch aussehenden Folienbeutelchen mit Futter.

»Ich habe den Eindruck, dass sie jetzt Hunger hat. Bist du hungrig, Lulu?« Lulu leckte sich entgegenkommend über die Schnauze und wirkte interessiert, während Briony geschäftig herumwuselte, aber als sie den Fressnapf auf den Boden stellte, schnüffelte Lulu nur daran und drehte ihm den Rücken zu.

»Sie trauert«, sagte Briony. »Es heißt, Hunde wüssten immer, wenn ihr Besitzer in Gefahr schwebt.«

»Wahrscheinlich hat sie sich bloß überfressen«, meinte Luke

lächelnd. »Wenn du mich fragst, braucht sie einen ordentlichen Spaziergang. Schauen wir uns den ummauerten Garten an, da kann sie ein paar Runden herumrennen.«

»Wir wollen sie nicht umbringen, Luke. Ein gemächlicher Spaziergang ist vielleicht sicherer.«

Im Garten ließen sie die Hündin von der Leine, doch sie hielt sich in ihrer Nähe und blieb häufig stehen, um an ganz normalen Grasbüscheln zu schnüffeln. Dann legte sie sich an einer sonnigen Stelle hin und schaute von dort aus zu, wie Luke die Obstbäume inspizierte und sich in einem kleinen schwarzen Buch Notizen machte. Briony setzte sich auf die nah gelegene Bank und sah ihm ebenfalls zu. Er besitzt diese beneidenswerte Eigenschaft, sich vollkommen in seine Arbeit zu vertiefen, dachte sie, als sie beobachtete, wie er sich durchs Haar fuhr und mit dem Bleistift an seine Unterlippe tippte, während er stirnrunzelnd über ein Problem nachdachte. Müßig überlegte sie, wie vollkommen entspannt sie sich in seiner Gesellschaft fühlte. Was für ein Glück für Aruna, ihn gefunden zu haben. Vielleicht würden sie ja eine Familie gründen, Kinder bekommen und Briony bitten, Patentante zu werden. Sie war noch nie Patin gewesen – ihr Bruder William und seine Frau hielten nicht viel von so etwas –, und die Vorstellung gefiel ihr ausnehmend gut.

Ihr Gedankengang wurde unterbrochen, als Lulu knurrte, sich hochhievte und kläffte, während ihre Ohren zuckten. Dann trabte sie zu der Tür, die dem Cottage gegenüberlag und durch die sie eben in den Garten gegangen waren. Greg kam selbstbewusst, die Hände in den Hosentaschen, hereingeschlendert. Er war offensichtlich an Lulu gewöhnt und ignorierte die Art, wie sie an seinen Schuhen schnüffelte, nickte Luke quer durch den Garten zu und konzentrierte sich dann auf Briony, die rasch auf ihn zulief, um ihn zu begrüßen.

»Du hast mit Kemi gesprochen?«, fragte sie und runzelte besorgt die Stirn.

»Ja, vor einer halben Stunde. Die arme alte Robyn.«

»Gibt es etwas Neues?« Greg, der sah, dass sie bekümmert war, nahm ihre Hände fest in seine, und wieder spürte sie dieses schmelzende Gefühl, eine Wärme, die sie durchrann.

»Ich glaube nicht. Ich dachte, ich sehe lieber nach, ob du mit der Töle zurechtkommst.« Er warf Lulu einen Blick zu. Der Mops schnaubte noch einmal unzufrieden und ließ sich ächzend wieder ins Gras sinken.

»Ihr geht es gut, oder, Lulu? Ich muss nur herausfinden, wie ihr normaler Tagesablauf aussieht.«

»Keine Ahnung. Da müssen wir Avril fragen, die Haushaltshilfe. Wenn es für dich momentan in Ordnung ist, dich um sie zu kümmern, sind sicher alle dankbar.«

Briony warf Luke einen Blick zu und stellte erstaunt fest, dass er sie anstarrte und mit zögerlicher Miene das Notizbuch an die Brust drückte. Ein wenig verlegen entzog sie Greg ihre Hände und trat einen Schritt von ihm zurück. Luke kam zu ihnen herüber.

»Das ist der Freund, von dem ich dir erzählt habe, Greg. Luke Sandbrook.« Die beiden tauschten einen Händedruck.

»Freut mich, Sie kennenzulernen«, sagte Greg. »Also, was halten Sie von dem Garten?«

Luke sah sich um und lächelte Greg dann zu. »Er ist wunderbar. Hat eine tolle Atmosphäre.«

»Ja. Meinen Sie, er hat Potenzial?«

Briony hörte zu, wie die Männer über historische Rekonstruktionen, den alten Plan an Mrs. Clares Wand und Gregs kommerzielle Ideen für eine Gärtnerei und einen Hofladen sprachen.

»Die größte Herausforderung könnte die Bewässerung werden«, erklärte Luke ihm. »Wie auch immer das alte System ausgesehen hat – falls es überhaupt eins gab –, es muss wahrscheinlich ersetzt werden.«

»Klingt teuer. Trotzdem möchte ich diese Sache weiterverfolgen. Wenn Sie mich Ihren Honorarsatz wissen lassen, können wir über eine richtige Projektbeschreibung reden.«

»Ist mir recht«, sagte Luke, schob Gregs Karte in sein Notizbuch und steckte es in die Tasche.

»Gut.« Greg stemmte die Hände in die Hüften und streckte die Brust heraus, ganz der Gutsherr, der sein Reich betrachtet. Lukes Haltung mit verschränkten Armen drückte aus, dass er hier der Experte und ganz und gar unbeeindruckt war. Fasziniert wurde Briony bewusst, dass die beiden versuchten, einander zu imponieren.

Greg gab als Erster auf. »Also, wenn das für dich in Ordnung ist, bitte ich jemanden, sich wegen der Töle bei dir zu melden.«

»Gern. Und gib mir Bescheid, wenn du etwas von Mrs. Clare hörst.«

»Natürlich.« Er sah sie lange an, nickte Luke flüchtig zu und wandte sich dann zum Gehen. Die untergehende Sonne ließ sein Haar schimmern und seine teure Uhr aufblitzen. Neben ihr stieß Luke hörbar die Luft aus, er sagte aber nichts, worüber Briony froh war.

»Und, machst du es?«, fragte sie ihn. Sie meinte den Garten.

»Klar, warum nicht. Ein netter Job, wenn nicht noch Schwierigkeiten auftreten. Ich komme bei einer anderen Gelegenheit noch einmal vorbei, um alles richtig auszumessen.«

»Okay. Komm, Lulu. Futter.« Sie nahm die Hündin hoch, die vollkommen aufgegeben zu haben schien, und klemmte sie sich für den Rückweg zum Cottage unter den Arm wie ein Fässchen. Als sie Lulu dieses Mal auf den Küchenboden setzte, lief sie schnurgerade zu ihrem Napf.

»Jetzt hat sie Hunger«, meinte Luke.

Briony setzte sich. Plötzlich fühlte sie sich wieder erschöpft.

»Ein anstrengender Tag, nicht wahr?«, sagte Luke und zog sich einen Stuhl heran. »Geht's dir gut?«

Sie nickte. Sein besorgter Blick und der Umstand, dass er sie gernhatte, trösteten sie. »Du warst heute großartig. Danke.« Sie sah ihn an und zog die Nase kraus. Dann blickte sie nach unten und bemerkte beiläufig die feinen Härchen auf seinen starken, gebräunten Unterarmen.

»Kein Problem, freut mich, dass ich dir behilflich sein konnte. Hoffentlich hören wir bald gute Nachrichten von Mrs. Clare. Wenigstens war sie bei Bewusstsein.«

»Ja.« Vor ihrem inneren Auge sah sie Robyns Gesicht, und sie erinnerte sich, wie verblüfft sie über ihre Miene gewesen war. »Luke«, sagte sie und richtete sich auf, »mir ist etwas eingefallen. Wie sie mich angeschaut hat, als sie in den Krankenwagen geschoben wurde. Hast du das auch gesehen?« Lukes Augen weiteten sich, doch er schüttelte den Kopf. »Es war, als wolle sie mir etwas sagen.«

»Wirklich?«, fragte er. »Also, mir kam sie nur verwirrt vor.«

»Nein«, sagte sie. Jetzt war sie sich noch sicherer. »Da war etwas.« Abwesend stieß sie einen Teelöffel mit dem Finger an und überlegte, was dieses Etwas gewesen sein könnte.

Einen Moment lang schwiegen sie. Dann streckte Luke zu ihrer Verblüffung den Arm aus und strich über ihren Handrücken. Sie spürte, wie seine schwieligen Finger sich um ihren schmalen Unterarm schlossen, und erstarrte schockiert.

»Schau nicht so erschrocken drein«, neckte er sie.

Wortlos sah sie zu ihm auf und registrierte, wie eindringlich er ihr ins Gesicht sah. Er schien dagegen anzukämpfen, doch die Leidenschaft in seiner Miene war unverkennbar. Ein Teil von ihr hätte am liebsten darauf reagiert, doch dann stieg der Gedanke an Aruna in ihr auf, und sie zwang sich, ihren Arm wegzuziehen. Was immer da gerade vor sich ging, war nicht richtig. Sie stand auf, schob ihren Stuhl zurück und begann sich zu beschäftigen: spülte Tassen ab, stopfte Besteck klappernd in den Besteckkasten. Als sie über die Schulter einen Blick zu Luke warf, saß er reglos am Tisch und strich sich mit den Fingern übers Kinn. Seinem Gesichtsausdruck nach zu urteilen war er innerlich weit entfernt. Sie fing seinen Blick auf, und er zuckte angesichts des Zorns in ihren Augen zurück und wandte sich ab. Sie sah, dass die Botschaft gründlich bei ihm angekommen war.

»Ich sollte wohl gehen«, erklärte er mit einstudierter Beiläufigkeit und schenkte ihr ein kleinlautes Lächeln, das seine Augen nicht erreichte. »Meine Eltern haben für heute Abend einen Freund der Familie eingeladen. Ich habe Mum versprochen dazuzukommen.«

»Die Pflicht ruft. Lulu, sag Luke auf Wiedersehen.« Lulu hörte auf zu hecheln und stieß ein ersticktes Jaulen aus.

In der engen Diele verschränkte Briony die Arme vor dem Körper. Sie wollte sich trotzdem noch einmal richtig bei ihm bedanken. »Du warst großartig, Luke. Ich habe keine Ahnung, wie ich den Tag heute ohne dich überstanden hätte.«

»*No problemo.* Gern geschehen, wie immer.« Er öffnete die Tür und zögerte, als wolle er noch etwas sagen. Dann entschied er sich anscheinend dagegen. »Bis bald, ja? Du bist doch am Wochenende wieder zurück in London, oder?«

Sie nickte. »Und bis dahin muss ich noch eine Menge an dem Buch arbeiten.«

»Ich habe verstanden. Irgendwann komme ich mir den ummauerten Garten ansehen, aber du wirst wahrscheinlich zu tun haben.«

»Ganz bestimmt.« Betrübt lächelte sie ihm zu. Das war wahrscheinlich nicht seine Absicht gewesen, aber von einem Moment auf den anderen war zwischen ihnen etwas zerbrochen. Das Vertrauen.

»Bye!«, sagte er leise, zog die Tür hinter sich zu und war fort.

30

Es war Oktober, und am Duke's College hatte das neue Semester begonnen. In den prächtigen Fluren hallten Stimmen in vielen Sprachen, muntere Schritte und ungezwungenes Gelächter, als bunt gekleidete Studenten aus Hörsälen strömten oder in lautstarken Gruppen auf sonnigen Innenhöfen standen und die Treppen der Wandelgänge versperrten, sodass Briony sich hindurchquetschen musste, um zu ihrem Seminar zu gelangen.

Sie liebte diesen Teil des akademischen Jahres. Die Studenten, die nach den Ferien zurückkehrten und ihre Freunde begrüßten, wirkten größtenteils fröhlich, hoffnungsvoll und begeistert. Es bereitete ihr Freude, die heimwehkranken Erstsemester zu unterstützen und zuzusehen, wie sie an Selbstbewusstsein gewannen. Der einzige Nachteil war, dass sie unterrichtete, einzelne Studenten beriet, Fachbereichssitzungen besuchte und ein spezielles Projekt vorbereitete – eine Konferenz, die im nächsten Frühjahr stattfinden sollte – und dadurch viel zu viel zu tun hatte, um ihre eigenen Forschungen zu verfolgen.

Sie hatte es knapp geschafft, die umgeschriebene Version ihres neuen Buchs pünktlich abzugeben, und wartete auf die Reaktion ihres Redakteurs. Gott allein wusste, mit was für Fragen er sie bombardieren würde. Sie würde die Abende und Wochenenden darauf verwenden müssen, bis es fertig war.

Sie hatte auch keine Zeit gehabt, die Entdeckungen über ihren Großvater aus dem Sommer nachzuverfolgen. Sarahs Briefe, die sie inzwischen alle gelesen und übertragen hatte, lagen in einer Schublade in ihrer Wohnung verstaut. Ihr Vater und ihre Stiefmutter hatten ihren Urlaub auf der griechischen Insel verbracht, und sie hatte keine Gelegenheit gehabt, mit ihrem Dad darüber zu diskutieren, was sie bisher über ihren Großvater herausgefunden hatte.

Eines Montagabends um halb sieben saß Briony noch in ihrem Büro. Draußen wurde es dunkel, und als sie die Jalousie herunterlassen wollte, flammte in den Räumen des Naturwissenschaftsgebäudes gegenüber grelles weißes Licht auf. Einen Moment lang stand sie da und betrachtete verblüfft die Reihe von lebenden Bildern, die sich ihr boten: Studenten in weißen Kitteln und Latexhandschuhen, die an Strukturen arbeiteten, die wie riesige Kugelbahnen wirkten, oder auf Computerbildschirme starrten.

An der Tür klopfte es verhalten, und sie zuckte zusammen. »Herein«, rief sie, während sie die Jalousie herunterließ. Sie drehte sich um und erblickte die gepflegte Gestalt der neuen Assistentin des Institutsbüros. Sie hielt ein Paket in der Hand.

»Hallo, Debbie.«

»Tut mir leid, Sie zu unterbrechen, Dr. Wood, aber ich schließe jetzt das Büro ab, und Sie haben das hier nicht abgeholt.« Debbie hielt ihr das Päckchen entgegen, und Briony nahm es und erinnerte sich vage an eine Mail über eine Eilzustellung. Ziemlich uninteressiert warf sie einen Blick darauf. Es war in altmodisches braunes Papier geschlagen und wurde von breiten Streifen Paketklebeband zusammengehalten. Darin befand sich etwas Hartes, Eckiges, wahrscheinlich ein Buch. Eine kleine Ecke hatte das Papier durchstoßen.

»Danke«, sagte sie und ließ es auf einen kleinen Tisch fallen, auf dem sich schon Bücher und Papier stapelten. »Ich fürchte, ich habe es vergessen – es war wieder einmal einer von diesen Tagen.«

»Kein Problem, Dr. Wood. Einen schönen Abend.« Debbie zog sich zurück und schloss die Tür voller Respekt, von dem Briony wusste, dass er sich nach ein paar Wochen abnutzen würde.

Sie fuhr ihren Computer herunter. Heute traf sie sich mit Aruna, die sie seit Ewigkeiten nicht gesehen hatte, zu einem frühen Abendessen. Das Bistro in Soho, auf das sie sich geeinigt hatten, lag nur zehn Minuten Fußweg entfernt. Das hatte sie leichtsinnig gemacht, und sie war schon jetzt zu spät dran.

Als sie nach ihrer Jacke griff, die an einem Türhaken hing, fiel ihr Blick auf das Päckchen. Darauf stand in großen, sorgfältig geschriebenen schwarzen Buchstaben das Wort *persönlich*. Sie griff danach. Nein, das war kein Buch, dazu war es nicht schwer genug. Sie begann, an dem Plastikband herumzunesteln, doch es wollte einfach nicht nachgeben, und in diesem Moment meldete sich ihr Handy mit einem Ping, sodass sie das Paket ablegte und das Telefon aus ihrer Tasche angelte. Die SMS leuchtete in dem gelblichen Licht: *Wo steckst du?*

Bin in zehn Minuten da. Sie knipste die Lampe aus und öffnete die Tür. In der letzten Sekunde fiel ihr Blick noch einmal auf das Päckchen. Eigenartig. Sie schnappte es sich und versenkte es in den Tiefen ihrer Tasche.

Das Bistro lag in einem alten Kellergewölbe, das wie eine Schmugglerhöhle wirkte und aus einer Reihe kleiner, schlecht beleuchteter Räume mit niedrigen Decken bestand. Briony brauchte eine Weile, um Aruna unter den Menschenmassen zu finden. Dann bog sie um eine Ecke und sah ihre Freundin allein in einer abgetrennten Nische sitzen. Vor ihr stand eine halb geleerte Weinflasche, und die Papiertischdecke war mit roten Ringen übersät, die das Glas in ihrer Hand hinterlassen hatte. Aruna starrte auf ihr Telefon, und ihre Miene zeigte eine Mischung aus Verbitterung und Schmerz, sodass Briony zögerte, da sie fürchtete, sie in einem intimen Moment zu stören.

Seit Norfolk hatte sie Aruna nur einmal gesehen, und zwar bei einem Urlaubs-Nachtreffen mit Zoe, Mike und Luke. Den ganzen Abend über hatte sie Luke und Aruna beobachtet und Ausschau nach Zeichen dafür gehalten, dass sich zwischen ihnen etwas verändert hatte. Aber das einzig Unangenehme war ihr eigenes schlechtes Gewissen, das, wie sie wusste, unangebracht war. Es war schließlich nicht ihre Schuld, dass Luke beinahe die Grenzen der Freundschaft überschritten hätte, oder?

Nachdem sie Westbury verlassen hatte, hatte sie noch länger darüber nachgedacht, was passiert war – oder hätte passieren können, wenn sie es zugelassen hätte. Immer noch konnte sie das Gefühl von Lukes körperlicher Nähe nachempfinden, die so groß gewesen war, dass sie seinen warmen, lebendigen Atem gespürt hatte, die Kraft und Zärtlichkeit seiner Hand auf ihrem Arm, die Sorge in seinen freundlichen blauen Augen, und, ja, er hatte sie begehrt, was sie sich bestimmt nicht eingebildet hatte.

Es nützt nichts, sagte sie sich heftig. Sie war kein naiver Teenager. Luke war in einer Beziehung mit ihrer besten Freundin, und sie hatte nicht vor, Aruna zu verraten, nur um Lukes Seitensprung zu sein. Schlussendlich war es ihr besser erschienen, ihn aus ihren Gedanken zu verbannen und darauf zu warten, dass die beiden ihre Probleme allein lösten. Natürlich war es schade, dass Luke nicht mehr einfach ein Freund sein konnte, aber vielleicht war sie in diesem Punkt zu naiv gewesen.

Am Abend des Urlaubsnachtreffens schienen Aruna und Luke sich gut zu verstehen, also hatte sie die ganze Episode vielleicht falsch interpretiert. In diesem Fall hatte sie sich eines anderen Fehlers schuldig gemacht – sie hatte sich Fantasievorstellungen hingegeben wie eine alte Jungfer. So oder so fühlte Briony sich in Gesellschaft der beiden unsicher und gehemmt, und sie hatte sie eine Weile nicht sehen wollen, bis sie das Gefühl hatte, sich ihnen gegenüber wieder natürlich und entspannt verhalten zu können.

Aruna legte ihr Telefon zur Seite, und Briony trat aus dem Halbdunkel. »Hi. Du hast dich aber versteckt«, sagte sie so beiläufig, wie sie konnte.

»Oh, hi. Einen anderen Tisch gab's nicht.« Aruna sprang auf, um sie so liebevoll wie immer zu küssen. Sie roch nach Wein und nach ihrem blumigen Lieblingsparfüm.

Vielleicht hatte Briony sich diese verbitterte Miene nur eingebildet. »Für einen Montag ist wirklich viel los.« Nein, entschied sie, Aruna klang wirklich ein wenig traurig. Sie schob sich auf die Bank ihr gegenüber, und ihre Freundin goss Wein in ein zweites Glas ein und schob es ihr hinüber.

»Prost. Also, wie geht's dir, Bri? Ich kann nicht glauben, dass wir uns so lange nicht gesehen haben.«

»Tut mir leid. Bei mir ging es hektisch zu.«

»Bei mir auch. Die gute Art von Hektik, hoffe ich?«

»Du weißt schon, das Übliche. Und bei dir?«

»Geht so. Gott, bin ich müde. Ich war ein paar Tage unterwegs, um nachts in Glasgow Obdachlose zu interviewen. Da habe ich nicht viel Schlaf bekommen.« Seufzend schob sie ihr dunkles Haar zurück. »Und Wein auf leeren Magen zu trinken war ein großer Fehler.«

»Dann sehen wir uns doch die Speisekarte an.« Briony zog eine der laminierten Karten aus dem Halter auf dem Tisch, reichte sie ihr und begann, sich mit der anderen zu beschäftigen, doch sie hörte Arunas Telefon summen und bemerkte, wie Aruna ergeben auf den Bildschirm spähte.

»Meeresfrüchte-Risotto für mich«, sagte Briony und sah, wie ihre Freundin die Stirn runzelte.

»Tut mir leid, aber das hier kann nicht warten.« Arunas Finger huschten über das Display. Dann legte sie das Telefon hin, nahm es jedoch wieder hoch, als es erneut summte.

Nach dem dritten Mal legte Briony die Hand über das Handy und zog es aus Arunas Reichweite.

»Gib es mir«, sagte Aruna seufzend.

»Nur, wenn du es wegsteckst.«

»Du bist so eine Nervensäge.« Sie warf einen letzten Blick auf den Bildschirm und schob das Telefon in die Tiefen ihrer Handtasche. »So. Lass uns bestellen.«

Sie winkten einen jungen Mann heran, der eine weiße Schürze um die schlanke Taille trug. Er nahm ihrer Bestellung auf und brachte dann mit raschen Bewegungen einen Korb Brot, einen Teller mit Olivenöl und Kräutern sowie eine Handvoll Besteck und verschwand dann wieder. Aruna tränkte ein Stück Brot mit Öl und aß hungrig. Briony zerkrümelte ihr Stück unglücklich. Sie machte sich Sorgen um ihre Freundin.

»Wie geht's Luke?«, fragte sie. Bei seinem Namen durchfuhr sie ein Anflug von Zärtlichkeit.

»Prima. Ihm geht's prima«, sagte Aruna fröhlicher und leckte sich Öl von den Fingern. »Obwohl er viel zu oft nach Norfolk fährt, um diesen Garten zu gestalten. Vielleicht meldet er sich sogar bei dir. Er hat etwas davon gesagt, dass er diese Briefe sehen muss.«

»Die von Sarah Bailey?«

»Ja. Er hat gesagt, ich soll dich vorwarnen. Es geht um Einzelheiten zu Pflanzen, die sie vielleicht erwähnt hat.«

»Aha. Ja, das wäre in Ordnung.« Es faszinierte sie zu hören, dass das Gartenprojekt in vollem Gang war. »Ich könnte ihm meine Abschrift per E-Mail zukommen lassen. Hat er etwas von Mrs. Clare gehört?«

»Der alten Frau? Weiß nicht mehr. Keine Veränderung, glaube ich. Ist wieder zu Hause und erholt sich nur sehr langsam. Da musst du ihn fragen.« Es war mehr als offensichtlich, dass Aruna sich nicht dafür interessierte.

»Dann bist du nicht begeistert davon, dass er den Garten plant?«, fragte Briony.

Ein Schulterzucken. »Seine Sache. Ich mische mich nicht in

seine Arbeit ein. Aber da du schon fragst, nein, nicht besonders. Ich bin im Moment auch oft unterwegs. Das ist eine zusätzliche Belastung.«

»Wahrscheinlich übernachtet er bei seinen Eltern. Kannst du ihn nicht begleiten?«

»Wenn ich nicht gerade arbeite, aber du kennst mich. Ich bin nicht wirklich ein Mädchen vom Lande. Und seine Eltern sind sehr nett, aber ich bin achtunddreißig, um Himmels willen. Da sollten wir nicht jedes Wochenende bei unseren Eltern verbringen.«

Briony lachte. »Wahrscheinlich nicht, aber seine scheinen sehr locker zu sein. Hat deine Mum Luke beim letzten Mal nicht ein eigenes Zimmer gegeben?«

»Das war so etwas von peinlich. Nein, das machen seine Ma und sein Pa nicht, aber das Bett dort knarrt, und ich habe immer ein schlechtes Gewissen, wenn wir länger schlafen.«

»Geht mir genauso, wenn ich nach Hause fahre. Meine Stiefmutter räumt hinter mir her. Ich wage es nicht, meine Zahnpastatube nicht sofort zuzudrehen oder meine Kaffeetasse nicht abzuwaschen!«

»Mit achtunddreißig! Wir sind ganz schöne Nesthocker, was? Meinst du, das wäre anders, wenn wir anständig verheiratet wären und Kinder hätten?«

Briony dachte darüber nach. Ihr Bruder und seine Frau Ally schienen, wenn sie über Nacht blieben, einen anderen Status zu genießen, aber das lag vielleicht daran, dass die Enkelkinder von ihnen ablenkten. Ihr Vater und Lavender beteten Wills zwei Kinder an, und Ally war immer so erschöpft, dass sie froh war, wenn ihre Schwiegereltern sie ihr abnahmen. Letztes Weihnachten war sie mit einem Glas Wein herumgeschlendert und hatte es genossen, sich verwöhnen zu lassen, während Briony beim Kochen geholfen hatte.

»Im Moment habe ich das Gefühl, in einer Art Schwebezustand zu leben«, fuhr Aruna fort. »Wie du weißt, wohnt Luke meistens bei mir. Viel praktischer für mich, als zu ihm zu fahren, meilenweit von jeder U-Bahn-Station entfernt. Außerdem hat er jetzt einen Mitbewohner, um die Rechnungen zu bezahlen, aber ich habe keinen Platz für seine ganzen Gartengerätschaften, also wird das langfristig schwierig. Wir sollten wirklich unsere Wohnungen verkaufen und uns gemeinsam etwas suchen, und ehrlich gesagt würde ich gern jetzt damit loslegen. Mum und Dad fragen ständig, wann wir heiraten, du weißt ja, wie sie sind. Und Mum wünscht sich sehnlichst, dass ich Kinder bekomme.«

»Und du? Hättest du gern welche?«

»Manchmal schon. Ich wäre allerdings gern sicher, ob ich noch welche kriegen kann, wenn ich noch ein oder zwei Jahre warte. Es wäre schrecklich, das zu lange hinauszuschieben und dann festzustellen, dass es schwierig wird.«

Jetzt wirkte sie wehmütig, und mit einem Mal spürte Briony Mitgefühl für Aruna, da sie sah, wie viel es ihr bedeutete, eine Familie zu gründen.

»Was ist mit Luke, will er Kinder?«

»Das dachte ich immer, aber in letzter Zeit klingt er ärgerlich, wenn ich das Thema auch nur anspreche. Ich weiß nicht, was ich tun soll, Briony.« Sie riss sich noch einen großen Brocken Brot ab, tunkte ihn in das Öl und sah dann nur darauf hinunter.

»Hör zu, Ru, mit meiner mageren Bilanz bin ich da nicht die beste Auskunftsquelle, aber wenn ihr euch liebt und zusammensein wollt, dann ist das doch wohl das Wichtigste, oder? Der Rest kommt von selbst.«

»Wahrscheinlich hast du recht. Es ist nur so, dass in letzter Zeit ... Also, die Nachrichten eben waren von Luke. Wir sollten am Sonntag meine Eltern besuchen, aber jetzt sagt er, dass er nicht kann. Darf ich nachsehen, ob er sich wieder gemeldet hat, bitte, bitte? Ich weiß, das ist unhöflich.« Aruna wartete Brionys Antwort kaum ab, griff in ihre Tasche, konsultierte das Telefon und steckte es wieder zurück. »Nichts. Ach, ist auch egal ...«

In diesem Moment kehrte der schlanke Kellner zurück und brachte große weiße Teller: dampfenden, buttrigen Reis und Fisch, bestreut mit Petersilie, für Briony und für Aruna glühend heiße, mit Käse überbackene Canelloni. Ein paar Runden schwarzer Pfeffer aus einer riesigen Mühle, ein »Lasst es euch schmecken« mit einer angedeuteten Verbeugung, und dann ließ er sie allein.

Aruna sah unglücklich auf ihr Essen hinunter, dann nahm sie ihre Gabel und schob sich einen Klumpen Nudeln mit Käse in den Mund. Ihre Miene schlug um, als sie bemerkte, dass es köstlich war, und sie begann, so hungrig zu essen, wie das heiße Gericht es zuließ. Briony griff ebenfalls nach ihrer Gabel, und eine Weile waren beide in ihre Gedanken versunken.

Briony fühlte sich zwischen ihrem selbstverständlichen Mitgefühl für Aruna und ihrer Verwirrung wegen Luke hin- und hergerissen. Was führte er im Schilde? Warum machte er Aruna so unglücklich? Sie war gleichzeitig verärgert und besorgt. Sie hatte immer den Eindruck gehabt, er liebe Aruna über alles, doch sein Verhalten in letzter Zeit brachte diese Ansicht ins Wanken. Sie warf ihrer Freundin, die jetzt, nachdem sie gegessen hatte, wieder fröhlich wirkte, einen Blick zu.

»Ich hatte ja keine Ahnung, dass ich so hungrig war«, sagte Aruna. Ihre mit Kajal umrahmten Augen blitzten vergnügt, als sie die letzten Fingerbreit Wein aus der Flasche einschenkte, deren größten Teil sie getrunken hatte. »Jetzt fühle ich mich viel besser.« Briony hatte dieses Fröhliche, Kindliche an ihrer Freundin schon immer geliebt. Arunas Stimmung schlug so schnell um wie das Wetter im April.

Aruna leerte den letzten Tropfen Wein. »Noch eine Flasche?«

Briony schüttelte den Kopf. »Ich muss später noch arbeiten. Lass dich aber von mir nicht aufhalten.« Zwischen ihnen herrschte eine unbehagliche Stimmung, doch Briony konnte den Grund dafür nicht benennen. Nachdem sie sich ihr vorhin anvertraut hatte, schien Aruna sich zurückgezogen zu haben.

Sie bestellten Kaffee, und während sie darauf warteten, ging Aruna zur Toilette. Als sie zurückkam und wieder auf die Bank glitt, wechselte sie das Thema. »Bist du eigentlich mit deiner Recherche von damals weitergekommen? Über deinen Großvater und die anderen Soldaten?«

Briony schüttelte den Kopf. »Nachdem Robyn Clare krank geworden ist, hatte ich niemanden mehr, den ich befragen konnte. Ich habe an jemanden geschrieben, der einmal Derek, den Jungen, der bei den Baileys evakuiert gewesen war, interviewt hat, für den Fall, dass diese Person noch eine Adresse von ihm hat, aber ich habe nie wieder etwas gehört. Und jetzt habe ich zu viel zu tun.«

»Wie schade«, meinte Aruna halbherzig.

»Willst du immer noch eine Radiosendung darüber machen?« Briony lächelte und trank einen Schluck von ihrem Cappuccino. Er war cremig, aber unangenehm bitter, daher riss sie ein Zuckertütchen auf.

»Ich glaube nicht. Die Geschichte ist nicht besonders spannend, oder?«

»Wie meinst du das?« Zuckerkörnchen rieselten auf den Tisch.

»Du hast nur eine Seite des Briefwechsels. Und niemand weiß, was aus diesem Mann, Paul, geworden ist.«

»Ich dachte, du wärest interessiert. Ich bin immer noch dabei, es herauszufinden.« Briony war sich sicher, dass Aruna ihr etwas verheimlichte. Dann fiel ihr wieder ein, was sie noch fragen wollte: »Aruna, als Luke und ich in der Villa Teresa waren und du draußen auf uns gewartet hast, ist da etwas passiert?«

»Dann hat Luke dir also davon erzählt. Nichts Wichtiges. Dieser Bonze mit dem Sportwagen kam angefahren, ich glaube, er wollte nur wenden. Aber er hat mich dort sitzen gesehen und wollte wissen, was ich da zu suchen hätte. Sein Englisch war ziemlich schlecht, aber ich habe ihm angesehen, dass er nicht erfreut war.«

»Hast du ihm gesagt, dass wir im Haus waren?«

Sie schüttelte den Kopf. »Nein. Ich habe erklärt, ich sei Touristin und würde mich ausruhen, weil ich mir den Fuß verletzt habe.« Sie lachte leise. »Er hat mir angeboten, mich mitzunehmen. Als ob! Er fing an, das Auto zu wenden, dann hielt er an, hat auf das Haus gezeigt und gesagt, das sei ein böser Ort. ›Böser Ort‹, hat er immer wieder gesagt.«

»Von alldem hast du mir nichts erzählt.«

»Nicht? Wahrscheinlich war ich sauer, weil ihr so lange gebraucht habt, und dann noch das ganze Theater um die blöde Büchse, die du gefunden hattest. Ach, schau nicht so böse, Briony. Was sollte ich denn denken, nachdem ihr euch zusammen verdrückt habt, du und Luke?«

»Aruna! So war das überhaupt nicht. Wir wollten beide das Haus sehen, nichts weiter. Wenn ich gedacht hätte, dass du dir Sorgen machst, wäre ich niemals mitgegangen.«

»Aber es war nicht nur damals, oder? Was ist mit Westbury Hall? Luke scheint wie besessen von dem Ort und diesem elenden Garten zu sein.« Briony hatte keine Ahnung, ob Aruna meinte, dass Luke nur an Westbury interessiert war, oder ob sie auf etwas anderes anspielte. Sie konnte Aruna auch nicht direkt fragen, dazu hatte sie viel zu große Angst, ihre Freundschaft zu ruinieren. Also entschied sie sich, davon auszugehen, dass Aruna den Ort meinte.

»Zwischen der Villa Teresa und Westbury besteht eine Verbindung, und das interessiert ihn wahrscheinlich. Vielleicht der Umstand, dass beide Gärten haben. Und Paul und Sarah.«

»Diese verdammten Briefe! Ich wünschte, du hättest sie nie bekommen. Sie haben alles aufgerührt.«

»Es hat mit meiner Familie zu tun, Aruna. Nichts, weswegen du dir Gedanken zu machen brauchst.«

»Ich weiß nur«, sagte Aruna langsam, »dass es zwischen Luke

und mir seit unserem Urlaub nicht mehr wie früher ist.« Die anklagende Miene auf ihrem spitzen Gesicht besagte, dass sie Briony daran die Schuld gab.

Auf dem Weg zur U-Bahn-Station fühlte sich Briony zunehmend niedergeschlagen. Es war einfach unfair. Aruna und sie hatten einander zum Abschied umarmt, aber Briony hatte die fehlende Herzlichkeit gespürt. Aruna war wütend, sowohl auf die Situation als auch auf Briony. Sie wünschte, sie könnte Aruna umgekehrt auch böse sein wegen der falschen Beschuldigungen, die sie angedeutet hatte, oder weil sie das, was Briony wichtig war, so abtat, doch stattdessen war sie furchtbar traurig und verletzt. Lag Aruna so wenig an ihrer Freundschaft, dass sie jedes Vertrauen zu Briony verloren hatte, ohne auch nur herauszufinden zu versuchen, ob Briony sie wirklich hintergangen hatte? Mit ihrem Ticket berührte Briony die Fahrkartensperre, ging auf dem Bahnsteig auf und ab und stieg dann in einen Zug Richtung Süden, wo sie sich zwischen plaudernden, lachenden Menschen, die ausgegangen waren und jetzt nach Hause fuhren, auf einen Sitz fallen ließ.

Verglichen mit dieser jugendlichen Energie fühle ich mich alt, dachte sie.

Aruna war seit fünfzehn Jahren ihre Freundin, die beste, die sie je gehabt hatte. Sie waren sehr unterschiedlich, ergänzten sich aber ausgezeichnet. Aruna war witzig, sprunghaft und bunt wie eine kleine Libelle, kam andauernd mit neuen Ideen angerauscht und fand neue Arten, das Leben zu genießen. Briony war immer die Beständige gewesen, die Aruna tröstete, wenn etwas schieflief, wenn sie sitzengelassen worden war. Mehr als einmal war Aruna von Männern betrogen und zutiefst verletzt worden. Briony wünschte sich verzweifelt, sie könnte die Probleme zwischen Luke und ihrer Freundin ausbügeln, aber sie hatte keine Ahnung, wie. Sie wusste nur, dass sie sich von Luke und vielleicht sogar von beiden fernhalten musste. Sie würde Luke die Abschriften der Briefe mailen, aber ihn nicht ermuntern, darüber hinaus mit ihr zu kommunizieren.

Mit schwerem Herzen schloss sie ihre Wohnungstür auf und zog sie hinter sich zu. Sie rümpfte die Nase, als ihr aus einem Korb mit Wäsche, die sie aus der Maschine genommen, aber vergessen hatte aufzuhängen, ein muffiger Geruch entgegenkam. Ein Haufen Werbepost hatte sich über die Diele verteilt. An solch einem Abend fühlte sie sich in ihrer Wohnung sehr einsam.

Sie machte sich eine Tasse grünen Tee, dann stand sie da, nippte daran und sah durch das Wohnzimmerfenster auf die Reihe alter Häuser gegenüber, wo sich andere Leben abspielten. Einmal hatten die Bewohner anlässlich eines Thronjubiläums eine Straßenparty veranstaltet. Noch mehrere Tage danach hatten Menschen einander im Vorbeigehen zugelächelt, sich gegrüßt, doch dann war das Leben weitergegangen wie zuvor. Jedenfalls für Briony, die so viel unterwegs war. Letztes Weihnachten waren ihre Nachbarn von unten, ein kinderloses Paar mittleren Alters, auf ein paar Drinks heraufgekommen, aber sie arbeiteten ebenfalls und hatten viel zu tun, sodass sie ihnen selten begegnete.

Sie trank den Tee aus, und als sie die Lust auf etwas Süßes überkam, fiel ihr ein Schokoladenriegel ein, den sie mit nach Hause genommen hatte. Doch als sie in die Küche tappte und in ihre Tasche griff, um ihn hervorzuholen, schloss sich ihre Hand stattdessen um das Päckchen. Mit einer Küchenschere durchschnitt sie das Paketband und fluchte, weil es so dick war. Darunter stieß sie nicht auf ein dickes, fest gebundenes Buch, sondern auf ein altes Kästchen, das ähnlich groß und dick war: eine große Zigarrenschachtel aus leichtem, hellem Holz. Daran war mit Klebeband ein kleiner, billiger, an sie adressierter Umschlag befestigt, und sie nahm ihn ab, öffnete ihn und lehnte sich an die Arbeitsfläche, um den Brief zu lesen, der sich darin befand.

Mit wachsendem Erstaunen las sie ihn zu Ende und überflog ihn dann schnell noch einmal.

Liebe Frau Dr. Wood, hieß es darin in einer runden, weiblichen Handschrift.

Sie haben an jemanden geschrieben, der sich dann an meinen Dad, Mr. Derek Jenkins, gewandt hat. Aber er ist inzwischen 87, und seine Hände zittern sehr, daher hat er mich gebeten, Ihnen an seiner Stelle zu schreiben und Ihnen diese Schachtel zu schicken. Ich hatte keine Ahnung, dass wir sie hatten, aber er sagt, er habe sie schon seit langer Zeit und wollte sie der Besitzerin immer zurückgeben, aber er hat sie nie wiedergesehen. Er meint, wenn Sie herausfinden können, was aus Sarah Bailey geworden ist, hat ihre Familie vielleicht Interesse daran. Ihm nützen sie nichts, und ihm würde eine Last von der Seele fallen, wenn Sie sie an sich nehmen würden.
Mit freundlichen Grüßen
Lindsay Sweet (Ehename)

Die Frau, die Derek Jenkins interviewt hatte, den evakuierten Jungen, der bei den Baileys gelebt hatte, hatte Brionys Brief doch erhalten und an ihn weitergeleitet! Briony öffnete die Schachtel und sog scharf den Atem ein. Sofort ahnte sie, was sie vor sich hatte.

Die Schachtel war dicht an dicht mit Briefen in ordentlich zusammengeschnürten Bündeln vollgestopft, von denen manche noch ihre Umschläge besaßen. Sie nahm einen von seinem Stapel und las auf der Vorderseite *Miss. S. Bailey, Flint Cottage*. Sie zog den Brief aus dem Umschlag und betrachtete die Unterschrift am Ende. *Paul.*

Pauls Briefe an Sarah, und es waren Dutzende! Aber wie war der Junge zu ihnen gekommen?

Mit der Schachtel hastete sie zum Sofa, setzte sich und nahm sie auf den Schoß. Begierig zog sie einen Stapel heraus, löste den Wollfaden, mit dem sie zusammengebunden waren, nahm den obersten Brief, zog ihn aus seinem Umschlag und faltete ihn auseinander. Er war mit einem dicken Bleistift geschrieben und schwer zu entziffern, daher knipste sie die Tischlampe an, die neben ihr stand, und rückte in den Lichtkegel.

Meine liebste Sarah, begann er. Ruckartig zog Briony die Augenbrauen hoch. »Liebste?« Die Beziehung der beiden hatte sich verändert. Zunehmend aufgeregt las sie die Worte, die darauf folgten.

31

1941–1942

Die Küstenstadt in Nord-Devon war von hohen Klippen umschlossen, und das Fenster von Pauls Hotelzimmer ging auf den kleinen Hafen hinaus, sodass das helle Klirren der Takelagen im Wind ihn beim Einschlafen und Aufwachen begleitete. Wenn er bei Nacht erwachte, lag er gern da und lauschte dem Geräusch, denn er fand es beruhigend. Wenn im Winter Stürme tobten, spritzte Gischt gegen die Fenster. Paul hatte noch nie am Meer gelebt. Er fand es überwältigend, wie die Wogen auf den harten Sand krachten, während er am Strand Hindernisparcours rannte oder in den eiskalten Gezeitentümpeln schwamm. Das alles gehörte zur Ausbildung. Bei anderen Gelegenheiten sah er gern zu, wie schmutzige Boote Kohle oder den Morgenfang entluden, und alles unter den betrübt klingenden Rufen der Möwen, die am Himmel dahinglitten oder herabstießen, um sich um die silbrig schimmernden toten Fische zu balgen, die weggeworfen worden waren.

Die Arbeit, die man ihnen auftrug, war mörderisch, sogar verglichen mit schwerer Gartenarbeit. Und schlimmer noch: Sie war noch weit langweiliger und frustrierender, als er angenommen hatte. Es dauerte eine Weile, bis man den Bogen heraushatte, Hacke und Schaufel effizient zum Ausheben von Gräben einzusetzen. Dann mussten sie Beton mischen und gießen, bevor sie auf den Klippen Nissenhütten aus Wellblech errichteten. Die Stiefel, die er zugeteilt bekam, waren zu groß – der unter den Männern kursierende Scherz, sie stammten noch aus dem Großen Krieg, erwies sich als wahr –, aber Paul lernte, die Spitzen mit Zeitungspapier auszustopfen, und entwickelte schließlich eine dicke Hornhaut.

Mit seinem Zimmergenossen Wolfgang Horst freundete er sich rasch an. Horst war Jude, ein vier Jahre jüngerer Landsmann, den seine vorausschauenden Eltern vor fünf Jahren in eine britische Pflegefamilie gegeben hatten. Er hatte an einer Universität in den Midlands studiert und sprach fließend Englisch. Horst hatte Hamburg als Junge oft besucht, da seine Großmutter dort gelebt hatte, und Paul und er schwelgten oft in einer Mischung aus Englisch und Deutsch in Erinnerungen, obwohl sie es unerträglich traurig fanden, von ihrer Heimat zu reden. Horst hatte keine Ahnung, was aus seinen Eltern oder seiner Großmutter geworden war. Er schrieb regelmäßig an seine kleine Schwester, die in Shrewsbury aufs Internat ging, und wenn er Ausgang hatte, dann besuchte er sie entweder dort oder im Haus eines der Lehrer und dessen Frau, bei denen sie während der Schulferien lebte.

Paul schrieb Sarah jede Woche. Er schickte ihr eine Postkarte vom Leuchtturm, einem ungewöhnlichen Bauwerk, weil es auf der Klippe oberhalb der Stadt in einer ehemaligen Kirche errichtet worden war. Er hatte ihr viel über seinen Alltag zu erzählen, und er stellte fest, dass ihm das Schreiben leichtfiel. *Horst versucht mir das Geigespielen beizubringen, aber ich fürchte, er vergeudet seine Zeit. Die Möwen halten mich wegen der Geräusche, die ich erzeuge, für eine von ihnen.*

In seinen ruhigen Momenten dachte er an Sarah und versuchte, sich die Erinnerung an ihr Gesicht zu bewahren. So verliebt war er noch nie gewesen. In Hamburg hatte er nicht viele Mädchen kennengelernt, aber an der Universität hatte es eine sehr beherrschte junge Frau namens Gisela gegeben, die dichtes blondes, zu einem Bob geschnittenes Haar und blitzende dunkelblaue

Augen besessen hatte. Sie hatte sich von ihm ein paarmal ausführen lassen, und ein ganzes Semester hatten sie bei den Vorlesungen zusammengesessen, aber dann bekam sein Vater Probleme, und sie begann, ihm aus dem Weg zu gehen. Früher hatte Paul sich manchmal gefragt, ob ihre Beziehung sich sonst weiterentwickelt hätte. Giselas fester Wille zum Erfolg hatte ihn fasziniert, und ihre verbissene Art, Fragen umzudrehen, um ein Problem aus einem anderen Blickwinkel zu betrachten, ganz zu schweigen von ihrer hübschen, üppigen Figur. Sie war künstlerisch talentiert und konnte akkurate, detaillierte Bilder von Blumen und Bäumen zeichnen. Er dagegen verstand sich am besten darauf, sie wachsen zu lassen.

Horst erweckte in Paul die Liebe zur Musik, denn er hatte seine Geige mitgebracht, und an vielen Abenden probte er mit dem Lagerorchester. Paul besuchte häufig die Konzerte, die im Gemeindesaal und bei einer Gelegenheit sogar im Foyer eines Grandhotels auf dem Land stattfanden.

Auch Vorträge wurden angeboten, denn viele Männer im Lager waren schon älter und hatten in ihrem Leben vor dem Krieg angesehene berufliche Positionen innegehabt: Anwälte, Ärzte, Universitätsprofessoren oder Schriftsteller. Einmal meldete er sich freiwillig, um einen Vortrag über das Ziehen von Schnittblumen zu halten, und während er erklärte, dass die Blütenähren der Gladiole zwar unmodisch seien, aber unschätzbar wertvoll, da sie in einer Vase sieben Tage frisch blieben, spürte er, wie seine Liebe dazu, Pflanzen zum Wachsen zu bringen, neu erwachte. Hätte er die botanischen Dia-Lichtbilder bei sich gehabt, die er in Hamburg gesammelt hatte, dann hätte er eine akademischere Vorlesung über das Wunder der Pflanzenwelt abgeliefert, doch er hatte weder die Möglichkeit noch die Zeit, um zu recherchieren oder sie selbst zu zeichnen.

Sechs Wochen vergingen, zwei Monate. Weihnachten war wegen des großen Anteils an Juden im Lager nicht als religiöses Fest gefeiert worden, aber sie hatten es dennoch mit einer Aufführung von *Aschenputtel* gewürdigt. Im Januar erschwerte ihnen der eisige Winter die Arbeit, doch Anfang Februar erhielt ihre Kompanie schließlich die Mitteilung, sie seien ausreichend auf ihre erste Mission vorbereitet.

»Trümmer räumen, sagt der Corporal. Ich will kämpfen«, erklärte Horst heftig, während er das kostbare Foto seiner Eltern in Zeitungspapier wickelte und vorsichtig in seinen Tornister steckte.

»Ich auch«, antwortete Paul vom Fenster aus. Dieser Ausblick würde ihm fehlen. »Vielleicht vertrauen sie uns eines Tages genug. Wenigstens können wir in der Zwischenzeit etwas beitragen, und in London werden wir uns nicht so abgeschieden fühlen.« Außerdem hoffte er, dann Sarah öfter sehen zu können. Das wäre ein großer Vorteil.

Drei Wochen später war Paul schon weniger optimistisch. Er schob die schwere Schubkarre über das Brett auf den Lastwagen und schaufelte den Inhalt in den Kipplader. Der aufsteigende Staub bereitete ihm einen erneuten Hustenanfall, doch er machte weiter und versuchte, den Husten zu ignorieren, so wie er sich Mühe gab, das bis in die Knochen gehende Rattern von Horsts Presslufthammer nicht wahrzunehmen. Glücklicherweise rief der Corporal nach seiner letzten Schaufel eine Pause aus, und Paul stellte sich eilig in die Schlange, die in der Nähe vor einem Lieferwagen um heiße Getränke anstand.

Er hatte das Gefühl, schon Ewigkeiten hier verbracht zu haben. Ihre Arbeit bestand daraus, den Schutt von den bombardierten Arealen um den Hafen herum abzutragen, eine grauenhafte Arbeit oder, wie Horst es nannte, »Steineklopfen: altmodische Zwangsarbeit für Häftlinge«, doch er sprach es mit Humor aus. Schließlich mussten, erinnerte sich Paul an Sarahs Worte, die meisten Menschen in diesem Krieg tun, was sie nicht wollten. Ihr Leben stand still. Niemand wagte es, von der Zukunft zu sprechen. Sie konnten nur die Gegenwart so gut wie möglich bewältigen. Darüber dachte er nach, während er die dünne, heiße Suppe trank, die eine Frau ausgeschenkt hatte, und seine Zigarette schützend in der hohlen Hand barg. Um für die Freiheit zu kämpfen, mussten sie alle zeitweilig auf sie verzichten, so sollte er das betrachten. Etwas anderes blieb einem nicht übrig. Doch es war so frustrierend, hier festzusitzen und Beton zu schaufeln, während anderswo gekämpft wurde.

Der Corporal wies sie brüllend an, wieder an die Arbeit zu gehen. Paul schnappte sich einen Vorschlaghammer und kletterte zurück über die Hügel aus zerschmettertem Beton, Gipskarton, verdrehten Trägern und Backsteinen, die er abgeschlagen hatte, und legte einen Teil seiner Frustration in den Hieb, den er einer zerstörten Treppe versetzte.

Bei ihrer Ankunft war Paul erstaunt gewesen, als Corporal Brady ihnen erklärte, das hier sei einmal eine Wohnstraße gewesen. Die meisten Häuser waren wie ausradiert, und die Straße war von Rissen und Kratern durchzogen. Nur ein paar zerklüftete Erhebungen waren noch übrig und reckten sich trotzig in die Höhe, und Fensterhöhlen und elektrische Drähte, die herabhingen wie abgerissene Sehnen, zeigten noch, was sie einmal gewesen waren. Gott allein wusste, was die Rettungskräfte unmittelbar nach den Bombenangriffen vorgefunden hatten. Darüber mochte er nicht nachdenken. Es war schon schlimm genug, wenn er einen Balken umdrehte und darunter die Bruchstücke der Puppe eines kleinen Mädchens entdeckte, einen Terminkalender oder ein Foto in einem zerbrochenen Rahmen, einst kostbare Besitztümer der Menschen, die einmal hier gelebt hatten. Alles, was für wertvoll erachtet wurde, musste abgegeben werden. Eine ganz andere Frage war allerdings, ob der Besitzer noch lebte, um Anspruch darauf zu erheben.

Er hatte gehört, dass eine andere Gruppe letzte Woche einen grausigeren Fund gemacht hatte, als sie einen zerbrochenen Esstisch angehoben hatte. Seine Truppe hatte noch nichts dergleichen entdeckt, obwohl sie alle wussten, dass sie damit rechnen mussten.

Während Paul arbeitete, kam ein scharfer Wind auf, der den Staub aufwirbelte und die Stimmen der anderen dämpfte. Der Dunst, der trübe Himmel über ihm und die dumpfen Geräusche raubten ihm die Orientierung und erinnerten ihn einen eigenartigen Moment lang an jenen bitterkalten Winter in Norfolk – an das Weihnachten, an dem die Baileys nach Westbury gekommen waren. Wie der Schnee alles verändert hatte, sodass die Welt fremdartig und abweisend wirkte. Der Augenblick ging vorüber, doch als er jetzt einen Korb mit den zerbröckelnden Klumpen füllte, die er zerhackt hatte, blieb die Erinnerung an Sarah zurück.

Angefangen mit dem heutigen Abend, hatte er einen Tag Ausgang, und sie würden sich am Bahnhof Liverpool Street treffen. Wenn sie in die Stadt kam, übernachtete sie normalerweise bei ihrer Tante, aber nicht heute. Der Gedanke daran, sie zu sehen, schenkte ihm frische Kraft, und er begann beinahe fröhlich zu graben. Plötzlich machte ihm das alles nichts aus, weder der schneidende Wind noch der Schmerz in seinem linken Zeigefinger, den er sich gestern an einer Drahtschlinge verrenkt hatte.

Liebe und Begehren erfüllten Pauls Herz, als er im abendlichen Halbdunkel des Bahnhofs Sarah erblickte, die, schick in einen weichen Filzhut und einen Mantel mit Gürtel gekleidet, aus dem Zug stieg. Mit zielstrebigen Bewegungen drehte sie sich um, half einer eleganten alten Dame herunter, nahm den Koffer der Frau und winkte ihr einen Gepäckträger heran. Dann sah sie Paul und eilte mit offener, lebhafter Miene auf ihn zu. Kurz umarmten sie einander, und als er ihren warmen, festen Körper spürte, ihr blumiges Parfüm roch und in ihre strahlenden, freundlichen Augen sah, war für ihn alles gut. Sie musterten einander von oben bis unten und lachten.

»Immer noch dieselbe Sarah?«, neckte er sie. Das fragte er sie immer.

»Dieselbe wie immer.« Ihre gewohnte Antwort.

»Gilt auch für mich.« Seine Sorge war gestillt, aber nicht seine angespannte, nervöse Aufregung.

Er nahm ihr den kleinen Koffer ab und wartete, während sie ihre Fahrkarte suchte. »Ich hatte eine gute Reise«, sagte sie zur Antwort auf seine Frage, während sie zusammen zur Schranke gingen. »Die Frau, der ich eben geholfen habe, ist in Ipswich eingestiegen. Sie trifft sich mit dem Mann, den sie vor vierzig Jahren heiraten wollte, was ihre Eltern damals jedoch verboten haben! Das ist der Krieg, verstehst du. Er treibt Menschen auseinander, aber er bringt sie auch zusammen.«

Paul lächelte über ihre Fröhlichkeit, sah aber, dass sie ebenfalls nervös war. Er führte sie zum Bahnhofscafé, wo sie, darin waren sie sich einig, in der warmen, abgestandenen Luft sitzen, Tee trinken und ihre Pläne für den Abend besprechen würden. Drinnen war es so voll, dass die Fenster beschlagen waren. Es roch nach Bratendunst und feuchter Wolle. Jemand ging, und sie stürzten sich auf den Tisch. Paul sah zu, wie sie sich mit strahlendem Gesicht bei der Kellnerin nach Kuchen erkundigte, und sein Blick zeichnete ihre markanten Züge nach, betrachtete ihr leicht schimmerndes, welliges schulterlanges Haar und ihre weit auseinanderliegenden Augen. Man konnte sie nicht ansehen, ohne sich ihrer Aufrichtigkeit und Verlässlichkeit sicher zu sein. Sie war sein Kompass in einer Welt, in der er die Orientierung verloren hatte. Als sie die Handschuhe auszog, fasste er ihre Hände, berührte sie und stellte fest, dass sie genauso schwielig waren wie seine. Zärtlich streichelte er ihre Finger. »Du arbeitest zu schwer.«

»Du auch«, gab sie lachend zurück. »Du siehst jetzt so stark aus. Stärker als je zuvor, meine ich.«

»So übel ist die Arbeit nicht.« Er beschloss, nicht zu jammern. Er durfte ihre kurze gemeinsame Zeit nicht vergeuden. »Du siehst so gut aus und hast eine gesunde Farbe. Sag mir, wie geht's deiner Mutter und Schwester?«

»Oh, sie lassen dich grüßen.«

»Sogar Diane?«

»Natürlich.«

Er lachte. Es war ein stehender Witz zwischen ihnen, dass Diane ihn ablehnte. Sarah bestand darauf, das sei Unsinn. Paul vermutete, dass sie sich irrte und es auch genau wusste.

»Und wie geht es ihr? Diane, meine ich?«, fragte er leise, doch in diesem Moment kam die Kellnerin mit einem Tablett und stellte eine kochend heiße Teekanne, Tassen, Unterteller und eine Platte mit ziemlich kleinen und wenig einladend wirkenden Rosinenbrötchen auf den Tisch.

»Lass uns jetzt nicht von ihr reden«, sagte Sarah, als die Frau gegangen war. »Wohin gehen wir heute Abend?«

»Ich kenne ein gutes kleines italienisches Restaurant in der Nähe des Soho Square. Ich dachte, dort könnten wir zu Abend essen. Und dann, ich hoffe, das ist in Ordnung ... Ein Freund hat mir den Namen eines Hotels in Kensington genannt. Die Besitzerin ist eine gute Frau, sagt er, und sehr diskret.«

»Ach, Paul.« Sarah war kreidebleich geworden. »Du hast doch deinem Freund nicht von mir erzählt, oder?«

»Nein, natürlich nicht! Ich habe gesagt, es sei nicht für mich, ein anderer Freund wolle das wissen. Hast du ...?«

Sie nickte und steckte dann die linke Hand in ihre Handtasche. Als sie sie wieder hervorzog, steckte an ihrem Ringfinger ein einfacher Goldring. Als er ihn dort sah, spürte er, wie die Gefühle in ihm aufstiegen: Stolz, ja, und eine tiefe Freude. Sie sahen einander verschwörerisch in die Augen.

»Glaubt deine Mutter, dass du bei deiner Tante Susan übernachtest?«

»Sie hat nicht gefragt. Ich glaube, im Moment ist ihr das gleichgültig.«

»Keiner Mutter ist ihre Tochter gleichgültig.«

»Ich glaube, meine hat mich aufgegeben. Als wir das letzte Mal über dich gesprochen haben, hat sie mir erklärt, ich sei alt genug, um meine eigenen Fehler zu machen.«

Er zog die Augen zusammen. »Was hat sie damit gemeint?«

»Ich denke, sie hat begriffen, dass ich nie jemand anderen lieben werde. Ivor Richards war ihre letzte Hoffnung, ich könnte mich für das Konventionelle entscheiden. Sie weiß, dass der Krieg alles verändert hat. Größere Sorgen macht sie sich … nun ja, Diane lebt momentan in ihrer eigenen kleinen Welt. Sie hat sich von … du weißt schon … erholt, aber sie ist so dünn und bedrückt und still.«

»Das tut mir leid«, sagte er und sah sie beim Trinken über den Rand seiner Teetasse an.

Sarah rührte nachdenklich in ihrer. »Ich weiß, ich habe gesagt, wir sollten nicht über meine Familie reden, aber ich scheine immer wieder auf sie zu sprechen zu kommen. Offenbar kann ich mich nicht daran halten, Paul.«

»Mach dir keine Gedanken.« Seine Tasse klimperte, als er sie auf den Untersetzer stellte. Vor Traurigkeit spürte er einen Kloß im Hals. »Ich wünschte, ich könnte meine vergessen.«

»Tut mir leid, das war unsensibel von mir. Aber du willst doch deine Eltern nicht vergessen, oder, nicht wirklich?«

»Nein, natürlich nicht. Sarah, glaubst du daran, dass du deinen Vater wiedersehen wirst? Und deinen kleinen Bruder? Ich kann den Gedanken nicht ertragen … ich meine, dass ich meine Eltern nicht wiedersehen könnte. Einer der Männer in meiner Einheit sagt, solange man sich an sie erinnern könne, seien sie noch bei einem. Aber genau das ruft doch den Schmerz hervor, oder? Die Erinnerung.«

»Ja, aber dadurch stehen wir auch höher als Tiere, Paul. Wir können uns an die erinnern, die wir verloren haben, und uns darauf freuen, sie wiederzusehen. Das ist wie bei den Jahreszeiten.

Auf den Winter folgt der Frühling. Das gibt unserem Leben seine Bedeutung.«

»Aber was, wenn all das sinnlos ist und nichts anderes existiert als diese Welt?«

»Dann bleiben uns nur Tod und Verzweiflung, und das kann ich nicht akzeptieren. Schau mich an, Paul.« Er sah in ihr Gesicht und bemerkte ihren ernsten Blick, der ihn aufrecht hielt. »Du fühlst dich bestimmt sehr allein, aber du hast mich, und du hast eine Aufgabe. Wir wissen nicht, was auf uns zukommt, aber wir müssen darauf vertrauen, dass ... wir das durchstehen werden.«

Er streckte den Arm aus, umfasste ihre Hand und fühlte den Ring hart und warm an ihrem Finger. Wieder einmal spürte er, wie ihre Kraft auf ihn überging und ihn beruhigte.

»Du bist so wunderbar, meine Liebe«, flüsterte er in einer Mischung aus Deutsch und Englisch. »Isst du dein Rosinenbrötchen noch, oder kann ich es haben?«, setzte er im gleichen Flüsterton hinzu.

»Vielen Dank, ich esse es selbst«, erklärte sie und warf den Kopf zurück, und er tupfte lachend einen Krümel auf, bevor sie ihn daran hindern konnte.

»Signore, signora, hier entlang bitte.«

Das Restaurant in der Old Compton Street war bezaubernd exzentrisch. Über der Bar nahm der Union Jack einen Ehrenplatz ein, und an den Wänden hingen billige Drucke, die berühmte italienische Wahrzeichen darstellten. Der reizende schnurrbärtige Wirt bat sie mit einer weit ausholenden Handbewegung herein und winkte sie in einen behaglichen Raum voller Tische mit karierten Tischtüchern und Kerzen, die in Chiantiflaschen steckten. Da es noch früh war, saßen dort nur wenige andere Gäste. Schnell nahm man Paul und Sarah Mäntel und Gepäck ab und führte sie zu einem winzigen Tisch am Fenster. Kerzen wurden angezündet, sie bekamen Speisekarten in die Hand gedrückt, Aperitifs wurden gebracht, und dann wurde ihre Bestellung aufgenommen.

»Als Wein habe ich etwas ganz Besonderes. Sehr romantisch. Nein, nein, der Preis ist akzeptabel.« Der Mann tat die Geldfrage mit einer Handbewegung ab, als wäre sie bedeutungslos.

Als er sie allein gelassen hatte, beugte Sarah sich vor. »Hier ist es wunderschön«, flüsterte sie. »Du hast es großartig ausgesucht.«

»Es ist sehr unkonventionell, ich hoffe, das ist in Ordnung.«

»Sehr in Ordnung. Hör doch!« Fremdartige Sprachmelodien und Gelächter drangen aus der Küche, und über allem erklang eine von einer kräftigen Tenorstimme gesungene Opernarie. Der Duft von kochend heißem Öl und Kräutern zog durch die Luft. »Glaubst du, das tun sie mit Absicht?« Sarahs Augen leuchteten amüsiert.

»Wahrscheinlich. Wir könnten in Italien sein!«, meinte Paul.

»Im Moment ist es hier wahrscheinlich schöner, findest du nicht? Dort herrscht jetzt dieser ekelhafte kleine Mussolini.«

Ein Kellner brachte Teller, und das Essen war ebenfalls gut: Gemüsesuppe mit dem frischesten Brot, das Paul seit Ewigkeiten gekostet hatte. Das Tagesgericht war ein reichhaltiger Eintopf, der als *alla romana* bezeichnet wurde, und zum Nachtisch gab es eine Art cremige Gelatinespeise, die Meilen entfernt von den geschmacklosen, mit Eipulver hergestellten Desserts in der Messe war.

Paul lachte, als Sarah vor Freude über den guten Geschmack die Augen zusammenkniff. Der Wein aus der staubigen Flasche, aus der der Wirt ihnen eingeschenkt hatte, war ebenfalls äußerst anständig, süß und stark. Er hoffte, dass er genug Geld bei sich hatte, um das alles zu bezahlen.

Sie unterhielten sich über Westbury. »Wir haben jetzt noch ein Landmädchen«, erklärte Sarah ihm. »Rita. Sie ist erst neunzehn und sehr lieb, aber sie stammt aus dem Londoner East End und weiß nicht, wo bei einer Kuh vorn und hinten ist. Ich musste ihr erklären, welches Tier der Stier ist.«

»Das könnte gefährlich für sie werden. Ich hatte ja keine Ahnung, dass ihr jetzt neben den Schweinen noch Kühe haltet.«

»Ja, hatte ich das nicht geschrieben? Aber nur ein Dutzend, Milchkühe. Major Richards hatte die Idee. Harry Andrews' Vater unterstützt uns dabei.«

»Gibt es etwas Neues von Harry?« Paul hatte Harry nicht gut gekannt, aber gern gemocht. Ein guter Bursche ohne jeglichen Standesdünkel.

»Ich glaube, er ist bei dem Regiment, das durch die schottischen Highlands zieht. Bildet Rekruten aus. Ich denke nicht, dass er seit Dünkirchen im Einsatz war, nicht nach dem, was sein Vater erzählt. Ich meine, Ivor dient im selben Regiment, ja, ich bin mir sicher.«

»Ich wünschte, ich wäre bei ihnen«, brummte Paul und löffelte die letzten süßen Reste des Desserts, um dann Wein nachzuschenken. »Der ist wirklich sehr gut.«

Sarah nickte und nippte an ihrem Glas. »Ich bin froh darüber, dass du es nicht bist, Paul. Ich könnte es nicht ertragen, wenn du hingeschickt würdest, wo es gefährlich ist.«

»Ich weiß, mein Liebling, aber ich kann nichts daran ändern, wie ich mich fühle. Nutzlos, als wäre ich kein ganzer Mann. Ich habe an den Adjutanten geschrieben, aber nur eine Eingangsbestätigung für meinen Brief erhalten. Er hat sie nicht einmal unterzeichnet.«

»Schick noch einen, wenn es dir so wichtig ist, Paul. Obwohl ich wünschte, du würdest es nicht tun.«

»Das mache ich. Meinst du, es könnte hilfreich sein, auch an Sir Henry zu schreiben und ihn um eine Empfehlung zu bitten?«

»Schaden kann es sicherlich nicht. Wenn dir die Teilnahme an Kampfeinsätzen allerdings per Gesetz verboten ist, kann ich mir nicht vorstellen, dass sie dich nehmen, auch wenn er dich unterstützt.« Sarah klang verbittert, als wäre ein solches Gesetz ihre letzte Hoffnung.

»Denk daran, ich bin halber Engländer. Das könnte etwas ausmachen.«

»Das sagst du nach allem, was du durchgemacht hast?«

»Ja, ich weiß, dass mir das bisher nichts genützt hat. Aber ich bin mir sicher, dass ich aus der Internierung entlassen worden bin, weil Sir Henry ein gutes Wort für mich eingelegt hat, und vielleicht findet er auch in dieser Angelegenheit Gehör. Ich muss in meinem Brief an das Regiment alles überzeugend genug darlegen.«

»Reden wir nicht mehr davon!«, rief sie bekümmert aus. »Ich weiß, dass es dir wichtig ist, aber heute Abend ertrage ich das nicht.«

Er ergriff ihre Hände, umfasste sie mit seinen und küsste ihre Finger. »Es tut mir leid«, flüsterte er. »Ich weiß, ich bin egoistisch, aber ich bin es so überdrüssig, ein Mensch zweiter Klasse zu sein. Ich will ein Mann sein, der deiner würdig ist, Sarah.«

»Unsinn«, wisperte sie. »Das ist mir vollkommen gleichgültig.«

»Mir aber nicht.« Paul winkte, um sich die Rechnung bringen zu lassen, und sah erleichtert, wie annehmbar die Preise waren, sogar für den Wein. Dankbar hinterließ er ein dickes Trinkgeld.

Draußen, wo sie sich in der mondlosen Dunkelheit in den dichten Menschenmengen ihren Weg suchten, ging Sarah voran, und Paul stolperte ungelenk hinter ihr her. Er wusste, dass sie ihm böse war, aber ihm war auch klar, dass er nichts dagegen tun konnte. Er war, wer er war, und entschlossen, seinen Weg zu gehen. Er spürte auch, dass sie ihn verstand und in erster Linie zornig auf die Situation war, auf den ganzen Krieg, wenn man so wollte.

Nach ein paar Minuten erreichten sie die U-Bahn, und Sarah ging langsamer und nahm seinen Arm. »Es tut mir leid«, flüsterte sie. Er umarmte sie, sie schmiegte das Gesicht an seinen Hals, und einen Moment lang existierten nur sie beide, die sich sanft in ihrem eigenen Tanz wiegten. Einen köstlichen Augenblick lang versank die geschäftige Welt, die sie umgab.

Das Hotel befand sich in einem schäbigen, mit weißem Stuck verzierten Reihenhaus hinter der U-Bahn-Station South Kensington. In der Straße war es dunkel und still, und nur der Lichtstrahl von Pauls abgedeckter Taschenlampe verhinderte, dass sie vor dem Haus in ein großes Loch im Straßenpflaster fielen. Doch als sie das Gebäude betraten, war der Hausflur in helles Licht getaucht, und eine Vase mit künstlichen Blumen auf der Rezeption zeigte einen Versuch, einladend zu wirken. Auf ein Läuten hin erschien durch eine Tür im hinteren Teil des Raums eine ältere Frau, die aufreizend gekleidet war. Sie schob Paul das Gästebuch zum Unterschreiben hin und musterte die beiden wohlwollend. Dann griff sie nach einem der Schlüssel, die an einem lackierten Gestell hinter ihr hingen. Quer über den oberen Teil war in mehreren Sprachen das Wort »Willkommen« aufgemalt. Daneben hing in einem Bilderrahmen die Hausordnung, die, wie Paul sah, handschriftlich ergänzt worden war: *Wenn es kein heißes Wasser gibt, dann gibt es kein heißes Wasser.* Das beeinträchtigte Pauls Glücksgefühl allerdings nicht. Seine Nerven waren mit Energie aufgeladen und vibrierten wie die Saiten von Horsts Geige.

»Dritter Stock, meine Schätzchen«, erklärte die Frau und nestelte an ihrer karminroten Halskette. »Frühstück um sieben, aber ich sage Ihnen etwas ...«, setzte sie freundlich lächelnd hinzu, »falls Sie ein wenig zu spät herunterkommen, hebe ich Ihnen etwas auf.«

»Danke, Ma'am«, murmelte Paul verlegen. Sie stiegen mehrere Treppen hinauf, dann schloss er eine Tür auf, und sie standen in einem kleinen kalten Zimmer, in dem sich ein stabil wirkendes Doppelbett, eine Kommode mit einer Wasserkanne und einer Schale, die mit einem Blumenmuster bedruckt waren, befanden sowie ein dazu passender Nachttopf unter dem Bett. Die Deckenlampe funktionierte nicht, aber die Nachttischlampe warf einen behaglichen gelben Schein in den Raum.

»Es tut mir leid, dass es so gewöhnlich ist«, sagte Paul und zog Sarah in seine Arme. »Ich wünschte, wir hätten etwas Schöneres als das hier.«

»Es ist doch hübsch, wirklich.« Sarah küsste ihn und glättete die Sorgenfalten auf seiner Stirn. Er half ihr aus dem Mantel und hängte ihn mit seinem auf einen wackligen Haken hinter der Tür. Dann setzten sie sich zusammen aufs Bett, sodass ihre Knie sich berührten, und er nahm ihre Hand. Einen Moment später beugte er sich zu ihr hinüber und fand ihre Lippen, und sie streichelte die weiche Haut seiner Wange. Wieder legte er seine Lippen auf ihre, vertiefte den Kuss. Sie erwiderte ihn, und er schlang seine Arme um sie und zog sie auf die Kissen hinunter. Im Schein der Lampe sah er das Begehren in ihren Augen und tastete nach den Knöpfen ihrer Strickjacke.

»Wie funktioniert das hier?«, murmelte er und kämpfte mit dem Gürtel an ihrem Rock, und sie zeigte es ihm und half ihm dann, den obersten Knopf an ihrer Bluse zu öffnen.

In ihrer Unterwäsche zitterte sie, und er deckte sie zärtlich zu und zog sich dann selbst aus. Sie beobachtete ihn dabei, den Blick auf das Spiel seiner kräftigen Brust- und Armmuskeln gerichtet.

»Wie hast du das denn fertiggebracht?«, flüsterte sie und wies mit einer Kopfbewegung auf den dicken dunklen Bluterguss, der an seinem Oberschenkel hinunterlief.

»Das ist nichts.« Die Prellung stammte von einem Stück heruntergefallenem Mauerwerk, inzwischen spürte er sie kaum noch. In Unterhosen schlüpfte er neben ihr unter die Bettdecke und legte einen Arm hinter ihren Kopf. Eine Weile rührte sich keiner von beiden. Sie fühlten ihre Herzen schlagen, und glatte, warme Haut schmiegte sich aneinander, und dann begann er, behutsam durch ihr Unterkleid ihre Brust zu streicheln. Er schob ihr die Träger von den Schultern, und Sarah setzte sich auf und zog das Unterkleid über den Kopf, sodass ihr Haar statisch knisterte. Doch dann zögerte sie und knüllte das Kleidungsstück schützend vor ihren Brüsten zusammen, und so, wie sie ihn anschaute, wurde ihm klar, dass sie ihm etwas Wichtiges zu sagen hatte, etwas, wovor sie sich gefürchtet hatte. Doch sie würde nicht davor zurückscheuen, nicht wenn zwischen ihnen beiden vollständige Aufrichtigkeit und Offenheit herrschen sollten. Mit wild pochendem Herzen wartete er.

»Paul, ich habe überlegt, wie ich dir das sagen soll.« Sie hielt inne. »Dies ist nicht mein erstes Mal.«

Seine Muskeln spannten sich an, und ein verletztes Gefühl schnürte ihm die Kehle zu. Behutsam machte er sich los, sodass er neben ihr lag, und legte den Unterarm über die Stirn. Er wusste nicht, was er erwartet hatte, aber nicht das. Er spürte, wie sie sich umdrehte, und dann hob sie seinen Arm, um den Ausdruck in seinen Augen zu sehen, und musste seinen Schmerz und seine Unsicherheit darin wahrgenommen haben. Sie schmiegte sich wieder an ihn und lag dann da und starrte an die Decke wie er. Dort befand sich ein großer Wasserfleck, als wäre das Dach einmal undicht gewesen. Er fragte sich, ob das Wasser durch die Matratze auf den Boden darunter getropft war, und überlegte, was er sagen sollte. Mühsam versuchte er zu verstehen, warum das, was sie gesagt hatte, so wichtig war, doch schließlich gelang es ihm. Auch er hatte ein Geständnis abzulegen.

Er wandte den Kopf, um sie anzusehen. »Es tut mir leid«, flüsterte er, »das hätte ich mir denken sollen. So jung sind wir ja auch nicht mehr, und es gibt so vieles, was ich über dich nicht weiß. Bitte glaub mir, dass ich dich nicht verurteile, ich muss mich nur daran gewöhnen. Für mich ist es das nämlich. Das erste Mal.«

Sie schwieg, und als er sich ihr zuwandte, sah er, dass in ihren Augen Tränen glänzten, und sein Herz zerschmolz. Was machte es schon aus? Was sie getan hatte, war lange vor ihrem Kennenlernen geschehen, und als er jetzt ihre Traurigkeit sah, fühlte er sich wieder zuversichtlich, sie glücklich machen zu können. Er lächelte und beugte sich über sie, um ihr die Tränen wegzuküssen, und dann schlang sie die Arme um seinen Hals, und sie lachten beide vor Freude darüber, einander zu haben. Sanft küsste er ihren Hals, und mit der Hand erkundete er ihre weichen, vollen Brüste. Von da an zeigte ihm ihr Körper, was er zu tun hatte.

Als das Liebespaar erwachte, fiel die strahlende Frühlingssonne durch eine Lücke in den Verdunklungsvorhängen. Nachdem sie das eiskalte Badezimmer am Ende des Flurs aufgesucht und sich angezogen hatten, gingen sie nach unten und stellten fest, dass ihre aufreizende Zimmerwirtin Wort gehalten hatte und für jeden von ihnen eine Scheibe Schinkenspeck und einen Berg heißen Toast brachte. Hungrig verschlangen sie alles und versuchten, nicht über die sentimentalen Blicke zu kichern, die sie ihnen zuwarf. Sie musste die beiden wirklich ins Herz geschlossen haben, denn sie erklärte sich bereit, auf ihr Gepäck aufzupassen, während sie den größten Teil des Tages damit verbrachten, die Museen in Kensington zu besuchen und, beschwingt durch den kräftigen Wind, im Park spazieren zu gehen. Die Zeit war umso kostbarer, da sie wussten, sie würde bald zu Ende sein.

»Das waren die wunderbarsten vierundzwanzig Stunden meines Lebens«, erklärte Paul Sarah, als sie Arm in Arm zum Hotel zurückschlenderten.

Sie lächelte. »Für mich auch«, antwortete sie. Er hatte einige Zeit gebraucht, um zu erkennen, dass es ihr nicht so leichtfiel wie ihm, ihre Gefühle zum Ausdruck zu bringen, doch er liebte sie dafür. Überhaupt liebte er alles an ihr: ihren hübschen, geschmeidigen Körper, die Art, wie sie den Hut zurückschob, als wäre sie bereit, sich der ganzen Welt zu stellen, ihr großzügiges Lächeln. Es machte ihn stolz, mit ihr am Arm einherzugehen, und er fürchtete den Moment des Abschieds.

»Auf Wiedersehen«, sagte sie einfach, als sie ihn zu seinem Bus brachte. Sein letzter Blick auf sie zeigte eine tapfere, aufrechte Gestalt mit zum Winken erhobener behandschuhter Hand, die immer kleiner wurde, bis die Straße eine Kurve beschrieb und er sie nicht mehr sehen konnte.

32

Juni 1942

Sues war ein geschäftiger, staubiger Hafen in der obersten rechten Ecke der Ägyptenkarte, die an der Wand der Operationszentrale hing. Da die Achsenmächte den Mittelmeerraum beherrschten, hatte Pauls Konvoi an der einen Seite Afrikas hinunter- und an der anderen Seite hinauffahren müssen, um ihn zu erreichen, eine Seereise, die fast acht heiße, zermürbende Wochen gedauert hatte. Mehrmals hatten sie angelegt, um Nachschub an Bord zu holen, und jedes Mal war Paul froh gewesen, sich die Beine zu vertreten und neue Orte zu erkunden. Er hatte pulsierende Märkte voll bunt gekleideter Einheimischer gesehen. Und schnatternde Affen, die sich von Palmen herabschwangen und den wütenden Standbetreibern das reife Obst stahlen. In Kapstadt war der Tafelberg im Nebel verborgen gewesen, und Paul hatte einen seiner Kajütenkameraden retten müssen, den er ohne seine Brieftasche und sturzbetrunken vor einem Bordell liegend gefunden hatte. Nun war er an seinem Bestimmungsort angekommen, und als sie sich jetzt alle an Deck drängten und auf den Befehl zum Ausschiffen warteten, empfand er eine Mischung aus Aufregung und Enttäuschung.

Pauls Wunsch hatte sich erfüllt. Er war bei der Flotte. Jetzt hatten sie endlich Ägypten erreicht, das war der aufregende Teil. Doch was er sah, stimmte nicht mit den Erwartungen überein, die er an das Land gehabt hatte. Jede Menge Sand, den gab es schon, aber es war grau und steinig, und auch die Gebäude wiesen einen Grauton auf und wirkten funktional.

»Wo bleiben denn die Pyramiden und die Krokodile?«, fragte der Bursche neben ihm, Bob Black, genannt Blackie, eine einfacher ausgedrückte Version von Pauls Gedanken.

Er lächelte. »Wenigstens gibt es Kamele, sieh doch.« Drei der besagten Tiere, die ebenfalls grau wirkten, knieten unten an der Straße im Schatten eines struppigen Baums – müde, geduldige Tiere. Ihre Treiber hockten neben ihnen im Staub und würfelten, um sich die Zeit zu vertreiben. Ein Stück weiter schimmerte eine lange Reihe von Armeelastern, die darauf warteten, die Truppen weiterzutransportieren, in der vormittäglichen Sonne.

Als die Gangway eingehängt war, herrschte auf dem Schiff bereits unerträgliche Hitze. Die Männer schwärmten abwärts, und bald drangen Gerüchte nach oben, die sich wie ein Lauffeuer verbreiteten. »Tobruk ist gefallen, ja, Tobruk. Wir haben vor den Jerries kapituliert.« Schockiert verdaute Paul diese besorgniserregende Nachricht. Wie alle wussten, war Tobruk ein strategisch wichtiger Hafen an der libyschen Mittelmeerküste, der unmittelbar an der Grenze des Landes zu Ägypten lag. Er war monatelang belagert und von den Alliierten tapfer gehalten worden, aber jetzt ...

»Schätze, das war's«, erklärte der pyramidenbegeisterte Blacky munter. »Sie werden uns direkt dorthin schicken, um die Straße nach Kairo zu verteidigen. Kanonenfutter, das sind wir, Leute.«

»Wenn das unsere Aufgabe ist, dann sei es so«, murmelte Paul. Das hatte er sich schließlich gewünscht, dazu war er ausgebildet worden, oder? Um Gefechte zu sehen, um für seine zweite Heimat und gegen die in Deutschland Herrschenden zu kämpfen, die seinen Vater umgebracht hatten. Auf eine Art habe ich Glück, hier zu sein, sagte er sich und dachte daran, wie es dazu gekommen war.

Auf den zweiten Brief, den er dem Adjutanten vor über einem

Jahr geschickt hatte, hatte er zunächst keine Antwort erhalten. Anschließend hatte er an Sir Henry im Oberhaus geschrieben und gefragt, ob es möglich sei, ihn zu treffen. Er war erstaunt gewesen, als er eine handgeschriebene Nachricht von ihm erhalten hatte, in der er ihn einlud, an einem Abend im März in seinem Club in St. James's mit ihm zu essen.

Als Sir Henry sich aus dem Ledersessel an der Bar erhob, um ihn zu begrüßen, kam Paul seine Patriziergestalt schmaler und abgespannter vor als in seiner Erinnerung, doch sein Händedruck war so fest wie immer, und sein Lächeln ließ seine klugen, müden Augen aufleuchten. »Ah, Hartmann, schön, dass Sie es einrichten konnten. Wahrscheinlich lässt man euch Jungs im Moment nicht besonders oft heraus.«

Die Lage war in der Tat angespannt, denn die Bomber waren nach zweimonatiger Ruhe zurückgekehrt. In der vergangenen Woche hatten sie Tausende von Brandbomben über London abgeworfen, und Pauls Pionierkompanie war in die Trümmer geschickt worden, um erste Räumarbeiten zu übernehmen, nachdem die Rettungskräfte ihr Werk getan hatten. Die Arbeit war gefährlich und bedrückend und schien kein Ende zu nehmen. Wenn es Abend wurde und sie nach einem harten Tag in die Kaserne zurückkehrten, dauerte es nicht lange, bis lauthals jaulende Sirenen den nächsten Angriff meldeten. Paul lag dann im überfüllten öffentlichen Bunker wach, zuckte bei jedem Einschlag zusammen und war erstaunt darüber, wie viele der Menschen um ihn herum so rasch wieder in ihre Routine aus Thermosflaschen mit heißer Suppe, Decken und Strickzeug verfallen waren. Was ihm zu Herzen ging, waren die verängstigten Blicke der Kinder. Es ist nicht richtig, dass kleine Kinder so etwas durchmachen müssen, dachte er, und dann wandten sich seine Gedanken nach Hamburg, und er hoffte inbrünstig, dass deutsche Kinder dort nicht Ähnliches erlebten.

»Was wollen Sie trinken?«, fragte Sir Henry. »Hier mixen sie einen ziemlich anständigen Martini. Ein Jammer, dass es kein Eis gibt, aber man kann nicht alles haben.«

Der Martini war tatsächlich kräftig, und Paul entspannte sich ein wenig. Er erkundigte sich nach Lady Kelling und Robyn und erhielt die knappe Antwort, den beiden gehe es recht gut.

Beim Essen, das aus einem echten Schweinskotelett und einer Auswahl an Frühlingsgemüse bestand, lauschte Sir Henry Pauls Bitte verständnisvoll.

»Ich würde meinen, die Armee könnte gute Männer wie Sie gebrauchen«, pflichtete er ihm bei und streute Salz auf den Rand seines Tellers. »Und Ihre Sprachkenntnisse könnten sich als unbezahlbar erweisen. Versprechen kann ich natürlich nichts, aber ich werde beim Colonel ein Wort für Sie einlegen.«

»Das ist sehr nett von Ihnen, Sir.«

»Nichts zu danken. Tut mir leid, dass Sie so magere Zeiten hatten, besonders während der … ähm … schlechten Phase im letzten Jahr. Aber in diesem Punkt waren mir die Hände gebunden, verstehen Sie?«

»Vollkommen, Sir.« Die Erinnerung an seine Internierung war schmerzhaft, aber Paul empfand sie nicht mehr so quälend.

»Dann ist es abgemacht. Und sagen Sie, haben Sie etwas von dem Richards-Jungen gehört? Ich vermute, sein Vater –«

Was immer Sir Henry über die Richards' hatte bemerken wollen, ging im Heulen der Sirenen unter, und fast sofort folgten ein lautes Pfeifen und eine Explosion, die die zur Straße liegenden Fenster bersten ließ und das ganze Gebäude erschütterte. Mehrere Bilder fielen von den Wänden, und dann flammten alle Lampen auf und verloschen.

Obwohl der Abend im Chaos endete, vergaß Sir Henry ihr Gespräch nicht. Ein Monat verging, und Paul verlor schon die Hoffnung, als ein Brief vom Regiment eintraf. Der Ton war offiziell und sogar distanziert, doch er war auch nicht auf der Suche nach freundlichen Allgemeinplätzen. In großer Aufregung zeigte er ihn in dem Zimmer, das sie mit zwei anderen teilten, seinem Freund Horst.

»Du Glückspilz«, meinte Horst düster und zündete sich eine Zigarette an. »Ohne dich wird es hier nicht mehr dasselbe sein.«

»Du weißt doch, was die Engländer sagen: ›Sei vorsichtig mit dem, was du dir wünschst.‹ Wer weiß, was noch aus uns beiden wird.«

»Ich werde hier höchstwahrscheinlich vor Langeweile verrecken. Trotzdem wünsche ich dir Glück.« Sie schüttelten einander die Hand und machten einen gespielten Ringkampf daraus. Horst würde Paul schrecklich fehlen. Er war der beste Freund, den er seit seiner Ankunft in Großbritannien gefunden hatte – abgesehen von Sarah natürlich.

Während Paul sich auf dem überfüllten Deck voranschob, griff er in seine Innentasche, zog sein Portemonnaie hervor und nahm ein Foto von Sarah heraus. Es war ein steifes Portrait aus der Vorkriegszeit, ein Abzug eines Bildes, das für irgendein offizielles Dokument aufgenommen worden und leicht geknickt war. Inzwischen mochte er es gern. Zwar lächelte Sarah darauf nicht, doch er meinte den Hauch eines Schmunzelns zu erkennen, als amüsiere sie sich über einen geheimen Gedanken. Es war ihm lieber als ein anderes, das sie ihm geschenkt hatte, in dessen Hintergrund Ivors Gesicht zu erkennen war. Seufzend steckte Paul es weg und schob das Portemonnaie wieder an seinen Platz. Das letzte Treffen mit Sarah vor zwei Monaten hatte beiden fast das Herz gebrochen. Sie hatten wieder bei der aufreizenden Mrs. Bert übernachtet, und als die Zeit des Abschieds kam, hatten sie sich aneinandergeklammert, als fürchteten sie, einander nie wiederzusehen. Der Brief, den er auf dem Schiff geschrieben hatte, musste in seinem Feldpostsack von Kapstadt aus nach Hause gereist sein, und es würde – angenommen, er erreichte Großbritannien überhaupt – Ewigkeiten dauern, bis er zu ihr gelangte, und sogar noch länger, bis die Bürokratie ihn in Ägypten aufspürte, um ihm eine Antwort zu bringen. Aber genug davon, jetzt hatte er fast das obere Ende der Gangway erreicht, und alle Gedanken an zu Hause traten in den Hintergrund.

Auf dem Dock schlug ein schwitzender Sergeant gereizt nach einer Fliege und blätterte die Seiten auf seinem Klemmbrett durch. »Hartmann, sagten Sie? Kompanie D. Folgen Sie den anderen dort drüben, ja?«

Paul stieß zu den Männern, die auf die Lastwagen kletterten. Sogar unter der Plane war es drückend heiß, da sich alle dicht an dicht auf die groben Holzbänke quetschten. Jemand hatte ihnen einen Wasserkanister hereingereicht, und sie füllten ihre Feldflaschen und spritzten einander lachend Wasser ins Gesicht, obwohl sie langsam richtig zu begreifen begannen, wie das Klima hier war. Motoren erwachten inmitten einer Abgaswolke dröhnend zum Leben, und einer nach dem anderen setzten sich die Lastwagen ruckartig in Bewegung und ließen die Schiffe, die grauweißen Hafengebäude, die geduldigen Kamele und die mit verkrüppelten Büschen bewachsenen Hügel hinter sich. Durch das halb offene hintere Teil von Pauls Fahrzeug zog eine heiße Brise herein, die sie nicht erfrischte, und bald wich sie einem ekelerregenden Abwassergestank, als sie die Armenviertel von Sues durchquerten.

Es war eine Erleichterung, auf eine Wüstenstraße hinauszurumpeln und am Ufer eines verblüffend blauen Sees entlangzufahren, doch auch dieser lag bald hinter ihnen, und sie erreichten eine Sandlandschaft, die sich ohne jegliche Landmarken in alle Ewigkeit fortzusetzen schien. Splitt wirbelte in den Laster und flog allen in die Augen und den Mund, sodass sie die Plane über die hintere Öffnung zogen und festmachten. Gefühlte Stunden ratterten sie in dem stickigen Halbdunkel dahin. Die anderen Männer, die Paul alle nicht gut kannte, scherzten leise miteinander, doch er spürte ihre darunterliegende Angst. Die Nachricht über Tobruk hatte ihre Stimmung gedämpft. Eine Bemerkung, dass die hiesigen Totengräber gut zu tun haben würden, wurde mit Schweigen quittiert, und die Männer wurden erst wieder munter, als der Laster langsamer fuhr und der Straßenlärm einer Stadt, bei der es sich um Kairo handeln musste, an ihre Ohren drang. Sie rollten die Plane hoch und schauten begierig in eine neue Welt hinaus. Sie sahen Männer in langen weißen Djellabas und Schlappen, viele Hunde, die für Paul alle gleich aussahen und entweder ausgestreckt im Schatten lagen oder wie von Sinnen den Straßenverkehr anklafften. Sie passierten Lehmhütten und bunte Teppiche, die in der Sonne hingen, und erhaschten faszinierende Blicke in das dunkle Innere und auf Türen, vor denen kleine dunkeläugige Kinder im Staub hockten und mit Stöckchen Bilder malten. Es roch nach einer unaussprechlichen Mischung aus Abgasen, Kochöl und Dung, mit einer exotischen Kopfnote aus Räucherwerk.

Bald wurden die Straßen breiter, und die Gebäude, die eine Vielzahl von Stilen vertraten, wurden höher, breiter und prächtiger und hatten kleine Balkone und Vordächer. An einigen hingen Flaggen – manchmal sogar der Union Jack, der von den Soldaten mit Jubel quittiert wurde. Der Laster stoppte immer wieder, fuhr wieder an und warf seine Insassen an scharfen Kurven durcheinander, doch schließlich passierte er zwei breite Torflügel, die vor ihnen aufschwangen, und kam vor einem prachtvollen, reich geschmückten Säulenvorbau zum Halten. Hier kletterten sie müde und blinzelnd hinaus und schulterten in der glühenden Sonne ihre Ausrüstung.

Drinnen liefen sie durch ein warmes, hallendes Halbdunkel und traten dann auf der anderen Seite auf einen großen sandbestreuten und von Bäumen umstandenen Platz. Auf zwei Seiten wurde er von lang gestreckten dreistöckigen Gebäuden gesäumt, die mit Rundbögen geschmückt waren. An der vierten Seite des Platzes floss der silbrig-graue Nil, auf dem, wie bei einer Bühnenkulisse, vor einem Hintergrund aus Palmen und dunstumflossenen alten Häusern Feluken mit dreieckigen weißen Segeln dahinglitten. Das muss einmal ein schönes Anwesen gewesen sein, dachte Paul, vielleicht ein alter Palast.

Weitere Lastwagen trafen ein und spuckten Soldaten aus, bis mehrere Hundert Männer mit ihren Tornistern auf dem Platz umherliefen und in der Hitze schwitzen. Dann kam ein gereizter Sergeant-Major, dessen Gesicht und Unterarme sonnenverbrannt waren, herausmarschiert, wedelte mit einer neuen Liste und wies den Neuankömmlingen verschiedene Teile der Anlage zu. »Ein paar von Ihnen werden auf den Balkonen kampieren müssen«, erklärte er Pauls kleiner Gruppe. »Wir sind bis zum Bersten überfüllt.«

»Hartmann!«, brüllte eine vertraute Stimme.

Paul drehte sich um und wurde von der Sonne geblendet. Als er seine Augen beschattete, nahm der grelle Schein die Gestalt eines gut aussehenden, in eine khakifarbene Uniform gekleideten Offiziers an, der mehrere Meter entfernt breitbeinig Stellung bezogen hatte. Als der Mann vortrat, erhaschte Paul einen Blick auf sein Gesicht und erkannte ihn schockiert wieder. »Richards!«

»Für Sie Captain Richards, Hartmann. Wahrscheinlich dachten Sie, Sie wären der Letzte, mit dem ich Tausende Meilen von zu Hause entfernt gerechnet hätte, aber da haben Sie sich geirrt. Man könnte sagen, ich wurde vorgewarnt.«

»Ach ja? Sir.« Sein alter Kontrahent, aber was Paul erschreckte, war ihre neue Beziehung. Richards war hier der Offizier und er, Paul, nur Private, ein gemeiner Soldat.

Richards genoss das sichtlich. »Ja, Sie gehören zu unserer Kompanie hier. Das Kommando hat Major Goodall, den Sie bald kennenlernen werden. Ich bin sein Stellvertreter.« Er wischte sich die Stirn mit einem Taschentuch ab und konsultierte ein Blatt Papier. »Und kennen Sie einen ... mal sehen ... Robert Black? Sein Name steht auf der Liste, ist aber noch nicht abgehakt.«

»Gerade eben war er noch hier.« Paul blickte sich um, doch er sah Blackie nicht bei den Männern, die müde ihre Ausrüstung zu den ihnen zugewiesenen Schlafquartieren schleppten. Er wischte sich Schweißperlen von der Stirn und zwang sich, seine Konzentration weiter auf Richards zu richten.

»Gut.« Er setzte einen Haken auf seiner Liste. »Dann sehen Sie besser zu, dass Sie weiterkommen. Im Moment haben wir euch Jungs nicht viel zu erzählen. Es heißt, dort draußen an der Front herrsche Chaos. Wir warten einfach auf Anweisungen.«

»Ja. Wir haben das mit Tobruk gehört. Glauben Sie, wir haben noch eine Chance, Sir?«

»Selbstverständlich. So dürfen wir jetzt nicht reden.«

»Nein, bedaure, Sir.«

Richards beobachtete ihn jetzt, als spiele er mit ihm. »Wie haben Sie das geschafft, Hartmann? Sie müssen jemanden hinters Licht geführt haben, um hier zu sein.«

»Ganz und gar nicht, Sir. Ich habe mehrmals an den Adjutanten geschrieben, und Sir Henry hat sich freundlicherweise für mich eingesetzt.«

»Ach, hat er? Also, ich muss sagen, dass ich besorgt war, als ich davon gehört habe. Vergessen Sie nicht, dass ich Sie im Augen behalte, ja?«

»Das ist nicht nötig, Sir.«

»Oh doch. Möglich, dass wir Mann gegen Mann kämpfen. Kommen Sie dann bloß nicht zu mir gelaufen und jammern, weil Sie ihre Landsleute umbringen müssen.«

»Ich bin hier, weil ich gegen das Übel kämpfen will, das über meine Heimat gekommen ist, Sir. Ich erwarte keine Sonderbehandlung.«

»Das werden wir sehen. Und wenn ich höre, dass Sie etwas machen, das die Moral beeinträchtigt, ganz egal, was es ist, dann werde ich tun, was ich tun muss, verstanden?«

»Ja, Sir, aber das wird nicht passieren.« Paul musste sich jedes

Wort abringen. Er sah Captain Richards nach, der wichtigtuerisch davonschlenderte, wahrscheinlich in Richtung Offiziersmesse, und hasste ihn.

Der Schlafsaal stank nach einer giftigen Chemikalie, die Pauls Augen tränen ließ, und da alle Betten schon besetzt waren, rollte er seinen Schlafsack auf einem schattigen Balkon aus, wo der Geruch wenigstens nicht ganz so schlimm war, und legte sich hin. Bald fiel er erschöpft in eine Art Halbschlaf. Als er erwachte, dämmerte es, doch obwohl die glühende Sonne untergegangen war, war die Luft immer noch heiß und klebrig, und er hatte Kopfschmerzen. Er stolperte nach drinnen und stellte fest, dass einige der Männer noch schliefen. Ein kleiner schwarzhaariger Soldat namens Walters saß auf seinem Bett. Die Zunge zwischen die Zähne geklemmt, schrieb er mühsam einen Brief. »Es heißt, wir hätten den Abend frei«, erklärte er Paul, der nickte und ihn nach dem Weg zum Waschraum fragte.

Nachdem er sich gesäubert, in Ordnung gebracht und Trinkwasser gefunden hatte, fühlte Paul sich besser und ging in der Kaserne auf Erkundungstour. Schließlich fand er einen Verwalter, der ihn mit Geld und vielen Ratschlägen ausstattete, von denen einige unerwünscht waren. Da von Blackie und den anderen, mit denen Paul sich angefreundet hatte, nichts zu sehen war, ging er allein hinaus in die Straßen, entschlossen, sich die Stadt anzusehen, solange er konnte. Er trug sich mit seinem vollen Namen aus, Private Paul Nicholas Hartmann.

Diese Namensänderung war ein Teil der Bedingungen gewesen, unter denen er in dieses Regiment aufgenommen worden war. Würde er gefangen genommen, könnte er als Verräter erschossen werden, wenn herauskam, dass er Deutscher war. Er hatte sich das letzte Jahr über an einem britischen Akzent geübt, und falls seine Kameraden überhaupt danach fragten, betonte er immer, seine Mutter sei Engländerin gewesen, und sie seien vor den Nazis geflohen. Von seinem Vater oder seiner Kindheit in Deutschland sprach er nie. Zum Teil aus Selbstschutz, aber er fand das Thema auch noch immer zu schmerzhaft, um es öffentlich zu erörtern.

Verwundert sah er überall auf den Straßen alliierte Truppen unterschiedlicher Nationalitäten, die einen freien Abend genossen. Der Verwalter hatte ihn vor den eleganten Hotels gewarnt, die den Offizieren vorbehalten waren, aber er hegte ohnehin nicht den Wunsch, sie aufzusuchen. Er wollte sich nur in Frieden die Souks, die Gärten und die Architektur ansehen und sich dann ein anständiges Lokal suchen, wo er in Ruhe einen Drink nehmen und etwas Ordentliches essen konnte.

Schließlich winkte er ein Taxi heran, ein abgewracktes, röchelndes Vehikel, das ihn in der Nähe der Terrasse des *Shepheard's Hotel* absetzte, die voller Rohrsessel und -tische stand. Eine Weile schlenderte er am Rand des malerischen Ezbekieh-Parks entlang und genoss das Gezeter der Vögel und den Anblick spielender Kinder. Anschließend besuchte er einen britischen Club, von dem er gehört hatte, und aß Wasserbüffel-Steak, Eier und Pommes frites und spülte alles mit einem Glas Bier herunter. Es erstaunte ihn, wie hungrig er war.

Als Paul den Club verließ, war es dunkel, und die Straßenlaternen warfen ein weiches bläuliches Licht auf die Wege – hier gab sich niemand mit Verdunklungsvorschriften ab. So kam es, dass er einen Torbogen passierte, durch den man in einen Garten sah. In den Bäumen hingen bunte Lichter, und er blieb stehen und bewunderte, wie hübsch das doch aussah. Englische Stimmen und Gelächter drangen nach draußen, doch ein kräftig gebauter Ägypter mit verschränkten Armen starrte ihn warnend an, sodass er sich zum Weitergehen anschickte.

In diesem Moment verdunkelte sich der Bogengang, als zwei Offiziere auftauchten. Der Rauch ihrer Zigarren hüllte sie ein, und sie rochen nicht unangenehm nach Whisky.

»Guter Gott«, rief einer von ihnen aus, als er Paul sah. »Ich kenne Sie von zu Hause, oder? Ivor Richards hat gesagt, Ihr Name stehe auf der Liste.«

Trotz des Halbdunkels erkannte Paul das freundliche, offene Gesicht wieder. Der Mann war von der Sonne verbrannt und ein wenig älter geworden, doch Harry Andrews war nicht zu verwechseln. Sie schüttelten einander herzlich die Hand, und Harry plauderte eifrig. »Ich habe von Jennifer gehört, dass Sie zur Truppe gegangen sind. Erst letzte Woche habe ich einen Brief von ihr bekommen. Sie ist beim Frauen-Armeekorps.«

»Wie geht's ihr?«

»Sie genießt es ziemlich, von ihrer Mutter fort zu sein.«

Paul lachte höflich und erinnerte sich, dass Sarah erzählt hatte, wie sehr Mrs. Bulldock einem mit ihrer Organisationswut und ihren taktlosen Bemerkungen auf die Nerven gehen konnte.

»Ich muss schon sagen«, fuhr Harry fort, »mich erstaunt, dass wir überhaupt hier sind. Im März hat unsere Kompanie noch in Aldershot Däumchen gedreht, und plötzlich hieß es, wir sollten unser Zeug packen. Ein Schiff sollte ablegen, und sie brauchten uns, um es vollzubekommen. Zwei Tage später dampften wir schon den Ärmelkanal entlang.«

»Wir waren einfach zur falschen Zeit am falschen Ort.« Der andere Mann, ein Lieutenant wie Harry, der schweigend zugehört hatte, legte einen reservierten, aber freundlichen Ton an den Tag.

»Charles Keegan, und das ist Paul Hartmann. Er ist in meinem Zug.«

»Bin ich das, Sir?«, fragte Paul. »Das wusste ich nicht.« Er war angenehm überrascht.

Im anschließenden Gespräch stellten sie fest, dass sie alle in derselben Kaserne untergebracht waren. »Sollen wir Sie in unserem Taxi mitnehmen? Das bereitet wirklich keine Umstände.«

Es war schon spät, und Charles schien es nichts auszumachen, also nahm Paul das Angebot gern an. Sie winkten ein Taxi heran und stiegen alle ein, wobei Charles sich freundlicherweise erbot, vorn zu sitzen, damit Paul und Harry sich unterhalten konnten.

»Sie sind zu einer besonders schlechten Zeit hier eingetroffen. Da draußen in der Wüste war die Hölle los. Wir sind nur zurück, um uns neu zu formieren. Sobald genug Lastwagen repariert sind, werden wir wieder an die Front geschickt. Sollte jetzt nicht mehr lange dauern, ein oder zwei Tage, vermutet man.«

»Dann bedeutet der Fall von Tobruk also nicht das Ende?«

»Weit entfernt. Wir werden die Jerries schon noch das Fürchten lehren.«

»Das hat aber nicht verhindert, dass viele Leute ihre Sachen packen und Kairo verlassen«, fügte Charles vom Vordersitz hinzu.

»Er meint ausländische Zivilisten. Die Hälfte von ihnen ist nach Alexandria geflüchtet. Eine regelrechte Panik geht um.«

»Ich habe gar keine Anzeichen dafür gesehen«, meinte Paul aufrichtig verwirrt. »Die Einheimischen scheinen sich keine Sorgen zu machen. Sie würden doch für uns kämpfen, falls es so weit kommt, oder? Nach allem, was wir für sie getan haben.«

Harry lachte. »So sehen sie das nicht. Die meisten von ihnen wünschen sich, wir würden von hier verschwinden. Ihr König gehört auch dazu. Sie würden in null Komma nichts die deutsche und die italienische Flagge hissen. Nicht wahr?«, sprach er den Fahrer an, der nur wegwerfend mit der Hand wedelte. »Er versteht mich nicht. Aber so weit kommt es nicht«, fuhr er munter fort. »Warten Sie es nur ab.«

Diese heroische englische Fröhlichkeit erstaunte Paul immer wieder. Zu Beginn, als er zur Armee gekommen war, hatte er sie für gespielt gehalten, doch dann war er zu dem Schluss gelangt, dass die Männer wirklich daran glaubten, und hatte versucht, sich diese Haltung ebenfalls zu eigen zu machen. Das verhinderte zwar nicht, dass er im Stillen doch Angst hatte, aber es half ihm durchzuhalten.

Nachdem das Taxi sie abgesetzt hatte, verabschiedete Charles sich im Foyer von Paul und Harry, sodass die beiden sich unterhalten konnten.

»Es ist gut, jemanden aus Westbury zu sehen. Jennifer ist eine ausgezeichnete Briefeschreiberin, aber nicht alle Post kommt durch – und natürlich darf sie manches nicht sagen. Wie steht es um die Moral? Was hält man in der Heimat davon, was wir hier draußen treiben?«

»Ich bin nicht mehr oft in Westbury gewesen. Lange durfte ich nicht dorthin wegen der Auflagen, die mit meiner Entlassung verbunden waren, und seit die Kellings nicht mehr auf dem Anwesen leben, ist meine einzige Verbindung dorthin Sarah.«

»Sarah Bailey? Ich hatte ja keine Ahnung, dass Sie beide befreundet sind. Jennifer sagte, sie habe auf dem Gut Wunder gewirkt.«

»Sie arbeitet sehr schwer, das arme Ding.« Es musste etwas in seiner Stimme gelegen haben, ein weicher Ton vielleicht, und Harry, der sehr empfänglich für die Gefühle anderer war, nahm es wahr.

»Aha, so ist das. Sarah, was? Davon hat Jennifer mir nichts erzählt.«

»Ich glaube nicht, dass sie davon weiß. Es ist kein großes Geheimnis, aber ich vermute nicht, dass Sarah in Westbury viel darüber spricht. Nicht jeder hätte Verständnis dafür.« Er wollte nicht zugeben, dass Mrs. Bailey nicht ganz glücklich darüber war, dass Sarah sich mit ihm traf, obwohl sie nicht versuchte, ihre Tochter daran zu hindern. Das und der Umstand, dass Sarah ihre Beziehung nicht öffentlich gemacht hatte, verletzte ihn ziemlich, obwohl er es verstehen konnte. In Westbury war er nur der deutsche Gärtner, der interniert worden war.

»Hören Sie, mein Alter.« Harry sah sich unter den Soldaten um, die an ihnen vorbeigingen und grüßte ein paar davon, dann zog er Paul zu einer Stelle, an der ihr Gespräch nicht so leicht mitgehört werden konnte. »Ich muss Sie warnen.«

Paul war müde, denn er spürte schon, was Harry sagen würde. Zwar kannte er ihn kaum, aber dennoch mochte er Harry und vertraute ihm. Er war geradeheraus und konnte die meisten Menschen gut leiden, ohne sich etwas daraus zu machen, wenn sie ihrerseits die Sympathie nicht erwiderten. Doch die meisten schätzten ihn. Seine Männer folgten ihm, weil sie ihm vertrauten, aber Paul vermutete, dass es ihm ihnen gegenüber an natürlicher Autorität mangelte. Vielleicht war er deswegen noch nicht befördert worden.

»An Ihrer Stelle würde ich Richards gegenüber nichts von Sarah erwähnen. Damit handeln Sie sich bei ihm womöglich noch mehr Probleme ein.«

»Was er von mir hält, weiß ich schon«, sagte Paul und versuchte, nicht verbittert zu klingen. »Trotzdem danke für den Tipp.«

»Major Goodall ist ein fairer Bursche. Die Männer mögen ihn.«

Wieder verstand Paul, was er meinte. Ivor Richards war nur der stellvertretende Kommandeur. In diesem Moment beschloss er, Richards so weit wie möglich aus dem Weg zu gehen.

Als er am nächsten Abend ein paar ruhige Minuten fand, um einen Brief an Sarah zu beginnen, war Paul sich nicht sicher, ob er die Sache erwähnen sollte, aber schließlich fand er es unmöglich, ihr alles zu verschweigen.

Du verstehst sicher, dass es nicht gänzlich unerwartet kam, hier über die beiden zu stolpern, aber dass wir alle drei zur selben Kompanie gehören, war eine Überraschung. Ich weiß, dass Richards ein Freund deiner Familie ist, aber du weißt ja um meine Probleme mit ihm. Er wird mich ständig beobachten, und das belastet mich noch zusätzlich.

Zwei Tage nach Pauls Ankunft in der Kaserne versammelte sich die Einheit im Morgengrauen auf dem Paradeplatz, um in die Wüste gebracht zu werden. Die Armeelaster warteten Stoßstange an Stoßstange aufgereiht am Fluss, silbrige Silhouetten in einem perlgrauen Nebelschleier, durch den die aufgehende Sonne wie eine große gelbe Scheibe wirkte. Als Paul näher kam, bemerkte er voller Sorge, wie verbeult und altersschwach die Fahrzeuge waren, auch ihre berühmte »Wüstenratten«-Embleme waren fast ausradiert. Bis die Männer eingestiegen waren und der Nachschublaster beladen war, hatte sich der Dunst zerstreut, und die Sonne knallte vom Himmel auf sie herab. Einer nach dem anderen starteten die Motoren knatternd, und die Laster setzten sich in Bewegung und fuhren durch das Tor auf die erwachenden Straßen hinaus.

Trotz der drangvollen Enge von Männern und Gepäck war Paul dankbar dafür, dass sie tatsächlich unterwegs waren. Die vergangenen achtundvierzig Stunden waren beschwerlich gewesen: ein unaufhörliches Karussell aus Tornisterpacken, Schliff auf dem Exerzierplatz und Schießübungen. Abends hatten sie freigehabt, doch er hatte sich zu übellaunig gefühlt, um viel durch die Straßen zu streifen, und gestern Abend hatte er unter den verdauungsfördernden Nachwirkungen von ein paar Falafeln gelitten, die er an einem Marktstand gekauft hatte.

»Was, sind das etwa die Pyramiden?«, schrie Blackie plötzlich, und sie reckten die Hälse und drückten laut ihr Erstaunen darüber aus, wie grob behauen sie aus der Nähe wirkten. Der Sand war schmutzig grau, nicht glatt und golden, wie sie es sich vorgestellt hatten. Große Heiterkeit kam auf, als sie den armen Sphinx mit seiner zerschlagenen Nase erblickten. Paul vermutete, dass sie alle in ihrem nächsten Brief nach Hause darüber schreiben würden. Wie er jetzt erfuhr, waren einige seiner Begleiter vor dem Krieg noch nie aus ihrer Grafschaft herausgekommen, ganz zu schweigen davon, dass sie die britischen Küsten hinter sich gelassen hätten. Plötzlich empfand er eine tiefe Kameradschaft gegenüber diesen Männern, die zweifellos ebenfalls Angst vor dem hatten, was sie würden ertragen müssen, aber entschlossen waren, fröhlich und heldenmütig ihre Pflicht zu tun.

Die Straße bog nach Norden ab, das vermutete Paul zumindest nach dem Stand der Sonne, und ein paar Stunden später tauchten zu beiden Seiten niedrige weiße Gebäude auf, Ausläufer einer Stadt, die sich vor dem blauen Horizont ausbreiteten. Die Stadt war Alexandria und das Blau das Mittelmeer. Sie ließen die Gebäude zwar rasch hinter sich, doch das Blau kam näher und wurde intensiver, und bald fuhren sie an einem breiten Sandstrand entlang, und die kühle Brise, die wehte, erweckte Sehnsucht in ihnen. Zur Mittagszeit verließen die Laster polternd die Straße und umringten eine Oase. Die Soldaten zogen sich im Laufen aus, stießen begeisterte Schreie aus und ließen ihre Kleidung am Strand liegen, als sie in das kühle Wasser sprangen und in den Wogen umhertollten. Paul schwamm weit vom Ufer weg, und als er sich umdrehte und Wasser trat, um zurückzusehen, erfüllte ihn eine tiefe Freude über die Welt und die Schönheit der Wüste. Er liebte das Gefühl, von den anderen Männern akzeptiert zu werden und ein Teil ihrer gemeinsamen Mission zu sein.

Es sollte lange dauern, bis er wieder eine solche Freude empfinden würde.

Nach Tee und Sandwiches mit Corned Beef wurde der Befehl zum Aufbruch gegeben, und die Männer drängten sich, klebrig vor Salz und Schweiß, wieder in die Laster. Die Sonne hatte ihren höchsten Punkt überschritten und sank bereits. Die Hitze des langen Nachmittags ließ nach. Die Männer hatten jetzt weniger Kraft zum Reden und mussten sich an ihren Bänken festhalten, da die Straßen von Schlaglöchern übersät war. Ab und zu passierten sie Unheil verheißende Kampfspuren: verbogene Metallstücke am Straßenrand, das Wrack eines Lasters oder einen ausgebrannten Flugzeugrumpf. Eine Gruppe Pioniere, die die Straße reparierte, trat zurück, schwenkte die Schaufeln und jubelte, als die Laster laut hupend vorbeidonnerten.

Schließlich ließen sie den Asphalt hinter sich, polterten über Sand und folgten den Zeichen, welche die Pioniere zurückgelassen hatten, um ihnen einen sicheren Kurs zu signalisieren. Rötliches Licht kündigte den Sonnenuntergang an, und immer noch rollten sie durch die Wüste. Alle waren der grauen, scheinbar endlosen, sanderfüllten Weite und der Landschaft, die abgesehen von dem Schutt des Krieges gesichtslos war, herzhaft überdrüssig.

Paul musste geschlafen haben, denn als er das nächste Mal die Augen öffnete, konnte er im Licht der schwachen, abgedeckten Frontscheinwerfer solide errichtete Zelte erkennen. Sie hatten das Lager erreicht.

»Zieh den Kopf ein, verdammt!« Paul befolgte Harry Andrews' in scharfem Ton geflüsterten Befehl. »Wo steckt Stuffy?«

»Hier, Sir.« Private Stephen Duffys Augen schimmerten in der Dunkelheit. Kein Mond stand am Himmel. Nur die uralten Sterne sahen auf sie herab.

»Du und Hartmann, ihr geht auf Aufklärung, während wir den kleinen Haufen hier im Auge behalten.« Paul ließ sich vorsichtig aus seiner Wachposition sinken und umklammerte sein Gewehr. »Passt aufeinander auf, ja? Und keinen Laut.«

»Ja, Sir«, flüsterte Duffy.

Paul hievte sich lautlos in die Hocke und folgte Duffy den Hügelkamm entlang. Ihm graute davor, womöglich einen Stein loszutreten, eine Gerölllawine auszulösen und die deutsche Patrouille, die sie vor ein paar Sekunden entdeckt hatten, auf sich aufmerksam zu machen. Er hatte keine Ahnung, wie es dazu gekommen war, aber sein Zug war vom Rest der Kompanie getrennt worden. Innerhalb einer Minute waren die anderen verschwunden gewesen, ohne dass ein Schuss gefallen war. Jetzt schwebten sie in Gefahr, umzingelt zu werden, es sei denn, Harry Andrews hatte recht und dies war eine einsame deutsche Patrouille und kein Teil einer größeren Einheit. Sie erreichten einen Einbruch im Grat, und Paul spürte, wie Duffy vor ihm hinunterging, um ihnen einen Weg auf die andere Seite zu suchen. Dann erstarrte Duffy, und Paul rührte sich ebenfalls nicht. Sekunden verstrichen. »Was ist los?«, wollte er flüstern, doch Duffy versetzte ihm einen Stoß mit dem Ellbogen, um ihn zum Schweigen zu bringen.

Ganz schwach nahm er jetzt leise Geräusche wahr: Atmen, das Schlurfen und Kratzen von Stiefeln auf Splitt. Paul spürte, wie ihm eiskalt wurde, und sein Herz pochte so laut in seiner Brust, dass er sich sicher war, die anderen mussten es hören. Wie weit entfernt war dieser Mann? War er allein, oder waren da noch mehr? Das Schlurfen kam jetzt näher. Er spürte, wie Duffy sich anspannte, und schloss die Hand um sein Gewehr. Dann hatte der Mann sie erreicht. Duffy machte einen Satz, und Paul hörte ein Wimmern und Stöhnen, als sein Bajonett das Ziel fand. Der Körper des Mannes stieß gegen Paul, als er an ihnen vorbeirollte und das Leben gurgelnd aus seiner Lunge wich. Zum ersten Mal war es direkt vor ihm geschehen. Er spürte die Wärme des Mannes, dessen aussichtslosen Todeskampf und dann die grauenhafte Stille. Doch dann war Paul mit einem Mal geistig wieder hellwach und sein Gehör scharf, und er lauschte. Er hörte noch ein Geräusch, und er meinte, es stammte von jemandem, der versuchte, sich lautlos zurückzuziehen. Aber Duffy war wieder zum Angriff übergegangen und hieb auf die Luft ein. Paul tat es ihm nach und stieß auf massive Muskeln und starke Knochen – ein kräftiger Mann dieses Mal. Paul zog das Gewehr hoch und spürte, wie die Klinge eindrang.

»Nein!«, keuchte der Mann und hielt Pauls Gewehr fest. Paul fühlte, wie er mit seinem ganzen Gewicht nach vorn sackte, und roch heißen Schweiß, Blut und noch etwas anderes: Angst. Dann lag er hilflos zappelnd unter dem Toten, bis Duffy die Leiche von ihm herunterwälzte.

In diesem Moment hallten in einiger Entfernung Schüsse durch die Stille. Schmerzensschreie und gebrüllte Anweisungen stiegen auf, dann folgten ein Lichtblitz und eine Explosion, und Sand regnete herab. »Da ist ein Dutzend von ihnen, hast du gesehen?«, flüsterte Duffy. »Wir müssen zurück.« Paul stolperte auf dem Weg, über den sie gekommen waren, zu den anderen zurück und strauchelte unterwegs über eine der Leichen.

Im Halbdunkel sahen sie ihre Leute, mehrere kauernde Gestalten, die vom Grat herunterschossen. Sie erblickten die Silhouette von Andrews, der eine Granate warf. Noch eine Explosion, weitere Schmerzensschreie. Jemand brüllte auf Deutsch einen Befehl. *Rückzug.* Paul und Duffy warfen sich neben ihren Kameraden auf den Boden, richteten sich zum Schießen auf und sanken dann wieder nieder. Ein dumpfer Schlag, und Paul warf einen Blick an der Linie entlang und sah, wie jemand nach vorn ruckte und wie betrunken zusammensackte, doch er konnte nicht erkennen, wer es war. Er hob das Gewehr, spähte über den Rand und spürte mehr, als dass er sah, wie mehrere kräftige Gestalten den Abhang hinunterkrochen. Paul feuerte in ihre Richtung und duckte sich dann wieder. Neben ihm schoss Duffy, und dann fielen keine Schüsse mehr. Sie spitzten die Ohren, doch sie hörten nur Schritte, die sich entfernten, und in der Nähe das Stöhnen eines ihrer Kameraden, der allein mit seinem Schmerz war.

Hinter ihnen schimmerte Licht auf. »Briggsy, du armer alter Teufel.« Duffys Stimme klang gepresst und schrill, und Paul warf einen Blick nach unten und sah, wie er sich über Joe Briggs beugte, der wie eine weggeworfene Flickenpuppe wirkte. Im Tod sah Joe sogar noch schmaler aus als im Leben, und in Pauls Hals bildete sich ein Kloß.

Andrews war neben Paul aufgetaucht und leuchtete mit einer abgedeckten Taschenlampe über den Grat. Ihr Lichtbogen enthüllte einen grauenhaften Anblick. Paul sah sechs oder sieben Leichen und einen Mann, der sich zusammenkrümmte wie ein Fötus und vor Schmerzen zitterte. Die grauenhaften Laute stammten von ihm.

»Gehen wir hinunter«, sagte Andrews leise. »Seht nach, ob wir etwas tun können. Briggsy ist leider nicht mehr zu helfen.«

»Da sind noch mehr dort draußen.« Mit einem Mal fiel es Paul wieder ein. »Noch eine Patrouille, meine ich. Als der Offizier ihnen den Rückzug befohlen hat, sagte er, sie sollen die anderen suchen, ich habe es gehört.«

»Verdammt.« Andrews knipste die Taschenlampe aus und schwieg einen Moment lang. Dann setzte in der Ferne etwas ein, das wie ein Feuerwerk wirkte, Krachen und Explosionen, Funken und dann ein Feuerball.

»Meinst du, das ist der Rest von unseren Leuten?«

»Wer weiß das schon? Jedenfalls feiern sie eine ganz schöne Party.«

Ohne ein Wort ging Andrews mit einer Pistole in der Hand als Erster den Abhang hinunter, und Paul folgte ihm mit der Taschenlampe. Der Verwundete erstarrte kurz und versuchte dann davonzukriechen. »Psst, wir sind gekommen, um dir zu helfen«, sagte Andrews und durchsuchte ihn schnell nach Waffen.

Paul sprach ihn leise auf Deutsch an. Der Mann war ungefähr in seinem Alter, ein kompakter, muskulöser junger Mann mit schmerzverzerrtem Gesicht. Vor ihnen erhellte eine weitere Detonation den Himmel. Das Blut auf den Händen, die er gegen den Körper presste, schimmerte wie Metall.

»Sag ihm, dass wir ihn bewegen müssen.«

Paul übersetzte und fragte den Mann nach seinem Namen.

»Hans.«

»Gut, Hans.« Andrews und er schoben jeder einen Arm unter seine Schultern und schafften es, ihn unter viel Stöhnen und Fluchen zu den anderen hinaufzuschleppen. Dort trug Andrews einem halben Dutzend der Männer verschiedene Pflichten auf, während der Rest des Zuges sich um ihren Gefangenen versammelte. Paul, der neben ihm kniete, spürte ihre Feindseligkeit. Er ignorierte sie und fuhr fort, sanft und beruhigend auf den jungen Mann einzureden, während er Druck auf die Wunde ausübte, um die Blutung zu stoppen. Jemand legte ihm eine Spritze in die Hand. Morphium. Er tastete nach einer fleischigen Stelle am Arm des Jungen und rammte die Nadel hinein.

»Und was fangen wir jetzt mit ihm an?«, fragte Duffy, aber niemand wusste eine Antwort darauf. Sie waren von der Außenwelt abgeschnitten, und irgendwo draußen in der Dunkelheit waren die Kameraden des Mannes zweifellos auf der Suche nach ihm.

Paul verband Hans' Wunde, aber trotzdem sickerte das Blut hindurch. Er ließ ihn in kleinen Schlucken Wasser aus seiner eigenen Flasche trinken und versuchte, ihn bei Bewusstsein zu halten, indem er im Flüsterton mit ihm sprach. Hans murmelte, er habe noch einen Bruder, der auch bei der Armee sei, obwohl er nicht wusste, wo.

Die erste Patrouille kehrte zurück, dann die zweite. Sie hatten niemanden entdeckt. Wasser und Hartkekse wurden herumgereicht, dann brachen die Patrouillen erneut auf. Hans war jetzt ruhiger, und das Sprechen fiel ihm schwerer. Paul tränkte ein Taschentuch mit Wasser und wischte dem jungen Mann den Schweiß von der Stirn. Jetzt konnte er Hans' Gesicht deutlicher erkennen und sah seine Zähne schimmern, wenn er sich unbehaglich herumwarf. Als Paul sich umsah, kam es ihm vor, als verblassten die Sterne, und der Himmel wurde heller. Nicht mehr lange bis zur Morgendämmerung. Das Licht wurde stärker. Paul sah, dass sich in den Büscheln groben Wüstengrases Insekten bewegten. Vor ihnen war alles ruhig, aber dort, wo die Front liegen musste, hing am Horizont eine dicke Rauchwolke. Er sah nach unten. Der Junge wirkte jetzt friedlicher. Er schien zu schlafen, obwohl er ab und zu den Mund verzog und wimmerte.

Das war die längste Nacht gewesen, an die sich Paul erinnern konnte, schlimmer noch als die, nachdem man seinen Vater abgeholt hatte. Er hatte einen Mann getötet, doch nach diesem Initiationsritus fühlte Paul sich weder mutiger noch reifer. Es war einfach passiert, war seine Aufgabe gewesen, die er ohne nachzudenken ausgeführt hatte. Und hier versuchte er das Leben eines anderen zu retten, den er, soweit er wusste, vielleicht selbst verwundet hatte. Auch das schenkte ihm kein gutes Gefühl. Das war alles so willkürlich, so sinnlos. Warum sollte ein Mensch sterben und ein anderer leben?

Seine Gedanken wurde unterbrochen, als er sich eines leisen, stetigen Grollens bewusst wurde. Er fragte sich, woher das kommen mochte, als schon einer der anderen, Pounder war sein Name, auf seine typische Art, die der eines waghalsigen, übereifrigen Terriers glich, aufsprang und die Augen gegen die grelle, aufgehende Sonne beschattete, um nach Osten zu sehen. »Laster!«, rief er aufgeregt. »Das sind unsere, Jungs. Wir sind gerettet.«

»Runter, du Schwachkopf«, knurrte Andrews, und Pounder gehorchte, aber auch andere wandten die Köpfe, um zu erkennen, was sich in der staubigen Ferne bewegte. Bald war es klar: Ein Lastwagen-Konvoi bewegte sich die mit Zeichen markierte Route entlang. Ungeachtet jeder möglichen Gefahr sprangen die Männer auf und winkten mit ihren Mützen, bis sie ein paar Hundert Meter entfernt im Sand anhielten. Ein Offizier sprang heraus und sprintete auf sie zu.

»Jetzt kommst du bald zu einem Arzt«, sagte Paul zu Hans, doch der junge Mann schlief weiter und zuckte und keuchte in seinen Träumen. Als Paul seinen Verband inspizierte, sah er entsetzt, dass winzige, schimmernde Fliegen über der blutigen Masse wimmelten.

33

Als Briony erwachte, fiel Tageslicht durch die Vorhänge, und sie fühlte sich verwirrt, weil ihr noch ein Traum voller Geschrei und Gewehrfeuer nachhing. Der Wecker hatte nicht geklingelt. Hatte sie ihn überhaupt gestellt? Sie schlug die Bettdecke zurück, wobei Papier knisternd davonrutschte, und als sie sich aufsetzte, stieß sie einen leisen Fluch aus, als etwas Hartes auf dem Boden aufschlug. Die Zigarrenschachtel. Mit der Öffnung nach unten lag sie da, und ihr Inhalt ergoss sich über die Bodendielen. Briony griff nach ihrem Reisewecker und starrte auf das Zifferblatt, bis sie die Zeiger klar erkennen konnte. Halb acht. Erleichterung. War heute Mittwoch? Ja. Sie musste erst um elf Uhr unterrichten. Also lehnte sie sich wieder zurück in die Kissen und versuchte sich zu erinnern, ob sie sonst noch etwas verpasst hatte. Nein, entschied sie. Seufzend glitt sie aus dem Bett, suchte Pauls Briefe zusammen und legte sie wieder in die Schachtel. Sie musste sie gelesen haben und dabei eingeschlafen sein. Sogar in ihre Träumen hatten sie die Briefe verfolgt.

Beim Duschen grübelte sie über das Gelesene nach. Paul hatte seinen ersten Feindkontakt erlebt. Er hatte einen seiner eigenen Landsleute getötet und dann einem anderen das Leben gerettet. In einem späteren Brief erwähnte er, dass der Mann in ein Feldlazarett gebracht worden war und überlebt hatte, wahrscheinlich, um nach seiner Genesung in ein Kriegsgefangenenlager gesteckt zu werden. Pauls Vorgesetzter, Major Goodall, hatte Paul zu sich bestellt, einen ausführlichen Bericht über die Ereignisse verlangt und ihn für seine »gute Arbeit« gelobt, was Paul Sarah gegenüber eher amüsiert als stolz erwähnt hatte. *Er sagte, er sei »froh, einen Burschen, der Deutsch spricht, in seiner Truppe zu haben«, aber unser Captain Richards wirkte darüber nicht allzu erfreut.* Es überraschte Briony, dass all diese Details die Zensur passiert hatten.

Während des folgenden Jahres hatte Paul noch weitere Briefe geschrieben. Ich muss mir unbedingt die Eckdaten des Ägyptenfeldzugs ins Gedächtnis rufen, dachte Briony, während sie die Dusche abdrehte und blind nach ihrem Handtuch griff. Im Laufe dieses langen, gefährlichen Sommers 1942 hatte es sowohl bei den deutschen als auch den britischen Truppen Veränderungen im Oberkommando gegeben.

Nachdem Briony sich angezogen hatte, zog sie ein Buch aus einem der Regale in ihrem kleinen Wohnzimmer und schlug eine Chronik auf. Tobruk war am 21. Juni gefallen, als Paul Hartmanns Schiff in Suez angelegt hatte. Ein paar Tage später hatte seine Kompanie die kläglichen Überreste der 8. Armee verstärkt, welche die ägyptische Grenze verteidigte. Bis zum 30. Juni hatten die Deutschen unter Feldmarschall Rommel sie bis in die kleine Grenzstadt El Alamein zurückgedrängt, und viele der ausländischen Bewohner von Kairo und Alexandria flohen in Panik. Wie nahe die Alliierten doch einer Niederlage gewesen waren! Daher war es eine außerordentliche Wende, dass die 8. Armee, als der Oktober in den November überging, unter dem Kommando von Lieutenant-General Bernard Montgomery frischen Kampfgeist mobilisierte, den Deutschen in der dritten Schlacht von El Alamein eine vernichtende Niederlage beibrachte und Rommel im Lauf der folgenden Monate durch Libyen bis nach Tunesien zurückschlug. Endlich war der Ägyptenfeldzug gewonnen.

»Ah, Briony. Ich dachte schon, Sie würden uns heute nicht mit Ihrer Anwesenheit beehren. Wenn es Ihnen nichts ausmacht, würde ich gern kurz mit Ihnen sprechen, wenn Sie so weit sind.«

»Natürlich. Geben Sie mir einen Moment.«

Briony hatte um zehn Uhr gerade ihr Büro aufgeschlossen, als Professor Gordon Platt, der Fachbereichsleiter, plötzlich in seiner Tür stand, die ihrer gegenüberlag. Sie schob ihre Handtasche in die Schreibtischschublade, zog den Mantel aus, ignorierte ihr Verlangen nach einer Tasse Kaffee und eilte hinüber, um zu erfahren, was Er-dem-man-gehorchen-muss von ihr wollte.

Platts Büro war mindestens doppelt so groß wie ihres und mit einem riesigen antiken Schreibtisch ausgestattet, vor dem eine Anzahl unbequemer hochlehniger Stühle stand. Durch die hohen viktorianischen Schiebefenster sah man in den Hof hinaus, wo normalerweise immer etwas Interessantes vor sich ging. Während der letzten Proteste gegen die Studiengebühren hatten die Studenten auf dem Gras Anschlagtafeln aufgestellt, auf denen der Hochschulminister in einer ziemlich vulgären Haltung dargestellt war. Gordon Platt hatte seine Jalousien den ganzen Tag nicht hochgezogen. Zur Vergeltung hatte jemand sein Fenster mit rohen Eiern beworfen, worauf er äußerst unklug reagiert hatte, indem er die Polizei rief. In der Folge rangierte seine Beliebtheit bei den Studenten auf einem Tiefstand.

Er war ein hochgewachsener, schlaksiger Mann von Ende fünfzig mit schütterem Haar, das vielleicht einmal eine attraktive blonde Lockenmähne gewesen war, aber jetzt grau meliert, oben dürftig und über den Ohren zu lang war, und er pflegte ein Faible für Cordhosen in leuchtenden Farben. Manchmal waren sie ziegelrot, bei anderen Gelegenheiten senfgelb. An Tagen, an denen am College wichtige Sitzungen stattfanden, trug er ein nüchterneres Rotbraun oder Marineblau zur Schau. Heute war ein senfgelber Tag, und seine kakifarbenen Socken passten nicht ganz dazu, wie Briony bemerkte, als er die Tür hinter ihr schloss.

»Also«, begann er und setzte sich wieder auf seinen bequemen Stuhl. Über seine Zweistärkenbrille hinweg sah er sie auf diese schonungslose, taxierende Art an, die ihm seine heutige Position eingebracht hatte. »Ich muss mit Ihnen über unsere ehrenamtliche Öffentlichkeitsarbeit reden. Der Rektor findet, der Fachbereich müsse mehr unternehmen, um seinen Bekanntheitsgrad zu steigern. Aber ehrlich gesagt habe ich die Zeit nicht, daher möchte ich, dass Sie das in die Hand nehmen.«

Briony starrte ihn wie betäubt an, und der Gedanke daran, wie viel Arbeit das bedeuten würde, wälzte sich durch ihren Kopf wie eine gigantische Flutwelle. Vorträge in Schulen, Konferenzen, Vorlesungen, Ausstellungen waren heutzutage unverzichtbar, um die Existenz von Universitäten zu rechtfertigen. Die Veranstaltungen würden zwar von anderen Fachbereichsmitarbeitern und Doktoranden gestaltet werden, aber sie zusätzlich zu all ihren anderen Verantwortlichkeiten zu organisieren, würde sehr viel Zeit verschlingen. Zeit, die sie nicht hatte. Scharf sog sie den Atem ein, um sich zu beruhigen.

»Ich sehe, dass Sie ein Beförderungsgesuch eingereicht haben«, fuhr Platt fort und lehnte sich, die Hände hinter dem Kopf verschränkt, auf seinem Stuhl zurück, wodurch er wie ein riesiges, bösartiges Insekt wirkte. »Wohlgemerkt, ich bin mir nicht sicher, dass Sie sie erhalten werden, denn für jemanden wie Sie bedeutet das einen großen Schritt, aber wenn Sie diese Aufgabe übernehmen, wird das Ihre Chancen verbessern.«

Toll. Das war ein doppelter Schlag. Er redete nicht nur ihre Ambitionen klein, sondern hatte ganz deutlich ausgedrückt, dass es ihrer Karriere schaden würde, wenn sie seiner Bitte nicht nachkam.

»Wie Sie wissen, Gordon, habe ich bereits enorm viel zu tun. Kann ich darüber nachdenken?« Fast hätte sie ihn daran erinnert, wie schlecht es ihr im letzten Semester gegangen war, doch sie biss sich auf die Zunge, weil ihr klar wurde, dass das in seinen Augen ihren Status nicht verbessern würde. Für einen Mann ohne Fantasie, der noch nie Depressionen oder Panikzustände erlebt hatte, waren Menschen, die darunter litten, praktisch gemeingefährliche Irre. Natürlich hätte er das nicht so ausgedrückt, denn er kannte den angemessenen Jargon, aber bei Sitzungen hatte sie schon gespürt, dass ihm das Thema seelisches Wohlbefinden unangenehm war.

»Natürlich, lassen Sie sich so viel Zeit, wie Sie wollen«, gab Platt leutselig zurück, »aber ich brauche Ihre Entscheidung bis Montag.« Er lächelte ihr gütig zu, nahm dann eine Mappe aus seinem Posteingang und signalisierte ihr damit, dass das Gespräch beendet war.

Um fünf Uhr war Briony geistig und emotional erschöpft, aber auch wütend – auf Platt, und auf sich selbst. Sie warf einen Blick auf ihre Armbanduhr und fragte sich, was wohl aus dem Studenten geworden war, der bisher nicht zu seinem Termin erschienen war. Dabei wurde ihr klar, dass diese Wut durchaus eine gute Sache war. Zorn konnte eine positive Emotion sein, hatte ihre Therapeutin ihr einmal nahegelegt. Er konnte sie ermuntern, die Kontrolle über eine Situation zu übernehmen, statt sich von ihr besiegen zu lassen.

Der Student würde offensichtlich nicht mehr kommen. Wunderbar, dann konnte sie pünktlich nach Hause gehen. Bewusst ignorierte Briony einen Stapel Arbeiten, die darauf warteten, korrigiert zu werden, schloss ihr Büro ab und huschte hinaus.

Zu Hause streifte sie die Schuhe ab, schenkte sich ein Glas Weißwein ein und ließ sich Badewasser einlaufen. Dieser Abend gehört nur mir, dachte sie, während sie sich seufzend in das heiße, duftende Nass sinken ließ und die Augen schloss. Aber dessen, weiter in Pauls Briefen lesen, fernsehen. Sie würde sich keine Gedanken über den elenden Platt machen. Ein Spruch, den ihr Großvater väterlicherseits zu sagen pflegte, kam ihr in den Sinn:

»Es ist genug, dass jeder Tag seine eigene Plage hat.« Lächelnd erinnerte sie sich daran, wie sie ihn gefragt hatte, was das bedeute. »Lebe für den Augenblick, und mach dir keine Sorgen um die Zukunft.«

Abrupt schlug sie die Augen auf. Luke – sie sollte Luke eine Mail wegen Sarahs Briefen schicken. Einerseits wollte sie das, doch andererseits war sie sich nicht ganz im Klaren darüber, ob sie etwas aufrühren würde, wenn sie Kontakt zu ihm aufnahm.

Also wirklich, sagte sie sich, während sie aus der Wanne stieg, nimm dich zusammen. Sie waren beide erwachsen, und ihn wegen einer Information zu kontaktieren, die er für seine Arbeit brauchte, war vollkommen angemessen.

Sie hatte seine E-Mail-Adresse, also schrieb sie ihm nach dem Abendessen kurz, sie hoffe, es gehe ihm gut, und fragte ihn, was genau er wissen wolle. Dann klingelte ihr Telefon, und als sie danach griff, spürte sie einen leisen Schock, als sie den Namen des Anrufers sah. Sie wischte über den Bildschirm.

»Luke? Hallo.«

»Hi. Ich habe deine E-Mail bekommen und dachte, ich rufe zurück.«

Bildete sie sich nur ein, dass seine Stimme in ihrem Ohr zögerlich klang und nicht so locker und selbstbewusst wie sonst? Er tat ihr leid, und in ihrer inneren Unruhe stand sie vom Sofa auf, trat ans Fenster und sah auf die nächtliche Straße hinunter. Eine schwarz-weiße Katze lief dort gerade auf einem Zaun entlang.

»Schön, von dir zu hören«, sagte sie leise. »Wie geht's dir?«

»Gut. Und dir? Rufe ich ungelegen an?«

»Nein, nein, ich habe ferngesehen, aber nichts Wichtiges. Und, wie sieht es in Westbury Hall aus? Läuft das Gartenprojekt einigermaßen?«

»Ja, es entwickelt sich gut. Ich bin fast mit dem Zeichnen der Pläne fertig, und dann muss ich einen Kostenvoranschlag erstellen. Ich brauche allerdings noch ein paar Einzelheiten über einige der Pflanzen. Kemi hat es fertiggebracht, das Bild des Gartens aus Mrs. Clares Wohnung auszuleihen, aber es ist nicht detailliert genug.«

Eine Weile redeten sie über spezielle Fragen. Luke wollte wissen, ob Sarah in ihren frühen Briefen, bevor der Garten im Krieg in Nutzflächen verwandelt worden war, den Standort bestimmter Pflanzen erwähnt hatte. Briony konnte sich nicht erinnern.

»Das Beste ist wahrscheinlich, wenn ich dir die entsprechenden Abschriften schicke«, erklärte sie, »aber ich muss dir etwas erzählen. Du wirst es nicht glauben: Ich habe die andere Hälfte des Briefwechsels gefunden. Pauls Briefe an Sarah, meine ich.«

Unten hatte die Katze auf einem Zaunpfahl Stellung bezogen und sah mit zuckendem Schwanz auf etwas hinab, das sich auf dem Boden befand. Eine Maus vielleicht, dachte Briony und reckte den Hals.

»Tatsächlich?«

»Ist das nicht erstaunlich?« Sie schilderte, wie sie dazu gekommen war. »Ich habe begonnen, sie zu lesen. Bis jetzt nichts, was dir beim Garten nützen würde, aber, Luke, sie sind voll mit seinen Kriegserlebnissen. Er war in Ägypten. In El Alamein!«

»Ich nehme an, er hat überlebt?« Luke lachte. »Wahrscheinlich eine dumme Frage. Es sei denn, du hast einen Brief gefunden, in dem steht: ›Ich sterbe, und dies ist mein letzter Wille und Testament.‹«

»Nein, habe ich nicht«, gab sie steif zurück, denn sie fand, dass er ihre Entdeckung nicht ernst genug nahm.

»Du engagierst dich immer noch stark in dieser Sache, stimmt's?«, fragte er. »Es ist mehr als rein akademisches Interesse.«

»Ja, natürlich. Es geht dabei um meine Familie. Paul spricht ziemlich oft von meinem Großvater Harry. Und von Ivor Richards. Sie waren alle in derselben Infanterie-Kompanie, was kein so großer Zufall ist, wie es klingt, weil sie dem Royal Norfolk Regiment angehörten. Obwohl ich nicht genau weiß, was sie dort zu suchen hatten, denn im Großen und Ganzen wurden die Norfolk-Bataillone nicht nach Ägypten geschickt.«

»Ich wollte nicht flapsig klingen. Weißt du …« Briony spürte, dass Luke nach den richtigen Worten suchte. »Ich musste ein wenig Mut aufbringen, um dich anzurufen. Ich wusste nicht, ob du von mir hören wolltest.«

Sie fühlte so heftige Emotionen in sich aufsteigen, dass es ihr schwerfiel, lässig mit »Ach, wieso?« zu antworten.

»Vielleicht bin ich ja paranoid, aber ich habe den Eindruck, dass du mir in letzter Zeit aus dem Weg gehst.«

Draußen stürzte sich die Katze auf das Opfer, dem sie aufgelauert hatte. Eine Maus, eine Spitzmaus? Briony erhaschte einen grausigen Blick auf das Wesen, das zwischen den Kiefern der Katze hing.

»Luke«, sagte sie nach kurzem Schweigen und versuchte, besonders überzeugend zu klingen. »Das stimmt natürlich nicht.«

»Gut.« Seine Stimme klang gepresst. »Vergiss es. Mach dir keine Gedanken.«

»Ich habe mich gestern Abend mit Aruna getroffen. Aber das weißt du ja wahrscheinlich.«

»Ja, sie sagte, es sei das erste Mal seit Ewigkeiten gewesen, und es sei schön gewesen, dich zu sehen.«

»Es war toll, sie wiederzutreffen, aber sie kam mir unglücklich vor, Luke. Ich weiß, das geht mich nichts an, aber sie ist nun einmal meine beste Freundin.«

»Meinst du, das merke ich nicht, Briony?«

»Schön, es geht mich wirklich nichts an.« Sie spürte, dass Luke verärgert war.

»Okay. Also, ich wäre dir dankbar, wenn du mir diese Abschriften mailen könntest. In Anbetracht dessen, was ich für diesen Job bezahlt bekomme, zieht er sich schon zu lange hin. Und ich möchte diesen Greg nicht mehr im Nacken sitzen haben.« Wieder dieser bittere Tonfall. Sie beschloss, ihn zu ignorieren.

»Wie geht es Greg? Ach, und der armen Mrs. Clare?«

»Mrs. Clare ist zurück auf Westbury Hall, hat jetzt eine Pflegerin und erholt sich. Ihr Sohn hat mir erlaubt, diesen Plan auszuleihen. Was mich daran erinnert, dass Kemi sich nach dir erkundigt hat.«

»Oh, Kemi ist wirklich nett. Grüß sie schön von mir. Ich schicke dir die Sachen gleich zu.«

Briony beendete das Gespräch, sah lange aus dem Fenster und beobachtete unangenehm berührt, wie die Katze mit ihrer Beute spielte, während sie das Gespräch noch einmal durchging. Etwas beunruhigte Luke, er klang sogar zutiefst unglücklich. Er schien ihr böse zu sein, und sie hatte keine Ahnung, womit sie das verdient hatte. Was für ein Durcheinander das alles im Moment war!

Vor dem Haus gegenüber hielt ein Wagen an, und die Katze rannte davon, als ein junges Paar ein Baby in einem Kindersitz auslud. Sie strahlten und lachten. Das Licht der Laterne fiel auf das Gesicht des schlafenden Kindes, das rund und mollig und von kleinen schwarzen Löckchen umrahmt war. Wie niedlich. Die kleine Familie im Schein der Straßenlampe wirkte so zufrieden, dass Briony sich plötzlich schrecklich allein fühlte.

34

»Was soll ich machen, Sophie? Wenn ich Nein sage, verdirbt er mir die Beförderung, aber wenn ich Ja sage, werde ich so mit Arbeit überhäuft, dass ich mir nicht mehr zu helfen weiß.«

Briony saß im Büro einer ihrer Kolleginnen, wo sie von Postern umgeben war, die illuminierte Handschriften und Fabeltiere zeigten. Sophie war Mediävistin, Schwedin und Anfang dreißig, und ihr blondes Haar war kurz geschnitten und von lila Strähnen durchzogen. Ihre aufrechte Sitzhaltung, in der sie die langen Beine in den engen Jeans am Knie übereinanderschlug, passte zu ihrer unverblümten Art, ihrer Leg-dich-bloß-nicht-mit-mir-an-Einstellung. Sie war die Gewerkschaftsvertreterin des Fachbereichs, also war es natürlich, sich an sie zu wenden, aber Briony, die Konfrontationen hasste, war eigentlich zu ihr gegangen, um sich einen freundschaftlichen und keinen offiziellen Rat einzuholen.

»Er hat kein Recht dazu, Briony.« Sophie fuhr mit einem blau lackierten Fingernagel durch die Luft. »Du musst die Aufgabe nicht übernehmen, und er würde Schwierigkeiten bekommen, wenn er versucht, sich in die Arbeit des Beförderungsausschusses einzumischen. Trotzdem gehört er ihm an, und sein Wort zählt. Du solltest ihn auf deiner Seite haben.«

»Dann soll ich also Ja sagen?«

»Du solltest Nein sagen. Sei hart, dann respektiert er dich. Er ist dieser Typ Mann. Das Problem ist, dass so viel an dieser Hochschule nur durch den guten Willen der Mitarbeiter läuft. Und das nutzt er aus. Aber es gibt Regeln, und wenn nötig, gibt die Gewerkschaft dir Rückendeckung.«

»Im Moment möchte ich die Gewerkschaft nicht hineinziehen. Ich mache mir Gedanken, dass ich wie eine Unruhestifterin dastehen könnte.«

»Eine typisch weibliche Reaktion«, meinte Sophie seufzend. »Ich stifte gern Unruhe.« Ihre Augen blitzten, und Briony lachte. Es war ein gutes Gefühl, jemanden auf ihrer Seite zu wissen. Viel zu oft taten die Mitarbeiter unterwürfig, was man ihnen sagte. Einmal hatte sie scherzhaft zu Sophie gesagt, sie sei erstaunt, dass der Fachbereichsleiter der Einstellung von jemandem wie ihr mit ihren prägnanten Ansichten zugestimmt habe. Sophies Antwort war ohne Umschweife ausgefallen: »Ich war die beste Kandidatin für den Posten. Du musst an dich selbst glauben, Briony, dann glauben auch andere an dich.«

»Du kannst dich glücklich schätzen, so viel Selbstbewusstsein zu haben«, meinte Briony jetzt seufzend.

Sie stand auf, um zu gehen, und Sophie sprang hoch und umarmte sie. »Denk über das Wochenende darüber nach, ja? Und dann stürmst du am Montag in sein Büro und teilst ihm deine Entscheidung mit. Vergiss nicht, es ist *dein* Leben.«

»Du hast recht.« Brionys Blick fiel auf eines der Poster. »Dieser Greif – das ist doch ein Greif, oder? – sieht aus wie jemand, den wir beide kennen.« Sophie musterte ihn, und sie brachen angesichts der senfgelben Beine und der schütteren krausen Federn auf dem Kopf der Kreatur in Gelächter aus.

Während sie zurück in ihr eigenes Büro ging, sah Briony, dass sie einen Anruf verpasst hatte. Greg Richards. Eine Weile saß sie an ihrem Schreibtisch und fragte sich, was er wohl wollte. Dann zuckte sie mit den Schultern – ihre Neugierde überstieg ihre Zurückhaltung. Sie tippte auf den Bildschirm des Telefons, um ihn zurückzurufen.

Die kleinen ausgebauten Hinterhäuser, die sich in dem Straßengewirr nördlich des Sloane Square versteckten, lagen verlassen da, als Briony früh am nächsten Abend dort entlangging. Das einzige Geräusch war das Flattern eines großen Stücks Plastikfolie, das sich von dem Gerüst an einem der Häuser gelöst hatte. Auf dem Schild der Baufirma, das von den Straßenlaternen angeleuchtet wurde, stand *Judd Holdings – Souterrain-Lösungen*. Bestimmt nicht lustig, daneben zu wohnen, sagte sie sich und überprüfte die Hausnummern, an denen sie vorbeikam. Nummer fünf lag allerdings etliche Meter von der Baustelle entfernt und besaß eine gepflegte zweistöckige georgianische Fassade. Zwei in Kübel gepflanzte Olivenbäume standen an der Haustür Wache. Briony drückte die Türklingel aus Messing und strich sich das Haar glatt, während sie wartete.

Die Tür wurde aufgerissen, und Greg stand in T-Shirt, Jeans und Mokassins vor ihr. »Briony, komm doch aus der Kälte heraus, Süße«, sagte er, und sie fand sich in einem warmen halbdunklen Hausflur wieder, in dem es ausgezeichnet nach Essen duftete. Sie hörte perlende Klaviermusik. Dann küsste Greg sie auf beide Wangen, und sie überließ ihm ihren Mantel und überreichte den Wein, den sie mitgebracht hatte.

»Keine Ahnung, ob er gut ist – der Mann im Laden hat ihn ausgesucht.«

Blinzelnd las er das Etikett, erklärte, er sei sich sicher, dass er großartig schmecken würde, und manövrierte sie in ein großes Wohnzimmer, das durch einen Wanddurchbruch entstanden war, mit zwei Samtsofas in Schwarz, Grau und Beige, die mit Kissen aus künstlichem Zebrafell geschmückt waren. An der gegenüberliegenden Wand standen klobige Bücherregale aus hellem Holz. Über ihr glitzerten Deckenlampen aus Glas und Metall, die wie abstrakte Skulpturen geformt waren.

»Das ist ja wie die TARDIS, du weißt schon, aus *Dr. Who*!«, rief sie aus. »Es wirkt innen viel größer, als es von außen aussieht.« Das moderne Innere bildete einen auffälligen Kontrast zur Fassade des

Hauses. »Es ist selbstverständlich großartig, aber ich hätte nie geahnt, dass sich all dies hinter deiner Haustür im Regency-Stil versteckt.« Als sie die Schuhe abstreifte, fühlte sich der Hartholzboden unter ihren Füßen herrlich warm an.

»Das Gebäude ist natürlich denkmalgeschützt«, erklärte er. »Aber meine Vorgängerin hat die meisten Umbauarbeiten im Inneren vorgenommen. Nur Gott weiß, wie sie damit beim Bauamt durchgekommen ist. Was kann ich dir zu trinken anbieten?«

Während er Weißwein aus der Küche holte, inspizierte Briony den Inhalt der Regale, in denen mehrere Fächer so groß waren, dass sie großformatige Kunstbände und seine Vinyl-Sammlung aufnehmen konnten. Die Reihen fest gebundener Bücher trugen Titel wie *Nietzsche und Personalführung* oder *Das Zen des Globalismus*, aber sie entdeckte auch eine beeindruckende Anzahl Sportlerbiografien aus jüngster Zeit. Betrübt kam sie zu dem Schluss, dass hier nichts stand, was sie würde lesen wollen, als Greg mit einer Flasche in einem Eiskübel und zwei Gläsern zurückkehrte. Ziemlich unsicher setzte sie sich auf eins der samtigen Sofas. Es war sehr weich, aber bequem.

»Schön, dass du vorbeigekommen bist«, sagte er, als sie anstießen. Er ließ sich ihr gegenüber auf einem Sofa nieder und legte einen Arm auf die Rückenlehne. Obwohl seine Haltung entspannt wirkte, spürte sie in der festen Linie seiner Lippen aufgestaute Energie und Anspannung. »Ich will ehrlich zu dir sein, Briony. Wie ich dir am Telefon schon sagte, hat dein Freund Luke in einer Mail erwähnt, dass du noch mehr Briefe gefunden hast, von diesem Paul, und … Also, ich sollte dir erklären, warum ich interessiert daran bin. Hast du sie mitgebracht?«

»Ja, sie sind in meiner Tasche.« Briony war ein wenig ärgerlich auf Luke, weil er Greg davon erzählt hatte, doch sie gestand ihm zu, dass er wahrscheinlich in aller Unschuld gehandelt und geglaubt hatte, sie könnten weitere Informationen über den Garten liefern.

Greg musterte die Tasche, die sie an der Zimmertür stehen gelassen hatte. Er beugte sich vor, stellte sein Weinglas auf den Tisch und sah sie an. »Ich möchte gern wissen, was darin steht. Ich denke dabei an meinen Vater. Er ist schon älter und macht sich über diese Dinge Sorgen.«

»Weswegen sollte er sich Sorgen machen?«

»Er fragt sich, ob sie etwas Negatives über seinen Vater – meinen Großvater Ivor – enthalten. Ich bin mir nicht sicher, was genau das sein könnte, damit rückt er nicht heraus. Das hat alles angefangen, als ich ihm von dir erzählt habe, damals, als du in Westbury Lodge warst. Das schien ihn zu beunruhigen.«

»Ich hatte nicht vor, jemanden zu beunruhigen.« Brionys Nerven waren angespannt. Sie dachte an den Bauern David Andrews und seine Frau Alison und daran, wie ihr Besuch den beiden ebenfalls Sorgen bereitet hatte.

»Ich behaupte ja nicht, dass das deine Absicht war. Aber erzähl mir von den Briefen, Briony. Erwähnen sie meinen Großvater?«

»Doch, ja. Ich bin mir nicht sicher, wie viel du über den Hintergrund weißt.«

»Nur, dass Paul Deutscher war und auf dem Anwesen als Gärtner gearbeitet hat und dass die beiden einander feindselig gegenüberstanden.«

»Ja, das ist mehr oder weniger die Geschichte. Sie begehrten beide dieselbe Frau – Sarah –, aber es steckte mehr dahinter. Dein Großvater lehnte ihn ab, weil er glaubte, ihm nicht trauen zu können, und sah ihn als Feind. Schließlich waren sie beide zusammen in Ägypten bei der Armee.«

»Vielleicht sollte ich sie dann durchsehen, nur zur Beruhigung für meinen Dad.« Gregs Stimme klang sehr sanft und einleuchtend, und Briony wusste nicht, warum sie ein widerstrebendes Gefühl überkam. Sie musste sich zwingen, aufzustehen und ihre Tasche zu holen. Während sie die Zigarrenschachtel hervorzog, fiel ihr auf, wie leicht und unbedeutend diese wirkte. Als Briony sie öffnete, sah sie, dass sie gestern Abend in ihrer Hast nicht alles ordentlich zurückgelegt hatte. »Entschuldigung«, sagte sie, »die Briefe sind ein wenig durcheinandergeraten.«

»Keine Sorge. Ich sortiere sie schon.« Sie standen jetzt sehr dicht zusammen, so nah, dass sie Gregs teures Eau de Cologne roch. Sie sah in seine freundlichen, weit auseinanderliegenden Augen und dann hinunter auf das Kästchen in ihrer Hand.

»Schauen wir uns das einmal an«, sagte er, setzte sich dicht neben sie auf das Sofa und nahm den ersten Brief vom Stapel. Sie sah zu, wie er ihn öffnete und stirnrunzelnd auf die schwer zu entziffernde Handschrift hinunterblickte.

Schließlich las sie Greg den Brief vor, und er lauschte aufmerksam und tippte mit dem Finger seitlich auf den Tisch. »Verstehe«, meinte er ein wenig kryptisch. »Und was ist mit dem hier?«

Der nächste, den er aussuchte, war so eindeutig ein Liebesbrief, dass es Briony in Verlegenheit stürzte, ihn diesem Mann, der so eng bei ihr saß, laut vorzulesen. Rasch brachte sie es hinter sich und faltete ihn wieder zusammen. »Es sind mehrere von dieser Art«, erklärte sie ihm.

»Dieser Paul konnte wirklich gut mit Worten umgehen«, meinte Greg in einem weichen Ton, der bei ihr ein ungutes Gefühl hervorrief, und sie spürte, wie sie auf dem Sofa von ihm abrückte. Inzwischen wünschte sie, sie wäre nicht hergekommen.

Greg lächelte, und seine Augen blitzten. »Bis jetzt nichts über meinen Großvater.«

»Er wird später in einigen der Briefe aus Ägypten erwähnt, aber ich habe noch ein paar zu lesen. Gestern Abend musste ich aufhören, weil ich für die Arbeit zu tun hatte.« Warum war sie so nervös?

»Was steht darin?« Dieses Mal klang er barscher.

Mit einem Mal wollte sie unbedingt nach Hause. Sie klappte das Kästchen zu und stand auf.

»Bitte, Briony. Ich mache dir einen Vorschlag. Vielleicht

kann ich die Briefe hierbehalten, morgen früh meine Sekretärin bitten, sie zu fotokopieren, und sie dir dann per Kurier zurückschicken?«

»Nein, das möchte ich nicht«, flüsterte sie.

Er erhob sich ebenfalls. »Warum nicht? Du kannst sie mir doch anvertrauen, oder?« Er schaute so flehentlich drein, aber sie hätte nicht sagen können, was sie beunruhigte.

»Ich lese sie zu Ende und tippe sie dann ab. So bin ich auch bei Sarahs Briefen vorgegangen.«

»Ach ja, Luke hat mir die Abschrift geschickt.«

»Hat er?« Sie ärgerte sich über Luke, aber andererseits hatte er das nicht wissen können.

»Ja, im Hinblick auf den Garten natürlich. Die Briefe waren äußerst interessant. Über den guten Ivor steht nicht viel darin, aber an einer Stelle schreibt Sarah an Paul, dass mein Großvater wohl etwas für sie übrighat. Also hast du recht.«

»Sie schreibt mehrmals davon.«

»Das hatte mein Dad auch vermutet.«

»Vielleicht sollte ich mich irgendwann mit deinem Vater treffen und mich mit ihm austauschen.«

»Ich glaube, in seiner aktuellen Gemütsverfassung würde er das nicht wollen.« Wieder diese flüsternde innere Stimme, die sie vor einer Gefahr warnte.

Briony nahm die Zigarrenkiste und streifte das Gummiband darüber. »Wenn das so ist, müssen wir miteinander reden, sobald ich die Abschrift habe. Ich bin mir sicher, dass ich ihn beruhigen kann. Schließlich ist es kein Verbrechen, wenn zwei Männer eine Abneigung gegeneinander hegen oder sich nicht vertrauen.«

»Nein, da hast du ganz recht. Ich kann mir auch nicht vorstellen, warum er sich so in die Sache hineinsteigert.«

Sie zog ihre Tasche zu sich heran und steckte das Kästchen hinein, dann stand sie auf und wandte sich ihm zu. »Mach dir keine Gedanken, Greg. Ich versuche nicht, jemanden unglücklich zu machen, sondern nur, etwas über meine eigene Familie herauszufinden.«

»Und wenn du etwas ausgräbst, das besser vergessen geblieben wäre, Briony? Hast du einmal darüber nachgedacht?« Obwohl er lächelte, spürte sie den Ernst hinter seinen Worten.

»Was meinst du?«

Greg schüttelte nur den Kopf. »Soll ich dir ein Taxi rufen?«

»Ich kann mit der U-Bahn fahren«, beharrte sie.

Er ging vor in die Diele und blieb dann stehen. »Ich habe dir den Rest des Hauses noch nicht gezeigt, oder? Lass deine Tasche hier stehen, und ich führe dich schnell herum.«

Es erschien ihr unhöflich, das abzulehnen, und sie folgte ihm zuerst in eine schön ausgeleuchtete moderne Küche, wo sein Abendessen abkühlte, dann über eine Treppe, die mit weichem Teppichboden ausgelegt war, nach oben, wo sie kurz in mehrere opulent eingerichtete Räume sahen. Das Haus war schön, ließ sie aber kalt. Es war ein Ort, an dem er logierte, wie ein Hotel. Alles war neu und blitzsauber, doch als sie einen Blick hinter die offene Tür eines begehbaren Kleiderschranks warf, hingen dort nur zwei Hemden. Sie benutzte das Bad und betrachtete entzückt die weichen, flauschigen Handtücher, die perfekt gefaltet waren, doch es kam ihr wie eine Sünde vor, sich die Hände an einem davon abzutrocknen.

Als sie schließlich ihre Tasche nahm, um zu gehen, zog er sie an sich und küsste sie auf den Mund. Ihre Haut prickelte, Wärme durchschoss sie, und es fiel ihr schwer, ihn behutsam wegzuschieben. Sein Angebot, sie noch zur U-Bahn-Station zu bringen, lehnte sie ab, brach allein in den kühlen Abend auf und wickelte sich ihren Schal fest um den Hals.

Während sie durch die frische Abendluft ging und das Laub unter ihren Schritten knisterte, dachte sie, dass sie froh war, auf Distanz zu Greg gegangen zu sein. Sie konnte sich keinen Reim auf ihn machen. Er hatte eine faszinierende, charismatische Seite, doch gleichzeitig wurde sie aus ihm nicht schlau. Behandelte er alle Frauen wie sie, oder bestand da eine echte, einzigartige Chemie zwischen ihnen? Sie meinte, immer noch sein Eau de Cologne zu riechen, ging noch schneller und versuchte, ihre Verwirrung abzuschütteln. Stattdessen richtete sie ihre Aufmerksamkeit darauf, die Ereignisse des Abends durchzugehen. Sein Interesse an den Briefen beunruhigte sie. Ihr fiel wieder ein, dass Luke ihm die Abschrift von Sarahs Briefen an Paul gezeigt hatte. Ihr schnürte sich der Hals zu, denn das fühlte sich wie Verrat an. Allerdings war sie selbst schuld, weil sie Luke nichts von ihren Vorbehalten gegen Greg gesagt hatte.

Wenigstens habe ich Greg heute Abend die Briefe nicht überlassen, dachte sie, als sie die U-Bahnstation betrat und durch die Ticketschranke ging. Auf der Treppe, die zu dem hell beleuchteten Bahnsteig führte, kam ihr aus den Tunneln warme Luft entgegen. Als sie sicher auf einem Platz in dem gut gefüllten Waggon saß, schloss sie die Hände um das Kästchen in ihrer Tasche. Ja, sie hatte die Briefe noch.

Es war schon nach neun, als sie die Wohnungstür hinter sich schloss. In der Küche packte sie Milch, Brot und eine Plastikschale mit Sushi aus, die sie unterwegs gekauft hatte, und ging dann in die Hocke, um einen Artikel aus ihrer Tasche zu ziehen, den sie sich ausgedruckt hatte und beim Essen am Tisch lesen wollte. Er war nicht zu finden, aber als sie die Zigarrenkiste herausnahm, um besser suchen zu können, fühlte sie sich so leicht an, dass sie sofort wusste, dass etwas nicht stimmte. Sie streifte das Gummiband ab und schlug den Deckel auf. Das Kästchen war leer.

Vor Schreck setzte sie sich auf den Boden, wo sie mit offenem Mund kauerte und versuchte, ihre Gedanken zu ordnen. Greg. Dieser Bastard! Das ganze schöne Gerede und der Rundgang durch seine Zweitwohnung, und dann musste er eine Gelegenheit genutzt haben – wahrscheinlich, während sie im Bad war –, um die Briefe an sich zu nehmen. Sie hätte nie gedacht, dass er so tief sinken könnte. Sie wusste, dass es nichts nützen würde, doch sie leerte die Tasche hastig, aber die Briefe befanden sich nicht darin.

Als sie ihr Telefon aus der Jackentasche fischte, zitterten ihre Hände so stark, dass sie zwei Anläufe brauchte, um seine Nummer zu finden, aber schließlich konnte sie auf seine Mailbox sprechen. »Nie hätte ich gedacht, dass du so etwas Abscheuliches tun würdest. Ich hatte recht, dir nicht zu trauen. Ich erwarte, dass du die Briefe morgen früh zurückgibst, sonst schalte ich die Polizei ein.«

Sie schmeckte ihr Essen kaum, so wütend und niedergeschlagen war sie. Als sie das Telefon zur Hand nahm, erwiderte der Bildschirm ihren Blick leer und schweigend. Es kostete sie eine Menge Willenskraft, Luke eine Textnachricht zu schreiben, ihm zu berichten, was passiert war, und ihn davor zu warnen, Greg weitere Informationen über Sarah und Paul zu geben.

Dann goss sie sich einen Pfefferminztee auf, saß mit der Tasse in der Hand da und dachte nach. Der frische Duft wirkte tröstlich auf sie. Immer wieder ließ sie das Geschehene vor sich ablaufen. Was war Greg so wichtig, dass er diese Briefe unbedingt haben wollte? Sein Großvater kam darin nicht gut weg, er wirkte arrogant und mit modernen Augen betrachtet vielleicht sogar scheinheilig und falsch. Aber Sarah hatte ihn in ihren Briefen auch voller Zuneigung dargestellt. Sie hatte noch nicht alle gelesen, die von Paul stammten – ein Stapel Korrekturen hatte sie unterbrochen –, und bei diesem Gedanken durchfuhr sie ein kummervolles Gefühl. Greg würde sie als Erster zu lesen bekommen. Es fühlte sich wie ein Übergriff an. Ihr Zorn trieb sie dazu, nach dem Telefon zu greifen, um ihn noch einmal anzurufen, doch er ging immer noch nicht ran. In zunehmender Aufregung lief sie wie ein Tier im Käfig in der Wohnung auf und ab, aber außer ins Auto zu springen und zu Greg zurückzurasen, fiel ihr nichts ein. Vor ihrem inneren Auge sah sie sich selbst, wie sie schreiend an seine Tür schlug und die Nachbarn weckte. Bei dem Gedanken wurde ihr heiß und kalt vor Verlegenheit.

Briony sackte vor ihrem Schreibtisch zusammen, um ihre E-Mails nachzusehen, und nahm für alle Fälle ihr Telefon mit. Sie erinnerte sich, wie sie gestern Abend hier gesessen und diese verdammten Essays gelesen hatte. Auch die Zigarrenschachtel hatte hier gestanden, weil sie vorher in Pauls Briefen gelesen hatte. Dort lagen die Bücher, die sie aus ihrer Tasche geräumt hatte, bevor sie zur Arbeit gefahren war. Dann hatte sie sich das Kästchen geschnappt, es mit dem Gummiband gesichert und in die Tasche gesteckt, um es Greg zu zeigen. Ihr Blick fiel auf etwas – eine kleine Ecke festen Papiers, das unter dem Bücherstapel hervorschaute. Es weckte sofort ihr Interesse. Sie schob die Bücher beiseite, und das Papier erwies sich als Umschlag mit den schwarzen geschwungenen Buchstaben einer vertrauten Handschrift. Zu ihrer Freude erblickte sie ein kleines, willkürlich zusammengeschobenes Häuflein alter Briefe. Pauls Briefe. Sie musste die, die sie noch nicht gelesen hatte, dort hingelegt haben. Begierig griff sie nach dem halben Dutzend Briefe.

»Danke!«, flüsterte sie, an jeden gerichtet, der ihr eventuell zuhörte, Pauls Geist vielleicht oder den von Sarah, und lächelte im Dunkeln. Diesen Gedanken fand sie bezaubernd. Sie knipste die Schreibtischlampe an und öffnete den ersten Brief. Rasch vertiefte sie sich in die Zeilen, und beim Lesen weiteten sich ihre Augen.

35

Sizilien, Juli 1943

*M*eine allerliebste Sarah, es tut mir leid, dass ich so lange nicht schreiben konnte ... In dem heißen, engen Inneren des Landungsboots, das vom Wind umhergeworfen wurde und von den rund um sie explodierenden Granaten vibrierte, kämpften in Paul Angst und Übelkeit um die Vorherrschaft. Der Gestank von Leder, Kordit und altem Schweiß war überwältigend. In der fast vollständigen Dunkelheit rieb neben ihm ein junger Bursche eine Medaille und murmelte immer wieder »O Gott, o Jesus«, bis eine barsche Stimme ihm befahl: »Halt's Maul!«

Der Boden des Bootes setzte auf, kratzte über Sand, und sie kamen mit einem plötzlichen Ruck zum Halten, der die Männer nach vorn warf. Während sie sich schimpfend aufrichteten, kreischte Metall über Metall, die Luke wurde herabgesenkt, und Paul zog gierig frische Luft ein. Ein verzerrtes Gesicht, das wie ein Wasserspeier wirkte, sah grinsend hinein. »Raus mit euch, Jungs!«, brüllte der Mann.

Pauls Finger waren so schweißnass vor Angst, dass sie von seinem Gewehr abrutschten, als er aufstand. Es war so weit.

Er keuchte auf, als er in das eiskalte Salzwasser trat, das ihm bis zu den Oberschenkeln reichte. Gerade rechtzeitig fiel ihm ein, das Gewehr hochzuhalten, während er mit den anderen auf einen breiten Strand zurannte. Mondschein und Sternenhimmel, und dann blitzte es am stillen Himmel weiß auf, und ein gewaltiges Grollen in der Ferne ließ den Boden erbeben. Schüsse krachten, und der Mann vor ihm sackte in den nassen Sand, wo sich ein dunkler Fleck um ihn ausbreitete wie ein Heiligenschein.

»Lassen Sie ihn, Hartmann. Den Strand hinauf«, blaffte der Sergeant ihn von hinten an, und Paul taumelte weiter, stolperte über weggeworfene Tornister und Metallbrocken, und Druckwellen, die Sand mit sich brachten, schlugen ihm beißend ins Gesicht, während er halb blind auf die Reihe von Dünen vor sich zuhielt.

Wabernder schwarzer Rauch und Feuerblitze. Ein dumpfes Krachen, ein ohrenzerreißender Knall, und dann wälzte sich eine Wand aus heißer Luft auf ihn zu und warf ihn um. Einen kurzen Moment lang starrte er zu den gleichgültigen Sternen hinauf und fragte sich, ob das jetzt das Ende war, doch dann spürte er, wie eine fleischige Hand ihn am Kragen packt und auf die Knie zerrte. »Im Dienst wird nicht geschlafen!«, brüllte ihm der Sergeant ins Ohr, und wieder torkelte er weiter, obwohl jeder Instinkt, den er besaß, schreiend von ihm verlangte, er solle zurückgehen. Er schwankte, warf über die Schulter einen Blick zu dem korpulenten Mann, der sie vorwärtstrieb, und sah ein verblüffendes Panorama vor sich: die gewaltigen dunklen Umrisse von Schiffen auf dem pechschwarzen Meer – der Schiffe, die ihn hergebracht hatten und deren Geschütze jetzt Feuer spuckten und über seinen Kopf hinweg einen Feind, den er noch nicht gesehen hatte, mit Geschossen eindeckten. Über der ganzen Szene trieb ein silbriger Sperrballon dahin, ein eigenartiger, aber ruhiger und majestätischer Anblick. Er schenkte ihm den Mut weiterzumachen.

Bald kämpfte er sich durch weichen, kalten Sand und fürchtete bei jedem Schritt, auf eine vergrabene Mine oder eine Stacheldrahtschlinge zu stoßen, doch die Pioniere schienen ihre Arbeit getan zu haben. Er passierte das kreuzförmige Wrack eines Kampffliegers – eines ihrer eigenen, sah er und fragte sich kurz, was aus der Besatzung geworden sein mochte. Vor ihm ertönte ein neues Geräusch: das mechanische Rattern von Maschinengewehren, deren Kugeln in der Dunkelheit Funken schlugen, und dann wurden sie auf dem Kamm einer Düne grollend von einem Panzer überholt, der weiter landeinwärts rollte, während sein Turm Kugeln spie. Sie folgten ihm auf dem festgefahrenen Sand, bis sie einen Stützpunkt erreichten, den die Voraustrupps errichtet hatten.

Plötzlich war Paul klar, wie nah der Feind war. Auf der anderen Seite einer Senke in den Dünen lag auf einem kleinen Hügel ein Betonbunker. Hier und da auf dem Hügelkamm konnte er gebräunte Gesichter unter runden Helmen erkennen, und er hörte die Italiener bestürzt aufschreien, als der Panzer den Anstieg hinaufrollte und sein tödliches Werk verrichtete. Paul fuhr angesichts einer Explosion zurück, hob sein Gewehr, zielte auf eins der Gesichter und drückte ab. Es verschwand, doch ein anderes nahm seinen Platz ein. Das Feuer wurde erwidert, und Kugeln peitschten Sand auf, der ihm ins Gesicht flog. Paul duckte sich, streckte eine Hand aus, um sich abzustützen, und stieß auf einen Arm. Wer immer das sein mochte, war tot, und im Licht eines Leuchtgeschosses erkannte er das Gesicht des Mannes. »Blackie!«, keuchte er. Der sanfte, gleichmütige Mann, an dessen Seite er in Ägypten und Tunesien gekämpft hatte. Gefallen durch eine Kugel zwischen die Augen. Paul schmeckte Galle. Blackie hatte zu Hause Frau und zwei Kinder. Der Gedanke ließ heißen Zorn in ihm aufsteigen. Er richtete sich ein Stück auf, feuerte wahllos auf die feindliche Düne und unterbrach sich dann, als ihm klar wurde, dass die anderen nicht zurückschossen. Stattdessen ragte über ihrer Stellung zum Zeichen, dass sie sich ergaben, ein Stock in die Höhe, an dem ein weißer Lumpen flatterte.

»Feuer einstellen!«, schrie jemand, und an ihrem Strandabschnitt wurde es still. Ein Dutzend verängstigter Italiener tauchte mit erhobenen Händen auf dem Kamm der Düne auf und stolperte in die Senke hinunter. Paul sah, dass Harry sie zuerst erreichte, und gehorchte, als er ihn zu sich winkte. Ein Teil des Zuges wurde in den feindlichen Schützengraben geschickt, um weggeworfene Waffen einzusammeln. Pauls Aufgabe war es, den Gefangenen die Handgelenke zu fesseln. Ihre Mischung aus Erleichterung und Verlegenheit verblüffte ihn, genau wie der unangenehm grobe Stoff ihrer Uniformen, als er sie nach Granaten durchsuchte. Dann befahl Harry zwei Corporals, die Gefangenen zum Strand zurückzuführen, wo sie auf ein Schiff gebracht werden würden. Überall in der Dünenlandschaft spielten sich ähnliche Szenen ab. »Ein Hoch auf König George!«, hörte er einen Italiener rufen, und die Kameraden des Mannes spendeten ihm schwachen Beifall.

»Feiglinge!«, zischte der Sergeant.

»Warum wollen sie nicht kämpfen?«, wollte Paul von Harry wissen, doch Harry schüttelte den Kopf. Als Paul allmählich Erleichterung verspürte, hörte er Major Goodall schreien: »Glaubt bloß keinen Moment, das wären jetzt alle gewesen.«

Weiter drangen sie im Zickzack zwischen Dünen und Hügeln vor und setzten Leuchtfackeln ein, um ihren Weg zu finden, bis sie den sandigen Grund hinter sich ließen und ein mit Büschen bewachsenes Hinterland erreichten. Vor ihnen waren Bäume und die ungleichmäßigen schwarzen Umrisse von landwirtschaftlichen Gebäuden zu erahnen.

Ein Hain aus knorrigen Olivenbäumen, dann Reihen von Weinreben, an denen zwischen den raschelnden Blättern Trauben schimmerten, der Gestank von Mist, und dann spürte Paul unter seiner Hand grobe Mauersteine. Das gedämpfte Kläffen eines Hundes erklang. Als sie das Gehöft überquerten, hörten sie eine Tür über den Boden schaben, und eine barsche Stimme rief ihnen herausfordernd zu. In der Ferne erhellte eine Explosion den Himmel und ließ kurz die stämmige Gestalt eines gebeugten alten

Mannes erkennen, der eine Flinte schwang. Ein Knall, die Flinte fiel klappernd zu Boden, und der Alte schwankte und sank dann, die Hände vor das Gesicht gepresst, an der Wand seines Hauses nieder. Ivor trat vor und ließ die rauchende Pistole sinken, und Paul fiel etwas ein, das er einmal von ihm gehört hatte: »Zuerst schießen, dann denken. Zumindest bleibt man so am Leben.« Ivor stieß den Bauern mit dem Stiefel an, aber der Mann war tot. Der Hund, der irgendwo in der Nähe eingesperrt war, kläffte wütend weiter.

Ivor und Harry winkten Paul heran. Er folgte der Aufforderung, stieg hinter ihnen über die Leiche hinweg und glitt ins Haus. Im Licht von Harrys Feuerzeug überprüften sie die wenigen einfachen Räume, doch statt feindlicher Soldaten fanden sie nur die Frau des Alten vor, die sich auf ihrem Ehebett zusammengekauert hatte. Als sie die Männer erblickte, wusste sie sofort, dass ihr Mann tot war, und sie weinte und überhäufte sie mit einer Flut an Verwünschungen.

»Fesselt sie«, befahl Ivor barsch, überlegte es sich aber anders, als Harry ihm einen ungläubigen Blick zuwarf. »Schön, dann lasst sie in Ruhe. Sie hat keine Möglichkeit, Hilfe zu holen.« Sie verließen das Haus und schlossen sich einer Gruppe an, die die Außengebäude durchsuchte. Kein Vieh. Als sie das Scheunentor öffneten, versperrte ihnen ein Schäferhund verzweifelt den Weg, bis Ivor ihn erschoss, aber er schien nur einen räudigen Esel und einen klapprigen, bemalten Karren bewacht zu haben.

Als sie weiterzogen, sank der Mond am Himmel immer tiefer. Sie folgten mehreren Panzern, die eine Spur in ein Feld mit zarten Pflanzen pflügten. Paul wusste, sie würden sich bald gen Osten wenden müssen, denn ihre Mission bestand darin, den Hafen zu sichern. Die italienische Verteidigung war schwach gewesen, aber alle fragten sich jetzt, wo die Deutschen blieben. Er vermutete, dass es nicht lange dauern würde, bis sie es herausfanden.

Während sie durch die sich langsam zu Grau aufhellende Finsternis stapften, konnten sie in der Ferne die gewaltige Masse des Ätna spüren, dessen Gipfel sich höher erhob, als die meisten von ihnen für möglich hielten, und der die Sterne verdeckte. Ein vertrauter, herb-würziger Duft stieg um sie herum auf. Blitzartig stand Paul ein Bild des ummauerten Gartens vor Augen, und er meinte, Sarah zu spüren und in Sicherheit zu sein. Nach einer kurzen Weile wurde ihm klar, was das hervorgerufen hatte – der holzige Geruch von Thymian.

»Runter.« Durch die heiße, dichte Luft drang Harrys Stimme zu ihm.

Paul sank lautlos in die Hocke und spähte zwischen schimmernden Weinblättern in die silbrige Dunkelheit hinein. Da! War das ein Mann oder ein Schatten? Er legte das Gewehr an, doch wenn er schoss, würde er ihre Position verraten. Er musste sich sicher sein. Die Blätter seufzten in einem warmen Windhauch und kamen dann zur Ruhe. Niemand.

Er sah zu, wie Harry in den Schutz eines Steinhaufens huschte, daher richtete er sich auf und folgte ihm zusammen mit den anderen. Aus seiner sicheren Deckung konnte er die niedrige Mauer um den Hof einer Farm erkennen, und da! War das eine Bewegung auf der anderen Seite gewesen, ein Aufschimmern von Metall? Er tastete nach dem Fach an seinem Tornister, und seine Hand schloss sich um eine Granate. Auf ein Zeichen von Harry riss er den Splint mit den Zähnen heraus, schleuderte das Geschoss in einem weiten Bogen davon, duckte sich und hielt die Luft an. Er betete nur, nicht den Bauern zu treffen, der zum Pinkeln nach draußen gekommen war.

Die Explosion machte ihn einen Moment taub, und die Druckwelle ließ den Boden beben. Dann hörten sie Schreie und die Stimme eines Jungen, der nach seiner Mutter rief. Schließlich erwachte das Maschinengewehr der Deutschen zum Leben, und ein Feuerball tauchte den Weinberg abrupt in einen albtraumhaften, grellen Schein. Als er sich erhob, um die nächste Granate zu werfen, sah er, dass es mindestens ein Dutzend von ihnen waren. Noch ein Krachen und ein Lichtblitz, dann verstummte das Maschinengewehr jäh. Stattdessen setzte irgendwo hinten rechts von ihnen ihr eigenes Feuer ein. Auf dem Bauernhof kam panisches Geschrei auf, dann war ein wiederholter Befehl zu hören. Er warf Harry einen Blick zu, damit er ihm Anweisungen gab. Doch dieser saß an den Felsen gelehnt da und umklammerte mit einer Hand sein Kinn.

»Sind Sie verletzt?«

Harry gab keine Antwort und schien ihn nicht zu hören.

Paul zog seine Hand weg und rechnete mit dem Schlimmsten, doch darunter befand sich keine blutige Wunde, und Harry sah nur verblüfft zu ihm auf.

»Alles in Ordnung bei Ihnen, Sir?«

Mit einem Ruck kam Harry wieder zu sich. »Natürlich«, sagte er und erhob sich taumelnd.

»Sollen wir ihnen jetzt nachsetzen? Sie ziehen sich zurück. Ich habe gehört, wie jemand den Befehl gegeben hat.«

»Ja, sofort. Auf sie, Jungs.« Der Zug setzte sich schnell in Bewegung und schoss in die Dunkelheit hinein, doch als ihr Feuer nicht erwidert wurde, kletterten sie einer nach dem anderen über die Mauer. Ein grausiger Anblick bot sich ihnen: ein Chaos aus Leichen und verbogenem Metall, alles illuminiert von einem brennenden Strohballen, den ein dicker Bauer mit einem mächtigen Schnurrbart tapfer zu löschen versuchte. Als er die britischen Soldaten erblickte, ließ er seinen Eimer fallen und hob die Hände. Die Soldaten ignorierten ihn. Die meisten stürmten weiter, um dem Gegner nachzusetzen, doch andere blieben stehen, um Waffen einzusammeln. Paul blieb zurück, um mit einem kräftigen Deutschen zu reden, der stöhnend am Boden lag. Unterhalb des Knies bestand sein Bein nur noch aus einer zerschmetterten Blut- und Knochenmasse.

»Unsere Ärzte sind unterwegs. Sie werden Ihnen helfen.« Er sprach den Mann in seiner eigenen Sprache an.

»Deutscher?«, knurrte der Mann und verzog angewidert das Gesicht. »Sie sind Deutscher?«, und als Paul keine Antwort gab, holte er mühsam Luft und spuckte ihn an.

»Ja, und Ihre Leute sind davongelaufen und haben Sie zurückgelassen«, gab Paul zurück und wischte sich den Speichel vom Gesicht. Wütend starrte der Mann ihn an. So etwas passierte nicht zum ersten Mal, und er konnte sich der Scham, die in ihm aufstieg, nie erwehren. Trotzdem ging er diesen Situationen nicht aus dem Weg, denn seit er in Ägypten zum ersten Mal einen verwundeten Deutschen gerettet hatte, hatte er das Gefühl, wenigstens etwas tun zu können. Rational gesehen war es natürlich unsinnig, wenn man zuerst versuchte, einen Mann umzubringen, und ihm dann Trost spendete, aber sie waren immer noch seine Landsleute, und er hatte das Gefühl, ihnen etwas schuldig zu sein.

»Hartmann!« Ivors warnende Stimme. Paul fuhr herum und sah, dass der verwundete Deutsche eine Pistole aus der Hand eines toten Offiziers löste, der, alle viere von sich gestreckt, in der Nähe lag.

»Für Hamburg!«, brüllte der Mann. Ein Schuss, ein Schrei und dann schlitterte die Pistole über den steinigen Boden. Paul starrte zuerst Ivors rauchende Pistole an und dann den Deutschen, der die Überreste seiner Hand am Körper barg. Widerstreitende Gedanken überschlugen sich in Pauls Kopf. Ein Feind hatte ihn vor einem anderen gerettet, aber der verletzte Deutsche besaß jetzt nur noch blutige Stummel anstelle von Fingern. Übelkeit stieg in ihm auf.

Er nickte Ivor dankend zu, ging dann in die Hocke und holte die kostbare Spritze aus seinem Tornister. »Ein Arzt wird Ihnen helfen«, sagte er noch einmal, stach die Nadel in den Oberschenkel des Mannes und sah zu, wie der Schmerz aus seiner erschöpften Miene wich. Er war schon älter, sah Paul voller Mitgefühl, und im Zivilleben wahrscheinlich einfacher Arbeiter. Selbst wenn er überlebte, was für ein Leben hätte er dann noch vor sich, wenn er sein Bein und vielleicht auch seine Hand verlor?

»Verschwinden wir von hier«, murmelte Ivor und stieg über die Leichen hinweg, und sie folgten dem Rest ihrer Kompanie.

Der Mond war untergegangen, und sie schlugen ihr Nachtlager hinter einer schützenden Reihe von Pappeln in kalter Dunkelheit auf. Während Paul auf den Schlaf wartete, lauschte er dem Wispern der Blätter. Im Lauf der letzten zwei Wochen hatte er sich so aufgerieben, dass er normalerweise augenblicklich einschlummerte, aber heute Nacht riss ihn jedes Mal, wenn seine Lider sich schlossen, ein Gedanke oder ein eingebildetes Geräusch wieder ins Bewusstsein zurück. Ihnen war keine Atempause vergönnt gewesen. Nachdem sie die erste italienische Verteidigungslinie überwunden hatten, waren sie in der brennenden Julisonne über die staubige Küstenautobahn nach Osten marschiert. Nach einem heftigen Kampf, bei dem die Verstärkung mit Fallschirmen abgesprungen und durch törichte Planungsfehler massakriert worden war, hatten sie die Brücke am Hafen von Syrakus eingenommen – eine schreckliche Erinnerung, die alle noch immer erzürnte.

Die Einnahme von Syrakus selbst verlief einfacher. Es hatte sie erstaunt, wie bereitwillig Tausende italienische Soldaten sich ergeben hatten. Viele von ihnen hatten sich fröhlich singend auf Schiffe führen lassen, offensichtlich in dem Glauben, damit ihrer Probleme ledig zu sein. Doch Paul wünschte sich nicht, zu ihnen zu gehören, dazu hatte er zu viel zu tun. Stattdessen schrieb er an Sarah und schilderte ihr die exotische Umgebung: die Karren mit den großen Rädern, die mit den Gesichtern von Filmstars oder Heiligenbildern bemalt waren, oder, wie er mitgeholfen hatte, die Plakate und Fahnen mit faschistischen Slogans herunterzureißen, mit denen die öffentlichen Gebäude der Stadt übersät gewesen waren.

Dann waren sie in ihren verdreckten Uniformen weiter nach Augusta marschiert. Sie schwitzten so stark, dass ihre Füße in den Stiefeln herumrutschten. Manchmal hielten sie an, um sich mit Trauben zu erfrischen, die in den Weingärten an der Straße wuchsen, oder um Zigaretten gegen Orangen einzutauschen, während bunte Vögel und Schmetterlinge unter dem brütend heißen kobaltblauen Himmel dahinschossen.

Augusta mit ihren weiß getünchten Häusern und hübschen Ziegeldächern kapitulierte schnell, und dann lag auch diese Stadt hinter ihnen. Doch zwischen dem weiten, dreieckigen Areal um den Ätna und die Küste gerieten sie in Schwierigkeiten. Die Ebene verengte sich zu einem schmalen Uferstreifen, und dort erwartete sie schließlich eine deutsche Division. Bald gewöhnte sich Paul an den Anblick der verwüsteten, mit toten Soldaten übersäten Landschaft und der verkohlten Überreste von Kampfflugzeugen und wurde Experte darin, sich mit einem Hechtsprung vor heranrasenden Granaten in Sicherheit zu bringen.

Während ihr Vormarsch sich verlangsamte, erreichte sie die entscheidende Nachricht: In seiner Frustration teilte General Montgomery seine Armee auf. Die Hälfte sollte landeinwärts marschieren, um eine Route rund um den Vulkan zu öffnen. Es fühlte sich wie ein großer Verlust an, sie ziehen zu sehen, doch jeder wusste, dass es ein Rennen gegen die Zeit war, Messina an der Ostspitze Siziliens zu erreichen und den Deutschen den Rückzug auf das italienische Festland abzuschneiden. Jetzt zog Pauls Kompanie zusammen mit den Tausenden verbliebenen Soldaten der 8. Armee weiter den Küstenstreifen entlang und versuchte, die Deutschen zurückzudrängen. Das Terrain war gnadenlos und mit steinernen Bauernhäusern, Bewässerungskanälen und Verstecken übersät, wo die Panzerabwehrgeschütze des Feindes lauern und verheerende Schäden anrichten konnten. Sie mussten um jeden Meter und jeden Zentimeter kämpfen, und ihre Verluste waren riesig.

Trotz ihrer Tapferkeit, ihrer aufgesetzten Großspurigkeit und ihres finsteren Galgenhumors fiel Paul auf, wie die Anspannung des Krieges sie alle aushöhlte und ihnen alles Weiche, Heitere nahm. Selbst die Jüngsten unter ihnen wirkten jetzt um Jahre gealtert. Das lag nicht nur an dem Dreck, der sich in die Linien ihrer sonnenverbrannten Gesichter grub, den Kriegsnarben, die ihre Haut überzogen und rau machten, oder der lastenden Erschöpfung, es war der Verlust der Unschuld, der sich in ihrem harten Blick zeigte. Sie hatten Gräuel gesehen, die sie sich bei der Lektüre der Comics ihrer Kindheit und den in ihnen beschriebenen Heldentaten nicht hatten vorstellen können. Sie hatten erlebt, wie gute Freunde wahllos von Granatsplittern niedergemäht wurden, oder durch leichtsinnig abgegebene Schüsse ihrer eigenen Seite. Sie hatten die Leichen kleiner Kinder gesehen und den Blick abwenden und weiterziehen müssen. Hinter alldem konnten sie keinen Sinn erkennen, es war einfach Pech.

Paul rang noch mit etwas anderem – dem, was der verwundete deutsche Arbeiter über Hamburg geschrien hatte. Paul hatte den Major gebeten, für ihn herauszufinden, was das bedeutete. Er hatte versucht, den Vorfall hinter sich zu lassen, doch manchmal traten der Zorn und die Verachtung auf dem Gesicht des Deutschen vor sein inneres Auge. Jetzt wurde ihm klar, warum er sich diesen Begegnungen nicht entzogen und sogar ein gewisses Maß an Mitgefühl für die Männer aufgebracht hatte. Er hatte das Gefühl, ihre Verachtung verdient zu haben, aber nicht wegen seiner Herkunft. Alles, was er in diesem Krieg gesehen hatte und hatte tun müssen, hatte ihn beschmutzt und besudelt. Gut, er war gnädig gewesen und hatte den Schmerz des Mannes gelindert, doch dann hatte er ihn zurückgelassen und die Leichen der anderen auf diesem Bauernhof kaum bemerkt – die der Männer und Jungen, die nie wieder nach Hause kommen würden.

Am nächsten Tag hatte Major Goodall ihm Bescheid gegeben: Die Royal Air Force hatte Hamburg so massiv und brutal bombardiert, dass Pauls Heimatstadt praktisch dem Erdboden gleichgemacht war. »Unsere Rache für Coventry«, hatte der Major mit grimmiger Miene erklärt. »Jedenfalls sollten wir es so betrachten. Bedaure, mein Alter, aber so ist das nun einmal.«

36

Am Vormittag ließ Briony die Tür ihres Büros angelehnt, um den Studenten zu bedeuten, dass sie anwesend war und Zeit hatte, sie zu empfangen. Aber das Schlurfen und Kichern, das von draußen hereindrang, klang nicht nach nervösen Studienanfängern, die gekommen waren, um über ihre Essays zu sprechen. Es klopfte, und Briony sah verblüfft zu, wie die Tür weit aufgeschoben wurde und ein enormes Blumenarrangement in Rosa, Blau und Weiß unter einem Knistern von Zellophan ins Zimmer segelte. Les von der Poststelle trug den riesigen Strauß, und hinter ihm kam Debbie, die breit grinsend ein Päckchen brachte, das über und über mit Eilzustellungsaufklebern zugepflastert war.

»Verdammt!«, war alles, was Briony herausbringen konnte.

»Wo soll ich sie hinstellen?«, ächzte Les. »Auf den Schreibtisch?«

Briony suchte nach dem Briefumschlag des Floristen, den sie zwischen einigen Rosen an einem Metallspieß entdeckte, und las die Karte, die darin steckte. Dann warf sie sie in den Müll.

»Bringen Sie das weg«, befahl sie Les in ihrem harschesten Ton, doch sie streckte Debbie die Hand entgegen, um das Päckchen entgegenzunehmen.

»Sie machen Witze, oder?« Les' kurz geschorenes Haupt tauchte über ein paar Lilien auf. Ungläubig riss er die Augen so weit auf, dass sie schwarz wirkten, und hörte vor lauter Verblüffung sogar mit seinem ewigen Kaugummikauen auf.

»Tut mir leid, ich will sie nicht. Schenken Sie sie jemand anderem, Les. Werfen Sie sie weg. Ist mir egal.«

»Wirklich?« Les' Augen leuchteten auf, als er das Potenzial erkannte, und mit einiger Mühe verließ er mit seiner Beute im Rückwärtsgang den Raum.

»Ist alles in Ordnung?« Debbie wirkte besorgt.

»Prima, bestens«, gab Briony mit zusammengebissenen Zähnen zurück. »Ich bin bloß kein Freund des Absenders, nichts weiter.«

Debbies Augen weiteten sich. Sie zog sich zurück und schloss respektvoll die Tür hinter sich. Briony zögerte einen Moment, dann musterte sie den gepolsterten Umschlag, den sie in den Händen hielt, und riss ihn auf. Wie vermutet, enthielt er die Briefe, die Greg ihr gestern Abend gestohlen hatte. Rasch sah sie sie durch, kam zu dem Schluss, dass sie, soweit sie sehen konnte, vollständig waren, und faltete dann das dicke Blatt Papier auseinander, das sie begleitete.

Briony. Ich entschuldige mich eine Million Mal, aber hier sind sie wieder unversehrt zurück, wie versprochen. Ich freue mich darauf, die Fotokopien zu lesen, und melde mich wieder bei dir. Ich hoffe, du wirst mir verzeihen. Die Blumen sind nur ein kleines Zeichen meiner unermesslichen Scham.
Dein Freund Greg.

»*Scham. Freund*«, zischte sie und knüllte den Brief zu einer Kugel zusammen. Dann überlegte sie es sich anders, glättete ihn und schob ihn zu Pauls Briefen in den gepolsterten Umschlag für den Fall, dass sie ihn noch einmal als Beweis brauchen würde. Wenigstens hat er nicht die vollständige Sammlung kopiert, dachte sie zufrieden, während sie den Umschlag in ihre Tasche stopfte, um ihn mit nach Hause zu nehmen.

Sie warf einen Blick auf ihre Armbanduhr und stellte fest, dass es Zeit für den Termin war, den sie mit Gordon Platt abgemacht hatte. Eigentlich hatte sie sich davor gefürchtet, aber jetzt hatte Greg sie in Rage gebracht. Hocherhobenen Hauptes stürmte sie hinaus und bemerkte kaum, dass ein paar vorübergehende Kollegen und Studenten zurückwichen, als sie quer über den Gang zu Platts Büro marschierte. Dies war nicht das nervöse Wrack, das auf Twitter öffentlich hingerichtet worden war. Nein, das war eine Briony, die keiner von ihnen je zuvor gesehen hatte.

»Bedaure, Gordon, aber ich kann diese ehrenamtliche Aufgabe nicht übernehmen.«

Sie hatte Stellung vor ihm bezogen, und Platt, der lässig auf seinem Stuhl gesessen hatte, richtete sich jetzt gerade auf und wirkte leicht verdrossen. »Kommen Sie schon, Briony, wir müssen zusammenhalten. Überarbeitet sind wir alle. Jemand muss das schließlich übernehmen.«

»Ja, aber dieses Mal nicht ich. Das ist nicht fair. Angeblich habe ich einen Tag pro Woche für meine Forschung frei. Ich habe keine Ahnung, wann ich mir den zuletzt genommen habe. Dieses Semester habe ich an den meisten Wochenenden gearbeitet.«

»Sehr verbreitet. Ergeht mir ebenfalls so.«

»Ich will jetzt keine Namen nennen, aber mir fallen mehrere Mitarbeiter ein, die weniger ausgelastet sind und die Sie fragen könnten. Warum versuchen Sie es nicht bei ihnen?«

Platt hob die Hände. »Ich finde, wir sollten uns ein wenig beruhigen.«

»Ich versichere Ihnen, dass ich vollkommen ruhig bin.«

Er stand von seinem Stuhl auf, und sie sah, dass er seine Cordhosen heute in einem nüchternen Marineblau trug. Eine wichtige Sitzung, vermutete sie, während sie zusah, wie er im Raum auf und ab ging. Schließlich wandte er den Kopf, was ihn wie einen unheimlichen Papagei aussehen ließ. »Wenn das Ihre Antwort ist«, erklärte er in bockigem Tonfall, »dann finde ich schon jemand anderen, aber erwarten Sie dann nicht …« Er verstummte und wedelte mit einer Hand, um sie zu entlassen.

»Was soll ich dann nicht erwarten?«, wollte sie wissen und blieb genau dort stehen, wo sie war. »Ich versichere Ihnen, dass ich genauso hart arbeiten werde wie immer, und ich hoffe, dafür belohnt zu werden, wenn über meine Beförderung entschieden wird.«

»Ich würde nie etwas anderes behaupten«, gab er milde zurück, »aber ich bin nicht das einzige Mitglied des Beförderungsausschusses. Nun ja, genug geredet.« Mehr an sich selbst als an sie gerichtet, sprach er weiter: »Ich frage mich, ob Colin vielleicht noch Kapazitäten hat.«

Lächelnd verließ sie den Raum und schloss leise die Tür hinter sich. Colin Crawley, der letzte verbliebene Marxist des Fachbereichs, hatte ein Talent dafür, sich aus administrativen Verpflichtungen herauszuwinden. Wie der Kater Macavity aus *Cats* war er nie da, wenn man etwas von ihm wollte. Insgeheim wünschte Briony Platt viel Glück. Vor Triumph über ihren kleinen Sieg fühlte sie sich ganz schwindlig. Sie versuchte, den Gedanken zu verbannen, dass sie zwar diese Schlacht gewonnen hatte, aber die Staubwolken, die das Eintreffen der feindlichen Truppen signalisierten, schon am Horizont standen. Der Beförderungsausschuss tagte übernächste Woche.

37

Der Oktober 1943 ging langsam in den November über, und Paul konnte sich nicht erinnern, wann er zum letzten Mal in einem richtigen Bett gelegen hatte. Vor Italien, vor Sizilien? Nicht, seit sie Ägypten verlassen hatten, überschlug er, also seit über drei Monaten. An diesem speziellen Morgen hatte ihn dumpfes Geschützfeuer aus einem Schlaf gerissen, der ihn nicht erfrischt hatte. Er war zwar mit schmerzenden Gliedern und dem Gewehr in der Hand aus seinem Zelt gestolpert, doch dann war ihm klar geworden, dass das Geräusch weit entfernt und das Wecksignal noch nicht erklungen war, also war er wieder hineingegangen.

Erneut war Gewehrfeuer zu hören, dieses Mal dichter, und nun erklang der leise, blecherne Ton des Signalhorns. Stöhnend und fluchend tauchten die Männer aus ihren Zelten auf wie die Toten am Tag des Jüngsten Gerichts aus ihren Gräbern. Sie machten sich wieder mit ihren erschöpften Leibern bekannt, verlagerten steifbeinig ihr Gewicht und staunten sichtlich darüber, dass sie noch lebten und sich bewegen konnten. Einige humpelten zu den Latrinen, andere stellten sich an der Feldküche für das Frühstück an.

Als Paul die Zelte der Offiziere passierte, entdeckte er durch eine offene Zeltklappe Harry, der noch nicht aufgestanden war. Auf dem Rückweg vom Frühstück bückte er sich, stieß ihn an und hielt Ausschau nach Anzeichen von Fieber, während der andere sich ins Bewusstsein kämpfte. Harry wälzte sich in eine sitzende Stellung und nippte an dem Wasserbecher, den Paul ihm gereicht hatte, und spritzte sich dann etwas von dem erfrischenden Nass ins Gesicht, sodass ihm schmutzige Rinnsale darüberliefen. Er leerte den Becher, gab ihn Paul zurück und nickte zum Dank wortlos. Mit düsterer Miene nahm er ein Corned-Beef-Sandwich entgegen. Paul überließ es ihm, sich mit dem Tag zu arrangieren.

Er wird genauso aussehen wie der gestrige Tag, vermutete er, während er seinen Tornister packte. Sie spielten hier in den Bergen nördlich von Neapel Katz und Maus mit deutschen Patrouillen, und die Aussicht, erschossen oder von Sprengfallen in die Luft gejagt zu werden, war nur allzu realistisch.

Im Lauf der vergangenen Woche hatte winterliche Kälte eingesetzt, die den unaufhörlichen Regen noch unangenehmer machte. Alle Gespräche schienen sich um das Wetter zu drehen. Nostalgisch dachten sie an die unbarmherzige Hitze der Sommermonate zurück, denn während sie sich eingegraben hatten und dabei Stück für Stück, aber ohne Aussicht auf Erfolg die deutsche Verteidigung abtrugen, hatten Überschwemmungen und gnadenloser Beschuss das einst baumbestandene, fruchtbare Bergterrain in eine feuchte Schlammlandschaft verwandelt, und von den bezaubernden Bauernhäusern waren nur noch verkohlte Ruinen übrig.

Auf dem Weg zum Appell sah Paul, dass den Männern die Erschöpfung ins Gesicht geschrieben stand. Nachdem sie am 17. August triumphierend in Messina einmarschiert waren, nur um festzustellen, dass die Deutschen geflohen waren, hatte seine Kompanie am 3. September die schmale Meerenge überquert, die sie vom italienischen Festland trennte. Dann, fünf Tage später, kam die italienische Kapitulation vor den Alliierten, und Pauls Kompanie war als Teil einer leichten Truppe die Küste hinaufgeschickt worden, um die Amerikaner zu treffen, die in Salerno an Land gegangen waren und die dortigen Deutschen in einer blutigen und verlustreichen Schlacht zurückgedrängt hatten. Am 1. Oktober hatten die Alliierten Neapel befreit. Als sie am Tag darauf die Stadt betreten hatten, war Paul schockiert über die mutwillige Zerstörung gewesen, die der abziehende Feind angerichtet hatte, die Not der Bevölkerung, die spitzen Gesichter der Kinder und den Hunger in den Augen ihrer Mütter.

Ihnen allen sah man inzwischen ihr Leiden an. Sie wurden bis an ihre Grenzen geprüft. Vor drei Tagen hatte Paul miterlebt, wie ein weiterer Private aus seiner Kompanie, Smithy, unter dem Druck zusammengebrochen war und sich rundheraus geweigert hatte, mit einer Patrouille zu gehen, die Minen räumen sollte. Smithy hatte tatsächlich vor Angst gezittert und, schlimmer noch, geweint, richtig geweint dieser riesige, kräftige Bursche, der zu Hause die Kühe von den Feldern heimgetrieben hätte, ein zuverlässiger Kerl, den alle für einen der stoischen Männer gehalten hatten, die in der Lage waren, auch unter Beschuss Befehle auszuführen. Doch jetzt waren seine Nerven zerrüttet. Paul hatte mitangesehen, wie der wütende Ivor Richards sinnlos mit ihm diskutierte und dann den Mann in seiner Frustration verhöhnt und mit seinem Gewehrkolben geschlagen hatte. Schließlich war der diensthabende Offizier eingeschritten und hatte Smithy ins Sanitätszelt geschickt, aber Richards erhielt nicht einmal einen Tadel. Jedenfalls nicht, soweit Paul wusste.

Paul sorgte sich um Harry. Er hatte Malaria gehabt, die er sich auf Sizilien eingefangen hatte. Kürzlich hatte er einen neuen Fieberanfall erlitten, erhielt jetzt aber Medikamente und war auf dem Weg der Besserung. Doch nicht nur seine Krankheit beunruhigte Paul, sondern die Veränderung, die er an dem Mann wahrnahm. Manchmal zitterten Harry die Hände, und wenn sein Blick auf Paul fiel, stand ein flehender Ausdruck darin. Auch Ivor behielt, wie Paul bemerkte, Harry genau im Auge, doch statt Mitgefühl zeigte seine Miene Verachtung.

Der Boden bebte, als ihre Geschütze die feindlichen Verstecke in den Bergen beschossen, und dann rückten sie vor und erkletterten die Hänge – zwar nicht so leichtfüßig wie Bergziegen, aber wenigstens ebenso beharrlich. Vor ihm strauchelte Clarkson, der Sohn eines Krämers aus Middlesbrough, und eine Explosion ließ seinen Schrei abbrechen. Paul wandte den Blick ab, als sie seine Überreste passierten. Sieh auf den Weg, sagte er sich und atmete keuchend und schnell, sieh nach unten. Über ihm prasselte ein Kugelhagel. Etwas traf einen Finger seiner linken Hand, der sich jetzt taub anfühlte, doch als er sich später erlaubte, den Schmerz zu registrieren, und nachsah, war die Spitze unter dem Nagel schon angeschwollen und violett angelaufen. Er war noch in der Lage, sein Gewehr zu handhaben, daher war es wahrscheinlich nicht nötig, sich den Finger verbinden zu lassen.

Sein Herz machte einen Satz, als er weiter oben einen feindlichen Helm sichtete und dann in der Nähe eine Granate explodierte. Paul legte sein Gewehr an, schoss ohne jegliche Hoffnung zu treffen, in Richtung Helm und zog sich dann in den Schatten eines Felsbrockens zurück. Noch weiter oben konnte er mehrere andere erkennen – darunter Fielding, wie es aussah, der hinter Ivor herkletterte. Sie hatten den feindlichen Außenposten umgangen, um sich ihm von oben zu nähern. Als die Granaten explodierten, duckte Paul sich und presste sich die Hände auf die Ohren, dann spähte er hinaus und sah einen deutschen Offizier vorbeirennen. Paul fällte ihn mit einem einzigen Schuss und spähte dann hügelabwärts, wobei er sich fragte, was aus Harry geworden war. Gerade eben war er noch hinter ihm gewesen.

Das Herz schlug Paul bis zum Hals, als er den Abhang hinabstieg, wobei er zwischen Felsen und Bäumen hin und her sprang und achtgab, wohin er die Füße setzte. Er brauchte nicht lange, um Harry zu finden: nahe, ganz nahe bei der Stelle, an der sie Clarkson verloren hatten. Harry saß auf dem Boden, hatte die Arme um die Knie geschlungen, und seine Schultern zitterten.

Paul sah, dass er sich erbrochen hatte, und ihm drehte sich ebenfalls der Magen um. »Harry«, sagte er und ließ jede Förmlichkeit fallen. »Was ist los, Mann? Hier kannst du nicht bleiben.«

Harry nahm ihn nicht einmal zur Kenntnis, sondern schluchzte weiter lautlos vor sich hin. Paul streckte eine Hand nach ihm aus und spürte, dass er zitterte. Das musste das Fieber sein. »Keine Sorge, Harry, ich helfe dir. Ich gebe nur noch Richards ein Zeichen, wenn ich kann. Dann gehen wir wieder hinunter. Bringen dich zum Arzt.«

Er wusste, es würde gefährlich werden, sich auf diesem Terrain langsam und mit einem Kranken zu bewegen. Sie würden ein leichtes Ziel für die Deutschen abgeben, aber er konnte Harry nicht einfach hier zurücklassen. Als er den Abhang über sich musterte, sah er, dass der Nebel herunterzog und von den anderen keine Spur zu erkennen war. Er traf seine Entscheidung und hoffte, dass sie sich als richtig erweisen würde. Er konnte jedenfalls keinen anderen akzeptablen Ausweg sehen.

Zuerst mochte Harry sich nicht bewegen, und zum ersten Mal erkannte Paul etwas, das ihn schockierte. Harry, der fröhliche, ausgeglichene Harry hatte Angst. Nein, schlimmer noch, er war innerlich zerbrochen. Paul sprach ihm gut zu, redete mit beruhigender Stimme auf ihn ein, und als nichts davon fruchtete, erklärte er ihm streng, was sie tun würden. Harry stimmte mit einem Nicken zu. Sie brachen auf, wobei Paul ihm Deckung gab, und stiegen im Schutz von Felsen und Erosionsrinnen den Hügel hinab.

Es erwies sich als schwierig, den armen Clarkson zu passieren. Harry kniff die Augen zu, und ihm versagten die Glieder, sodass Paul ihn hochhalten und an der Leiche vorbeizerren musste. Von oben kamen Schüsse, die auf einen Scharfschützen hinwiesen, doch gnädigerweise wirkte der Nebel wie ein Schirm, der sie seinem Blick entzog. Bald begann es wieder stark zu regnen, sodass der Schlamm über den Pfad floss und sie nur noch rutschten und stürzten. Als eine andere Patrouille sie kurz vor dem Fuß des Hügels auflas, waren sie zerschrammt und erschöpft.

Im Lager lieferte Paul Harry in der Krankenstation – einer alten Scheune – ab und ging dann Bericht erstatten. Er achtete darauf, sich auf Harrys Fiebersymptome zu beschränken, denn er war sich unsicher, wie der Adjutant auf Harrys Nervenprobleme reagieren würde, und wusste auch nicht, ob Harry es ihm danken würde, wenn er davon sprach.

Beklommen ging er später noch einmal zur Krankenstation, um sich nach Harry zu erkundigen, und hörte überrascht, er sei entlassen worden. Schließlich fand Paul ihn in eine Decke gewickelt auf einer Kiste unter einer der Planen sitzen, mit denen sie die Vorräte schützten. Harry rauchte eine Zigarette und starrte unglücklich in den Regen hinaus. Er begrüßte Paul mit einem Nicken und zog eine Augenbraue hoch, aber sein gewohntes freundliches Lächeln fehlte.

»Das ist eine gute Stelle, um sich hinzusetzen«, meinte Paul, der mit eingezogenem Kopf aus dem Regen kam. »Wie geht's Ihnen?«

»Ein wenig besser. Ich muss Ihnen danken, dass Sie mich dort oben gerettet haben.«

»Schon gut. Ich habe gerade im Schlachthaus nach Ihnen gefragt, aber Ihnen muss es gut gehen, sonst wären Sie nicht hier.«

»Sie haben mir die üblichen Pillen gegeben, die nichts nützen, und mich laufen gelassen. Haben mir erklärt, sie bräuchten das Bett. Sagen Sie, Sie haben doch niemandem etwas erzählt, oder?« Harrys Miene wirkte nervös. »Ich meine, davon, wie ich ... mich da oben benommen habe.«

»Natürlich nicht. Uns allen schlottern manchmal die Knie, oder?«

»Aber Sie kommen damit zurecht. Ich habe keine Ahnung, wie ich weitermachen soll, Hartmann. Heute hatte ich Glück, dass Sie dabei waren. Aber morgen ist es vielleicht der Major, oder noch schlimmer«, fuhr er düster fort, »Richards. Das hätte man nicht von ihm gedacht, oder?«

»Sie meinen, wie er Smithy behandelt hat? Darf ich?« Paul zog sich eine leere Orangenkiste heran und setzte sich. Er wählte seine Worte sorgfältig, da er wusste, dass die Offiziere aus Westbury Freunde und er ein Außenseiter war. »Wenn der Major Ihnen nicht hilft, und das erscheint mir unwahrscheinlich, gehen Sie höher. Der Adjutant, der mit Smithy geredet hat, hat ihn zum Wachdienst nach Neapel versetzt. Habe ich jedenfalls gehört.«

Harry nickte, und ein Hauch von Erleichterung lief über sein gutmütiges Gesicht. Er zog tief an seiner Zigarette. »Denken Sie oft an zu Hause, Hartmann? Das gute alte Westbury und unser Leben dort ... Nein, wahrscheinlich nicht.«

»Ich denke an die Menschen.« Paul verbannte den Gedanken an seine eigene Heimatstadt Hamburg, an die verwüstete und verkohlte Version davon, die er in seinen Träumen sah, und versuchte stattdessen, an einen von einer Mauer umgebenen Garten zu denken, an einen friedlichen Ort. Auf der Treppe würde Sarah sitzen. Er musterte seinen angeschlagenen Finger und dachte, dass er den Nagel verlieren würde. Im Großen und Ganzen kam es wahrscheinlich nicht darauf an.

»Ich auch. Die Bulldocks. Die liebe, gute Jennifer. Ich frage mich, wo ihr armer Bruder inzwischen steckt. Wissen Sie, falls wir jemals wieder nach Hause kommen, mache ich Jennifer einen Heiratsantrag. Sie ist ein großartiges Mädchen, und ich habe sie immer gern gemocht.«

»Das ist doch etwas, für das es sich zu leben lohnt«, meinte Paul amüsiert. Er war überrascht, denn er hatte Harry noch nie auf diese Art von ihr sprechen gehört, doch obwohl er die Bulldocks nicht besonders gut gekannt hatte, ging ihm auf, das Harry und Jennifer ein gutes Paar abgeben würden. Sie waren beide vernünftig und unkompliziert. Aber sie hatten dringendere Probleme. »Reden Sie mit dem Adjutanten«, flehte er.

Genau das musste Harry getan haben, denn am folgenden Tag wurde er zum Dienst in der Offiziersmesse abgestellt, während der Rest der Kompanie wieder ausrückte, um einen deutschen Geschützturm auszuheben. Dabei ereignete sich die Katastrophe: Der Weg, dem sie gestern gefolgt waren, war über Nacht mit einer enormen Sprengfalle präpariert worden, die explodierte und den Major und zwei der Männer tötete. Als die anderen gerade wieder auf die Beine kamen, ging ein verheerender Kugelhagel über ihnen nieder, tötete ein Dutzend weitere Männer und verletzte andere schwer. Richards, der nur eine oberflächliche Verletzung an der Schulter erlitten hatte, gelang es noch, einen geordneten Rückzug zu befehlen. Doch ohne den Major waren sie führerlos und beklagten den Verlust ihrer Kameraden. Man erklärte ihnen, die Kompanie müsse aufgelöst werden, Offiziere und Soldaten würden neue Order erhalten. Diese Nachricht war für alle ein schrecklicher Schlag.

Merkwürdig, dass man uns zurück nach Tuana schickt, dachte Paul. Ihre Kompanie war vor einer Woche durch das Tal gekommen und hatte in der kleinen Stadt Jagd auf eine deutsche Infanterieeinheit gemacht, nachdem sie ihre Stellung in den Bergen vernichtet hatte. Sie hatten das Rathaus und die abseits gelegenen landwirtschaftlichen Gebäude durchsucht, um die letzten von ihnen zusammenzutreiben. Paul hatte der Ort sogar im Regen gefallen, und ihm hatten die Mütter und Kinder leidgetan, die sich in ihren Häusern versteckten, und die alten Frauen, die, als die Soldaten abzogen, herausgetrippelt kamen und laut um ihre beschädigte Kirche jammerten.

»Sie sollen dort eine Garnison aufbauen«, erklärte der Adjutant und tippte mit dem Bleistift auf eine Karte. »Das Dorf liegt an der Nachschubroute von Neapel. Ab und zu müssen Sie ein paar deutsche Gefangene im Auge behalten, wenn sie durchkommen. Und da kommen Sie ins Spiel, Hartmann. Wir brauchen jemanden, der ihre Sprache spricht. Sie werden zum Corporal ernannt. Glückwunsch.«

»Danke, Sir.« Paul empfand nichts. Während sie der Reihe nach hinausgingen, war er sich bewusst, dass Ivor zurückhing.

»Wir haben hier unser Bestes gegeben, Sir«, hörte er Ivors Stimme, nüchtern, aber mit einem flehenden Unterton. »Tut mir leid, wenn Sie enttäuscht sind, aber –«

»Ich bin ganz und gar nicht enttäuscht, Captain. Dieser Job ist einfach da. Jemand muss ihn tun, und Sie haben das Glück. An Ihrer Stelle wäre ich froh, aus diesem Höllenloch herauszukommen. Das wäre dann alles.«

Einen Moment später schob Ivor Paul beiseite und stürzte hinaus. Seine Miene wirkte so düster und bedrohlich wie die tief hängende Wolkendecke.

38

*K*urz nach Mitternacht riss der Vibrationsalarm ihres Telefons sie aus tiefem Schlaf.

»Spreche ich mit Briony?« Die Stimme kam ihr vage bekannt vor. »Tut mir leid, dass ich so spät anrufe. Hier ist Gita, Arunas Mutter, erinnern Sie sich?«

»Ja, ja, natürlich. Gita.« Alarmiert setzte sie sich auf. Ein Bild trat vor ihr inneres Auge: eine ältere, rundere Version von Aruna in einem smaragdgrünen Sari bei der Hochzeit ihrer anderen Tochter. Gita mangelte es zwar an Körpergröße, doch die fehlenden Zentimeter glich sie mit ihrer stolzen, aufrechten Haltung aus, und ihre klugen braunen Augen sahen alles. Hatte sie Gita irgendwann ihre Telefonnummer gegeben? Wahrscheinlich. »Ist etwas nicht in Ordnung?«

»Das ist leider gut möglich. Aruna hat mich angerufen und war sehr aufgeregt. Ich glaube, es hat mit ihrem Freund zu tun, irgendein Streit. Wir haben gehört, dass er da war, aber wir wohnen zu weit weg, um heute Nacht noch etwas zu unternehmen, und ich dachte, vielleicht könnten Sie uns helfen.«

»Ich versuche es, Gita.« Jetzt war sie hellwach und glitt aus dem Bett. Was konnte passiert sein?

»Sie wohnen doch in ihrer Nähe. Vielleicht könnten Sie anrufen oder sie besuchen und nachsehen, ob es ihr gut geht.«

Aruna lebte ein paar Meilen entfernt, was auf jeden Fall näher war, als würden ihre Eltern aus Birmingham herkommen. Daher versprach sie Arunas Mutter, zu tun, was sie konnte, und Gita beendete das Gespräch unter überschwänglichen Dankesbezeugungen und flehte Briony an, sie anzurufen, sobald sie wusste, was los war.

Vielleicht übertrieb Gita ja. Seufzend suchte Briony Arunas Nummer aus der Kontaktliste ihres Handys heraus. Der Anruf sprang auf Voicemail um, also schrieb sie eine SMS und wartete, erhielt jedoch keine Antwort. Dann dachte sie an Gitas besorgte Stimme und griff nach den Sachen, die sie gestern getragen hatte und die nun über einer Stuhllehne hingen.

Sobald Briony mit ihrem Auto die halbmondförmig angelegte Häuserreihe aus alten Backstein-Doppelhäusern erreichte, wo Aruna ein Maisonette-Apartment im ersten Stock bewohnte, wurde ihr klar, dass etwas nicht stimmte. An den hell erleuchteten Schlafzimmerfenstern zuckten Vorhänge, und sie sah die Silhouetten verschlafener Bewohner, die nach draußen spähten. Wundersamerweise fand Briony eine Parklücke und stellte den Wagen ab. Als sie ausstieg, hörte sie Stimmen: eine wütend, die andere beschwichtigend. Sie kroch in ihren Mantel, um die Kälte abzuwehren, hastete an den Autos entlang, die an der geschwungenen Straße parkten, und blieb beim Anblick von Arunas Haus wie angewurzelt stehen.

Zuerst sah sie Aruna. Ihre Freundin lehnte sich aus dem Fenster im ersten Stock und warf Kleidungsstücke auf die Straße. Nacheinander segelten Hosen, Hemden, ein Jackett herab wie Möwen im Sturzflug, um auf der Hecke oder auf dem Straßenpflaster dahinter zu landen. Eine Flaute trat ein, in der Aruna mit tragisch verzerrter Miene heruntersah, und dann verschwand sie nach drinnen – wahrscheinlich um Nachschub zu holen.

Als Luke hinter der Hecke auftauchte, wich Briony zurück, doch er war so beschäftigt damit, seine Sachen aufzuheben und sie in eine Reisetasche zu stopfen, dass er sie nicht bemerkte. Als eine Hose an ihr vorbeisegelte und rittlings auf dem Außenspiegel eines Autos zu liegen kam, drehte sie sich um. Luke schnappte sich das Teil, öffnete die Hintertür des Wagens und stopfte alles hinein.

»Und komm bloß nie wieder!«, schrie Aruna von oben. Sie schluchzte jetzt, und ihre Worte klangen verwaschen. Briony, der die scharfen Zweige der Hecke in den Rücken drückten, war entsetzt.

»Um Himmels willen, Aruna«, hörte sie Luke heiser flüstern. »Wenn du dir schon nicht von mir helfen lässt, geh ins Bett. Ich rufe dich morgen früh an.«

»Das hier kannst du auch haben«, lallte Aruna zur Antwort, und ein schwerer Gegenstand traf die Hecke, prallte ab und fiel leise knirschend neben Brionys Füßen auf das Straßenpflaster. Sie schaute hinunter und erblickte einen Waschbeutel, um den sich dunkle Flüssigkeit ausbreitete.

Sie hörte Lukes Schritte, und als sie sich aufrichtete, sah sie, wie er verblüfft ihren Blick erwiderte. Seine Miene wirkte angespannt. »Briony«, zischte er und drückte ihren Arm, als müsse er sich vergewissern, dass sie es wirklich war.

»Können wir jetzt endlich schlafen?«, ließ sich von der anderen Straßenseite eine müde Männerstimme vernehmen. Von oben hörten sie, wie Aruna das Fenster zuknallte. Überall um sie herum schlossen sich klickend die Fenster der Nachbarn, nach und nach verloschen die Lichter, und auf der Straße wurde es wieder still.

»Was zur Hölle machst du hier?«, flüsterte Luke, und Briony erklärte ihm schnell alles.

Erschöpft bückte er sich, hob die Waschtasche am Reißverschluss hoch und warf sie nebenan in die Mülltonne.

»Was ist passiert? Kommt sie wieder in Ordnung?«

»Ich glaube schon. Sie ist betrunken, aber nicht so betrunken.«

»Davon muss ich mich überzeugen.«

»Ich halte das für keine gute Idee.« Behutsam zog er sie zurück.

»Warum nicht?«

»Weil ... ach, ich weiß nicht ... sie dich mit Sachen bewerfen wird, Briony.«

Ihre Frustration wuchs. »Ich habe nichts getan. Sie ist meine Freundin. Was hast du zu ihr gesagt?«

Er ließ den Arm sinken, wandte sich ab und murmelte etwas.

»Was?«

»Nichts. Ich habe nichts gesagt.«

»Ich gehe zu ihr.«

Luke schüttelte den Kopf und zog den Autoschüssel aus seiner hinteren Hosentasche.

»Fahr du nach Hause«, sagte sie, denn sie sah, dass er genug hatte. »Ich bin auch mit dem Auto hier.«

Er schaute sie einen Moment lang mit harter, undeutbarer Miene an, dann zuckte er mit den Schultern, öffnete die Fahrertür und stieg ein. Sie schaute dem leise davonfahrenden Auto nach, aber er sah sie nicht einmal an, und sie wandte sich unglücklich ab.

An Arunas Haustür drückte Briony den Klingelknopf und wartete. Sie zitterte und wünschte, sie hätte sich einen Moment Zeit genommen, um Socken anzuziehen. »Komm schon«, murrte sie und rieb sich die kalten Hände, aber niemand öffnete. Schließlich grub sie ihr Telefon aus der Tasche und wählte Arunas Nummer. Es klingelte viermal, und dann forderte Arunas fröhliche Stimme sie auf, eine Nachricht zu hinterlassen.

Bin unten, lass mich rein, tippte Briony mit eisigen Fingern mühsam, und endlich hörte sie drinnen Geräusche, dann öffnete die Tür sich einen Spaltbreit, und Aruna spähte triefäugig heraus. Sie sah aus, als hätte sie sich in ihre Bettdecke gewickelt.

»Um Gottes willen, hier draußen ist es eiskalt«, flüsterte Briony, und Aruna öffnete mühsam die Tür, sodass sie eintreten konnte. Briony folgte ihrer dick eingemummten Freundin die enge Treppe hinauf zur offenen Wohnungstür. Von drinnen erfüllte ein durchdringender Gestank von angebrannter Milch die Luft. Briony schob sich an Aruna vorbei in die kleine Küche, riss den Topf vom Herd und ließ ihn in die Spüle fallen, wo er zischte und spritzte. Etwas Warmes strich an ihren Beinen entlang. Sie sah nach unten, erblickte Purrkins, Arunas Kater, und bückte sich, um ihn zu streicheln, aber er rannte scheu wie immer davon.

Als sie sich umdrehte, war von Aruna nichts mehr zu sehen. Briony ließ am Wasserhahn ein Glas volllaufen und trug es in das enge Wohnzimmer, wo ihre Freundin in die Bettdecke gewickelt auf dem Sofa lag. Der Schein des lautlos gestellten Fernsehers illuminierte die Hinterlassenschaften eines ruinierten Abends: benutzte Weingläser, Chipskrümel, ein paar leere Weinflaschen. Briony stieg über eine offene Pappschachtel mit den Resten einer gemeuchelten Pizza hinweg.

»Aruna?«, sagte sie zu dem schwarzen Haarbüschel, das aus einem Ende der Bettdecke hervorschaute, und Arunas jammervolles Gesicht spähte über den Rand.

Sie schluckte schwer. »Es ist vorbei«, lallte sie. »Er ... er sagt, es fühlt sich nicht mehr richtig an. Ich will ihn hassen, Bri, aber ich kann nicht. Ich liebe ihn.« Und sie begann laut zu weinen.

Briony schloss sie in die Arme und rieb ihr durch die Decke den Rücken, bis ihre Schluchzer leiser wurden und Aruna die Lider zuzufallen begannen. »Du solltest ins Bett gehen, Ru«, flüsterte sie. »Komm schon.« Sie half ihr, sich richtig aufzusetzen, brachte sie dazu, etwas Wasser zu trinken, und führte sie dann ins Bad und von dort aus ins Schlafzimmer, wobei sie versuchte, nicht auf verstreute Kleidungsstücke und Handtücher zu treten.

»Hat er denn irgendwelche Erklärungen abgegeben?«, fragte sie ihre Freundin und setzte sich neben die zusammengerollte Gestalt auf dem Doppelbett, aber Aruna schniefte nur. »Ich sollte deine Mum anrufen, sie hat mich nämlich hergeschickt«, fügte Briony hinzu. Aruna war zu sehr hinüber, um zu antworten.

Briony holte ihren Mantel, den sie über die Sofalehne geworfen hatte, las abgebrochene Stückchen der Hecke davon herunter und zog ihr Telefon aus der Tasche. Nachdem sie mit Gita gesprochen und ihr versichert hatte, sie werde über Nacht bei Aruna bleiben, ging sie wieder ins Schlafzimmer und stellte fest, dass ihre Freundin eingeschlafen war. Sie vergewisserte sich, dass Aruna gut zugedeckt war, füllte das Wasserglas auf und ließ sie allein. Behutsam zog sie die Tür hinter sich zu und machte sich eine Tasse Tee. Ihre Zähne klapperten, sowohl vor Nervosität als auch durch die nächtliche Kälte. Sie fragte sich, was genau sich an diesem Abend abgespielt hatte. Es war deutlich, dass Luke und Aruna sich gestritten und ihre Beziehung beendet hatten, aber sie hatte keine Ahnung, worum es genau gegangen war. Sie hoffte nur, dass ihr Name dabei nicht gefallen war, doch nach Lukes Andeutung war er das möglicherweise. Immerhin hatte Aruna sie eingelassen und ihr erlaubt, ihr zu helfen, daher steckte sie offensichtlich nicht in allzu großen Schwierigkeiten.

Ärgerlicherweise machte der Tee sie eher munter, statt sie zu beruhigen, und als der Kater hinter dem Fernseher hervorkam, sich vor die Pizzareste hockte und unter furchtbaren Knuspergeräuschen davon zu fressen begann, scheuchte sie ihn weg und räumte auf. Sie kratzte Essen in den Mülleimer, spülte die Gläser aus und schaltete die Abzugshaube in der Küche ein, um den Brandgeruch aus der Wohnung zu vertreiben. Als Briony ins Wohnzimmer zurückkehrte und nach einem schmutzigen Teller griff, der auf dem Computertisch in der Ecke stand, entdeckte sie daneben ein aufgeschlagenes Buch, dessen Buchrücken nach oben zeigte. Sofort erkannte sie es wieder. Es war der Reiseführer, den Briony in Tuana gekauft hatte. Sie hatte vergessen, dass Aruna ihn noch hatte. Was für eine glückliche Zeit wir dort verbracht haben – nun ja, größtenteils, dachte sie, während sie das Buch hochnahm und es umdrehte. Doch als sie sah, dass es bei dem Eintrag über die Kirche aufgeschlagen war, wurde ihr klar, dass sie jetzt anders darüber dachte – wegen Pauls Briefen. Ihr fiel wieder ein, dass die Kirche von den abziehenden Nazis zum Teil zerstört worden war. Wie grausam für beide Seiten, das Erbe einer Kultur zu zerstören, und brutal und sinnlos, unschuldigen Überlebenden die Zukunft zu nehmen.

Jemand, vermutlich Aruna, hatte eins der Fotos mit einem Kreuz markiert. Briony knipste die Schreibtischlampe an, um richtig sehen zu können, und Verwirrung stieg in ihr auf. Das Bild zeigte die ovale Gedenkplakette, die sie in der Nähe des Altars an der Wand gesehen hatte. Für wen war sie noch gewesen? Sie starrte darauf, doch durch ihre Müdigkeit schienen die Goldbuchstaben der Inschrift zu glitzern und zu tanzen. Die Tafel erinnerte an einen fünfzehnjährigen Jungen und war von seiner Familie angebracht worden. Die Bildunterschrift gab eine Erklärung. Am Rand war in Arunas geschwungener Schrift mit ihren auffällig gekringelten Siebenen eine Telefonnummer notiert. Arunas offensichtliches Interesse an der Plakette beunruhigte Briony. Ein fünfzehnjähriger Junge, der vor vielleicht siebzig Jahren im Zweiten Weltkrieg zu Tode gekommen war. Noch einmal las sie den Namen: *Antonio Mei*. Der Name sagte ihr etwas, aber sie kam beim besten Willen nicht darauf, was. Sie schlug das Buch zu, stellte den letzten schmutzigen Teller in die Spülmaschine und machte sich auf die Suche nach der zweiten Bettdecke.

Es wurde gerade hell, als das Läuten der Türklingel sie aus dem Schlaf riss. Arunas Eltern standen auf der Schwelle: kleine, dunkle, müde Gestalten mit besorgtem Blick. Sie waren die Nacht durchgefahren, um ihre Tochter nach Hause zu holen. Drinnen brach Aruna zur Begrüßung in eine wahre Sturzflut von Tränen aus wie ein verlorenes Kind, das wiedergefunden worden ist.

Sie wollten nichts von Brionys Angebot wissen, Frühstück zu machen, also lockte sie den Kater für die Fahrt nach Birmingham in seine Transportbox, nahm Mantel und Tasche und fuhr nach Hause. Der überschwängliche Dank von Arunas Eltern klang ihr noch in den Ohren. Briony fuhr durch frühmorgendliche Straßen, die von dem Regen glänzten, der das Herbstlaub in Brei verwandelt hatte. Es war Samstag, sie fühlte sich schwach von so vielen Gefühlen und Schlafmangel und brachte es nur noch fertig, ins Bett zu fallen.

39

Als Briony erwachte, war es Nachmittag, und dunkle Regenwolken hingen am Himmel. Nachdem sie es sich mit einer beruhigenden Tasse heißer Schokolade auf dem Sofa bequem gemacht hatte, traf die Nachwirkung des nächtlichen Dramas sie richtig, und sie weinte. Sie fühlte sich so allein. Was nun? An wen sollte sie sich wenden? Keine Aruna, mit der sie reden konnte. Bei dem Gedanken daran durchfuhr sie ein scharfer Schmerz. Natürlich hatte sie noch andere Freunde, aber um sich ihnen anzuvertrauen, wären so viele Erklärungen über alles nötig, was in letzter Zeit auf sie eingestürmt war. Einige wussten von ihren Problemen bei der Arbeit und davon, dass sie nervlich angeschlagen war, aber niemand kannte sie so gut wie Aruna. Dann war da noch Luke. Sie dachte daran, wie elend er sich fühlen musste, und überlegte, ob sie Kontakt zu ihm aufnehmen sollte, was sie sehr gern getan hätte. Aber was sollte sie sagen, und würde das bedeuten, Aruna zu verraten?

Letztendlich kehrten ihre Gedanken immer wieder nach Hause zurück, zu ihrem Vater und Birchmere. Dies war eine der Gelegenheiten, bei denen sie sich innerlich wie ein kleines Mädchen fühlte, ganz gleich, wie erwachsen sie war. Sie griff nach ihrem Telefon und war unwillkürlich enttäuscht, als ihre Stiefmutter abnahm.

»Dein Vater ist leider nicht zu Hause«, erklärte Lavender. »Er isst im *Chequers* mit Graham zu Mittag – du weißt schon, seinem alten Freund vom *Chronicle*. Du klingst ein wenig verschnupft, Liebes. Brütest du eine Erkältung aus?«

»Nein, ich hatte nur eine schlechte Nacht. Stimmt schon, ich fühle mich nicht besonders.« Ein Teil von ihr wollte sich Lavender anvertrauen, die so mütterlich und besorgt klang, doch der andere Teil war zu stolz dazu. Sie vermisste ihre Mutter noch stärker.

»Warum kommst du nicht her?« Lavender klang so freundlich, dass Briony am liebsten wieder in Tränen ausgebrochen wäre. »Heute, wenn du magst. Dein Bett ist von deinem letzten Besuch noch bezogen. Und wir haben morgen nichts vor.«

Mit einem Mal gab sie nach. Sie war für heute Abend zur Einweihungsparty bei einem Kollegen eingeladen, aber sie hatte keine Lust dorthin zu gehen. »Ich komme«, erklärte sie Lavender, »aber ich hoffe, es macht euch nichts aus, wenn ich nicht besonders gesprächig bin.«

»Natürlich nicht. Klingt, als könntest du eine Auszeit gut gebrauchen.«

Es schien zu helfen, etwas Praktisches zu tun: eine Reisetasche zu packen und aufzuräumen, damit sie bei ihrer Rückkehr kein Chaos vorfand. Während sie die Bücher und Papiere auf ihrem Schreibtisch ordnete und nach dem Ladegerät für ihr Telefon griff, bemerkte sie die Zigarrenkiste mit den Briefen, zögerte kurz und packte sie dann ein. Die Schachtel mit den Erinnerungsstücken, die ihr Vater ihr gegeben hatte, stand unter einem Bücherregal, und sie nahm sie ebenfalls mit. Vielleicht war es Zeit, mit ihm zu reden.

Als Briony ungefähr eine Stunde später vor der Doppelhaushälfte im Neu-Tudorstil vorfuhr, musste Lavender Ausschau nach ihr gehalten haben, denn sie kam sofort heraus, umarmte sie und half ihr, ihre Sachen reinzutragen.

»Dein Vater ist noch nicht zurück«, erklärte sie und stellte die

Schachtel ins Wohnzimmer. Dann reckte sie sich und rieb sich das Kreuz, obwohl das Kistchen nicht schwer gewesen war. »Du weißt ja, wie das ist, wenn Graham und er zusammen sind. Setz dich doch, ich mache Tee.« Sie trug eine alte marineblaue Hose und eine passende Steppweste und darunter einen dicken Pullover, an dem Kletten hingen. Briony zeigte ihr eine, die sich in ihrem Haar verfangen hatte. Während sie sie herauszog, sah Lavender aus dem Fenster, wo auf dem Rasen hinter dem Haus eine Reihe weicher Plastiksäcke stand. »Ich habe versucht, das Laub mit dieser neuen Maschine wegzusaugen, aber es ist so durchweicht, dass ich aufgegeben habe.« Lavender klang erschöpft, und als sie in die Küche ging, bewegte sie sich steif, und Briony überkam Mitgefühl.

»Ich kann den Tee kochen«, sagte sie, folgte ihr und nahm ihr den Wasserkessel ab, und Lavender ließ sie ausnahmsweise gewähren, wenn auch nur, um sich stattdessen mit der Keksdose zu beschäftigen und Shortbread-Streifen auf einen Teller zu legen.

»Tut mir leid, die sind nicht selbst gebacken. Keine Ahnung, wo diese Woche die Zeit geblieben ist.« Besorgt bemerkte Briony, wie bedrückt sie klang. Lavender zog sich einen Stuhl heran, setzte sich an den Tisch und massierte sich die Schläfen mit Daumen und Zeigefinger. Briony brachte die Teebecher und nahm gegenüber Platz.

»Wie geht's dir, Schatz?«, fragte ihre Stiefmutter und versuchte, munter zu klingen.

»Nicht wirklich schlecht. Aber du kommst mir ein wenig müde vor.«

»Mach dir um mich keine Gedanken. Es war einfach eine lange Woche, nichts weiter.« In freundschaftlichem Schweigen tranken sie Tee und knabberten Buttergebäck. Briony fühlte sich entspannter, als sie erwartet hatte, und war froh, dass sie hergekommen war. Hier war schließlich ihr Zuhause, ein Ort, an den man zurückkehrte, wenn in der großen weiten Welt alles schiefgegangen war und man sich allein fühlte.

»Eigentlich ist bei mir alles in Ordnung«, sagte sie zu Lavender. »Ich habe nur ein Schlafdefizit. Ach, und etwas macht mir Sorgen.« Da, jetzt hatte sie es getan, aber Lavender strahlte heute auch etwas Weiches aus, das zu Vertraulichkeiten einlud. Ihre Stiefmutter zog die Augenbrauen hoch, barg ihre Tasse in den Händen und wartete darauf, dass sie weitersprach.

»Eine Freundin von mir …« Und ehe sie sich's versah, erzählte sie Lavender von Aruna und davon, wie verstörend es gewesen war, ihre Trennung von Luke mitzuerleben. »Das Problem ist«, gestand sie, »dass ich mir Sorgen mache, ich könnte teilweise der Grund für die Trennung sein, dabei habe ich überhaupt nichts getan.« Sie erklärte, dass Luke sich anscheinend zu ihr hingezogen fühlte.

»Aber wenn es von ihm ausgeht, warum hast du dann ein schlechtes Gewissen?«

»Keine Ahnung, es ist einfach so. Vielleicht hätte ich nicht so nett zu ihm sein sollen. Möglich, dass ich ihn dadurch, ohne es zu wollen, ermuntert habe.«

»So etwas hätte die Generation meiner Eltern gesagt, Briony. Ich bin mir sicher, dass nichts davon deine Schuld ist. Meiner Erfahrung nach passiert so etwas einfach. Wenn das Schicksal will, dass sie zusammenbleiben, kommt ihre Beziehung schon wieder in Ordnung. Vielleicht wäre es hilfreich, wenn du den beiden eine Weile aus dem Weg gehst. Wenn sie zusammensein wollen, schaffen sie das nur gemeinsam.«

»Ja.« Vermutlich hat Lavender recht, dachte Briony. Doch dann sagte ihre Stiefmutter etwas sehr Kluges.

»Aber vielleicht möchtest du gar nicht, dass sie in Ordnung kommt.«

Sie starrte ihre Stiefmutter an. »Wie kommst du darauf?«

»Briony, Schatz.« Lavender streckte die Hand aus und berührte Brionys Finger. »Es liegt an deinem Blick, wenn du über diesen Jungen redest, Liebes.«

»Er ist in meinem Alter, Lavender, also wohl kaum ein Junge.«

»Dann eben ein Mann. Unterbrich mich nicht. Du magst ihn, stimmt's? Ich sehe es in deinen Augen. Er ist jemand Besonderes.«

Einen Moment lang starrte Briony ihre Stiefmutter an, und ihre Gedanken wirbelten wie die Bilder eines Spielautomaten, der plötzlich anhielt, als hätte er die Antwort gefunden. »Und wenn dem so wäre?«, fragte sie unverblümt. »Verstehst du nicht, ich würde meiner besten Freundin nie den Freund wegnehmen.«

Lavender seufzte. »Natürlich nicht«, sagte sie leise. »Nicht absichtlich. Aber vielleicht brauchst du das auch gar nicht. Ich halte viel von der Vorstellung, dass Dinge passieren, weil es so vorherbestimmt ist. Sieh dir doch deinen Vater und mich an. Wir hatten beide einen Menschen verloren, den wir zutiefst geliebt haben. Weißt du, ich dachte, ich würde nie wieder lernen, einem Mann zu vertrauen. Und dann kam dein Vater, der vertrauenswürdigste Mensch, dem ich je begegnet bin, und ich kann mich so glücklich schätzen, ihn zu haben.«

Lavender liebte ihren Vater wirklich. Das wusste Briony natürlich, aber als sie jetzt das weiche Leuchten im Blick ihrer Stiefmutter sah, spürte sie eine plötzliche Zuneigung für sie in sich aufwallen, wie sie sie noch nie empfunden hatte.

»Und er kann von Glück reden, dich zu haben.« Sie lächelte angesichts von Lavenders Freude. »Dann gehe ich ihnen also am besten so weit wie möglich aus dem Weg«, meinte sie seufzend. Obwohl das, räumte sie sich selbst gegenüber ein, vielleicht nicht so einfach werden würde.

»Hat Grandpa Andrews wirklich nie von alldem erzählt, Dad?«

»Er ist schon so lange tot, aber ich kann mich nicht erinnern. Er wollte mir jedenfalls kein Interview für die Zeitung geben.« Brionys Vater hatte Scheite in den Holzofen gesteckt und ließ sich jetzt wieder in seinen Sessel sinken.

Die lodernden Flammen ließen die Wandleuchter aus geschliffenem Glas funkeln. Das Wohnzimmer ihres Vaters und ihrer Stiefmutter war an einem Winterabend äußerst behaglich, besonders, wenn man Lavenders Pilzrisotto und einen Apfel-Crumble im Magen hatte. Briony streichelte das weiche Fell der getigerten Katze, die sich auf dem Sofa zwischen ihr und Lavender ausstreckte und im Schlaf die Krallen spielen ließ.

Auf dem Sofatisch lagen die Gegenstände aus dem Schuhkarton mit den Erinnerungsstücken. Sie war sie mit ihrem Vater und Lavender durchgegangen, hatte ihnen Sarahs und Pauls Briefe gezeigt und ihnen alles erzählt, was sie herausgefunden hatte. Natürlich hatte Dad ihren Bericht über ihren Besuch in Norfolk und über ihr Zusammentreffen mit den Andrews und anderen Bewohnern von Westbury schon gehört, aber von Pauls Briefen wusste er noch nichts. Staunend sah er sie durch.

»Da hast du aber eine ungewöhnliche Liebesgeschichte entdeckt«, meinte er.

»Allerdings. Ich möchte wissen, was aus den beiden geworden ist. Es ist so frustrierend, das nicht herausfinden zu können.«

»Paul und Sarah«, sagte er leise. »Gehen wir noch einmal durch, wann wir zuletzt von ihnen gehört haben. Paul haben wir Ende 1943 in der Villa Teresa in Tuana zurückgelassen. Harry war bei ihm und Ivor Richards ebenfalls. Harry ist offensichtlich lebend aus Italien zurückgekehrt.«

»Ivor auch, aber über Paul wissen wir nichts. Es gibt keine Aufzeichnungen über ihn.«

»Wenn er gefallen oder demobilisiert worden wäre, müsste etwas zu finden sein.«

»Anscheinend weder noch. Ich kann es nicht zweifelsfrei behaupten, aber ich bin mir sicher, dass ich die richtigen Quellen konsultiert habe.«

»In Ordnung.«

»Also, das Letzte, was wir von Paul wissen, ist das hier.« Briony reichte ihrem Vater Pauls Notiz, die sie in Harrys Andenkenschachtel gefunden hatte.

»Liebste Sarah ...«, las ihr Vater laut vor. Er drehte den Zettel um, doch abgesehen von der schwarzen Schliere, die sich von der Vorderseite durchgedrückt hatte, war die Rückseite leer. Kopfschüttelnd reichte er ihn an Lavender weiter. »Okay, es sieht also aus, als hätte Paul überlebt und sich mit Sarah treffen wollen. Nur, dass sie diese Nachricht, die Harry offenbar überbringen sollte, anscheinend nicht erhalten hat.«

»Dann hat sie vielleicht nie erfahren, dass er zurück war. Hat ihn nie wiedergesehen.«

»So sieht es wohl aus. Tut mir leid, Schatz, ich weiß, wie viel du in diese Sache hineingesteckt hast.«

»Warum Harry sie wohl nie überbracht hat?«, fragte sie sich.

»Was sind denn die Optionen?« Ihr Vater setzte seinen alten journalistischen Scharfsinn ein. »Erstens: Harry hat sie aus irgendeinem Grund nicht getroffen. Zweitens: Er hat vergessen, ihr die Nachricht zu geben. Drittens: Er wollte sie ihr nicht geben.«

»Warum könnte Letzteres der Fall sein?«

»Vielleicht glaubt dein Vater, dass Harry in sie verliebt war«, erklärte Lavender.

»Etwas in der Art.«

»Ja.« Stirnrunzelnd überlegte Briony. Nichts in den Briefen hatte darauf hingewiesen. »Vielleicht hat Ivor Druck auf ihn ausgeübt«, ging ihr plötzlich auf. »Hat Harry befohlen, ihr die Nachricht nicht zu geben.« Sie versuchte, sich eine solche Situation vorzustellen, doch das schien nicht möglich zu sein. Harry hatte Paul gegenüber geklungen, als schätze er Sarah mehr als Ivor.

»Herrje, an dieser Geschichte verrenke ich mir noch das Hirn«, sagte sie.

Ihr Vater hatte das älteste Fotoalbum ihrer Mutter heruntergeholt, und sie blätterte die dicken schwarzen Seiten auf. Wie traurig, dass es keine Fotos von der Hochzeit ihrer Großeltern enthielt, und sie fragte sich, warum. Bilder von ihrer Tochter, Brionys Mutter, waren allerdings reichlich vorhanden. Jean als winziges Bündel, dessen Gesicht aus den Falten eines Stricktuchs hervorschaute, und ihre Mutter, die gelassen, das Gesicht von blondem Haar umrahmt, voller Zuneigung auf sie hinabsah. Als Krabbelkind mit rundem Gesicht und einem zahnlückigen Lächeln, als Kleinkind mit einem Band im widerspenstigen blonden Haar, mit drei oder vier, wie sie mit ihrem Vater im Meer planschte. Jean sah auf diesen Fotos immer so glücklich aus, als wüsste sie, dass sie über alles geliebt wurde. Und zu einem solchen Menschen sollte Brionys Mutter auch heranwachsen. Briony blinzelte heftig, als ferne Erinnerungen in ihr aufstiegen. Wie sie einen Wurf zappelnder Spaniel-Welpen in der Küche eines Nachbarn anschauen durfte, und ihre Freude, als ihre Mutter sagte, sie würden einen davon nehmen. Der Duft heißer, feuchter Wäsche, während ihre Mutter in der dampferfüllten Küche Bettlaken bügelte und im Hintergrund die Archers im Radio liefen.

»Briony?«

Briony fuhr zusammen und sah zu ihrer Stiefmutter auf.

»Alles in Ordnung?«

»Hmm. Hab nur nachgedacht.« Sie schlug das Album zu, denn ihr wurde klar, dass es schwierig für Lavender sein könnte, wenn sie sich so viel mit Brionys Mutter beschäftigten. Wahrscheinlich sah sie deswegen ein wenig blass aus. Stattdessen griff sie nach einem der alten Kriegsfotos aus der Schachtel. Ihr Großvater war gut zu erkennen, obwohl er die Augen zusammenkniff, um sich vor der Sonne zu schützen. Sie vermutete, dass der Mann neben ihm Paul war: ein großer, dunkelhaariger Mann mit funkelnden Augen. Und das war Ivor, schmaler gebaut und mit seinem blonden Haar und den ebenmäßigen Zügen auf klassische Art attraktiv. Auf seinen wohlgeformten Lippen lag kein Lächeln. Briony hatte keine Ahnung, wer die anderen drei Männer waren. *Das un-*

zertrennliche Kleeblatt, stand auf der Rückseite, was absolut nicht hilfreich war.

Erst, als sie sich bettfertig machte, kam sie auf die Idee, die Schublade unter ihrem Bett noch einmal zu untersuchen, um zu sehen, ob sich dort noch etwas versteckte, was von Bedeutung für ihre Recherche war. Sie kniete sich hin, um sie aufzuziehen, doch darin befand sich nur die Kiste mit den Schulbüchern ihrer Mutter. Briony drückte die Schublade wieder zu und schlüpfte ins Bett, wo ihre Füße auf die Behaglichkeit der Wärmflasche stießen, die ihre Stiefmutter ihr hineingelegt hatte. Die liebe Lavender!

Als Briony in der Dunkelheit und Stille dalag, verfolgten sie erneut Gedanken an Aruna und Luke. Vielleicht hätte sie Aruna eine SMS schicken und sich nach ihr erkundigen sollen. Doch vielleicht hatte auch Lavender recht, und sie sollte sie in Ruhe lassen. Würde Aruna eine Reaktion von ihr erwarten? Briony grübelte über die Ereignisse der vergangenen Nacht nach, und wieder fiel ihr der Reiseführer ein, den sie in Arunas Wohnung gefunden hatte. Warum hatte Aruna ihn angesehen? Da ging ihr auf, dass die Lösung des Rätsels in Italien lag. Was war in Tuana geschehen, in der Villa Teresa, an Pauls letztem bekannten Aufenthaltsort?

Der Film aus dem Krieg, den Mariella ihr gegeben hatte! Bibbernd schlüpfte Briony aus dem Bett, zog ihren Laptop aus seiner Hülle und krabbelte damit wieder unter die Bettdecke. Hoffentlich hatte die ordentliche Lavender nicht das WLAN im Haus ausgeschaltet. Nein, das Symbol über der Toolbar leuchtete stetig. Die Dropbox im Internet, die sie benötigte, ließ sich leicht öffnen, und bald sah sie die Bilder vorbeiziehen, die sie zuerst in jenem stickigen Wohnzimmer an einem Sommerabend in Italien gesehen hatte: Das abgeschossene Flugzeug, das über den Himmel taumelte, die Zerstörungen in dem vom Krieg verwüsteten Tal, und dann ging es durch das Tor der Villa Teresa, durch den verwilderten Garten und zu der Stelle, an der die zwei Männer Kisten von einem Laster luden.

Sie fror das Bild kurz ein, um ihre Gesichter zu studieren, und ließ den Film dann zu den Karten spielenden Soldaten weiterlaufen. Sie kam zu dem Schluss, dass es sich bei dreien der fröhlichen Gesichter um das »unzertrennliche Kleeblatt« von dem Foto aus der Schachtel ihres Großvaters handelte. Schließlich kamen die hellen Mauern und das mit Ziegeln gedeckte Dach der Villa selbst in Sicht, und – wer war das? Sie hielt den Film an und ging einen winzigen Moment zurück. Dort, am Fenster. Sie knipste die Nachttischlampe aus, sodass das Bild heller und schärfer wirkte. Konnte das Ivor sein, der mit wachsamer Miene, die Hände in die Hüften gestemmt, am Fenster stand? Sein Gesicht lag im Schatten, aber die Uniformjacke des Mannes war bis oben zugeknöpft, und seine Haltung wirkte stolz. Ja, wahrscheinlich, dachte sie, und ließ den Film weiterlaufen. Jetzt kam die Nahaufnahme der Hacke, gefolgt von dem Gärtner, der sie schwang, und wieder empfand sie den Schock darüber, dass das Harry war, der mit dem lockigen Haar, den funkelnden Augen und dem tief gebräunten schmalen Gesicht ihrem Bruder Will so ähnlich sah. Das war eindeutig ihr Großvater. Aber wo steckte dann Paul?

Das Bild flog mit dem abgerissenen Ende der Filmrolle davon, und der Bildschirm verdunkelte sich. Noch einmal schob Briony den Cursor zurück zu der Stelle, an der der Laster entladen wurde, doch obwohl sie jedes Gesicht noch einmal musterte, auch die der Kartenspieler, war von Paul nichts zu entdecken. Vielleicht war er an diesem Tag nicht dabei gewesen, oder – warum hatte sie nicht eher daran gedacht? – vielleicht war er ja der Kameramann. Sie wusste von einer anderen Gelegenheit, bei der er ebenfalls das Bild aufgenommen hatte. Wann war das noch gewesen? Während sie den Laptop herunterfuhr und ihn auf den Nachttisch legte, erinnerte sie sich daran, wie sie mit Robyn Clare in deren hübschem Apartment in Westbury Hall gesessen und das Foto des Haushalts studiert hatte, das 1939 aufgenommen worden war. Da hatte sie ebenfalls zwischen den aufgereihten Familienmitgliedern und

Dienstboten nach Paul gesucht, aber Robyn hatte vermutet, dass er das Bild aufgenommen hatte und deswegen nicht darauf zu sehen war.

Während Briony wartete, dass der Schlaf sie übermannte, erinnerte sie sich an den letzten Brief von Paul, den sie gelesen hatte. Darin spielte er darauf an, dass etwas Schreckliches geschehen war und Ivor und er deswegen in Schwierigkeiten steckten. Wieder fragte sie sich, was in aller Welt das sein konnte.

40

April 1944

Nach dem langen Winter in den Bergen brachte der Frühling Hoffnung. Nur selten glitzerte jetzt noch Raureif auf dem Schlamm, wenn Paul am Morgen nach draußen trat, und er löste sich im heißen Schein der frühen Sonne rasch auf. Zusammen mit Harry und Private Sullivan, einem Mitglied des »untrennbaren Kleeblatts«, das so genannt wurde, weil die Männer in Neapel zusammen einquartiert waren und sich seitdem als unzertrennlich erwiesen hatten, hatte er begonnen, ein Stück Land an einer geschützten Stelle in dem Garten hinter der Villa umzugraben, um dort Gemüse anzubauen, obwohl er bisher nicht viel zu pflanzen hatte. Er hatte Harry besorgt beobachtet, doch der Mann hatte nur noch ein Mal, kurz nach Weihnachten, einen Fieberanfall erlitten, und die leichte Arbeit in der wärmer werdenden Luft schien ihm gutzutun.

Die beiden gehörten zu einem Dutzend Männern, die unter Ivor Richards' eiserner Hand in der Villa Teresa lebten. Ein unerschütterlicher schottischer Sergeant namens John Fulmer befehligte unten in Tuana sechs weitere Soldaten und hatte das Rathaus besetzt, wo sie zum Kummer des gegenwärtigen Bürgermeisters, eines pensionierten Bankbeamten mit eleganter eisengrauer Haarmähne und stolzem römischen Profil, den großen Empfangssaal mit seinen ernsten Porträts vergangener Würdenträger in eine Operationszentrale und ein Schlafquartier verwandelt hatten. Seine Beamten wurden jetzt von überallher mit Listen unlösbarer Probleme bedrängt, und ihm stand nur ein kleines Büro zur Verfügung, um sie zu empfangen, und keine Möglichkeit, Sitzungen oder Empfänge abzuhalten. Immerhin bedeutete die Stationierung der Soldaten in der Stadt, dass sie Nachschub an Lebensmitteln und anderen Gütern erhielten, obwohl die Lieferungen den harten Winter hindurch unregelmäßig eingetroffen waren. Da musste man sich wohl oder übel aufs Murren beschränken.

An diesem Tag im April fuhren Paul und Harry mit dem letzten Benzin im Tank des Lasters hinunter nach Tuana. Am Abend zuvor war Nachschub aus Neapel eingetroffen – eine willkommene Entlastung, nachdem das Wetter sich gebessert hatte und einige der Straßen und Brücken repariert waren. Sie halfen bei der Verteilung der Lebensmittel an die ungeduldig drängelnden Frauen im Ort, gaben den Nonnen im Kloster medizinisches Bedarfsmaterial in Verwahrung – momentan lebte kein Arzt in der Stadt – und händigten, unterstützt von hiesigen Beamten, Bauern oder ihren Witwen Säcke mit Saat und Tierfutter aus.

Ein Junge aus dem Ort, den Paul schon gesehen und den der Bürgermeister als seinen Enkelsohn vorgestellt hatte, war fasziniert von den britischen Soldaten. »Ich helfen, ich helfen«, sagte Antonio heute mit blitzenden Augen. Er war fünfzehn und groß, sportlich und gut aussehend. Sein Vater, der Schwiegersohn des Bürgermeisters, war in britischer Kriegsgefangenschaft, doch seine Familie schien sich sicher zu sein, dass er am Ende wohlbehalten zurückkehren würde. »Ich wollte gegen *la Germania* kämpfen«, erklärte der Junge, »aber sie sagen, zu jung, zu jung. Also helfe ich Ihnen, ja?« Gegenüber den Frauen und Kindern, die sich um Konserven und Trockenware drängten, führte er sich wie ein Herrscher auf und schimpfte, wenn jemand versuchte, sich zu viel zu nehmen. Paul musste lächeln, während er seine Liste abhakte. Zwangsläufig brachte Antonio es regelmäßig fertig, als Bezahlung ein paar der Sachen für sich zu erbetteln. Es war schwierig, sehr schwierig, ihm etwas abzuschlagen.

Paul und Harry füllten ihren Benzintank und packten die für die Truppe vorgesehenen Rationen in den Laster.

»Ist Post gekommen?«, fragte Paul den Fahrer eines der Lastwagen, einen stämmigen Corporal mit Cockney-Akzent, als er Waren in eine der Baracken gestapelt hatte.

»Post? Was'n das für'n Ding, von dem du redest, Meister?« Mit einem breiten Grinsen auf seinem pausbäckigen Gesicht trat er an die Fahrertür und zog hinter seinem Sitz einen schmierigen, prall gefüllten Sack hervor. Strahlend ergriff Paul ihn, schleppte ihn ins Rathaus und kippte den Inhalt auf einen Schreibtisch. Soldaten drängten, aufgeheitert durch den Anblick dieser Verbindung nach Hause, heran, um beim Sortieren der Päckchen und Briefe zu helfen. Pauls Herz machte einen Satz, als er einen Umschlag hervorzog, der in einer vertrauten Handschrift an ihn adressiert war. Er steckte ihn in seine Brusttasche. Harry, sah er, hatte auch einen erhalten. Dann steckten sie ein Dutzend weitere Briefe und Päckchen für die Männer in der Villa wieder in den Sack, um sie mitzunehmen.

Draußen warteten sie, während fünf deutsche Gefangene in Handschellen aus dem winzigen Gefängnis geführt und auf einen der Lastwagen geladen wurden. Abschiedsrufe hallten durch die Straße, als der Konvoi sich auf den Rückweg nach Neapel machte. Paul gab Antonio eine Münze und zwinkerte ihm zu, und dann stiegen Harry und er wieder in ihren Laster.

Auf der kurvenreichen Strecke hinauf zur Villa dachte Paul die ganze Zeit an den Brief in seiner Tasche und fragte sich, was Sarah zu erzählen haben würde. Seit dem letzten, der zu ihm durchgekommen war, waren zwei Monate vergangen, und er hoffte, dass sie seine Antwort erhalten hatte. Er bemerkte, dass Harry, der neben ihm saß, seinen eigenen Brief hervorzog und ihn schweigend las. Dann faltete er ihn zusammen und steckte ihn mit unsicherer Miene wieder zurück.

»Von wem ist er?«, fragte er.

»Jennifer«, lautete die Antwort, doch als Paul fragte, ob es etwas Neues gebe, ignorierte Harry ihn und warnte ihn stattdessen laut vor einem besonders großen Schlagloch.

In der Villa überließ es Paul dem Kleeblatt, den Laster auszuladen, und schlenderte leise vor sich hin pfeifend in den Garten hinter dem Haus, wo er sich auf einen alten Baumstamm setzte, sich eine angezündete Zigarette zwischen die Lippen steckte und den Brief aufschlitzte.

Rasch las er ihn durch und dachte noch über seinen Inhalt nach, als er hörte, wie hinter ihm jemand aus der Tür trat. Ivor. Argwöhnisch stand Paul sofort auf, doch der Captain war nicht gekommen, um ihm einen Befehl zu erteilen.

»Etwas Neues von zu Hause? Von wem ist er?« Für Ivor war nichts in der Post gewesen, nicht einmal von seiner Mutter. Er tat Paul beinahe leid.

Er faltete den Brief zusammen. »Von Sarah«, erklärte er unsicher. »Sie ist die Einzige, die mir schreibt.« So ganz stimmte das nicht. Sehr selten erhielt er eine Postkarte von Horst, seinem Zimmerkameraden aus dem Pionierkorps, aber er hatte schon mehrere Monate nichts mehr von ihm gehört, und er mochte über den Grund gar nicht nachdenken.

»So ist es dann wohl«, meinte Ivor stirnrunzelnd. Paul gefiel weder das Stirnrunzeln noch die Abneigung im Blick des andern. »Manchmal schreibt sie mir natürlich auch. Was erzählt sie denn? Nein, machen Sie sich keine Mühe, wenn es privat ist.«

Natürlich war es privat, aber vielleicht sehnte Ivor sich auch einfach nach Nachrichten von zu Hause, und es war unfreundlich, ihm das zu verwehren. »Sarah geht es gut, das ist das Wichtigste«, erklärte er und steckte den Umschlag in seine Tasche. Er würde ihn eine Weile mit sich herumtragen und dann zusammen mit den anderen in Öltuch wickeln und in seinen Tornister stecken, ein kostbares Paket, und bisher war es ihm gelungen, es trocken zu halten. »Sie macht sich ein wenig Sorgen um ihre Schwester, der es in letzter Zeit nicht gut geht.« Sarah hatte nichts über die Art ihrer Krankheit geschrieben, sondern nur bemerkt, dass Diane bedrückt gewesen war, aber jetzt ein wenig munterer wirkte. Das war gut. Vielleicht hatte sie sich von der schrecklichen Geschichte mit dem Baby erholt, die Sarah ihm anvertraut hatte. Doch der Brief vermittelte ihm das Gefühl, dass zu Hause alle viel froher waren, nachdem der Krieg sich zugunsten der Alliierten gewendet hatte.

»Diane ist ein merkwürdiges Mädchen.« Ivor lehnte sich an einen Eukalyptusbaum und stopfte seine Pfeife. »Verdammt hübsch, wohlgemerkt, aber ein tiefes Wasser. Sehr tief.«

»Da haben Sie sicher recht.« Paul hatte nicht vor, ausgerechnet mit Ivor über Diane zu diskutieren, aber in diesem Punkt konnte es sicher nicht schaden, ihm beizupflichten. Nicht einmal Sarah durchschaute ihre Schwester. Insgeheim fragte sich Paul, ob Diane eher oberflächlich als tiefgründig war, aber rätselhaft war sie allemal, und er spürte, dass sie ihn ablehnte.

Ivor zündete die Pfeife an und paffte. »Wissen Sie ...«, begann er, und Paul wartete beklommen. »Nein, nicht so wichtig.« Eine Rauchwolke stieg in die Luft. »Wie war es heute in der Stadt, Hartmann? Probleme, auf die wir reagieren müssten?«

»Nicht wirklich, Sir.« Paul betonte das »Sir«. »Wir haben wie immer einen Teil der Vorräte eingeschlossen. Den Frauen fällt es schwer, das zu verstehen. Sie scheinen zu glauben, dass wir sie für uns behalten wollen.«

»Lächerlich. Ich hoffe, Sie haben keinen Unsinn durchgehen lassen.«

»Nein, Sir, natürlich nicht. Der junge Enkel des Bürgermeisters, Antonio, war auch dort. Wir haben ihn gebeten, ihnen zu erklären, wie die Rationierung funktioniert. Dass wir nicht wissen, wann der nächste Konvoi durchkommt.«

»Und die Gefangenen?«

»Fügsam wie Lämmer, Sir.«

Paul gefiel der lange, abschätzige Blick nicht, mit dem Richards ihn musterte. »Wahrscheinlich tun Ihnen die Jerries leid, was, Hartmann?«

»Nicht besonders, Sir. Abgesehen davon, dass ein zivilisierter Mensch Mitleid für jeden Gefangenen empfinden sollte.«

»Worüber reden Sie mit ihnen, eh? Hoffentlich nicht über Fluchtwege.« Er lachte trocken auf.

Paul hielt einen Moment inne und antwortete erst dann. »Selbstverständlich nicht. Sie wissen doch, was meine Aufgabe ist: mich um eventuelle Beschwerden oder vernünftige Anliegen zu kümmern, die Kranken zu beruhigen.«

»Natürlich, natürlich. Ich behalte Sie trotzdem im Auge.«

Paul fühlte Zorn in sich aufsteigen. Er vermutete, dass Ivor nicht ernsthaft glaubte, dass er deutschen Gefangenen zur Flucht verhelfen würde, aber er genoss es, ihn zu schikanieren. Er fand auch Freude daran, in seiner Gegenwart den Feind verächtlich zu machen und die Deutschen Schweine und Bastarde zu nennen. Paul gab sich die größte Mühe, nicht darauf anzuspringen, doch ab und zu kochte seine Wut hoch. Kürzlich abends hatte Harry ihn angetroffen, als er nach draußen gegangen war, um Dampf abzulassen.

Zusammen hatten sie unter den dunklen Bäumen gestanden und geraucht, um die Mücken zu vertreiben. Harry hatte nicht viel dazu sagen können, sondern nur sein Mitgefühl zum Ausdruck gebracht, doch Paul wusste zu schätzen, dass er es versuchte. Durch Harry hatte er das Gefühl, festen Boden unter den Füßen zu haben. Sie konnten Erinnerungen an Westbury teilen, obwohl sie einander dort kaum gekannt hatten. Für Harry war Paul bloß einer der Gärtner auf dem Gut gewesen, doch inzwischen waren sie gute Freunde. Harrys freundliche Art gehörte zu dem wenigen Guten an diesem Krieg, obwohl er spürte, dass Ivor gerade diese Tugend an Harry hasste, genau wie er Harrys Malaria und seine Kriegsneurose verachtete.

»In der Schule war Richards kein Rabauke, verstehst du, eher das Gegenteil. Er hat eine sensible Seite, und das haben die Bengel erkannt und sich darauf gestürzt. Ich schätze, jetzt rächt er sich dafür an der ganzen Welt. Du darfst dir nicht anmerken lassen, dass es dir etwas ausmacht, sonst hat er schon gewonnen.«

Das war ein vernünftiger Ratschlag, aber Paul würde Harry gegenüber niemals durchblicken lassen, wie stark Sarah zwischen Ivor und ihm stand und Ivors bittere Abneigung nährte. Harry war viel zu unbekümmert und optimistisch, um allzu schlecht über jemanden zu denken. Deswegen mochte ihn jeder, doch es untergrub an der Front auch seine Autorität. Harry war kein Anführer, und ihm war es so auch lieber.

An diesem Abend hatte sich noch das Kleeblatt zu ihnen gesellt, und sie hatten plaudernd und lachend auf einer Lichtung zusammengestanden, zu den eisigen Sternen hinaufgesehen und versucht, die Konstellationen an diesem fremden Himmel zu identifizieren.

Mehrere Tage nach der Ankunft von Sarahs Brief wurde Paul nachts von einem Tumult geweckt. Jemand, der Stimme nach Sparky Webster, befahl ihnen aufzustehen. »Wir haben ein Problem in Tuana«, hörte er den Mann sagen. Paul schälte sich aus seinem Schlafsack, zog die Jacke an und tastete nach seinen Stiefeln. Aus den anderen Zimmern hörte er Flüche, während die Männer sich hastig fertig machten.

Als Paul draußen über das Tal hinaussah, stellte er fest, dass in der kleinen Stadt überall Lichter tanzten. Fernes Gewehrfeuer hallte und drängte sie zur Eile. Er ließ einen der Laster an, Harry den anderen. Die Männer sprangen auf die Ladefläche, und schon waren sie unterwegs und polterten und rumpelten langsam die kurvige Straße hinunter, die am Hügel klebte. Die abgeschirmten Scheinwerfer erhellten die Fahrrinnen und Schlaglöcher. Ihre erste Aufgabe hier war gewesen, die Straße von Minen zu räumen.

Als sie ein paar Minuten später durch die Stadt fuhren, waren die Straßen leer, obwohl an den Rändern vieler Fensterläden Licht durchschien. Auf dem Platz trafen sie zwei Männer aus Sergeant Fulmers Zug an, die verwirrt umherstrichen und sich fragten, wo ihre Kameraden steckten.

»Was zur Hölle geht hier vor?«, blaffte Ivor Richards sie an.

»Wissen wir nicht, Sir. Wir sind von einem großen Lärm wie von eiligen Schritten aufgewacht«, erklärte einer. »Sergeant Fulmer ist losgezogen, um sich umzusehen. Hat uns befohlen hierzubleiben. Da geht etwas Merkwürdiges vor, so viel ist sicher.«

»Was waren das für Schüsse?«

Im grauen Licht sahen die beiden Männer einander an. »Das war der Sergeant, um die Straßen zu räumen. Glaube nicht, dass jemand verletzt worden ist. Jedenfalls schien es zu funktionieren.«

»Und wo ist Sergeant Fulmer entlanggegangen?« Einer der Soldaten wies an der beschädigten Kirche vorbei auf ein düsteres Straßenlabyrinth, das dahinter lag.

»Sie bleiben hier«, sagte Ivor zu Harry, »und Sie, Sie, Sie und Sie auch. Sorgen Sie für Ordnung, und passen Sie auf die Fahrzeuge auf. Die anderen kommen mit mir. Kein Licht, sonst sind wir wandelnde Zielscheiben für Heckenschützen.«

Das Gewehr im Anschlag, folgte Paul Ivor. Sie verließen den Platz und liefen die steinigen Straßen entlang, wo der Mondschein von den weiß getünchten Mauern reflektiert wurde und ihren Weg erhellte. Ab und zu war er sich sicher, einen Schatten wahrzunehmen, oder hörte ein Scharren, als falle ein Steinchen aus dem Mauerwerk herab, doch wenn er stehen blieb, um sich prüfend umzusehen, entdeckte er nichts. Irgendwann drang ein Flüstern an sein Ohr, aber als er seine Taschenlampe kurz aufleuchten ließ, enthüllte der Lichtstrahl nichts, sodass er sich fragte, ob er sich das eingebildet hatte. Er stolperte über Schutt, die Überreste eines Vorbaus, folgte Ivor um eine Ecke und dann um eine weitere und hörte ihn plötzlich unterdrückt fluchen. Mehrere Gestalten zeichneten sich in der Dunkelheit ab, und Paul spürte, wie sein Magen sich überschlug. Dann hörte er, wie Sergeant Fulmer mit seiner tiefen Stimme die Losung rief, und Erleichterung stieg in ihm auf.

»Es ist die Lagerscheune, Sir«, erklärte Fulmer Ivor. »Die Türen sind abgeschlossen, aber wir glauben, dass sie eingedrungen sind. Jemand hat unseren Schlüssel gestohlen.«

Nicht nötig zu fragen, wer »sie« waren. Paul war daran gewöhnt, dass die Stadtbewohner zu einer einzigen verdächtigen Masse zusammengefasst wurden, »ihre« seltsamen Sitten, »ihre« unverständliche Sprache, »ihr« überschäumendes Temperament, »ihre« Gerissenheit oder »ihr« Aberglaube, so sprachen Fulmer und Richards untereinander über die Einheimischen, und die meisten Soldaten hielten es ebenso. Auch Paul gelegentlich, wenn er frustriert war, weil die beiden Seiten einander nicht verstanden.

Sie brachen erneut auf, bis sich die Straße in der Landschaft verlief. Hier erhob sich der schwarze Umriss einer aus Stein gemauerten Scheune mit Eisentüren, an denen ein dickes Vorhängeschloss hing. Darin hatten sie die Lebensmittelvorräte und das Saatgut eingeschlossen.

Da sie keinen Schlüssel bei sich trugen, trat Ivor Richards heran und befahl Paul, das Schloss mit dem Gewehrkolben herunterzuschlagen, und als das nichts brachte, zog er seine Pistole und schoss das Schloss in Stücke. Er stemmte die Türen auf, und ein Strahl Mondlicht fiel hinein. Nichts – das Gebäude war leer.

Einen Moment lang standen sie verwundert da. »Wie sind die nur an den Schlüssel gekommen?«, fragten die Männer einander.

»Gehen wir!«, brüllte Richards wütend. »Die verdammten Idioten. Was glauben die denn, wie wir bis zum nächsten Konvoi durchkommen sollen?«

Niemand antwortete. Keiner der Männer mochte andeuten, dass sie den Einheimischen gegenüber vielleicht zu hart und die Rationen zu knapp gewesen waren, aber der harte Winter hatte das notwendig gemacht. Ja, es war schwer, dabei zuzusehen, wie die Kinder hungerten, aber es war besser, vorsichtig mit dem umzugehen, was sie bekamen, und es mit dem zu strecken, was nach der ausgefallenen Ernte noch übrig war, und den wenigen Tieren, die nicht geschlachtet oder konfisziert worden waren. Das hatten sie jedenfalls geglaubt. Dies war die Rache der Bevölkerung, obwohl sie sich durch den Diebstahl nur selbst schadete.

»Also«, sagte Richards. »Wir schwärmen aus und klopfen an die Türen. Durchsucht alles. Damit dürfen sie nicht ungestraft durchkommen. Treibt alle zusammen, die sich uns in den Weg stellen.«

Leise summend stieg Besorgnis in Paul auf. Angeblich sollten sie doch diese Menschen beschützen, die so viel gelitten hatten, und sie nicht als Feinde behandeln.

»Los, vorwärts!« Richards' Schrei klang beinahe schrill. Alle nahmen Haltung an und gingen, leise untereinander murmelnd, davon. Bald hörte man, wie an Türen gehämmert wurde, knurrende britische Stimmen und italienische, die laut reagierten, gelegentlich ein empörter Aufschrei oder ein weinendes Baby.

»Worauf warten Sie, Hartmann?«

Paul starrte Richards an, drehte sich dann auf dem Absatz um und folgte den anderen. Hinter sich hörte er Richards zornig atmen. Überall auf den Straßen trugen die Soldaten die Kartons mit den vermissten Rationen aus den Häusern. Sie holten einen Laster vom Platz, um sie daraufzuladen. Paul sah eine Frau, die ihre Beute nicht loslassen wollte, bis ein Soldat sie ihr entriss und sich dabei entschuldigte. In einem anderen Haus weigerte sich die Familie, die Tür zu öffnen, und Harry stand davor und diskutierte mit ihnen. Richards entriss Harry das Gewehr und schlug damit die Tür ein. Die Mutter und ihre drei verschreckten kleinen Töchter mussten auf der Straße stehen, während zwei Soldaten die Kartons nach draußen trugen. Erst dann durften sie wieder hinein.

»Wir müssen alles zur Villa hochfahren«, rief Richards einem der »Kleeblätter« zu, der mit dem Laster langsam die Straße hinaufkam. »Können das alles nicht hier unten lassen. Denen ist nicht zu trauen.«

Überall folgten ihnen feindselige Blicke. Einen solchen Hass hatte er bei den Stadtbewohnern noch nie erlebt, ein stummer Vorwurf, Kindern das Essen wegzunehmen.

»Dahinten lungert jemand herum.« Richards führte sie durch eine schmale Gasse, in der die Häuser nach vorn überhingen und die Dunkelheit noch dichter war. Als sie stehen blieben, hörten sie fliehende Schritte. »Wer ist da? Zeig dich!«, schrie Richards. Die Schritte verklangen.

»Er ist weg«, sagte Paul und hoffte, Richards werde aufgeben, doch der ignorierte ihn. Sie umrundeten eine Ecke, und vor ihnen schimmerte Kopfsteinpflaster im Mondschein. Eine Reihe von Töpfen mit sprießenden Büschen standen vor der Mauer einer Villa, deren Fensterläden geschlossen waren. Paul ließ den Blick vorbei an den verstreuten Außengebäuden gleiten, sah den Fuß der Hügel, einen zerstörten Olivenhain und dahinter das Tal, das wie eine dunkle Grube wirkte.

Ein Klirren wie von einer losen Fliese, die über Stein rutscht. Richards tauchte in die Deckung der Büsche ab, und Paul tat es ihm nach. Licht spiegelte sich auf der Pistole in Richards' Hand. »Sir«, flüsterte Paul. »Wer immer das ist, der ist ... vielleicht nicht bewaffnet.«

»Psst«, unterbrach Richards ihn. Im selben Moment erhaschte er einen Blick auf einen Schatten, der am Ende der Gasse über den Boden huschte, und hörte ein Steinchen aufschlagen. Richards rannte zur Ecke der Villa, wo er sich an die Wand drückte und in die Dunkelheit spähte. »Nichts«, zischte er Paul zu. »Bleiben Sie zurück.«

Paul sah, wie die Hand des Mannes sich fester um seine Pistole schloss. Eine Weile warteten sie in vollkommenem Schweigen. Sie hörten nur das Seufzen der Brise und das ferne Blöken einer Ziege. Es wurde dunkler, als Wolken den Mond verdeckten, und dann sahen sie ihn.

Eine kräftige Gestalt löste sich von dem Umriss eines Außengebäudes und rannte am Fuß des Hügels entlang. Ihre seltsame Form schien der schweren Kiste geschuldet, die sie trug. »Hey! Stehen bleiben, *presto!*« Richards stürmte ihm nach, und Paul folgte ihm.

Er sah, dass der Flüchtige nur ein junger Bursche war, der ein Tuch um den Kopf trug. Über die Schulter warf er seinen Verfolgern einen Blick zu, aus solcher Nähe, dass Paul die Angst in seinen großen dunklen Augen sah. Der Junge ließ die Kiste fallen und rannte im Zickzack durch den Schutt in Richtung Stadt, und im jetzt helleren Mondschein konnte Paul sein Profil erkennen. Die Erkenntnis traf ihn wie ein Schlag in die Magengrube. Exakt in diesem Augenblick hallte ein Schuss durch die Nacht. Der Junge wurde kurz in die Luft gehoben und sackte dann zu Boden.

»Antonio, nein!« Paul sprintete zu dem Jungen, doch er konnte nichts mehr tun. Der Enkelsohn des Bürgermeisters lag leblos da, und Blut strömte aus der Wunde an seiner Schläfe.

Langsam erhob Paul sich, drehte sich um und starrte Richards entsetzt ins Gesicht. Der Mann war totenbleich. Seine Lippen waren animalisch verzerrt, und seine Augen glitzerten. Dann schoss ihm das Blut wieder ins Gesicht, und sein Blick wirkte weicher, als er erkannte, was er getan hatte. Paul befeuchtete seine Lippen und schob seinen Helm zurück. Richards hielt die rauchende Pistole immer noch in der leicht zitternden Hand, die an seiner Seite herabhing.

»Sie ... Bastard«, stieß Paul hervor. Lange starrten die beiden einander an.

Richards wandte als Erster den Blick ab. »Er hat geplündert. Er wusste, was darauf steht.«

»Er war ein Junge. Nur ein Junge. Er hatte keine Waffe, wo ist seine Waffe?« Dem Paul, der er einmal gewesen war, hätten die Tränen in den Augen gebrannt. Er wünschte sich so sehr, sie würden kommen, damit er sich wie ein Mensch fühlen konnte, doch stattdessen breitete sich ein taubes Gefühl in ihm aus. Das hatte der Krieg aus ihm gemacht. Er holte sein Taschentuch aus der Brusttasche, schüttelte es aus und legte es dem Jungen über den Kopf wie ein Leichentuch, eine sinnlose Geste, doch er tat es trotzdem. Dann schulterte er sein Gewehr und ging müden Schrittes davon. Einmal sah er sich noch um, bevor die Straßen der Stadt ihn verschluckten. Ivor stand immer noch regungslos da und sah auf den Toten hinunter.

41

Mit einer müden Bewegung schloss Briony ihre Autotür und sah sich um. In Dezember war Westbury Hall ein trübseliger Ort. Der Blauregen über dem Eingang war zurückgeschnitten, und die kahlen, schwarzen Bäume, die den Parkplatz säumten, standen tropfend im Sprühregen. Sie erschauerte, wickelte ihren Parka enger um sich und ging dann langsam zum Eingang hinauf.

»Hallo, Kemi.« Die schwere Tür fiel hinter ihr zu. In der Eingangshalle mit den hohen Decken war es erstaunlich behaglich. Kemi, die passend zur Jahreszeit ein rotes Kostüm trug, hängte goldene Kugeln in einen hohen, schlanken Weihnachtsbaum.

»Hi, Briony.« Kemi grinste zurück. Sie wirkte auf beruhigende Art genau wie immer. Allerdings huschte, während sie Höflichkeiten austauschten, ihr Blick immer wieder zu ihrer linken Hand, wo ein Ring, den Briony meinte, noch nie gesehen zu haben, im Halbdunkel glitzerte.

»Ist der neu?«

Sichtlich erfreut, auf den Ring angesprochen zu werden, streckte Kemi die Hand aus.

»Seit letzter Woche«, erklärte sie stolz. »Wir wollten es eigentlich zu Weihnachten bekannt geben, aber am Ende wollte TJ nicht mehr warten.«

»Ja dann, herzlichen Glückwunsch«, sagte Briony und dachte bei sich, dass sie mit einundzwanzig nicht in der Lage gewesen wäre, eine solche Entscheidung zu treffen.

»Danke! Sie wollen Mrs. Clare besuchen, oder? Sie hat mir davon erzählt.«

Briony hatte der alten Dame schließlich geschrieben. Die Antwort war in derselben blumigen Handschrift verfasst gewesen wie die Karte, die sie im Sommer von ihr erhalten hatte. Die Schrift war noch zittriger als zuvor, doch der Ton war durchaus fest. Sie wäre »hocherfreut«, Briony wiederzusehen, und das gelte auch für Lulu, die »sehr dankbar« für die Zeit sei, in der Briony sie versorgt hatte. Außerordentlich, dass Mrs. Clare ihren Zusammenbruch im Sommer so gut überstanden hat, dachte Briony, als sie an die Tür des Apartments im Erdgeschoss klopfte.

Avril öffnete sie einen Spaltbreit und schob Lulu mit dem Fuß zurück. »Kommen Sie doch herein, ja? Lulu, Körbchen.« Nachdem sie sich sicher hineinbugsiert hatte, nahm Avril ihr den Parka ab und zog sich in die Küche zurück. Briony begrüßte die alte Dame mit dem dünnen, flaumigen Haar, die in dem Sessel am Fenster saß. Schockiert sah sie, dass sie eingefallen und geschrumpft wirkte, aber ihre blauen Augen leuchteten so strahlend wie immer, und sie hatte keine Schwierigkeiten, sich an Brionys Namen zu erinnern.

»Ich hoffe, es macht Ihnen nichts aus, wenn ich nicht aufstehe.« Mrs. Clares Stimme klang verwaschen. »Ich muss jetzt dieses elende Ding benutzen.« Sie berührte einen Rollator, der neben dem Sessel stand.

»Das Muster darauf ist sehr hübsch«, sagte Briony. Jemand hatte gemustertes Plastikband um die Metallteile gewickelt.

»Das ist der Humor meiner Enkelin. Das Zeug wird bei Liberty verkauft. Ist es nicht wundervoll, was man heute alles bekommt?«

»Ja, nicht wahr?« Briony zog den Lehnstuhl heran, der in der

Nähe stand, und sah aus dem Fenster. »Mit all den Beeren sieht der Garten sehr farbenfroh aus.«

»Finde ich auch, obwohl das nicht seine schönste Zeit ist. Trotzdem sitze ich gern hier und denke zurück.« Sie seufzte. »Ich fürchte, heutzutage lebe ich in der Vergangenheit. Sie kommt mir viel klarer vor.«

Zusammen schauten sie aus dem Fenster in den nasskalten Garten in seinem Winterkleid aus Büschen und wucherndem Gras. Im Winter war die Aufteilung der Anlage deutlicher zu erkennen. Der Garten wurde durch vier Wege geteilt, die sich an einem Springbrunnen in der Mitte trafen. Hinter dem Garten stand unter dem bleigrauen Himmel, an dem Krähen schwebten wie Ascheflocken, eine Baumreihe Wache. Die Kargheit der Szene verlieh ihr eine besondere Schönheit, und es war angenehm, in der Wärme zu sitzen und heiße Butter und Weihnachtspasteten zu riechen.

Avril brachte das Tablett herein. Die zarten Teeteller wurden von winzigen Papierservietten mit Bogenrändern begleitet, die ein Muster aus Stechpalmenbeeren zierte.

»Was haben Sie beide an Weihnachten vor?«, fragte Briony. Eine Weile unterhielten sie sich über Familien und Traditionen. Während Briony zuhörte, biss sie in ein Pastetchen, das ihr im Mund zerging, schmeckte die gewürzten Früchte und leckte sich Puderzucker von den Lippen.

Mrs. Clares Sohn und Schwiegertochter würden herkommen und sie zum Mittagessen in ein Hotel auf dem Land ausführen. Kemi hatte ihr online ein paar Geschenke bestellt, da sie nicht gern ausging. »Sie ist ein gutes Mädchen. Hat sie Ihnen von ihrer Verlobung erzählt? Sie hat mir ihren jungen Mann vorgestellt. Er hat einen eigenartigen Namen und sieht mit einer dieser ausrasierten Frisuren, die anscheinend in Mode sind, ziemlich seltsam aus, aber er kann sich sehr gut ausdrücken.«

Briony gelang es, ihr Lächeln über Mrs. Clares säuerlichen

Ton zu verbergen. Als Avril sich wieder in die Küche zurückgezogen hatte, erkundigte sie sich nach Greg, nur um zu hören, dass es ihm, soweit Mrs. Clare wusste, gut ging, er sie aber in letzter Zeit nicht besucht hatte. Sie klang missfällig, sodass Briony sich fragte, ob er sie irgendwie verärgert hatte. Sie stellte ihren Teller ab, wischte sich Puderzucker vom Rock und lenkte das Gespräch in eine andere Richtung.

»Seit wir uns zuletzt gesehen haben, habe ich ziemlich viel recherchiert. Wissen Sie, ich habe noch eine weitere Sammlung von Briefen erhalten, und dieses Mal war der Verfasser der Cousin und Gärtner, von dem wir gesprochen haben, Paul Hartmann, und er hat sie an Sarah Bailey geschrieben.«

»Briefe«, murmelte Mrs. Clare mit vollem Mund. »Davon habe ich etwas gehört.«

»Hat Greg es Ihnen erzählt?« Briony war erstaunt.

»Ja. Die ganze Sache hat seinen Vater anscheinend erschüttert. Wissen Sie, dieses Wühlen in anderer Leute Leben ist ja schön und gut, aber es führt zu nichts. Für einige von uns ist das nicht Geschichte, sondern persönlich. Wir haben es erlebt. Es war eine schreckliche Zeit. Manche Menschen waren mit Situationen konfrontiert, in die sie in Friedenszeiten nie geraten wären, und wir können sie nicht allein für ihre Taten verantwortlich machen.«

Angesichts von Mrs. Clares tief empfundener Verbitterung blinzelte Briony verblüfft. »Wenn Gregs Vater im Krieg gekämpft hat, muss Greg älter sein, als ich dachte.«

»Nein, nein, er wurde nach Kriegsende geboren, aber seine Mutter ist erst vor ein paar Jahren gestorben, und er will nicht, dass der Ruf der Familie in Stücke gerissen wird.«

»In Stücke gerissen. Wieso denn das?«

»Wegen Hartmann. Und, was hatte er in diesen Briefen zu sagen?« Robyn Clare fixierte sie aus ihren wässrigen blauen Augen, und wieder spürte Briony, wie die Krankheit sie verändert hatte. Ihre Reserviertheit war verschwunden, sie wirkte direkter.

Zuerst begann Briony zögernd zu erzählen und wurde dann sicherer. Die ganze Zeit über beobachtete sie Robyn Clare und sah interessiert, dass ihre Miene erstaunt wirkte.

»Sarah und Paul waren befreundet, doch dann haben sie sich ineinander verliebt.«

»Das wusste ich damals nicht, obwohl ich später davon gehört habe. Man hat mir erzählt, dass Mrs. Bailey sehr ungehalten darüber war, obwohl mich ihre zarten Gefühle nicht interessieren. Paul war zwar mit meiner Mutter verwandt, aber sein Vater war Deutscher, verstehen Sie.«

»Ja, ich weiß, aber er war Großbritannien gegenüber vollkommen loyal. Sein größter Wunsch war es, gegen das Regime zu kämpfen, das für den Tod seines Vaters verantwortlich war. Aber Gregs Großvater –«

»Der arme Ivor.«

»… war eifersüchtig auf Paul, weil er Sarah ebenfalls liebte. Und Paul hatte das Pech, sich in derselben Kompanie wiederzufinden wie Ivor Richards. Ivor wurde sein kommandierender Offizier und hat ihn unfair behandelt.«

»Vollständiger Unsinn! Paul hat ihm den Gehorsam verweigert und Ivor in alle möglichen Schwierigkeiten gebracht.«

»Und das wissen Sie … woher?«

Mrs. Clares Augen blitzten wütend. »Alle hier wussten das. Ivor hatte eine furchtbare Zeit und wurde beinahe vors Kriegsgericht gestellt, verstehen Sie. Denken Sie doch an die Schande, vor allem für seine armen Eltern. Schließlich kam er mit einer unehrenhaften Entlassung davon. Seine Karriere bei der Armee war ruiniert. Und alles wegen dieses Deutschen, Hartmann!«

»Aber was war passiert? Was hatte er getan?«

»Ein italienischer Junge wurde getötet. Ivor sagte, er hätte geplündert. Etwas in der Art. So etwas kommt im Krieg natürlich vor, aber in diesem Fall gab es Klagen. Der Junge war mit jemand Bedeutendem verwandt.«

Mit einem Mal erinnerte sich Briony an die Gedenktafel in der Kirche in Tuana. »Hieß der Junge Antonio?«

»Keine Ahnung. Ich weiß nur, dass Ivor Paul hasste. Sagte, der hätte ihm die ganze Schuld gegeben.«

Briony runzelte die Stirn und fragte sich, warum die junge Robyn Clare nicht das geringste Mitgefühl für Paul aufgebracht hatte, der schließlich von ihrem Fleisch und Blut war. Dann dachte sie an den Freundeskreis, dem sie angehört hatte: Ivor, Jennifer und ihr Bruder Bob, Harry und die anderen. Vielleicht waren die Freundschaftsbande stärker gewesen als die Beziehung zu diesem fremden, entfernten Cousin, der als Gärtner für die Familie gearbeitet hatte. Das musste der Grund sein.

»Was genau hatte Paul getan?«

»Was er getan hat? Gelogen, keine Ahnung. Seinem kommandierenden Offizier widersprochen.«

»Kennen Sie die genauen Umstände?«

»Nein. Das ist zu lange her, und man hat darüber nicht gesprochen. Der Major und Mrs. Richards waren niedergeschmettert, das sah man ihnen an. Sie müssen verstehen, wie das damals war. So viele Familien hatten jemanden verloren. Andere, die aus dem Krieg zurückkehrten, hatten Dinge erlebt, die über die übliche Vorstellungskraft hinausgingen. Da blieb einem nur übrig, so normal wie möglich weiterzuleben. Damals gab es diesen ganzen Unsinn nicht, über alles reden zu müssen. Es hätte nichts genützt, das Unangenehme wieder und wieder durchzukauen. Nein, die Menschen haben versucht, es hinter sich zu lassen und ihr Leben weiterzuführen, so gut sie konnten.«

»Was ist nach dem Krieg aus ihnen allen geworden?«, fragte sie, und Mrs. Clares Blick trübte sich.

»Zu Beginn waren wir einfach erleichtert, dass der Krieg in Europa vorbei und Hitler tot war. Aber dann kamen die Nachrichten über diese schrecklichen Lager, im Fernen Osten wurde immer noch gekämpft, und dann fielen in Japan diese Wasserstoffbomben.« Jetzt kam Mrs. Clare vom Hundertsten ins Tausendste. »Viele Männer aus der Gegend wurden dort hingeschickt und sind nie zurückgekommen. Der arme Bob Bulldock kam erst '44 aus Deutschland wieder.«

»Und Paul? Und Ivor? Die Baileys?«

»Du meine Güte, Sie stellen aber viele Fragen! Meine Mutter hat die Affäre meines Vaters mit dieser Frau entdeckt, und wir sind nicht mehr oft hergekommen. Dann haben wir ganz plötzlich gehört, sie werde wieder heiraten. Sie hat sich mit einem alten Armeekameraden ihres Mannes zusammengetan. Würde mich nicht wundern, wenn er ein ehemaliger Liebhaber von ihr gewesen wäre. Ich glaube, sie ist nach Suffolk gezogen. Wollte nicht allzu weit von ihrer Tochter entfernt leben.«

»Sarah, meinen Sie?«

»Nein, nein, Diane natürlich. Ein merkwürdiges Mädchen, diese Diane. Ich bin mir sicher, irgendwo habe ich ihr Hochzeitsfoto. Hochnäsig bis zu ihrem Todestag. Ich habe keine Ahnung, warum Ivor sie geheiratet hat.«

Als Briony Mrs. Clare verließ, dämmerte es schon, und der Boden unter ihren Füßen knisterte frostig. Fern im Westen, jenseits des Dorfs, nahm die wogende Wolkendecke ein pfirsichfarbenes Orange an. Vor Briony lag die zweistündige Rückfahrt nach London – möglicherweise noch länger, wenn der Verkehr zäh war. Doch etwas hielt sie noch hier. Vielleicht würde sie zuerst noch einen kleinen Spaziergang machen.

Als sie dem Pfad nach Westbury Lodge folgte, wo sie vor vier Monaten gewohnt hatte, fühlte sie sich einsam und ein wenig deprimiert. Das Haus war abgeschlossen und wirkte verlassen. Als sie durch die Fenster spähte, ging ihr alles Mögliche durch den Kopf: über Paul, der hier einmal gelebt hatte, über Luke und Aruna und wie sie zusammen gelacht hatten, über Greg, der plötzlich vor ihrer Tür gestanden hatte.

Greg. Sie fragte sich, ob sie ihn je wiedersehen würde, und ob sie das wollte. Diane Bailey war also seine Großmutter gewesen. Es hatte ihr die Sprache verschlagen, als Mrs. Clare ihr das erzählt hatte. Merkwürdig, dass er Dianes Namen nie erwähnt hatte, und sie fragte sich, warum er es nie getan hatte. Wie es wohl zu dieser Ehe gekommen war? Es kam im Leben gar nicht so selten vor, dass man ein Mädchen nicht bekam und die Schwester heiratete. Briony dachte über das Foto nach, das Mrs. Clare ihr aus einem alten Album herausgesucht hatte. Diane hing darauf an Ivors Arm und sah auf eine puppenhafte Art sehr hübsch aus, mit großen, weit auseinanderstehenden Augen und einem kleinen Mund in einem herzförmigen Gesicht. Ivor trug Zivil und sah der Welt stolz entgegen, doch Briony hätte gern gewusst, was die beiden hinter ihrem Lächeln für die Kamera gedacht hatten.

Was war das? Eine Bewegung an einem Fenster im ersten Stock riss sie aus ihren Gedanken. Ihr stockte der Atem, doch dann wurde ihr klar, dass sich ein kleiner Vogel darin spiegelte. Da war er, hinter ihr, und flatterte von Baum zu Baum. Dieser Ort war ihr unheimlich. Sie ging weiter.

Die Tür, die in den ummauerten Garten führte, knarrte laut, als sie sie aufschob, und Briony blieb, zuerst erstaunt und dann bestürzt, stehen. Die zuletzt sommerliche Rasendecke war zerwühlt wie von einem riesigen Maulwurf. Eher einem Bagger. Greg und Luke hatten gearbeitet. Auf einer Seite lag ein Stapel brandneuer Rohre und blockierte den Weg. Das Bewässerungssystem, das darauf wartete, verlegt zu werden. Warum tat Greg das? Für eine reine Liebhaberei musste das sehr kostspielig sein. Sie erinnerte sich an seine Pläne für eine Gärtnerei und einen Hofladen. Eine Weile betrachtete Briony das trostlose Bild, dann wandte sie sich ab. Sie gehörte nicht mehr hierher. Aber wo war ihr Platz?

Als sie das Tor zuzog, lockte das weiche Licht sie weiter den Pfad entlang und zu einem Wäldchen. Sie hatte einen Verdacht, wohin der Weg führte, und mit einem Mal wollte sie es sehen. Sie ging weiter, und da lag er, der finstere, brütende Teich, über den sich die Weiden beugten wie Klageweiber, die ihr Haar gelöst hatten. Ein fauliger, abgestandener Geruch ließ sie die Nase rümpfen. Das ist nur der Pflanzenwuchs, sagte sie sich, verrottendes Laub in fauligem Wasser. Sie dachte an die Geschichte des Kindes, das hier ertrunken war, Robyns Bruder, der kleine Henry, und erschauerte. Vielleicht war das damals ein verlockender Ort für einen kleinen Jungen gewesen, mit Bäumen zum Klettern, kurzen Blicken auf die getüpfelten Fischrücken und den Schlag einer Schwanzflosse an der Oberfläche. Es wäre leicht gewesen, sich von einem übers Wasser hängenden Ast zu weit hinauszulehnen und auszurutschen ... Vor ihrem inneren Auge sah sie, wie sein kleiner Kopf unterging, wie seine Füße in den tiefen Schlamm am Grund einsanken, Algen nach ihm griffen und ihn hinunter in die schweigende Dunkelheit zogen.

Sie hatte sich zum Gehen gewandt, als das Telefon in ihrer Manteltasche vibrierte. Überrascht darüber, dass sie überhaupt Empfang hatte, kramte sie es hervor. Schockiert las sie den Namen des Anrufers und ließ es zweimal, dreimal klingeln, bevor sie sich dazu durchrang heranzugehen.

»Hallo?« Das Telefon fühlte sich kalt an ihrem Ohr an. »Aruna?«

»Bist du allein?« Arunas Stimme klang vorwurfsvoll.

»Ja«, sagte sie langsam. »Ich bin in Westbury. Und du?«

»Westbury? Warum?«, fragte Aruna.

»Ich habe gerade Mrs. Clare besucht. Sie erholt sich von ihrem Schlaganfall und war bereit, sich mit mir zu treffen.«

»Jagst du immer noch falschen Fährten nach?«

»Ja, falls du Paul und Sarah meinst. Es ist nichts Verdächtiges an ihnen, soweit ich weiß.« Wohin sollte dieses Gespräch führen?

»Ich sollte dir danken, weil du mir kürzlich nachts geholfen hast. Ich war ein wenig neben der Spur.«

Neben der Spur war eine Untertreibung. »Du warst aufgebracht, du Arme.«

»Wahrscheinlich hast du mitbekommen, worum es ging.«

»Deine Mutter hat mir nur das Notwendigste erzählt, und du hast ein paar Worte gemurmelt. Abgesehen davon kenne ich die Einzelheiten nicht. Aruna, ich habe eine gewisse Vorstellung davon, worauf du hinauswillst, aber das ist einfach nicht wahr.«

»Was? Was ist nicht wahr? Woher willst du wissen, wovon ich rede?«

»Warte mal, das wird jetzt zu kompliziert. Geht's dir gut?« Sie war sich sicher, ein Schniefen gehört zu haben. »Ach, Aruna, es tut mir leid.«

»Warum hast du das gemacht?«

»Warum habe ich was getan?«

»Ihn mir weggenommen.«

»Das ist Unsinn, Aruna. Das habe ich nicht. Ich habe überhaupt nichts gemacht, außer zu existieren. Das ist alles, was ich getan habe. Keine Ahnung, was Luke dir erzählt hat, aber zwischen uns ist nichts passiert. Ich habe sogar versucht, mich von ihm fernzuhalten, damit es nicht so weit kommt.« Sofort wurde ihr klar, dass dieses Geständnis unklug gewesen war.

»Dann wusstest du doch, was er gefühlt hat. Du muss etwas getan haben, um ihn auf die Idee zu bringen.«

»Tut mir leid, ich habe keine Ahnung.«

»Ist das alles, was du sagen kannst, dass es dir leidtut?«

»Ich meine das nicht in dem Sinne, dass ich mir etwas hätte zuschulden kommen lassen. Ich bin nur traurig darüber, was passiert ist, und ich finde es furchtbar, dass du unglücklich bist.«

»Du hast gewusst, wie wichtig er mir ist. Ich habe es dir erzählt.«

»Ja, hast du. Und ich habe mich für dich gefreut, weil du jemanden gefunden hattest.«

»Vermutlich warst du eifersüchtig.«

»Nein. Wirklich nicht. Das ist vielleicht nicht normal, keine Ahnung, aber ich habe mich einfach für dich gefreut. Aufrichtig. Du warst meine Freundin.« Warst. »Bist.«

Schweigen, gefolgt von einem weiteren Schluchzen.

»Aruna, es ist wirklich nicht meine Schuld, und ich weiß nicht, wie ich das in Ordnung bringen soll. Das ist eine Sache zwischen euch beiden. Ich weiß ja nicht einmal, was er dir gesagt hat …«

»Er … er hat nur gesagt … oh Gott … dass er versucht hat, sich vorzustellen, dass wir beide für den Rest unseres Lebens zusammen sind, und dass er dazu nicht mehr in der Lage sei.« Aruna begann zu schluchzen.

»Wo bist du jetzt? Noch bei deiner Mum?«

»Nein, zurück in London. Ich muss schließlich arbeiten, oder? Nicht, dass ich mich im Moment besonders gut konzentrieren könnte.«

»Soll ich vorbeikommen? Ich müsste am frühen Abend wieder da sein.«

»Ich gehe mit Mike und Zara essen. Und ich … wenn er …«

Arunas Stimme verstummte immer wieder. »Ich habe schlechten Empfang. Was hast du nach Mike und Zara gesagt?«

»Ich habe Luke gefragt, ob er mitkommen will, aber er wollte nicht.«

»Ach, Aruna.« Sie dachte daran, wie ihre Freundin all seine Sachen aus dem Fenster geworfen hatte, und schämte sich an Arunas Stelle, weil sie ihn so missverstanden hatte, dass sie auf die Idee gekommen war, er würde sich versöhnen wollen. Briony wusste, dass er das nicht tun würde. Aruna hätte Luke nicht so behandeln sollen. Und dann bereitete ihr die Erkenntnis, dass sie Luke offenbar intuitiv besser kannte als Aruna, schließlich doch ein schlechtes Gewissen. Arunas Stimme wurde lauter und leiser.

»Die Verbindung bricht ab«, sagte Briony ins Telefon. Sie wartete für den Fall, dass Aruna zurückrufen würde, dann versuchte sie, Aruna zu erreichen, und ging umher, um den Empfang zu verbessern, doch es half nichts. Schließlich steckte sie das Telefon in die Tasche. Briony fühlte sich unglücklich. Ihre beste Freundin wollte sie nicht sehen und gab ihr die Schuld an ihrer Trennung, und doch ... Da war noch etwas anderes. Immerhin klang es so, als hätte Briony bei Lukes Trennung von Aruna nicht so eine große Rolle gespielt, wie sie befürchtet hatte. Einerseits fühlte sie sich dadurch weniger schuldig, andererseits musste sie sich fragen, ob sie sich bezüglich Lukes Gefühlen geirrt hatte ... Aber Aruna hatte ihr vorgeworfen ...

»Verdammt!«, sagte sie laut und kniff kurz die Augen zu, um ihre wild herumschießenden Gedanken zu bändigen.

In einem Busch in ihrer Nähe begann ein Vogel zu singen, eine wunderschöne, fließende Melodie aus voller Brust, seine Abendarie. Als sie sich umblickte, sah sie ihn, ein Rotkehlchen. Es richtete die Knopfaugen auf sie, während sie lauschte. Um sie herum wurde es dunkler, und die Vögel sangen in entfernteren Bäumen, als sie sich zur Nacht niederließen. Über ihr zogen sich die Wolken zusammen. Zeit aufzubrechen.

Auf der Autobahn nach London saß Briony nach vorn gebeugt auf ihrem Sitz, um durch den starken Regen zu spähen, der in Schlieren über die Windschutzscheibe lief, als ihr noch eine Quelle für ihr ungutes Gefühl bewusst wurde: Sie hatte keine Gelegenheit gehabt, Aruna nach dem Touristenführer über Tuana und ihrem Interesse an Antonios Gedenktafel zu fragen. Wie hatte Aruna von der Verbindung zwischen Paul, Ivor und Antonio erfahren? Vielleicht hatte es mit dem Mann in dem Wagen zu tun, der an jenem Tag vor der Villa Teresa mit ihr gesprochen hatte. Als Journalistin hätte Aruna die Fährte einer guten Story gerochen und nicht widerstehen können.

42

Nach einem Treffen zum Frühstück mit ihrem Redakteur kam Briony am Montagmorgen zu spät ins College, und zwei junge Studentinnen mit Rucksäcken saßen auf der Bank vor ihrem Büro wie geduldige Schnecken. Nach dem langen Semester wirkten sie übernächtigt.

Drinnen ging Briony rasch die Briefe durch, die sie aus ihrem Postfach geholt hatte, bemerkte einen billigen weißen Umschlag, der in einer vertrauten gerundeten Handschrift adressiert war, und ließ dann alles auf ihren Schreibtisch fallen, als die erste Studentin eintrat. Zaghaft setzte sich das Mädchen auf das Sofa und legte ihr Essay auf den Couchtisch. Briony seufzte innerlich, nahm die Seiten und begann zu lesen.

Die schriftlichen Arbeiten der Studentin waren immer ausgezeichnet. Aber mit ihrem maskenhaft blass geschminkten Gesicht und ihrer Stimme, die so leise war, dass man sie kaum verstand, brauchte sie vor allem einen Rat: Sie musste an sich selbst glauben.

Es hätte mein eigenes jüngeres Ich sein können, das da sitzt, überlegte Briony, und beschloss, diesem Mädchen den gleichen Rückhalt zu geben, den sie einmal von einer Dozentin erhalten hatte. »Trauen Sie sich etwas zu«, hatte die Frau sie ermahnt. »Sie haben sich starke Schwingen wachsen lassen, jetzt fliegen Sie.« Nicht so sehr die Worte hatten etwas bewirkt, sondern das Gefühl, dass diese Frau hier war, sie ermunterte und an sie glaubte. Das war das Vermächtnis, das Briony an ihre eigenen Studentinnen weitergeben konnte. Sie lächelte dem Mädchen zu und beglückwünschte sie zu ihrer Arbeit, und kurz überstrahlte ein Lächeln die nervöse Miene der jungen Frau.

Beim Mittagessen – einem Sandwich an ihrem Schreibtisch – schloss Briony die Tür, um keinen Besuch zu bekommen, öffnete endlich mit leicht zitternden Fingern den dünnen Umschlag und zog ein kleines Stück Papier hervor. Die Nachricht war kurz, aber lang genug. Sie enthielt eine Telefonnummer. Einen Moment lang schwebte ihre Hand über dem Festnetztelefon auf ihrem Schreibtisch, dann nahm sie den Hörer ab und drückte die Tasten. Als am anderen Ende abgehoben wurde, hörte sie so etwas wie ein Schlurfen, dann erklang eine bebende Altherrenstimme. Eine Stimme, die sie von den Tonbändern im Archiv in Norwich wiedererkannte.

Derek Jenkins lebte im dritten Stock einer kleinen Wohnanlage in einer modernen Siedlung. Briony erreichte sie mit der Central Line der Londoner U-Bahn, die sich in Richtung Osten bis nach Essex fortsetzte.

»Moment, ich komme.« Sie hörte eine gedämpfte Stimme, und dann ließ ein gebrechlicher Herr über achtzig mit zittrigen Händen Briony in sein überheiztes, fröhlich dekoriertes Wohnzimmer ein.

»Nett, wenn man zusehen kann, wie Kinder herumtollen«, sagte sie. Unter einem großen Fenster lag eine Grünanlage, wo Kleinkinder auf einem blau-roten Klettergerüst spielten, während ihre Mums in der Nähe lachten und plauderten.

»Genauso gut wie fernsehen, nicht wahr? Inzwischen sind sogar meine Enkel erwachsen, und es fehlt mir, Kinder um mich zu haben. Meine Frau und ich haben uns viele gewünscht, aber schließlich ist nur unsere Lindsay gekommen.«

»Wie viele Enkel haben Sie?«

»Nur die beiden, Euan und Ashley. Das sind sie.« Mit einer Kopfbewegung wies Derek auf ein paar gerahmte Fotos. Sie standen auf einem schmalen Sims über einem Elektrokamin, der leise vor sich hin summte. Einer der jungen Männer trug einen Doktorhut und eine schwarze Robe, und der andere saß grinsend auf einem riesigen Motorrad und hatte sich den Helm unter den Arm geklemmt. Er wirkte, als hätte er es faustdick hinter den Ohren.

»Sie sind bestimmt stolz auf die beiden«, sagte Briony.

»Das bin ich. Wenn nur Pat noch leben würde und sie sehen könnte. Sie ist jetzt seit zehn Jahren tot, und sie fehlt mir jeden Tag.« Er humpelte zu dem riesigen Fernseher, der eine Ecke des Zimmers beherrschte, und zeigte auf ein anderes Foto, das in der Nähe an der Wand hing. »Könnten Sie es herunternehmen?«, fragte er. »Ich würde es nur fallen lassen.«

Sie tat ihm den Gefallen, und zusammen betrachteten sie das Farbfoto einer freundlich wirkenden, etwas stämmigen Frau, die hinter einem Gartentisch mit Sandwiches und einer kunstvoll dekorierten Geburtstagstorte saß. »Das war ihr Siebzigster«, erklärte Derek seufzend. »Ein Jahr später war sie tot.«

Briony murmelte etwas darüber, wie traurig das sei, und hängte das Foto dann gehorsam wieder an seinen Haken.

Aufmerksam beugte sie sich auf dem Lehnsessel vor, den er ihr angeboten hatte. Sie stellte ihm behutsam Fragen über sein Leben und erfuhr, dass seine Mutter bei einem Bombenangriff getötet worden war. Er war schließlich nach London zurückgekehrt, um bei seinem Vater zu leben. Mit sechzehn war er von der Schule abgegangen und hatte in der Folge eine Reihe Jobs gehabt, die er hasste. Dann eine kurze, gescheiterte Ehe, bevor er Pat kennenlernte, und schließlich hatte er vierzig Jahre als Telefontechniker gearbeitet. »Kann nicht sagen, dass ich das immer gern gemacht habe. Ich bin wegen Pat und Lindsay dabei geblieben. Aber wegen alldem sind Sie nicht gekommen. Sie wollen wissen, woher ich die Briefe habe.« Er musterte sie mit wachem Blick.

Briony nickte, und er lehnte sich auf seinem Sessel zurück und schloss die Augen. Einen Moment lang machte Briony sich Sorgen, sie könnte ihn ermüdet haben, doch dann schlug er sie wieder auf, warf einen Blick zu dem Porträt seiner Frau Pat, als wolle er sich ihre Billigung einholen, und begann zu sprechen:

»Am liebsten von ihnen mochte ich Miss Sarah, abgesehen von Mrs. Allman, der Köchin, die sehr mütterlich war. Mr. Allman war im Großen Krieg gefallen, und sie hatten nie eigene Kinder gehabt. Sich um mich zu kümmern war, als hätte sie einen eigenen Sohn, meinte sie immer. Über Mrs. Bailey kann ich nur sagen, dass sie ihr Bestes getan hat. Auf ihre eigene Art war sie gut zu mir, aber sie mochte es nicht, wenn ich geweint habe, und sie hatte Haare auf den Zähnen. Sie war nicht an Jungen gewöhnt, die Schlamm ins Haus trugen und ständig hungrig waren. Miss Diane war zart und hübsch, so wie die Porzellanpuppen, die sie in ihrem Zimmer hatte. Aber die Mutter von meinem Kumpel Alf sagte damals, Miss Diane wäre nicht richtig im Kopf, deswegen bin ich ihr aus dem Weg gegangen.«

43

Derek hatte es auf dem Land recht gut gefallen, obwohl er sich bei Nacht vor den Geräuschen gefürchtet hatte: vor dem Knarren der Bodendielen und dem seltsamen Geheul, von dem Alf ihm erzählte, das seien Teufel. Aber Miss Sarah erklärte ihm, es stamme von Füchsen. Wohl eher von Füchsen, denen man den Hals umdrehte.

Sie waren sehr gut zu ihm gewesen, als die Nachricht eintraf. 1943 war das, kurz vor Weihnachten, und er sollte Weihnachten noch jahrelang hassen. Die Bombe hatte direkt getroffen, und seine Mum musste sofort tot gewesen sein, erklärte ihm sein Vater, als er ihn besuchen kam – als wäre das ein Trost für einen kleinen Jungen, der den Menschen, den er auf der Welt am meisten liebte, verloren hatte. Sein Dad forderte ihn auf, ein tapferer, großer Junge zu sein und bei den Baileys zu bleiben. Denn er arbeitete nachts und schlief über Tag bei seiner Schwester, und da diese auch Kinder hatte, war kein Platz für Derek. So lebte er bis zum Kriegsende in Westbury, bis sein Vater eine Wohnung für sie gefunden hatte und wollte, dass er nach Hause kam. Da war er vierzehn und hatte sich in Westbury eingelebt, aber ihm blieb nichts anderes übrig. Damals tat man, was sein Dad einem sagte.

Miss Sarah erklärte, sie würde ihn auf der Zugfahrt begleiten und sichergehen, dass sein Vater und er sich nicht verpassten. Sie nahm einen kleinen Koffer mit und sagte, sie werde bei ihrer Tante übernachten und einen richtigen kleinen Ausflug daraus machen.

Im Zug hatte sie nicht viel geredet, sondern mit träumerischem Blick durch das Fenster auf die vorbeiziehende Landschaft geschaut. Sie war in Gedanken versunken, von denen einige glücklich gewesen sein mussten, denn dann lächelte sie, doch dann wieder wirkte sie bedrückt, wenn er von seinem Comic aufblickte. Er fragte sich, was sie in London vorhatte, doch er war weder mutig noch interessiert genug, um zu fragen. Einkaufen wahrscheinlich, wie langweilig. Frauen kauften gern ein. Er erinnerte sich an die triumphierend strahlenden Augen seiner Mutter, wenn sie mit einem Schnäppchen nach Hause kam. Bei der Erinnerung musste er ein paar Tränen wegblinzeln.

Als sie am Bahnhof Liverpool Street ankamen, war sein Vater nicht zu sehen, daher standen sie ein wenig in der Bahnhofshalle herum. Dann bat ihn Miss Sarah, auf ihre Sachen aufzupassen, während sie sich frisch machen ging.

Derek wartete mit ihrem Gepäck, seiner eigenen Reisetasche und Sarahs Köfferchen, und über die Schulter hatte er sich eine Einkaufstasche aus Baumwolle mit langen Griffen gehängt, die ebenso langweilig braun war wie seine Jacke. Aus der Tasche hatte sie zuvor eine Thermosflasche und ein in Pergamentpapier geschlagenes Päckchen Sandwiches gezogen, die sie im Zug gemeinsam zu Mittag verspeist hatten. Er sah Sarahs robuster Gestalt nach, die im Warteraum für Damen verschwand, und durchsuchte mit seinen Blicken weiter die Menschenmengen nach einem munteren Mann mit O-Beinen, der den Hut aus seinem offenen Gesicht geschoben hatte, aber er konnte seinen Dad nirgendwo entdecken. Über der Halle hing eine gewaltige Uhr mit römischen Zahlen, die mit gewichtigen Zeigern die Uhrzeit angab. Sein Vater kam schon eine Viertelstunde zu spät. Derek beobachtete, wie eine Taube auf der Uhr landete und begann, sich die Flügel zu putzen.

Von hinten sprach ihn ein Mann mit verwaschener Stimme an, sodass er zusammenfuhr: »Hey, junger Mann.« Als er sich umdrehte, erblickte er einen Unbekannten, der offensichtlich Pech gehabt hatte, denn er war schlecht rasiert, hatte dunkle Ringe unter den Augen und trug einen schlecht sitzenden Anzug und billige Schuhe. Derek rümpfte die Nase über seine Alkoholfahne.

»Du bist doch mit Miss Bailey unterwegs. Kannst du ihr das geben?« Obwohl der Mann lallte, erinnerte ihn etwas in seiner Stimme an Westbury. Er warf einen Blick auf den zerknitterten Umschlag, den der Mann ihm entgegenhielt, und wich zurück. Der Kerl trug keine Handschuhe, und Derek schauderte plötzlich vor Abscheu über die hochroten Narben, die seine Hand überzogen.

»Sie ist in einer Minute zurück, Sir. Dann können Sie ihn ihr selbst geben«, sagte er. Aber der Blick des Mannes huschte nervös in die Richtung, in die Miss Sarah davongegangen war.

»Nein, das geht nicht. Gib ihn ihr einfach, und sei ein guter Junge.«

Derek war eingebläut worden, höflich zu Erwachsenen zu sein, daher griff er nach dem Umschlag. Als der Mann in seiner Hosentasche kramte und eine Münze hervorzog, nahm er sie automatisch an. Dann tippte der Unbekannte mit einem Finger an seine Hutkrempe wie zu einem tollpatschigen Salut und torkelte davon.

»Sir, was soll ich sagen, wer –?«, rief Derek, aber der Mann wedelte nur wegwerfend mit der Hand und wurde dann von der Menge verschluckt.

Eine Minute später sah er Miss Sarah schnellen Schrittes auf sich zukommen. Als sie ihn erreichte, duftete sie leicht nach etwas Blumigem, als hätte sie ein fremdes Land besucht. »Immer noch keine Spur von deinem Vater?«

Er schüttelte den Kopf und hielt ihr den Brief entgegen, den der Mann ihm gegeben hatte.

»Wo hast du das her?« Sie las ihren Namen auf der Vorderseite, riss die blauen Augen auf, und ihr wich alle Farbe aus den Wangen.

Er hatte den Eindruck, dass sie seine Erklärung kaum hörte. Derek sah zu, wie sie den Umschlag mit dem Daumen aufriss, den Zettel, der darin war, auseinanderfaltete, und hörte dann, wie sie beim Lesen scharf den Atem einsog. Sie schaute ihn an, ihr Blick wirkte jedoch weit entfernt. Dann reckte sie den Hals, um die große Uhr zu erkennen, auf der sich jetzt eine zweite Taube zu der ersten gesellt hatte. Dad war mittlerweile fünfundzwanzig Minuten zu spät, und sein Herz flatterte wie die Flügel der Vögel.

»Derek!« Aus der Menge heraus stürmte sein Vater auf ihn zu: ein kleiner, schwer gebauter Mann in Arbeitskleidung. Er rannte los, und dann spürte er Dads raue Hand, die sich um seine Schultern legte, und schmiegte das Gesicht kurz an die kratzige Wange seines Vaters.

Sarah kam zu ihnen herüber, ihr Blick wirkte sehr aufgeregt. »Wir sind sehr froh, Sie zu sehen, Mr. Jenkins.« Sie streckte die Hand aus, und sein Dad schüttelte sie.

»Bin Ihnen sehr verbunden, Miss, und verzeihen Sie die Verspätung. Ein Blindgänger in der Lime Street, der Bus kam nicht weiter. Hab den ganzen Weg auf Schusters Rappen zurückgelegt, und ich bin schwach auf der Brust.«

»Er ist zu Fuß gegangen, Miss«, erklärte Derek, als er ihre verwirrte Miene bemerkte. »Ist die Bombe explodiert, Dad?«, fragte er nervös und dachte wieder an seine Mutter.

»Tut mir schrecklich leid, wenn ich unhöflich bin«, schaltete sich Sarah ein, »aber ich muss gehen. Sei ein guter Junge, ja, Derek? Ich bin mir sicher, wir sehen uns eines Tages wieder.«

»War sehr nett von Ihnen, ihn zu sich zu nehmen«, sagte sein Dad.

»Es war eine Freude, immer eine Freude«, erklärte sie, bückte sich und küsste Derek, und wieder bemerkte er diesen blumigen Duft und spürte, wie er errötete. Dann nahm sie ihren Koffer und brach so hastig auf, dass die Menge vor ihr auseinanderwich. Sie war fort.

»Die hatte es aber eilig«, meinte sein Dad ein wenig beleidigt.

»Ich hab schon gedacht, du kommst nicht«, flüsterte Derek und sah zu seinem Vater auf, und zu seiner Beschämung fühlte er, wie ihm Tränen in die Augen schossen. Er wischte sie mit der Hand weg, und dabei spürte er das Gewicht der Tasche, die an seiner Schulter hing. Entsetzen durchfuhr ihn. »Sie hat ihre Tasche vergessen, Dad.«

»Ein Jammer. Was ist darin?«

Sie öffneten sie und spähten hinein. Da war die verbeulte Thermosflasche, etwas, das in Stoff gewickelt war und sich als vielfach geflicktes Paar Schuhe erwies, und darunter eine Strickjacke, die um etwas geschlagen war, das sich wie ein Buch anfühlte. Also nichts Wertvolles.

»Frauenkram. Wahrscheinlich sollten wir sie mitnehmen. Komm, Kleiner, sonst komme ich zu spät zur Arbeit.« Er nahm Dereks Koffer, legte ihm einen Arm um die Schultern und zog ihn mit. »Jetzt sind wir nur noch zu zweit, du und ich, aber wir werden unser Bestes tun, was?«

»Er hat sein Bestes gegeben«, erklärte Derek Briony viele Jahre später. »Bis ihn der Lungenkrebs geholt hat. Genau wie König George. Dad war stolz darauf, komisch, oder? Hat gerade noch lange genug gelebt, um die Krönung der Queen im Fernsehen anzuschauen. Ich hab den Apparat extra für ihn gemietet, weil er nicht mehr zur Mall gehen konnte, und wir haben zusammengesessen und uns die Übertragung angesehen.«

Bei dieser Vorstellung lächelte Briony. »Aber was war mit den Briefen?«, fragte sie dann.

»Sie steckten in Miss Sarahs Tasche, aber wir haben sie erst Monate später gefunden. Dad hat die Thermoskanne ausgewaschen, aber die Tasche hing hinter unserer Zimmertür, bis wir uns daran gewöhnt hatten, sie dort zu sehen. Wir wollten sie ihr immer zurückgeben, aber irgendwie kam es nie dazu. Dann, als wir eines Tages wieder umgezogen sind, habe ich richtig hineingesehen und die Schachtel gefunden, die in die Strickjacke gewickelt war. Aber da war alles zu spät.«

»Zu spät?«

»Die Zeit war irgendwie vergangen. Sie wissen ja, wie das mit vierzehn ist.«

»Ja«, gab Briony seufzend zurück. Sie erinnerte sich, aber nicht in dem Sinn, den er meinte. In diesem Alter hatte sie ihre Mutter verloren.

»Ich bin viele Jahre nicht mehr nach Westbury gekommen. Und bis dahin waren die Baileys lange aus Flint Cottage weggezogen. Nur eine Sache hat mir immer Kopfschmerzen bereitet: dieser Mann am Bahnhof. Als er davonging, hat er etwas auf den Boden geworfen, und ich habe es aufgehoben.«

»Und was war das?«

»Eine Zugfahrkarte. Nach Westbury.«

Briony verstummte einen Moment. »Warum ist das wichtig?«, fragte sie schließlich.

»Er hatte eine Fahrkarte gekauft, sie aber nicht benutzt.«

»Oh, ich verstehe.« Sie war immer noch verwirrt. Dann öffnete sie ihre Tasche. »Ich weiß, dass es lange her ist«, sagte sie und reichte ihm das Foto von Ivor, Paul und ihrem Großvater Harry aus der Schuhschachtel ihres Großvaters, das sie mitgebracht hatte. »Aber erkennen Sie irgendeinen dieser Männer aus Westbury?«

Stirnrunzelnd sah Mr. Jenkins darauf, wechselte dann seine Brille und untersuchte das Bild noch einmal. Er wollte etwas sagen, unterbrach sich dann und sah mit vorsichtiger Miene zu ihr auf. »Ganz sicher bin ich mir nicht«, erklärte er und wies auf einen der Männer, »aber ich glaube, das ist er. Der Mann, dem ich an diesem Tag am Bahnhof begegnet bin.«

Ihre Augen weiteten sich. »Paul Hartmann?«

»Nein, meine Liebe. Der hier ist Hartmann. An ihn kann ich mich gut erinnern, aber er war das damals nicht.«

Briony nahm das Foto zurück, musterte es und sah zu dem alten Herrn auf. Einen Moment lang begriff sie nicht, was das zu bedeuten hatte.

***

Sie sollten sich aus Westbury fernhalten. Dort sind Sie nicht erwünscht, habe ich mich klar ausgedrückt? Während Paul durch das schmutzige Zugfenster die englische Landschaft vorbeiziehen sah, hallten in ihm immer noch die letzten Worte wider, die Ivor bei der Demobilisierung an ihn gerichtet hatte.

»Was hast du gesagt?«, fragte er Harry, der endlich aus der Starre erwacht war, in die er gleich nach der Abfahrt des Zuges verfallen war. Voller Mitgefühl hatte Paul bemerkt, wie die Sonnenstrahlen, die auf dem Gesicht seines Freundes spielten, die Fältchen um seine Augen und die Schatten der Erschöpfung hervorhoben. Anschließend hatte er das ausgelassene Scherzen der anderen Männer im Wagon ignoriert und sich in seine Gedanken zurückgezogen, während der Zug sie nach London brachte.

»Hast du dich schon entschieden?« Harry sah ihn mit verschwommenem Blick an. »Was du vorhast.«

»Du hast ja unseren Freund Richards gehört«, sagte Paul und lehnte sich auf seinem Platz zurück. »Ich sehe nicht viel Sinn darin, nach Westbury zurückzukehren. Das würde nur Probleme geben.« Wahrscheinlich würde man ihm die mageren Besitztümer seiner Mutter nachschicken, wenn er darum bat. Sobald er eine Adresse hatte. Abgesehen davon würde sein Sold ihn kurze Zeit über Wasser halten, bis er Arbeit fand.

Als Jerry werden Sie es hier schwer haben. Nach dem, was passiert ist, schreibt Sir Henry Ihnen auch keine Empfehlungen mehr. Gehen

Sie nach Hause, nach Deutschland, Hartmann. Paul hörte immer noch Ivors höhnische Stimme.

Bis zu einem gewissen Grad blufte Ivor, das spürte er, doch wahrscheinlich lag in seinen Worten auch viel Wahres. Er würde sich nicht wohl dabei fühlen, nach Westbury zurückzukehren, aber er wusste auch nicht, wohin er sich sonst wenden sollte. Und falls sich nach allem, was passiert war, Sarahs Gefühle für ihn verändert hatten, dann stünde er ganz allein da ... Allerdings war nicht einmal Ivor so tief gesunken, dass er so etwas behauptet hätte. Ein Deutscher allein in London nach einem bitteren Krieg, und erst recht angesichts der schockierenden Nachrichten, die jetzt aus seiner Heimat kamen. Wie konnten sie nur, seine eigenen Landsleute ...?

»Ich finde in London schon etwas, wo ich unterkommen kann«, erklärte er Harry. »Mach dir um mich keine Sorgen.«

Harry musterte ihn ohne eine Regung. Er griff sich an die Brust und suchte nach seiner Vordertasche, die an diesem neuen Anzug nicht vorhanden war. Dann verdrehte er die Augen, suchte in seiner Jacke und fand endlich seine Zigaretten. Paul nahm eine aus dem angebotenen Päckchen, und eine Weile rauchten sie beide schweigend.

»Ich sage dir etwas«, erklärte Harry schließlich. »Ich bleibe noch ein paar Tage in London. Wir könnten doch zusammen herumziehen, ja? Etwas trinken. Ich fühle mich noch nicht bereit, nach Hause zu fahren.«

»Hätte nichts dagegen«, sagte Paul. Der Schmerz und die Verzweiflung, die im Blick des anderen lagen, beunruhigten ihn. Der Krieg hatte Harry stärker verändert als irgendeinen von ihnen.

Sie teilten sich ein Zimmer in einem billigen Hotel in Earl's Court. Mit seiner Aussicht auf die Rückseite eines anderen Gebäudes, den kahlen Bodendielen und dem allgegenwärtigen Geruch von gekochtem Kohl, der die Treppe heraufzog, war es nichts Besonderes, aber es würde reichen.

»Sieh es doch so: Wir werden nicht oft hier sein«, meinte Harry, als er seine Tasche auf eins der wackligen Betten fallen ließ. »Sollen wir zuerst diesen Club um die Ecke ausprobieren?«

Paul dachte daran, wie misstrauisch die Besitzerin ihn angesehen hatte, mit kurzen Blicken und geschürzten Lippen, und versetzte der Kleiderschranktür, die sich ständig von selbst öffnete, noch einen Tritt. Er konnte nicht umhin, das Zimmer mit der bescheidenen Dachkammer zu vergleichen, die Sarah und er in Kensington geteilt hatten, und er sehnte sich schmerzhaft zurück zu dieser Nacht voller Glück, die so lange zurückzuliegen schien. »Ich komme in einer Stunde nach«, erklärte er Harry. »Zuerst muss ich hier noch etwas erledigen.«

Als Harry fort war, ging er nach unten und kaufte bei einer sehr alten Frau, die auftauchte, als er die Klingel auf der Theke läutete, Schreibpapier, Umschläge und eine Briefmarke. Oben borgte er sich die Glühbirne aus der Deckenleuchte, drehte sie in die Nachttischlampe und schrieb in ihrem schwachen Schein an Sarah. Er hatte so lange nichts von ihr gehört und keine Ahnung, ob sie seine Briefe erhalten hatte, daher wusste er nicht recht, was er schreiben sollte. Doch dann, nach langem Überlegen, spitzte er den Bleistift mit seinem Federmesser an und beschloss, es einfach zu halten.

Meine liebste Sarah,
hoffentlich ist es richtig, wenn ich dies nach Westbury schicke, da ich mir nicht sicher bin, wo Du jetzt bist. Sonst hoffe ich, Deine Mutter schickt Dir den Brief nach. Wie Du der Adresse entnehmen kannst, bin ich zurück in London und würde mich sehr freuen, Dich zu sehen. Ich bleibe noch mindestens ein paar Tage hier, doch danach kannst Du mir wie üblich postlagernd schreiben. Selbstverständlich empfinde ich für Dich genau wie immer (und wage zu hoffen, dass Deine Gefühle für mich noch dieselben sind!). Ich denke jeden Tag in Liebe an Dich.

Ich hoffe, Deiner Mutter und Deiner Schwester geht es gut. Ich versichere Dir, dass ich gesund und voller Hoffnung auf die Zukunft bin – unsere Zukunft!
Dein Paul xxxx

Er las den Brief noch einmal durch, änderte das zweite »Hoffen« in der dritten Zeile zu »annehmen« und flüsterte ein kurzes Gebet. Dann faltete er ihn zusammen, steckte ihn in den Umschlag und leckte die Marke an. Wenn er in den nächsten paar Tagen nichts hörte, würde er überlegen müssen, was er als Nächstes tun sollte. Soweit er wusste, hatten die Baileys immer noch kein Telefon.

Auf dem Weg zu seinem Treffen mit Harry warf er den Brief in einen Briefkasten, der schräg aus dem mit Kratern übersäten Straßenpflaster ragte wie der schiefe Turm von Pisa.

Drei Tage später kehrte er am frühen Nachmittag ins Hotel zurück. Er hatte den ganzen Vormittag lang sinnlos Schlange gestanden, nur um von der Matrone hinter dem Schreibtisch grob unhöflich behandelt zu werden, als er an die Reihe kam.

Er klopfte leise an die Zimmertür und öffnete, um festzustellen, dass Harry noch tief und fest schlief und schnarchte und es im Zimmer widerlich stank. Paul musterte ihn verdrossen, allerdings war er momentan insgesamt bedrückt, denn obwohl er bei jeder Gelegenheit unten nachfragte, ob Post oder eine telefonische Nachricht für ihn gekommen seien, hatte er nichts von Sarah gehört.

Sein Bett knarrte ungeheuer laut, als er sich daraufsetzte, worauf Harry sich regte. Er blinzelte in das trübe Tageslicht, dann bemerkte er Paul und richtete sich stöhnend auf. »Wie spät is' es?«

Paul sah, dass Harrys Stirn vor Schweiß glänzte. »Zwei.«
»Warst du unterwegs?«
»Ja. Kein Glück. Sobald die Leute meine Papiere sehen…«
»Idioten.«

»Nein, ich verstehe das ja. Das ist zu erwarten.«

»Du bist ein besserer Mensch als ich, Hartmann.«

»Nein, bin ich nicht. Hör mal, Harry, wegen gestern Nacht … So kannst du nicht weitermachen. Du musst nach Hause fahren. Deine Familie wird sich fragen, was aus dir geworden ist.«

»Nein, wird sie nicht.« Er klang distanziert.

»Hast du ihnen denn Bescheid gegeben, dass du zurück bist?« Paul, der jetzt keine Angehörigen mehr hatte, war schockiert.

Harry brummte eine Ausrede, rieb sich dann mit zitteriger Hand den Nacken und gähnte laut. Er hievte sich aus dem Bett, zog seine Hose an, nahm ein zerlumptes Handtuch vom unteren Teil seines Bettgestells und schlurfte ins Bad. Solange er fort war, schob Paul das Fenster hoch und stand in dem willkommenen frischen Luftzug, lauschte den Geräuschen der Stadt und zählte alle Gründe auf, aus denen Sarah seinen Brief nicht beantwortet haben könnte. Erstens hatte sie ihn vielleicht nicht erhalten. Möglich, dass sie verreist war. Oder krank. Oder … Nein, davon hätte er gehört. Zweitens: Sie hatte ihn bekommen, wollte aber nicht … Zum Teufel, auch daran mochte er nicht einmal denken. Betrübt seufzte er, drehte sich wieder um und musterte das Zimmer. Es war ein scheußlicher Raum, den er hasste, und die Besitzerin hasste ihn, das sah er an der Art, wie sie sich inzwischen weigerte, ihm in die Augen zu sehen, wenn er mit ihr sprach. Je eher er auszog, umso besser. Doch das wagte er nicht für den Fall, dass Sarah versuchte, Kontakt zu ihm aufzunehmen. Und Harry war auch noch da.

Wenn er lange genug aufhörte, sich zwanghaft in seine eigenen Sorgen hineinzusteigern, musste er zugeben, dass er Angst um Harry hatte. Während der letzten Tage hatten sie beide reichlich getrunken. Er war Harry von einer Bar im Soldatenclub in einen Pub, einen Tanzpalast und einen Nachtclub gefolgt. Sein Freund war rastlos und schien sich mit lärmenden Menschenmassen und Alkohol betäuben zu wollen.

Er erinnerte sich deutlich daran, wie er gestern Abend in einem Club unten in Picadilly mürrisch auf einem Barhocker gesessen und Harry zugesehen hatte, der, voll wie eine Haubitze, kostbare Geldscheine auf die Theke gezählt hatte, um den Whisky für einen Haufen Soldaten und ihre Mädchen zu zahlen, denen er noch nie im Leben begegnet war und die sich zweifellos unauffällig verdrücken würden, wenn ihrem Wohltäter das Geld ausging. Doch bevor es so weit kam, hatte Paul die Geduld verloren. Er hatte Harry am Kragen gepackt und ihn nach draußen geschoben. Eigentlich hätte der Heimweg durch die kalte Nachtluft ihn wieder ernüchtern sollen, doch dazu war er zu weit hinüber. Schließlich hatte Paul ihn halb zurück ins Hotel getragen.

Harry kam aus dem Bad zurück und wirkte nicht mehr ganz so mitgenommen. Paul mochte nicht herumsitzen, während sein Freund sich anzog, daher nahm er seinen Hut. »Wir sehen uns an der Ecke«, sagte er, womit er das schmierige Lokal meinte, wo sie regelmäßig gegessen hatten, und ging.

Im Lokal bestellte er Backfisch und Pommes frites, und als sein Essen kam, aß er langsam. Doch auch nachdem er seinen Teller geleert hatte, war Harry noch nicht aufgetaucht, sodass er die Rechnung bezahlte und sich auf den Weg zurück ins Hotel machte. Als er an der Theke im Foyer vorbeiging, war dort niemand, doch er sorgte sich so sehr um Harry, dass er ganz vergaß, noch einmal zu klingeln und nach Post zu fragen. Er nahm zwei Treppenstufen auf einmal und drückte schließlich die Türklinke herunter. Die Tür öffnete sich, und Paul sah erleichtert, dass Harry einfach nur auf dem Bett saß. Er hatte sich angezogen und gekämmt und hielt seinen Hut in der Hand. Als Paul eintrat, blickte er auf. »Du hast natürlich recht«, erklärte er ernst. »Ich habe beschlossen, nach Hause zu fahren.«

»Das freut mich«, sagte Paul verblüfft, aber zugleich auch erleichtert. Während er zusah, wie Harry langsam packte, traf er eine Entscheidung. »Würdest du einen Brief von mir mitnehmen?«

»Für Sarah? Ja, selbstverständlich.« Sie hatten nicht einmal darüber gesprochen, doch das war auch nicht nötig. Harry wusste, wie oft Paul an sie dachte.

»Ich möchte sicher sein, dass er sie erreicht. Wenn du die Möglichkeit hast, nach Flint Cottage zu gehen und ihn ihr selbst zu übergeben ... in ihre eigene Hand, dann weiß ich wenigstens ...«

Harry nickte, also nahm Paul ein neues Blatt Papier, dachte kurz nach und kritzelte schnell ein paar Zeilen. Er steckte ihn in einen Umschlag und klebte ihn zu. Harry stand auf, nahm ihn und steckte ihn in seine Innentasche.

Sie rauchten eine letzte Zigarette zusammen und sprachen halbherzig über dies und das. Es fiel ihnen schwer, nach so langer Zeit auseinanderzugehen. Sie hatten gemeinsam so viele Strapazen überstanden und einander so oft geholfen.

»Ich werde dich doch wiedersehen?«, fragte Paul, doch als er aufblickte, sah er erstaunt, dass in Harrys Augen Tränen glänzten.

»Natürlich, mein Alter, klar«, sagte Harry. Sie schüttelten sich mit festem Griff die Hände und klopften einander auf den Rücken.

»Grüß ... alle von mir«, sagte Paul, und Harry nickte und presste die Lippen zusammen.

Dann nahm Harry seinen Koffer, ging davon, ohne zurückzublicken, und zog die Tür leise hinter sich zu. Er nahm die ganze Wärme, die den Raum erfüllt hatte, mit.

Noch am selben Abend versperrte die Besitzerin Paul, der nach dem Essen ins Hotel zurückkam, aufgebracht den Weg. »Ihr Freund ist also weg, was? Dann will ich, dass Sie auch morgen früh verschwinden. Wir sind nicht sechs Jahre durch die Hölle gegangen, damit ich einen von euch hier wohnen lasse. Euretwegen ist mein Neffe tot. Wenn meine Schwester hört, dass ich einen Jerry aufgenommen habe, hält sie mir das mein Leben lang vor. Raus sage ich, raus.«

Ihr gehässiger Ton war schlimmer als die Worte selbst. Paul öffnete den Mund, um einzuwenden, dass er ebenfalls für dieses Land gekämpft und wieder und wieder sein Leben riskiert hatte. Aber ihr hasserfüllter Blick verriet ihm, dass es sinnlos war. Sie würde ihm nicht zuhören.

Hamburg. Dieses schlichte Wort in seinen Ausweispapieren stand ihm im Weg, zusammen mit seinem Akzent mit den harten Konsonanten. Er hatte keine Familie, die auf ihn wartete, seine Heimatstadt lag in Trümmern, er hatte keine Arbeit, und – was am schlimmsten war – er fürchtete, die Frau, die er liebte, könnte ihn verlassen haben.

Paul erreichte sein Zimmer, warf sich in der einbrechenden Dunkelheit aufs Bett und kämpfte gegen seine Verzweiflung an. Er sagte sich, dass nicht alle Menschen so waren wie die Frau unten. Irgendwo würde er unterkommen und Arbeit finden, er wusste einfach noch nicht, wo. Könnte er nur mit Sarah sprechen … Noch nie hatte er sich so verloren gefühlt, nicht einmal in den dunklen Tagen nach dem Tod seiner Mutter. Sosehr er auch versuchte, das Gefühl nicht aufkommen zu lassen, überwältigte ihn eine tiefe Einsamkeit. Ihm war, als hätte die ganze Welt ihn zurückgewiesen. Schließlich tat er das Einzige, was ihm einfiel, etwas, das er seit Jahren nicht getan hatte: Er kniete neben dem Bett nieder, faltete die Hände und versuchte zu beten, indem er die alten Worte aus seiner Kindheit flüsterte. Er wartete, doch er erhielt keine Antwort und fragte sich, ob da oben überhaupt jemand zuhörte. Immerhin fühlte er sich ruhiger.

Kurz darauf wurde ihm bewusst, dass sich etwas Hartes in sein Knie bohrte, ein Nagelkopf, wie er sah. Als er unter Schmerzen zur Seite rückte, verlor er fast die Balance. Schnell streckte er die Hand aus, um ins Gleichgewicht zu kommen, und stieß unter dem Bett auf einen festen Gegenstand. Sein Koffer. Mit dem Gedanken, dass er ihn wenigstens packen könnte, um morgen früh fertig zu sein, zog er ihn heraus.

Der billige Koffer, den man ihm bei der Demobilisierung gegeben hatte, bestand aus einem Material, das dicker Pappe ähnelte. Er legte ihn auf das Bett, ließ die Riegel aufschnappen und klappte den Deckel zurück. Darin befanden sich seine wenigen Besitztümer, darunter ein paar Bücher und die gerahmte Fotografie seiner Eltern, die ihn über Kontinente begleitet hatte. Er wickelte das Foto zur Sicherheit in einen Pullover, trat dann an den Schrank und nahm die wenigen Kleidungsstücke heraus, die er besaß: Socken, Unterwäsche zum Wechseln, ein Hemd, für das er ein paar kostbare Kleidungsmarken ausgegeben hatte. Er knallte die Schranktür zu, zog dann eine Schublade auf, um seine Haarbürste und sein Rasierzeug herauszunehmen, und tastete nach seinem Notizbuch. Vor Verblüffung setzte er sich schwungvoll aufs Bett.

Zwischen den Seiten seines Notizbuchs klemmte ein Bündel Papiere. Ein Ausweis, stellte er fest, und ein zusammengefaltetes Dokument. Verwirrt schlug er den Ausweis auf, und Harrys Foto starrte ihn an. Er hatte seine Papiere zurückgelassen. Warum? Ein ungutes Gefühl stieg in ihm auf. Er untersuchte den Pass und sah, dass ein Stück Papier darin steckte wie ein Lesezeichen. Die kritzelige Handschrift gehörte unverkennbar Harry.

Die hier brauche ich nicht mehr, verwende sie für dich, so gut du kannst. Bedaure, mein Alter, aber ich bin nicht so stark wie du. Harry

Sarahs Taxi kroch schon auf der King's Road nach Westen, als ihr klar wurde, dass sie ihre Leinentasche bei Derek zurückgelassen hatte, und ein Schreck durchfuhr sie. Die Briefe, ihre kostbare Schachtel mit den Briefen! Da sie vorgehabt hatte, mehrere Tage bei ihrer Tante zu übernachten, hatte sie sie mitgenommen, um einen Trost zu haben. Sie beugte sich vor, um den Fahrer umkehren zu lassen, doch dann gebot sie sich Einhalt. Derek und sein Vater würden inzwischen längst fort sein. Ihr drehte sich der Kopf, doch dann setzte sie sich wieder auf ihren Platz und versuchte sich zu beruhigen, indem sie die Notiz glatt strich, die Harry ihr übergeben hatte, denn ihrem Inhalt zufolge war der Unbekannte am Bahnhof Harry gewesen. Eigentlich musste es möglich sein, ihre Briefe zurückzubekommen, bestimmt kannte jemand die neue Adresse der Jenkins'. Sie sah sich schon auf der Suche nach ihnen durch die Straßen des East Ends irren. Ein paar Tage würde er in dem Hotel bleiben, schrieb Paul in der Nachricht, die auf zwei Tage zuvor datiert war. Und wenn sie ihn verpasste? Der Verkehr bewegte sich so langsam. Sie faltete das Papier zusammen und versuchte, sich zu entspannen.

Paul. Seit mehreren Monaten hatte sie nichts von ihm gehört, und jetzt war Ivor nach Hause gekommen und hatte eine furchtbare Geschichte erzählt. Gerüchte hatten die Runde gemacht, und schließlich hatte sie ihn darauf angesprochen. Paul hatte angeblich Ivor, seinem vorgesetzten Offizier, den Gehorsam verweigert, sodass sie beide große Probleme mit den Behörden bekommen hatten. Die Bewohner der kleinen italienischen Stadt, in der sie stationiert gewesen waren, hatten gegen die Garnison aufbegehrt und sich geweigert, weiter mit den Briten zusammenzuarbeiten. Eine Geschichte besagte, ein Junge sei erschossen worden, und in diesem Punkt drückte Ivor sich vage aus. Möglicherweise sei Paul dafür verantwortlich. Um ehrlich zu sein, verstand Sarah Ivors Geschichte nicht ganz, denn sie klang irgendwie falsch, aber er hatte sich geweigert, weiter darüber zu reden. Der Krieg lag jetzt hinter ihnen und war vorbei, und alle versuchten, so zu tun, als könne man zur Normalität übergehen. Normal, pah! Sie war froh über den Vorwand gewesen, einen oder zwei Tage fortzukommen. Ihre Mutter war unruhig und Diane zapplig. Aber Paul war in Sicherheit und zurück in England. Ihr Herz jubelte.

Sie beugte sich nach vorn und klopfte an die Glasscheibe, und der Fahrer schob seinen Teil des Fensters zurück. »Können Sie nicht eine Seitenstraße nehmen oder so etwas?«, fragte sie.

»Bedaure, Lady, nicht vor der nächsten Kreuzung.«

Sie lehnte sich zurück, schloss die Augen und versuchte, ruhig zu bleiben. Dann schlug sie sie auf und sah noch einmal auf Pauls Notiz. Darin erwähnte er einen Brief, den er ihr vor ein paar Tagen geschrieben hatte. Sie hatte ihn nie erhalten, was merkwürdig war. Andererseits geschahen bei der Post auch manchmal komische Dinge.

Zentimeterweise bewegten sie sich an der Baustelle vorbei, und dann, endlich, hatten sie das Hindernis passiert, und der Fahrer bog nach rechts ab, in eine lange, dunkle Straße. Sarahs Herz schlug schneller, und sie fühlte sich ganz schwindlig vor Erwartung.

Das Hotel war schäbig und lag zwischen einem schmierigen Café und einem mit Brettern vernagelten Laden. Ein Schild, auf dem *Zimmer frei* stand, schwang an seinem Nagel hin und her, als Sarah ein wenig zaghaft die Tür aufschob. Ihre Schuhe knirschten über schmutzige Bodendielen, und der Kohlgeruch trug noch zu ihrer Abscheu bei. Dieses Haus lag weit unter dem Niveau des Hotels in South Kensington, in dem sie vor so langer Zeit mit Paul zusammen gewesen war. Wenigstens war es dort sauber gewesen.

Hinter der schmalen Theke stand eine alte Frau mit stechendem Blick. Was für ein Drachen, dachte Sarah. Die Alte hatte auf einem Papierfetzen Zahlen addiert, schaute jetzt auf und sah Sarah ungläubig an. »Ja?«, fragte sie argwöhnisch.

»Ich bin auf der Suche nach einem Freund, der hier abgestiegen ist.«

»Ein Freund, ja? Wie lautet denn der Name dieses Freundes?« Aus einer Schublade zog sie ein schmieriges Gästebuch und blätterte darin.

»Hartmann, Paul Hartmann.«

»Hartmann …?« Die Frau verschränkte die Arme vor dem Körper und beugte sich mit verächtlicher Miene über das Buch hinweg nach vorn. »Ja, der war hier, aber ich hab ihn vor die Tür gesetzt. Ich hab ihn geduldet, solange der englische Gentleman mit ihm zusammen war. Aber ich wollte nicht, dass die Leute mit den Fingern auf mich zeigen, da hab ich ihn seiner Wege geschickt.«

»Wohin wollte er? Hat er eine Adresse hinterlassen?« Sie konnte kaum verstehen, was die Frau sagte, aber ihre Feindseligkeit erreichte sie zweifelsohne.

»Was will so 'ne nette junge Lady wie Sie mit 'nem Jerry?«

»Er mag Deutscher sein, aber er hat für dieses Land gekämpft«, erklärte Sarah mit gepresster Stimme. Sie hatte ihn verloren. Ihre Knie waren weich, ihr Kopf drehte sich, und sie musste sich mit einer Hand an der Wand abstützen. Dann nahm sie ihren Koffer und ging zur Tür. Sie war dabei, sie aufzuziehen, als die Frau ihr nachrief:

»Warten Sie, Schätzchen, ich hab nicht gesagt, er hätte 'ne Adresse hinterlassen.«

Sarahs Schultern sackten nach vorn, und sie sah misstrauisch zu der Frau zurück.

Die Besitzerin warf ihr einen aufmüpfigen Blick zu und zog sich die Strickjacke fester um die Schultern. Dann bückte sie sich und wühlte irgendwo herum. Papier raschelte. »Aber ich hab auch nicht gesagt, er hätte's nicht getan.« Sie richtete sich wieder auf und streckte ihr einen zerknitterten Umschlag entgegen. Sarah entriss ihn ihr und strich ihn glatt, und dann stieg eine Woge der Erleichterung in ihr auf, als sie darauf in der vertrauten Handschrift ihren Namen las. An einer Stelle war der Bleistift feucht geworden und verblasst, und der Geruch von faulem Apfel bestätigte ihren Verdacht, dass er im Papierkorb gelandet war.

»Dachte nicht, dass jemand danach fragen würde«, murmelte die Frau.

»Sie haben aber auch nicht besonders lange gewartet.« Als Sarah sich abwandte, schniefte die Alte und brummte etwas darüber, was aus der Welt geworden sei.

Draußen überquerte Sarah die Straße, setzte sich im Schatten eines Baumes auf die Treppe einer verrußten, aus Backstein errichteten Kapelle und riss den Brief auf.

Liebste Sarah,
ich muss mich auf die Suche nach einer neuen Unterkunft machen. Ein Stück weiter die Straße hinunter, in Richtung U-Bahn, liegt rechts ein kleiner Park, kurz vor den ausgebombten Häusern. Ich versuche, um vier Uhr nachmittags dort zu sein für den Fall, dass du kommst.

Welcher Nachmittag? Der Brief war nicht datiert. Sie warf einen Blick auf ihre Uhr, wischte einen Ohrwurm von ihrem Koffer und brach auf. Sie glaubte die Häuserruinen zu erkennen, die Paul meinte. Es war Viertel vor vier. Sie kam an einem Metzgerladen vorbei, wo ein flachsblonder Bursche mit gestreifter Schürze gerade ein Schild in das leere Schaufenster hängte. *Leider alles aus*, verkündete es unheilvoll.

Sarah verfluchte ihren schweren Koffer und fiel in einen ungelenken Laufschritt.

44

Auf der Hauptstraße von Cockley Market ging Briony auf und ab und sah in die Schaufenster, nahm jedoch außer der wiederholten Botschaft, der Valentinstag stehe bevor, nicht viel wahr. Der Minutenzeiger an der Uhr, die über dem Schild der alten Postherberge hing, kroch nur so dahin, obwohl Briony ihn am liebsten weitergeschoben hätte. Sie hatte sich den Tag freigenommen und war wegen des Verkehrs rechtzeitig in London losgefahren, doch die Straßen waren weniger voll als erwartet gewesen, und es gab jede Menge freier Parkplätze. Mittwochs fand in Cockley kein Markt statt, das musste die Erklärung sein. Deshalb hatte sie nun ganze dreißig Minuten totzuschlagen. Gegenüber dem Lokal stieß Sarah auf den Pub, in dem sie einmal Aruna gesehen hatte. Am Fenster war ein Tisch frei, der sich als Beobachtungsposten anbot, also schob sie die Tür auf, um sich bei einem Kaffee aufzuwärmen.

Während sie an ihrem Cappuccino nippte, dachte sie wieder darüber nach, was sie hergeführt hatte. Dass Derek Jenkins den Mann auf dem Foto, von dem sie wusste, dass er ihr Großvater war, als Paul Hartmann identifiziert hatte. Er war überhaupt nicht Harry Andrews. Bedeutete das, der Betrunkene am Bahnhof war Harry gewesen? *Paul, Harry und Ivor* – diese Namen standen auf der Rückseite des Fotos. Wenn also »Harry« in Wahrheit Paul war, war »Paul« dann Harry? Derek und sie hatten einige Zeit darüber diskutiert, und ihr war eine Idee gekommen, bei der sie ein aufgeregtes Kribbeln überlief. Wie in aller Welt konnte sie das beweisen?

Als sie an diesem Nachmittag wieder in ihrer Wohnung angekommen war, hatte sie es mit einer ziellosen Internetsuche probiert, die nichts ergeben hatte, und dann ihren Vater angerufen. Zuerst unter seiner Festnetznummer und dann auf seinem Handy, und schließlich hatte sie das Handy ihrer Stiefmutter angewählt. Beide antworteten nicht, was frustrierend war. Das hielt sie allerdings nicht davon ab, ins Auto zu springen und nach Birchmere zu fahren. Unterwegs blendete sie ein herrlicher Sonnenuntergang. Sie fand das Haus dunkel und still vor und klingelte. Während sie auf der Türschwelle wartete, tauchte nur die getigerte Katze auf und rieb sich an ihren Beinen.

Brionys Telefon klingelte. »Lavender? Ich bin in Birchmere. Wo seid ihr?«

Lavender drückte sich frustrierend verschwommen aus. Immerhin verstand Briony, dass die beiden irgendwo auf einen Termin warteten. Ja, natürlich durfte sie ins Haus gehen. Sie wusste doch, wo der Ersatzschlüssel lag, oder? Würde es ihr sehr viel ausmachen, die Katze zu füttern?

Sie fand den Schlüssel unter dem Blumentopf. Sobald sie drinnen war, kippte sie Trockenfutter in den Katzennapf, rannte dann nach oben in ihr altes Zimmer und zerrte die Schublade unter dem Bett hervor. *Jeans Schulbücher.* Das war der einzige Karton, den sie nicht durchsucht hatte.

Sie arbeitete schnell, aber sorgfältig, blätterte die Übungsbücher, die sie herausnahm, durch und stapelte sie daneben. Je leerer der Karton wurde, umso niedergeschlagener fühlte sie sich. Mit dem letzten Buch in der Hand untersuchte sie die wenigen Gegenstände, die noch auf dem Boden lagen, doch sie fand keinerlei Dokumente über ihre Mutter oder ihre Großeltern, keine alten Pässe oder Geburts- oder Heiratsurkunden, nur eine leichte, handgefertigte Abendtasche, die mit Jettperlen bestickt war. Sie setzte sich auf die Fersen und strich sich frustriert eine Locke aus dem Gesicht. Wer war ihre Großmutter gewesen? Das könnte sie natürlich bei den Behörden herausfinden – falls sie ihren vollen Namen und alle Daten in Erfahrung brachte –, aber alle hatten sie Molly genannt. Sie griff nach der Abendtasche, auf der die Jettperlen aufblitzten. Ganz hübsch, dachte sie und knöpfte sie auf. Darin steckte etwas: ein Kamm, ein Taschentuch und eine kleine Karte aus dickem, weichem Papier in einem hübschen Design. Sie war mit Blumen und kleinen Singvögeln bedruckt, von denen einer ein rotes herzförmiges Blatt im Schnabel hielt. Eine Valentinskarte. Im Inneren standen mit schwarzem Stift geschrieben und in einer Handschrift, die sie wiedererkannte, die Worte *Für meine liebste Sarah, für immer meine Liebe.*

Als sie ihren Kaffee fast ausgetrunken hatte, zog die Ankunft eines schnittigen grauen Jaguars Brionys Aufmerksamkeit auf sich. Sie sah zu, wie er abbremste und am Schild *Gästeparkplatz* vorbei unter dem Torbogen der Postherberge hindurchfuhr. Instinktiv stand sie auf, zog ihre Jacke an und legte ein paar Münzen für den Cappucino auf den Tisch. Dann ging sie hinaus, überquerte die Straße und trat durch die schwere, mit Eisen beschlagene Eingangstür des Lokals. Im Inneren fand sie sich in einer behaglichen, altmodischen Lounge-Bar wieder, in der es angenehm nach Bier, Bratensauce und altem Holz duftete. Die einzigen Gäste waren eine Gruppe rotgesichtiger alter Herren in identischen dunkelblauen Blazern mit Wappen auf den Brusttaschen und zwei reife, äußerst gepflegte Damen, die an einem Fenstertisch über den Lunchmenüs brüteten. An der Bar bestellte gerade ein hochgewachsener, stämmiger Mann in einem dunkelgrauen Mantel einen Drink. Als er sich umdrehte und sie fragend ansah, traf sie die Erkenntnis wie ein kleiner Schock: Glatt rasiert, kurzes dunkles Haar mit einem Hauch Grau, das er nach hinten gestrichen trug – das war der Mann, den sie mit Aruna gesehen hatte. Außerdem, wurde ihr klar, war er der Mann, mit dem sie hier verabredet war: Gregs Vater, Tom Richards.

»Miss Wood. Briony.« Er stolperte über den Namen.

»Ja.« Sie trat auf ihn zu und streckte ihm die Hand entgegen. Einen Moment lang zögerte er, dann schüttelte er sie, doch er sah Sarah aus seinen tief liegenden Augen nicht an.

»Ich freue mich, Sie endlich kennenzulernen«, sagte sie so gleichmütig, wie sie konnte. »Wir haben eine Menge zu besprechen.«

Jetzt endlich wandte er den Blick direkt auf sie. »Was wollen Sie trinken?«

Tom Richards könnte für sechzig durchgehen, dachte sie, als sie ihn beim Essen musterte, obwohl sie wusste, dass er zehn Jahre älter war. Er trank Whiskey und Soda und war größer und korpulenter als sein Sohn, doch rund um seinen wohlgeformten Mund nahm sie die gleiche Anspannung wahr, und sein Blick wirkte misstrauisch. Er war ein Mann von wenigen Worten und festgefassten Meinungen – nicht gerade das, was ihr Vater als gesellig bezeichnen würde. Irgendwann in seinem Leben hatte er gelernt, argwöhnisch zu sein, missgünstig sogar.

Nachdem er Drinks bestellt hatte, hatte man die beiden in eine gemütliche Ecke des ruhigen, von Sonnenschein erfüllten Restaurants hinter der Lounge-Bar geführt, das mit dicken Teppichen und holzgetäfelten Wänden ausgestattet war. An einer Wand stand ein Fleischbüfett wo Köche ihre Teller mit saftigem Bratenfleisch, Kartoffeln, luftigen Yorkshirepuddings und buntem Gemüse füllten und alles mit reichlich brauner Bratensauce übergossen.

»Genau das Richtige für einen Wintertag«, bemerkte Tom Richards, als er seine Serviette entfaltete und sich über seine Portion hermachte. Bisher hatte er wenig geredet, und nur über das Essen.

Briony, die nervös war und eigentlich keinen Appetit mehr auf ihre Mahlzeit hatte, nachdem der Teller nun vor ihr stand, griff zu Messer und Gabel und probierte einen kleinen Bissen. Der Geschmack des zarten, gesalzenen Fleisches auf ihrer Zunge ließ sie mit einem Mal hungrig werden. Sie schnitt sich noch ein Stück ab, tauchte es in die Sauce und aß es ebenfalls. Die ganze Zeit hatte sie darüber nachgedacht, was sie diesen Mann fragen sollte, doch nun, da sie friedlich zusammen aßen, hatte sie keine Ahnung, wie sie das Schweigen brechen sollte. Das Treffen hatte Greg vermittelt, aber sie hatte ihm energisch eingeschärft, ihn selbst wolle sie nicht dabeihaben. Sie war überzeugt davon, dass die beiden sich gegen sie zusammentun würden, und sie weigerte sich, sich noch einmal schikanieren zu lassen. Briony wollte die Wahrheit und spürte, dass sie sie Mr. Richards eher entlocken könnte, wenn sie zu zweit waren.

Tom Richards winkte eine vorbeigehende Kellnerin heran. »Noch so einen«, sagte er knapp und zeigte auf sein leeres Glas.

Brionys Mund war voll, daher schüttelte sie auf die Nachfrage der Kellnerin nur den Kopf.

Erst, nachdem der zweite Whisky gebracht und getrunken worden war und Tom Richards jeden Bissen, der sich auf seinem Teller befand, verzehrt hatte, legte er Messer und Gabel zusammen, warf seine Serviette auf den Tisch und lehnte sich auf seinem Stuhl zurück, um sie richtig anzusehen, als bemerke er sie zum ersten Mal. »So ist es besser«, meinte er und räusperte sich.

Briony legte ihr Besteck weg und schob ihren halb geleerten Teller von sich. »Mr. Richards«, sagte sie. So langsam verlor sie die Geduld. »Tom.« Sie waren schließlich verwandt.

Er sah sie listig an. »Sie sehen meiner Mutter überhaupt nicht ähnlich. Das hatte ich eigentlich erwartet. Sie sind schließlich ihre Großnichte. Wodurch wir Cousin und Cousine sind.«

»Und Sie haben das die ganze Zeit gewusst.«

»Nein. Greg hat mir nur erzählt, dass Sie kommen und Fragen

stellen würden und dass Sie Bücher über den Krieg schreiben. Ich hatte keine Ahnung von einer Verbindung zu meiner Familie. Für mich war es genauso ein Schock wie wahrscheinlich auch für Sie. Also wissen Sie jetzt Bescheid. Mein Vater war anscheinend ein brutaler Mensch und Feigling und möglicherweise sogar ein Mörder. Aber ich habe wenig davon gesehen. Meine Eltern waren sehr glücklich miteinander, und meine Mutter und ich waren am Boden zerstört, als er starb. Mit erst sechzig. Heutzutage ist man da noch jung.«

»Das muss dann –«

»1973. Da war ich fünfundzwanzig. Für meine Mutter war das ein furchtbarer Schlag. Sie ist über achtzig geworden und liebte mich und ihren Enkel über alles. Greg und sie standen einander sehr nahe, genau wie sie und ich früher. Und ich weiß auch, was Sie als Nächstes wissen wollen.«

Fragend zog Briony eine Augenbraue hoch.

»Wie ich von den Vorwürfen gegen meinen Vater erfahren habe. Das war, nachdem seine Eltern beide verstorben waren. Seine Mutter Margo wurde neunzig und ist 1980 verstorben, als ich Mitte dreißig und Greg drei oder vier war. An mir blieb die Aufgabe hängen, Westbury House, wo Greg heute lebt, auszuräumen. Ich habe einige Briefe gelesen, die mein Dad aus dem Krieg nach Hause geschickt hat, und dann fand ich einen Zeitungsausschnitt. Nichts davon passte zu irgendetwas, was man mir erzählt hatte, und das nagte an mir. Ich wollte meine Mutter damit nicht belasten, aber schließlich fragte ich sie doch, und sie hat mir erklärt, Dad sei zu Unrecht beschuldigt worden, und was für ein – verzeihen Sie den Ausdruck – Bastard Paul Hartmann gewesen sei.«

»Und Sie haben ihr diese Version abgenommen?«

»Um ehrlich zu sein, hatte ich das Gefühl, dass ihre Sichtweise vielleicht nicht die einzige war. Ich hatte viel für meinen Dad übrig, aber er hatte eine Seite, die stahlhart war. Natürlich musste ich meiner Mutter Verschwiegenheit geloben. Sie wollte, dass ich die Beweise vernichte, die ich gefunden hatte, aber ich fürchte, das habe ich nicht getan. Die ganze Sache wurde zu so etwas wie einer Besessenheit. Nach ihrem Tod bin ich nach Tuana gefahren, um mich ein wenig umzuhören, obwohl ich nicht preisgegeben habe, wer ich war. Die Menschen dort haben ein gutes Gedächtnis, und ich habe so viel erfahren, dass mir klar wurde, dass Dad Mum nicht die ganze Wahrheit gesagt hatte, wie immer die aussehen mochte. Aber ich habe das Versprechen gehalten, das ich ihr gegeben hatte: Ich habe keiner Seele davon erzählt, nicht einmal Greg. Bis Sie gekommen sind und alles herausbringen wollten. Dann musste ich. Ich musste Greg auf meiner Seite wissen.«

»Und was hat Aruna mit der ganzen Sache zu tun?«

Jetzt hatte Briony ihn verblüfft. Misstrauisch musterte er sie.

»Ich weiß, dass Sie mit meiner Freundin gesprochen haben«, erklärte Briony. »Das waren Sie, mit dem ich sie im Pub gesehen habe, stimmt's?«

»Eigentlich wollte ich sie gar nicht in dieses Gespräch hineinziehen«, knurrte er, »aber da Sie schon damit angefangen haben, ja, sie ist dahintergekommen. Während Ihres Urlaubs in Tuana ist sie jemandem begegnet, der ihr von dem Kriegsverbrechen der britischen Soldaten erzählt hat, und dann hat mich Robyn Clare nach Ihrem ersten Besuch alarmiert.«

»Oh, aber warum?« Briony war bestürzt und spürte einen Kloß im Hals. Nicht nur Aruna hatte sie hintergangen. Sie hatte Robyn irgendwie vertraut.

»Da fragen Sie sie besser selbst. Jedenfalls ... Ihre Freundin Miss Patel ist eine Art Journalistin, oder? Sie hat geglaubt, mich zu interviewen, aber in Wahrheit war es umgekehrt. Ich wollte herausfinden, was sie wusste, und sie ein wenig von der Spur ablenken, während Greg sich um Sie gekümmert hat.«

»Das ist alles so lächerlich«, flüsterte Briony fast wie zu sich selbst.

»Das mag für Sie so aussehen, aber hier steht der Ruf meiner Familie auf dem Spiel.« Seine Augen blitzten gefährlich, und Briony lief ein kalter Schauer über den Rücken, als ihr klar wurde, wie wichtig ihm das war.

»Und was ist mit meiner?«, fragte sie leise. »Zählt meine Familie nicht?«

Einen Moment wirkte sein glattes Gesicht hart wie Granit, dann presste er die Lippen zusammen, umfasste die Tischkante und beugte sich bewusst nach vorn. »Finden Sie nicht auch, es wäre das Beste für uns beide, wenn wir die Angelegenheit auf sich beruhen lassen?«

Briony drehte sich vor Verwirrung der Kopf. Sie besaß einen starken Instinkt, die Wahrheit zu sagen. Aber konnte er vielleicht doch recht haben? »Ich weiß nicht«, sagte sie und wich auf ihrem Stuhl zurück. »Ich muss darüber nachdenken.«

Er nickte, doch seine Miene blieb finster.

»Soll es noch etwas sein? Dessert? Kaffee?« Die mütterlich wirkende Kellnerin räumte ihre leeren Gläser ab.

Briony schüttelte den Kopf. »Nur die Rechnung, bitte.«

»Nein, ich bestehe darauf, das zu übernehmen«, erklärte er Briony. »Wir sind schließlich verwandt.«

Sie zuckte mit den Schultern und ließ ihn zahlen.

Familie, dachte Briony, als sie durch die kahle Landschaft zurück nach London fuhr. Was hieß das eigentlich? Tom Richards bedeutete ihr nichts. Sie konnte nicht einmal behaupten, er wäre ihr sympathisch. Trotzdem waren sie durch verborgene Blutsbande aus alter Zeit entfernt miteinander verwandt. Schließlich war Diane seine Mutter gewesen, die seltsame, rätselhafte Diane, die sie nur aus den Briefen ihrer Großeltern kannte. Wie unglücklich Diane als junges Mädchen gewesen sein musste! Sie hatte die Spannungen in der Ehe ihrer Eltern aufgefangen, war durch den Tod ihres kleinen Bruders und den Umstand, dass sie sich für den Tod ihres Vaters verantwortlich gefühlt hatte, traumatisiert, und dann hatte sie im Krieg ein tot geborenes Baby zur Welt gebracht. Ja, Briony empfand Mitgefühl für Diane und konnte teilweise nachvollziehen, warum sie die Wahrheit über ihren Mann hatte verbergen wollen.

Das Problem war, dass die Geheimhaltung und das Unglücklichsein über die Generationen weitergegeben worden waren. Brionys Cousin Tom war kein einfacher Mann, verschlossen und abweisend, und Greg hatte auf andere Art seinen Charme eingesetzt, um sie zu täuschen. Außerdem hatte er sie bestohlen. Bei dem Gedanken daran, wie er mit einem Trick die Briefe an sich gebracht hatte, krallte Briony wütend die Hände um das Steuer.

Trotzdem hatte sie abgesehen davon nicht viel andere Familie, und sie konnte es kaum abwarten, alles ihrem Vater zu erzählen. Ich werde ihn um Rat bitten, beschloss sie, während sie die Auffahrt zu der zweispurigen Schnellstraße hinauffuhr, hinein in den grellen Schein der untergehenden Sonne. Weniger sicher war sie, was Aruna betraf. Warum hatte ihre Freundin sie so hintergangen? Hatte sie recht mit der Vermutung, dass die Journalistin in Aruna die Spur einer Story aufgenommen hatte, oder zeigte sich hier nur wieder diese eigenartige, manipulative Seite ihrer Freundin? Ihr fiel wieder ein, wie Aruna früher ihre Sachen genommen hatte, ohne zu fragen. Und dass es Aruna gewesen war, die sie in diese Fernsehshow mit Jolyon Gunn vermittelt hatte, in der Briony hoffnungslos überfordert gewesen war. Sie hatte Aruna immer einen Vertrauensvorschuss gegeben, aber bei dieser Angelegenheit war Briony dazu nicht in der Lage. Vielleicht hatte Aruna sich in Bezug auf Luke immer unsicher gefühlt.

Sie fragte sich, ob Arunas und ihre Beziehung sich je wieder erholen würde, ob die freundschaftlichen Bande zwischen ihnen stark genug waren. Die beiden hatten einander immer versichert, dass sie keinem Mann, egal wem, erlauben würden, zwischen sie zu treten, doch das war gewesen, bevor sie Luke kennengelernt hatten.

Luke. Briony spürte, wie sie bei dem Gedanken an ihn die Kraft verließ. Vielleicht war die ganze Auseinandersetzung mit Aruna sinnlos, und keine von ihnen würde je wieder etwas von ihm hören.

45

Gleich am nächsten Abend fuhr Briony nach Birchmere, um ihren Vater und ihre Stiefmutter zu besuchen. Sie nahm alle Briefe und Pauls letzte Nachricht, die er Harry mitgegeben hatte, mit, und nach dem Abendessen breitete sie alles auf dem Boden des Wohnzimmers aus. Sie brauchte lange, um die ganze Geschichte verständlich zu erklären. Doch die verblassten Bilder des jungen Harry in Westbury stellten einen unwiderlegbaren Beweis dar, als sie sie neben die Gesichter der Männer auf der Filmsequenz auf ihrem Laptop hielt. Brionys Bruder Will sah nicht wie Harry aus. Nein, der wachsame dunkelhaarige junge Mann war derjenige, der Wills Züge trug, und dieser Mann musste Paul Hartmann gewesen sein.

»Ist es wirklich möglich«, fragte Martin Wood unglücklich, »dass Paul ... ähem ... der Vater deiner Mutter war? Ich versuche nur, die Frage aus allen Blickwinkeln zu betrachten. Das Ganze kommt mir so ... dramatisch vor.«

»Schaut doch.« Briony schlug das alte Familienalbum auf, und gemeinsam studierten sie die Fotos. Das Gesicht des Manns, der sich Harry Andrews nannte, gehörte fast mit Sicherheit Paul. »Ich habe auch ein Foto von Sarahs Schwester Diane gesehen, und sie erinnert mich schon an Granny.« Sie wies auf ein Schwarz-Weiß-Foto von Jeans Taufe. Da stand mit strahlender Miene ihre Großmutter und hielt das Bündel auf dem Arm, das später zu Brionys Mutter heranwachsen sollte.

»Aber deine Granny hieß Molly.« Brionys Vater fiel es schwer, das zu verarbeiten.

»Was ich nicht verstehe, ist, warum die Behörden nie herausgefunden haben, was die beiden getan hatten«, warf Lavender, die bisher wenig gesagt hatte, leise ein.

»Wenn Harrys Ausweis kein Foto enthielt, muss das einfach gewesen sein«, erklärte Briony ihr. »Oder es ist Grandpa gelungen, es auszutauschen. Damals herrschte allgemein große Vewirrung. Menschen müssen alle möglichen Gründe gehabt haben, um sich Ersatzdokumente ausstellen zu lassen.«

»Wer ist das?« Brionys Vater sah das Foto von der Taufe an und wies auf eine Frau, die dicht hinter Brionys Großmutter stand.

Briony kniff die Augen zusammen. Lavender stand auf, zog an ihrem Sekretär, der in der Ecke stand, eine Schublade auf und kam mit einem Vergrößerungsglas zurück. »Ich benutze es, um Kleingedrucktes zu lesen. Die Beipackzettel meiner Medikamente sind grauenvoll.«

Briony fragte sich, was für Medikamente Lavender meinte, aber ihr Thema nahm sie zu sehr gefangen, als dass sie nachgehakt hätte. Unter der Lupe war das Gesicht deutlicher zu erkennen. Eine Frau mittleren Alters mit stolzer Miene und einem sehr angespannten Lächeln, als wäre sie nicht daran gewöhnt. Ein zierlicher Hut saß auf ihrem gut frisierten, von Grau durchzogenem Haar. Nur eine Seite ihres Körpers war zu sehen, doch ihre elegante, korsettierte Figur bildete einen Gegensatz zu Sarahs weichen Kurven. »Meint ihr«, fragte Briony, »das ist Belinda, Sarahs Mutter?«

»Besonders ähnlich sehen sie sich nicht«, sagte Lavender. »Außer vielleicht um die Augen herum.«

Wenn Belinda Bailey bei der Taufe gewesen war, hatte Sarah offensichtlich den Kontakt zu ihrer Familie gehalten. Allerdings war von Diane keine Spur zu entdecken. Hatte die Loyalität zu ihrem frischgebackenen Ehemann Ivor sie ferngehalten, oder hatten die Schwestern sich überworfen? Als Jean geboren wurde, hätte

Belinda schon wieder verheiratet sein können, doch wenn, dann hatte ihr Mann keinen Platz auf dem Foto verdient, falls er überhaupt dabei gewesen war. So viele Geschichten waren verloren gegangen, und Briony sah keine Möglichkeit, sie zurückzuholen. Die Art von Geschichten, die nicht dokumentiert sind, sondern von Mund zu Mund als Familienmythen und -legenden weitergegeben werden. Wer wen brüskiert hatte, wer neidisch auf wen war, wer sich mit wem zerstritten, aber später wieder versöhnt hatte.

»Dann habt ihr also eine ganz neue Familie, Will und du«, erklärte Martin ein wenig zu munter. Briony hatte ihm von Greg und Tom erzählt.

»Ich glaube nicht, dass wir allzu viel von ihnen hören werden, obwohl Will sie natürlich kennenlernen kann, wenn er mag.«

Sie hatte Tom allerdings versprochen, in Verbindung zu bleiben. Wahrscheinlich, um ihn zu beruhigen und ihm zu versichern, dass der Ruf seines Vaters nicht in den Schmutz gezogen würde. »Glaubst du, dass ich das Richtige tue, Dad? Indem ich beschlossen habe, niemals etwas über Ivors Verbrechen zu schreiben? In meinem nächsten Buch geht es um Italien, aber ich habe mir überlegt, dass ich den Vorfall, wenn es sein muss, ganz allgemein schildere, als Beispiel für eine Anzahl anderer, die zeigen, dass die britischen Soldaten unter furchtbarem Druck standen.«

»Bei meiner Arbeit musste ich auch manchmal solche Entscheidungen treffen«, rief Martin ihr ins Gedächtnis. »Ich weiß, dass du eine integere Persönlichkeit bist, Liebes, aber vielleicht ist es in diesem Fall nicht nötig, Einzelheiten wie Namen breitzutreten.«

»Es ist ja nicht, als würde ich absichtlich etwas verschweigen«, pflichtete sie ihm bei. »Ich werde alle Briefe behalten und meine Abschrift fertigstellen, und wenn sich dann ein Wissenschaftler alles ansehen will, werde ich ihn wohl lassen.« Eines Tages, wenn Tom und Robyn nicht mehr lebten, würde sie – vielleicht mit Gregs Zustimmung – mehr mit der Liebesgeschichte ihrer Großeltern anfangen können, zum Beispiel ein Radio-Feature schreiben, wenn auch wahrscheinlich nicht mit Aruna. Aber war dies ihr unterdessen wert, Menschen, die ihr nahestanden, zu verletzen, indem sie die ganze Geschichte ans Licht brachte?

Brionys Gedanken wandten sich nach Italien, nach Tuana, wo eine Gedenktafel an der Wand der Kirche symbolisch dafür stand, dass die Gemeinde sich immer noch an ein lange zurückliegendes Unrecht erinnerte. Vielleicht hatte sie auch dort eine Pflicht zu erfüllen, und der Gedanke verunsicherte sie erneut. Noch lebten Menschen, die sich an den jungen Antonio erinnerten. Manchmal musste man die Wahrheit aufdecken, obwohl es schmerzte, damit eine Versöhnung möglich wurde.

Seufzend schlug sie das Fotoalbum zu und war sich immer noch nicht sicher, was sie tun sollte.

Als sie aufblickte, sah sie gerade noch, wie ihr Vater die Hand ihrer Stiefmutter drückte. »Geht's dir gut, Schatz?«, fragte er, und Lavender nickte und lächelte mit Tränen in den Augen.

»Natürlich«, sagte sie tapfer.

»Was ist los?«, fragte Briony stirnrunzelnd und erinnerte sich, dass sie vorhin von Medikamenten gesprochen hatte. Lavender hatte noch nie erwähnt, dass sie welche brauchte.

Lavender seufzte. »Wir wollten dir nichts sagen, bevor wir ganz sicher waren. Ich muss mich einer kleinen Operation unterziehen, nichts weiter.«

»Warum?« Briony fühlte sich zunehmend alarmiert. Ihr fiel ein, dass Lavender ihr in letzter Zeit so erschöpft vorgekommen war.

»Kein Grund zur Sorge, sagen die Ärzte. Eine kleine Reparatur an einer der Herzklappen«, murmelte ihr Vater, als spräche er von einem Auto. Doch sie sah die Angst in seinen Augen.

»Ach, Lavender«, flüsterte sie und umarmte ihre Stiefmutter. »Das hättest du mir schon früher sagen sollen.«

»Ich wollte nicht«, wisperte sie. »Dein Dad macht sich ohnehin schon genug Gedanken. Da wollte ich nicht auch noch dir und Will Sorgen bereiten.«

»Das ist Unsinn, Lavender. Wir haben dich auch lieb, weißt du! Schließ uns nicht aus.« Sie spürte eine Liebe zu ihrer Stiefmutter in sich aufsteigen, wie sie sie noch nie so stark empfunden hatte. Sie erinnerte sich auch daran, wie wenig ihre Mutter über ihre Krankheit geredet hatte und wie das den Schock über ihren Tod noch verstärkt hatte.

»Das ist lieb von dir, Briony.« Und sie umarmten einander noch einmal fest.

Am nächsten Tag spazierte Briony nach Birchmere, und wie immer bemerkte sie, was sich dort seit ihrer Kindheit alles verändert hatte: Der große Supermarkt war neu, der White-Hart-Pub, Ort manch einer Zusammenkunft am Samstagabend, hieß jetzt *Mulberry Tree*, und wo früher keine Ampeln gewesen waren, standen jetzt drei. Trotzdem war noch genug übrig, das sie Verbundenheit mit diesem Ort empfinden ließ: der klassische Säulenvorbau der Bank, der Uhrturm, der über dem Marktplatz im Zentrum aufragte, die bunten Markisen der Marktstände und dort, wo die Ladenzeile zu Ende war und der Anger begann, der Teich, von Birken umstanden und inzwischen mit einem Zaun gesichert. Briony umrundete ihn und lächelte einem stämmigen Kleinkind zu, das zusammen mit seinem Vater die Enten fütterte. Doch dann zogen ihre Erinnerungen sie eine Straße entlang, die vom Anger in ein Netz von Wohnstraßen hinter der Hauptstraße führte. Seit Jahren war sie nicht mehr hier entlanggegangen, und sie versuchte, sich an die Abfolge der Straßen zu erinnern, die alle nach Bäumen benannt waren, vielleicht ein Tribut an den Namen der Stadt. Ash Grove, Hickory Avenue, Willow Way ... und dann erreichte sie die Chestnut Close, und ihr Herz schlug schneller. Sie bog in die Straße ein.

Sie war eine Sackgasse und viel kürzer als in ihrer Erinnerung, obwohl die frei stehenden Einfamilienhäuser im Stil der 1930er-Jahre immer noch beeindruckend wirkten. Nummer 4 lag halb hinter einer Ligusterhecke verborgen, doch als sie zu dem weiß gestrichenen Haus aufsah, beruhigte sie der Anblick der südländisch wirkenden Fensterläden und Gitterbalkone. Ja, hier hatten ihre Großeltern gewohnt. Doch etwas war anders. Ein Teil des Gartens war asphaltiert worden, um einen Parkplatz zu schaffen, obwohl dort heute keine Autos standen.

Spontan ging sie die Einfahrt hinauf und klingelte an der Tür. Sie hörte zwar, wie der Ton durch das Haus hallte, doch obwohl sie ein paar Minuten wartete, machte niemand auf, daher wandte sie sich in einer Mischung aus Enttäuschung und Erleichterung ab. Sie hatte keine Ahnung, was sie dem aktuellen Bewohner erzählt hätte.

Im Gehen erhaschte sie durch das schmiedeeiserne Tor einen Blick auf den Garten hinter dem Haus und konnte der Versuchung nicht widerstehen, zwischen den Gitterstäben hindurchzusehen. Er war groß, das hatte sie ganz vergessen, und die Beete quollen über vor Frühlingsblumen und Sträuchern. Sie wusste noch, wie schön er gewesen war und wie sie, wenn sie zu Besuch gekommen war, Granny oft beim Jäten in den Beeten oder bei ihren Töpfen im Treibhaus angetroffen hatte. Besonders stolz war sie auf eine Pflanze gewesen, die Büschel von rosa-weißen Blüten ausbildete, von denen jede wie eine kleine Trompete wirkte. *Feentrompeten-Busch* – so hatte Briony sie genannt, erinnerte sie sich, aber Granny hatte einen anderen Namen dafür gehabt, und jetzt fiel er ihr wieder ein. *Hibiscus syriacus*. Ob er noch da ist?, fragte sie sich. Und hatte er etwas mit den Setzlingen zu tun, die Granny aus Indien mitgebracht hatte? Plötzlich empfand sie eine tiefe Traurigkeit, und die Verwirrung über ihre Kindheit, die ihr jetzt verloren war, drückte sie nieder. Sie zog sich zurück und war mit einem Mal froh, das Haus und seine Geheimnisse hinter sich zu lassen.

Sie ging davon, zurück in die geschäftige Stadt und in die Gegenwart. Es wäre gut, wenn sie den Rest des Tages mit ihrem Vater und ihrer Stiefmutter verbrachte, der sie sich plötzlich viel näher fühlte. Lavenders Operation würde ein Routineeingriff sein, und doch machte sie sich deswegen verständlicherweise Sorgen. Briony hatte etwas Wichtiges gelernt: Jede Distanz, die zwischen Lavender und ihr einmal bestanden hatte, war während der letzten paar Monate überwunden worden, und sie begriff, dass sie ihre Stiefmutter inniger liebte, als sie je für möglich gehalten hatte. Lavender würde nie das Andenken ihrer Mutter in Brionys Herz verdrängen, aber andererseits hatte sie das auch nie versucht und käme nie auf die Idee. Sie hatte sie nur alle wieder zu einer Familie gemacht.

46

Die letzten Märztage gingen langsam dem Ende zu, und die Vorlesungszeit war vorüber. Dieses Semester hatte sie außerordentlich viel zu tun gehabt, besonders durch die Konferenz, die besser verlaufen war, als sie zu hoffen gewagt hatte, doch nun, da Briony etwas Luft zum Atmen hatte, konnte sie es kaum abwarten wegzufahren, um die Fahnen ihres Buchs durchzusehen. Ihre Stiefmutter hatte ihre Operation überstanden und erholte sich gut, sodass Briony beruhigt verreisen konnte. Spontan rief sie Kemi an, um festzustellen, ob Westbury Lodge frei und bewohnbar war. Kemi erklärte, dem sei so, und rief sie eine Stunde später noch einmal an, um ihr mitzuteilen, dass sie sich mit Greg besprochen habe, der begeistert zugestimmt hatte. Mehr noch, er weigerte sich, ihr Miete zu berechnen.

Seufzend legte Briony das Telefon beiseite und fragte sich, ob sie richtig gehandelt hatte. Sie wünschte sich sehr, Westbury im Licht ihrer neuen Beziehung zu dem Haus noch einmal zu besuchen, außerdem konnte sie dort gut arbeiten. Doch sie war sich nicht sicher, ob sie bereit war, Greg wiederzusehen. Es war nett von ihm, sie gratis dort wohnen zu lassen – aber sie misstraute seinen Beweggründen immer noch und war sich nicht sicher, ob sie Umgang mit ihm pflegen wollte. Jetzt war jedenfalls alles abgesprochen. Sie würde später am Tag hinunterfahren und vier Nächte bleiben. Der Termin, zu dem sie die Korrekturfahnen an den Redakteur zurückgeben musste, war knapp bemessen.

Es fühlte sich wunderbar an, nach einer regnerischen Autofahrt von London in ihrem Lebkuchenhaus anzukommen. Mittlerweile war es dort herrlich behaglich, da eine Zentralheizung eingebaut worden war. Trotzdem brannte im Wohnzimmer ein Feuer, im Kühlschrank warteten Milch, Eier, Brot und Butter, und auf dem Küchentisch standen Wein und Plätzchen. Avrils besondere Note, dachte Briony, denn sie hatte erfahren, dass Robyns Haushaltshilfe sich auch um Westbury Lodge kümmerte.

In der ersten Nacht lag Briony in ihrem mit Kräutern parfümierten Bett und gewöhnte sich wieder an das Knarren der Möbel und auch an neue Geräusche: das Seufzen und metallische Gurgeln abkühlender Heizkörper. Das Haus vermittelte ihr einen Eindruck von Sicherheit und Frieden, und nachdem sie jetzt ihre familiäre Verbindung zu ihm entdeckt hatte, fühlte es sich an, als würde sie hierhergehören. Mit diesem Gedanken fiel sie in einen tiefen, traumlosen Schlaf.

Am übernächsten Tag saß Briony gerade an ihrem Laptop und war tief in die Bearbeitung ihrer Fahnen versunken, als Männerstimmen sie aus ihrer Konzentration rissen. Sie klangen entfernt und wurden mal lauter, dann wieder leiser. Wie Briony vermutete, wurden sie von der Brise verweht. Eine, da war sie sich inzwischen sicher, gehörte Greg. Die andere war leiser, gemessener, und ihre Rhythmen kamen ihr bekannt vor, aber was die beiden sprachen, war unmöglich zu verstehen. Ihre Neugier gewann schließlich die Oberhand, und sie schnappte sich ihren Parka, der in der Diele an einem Haken hing. Dann trat sie in den diesigen Nachmittag hinaus.

Niemand war zu sehen, doch als Briony den Stimmen folgte, fand sie sich an der Tür zum ummauerten Garten wieder. Argwöhnisch schob sie sie auf und warf einen Blick hinein. Dort, auf der anderen Seite des Areals, das immer noch wie eine Baustelle wirkte, standen zwei Männer, schauten in einen Computer und diskutierten über das, was sie auf dem Bildschirm sahen. Greg zeichnete gerade mit dem Finger einen Umriss in die Luft, um ein Argument zu unterstreichen. Das Gesicht des anderen Mannes, der eine Beanie-Mütze und eine dicke Jacke trug, konnte sie nicht erkennen. Doch dann blickte er auf, und Briony wurde plötzlich verblüfft klar, dass das Luke war.

Instinktiv hätte sie sich zurückgezogen, doch es war zu spät, sie war entdeckt worden.

»Briony?« In seinen Gummistiefeln kam Greg durch den Schlamm mit großen Schritten auf sie zu, und sie versuchte, den Blick auf ihn zu richten, doch sie war sich nur allzu bewusst, dass hinter ihm Luke wie angewurzelt dastand und sie entgeistert anstarrte. »Wie geht's dir?« Greg beugte sich vor und küsste sie auf beide Wangen. Er legte eine Hand um ihren Ellbogen und zog sie vorwärts. »Wolltest du uns aus dem Weg gehen?«

»Nicht wirklich, es ist nur ...«

»Mach hier einen großen Schritt, da entgehst du dem tiefsten Schlamm. Komm und schau dir alles an. Wir diskutieren gerade über die Anordnung der Beete.«

Von Nahem sah Luke sie an, als könne er seinen Augen nicht trauen. Er klemmte sich das Tablet unter den Arm und trat vor, um sie zu begrüßen. Ganz selbstverständlich umarmten sie einander und wichen dann schnell zurück. »Ich hatte ja keine Ahnung, dass du hier unten bist«, murmelte Luke.

»Ich ... ich habe vergessen, es zu erwähnen.« Gregs Miene konnte man nur als kleinlaut beschreiben. Eine Weile tauschten alle Höflichkeiten aus.

»Wie geht's deinen Eltern, Luke? Ich hatte überlegt, sie anzurufen, während ich hier bin, aber –« Der Rest ihres Satzes erstarb ihr auf der Zunge. Was wäre unter normalen Umständen natürlicher und auch höflicher gewesen, als anzubieten, bei ihnen vorbeizuschauen? Aber die Umstände waren nicht normal, und es war sinnlos, so zu tun.

Luke nickte, als verstünde er. »Ihnen geht's gut, danke.« Er nahm wieder das Tablet, klappte die Abdeckung auf und trat näher heran, um ihr die Pläne für den Garten zu zeigen. Das Tageslicht war schwach, und der Bildschirm leuchtete hell, sodass sie leicht erkennen konnte, wo alles gepflanzt werden sollte.

»Blumenbeete hier, dort Kräuter, und hier, ja, das werden die Gemüsebeete.«

»Also wie auf der Zeichnung an Mrs. Clares Wand.«

»Richtig, aber ergänzt durch zusätzliche Informationen aus Sarahs Briefen.«

»Luke macht mir einen Kostenvoranschlag für die Pflanzen«, erklärte Greg, »und dann geben wir eine Bestellung auf.«

»Dann will ich euch nicht aufhalten. Kommt doch auf eine Tasse Tee vorbei, wenn ihr fertig seid.« Als sie zwischen ihnen hin- und hersah, hatte sie das Gefühl, ihr Lächeln sei wie aufgeklebt. Offensichtlich stahl sie ihnen die Zeit, und Briony verließ die beiden, um an ihre eigene Arbeit zurückzukehren. Doch als sie sich wieder an ihren Schreibtisch setzte, fiel es ihr schwer, sich zu konzentrieren, da sie halb damit rechnete, die Männer könnten jeden Moment auftauchen. Schließlich gab sie den Versuch zu arbeiten auf, ging in die Küche, füllte den Kessel mit Wasser und stellte drei Becher auf ein Tablett.

Als es an der Tür klingelte und sie öffnete, stellte sie fest, dass nur Luke auf dem Weg wartete. Er zog seine Mütze herunter, fuhr sich durch seine Mähne und grinste auf seine alte Art, bei der sie schlucken musste.

»Wo hast du denn Greg gelassen?«, fragte sie leichthin.

»Er hat einen Anruf bekommen. Ich glaube, er war mitten in einem Geschäftsabschluss. Hat jedenfalls gesagt, er müsse weg.«

Langsam stieß sie den Atem aus. »Dann solltest du hereinkommen.«

Im Haus war sie sich seiner Anwesenheit, die ihre Diele erfüllte, mehr als deutlich bewusst – des Geruchs nach Regen, Erde und Seife, den er mitbrachte. Er hängte seinen Mantel auf, folgte Briony in die Küche und lehnte sich an die Arbeitsplatte. Mit verschränkten Armen sah er zu, wie sie Tee machte, konfus herumkramte und die Milch wieder in den Kühlschrank stellte, bevor sie sie eingegossen hatte.

»Ich hatte keine Ahnung, dass du herkommen würdest«, erklärte er noch einmal. »Tut mir leid, wenn ich ein wenig verdutzt gewirkt habe.«

»Ich wusste auch nicht, dass du hier bist.« Oberflächlich betrachtet stimmte das, doch sie spürte, wie ihre Wangen rosig anliefen, denn die Möglichkeit hatte immer bestanden. »Wie oft musstest du denn inzwischen zum Garten fahren?«

»In letzter Zeit kam es mir vor, als wäre es jedes Wochenende gewesen, aber das stimmt nicht wirklich. Greg meinte, er sei heute in der Gegend, und es wäre ein guter Zeitpunkt für ein Treffen.«

Sie nickte. Danke, Greg, dachte sie bei sich, während sie Luke den Tee reichte. Sie gingen ins Wohnzimmer, wo Briony ein paar Bücher vom Sofa nahm, damit er sich setzen konnte. Das tat er vorsichtig, als wäre er sich jeder seiner Bewegungen bewusst.

»Ich glaube, ich habe dich nicht gesehen, seit ...« Er verstummte.

»Ja«, sagte sie und erinnerte sich an jene schreckliche Nacht, in der sie ihn auf der Straße vor Arunas Wohnung dabei angetroffen hatte, wie er seinen durchweichten Waschbeutel aufhob.

»Und, wie geht's dir?« Er blickte auf und schenkte ihr ein schiefes Lächeln.

»Ich kann nicht klagen.« Innerlich hätte sie am liebsten geweint, weil ihre Worte so gestelzt klangen. »Ich bin hergekommen, um zu arbeiten. Aber komischerweise habe ich eine Art Zuneigung zu diesem Ort entwickelt, als würde ich hierhergehören. Klingt das verrückt?«

»Vollkommen irre«, gab er zurück. Sie lachten beide, und die Atmosphäre hellte sich auf.

»Ich habe dir unglaublich viel zu erzählen, falls du die Zeit hast. Über Paul und Sarah, meine ich, und Harry Andrews.«

»Ich habe Zeit. Aber Greg hat einen Teil davon durchblicken lassen. Er sagt, ihr beide wäret Cousin und Cousine oder so etwas? Er versucht, dich aus einem anderen Blickwinkel zu sehen. Klingt eigenartig.«

Briony nickte. Jetzt war sie sich sicher, dass Greg einen Schritt zurücktrat und Luke seine Chance gab.

»Er weiß auch über Aruna Bescheid«, fuhr Luke fort. »Er muss es die ganze Zeit gewusst haben.«

»Weil sie Fragen gestellt hat?«

»Ich habe alles aus ihr herausgeholt. Über den Mann in dem protzigen Auto, den sie vor der Villa getroffen hat. Er hat ihr von den britischen Soldaten erzählt, die Antonio ermordet haben. Sie hat dann eigene Recherchen angestellt und ist hinter deinem Rücken an Greg herangetreten. Ich weiß immer noch nicht, warum.«

»Ich glaube, ich verstehe das«, flüsterte Briony. »Manchmal kann sie so sein. Ich weiß nicht, ob das Neid ist, aber sie steht auf diese Machtspielchen.« Sie dachte an all die Gelegenheiten, bei denen Aruna sich in ihr Leben eingemischt hatte. Diese grauenhafte Fernsehsendung ... Allerdings wollte sie mit Luke über nichts davon reden. Das wäre ihr gemein vorgekommen. »Sie hat dich geliebt, Luke. Soweit ich weiß, tut sie es immer noch.« Sie hatte das Gefühl, das sagen zu müssen, um Aruna gegenüber fair zu sein.

Luke sagte nichts, sondern barg seinen Teebecher zwischen den Händen und sah hinein. »Es ist vorbei«, murmelte er schließlich, »und das weiß sie.«

»Aruna gibt mir die Schuld, Luke, aber ich habe keine Ahnung, warum.«

»Nicht?«, fragte er und sah aus zusammengekniffenen Augen zu ihr auf. Seine Miene war ernst. »Das weißt du wirklich nicht?«

»Was?« Ihre Stimme war schwach.

»Du hast nichts ›getan‹, aber Aruna hat die Wahrheit trotzdem gespürt.«

»Dass ... dass es zwischen euch nicht gut lief?«

Er seufzte, stellte seine Tasse auf den Tisch und lehnte sich zurück. »Stellst du dich eigentlich absichtlich dumm?«

Bei seinem frustrierten Tonfall zuckte sie zusammen und wurde dann ärgerlich. »Hör auf, in Rätseln zu reden. Weißt du, ich bin zuerst auf die Idee gekommen, dass zwischen euch etwas nicht stimmt, als du damals allein hergekommen bist. Irgendwie hast du dich ... anders verhalten. Ich dachte, nun ja, dass du vielleicht etwas mit mir anfangen willst, und so etwas geht für mich gar nicht.«

»Und das sieht mir auch nicht ähnlich, Briony. So bin ich nicht. Mir war nur gerade erst richtig klar geworden ...« Er saß jetzt kerzengerade da. Sein Blick war feurig, und sein karamellfarbenes Haar schimmerte an einigen Stellen rot. »Ich weiß nicht, wie ich das jetzt ausdrücken soll. Bestimmt vermassle ich es.«

Das Zimmer schien elektrisch aufgeladen zu sein. Langsam stellte Briony ihren Tee hin und setzte sich neben ihn auf das Sofa. Es fühlte sich an wie das Mutigste, was sie je getan hatte. »Sag es mir«, flüsterte sie. »Ich höre.«

Er lächelte, und seine Augen blitzten amüsiert. Ganz behutsam nahm er ihre Hand. »Dann schließ die Augen, und ich erzähle es dir.« Sie tat, worum er sie bat.

»An dem Tag, an dem es passiert ist, als wir drei uns kennengelernt haben, da habe ich, falls du dich erinnerst, mit einem Hochdruckreiniger eine Terrasse gesäubert, die ich repariert hatte. Abscheulich nass und laut. Plötzlich tippt mir jemand auf die Schulter, ich fahre zusammen, drehe mich um und sehe dieses ziemlich coole Mädchen, das etwas über eine verschwundene Katze faselt.«

»Ich habe nicht gefaselt.«

»Okay, du hast mich gefragt. Ich drehe das Wasser ab, und wir reden über diese Mieze, und die ganze Zeit denke ich, wie nett sie aussieht und dass es rührend ist, wie sie sich wegen ihrer Freundin so aufregt. Und ich bin froh, dass es mir so leichtfällt, ihr zu helfen, weil ich schon den ganzen Nachmittag ein Maunzen aus dem Nachbarhaus gehört habe.«

»Der arme alte Purrkins, es muss furchtbar für ihn gewesen sein, dort festzusitzen«, sagte Briony und genoss die Wärme, die in ihr aufstieg.

»Und ich habe ein paar abscheuliche Witze über die neun Leben gerissen, die Katzen angeblich haben, und du hast gelacht. Habe ich dir je gesagt, dass du ein großartiges Lachen hast, Briony?«

Sie schüttelte den Kopf. Luke drückte ihre Hand fester, und sie spürte seinen warmen Atem auf ihrer Wange.

»Aber als Nächstes taucht noch ein cooles Mädel auf, dieses zarte kleine Ding. Sie macht sich richtig Sorgen um ihren Kater, und sie plappert mir auf jeden Fall etwas vor. Und als ich über den Zaun springe und die Katzenklappe nach innen drücke, sodass die Mieze herauskann, da ist sie so dankbar, heult fast vor Erleichterung und umarmt mich und lädt mich zum Abendessen ein.«

»Ich erinnere mich«, sagte Briony und seufzte düster.

»Aber warte. Als ich wieder über den Zaun klettere, steht da dieses erste Mädchen, und sie sieht aus, als wäre in ihr das Licht ausgegangen. Sie ist vollkommen kühl, dankt mir in diesem förmlichen Ton und lächelt mir höflich zu. Dann fragt das zweite Mädchen, das mich eingeladen hat, dich, ob du auch kommen willst. Aber es ist, als hätte sie dir einen Ball zugeworfen, der für männliche Wesen unsichtbar ist, und du fängst ihn auf und erklärst, heute Abend hättest du viel zu tun, und lächelst deiner Freundin strahlend zu. Mir nickst du zu, und weg bist du.«

»Das hast du wirklich so gesehen?«

»Allerdings.«

»Ich dachte einfach, Aruna hätte dich überwältigt, wie es so vielen Männern ergeht, also habe ich euch allein gelassen. Niemand möchte, dass die unscheinbare Freundin noch herumlungert.«

»Unscheinbar? Unscheinbar? Siehst du dich etwa so?« Luke legte die Hände um Brionys Gesicht und sah sie aufgebracht an. »Dein Problem ist, dass du nicht an dich glaubst.«

»Doch«, versuchte sie zu sagen, doch sie küssten sich bereits.

»Oh mein Gott, du bist so schön«, sagte er, und dann küssten sie sich wieder, und Briony spürte, wie sie in seinen Armen dahinschmolz, und fühlte den erstaunlichen Impuls, alles loszulassen. Eine furchtbare Last war ihr von den Schultern genommen worden.

»Du auch«, flüsterte sie, als sie sich voneinander lösten, und Tränen brannten in ihren Augen.

Sie lagen auf dem Sofa, sahen einander an, und er zog den Kamm aus ihrem Haarknoten und strich ihr beruhigend übers Haar. »Die ersten Zweifel sind mir in Tuana gekommen«, erklärte er, »und ich habe mich ziemlich geschämt. Schließlich mochte ich Aruna gut leiden, und sie war großartig. Alles war toll, aber du warst trotzdem noch da. Die Wahrheit ist mir erst richtig aufgegangen, als wir im Sommer hier waren. Aruna war aus irgendeinem Grund mürrisch, und meine Mutter hat ein paar vielsagende Bemerkungen fallen gelassen. Das hat mich nachdenklich gemacht.«

»Ich meine, mich zu erinnern, dass meine liebe Freundin mich eine Hexe genannt hat.«

»In einem Lebkuchenhaus. Ja, du bist sehr hexenhaft. Mich hast du jedenfalls verzaubert.« Wieder unterbrach er sich, um sie zu küssen.

»Ich weiß nicht, was ich mit Aruna machen soll«, flüsterte Briony. »Wir können nie wieder Freundinnen sein. Jedenfalls nicht so wie früher.«

»Nein. Das wäre schwierig.« Einen Moment lang schwiegen sie

beide gedankenverloren. »Vergessen wir doch Aruna für ein Weilchen.«

»Aber ich habe ein so schlechtes Gewissen.«

»Nicht. Denk doch daran, wie oft sie dich verletzt hat.«

»Das war bestimmt nicht ihre Absicht.«

»Du bist ein großherziger Mensch.«

»Ich hasse es nur, mich mit jemandem zu zerstreiten. Luke?«

»Bin noch da.«

»Hast du heute Abend noch etwas vor? Ich meine, bleibst du hier bei mir?«

»Das ist das beste Angebot, das ich den ganzen Tag bekommen habe«, sagte er, und sie hielten einander lachend in den Armen.

47

Juana lag schläfrig in der Nachmittagssonne, als Briony und Luke Hand in Hand über den Platz schlenderten. Er hatte sich sein Jackett über eine Schulter gehängt, und sie trug ein schickes hellgrünes Kleid, das er in einer Boutique in Neapel für sie ausgesucht hatte, und einen weichen Strohhut, der ihr Gesicht einrahmte. Da war das Straßencafé mit seinen weit verstreuten Tischen und Stühlen, in dem Aruna und sie sich ausgeruht hatten. Es war sogar derselbe Kellner, der den Tisch abräumte, an dem sie gesessen hatten. Wieder hier zu sein fühlte sich merkwürdig an, da Briony gemischte Erinnerungen an diesen Ort hatte. Luke hatte nicht herkommen wollen, aber sie hatte ihn überredet. Sie trauerte Aruna immer noch nach, aber sie musste die Stadt unbedingt mit ihrem neuen Wissen darüber, was hier passiert war, sehen, darüber nachdenken und überlegen, was das für ihre Familie bedeutet hatte. Um eine Art Frieden damit zu schließen.

»Ich kann mich nicht erinnern, hier hineingegangen zu sein«, murmelte Luke, als sie die Treppe zur Kirche hinaufstieg.

»Du musst aber hier gewesen sein.«

Er schüttelte den Kopf. »Ich war zu der Zeit beim Zahnarzt, weißt du noch? Und sonst waren wir nur zum Einkaufen hier.«

Briony stieß die hölzerne Tür auf, und sie traten in das kühle Halbdunkel, wo ihre Schritte in dem hohen Raum widerhallten. Das weiche Leuchten eines Gestells, auf dem Votivkerzen brannten, zog sie zum Altar. »Da ist es«, flüsterte sie und wies mit ihrer Sonnenbrille auf die ovale Plakette, die in der Nähe der Altarschranke an der Wand hing.

»Antonio«, las Luke laut, und seine tiefe Stimme wurde von Wand zu Wand zurückgeworfen, bis der ganze Raum seinen Namen zu flüstern schien. *Antonio, ... tonio, ... onio.*

»Tut mir leid«, sagte er leiser. Briony nahm eine dünne Kerze aus der Kiste unter dem Kerzenständer und warf Luke ein Lächeln zu. »Meinst du, das nützt etwas?«, fragte er, während er zusah, wie sie die Kerze in einen Halter steckte und anzündete.

»Es ist symbolisch. Meine Verwandten waren verantwortlich für den Tod des Jungen. Ich kann mir nicht vorstellen, dass noch jemand lebt, bei dem ich mich entschuldigen könnte.«

»Vielleicht hast du recht.« Er wirkte nicht überzeugt, aber zumindest versuchte er, sie zu verstehen. Briony streckte die Hand aus und drückte kurz seinen Arm.

Sie überließen die Kirche ihren Erinnerungen und Träumen und traten wieder in den Sonnenschein hinaus. Briony entfaltete eine Touristenkarte. »Zum Rathaus geht es hier entlang«, erklärte sie und schlug eine der schmalen, gewundenen Straßen ein, die vom Platz ausgingen. Luke folgte ihr gehorsam. Sie fanden es, doch dort gab es nicht viel zu sehen. Das Gebäude war ziemlich schlicht und besaß einen bogenförmigen Eingang, dessen Türflügel verschlossen waren. Daher gingen sie weiter und kamen zu einer Stelle, an der sich die Stadt durch Bauprojekte aus neuerer Zeit den Hügel hinauf ausgebreitet hatte. Briony beschattete ihre Augen gegen die Sonne und hielt Ausschau nach einem Gebäude, in dem möglicherweise im Krieg die Rationen für die Stadt gelagert worden waren, doch wo immer es auch gestanden hatte, es musste inzwischen abgerissen worden sein. Stattdessen schweifte ihr Blick durch das Tal und dann hinauf zu der Stelle, an der sich der Bergrücken steil über der Stadt erhob. Irgendwo dort musste sie sein, ja, da lag sie.

»Hey.« Sie stieß Luke an, wies auf einen ockerfarbenen Klecks in dem dichten Baumbestand und wartete, bis er es sah.

»Die Villa Teresa! Sie ist noch da!«

»Das will ich hoffen. Sollen wir sie uns ansehen? Wir haben noch Zeit, bis Mariella uns erwartet.«

Luke beugte sich vor und küsste sie. »Wie du möchtest, mein Schatz.«

Die Straße, die aus der Stadt hinausführte, hatten sie zuvor noch nie befahren. Sie wand sich in Serpentinen den Hügel hinauf, die manchmal so schmal waren, dass Briony, die hinter dem Steuer saß, den Atem anhielt und hoffte, dass ihnen niemand entgegenkommen würde. Auf dem Weg hoch passierten sie Abzweigungen, an denen manchmal Wegweiser standen und dann wieder nicht, aber Briony folgte ihrem Instinkt und fuhr weiter. Nachdem sie den Kamm eines Hügels überquert hatten und sich auf beiden Seiten der Straße dunkle Bäume erhoben, hielt sie den Wagen schließlich an einer Stelle an, wo ein schotterbestreuter Fahrweg abwärtsführte. Auf einem alten, zerbrochenen Schild entzifferte sie das Wort »Teresa«.

»Dann mal los«, sagte Luke neben ihr, und sie schlug das Lenkrad ein. Der Baumbewuchs wurde lichter, und sie versuchte, den Blick von der spektakulären Aussicht auf das Tal abzuwenden, um die scharfen Kurven der Straße zu bewältigen. Dann erreichten sie den Punkt, an dem sie vor einem Jahr gestanden hatten, nachdem sie auf der Suche nach der Villa den Hügel hinaufgeklettert waren. Luke und sie wechselten einen Blick, und ihre Spannung stieg. Langsam fuhr Briony weiter und bemerkte unterwegs jede Einzelheit. Dort hatte Aruna sich unter Schmerzen an den Straßenrand gesetzt, und Luke hatte ihr ein Pflaster auf den Fuß geklebt. Da war der kurze Ausblick auf Tuana, der sich bot, bevor der Ort wieder hinter dem Steilhang verschwand. Dies war die Ecke, hinter der sie das verschlossene schmiedeeiserne Tor der Villa gesehen hatte. Sie umrundete das Anwesen und bremste dann abrupt ab.

»Luke! Was ist da los?« Vor ihnen waren die alten Torflügel weit geöffnet. Der Wendekreis war von tiefen Reifenspuren aufgewühlt, die sich über die Auffahrt fortsetzten.

»Keine Ahnung.« Luke fuhr ein Fenster hinunter, worauf ein Schwall heißer Luft hereinschwappte. »Ich höre nichts. Sollen wir nachsehen?«

Verstohlen gingen sie durch den Garten, der so wild wucherte wie zuvor, die Auffahrt zur Villa hinauf und sahen erstaunt, dass Metallpfosten das Grün überragten. Blecherne Musik und Männerstimmen drangen zu ihnen. »Was in aller Welt ...?«, flüsterte sie Luke zu. Doch dann ließen sie die Bäume, die ihnen die Sicht versperrt hatten, hinter sich und blieben angesichts des Anblicks, der sich ihnen bot, verblüfft stehen.

Drei stämmige Handwerker saßen auf Kisten um einen improvisierten Tisch und spielten Karten. Der Anblick ähnelte den alten Filmaufnahmen aus dem Krieg, welche die Soldaten mit dem Spitznamen »das Kleeblatt« zeigten, so stark, dass Briony einen Moment lang verwirrt war. Doch an einer Seite parkte ein äußerst moderner Sportwagen, und das Haus dahinter war hinter Gerüsten und Plastikplanen kaum zu erkennen. Hier und da erhaschte Briony einen Blick auf eindeutige Anzeichen dafür, dass es renoviert wurde: neue Dachsparren, einen Teil eines Querbalkens aus Metall.

»Wer macht das?«, keuchte sie auf.

»Dürfen sie das?«, knurrte Luke.

Die Männer hatten sie nicht gesehen, so vertieft waren sie in ihr Spiel, daher ließen sie die Sache auf sich beruhen und schlichen auf Zehenspitzen zum Auto zurück.

»Tja«, meinte Luke und warf einen Blick über die Schulter. »Das war eine Überraschung. Wohin jetzt?«

»Zu Mariella«, erklärte Briony finster und öffnete die Autotür.

Sie kehrten auf die kurvenreiche Straße zurück und folgten ihr, bis sie an eine Gabelung kamen und über die linke Abzweigung den Hügel hinunterfuhren. Obwohl sie nach einer Querstraße Ausschau hielten, die zu Mariellas Haus führen könnte, mussten sie sie verpasst haben, denn sie fanden sich vor dem Café wieder, neben dem die elegante Brücke über den Fluss führte.

»Ich hatte ganz vergessen, wie schön es hier ist. Sollen wir von hier aus zu Fuß zu Mariella gehen?«, schlug Briony vor und hielt das Auto vor dem Café an.

»Können wir nicht vorher etwas trinken? Ich fühle mich einer Klettertour gerade nicht gewachsen.«

»Gute Idee. Ich schicke Mariella eine SMS.«

In dem angenehm schattigen Café war nichts von Signor Marco zu sehen, dem glatzköpfigen Wirt. Stattdessen wurden sie von einer üppigen Frau mit eingedrehtem grauen Haar bedient, seiner Frau vielleicht. Sie sprach wenig Englisch, lächelte ihnen jedoch häufig strahlend zu, als wolle sie das ausgleichen. Sie setzten sich im Freien unter einen bunten Sonnenschirm, und die Frau brachte ihnen eiskalte Limonade. Luke und Briony fühlten sich so im Einklang miteinander, dass sie kaum das Bedürfnis zum Reden hatten, und saßen einfach still da. Briony dachte an das vergangene Jahr zurück und daran, wie unbehaglich sie sich während ihres Urlaubs hier gefühlt hatte. Nie hätte sie geahnt, dass alles eine solche Wendung nehmen würde. Hier war sie, und ihr Buch war fertig und würde im Oktober erscheinen. Sie wusste, dass sie den Mut finden musste, in die Welt hinauszugehen und Vorträge darüber zu halten, vielleicht sogar im Fernsehen oder im Radio. Sie war zwar nervös, aber entschlossen, es zu versuchen. Auch ihre Beförderung war genehmigt worden. Luke hatte schon angefangen, sie stolz als »Professorin« vorzustellen, obwohl sie das streng genommen erst im neuen akademischen Jahr sein würde. Aber die größte Veränderung von allen war Luke. Er erfüllte sie mit einem Glück, wie sie es noch nie erlebt hatte. Sie machten immer noch einen Schritt nach dem anderen und lernten, einander zu vertrauen, doch die Bindung zwischen ihnen wurde stärker. Seine Eltern hatten sie taktvoll, aber herzlich aufgenommen, und Martin und Lavender hatten sich Luke gegenüber nicht anders verhalten.

Ein junges italienisches Paar war hereingekommen und hatte sich an den Tisch neben ihnen gesetzt. Signora Marco stürzte mit Colaflaschen auf sie zu und begrüßte sie mit Küssen und Komplimenten. Der junge Mann wirkte selbstbewusst und war elegant gekleidet, in einem gestärkten Hemd und Jeans. Briony erhaschte einen Blick auf die teuer aussehende Armbanduhr an seinem Handgelenk und bemerkte das schicke Telefon auf dem Tisch. Die hübsche junge Frau strahlte jugendliche Frische und Eleganz aus. Sie hatte schulterlanges, in der Mitte gescheiteltes dunkles Haar und trug ein leichtes Sommerkleid, das ihr bis zur Hälfte der Oberschenkel reichte. Sie kam Briony vage bekannt vor – vielleicht sah sie einer ihrer Studentinnen ähnlich, das musste es sein.

»Was meinst du, wer das hübsche Mädchen war?«, fragte sie, als sie das Café verließen.

»Was für ein hübsches Mädchen?«, gab Luke vollkommen ernst zurück.

»Von dem Paar, das neben uns gesessen hat.«

»Ach, die beiden. Habe ich kaum bemerkt.«

Briony lachte.

Der Weg hinauf zu Mariellas Haus war genauso anstrengend wie in Brionys Erinnerung, und der Hund kläffte genauso wütend wie damals. Doch dieses Mal erwartete Mariella sie am Tor, umarmte sie beide und bat sie hinein. Auf dem Küchentisch lag eine Tischdecke, und darauf standen Teller mit kleinen feinen Kuchen und Plätzchen. Es duftete nach frischem Kaffee. »Setzen Sie sich«, bat Mariella und goss dunklen dickflüssigen Kaffee in winzige Tässchen.

Briony konnte sich nicht bremsen und stellte ihre Frage direkt. »Wir sind zur Villa Teresa gefahren. Was ist da los?«

Daraufhin breitete sich ein strahlendes Lächeln über Mariellas Gesicht aus. »Dann haben Sie es schon gesehen«, sagte sie. »Ich wollte Sie überraschen. Die Antwort ist *l'amore*.«

»Liebe?«, wiederholte Briony verständnislos.

»Meine Tochter und Pietro Mei werden heiraten.«

»Meinen Glückwunsch!«, sagte Briony höflich, und etwas regte sich in der hintersten Ecke ihres Gedächtnisses. Mariellas Tochter, ein stilles, ernstes Mädchen, das Wäsche in einen Schrank stapelte.

»Bitte, Sie verstehen nicht. Die Familie Mei wollte die Villa Teresa. All die Jahre. Und jetzt werden Chiara und Pietro heiraten, und die Villa Teresa wird ihnen beiden gehören.«

Plötzlich ergab alles einen Sinn. »Das Mädchen eben in dem Café, weißt du noch?«, erklärte sie Luke aufgeregt. »Ich dachte schon, dass sie mir bekannt vorkam. Sie hat sich in einem Jahr so verändert, Mariella, dass ich sie nicht wiedererkannt habe.«

»Sie ist jetzt einundzwanzig, *cara*, meine Liebe, aber ja, Sie haben recht. Die Liebe hat sie schön gemacht – und ein wenig, wie sollen wir sagen – guter Rat von ihrer Mama! Pietros Vater bezahlt für die Villa.«

Während Mariella erzählte, wurde Briony nach und nach klar, dass die Meis – sie hatte den Namen auf der Gedenktafel noch nie korrekt ausgesprochen gehört – die Familie des jungen Antonio waren. Antonios Vater war nach dem Krieg nach Tuana zurückgekehrt und hatte mit Mariellas Großvater einen Prozess um den Besitz der Villa Teresa geführt.

»Wie die Montagues und die Capulets, ein sehr italienisches Ende«, sollte Brionys Vater später zwinkernd dazu bemerken.

Luke und Briony blieben noch ein paar Stunden bei Mariella und redeten über alles, was passiert war. Die Geschichte hinter Antonios Tragödie, und wie Briony das mit Paul, Sarah und dem armen Harry Andrews herausgefunden hatte. Wahrscheinlich, dachte Briony, werden wir nie erfahren, was schlussendlich aus Harry geworden ist. Er war in den staubigen Ruinen Londons verschwunden, ein weiteres Opfer des Krieges, der die Leben so vieler Menschen gekostet hatte.

Sie verabschiedeten sich herzlich von Mariella, die ihnen versprach, sie zur Hochzeit einzuladen. Briony war sich nicht ganz sicher, ob sie angesichts von allem, was passiert war, daran teilnehmen sollten.

»Ich spreche mit Signor Mei. Ich will jetzt Frieden mit allen.«

Diese Vorstellung bedeutete Briony so viel, dass sie Mariella noch einmal um den Hals fiel.

Als sie aus dem Urlaub zurück war und beim College vorbeischaute, um ihre Post zu holen, wartete ein Brief von Greg auf sie.

Mein Vater hat mich gebeten, dir das hier zu schicken. Er hat es vor einiger Zeit unter den Papieren meiner Großmutter gefunden und sagte, du würdest wahrscheinlich erraten, was es bedeutet. Er glaubt, es erklärt etwas, was sie einmal über das Zerwürfnis mit ihrer Schwester gesagt hat.

Greg hatte einen Briefumschlag beigelegt, der in Pauls unverkennbarer Handschrift an Sarah in Flint Cottage adressiert war. Er war vor langer Zeit aufgerissen worden. Briony zog den Brief heraus, überflog ihn schnell und las ihn dann noch einmal.

Meine liebste Sarah, begann er. *Ich bin zurück in London ...* Ein eigenartiges Gefühl überkam sie, und einen Moment lang konnte sie sich nicht rühren. Als ihre Gedanken sich wieder in Bewegung setzten, passte mit einem Mal alles zusammen.

Dies war der Brief, den Paul nach seiner Rückkehr nach London geschrieben und den Sarah nie erhalten hatte. Diane musste ihn von der Fußmatte genommen haben. Aber warum? Diane hatte Paul nie leiden können. Briony erinnerte sich an einen anderen Brief von ihm, in dem er darauf angespielt hatte. Außerdem – ihre Gedanken schweiften ab – war Diane vielleicht eifersüchtig auf ihre ältere Schwester gewesen, die von Ivor geliebt wurde, dem Mann, den Diane später heiraten sollte. Oder hatte sie mit ihrer böswilligen Einmischung Ivor helfen wollen? Die unglückliche, rätselhafte Diane! Wie die Antwort auch lauten mochte, sie hatte beinahe Sarahs Glück zunichtegemacht. Unmöglich herauszufinden, ob Sarah das je geahnt hatte, aber vielleicht hatte Diane deswegen ihr Leben lang ein schlechtes Gewissen gehabt und aus diesem Grund Sarah nur selten gesehen.

Briony legte den Brief wieder zusammen und schob ihn in ihre Handtasche. Sie beschloss, ihn zusammen mit den anderen aufzubewahren, und falls Luke und sie das Glück haben sollten, Kinder zu bekommen, dann würde sie ihnen eines Tages, wenn sie alt genug waren, die Briefe zeigen und ihnen erklären, dass Paul und Sarah, Jean und Martin, Luke und sie und die Kinder alle ein Teil einer Liebesgeschichte aus alter Zeit waren, die sich fortsetzte und niemals enden würde.

48

1945

Der Park, den Paul in seiner Nachricht erwähnt hatte, war ein kleiner grüner Fleck zwischen zwei Reihenhäusern, in den man durch eine schmale, mit Glasscherben übersäte und von Unkraut überwucherte Passage gelangte. Er stellte wenig mehr als ein rechteckiges Stück Rasen dar, das von Blumenbeeten umrahmt wurde, in denen Kriechpflanzen mit blauen und weißen Blüten wucherten. Aber jemand pflegte ihn, denn er war ordentlich und sauber, und das Gras wurde kurz gehalten. An seinem Rand stand eine alte Holzbank, doch von Paul war nichts zu sehen. Sarah ging hinüber, setzte sich auf die Bank und stellte ihren Koffer neben sich ab. Vor ihr erstreckten sich die verlassenen Gärten zerstörter Häuser, doch sie wirkten friedlich, und ihr gefiel es, wie die Natur sich das Gelände zurückholte. Sie genoss den diesigen Sonnenschein, der durch die Ruinen fiel, und seine Wärme auf ihrem nach oben gewandten Gesicht. Jetzt konnte sie nur noch warten.

Minuten vergingen. Es wurde vier Uhr, und sie wartete immer noch. Sie wurde immer nervöser. Dann hörte sie ein Geräusch und drehte sich um. Aus der Gasse trat ein älterer Mann in den Garten, der eine Schubkarre mit Werkzeug schob. Mit seinem Kugelbauch, seiner weit offen stehenden Weste und dem schlichten, wettergegerbten Gesicht hatte er etwas Komisches an sich. Er nickte ihr zu, wählte eine große Gartenforke aus, begann abgestorbenes Laub aus einem der Beete zu schaufeln, und ließ jede Ladung in die Schubkarre fallen.

Viertel nach vier, und eine kalte Brise war aufgekommen. Sarah erhob sich und ging zu dem Mann hinüber. »Entschuldigen Sie«, sagte sie, und er unterbrach seine Arbeit und stützte sich auf seine Forke. Er nahm die Kappe ab und wischte sich mit dem Ärmel über das Gesicht.

»Ja, Miss?«

»Ist das hier der einzige Park in dieser Straße?«

»Soweit ich weiß, schon.«

»Danke.« Sie wollte schon zurückgehen und sich wieder setzen, doch er ergriff erneut das Wort.

»Warten Sie auf jemanden?«

»Ja, einen Freund. Aber es ist angenehm, hier zu warten. Sie pflegen den Park wunderbar.«

Der Mann setzte seine Kappe wieder auf. »Ich mag es, wenn er tipptopp in Ordnung ist. Molly war gern hier. Meine Frau, wissen Sie. Dort haben wir gewohnt, bevor die Bombe fiel.« Mit einer Kopfbewegung wies er auf eines der in Trümmern liegenden Häuser. »Drei Tage später ist sie im Krankenhaus gestorben. Ich komme hierher, um an sie zu denken.«

»Die Arbeit wirkt sicher beruhigend«, meinte sie. »Mein Vater pflegte mich Molly zu nennen, als ich klein war«, erklärte sie ihm. »Ich hatte eine Spielzeug-Schubkarre, die ich immer herumgeschoben habe. ›Passt auf, da kommt Molly Malone‹, sagte er dann immer. Wie in dem Lied.«

»›Sie schob ihren Fischkarren durch Straßen breit und schmal‹, und ob ich das kenne.« Der Alte lachte leise.

Er grub weiter, und Sarah ließ sich wieder auf die Bank sinken. Er hatte sie ein paar Minuten von ihrer Beklommenheit abgelenkt, aber langsam schwanden all ihre Hoffnungen. In ihrem Kopf drehte sich alles, und ihr Mund fühlte sich trocken an. Er kommt nicht, er kommt nicht. Wie lange sollte sie warten? Das dumme Lied lief in ihrem Kopf ab. *Jetzt schiebt nur ihr Geist noch den Karren, durch Straßen breit und schmal ... Molly, süße Molly, süße Molly Malone.*

Ein Schatten fiel über das Gras, und sie blickte auf und wurde von der Sonne geblendet. Sie hielt eine Hand über ihre Augen, und da war er.

»Mein Liebling.«

Sie erhaschte einen Blick auf sein ausgezehrtes Gesicht, und dann stürzte sie sich in seine Arme. Er drückte sie fest, und sie spürte seinen schnellen, warmen Atem an ihrem Hals. »Ich dachte, du kommst nicht. Ich dachte, du würdest nie kommen«, stieß sie hervor.

»Ich habe halb fünf geschrieben, und so spät ist es noch nicht.«

»Auf dem Zettel stand vier, oh, das ist ein Fleck. Vier Uhr dreißig, wie dumm von mir.«

»Macht ja nichts, jetzt bin ich ja hier. Immer noch dieselbe Sarah?«

»Dieselbe wie immer.«

Hinter ihnen hüstelte jemand höflich. Der alte Mann, sie hatte ihn ganz vergessen. »Freut mich, dass er Sie gefunden hat. Ich mache mich dann mal davon. Leben Sie wohl, Miss Molly.«

Sie sahen zu, wie er unsicheren Schritts zu einem Komposthaufen in einer entfernten Ecke ging und die Schubkarre auskippte, dann schob er sie auf einem Weg, der zwischen den Trümmergrundstücken hindurchführte und der ihr vorhin nicht aufgefallen war, davon.

»Warum hat er dich so genannt?«

»Ach, wir haben nur eben über seine Frau und meinen Vater geredet. Mir gefällt der Name Molly ganz gut, und dir?«

»Molly.« Er lächelte und wirkte nachdenklich. »Ich finde, er passt zu dir. Liebling. Ich muss dir etwas Wichtiges erzählen.«

Dank

Wie immer gilt ein großer Dank meiner Agentin Sheila Crowley von der Agentur Curtis Brown, meiner Redakteurin Suzanne Baboneau bei Simon & Schuster, Maisie Lawrence, Sue Stephens, Pip Watkins, Hayley McMullan und allen ihren Kollegen, die so hart für mich arbeiten, und Sally Partington als Korrektorin.

Zu Dank verpflichtet bin ich meiner Freundin und Gartengestalterin Juliet Bamber, deren geduldiger Rat in Pflanzendingen einmal mehr meine beträchtlichen Wissenslücken gefüllt hat, und dem Historiker Frank Meeres vom Archiv der Grafschaft Norfolk, der freundlicherweise das Manuskript gegengelesen hat.

Mein Mann David ist immer eine Quelle der Ermutigung, genau wie meine Freunde und meine Familie, insbesondere meine Söhne Felix, Benjy und Leo, meine Mutter Phyllis und meine Schwiegermutter Elizabeth.

Ich möchte auch meinen Lesern danken, besonders denen, die mir schreiben und fragen, wann das nächste Buch erscheint. Ich empfinde das als enorme Unterstützung.

Die Community für alle, die Bücher lieben

★ In der Lesejury kannst du Bücher lesen und rezensieren, die noch nicht erschienen sind

★ Gemeinsam mit anderen buchbegeisterten Menschen in Leserunden diskutieren

★ Autoren persönlich kennenlernen

★ An exklusiven Gewinnspielen und Aktionen teilnehmen

★ Bonuspunkte sammeln und diese gegen tolle Prämien eintauschen

Jetzt kostenlos registrieren: www.lesejury.de

Folge uns auf Instagram & Facebook:
www.instagram.com/lesejury
www.facebook.com/lesejury